Mia Sheridan

Der Preis deines Herzens

PIPER

Zu diesem Buch

Die junge Kira hat nach einem Streit den Kontakt mit ihrer Familie abgebrochen und steht nun mittellos auf der Straße. Ihre einzige Hoffnung ist das Geld, das sie von ihrer Großmutter erben wird: siebenhunderttausend Dollar. Doch das wird erst ausgezahlt, wenn Kira dreißig Jahre alt wird oder heiratet.
Kira kennt den attraktiven Grayson nur flüchtig. Aber als sie in der Bank zufällig mitbekommt, wie ihm ein Kredit verweigert wird, schlägt sie ihm einen wagemutigen Deal vor: Er soll sie heiraten, das Geld wird aufgeteilt und nach einem Jahr folgt die Scheidung.
Grayson ist verzweifelt, denn er hat nach dem Tod seines Vaters dessen Weingut geerbt, das nun kurz vor dem Ruin steht. Er willigt ein. Dass diese Entscheidung ihre beiden Leben auf den Kopf stellen wird, ahnen sie nicht. Denn ab dem Moment, in dem Kira zu Grayson auf das Weingut zieht, kämpft das junge Paar mit heftigen Gefühlen, die immer wieder zwischen ihnen aufflammen und für Chaos sorgen …

Die »New York Times«-Bestsellerautorin *Mia Sheridan* liebt es, sich Geschichten über Menschen auszudenken, die füreinander bestimmt sind. Mia lebt mit ihrem Ehemann in Cincinnati (Ohio). Sie haben vier Kinder hier auf der Erde und eines im Himmel.

Mia Sheridan

DER PREIS DEINES HERZENS

Roman

Übersetzung aus dem Amerikanischen
von Uta Hege

PIPER

Mehr über unsere Autoren und Bücher:
www.piper.de

Von Mia Sheridan liegen im Piper Verlag vor:
Die geheime Sprache der Liebe
Im nächsten Leben vielleicht
Der Preis deines Herzens

Deutsche Erstausgabe
ISBN 978-3-492-31157-1
Juli 2018

Titel der amerikanischen Originalausgabe:
»Grayson's Vow«, CreateSpace Independent Publishing Platform 2015
Published by arrangement with Bookcase Literary Agency
and Brower Literary & Management

Umschlaggestaltung: zero-media.net, München
Umschlagabbildung: EpicStockMedia/Alamy Stock Foto (Pärchen),
leezsnow/getty images (Landschaft)
Satz: Fotosatz Amann, Memmingen
Gesetzt aus der Stempel Schneidler
Druck und Bindung: CPI books GmbH, Leck
Printed in the EU

Dieses Buch widme ich meiner Grandma.
Du hast mir immer kluge Ratschläge erteilt,
hattest stets ein offenes Ohr, ein liebendes Herz,
und fehlst mir jeden Tag.

»Sorge dich nicht, mein Schatz,
das Universum bringt immer alles ins Gleichgewicht.
Seine Wege sind vielleicht geheimnisvoll,
doch stets gerecht.«

Grandma Isabelle Dallaire

1 Kira

Es war erst neun Uhr morgens, aber jetzt schon nahm der Tag auf meiner langen Liste schwarzer Tage einen der vorderen Plätze ein. Ich stieg aus meinem Wagen, atmete tief durch und machte mich auf den Weg zur Napa Valley Savings Bank. Die milde, spätsommerliche Brise wehte mir den süßen Duft nachtblühenden Jasmins entgegen, und ich seufzte, als ich vor die Glastür des Gebäudes trat. Ich empfand die Friedlichkeit und Schönheit der Umgebung beinah als Affront. Die Wärme und der Sonnenschein standen in deutlichem Kontrast zu meiner trüben Stimmung, aber der Gedanke, dass das Wetter sich an *meiner* Stimmung orientieren sollte, war natürlich arrogant.

»Kann ich Ihnen helfen?«, fragte eine gut gelaunte Bankangestellte, als ich vor den Schalter trat.

»Ja.« Ich schob ihr meinen Ausweis und ein altes Sparbuch hin. »Ich möchte dieses Sparbuch kündigen.« Auf einer umgeklappten Ecke meines Sparbuchs hatte meine Oma ein paar Zahlen eingetragen und mir beigebracht, wie man am einfachsten den Überblick über die Einlagen behielt. Die Erinnerung zerriss mir fast das Herz, doch ich behielt mein – wie ich hoffte – nettes Lächeln bei, und ebenfalls mit einem Lächeln schlug die junge Frau das Sparbuch auf und gab die Nummer in ihren Computer ein.

Ich dachte an den Tag zurück, als ich zum ersten Mal mit meiner Grandma auf der Bank gewesen war. Voller Stolz hatte ich damals mit meinen zehn Jahren die ersten fünfzig Dollar auf das Sparbuch eingezahlt, die ich von ihr als Lohn für Gartenarbeiten bekommen hatte. Im Verlauf der Jahre hatten wir die Bank mit schöner Regelmäßigkeit besucht.

Grandma hatte mich den wahren Wert des Geldes gelehrt: Man musste es mit anderen teilen und Gutes damit tun. Gleichzeitig konnte man selbst erst dann eine gewisse Freiheit genießen, wenn man finanziell von anderen Menschen unabhängig war. Die Tatsache, dass ich im Augenblick kaum Geld, fast keine Möglichkeiten und nur noch so wenige Besitztümer hatte, dass sie in den Kofferraum meines Wagens passten, zeigte mir, wie richtig ihre Theorie gewesen war. Denn ich war alles andere als frei.

Die Angestellte hob den Kopf und sah mich an. »Zweitausendsiebenundvierzig Dollar, sechzehn Cents.«

Ich nickte. Das war sogar etwas mehr, als ich erhofft hatte, und ich atmete auf. Ich brauchte jeden Cent. Mit verschränkten Händen wartete ich, während sie mir diese Summe ausbezahlte.

Sobald das Geld in meiner Tasche steckte, wünschte ich der jungen Frau noch einen guten Tag und wandte mich zum Gehen. Am Trinkbrunnen neben dem Ausgang blieb ich noch mal kurz stehen. Ich benetzte meine Lippen mit dem kühlen Wasser, als ich eine Stimme hörte, die aus einem der Besprechungszimmer um die Ecke kam. »Grayson Hawthorn, angenehm.«

Langsam richtete ich mich wieder auf und wischte mir die Unterlippe mit dem Daumen ab. Grayson Hawthorn … *Grayson Hawthorn?*

Diesen Namen kannte ich. Ich hatte ihn vor Jahren mit Flüsterstimme mehrmals vor mich hin gemurmelt, als ich meinem Vater einen Kaffee brachte und mein Blick dabei auf die geschlossene Akte auf seinem Schreibtisch gefallen war. Könnte dies *derselbe* Grayson Hawthorn sein?

Ich spähte um die Ecke, konnte aber nur eine geschlossene Bürotür mit hinter dem Glas herabgelassenen Jalousien sehen.

Entschlossen ging ich in den Waschraum, der dem Zimmer gegenüberlag, zog die Tür hinter mir zu und lehnte mich gegen die Wand.

Ich hatte nicht einmal gewusst, dass Grayson Hawthorn hier in Napa lebte. Die Verhandlung gegen ihn hatte in San Francisco stattgefunden, und was auch immer sein Verbrechen war, wahrscheinlich hatte er es dort verübt. Mein Vater hatte damals flüchtiges Interesse an dem Fall gezeigt. Mit zusammengebissenen Zähnen trat ich an das Becken, wusch mir die Hände und starrte mich im Spiegel an.

Dann schob ich vorsichtig die Tür des Waschraums wieder auf und spitzte meine Ohren, konnte aber nur gedämpfte Stimmen hören. Bis die Bürotür plötzlich geöffnet wurde und ein zweiter Mann im Anzug – sicherlich der Vorgesetzte der Person, die schon mit Grayson sprach – den Raum betrat. Er schob die Tür wieder ins Schloss, doch sie blieb einen schmalen Spalt weit offen stehen. Wieder spitzte ich die Ohren und konnte endlich etwas verstehen.

*Also bitte, Kira. Schäm dich. W*as willst du dadurch erreichen, dass du heimlich dem Gespräch dieser drei Männer lauschst? *Was ist bloß mit dir los?*

Ich ignorierte meine eigene Schelte und presste mein Ohr auch weiter an den Spalt der Waschraumtür.

Diesen alles andere als glorreichen Moment in meinem Leben würde ich in meinen Memoiren einfach auslassen. Es wäre besser, wenn niemand je erführe, wie entsetzlich indiskret und krankhaft neugierig ich manchmal war.

Wieder drangen ein paar Worte aus dem anderen Raum.

»Tut mir leid … Gewaltverbrecher … diese Bank … kann unglücklicherweise nicht …«

Gewaltverbrecher? Dieser Grayson Hawthorn *musste* der sein, dessen Name mir schon damals aufgefallen war. Im Grunde wusste ich nicht das Geringste über ihn. Außer seinem Namen nur, dass er damals vor Gericht gestanden hatte und von meinem Vater wie so viele andere als Schachfigur benutzt worden war. Das hatte er mit mir gemein. Doch mein Vater ruinierte derart regelmäßig und gedankenlos die Leben anderer Menschen, dass ihm der Name dieses Opfers wahrscheinlich längst entfallen war.

Natürlich war es reiner Zufall, dass wir beide heute Morgen in derselben Bank gelandet waren, und ich hatte keine Ahnung, warum ich noch immer heimlich ein Privatgespräch belauschte, das für mich im Grunde nicht mal ansatzweise von Interesse war. Wahrscheinlich lag es einfach daran, dass ich von Natur aus neugieriger als die meisten anderen Menschen war.

Ich holte Luft und wollte gerade gehen, als ich gegenüber Stühle rücken hörte und noch einmal innehielt. Anscheinend war die Bürotür in der Zwischenzeit ganz geöffnet worden, denn die Stimmen waren plötzlich deutlich zu verstehen.

»Leider, Mr Hawthorn, kann ich Ihnen dieses Darlehen nicht gewähren«, stellte eine der drei Stimmen bedauernd fest. »Wenn Sie irgendwas zu bieten hätten, irgendeinen Wert …«

Eine andere Stimme, vermutlich die von Grayson, fiel dem Mann ins Wort. »Verstehe. Vielen Dank, dass Sie mir Ihre Zeit gewidmet haben, Mr Gellar.«

Ich erhaschte einen kurzen Blick auf einen großen Mann mit dunklem Haar in einem grauen Anzug, zog die Tür des Waschraums vorsichtig zu, wusch mir abermals die Hände und trat dann wieder in den Flur.

Durch die offene Bürotür sah ich die beiden anderen Männer noch am Schreibtisch sitzen, der Mann im grauen Anzug musste also offenbar der abgewiesene Bankkunde gewesen sein, der bereits gegangen war.

Ich trat selber wieder in den hellen Sommertag hinaus, ging zurück zu meinem Wagen und stieg ein. Statt jedoch sofort den Motor anzulassen, blieb ich noch kurz sitzen und sah mir die hellen, sauberen Markisen vor den Türen der Geschäfte und die großen Kübel voller bunter Blumen auf den Bürgersteigen an. Die Innenstadt von Napa war einfach idyllisch, und ich liebte sie, genauso wie den Fluss und wie die Weinberge der Gegend, die auch noch im Winter nach der Traubenlese dank der leuchtend gelben, wilden Senfblumen, die dort wuchsen, herrlich anzusehen waren. Nach Großvaters Tod hatte sich meine Grandma in den kleinen Ort zurückgezogen, und ich hatte alle meine Sommerferien in ihrem kleinen Häuschen mit der riesigen Veranda in der Seminary Street verbracht. Egal, wohin ich sah, überall entdeckte ich ihr freundliches Gesicht, hörte ihre Stimme, spürte ihre warme Herzlichkeit.

Sie hatte oft zu mir gesagt: *Egal, wie schlimm der Tag auch ist, halte durch, denn vielleicht fängt ja morgen schon der schönste Tag in deinem Leben an.*

Ich atmete tief durch und kämpfte gegen das Gefühl der Einsamkeit, das wieder einmal in mir aufsteigen wollte. *Ach, Grandma, wärst du doch noch hier. Dann würdest du mich in die Arme nehmen und mir sagen, dass alles gut wird. Und ich könnte es glauben, weil du mich in meinem ganzen Leben nie belogen hast.*

Ich kniff die Augen zu, lehnte den Kopf zurück und stieß mit leiser Flüsterstimme aus: »Bitte, Grandma, hilf mir. Ich weiß nicht mehr weiter, und ich bin verloren ohne dich. Gib mir doch ein Zeichen. Sag mir, was ich tun soll. Bitte.«

Hinter meinen Augen brannten die seit viel zu langer Zeit zurückgehaltenen Tränen, doch ich blinzelte sie fort, schlug meine Augen wieder auf – und nahm im Rückspiegel des Wagens eine flüchtige Bewegung wahr. Eilig drehte ich den

Kopf und fuhr zusammen, als ich einen großen, gut gebauten Mann in einem grauen Anzug auf dem Gehweg hinter meinem Wagen stehen sah. Es war Grayson Hawthorn, und solange er an dieser Stelle stand, konnte ich ihn bequem betrachten. Ich rutschte etwas tiefer und lehnte mich in die Polster meines Sitzes, um ihn mir genauer anzuschauen.

Er hatte den Kopf zurückgelegt, seine Augen waren geschlossen, und ein gequälter Ausdruck lag auf seinem Gesicht. Vor allem aber sah er … o mein Gott, er sah einfach fantastisch aus. Mit einem fein gemeißelten Gesicht, eine Spur zu langem, beinah schwarzem Haar, das sich über dem Kragen seines Hemdes lockte, und so sinnlich vollen Lippen, dass mein Blick daran hängen blieb.

Ich versuchte blinzelnd, seine makellosen, maskulinen Züge bis in alle Einzelheiten zu erforschen, ehe ich den Blick an ihm herunterwandern ließ. Auch der geschmeidig muskulöse Körper mit den breiten Schultern und den schmalen Hüften war nicht zu verachten.

Also bitte, Kira, schalt ich mich. *Das ist wohl kaum der rechte Augenblick, um einen, wenn auch durchaus attraktiven, Ex-Häftling mit Blicken auszuziehen. Du hast erst mal ganz andere Sorgen. Du bist obdachlos, und du hast keinen Schimmer, wie es für dich weitergehen soll. Also konzentrier dich erst mal darauf, ja?*

Ich knabberte an meiner Unterlippe, doch noch immer konnte ich den Blick nicht von ihm lösen, und mir ging die Frage durch den Kopf, wofür er damals überhaupt verurteilt worden war.

Ich versuchte, wieder geradeaus zu blicken, aber irgendetwas an ihm zog mich magisch an. Nicht nur seine dunkle Schönheit, sondern auch oder vor allem sein Gesichtsausdruck, der spiegelte, was im Moment auch in mir selbst vorging.

Wenn Sie irgendwas zu bieten hätten, irgendeinen Wert …

»Bist du auch verzweifelt, Grayson Hawthorn?«, murmelte ich leise. *Und falls ja, warum?*

Er richtete sich wieder auf, massierte sich die Schläfen und sah sich nach allen Seiten um. Eine Frau, die gerade an ihm vorüberging, drehte ihren Kopf und unterzog ihn einer eingehenden Musterung. Er schien es nicht zu bemerken, und zu ihrem Glück sah sie – zwar enttäuscht, aber rechtzeitig – wieder nach vorn, bevor sie gegen einen der Laternenmasten, die den Gehweg säumten, stieß. Ich lachte leise auf, doch Grayson blickte sich erneut mit leeren Augen um.

Als Nächstes näherte sich ihm ein offensichtlich obdachloser Mann. Er hatte auch schon anderen Passanten seine umgedrehte Mütze hingehalten, von der sich aber bisher alle verlegen abgewandt hatten, und als er jetzt auf Grayson zuging, schüttelte ich mitfühlend den Kopf. *Sorry, alter Mann. Mir scheint, der Typ, der dir was geben soll, ist selber ziemlich klamm.*

Zu meiner Überraschung aber zerrte Grayson seinen Geldbeutel hervor und hielt dem Alten ein paar Scheine hin. Das Innere der Börse blitzte schwarz – es sah aus, als hätte er dem Obdachlosen seine letzten Kröten in die Hand gedrückt. Er nickte kurz, als ihm der Mann in Lumpen überschwänglich dankte, und sah ihm hinterher, bevor er selber in die andere Richtung davonging und meinem Blick entschwand.

Achte darauf, wie sich andere verhalten, wenn sie denken, dass es niemand sieht, mein Schatz. Nur so erfährst du, wie sie wirklich sind.

Wieder konnte ich die Stimme meiner Großmutter so deutlich hören, als säße sie im Wagen neben mir. Dann schreckte mich das Schrillen des Telefons aus meinen Überlegungen. Eilig wühlte ich in meiner Tasche, bis ich es gefunden hatte, und warf einen Blick auf das Display.

Kimberly.

»Hallo«, flüsterte ich und hörte erst mal nichts.

»Kira? Warum flüsterst du?«, flüsterte sie schließlich zurück.

Ich räusperte mich kurz und lehnte mich in meinen Sitz. »Tut mir leid, das Klingeln meines Handys hat mich irgendwie erschreckt. Ich sitze in meinem Wagen vor der Bank in Napa.«

»Konntest du das Sparbuch auflösen?«

»Ja. Es waren zweitausend Dollar und ein paar Zerquetschte drauf.«

»He, das ist doch toll. Oder auf jeden Fall besser als nichts.«

Ich seufzte leise. »Damit kann ich mich zumindest erst mal über Wasser halten. Also ja.«

Im Hintergrund hörte ich die Jungs toben. Meine beste Freundin hielt den Hörer zu, fuhr sie auf Spanisch an und kam dann wieder an den Apparat. »Mein Sofa gehört dir, wenn du es willst.«

»Danke, Kimmy, das ist nett.« Doch das könnte ich ihr niemals antun, denn ihre winzig kleine Wohnung in San Francisco reichte schon für sie, ihren Mann Andy und die vierjährigen Zwillingssöhne nur mit Mühe aus.

Kurz nach dem Schock der ungeplanten Schwangerschaft mit gerade einmal achtzehn hatte sie auch noch den Schock verdauen müssen, dass sie Zwillinge bekam. Und obwohl die jungen Eltern sich bisher sehr tapfer schlugen, war es alles andere als einfach, und das Letzte, was sie brauchen könnten, wäre, dass jetzt auch noch ihre obdachlose Freundin in das winzige Apartment zog und auf ihrem Sofa schlief.

Obdachlos. Ich war tatsächlich *obdachlos.*

Ich atmete tief durch. »Mir fällt schon etwas ein.« Ich biss mir auf die Lippe und die Hoffnungslosigkeit des Morgens wurde durch Entschlossenheit ersetzt. Wieder sah ich Grayson Hawthorns unglückliche Miene vor mir, und ich fragte: »Kimmy, hattest du schon einmal das Gefühl, als eröffne sich dir plötzlich ein vollkommen neuer Weg? Als wollte dir das Schicksal deutlich machen, wie es für dich weitergehen soll?«

Nach einer kurzen Pause stieß sie hervor: »O nein! Auf keinen Fall. Ich kenne diesen Ton. Er bedeutet, dass du irgendwas im Schilde führst, was ich versuchen muss, dir auszureden – auch wenn ich inzwischen wissen sollte, dass ich mir die Mühe sparen kann. Du willst doch wohl nicht wirklich diesen hanebüchenen Plan durchziehen und dir einen Ehemann im Internet suchen, denn ich …«

»Keine Bange«, fiel ich ihr ins Wort. »Ich habe eine andere, viel bessere Idee.«

Stöhnend fragte Kimberly: »Eine dieser ganz spontanen, sehr schlechten Ideen, die nie zu etwas Gutem führen? Die völlig hirnverbrannt und meistens alles andere als ungefährlich sind?«

Ich musste einfach grinsen. »Ach, hör auf. Ich habe oft spontan Ideen, die alles andere als hirnverbrannt sind und auch völlig ungefährlich.«

»Wie, als du deine selbst kreierte Bio-Gesichtsmaske mit Kräutern aus dem eigenen Garten auf dem Markt verkaufen wolltest?«

Lächelnd dachte ich an das – okay, misslungene – Experiment zurück. »Ach, das. Die Formel hätte fast gestimmt. Ich stand kurz vor dem Durchbruch, nur dass meine Testperson im letzten Augenblick gekniffen hat.«

»Mein Gesicht war eine Woche lang giftgrün. Und genau in dieser Woche haben wir die Schulfotos gemacht.«

Ich lachte leise auf. »Meinetwegen, also gut, das war ein Schlag ins Wasser, aber schließlich waren wir da erst zehn.«

»Und mit sechzehn wolltest du mit mir zusammen heimlich abends aus dem Fenster klettern, nur weil Carter Scott uns zu der blöden Party eingeladen hat.«

»Das hätte funktionieren können …«

»Hätte nicht die Feuerwehr ausrücken müssen, um mich von dem blöden Dach zu holen.«

»Ich kann doch nichts dafür, dass du schon damals eine solche Memme warst.«

»Und was war, als du in den Sommerferien aus dem College kamst und uns zum japanischen Essen eingeladen hast? Du hast uns alle in bescheuerte Kimonos gesteckt, und es war das reinste Wunder, dass niemand an dem verfluchten Fisch gestorben ist.«

»Woher hätte ich denn bitte wissen sollen, dass man eine eigene Ausbildung nur für die Zubereitung dieses Fisches braucht? Und vor allem ist das ja wohl ewig her.«

»Gerade mal zwei Jahre.« Sie versuchte, möglichst streng zu klingen, was ihr aber leider nicht gelang.

Inzwischen lachte ich aus vollem Hals. »Okay, jetzt hast du's mir gegeben, elendige Besserwisserin. Aber trotz allem liebst du mich.«

»Das stimmt«, räumte sie seufzend ein. »Ich kann einfach nicht anders, denn du bist nun mal ein furchtbar liebenswerter Mensch.«

»Ich schätze, das kann man auch anders sehen.«

»O nein, das kann man nicht. Dein Vater ist ein Arschloch, aber dieses Thema haben wir schon x-mal durchgekaut. Und, Schätzchen, die Geschichte ist jetzt ein Jahr her. Höchste Zeit, über die Dinge zu sprechen, die damals passiert sind, auch wenn du gerade erst zurückgekommen bist.«

Wieder biss ich mir auf die Lippe, und obwohl sie mich durchs Telefon hindurch nicht sehen konnte, schüttelte ich vehement den Kopf. »Noch nicht«, sagte ich leise. »Es hat gutgetan, mit dir zu lachen, aber ernsthaft, Kim, ich stecke augenblicklich richtig in der Scheiße, und ich fürchte, dass mir nur noch eine meiner ganz schlechten Ideen helfen kann.« Meine Stimme klang gepresst, denn auch wenn es Kimberly wie gewöhnlich gelungen war, mich aufzumuntern, hatte ich zum ersten Mal in meinem Leben echte Angst.

»Ich weiß«, gab sie verständnisvoll zurück. »Und wenn du wirklich fest entschlossen bist, keinen der Kontakte deines Vaters anzuhauen, wirst du wohl oder übel kellnern müssen, bis du weißt, wie es für dich weitergehen soll.«

Ich seufzte tief. »Vielleicht. Wobei du doch bestimmt

nicht ernsthaft willst, dass mich jemand auch nur in die Nähe einer Küche lässt.«

»Da hast du leider recht.« Wieder lag ein Lächeln in der Stimme meiner Freundin, und sie fügte aufmunternd hinzu: »Egal, wie du dich entscheidest, wir bleiben für alle Zeit die beiden Kats, okay?« Den Namen hatte ich mir mit zwölf für uns ausgedacht, als ich durch Singen auf der Straße Geld verdienen wollte, um ein Patenkind in Afrika zu unterstützen. Mein Vater hatte sich geweigert, das zu tun. Bevor wir auch nur einen Cent hatten ersingen können, hat er uns allerdings dabei erwischt, wie wir uns in den von mir selbst entworfenen bunten Papierkostümen aus dem Haus schleichen wollten, und mir vier Wochen Hausarrest erteilt. In jenem Monat hat Kimmys Mom das Geld für die Unterstützung Khotsos bezahlt und auch danach immer dann, wenn ich selbst die fünfundzwanzig Dollar nicht zusammenbekam.

»Du bleibst für immer meine Kimmy Kat.«

»Und du für immer meine Kira Kat. Trotzdem muss ich erst mal Schluss machen. Die Jungs sind wieder einmal außer Rand und Band.« Ihre Stimme wurde fast von Levis und von Micahs kreischendem Gelächter und dem Trommeln ihrer kleinen Füße auf dem Boden übertönt. »Hört auf zu rennen, Jungs! Und hört vor allem auf zu *schreien*!« Sie hielt das Telefon aus Rücksicht auf mein Trommelfell ein Stückchen von sich fort, bevor sie es noch mal ans Ohr nahm und mich fragte: »Kommst du heute Abend klar?«

»Auf jeden Fall. Vielleicht gehe ich sogar so weit, mir ein günstiges Hotelzimmer im Ort zu nehmen und hinunter an den Fluss zu gehen. Dort fühle ich mich meiner Grandma immer ganz besonders nah.«

Ich verschwieg ihr, dass mein Vater heute schon in aller Frühe vor der Tür der Wohnung, die er mir bezahlte, herumgeschrien hatte und ich eilig nur mit den paar Sachen, die ich jetzt im Kofferraum herumkutschierte, durch das Fenster abgehauen war. Sonst würde sie sich nur Sorgen machen, doch fürs Erste hatte ich ein wenig Bargeld und eine Idee, die ihrer Meinung nach wahrscheinlich noch viel schlechter war als alle anderen ganz schlechten Ideen, auf die ich je gekommen war.

Natürlich würde ich die Sache erst nach gründlichen Recherchen endgültig entscheiden, und ich würde eine Liste all der Vor- und Nachteile des Plans erstellen, damit ich klarer sah.

»Gott hab sie selig. Deine Großmutter war eine wirklich tolle Frau.«

»Auf jeden Fall«, stimmte ich zu. »Küss die Jungs von mir. Ich rufe morgen wieder an.«

»Okay. Bis dann. Und, Kira, ich bin wirklich froh, dass du wieder hier in der Gegend bist. Du hast mir fürchterlich gefehlt.«

»Du mir auch. Bye, Kimberly.«

Nach Ende des Gesprächs blieb ich noch kurz in meinem Wagen sitzen und suchte im Internet nach günstigen Hotels.

2 Grayson

»Ich fürchte, wir brauchen eine neue Pumpe, Sir, denn diese hier ist hin.«

Leise fluchend legte ich den Schraubenschlüssel wieder in den Werkzeugkasten und stand auf. Natürlich hatte José recht. Ich wischte mit dem Unterarm den Schweiß von meiner Stirn und lehnte mich nickend an die nutzlose Maschine, die es wie so viele andere auf dem Gut zu reparieren oder auszutauschen galt.

José bedachte mich mit einem mitfühlenden Blick. »Aber der Abbeerer läuft wieder wie geschmiert. Aus meiner Sicht ist er so gut wie neu.«

»Endlich einmal eine gute Nachricht«, antwortete ich und hob den Werkzeugkasten auf. Die anderen Nachrichten der letzten Zeit waren alle schlecht gewesen, also klammerte ich mich an jeden Strohhalm, der sich mir in meiner momentanen Lage bot. »Danke, José. Und jetzt werde ich erst mal duschen gehen.«

Er nickte. »Irgendwelche Neuigkeiten von der Bank, Sir?«

Ich blieb stehen, drehte mich aber nicht noch einmal zu ihm um.

»Es gibt keinen Kredit.« Als er nicht reagierte, setzte ich den Weg in Richtung Wohnhaus fort. Ich konnte deutlich spüren, wie sich mir seine Enttäuschung in den Rücken brannte, denn obwohl ich mir geschworen hatte, den Betrieb des Weinguts aufrechtzuerhalten, und es nichts gab, was mir mehr am Herzen lag, musste José eine Familie ernähren, deren jüngstes Mitglied erst vor ein paar Wochen auf die Welt gekommen war. Und wenn ich versagte, stünden außer mir auch meine Leute ohne Arbeit da.

Wenn Sie irgendwas zu bieten hätten, irgendeinen Wert …

Zähneknirschend dachte ich an diesen Satz zurück, bei dem es ganz eindeutig nicht allein um meinen finanziellen Hintergrund gegangen war. Er hatte mich daran erinnert, dass ich auch ansonsten völlig nutzlos war.

Wenn Sie irgendwas zu bieten hätten.

Wenn …

Mit diesem großen *Wenn* und einem Dollar in der Tasche könnte ich mir vielleicht eins der Angebote bei McDonald's leisten, aber sonst auch nichts.

Immer wieder ging ich in Gedanken die Was-wäre-Wenns in meinem Leben durch, auch wenn das schmerzlich und vor allem reine Zeitvergeudung war.

Ich brauchte ganz sicher keinen zusätzlichen Grund, mich selber zu verachten, denn das tat ich schon mein Leben lang.

Ich verdrängte diesen Gedanken, denn ich wusste aus persönlicher Erfahrung, wie schwierig es war, aus diesem tiefen Loch wieder herauszukommen, wenn man erst einmal im Selbstmitleid versank. Es war besser, sich in Kälte und Gefühllosigkeit einzuhüllen, die Verzweiflung weitestgehend in Schach zu halten und mit der Arbeit fortzufahren.

Am Schluss hatte mein Vater mich als wert erachtet, seine Arbeit fortzusetzen, und ich hatte mir geschworen, mich als seiner würdig zu erweisen, was mir bis zu seinem Tod niemals gelungen war.

Es war früher Abend, irgendwo in meiner Nähe summten ein paar Bienen, und ich roch den Duft der Rosen, die der ganze Stolz meiner verhassten Stiefmutter gewesen waren. Ich blieb stehen und betrachtete zufrieden die Reihen der Rebstöcke, die voller süßer Trauben hingen. Ich spürte, dass es eine gute Ernte würde. Und vor allem *müsste* sie es werden, weil mich nur die Aussicht darauf weitermachen ließ, auch wenn ich keine Ahnung hatte, was ich mit den Trauben machen sollte, stünde ich im Herbst noch immer ohne funktionierende Maschinen da. Ich hatte praktisch alles aus dem Haus, was irgendeinen Wert besaß, verkauft, sonst hätte ich nicht mal genügend Geld für die Setzlinge gehabt …

Ein paar Minuten später trat ich durch die Tür des Hauses, das von meinem Vater aus Naturstein im Stil der alten Welt errichtet worden war. Ein echtes Prunkstück, das ich allerdings genau wie die Maschinen erst mal gründlich hätte überholen lassen müssen, was in meiner finanziellen Lage jedoch völlig ausgeschlossen war.

»Die Pumpe ist also endgültig hin.« Mit diesen aufmunternden Worten nahm mich Walter, der Familienbutler und Mädchen für alles auf dem Weingut, in Empfang.

Ich knirschte mit den Zähnen. »So sieht's aus.«

»Ich habe eine Liste sämtlicher Geräte, die wir reparieren oder ersetzen müssen, angelegt und sie entsprechend ihrer Dringlichkeit farblich markiert.«

Na toll. Jetzt hatte ich es also schriftlich, dass die Rettung dieses Weinguts ein im Grunde hoffnungsloses Unterfangen war.

Ich hörte auf, in meiner Post zu blättern, die auf dem Tischchen in der Eingangshalle lag. »Bist du jetzt auch noch mein Sekretär, Walter?«

»Jemand muss den Job ja machen, Sir. Das Weingut ist zu groß, als dass ein Mensch es ganz alleine führen könnte.«

»Darf ich dich was fragen, Walter?«

»Selbstverständlich, Sir.«

»Gibt es vielleicht auch eine Liste mit verschiedenen Möglichkeiten, um die Reparaturen und den Austausch der Maschinen in der ersten Liste zu bezahlen?«

Er schüttelte den Kopf. »Nein, Sir, die Ideen, die ich diesbezüglich hatte, hatten Sie auch selber alle schon. Trotzdem hoffe ich, dass Ihnen diese Liste vielleicht eine Hilfe ist.«

»Ganz sicher nicht«, gab ich zurück und stapfte auf die Treppe zu. »Und ich habe dir schon tausendmal gesagt, dass du mich weder siezen noch *Sir* nennen sollst. Du kennst mich schließlich schon, seit ich ein Baby war.«

Vor allem hatte ich die Anrede ganz sicher nicht verdient. Walter Popplewell aus England war seit über dreißig Jahren hier im Haus, aber obwohl er selber wissen musste, dass er dreimal mehr Respekt verdiente als ich, schien seine Butler-Ehre es ihm zu gebieten, sprachlich höfliche Distanz zu mir als neuem Herrn des Hauses zu halten.

Er hüstelte diskret. »Hier ist noch jemand, der Sie sprechen möchte, Sir.«

Verwundert drehte ich mich zu ihm um. »Und wer soll das sein?«

Er hüstelte erneut. »Jemand, der nach einem Job sucht, Sir.«

Ich rollte mit den Augen. *Himmel noch mal!* »Wie blöd muss jemand sein, dass er sich hier um einen Job bewirbt? Okay, dann wimmle ich den Typen erst mal ab.«

Walter zeigte auf die Küche, wo sich Charlotte, seine Frau und unsere Haushälterin, lachend mit dem Besucher unterhielt.

Also ging ich statt hinauf ins Bad erst einmal in die Küche, wo ein Mann vor einem Teller Plätzchen an dem großen Holztisch saß. Er sprang eilig auf, als ich den Raum betrat, und warf dabei den Teller auf den Boden, wo das Porzellan in tausend Stücke sprang.

»Oje!«, rief Charlotte aus und ließ das Milchglas, das sie gerade hatte füllen wollen, auf der Arbeitsplatte stehen. »Schon gut, Virgil, das ist nicht schlimm. Sprich du einfach mit Mr Hawthorn, und ich sammle in der Zeit die Scherben ein. Mach dir darüber keine Gedanken, ja?«

Der Mann war fast zwei Meter groß, hatte ein rundliches Gesicht, trug eine Khakihose, ein blau-weiß gestreiftes T-Shirt und eine Giants' Baseballmütze auf dem Kopf. Ängstlich blickte er zwischen mir und dem kaputten Teller hin und her.

Ich trat auf ihn zu und reichte ihm die Hand. »Grayson Hawthorn.«

Zögernd schüttelte er meine Hand, und als er endlich wagte, aufzusehen, verriet sein arglos-unschuldiger Blick, dass er geistig zurückgeblieben war.

So etwas hatte mir jetzt gerade noch gefehlt.

»Mein Name ist Virgil Potter, Sir, Hawthorn, Grayson, Sir.« Er zog seine Hand zurück, sah schüchtern dorthin, wo Charlotte mit Besen und mit Kehrblech auf dem Boden kniete, zuckte leicht zusammen und schaute mich wieder an. »Wie der Zauberer, Sir, nur ohne Narbe auf der Stirn. Aber ich habe eine Narbe auf dem Rücken, weil ich mal zu nah an unseren Heizlüfter gekommen bin, als ich …«

»Also, Mr Potter«, fiel ich ihm ins Wort. »Was kann ich für Sie tun?«

»Oh, Sie müssen nicht Mister zu mir sagen, Sir. Nennen Sie mich einfach Virgil.«

»Meinetwegen, Virgil.«

Ich ignorierte Charlottes durchdringenden Blick und sah ihm weiter ins Gesicht.

Virgil trat nervös von einem auf den anderen Fuß, wandte sich zu Charlotte um, die lächelnd zu ihm aufblickte. Eilig nahm er seine Mütze ab, als fiele ihm verspätet ein, dass er sie trug, und hielt sie zwischen seinen großen Händen fest. »Ich hatte gehofft, Sir … nun … ich brauche eine Arbeit, Sir … und dachte, dass ich Ihnen vielleicht auf dem Weingut helfen kann. Ich habe gehört, wie ein paar Leute in der Stadt gesagt haben, Sie könnten dieses Weingut kaum am Laufen halten, und ich dachte, dass ich Ihnen vielleicht bei der Arbeit helfen kann. Und wissen Sie, ich würde nicht viel kosten, weil ich nicht so schlau wie manche anderen Leute bin. Aber meine Mama sagt, ich könnte sehr hart arbeiten und sollte fragen, ob ich nicht bei Ihnen einen Job bekommen kann.«

Ich seufzte. Genau so etwas hatte mir jetzt noch gefehlt. Natürlich hatte ich zu wenig Leute, doch ich konnte schon die wenigen, die mir geblieben waren, nur mit Müh und Not bezahlen, und ich könnte es mir ganz bestimmt nicht leisten, noch jemanden anzustellen, den ich obendrein bei der Arbeit überwachen müsste, weil er geistig zurückgeblieben war.

»Virgil …«, fing ich an, doch er fiel mir ins Wort.

»Sie müssen wissen, Sir, dass meine Mama nicht mehr putzen gehen kann. Dafür tut ihr der Rücken zu weh. Und wenn ich keine Arbeit habe, haben wir kein Geld, um Essen einzukaufen, und ich weiß, ich werde gute Arbeit leisten, wenn mir jemand eine Chance gibt.«

Meine Güte. Ich bedachte Charlotte, die inzwischen vor den Mülleimer getreten war, mit einem bitterbösen Blick. *Sie* steckte hinter dieser Sache, doch was hatte sie sich nur dabei gedacht? Wenn ich das Weingut nicht am Laufen halten konnte, stünden auch sie und Walter ohne Arbeit da.

Ich kniff die Augen zu und schlug sie wieder auf. »Es tut mir leid, Virgil, aber ich kann …«

»Ich weiß, wahrscheinlich denken Sie, wenn Sie mich anschauen, dass ich nichts zu bieten habe. Aber, Sir, ich habe was zu bieten, und ich könnte Ihnen wirklich nützlich sein.« Er sah mich hoffnungsvoll aus großen Kinderaugen an.

Wenn Sie irgendwas zu bieten hätten …

»Meinetwegen, Virgil, du bist engagiert«, erklärte ich, bedachte aber Charlotte, die zufrieden lächelte, erneut mit einem bösen Blick. Dann wandte ich mich wieder Virgil zu und hob abwehrend die Hände, als ich die vor Freude aufgerissenen Augen sah. »Allerdings kann ich nur wenig zahlen, und vor allem müssen wir erst einmal sehen, ob es wirklich funktioniert. Manchmal arbeiten wir bis zum späten Abend, und ich habe draußen keinen Wagen stehen sehen. In der Kelterei stehen ein paar Pritschen, von denen du im Notfall eine benutzen kannst. Ich stelle dich erst mal für einen Monat ein, und dann werden wir weitersehen, in Ordnung?« *Wenn es dieses Weingut dann noch gibt,* schränkte ich gedanklich ein, doch Virgil nickte glücklich und zerrte derart an seiner armen Mütze, dass sie sicher längst nicht mehr zu tragen war. »Sie werden es ganz sicher nicht bereuen, Sir. Ich werde sehr hart arbeiten und Sie ganz sicher nicht enttäuschen, Sir.«

»In Ordnung, gut, Virgil. Wegen des Vertrags kommst du am besten morgen noch mal wieder und bringst deinen Ausweis mit. Wäre neun für dich okay?«

Virgil nickte immer noch. »Ich werde da sein, Sir. Aber ich werde früher kommen. Spätestens um sieben«, versprach er mir.

»Neun Uhr reicht, Virgil, und bitte nenn mich Grayson«, bat ich ihn.

»Ja, Sir, Grayson, Sir. Neun Uhr. Okay.«

Grinsend lenkte Virgil seinen großen, plumpen Körper Richtung Tür, winkte Charlotte zu und stürzte, ehe ich es mir noch einmal überlegen konnte, aus dem Raum.

Schweigend beobachtete ich durch das Fenster, wie der Mann das Haus verließ und schwerfällig zu dem Tor lief, das das Grundstück von der Straße trennte. Mit dem x-ten stummen Fluch des Tages wandte ich mich wieder Charlotte zu und funkelte sie zornig an. »Wenn ich es nicht besser wüsste, würde ich behaupten, dass das ein Versuch war, mir das Leben noch schwerer zu machen, als es ohnehin schon ist.«

»Ach, aber du weißt es besser, Junge. Du weißt ganz genau, dass ich dich unterstütze, wo ich kann.«

Natürlich tat sie das.

Ich schnaubte aus Prinzip, doch sie grinste nur, trat vor die Spüle und ließ heißes Wasser ein.

Wortlos wandte ich mich ab und ging ins Bad. Ich trank so gut wie nie, doch heute Abend würde ich mich hemmungslos besaufen, weil die Rückschläge des Tages nur auf diese Weise zu verkraften waren.

♥

Der morgendliche Sonnenschein, der durch die Fenster strömte, tauchte das Foyer in goldenes Licht, als ich nach einer ausschweifenden Nacht die Treppe runterkam. Mir dröhnte der Schädel, und ich schirmte meine Augen mit der Hand gegen die Helligkeit des Morgens ab. Natürlich hatte ich die Kopfschmerzen verdient, doch meine Sauftour hatte sich gelohnt, denn ich hatte meine zahlreichen Probleme wenigstens vorübergehend im Alkohol ertränkt. Ich arbeitete ohne Unterlass, kam aber trotzdem nicht voran. Und gestern nach dem Banktermin … nun ja, ich hatte es verdient, mich sinnlos zu betrinken, weil auch ich gelegentlich an meine Grenzen kam.

»Gray, mein Lieber, guten Morgen. Hier ist jemand, der dich sprechen möchte«, nahm mich Charlotte lächelnd unten in Empfang. »Oh.« Sie runzelte die Stirn. »Du siehst aus, als ob du unter die Räuber gefallen wärst.«

»Wer ist es denn diesmal?«, ging ich achtlos über ihren letzten Satz hinweg. Was konnte derart wichtig sein, dass irgendwer um diese unchristliche Uhrzeit hier erschien? Ich fühlte mich erbärmlich, und ich hatte bisher nicht mal Zeit zum Frühstücken gehabt. »Ich nehme an, es geht auch dieses Mal um einen Job? Vielleicht sucht dieses Mal ja jemand Arbeit, dem die Arme oder Beine fehlen?«

Charlotte lächelte mich einfach weiter an. »Ich glaube nicht, dass sie nach Arbeit sucht, und körperlich und geistig wirkt sie völlig unversehrt. Sie hat mir nicht gesagt, weswegen sie dich sprechen möchte, also habe ich sie erst mal ins Büro geführt.«

»Sie?«

»Eine junge Frau. Sie hat sich mir als Kira vorgestellt, und sie ist wirklich hübsch.« Charlotte zwinkerte mir fröhlich zu.

Nun, vielleicht fing dieser Tag ja besser als erwartet an. Ich hoffte nur, ich wäre nicht irgendwann einmal mit dieser jungen Frau im Bett gewesen und hätte mich danach wie so häufig einfach heimlich aus dem Staub gemacht …

Ich nahm zwei Schmerztabletten, ging mir einen Kaffee in der Küche holen und trug den Becher in das große Arbeitszimmer, das von meinem Vater eingerichtet worden war.

Eine junge Frau in einem weich fallenden, cremefarbenen Seidenkleid stand vor dem großen Buchregal und schaute sich die Titel an. Als ich mich räusperte, fuhr sie herum, das Buch, das sie aus dem Regal genommen hatte, fiel ihr aus der Hand, und erschrocken griff sie sich ans Herz. Sie riss die Augen auf, bückte sich geschmeidig nach dem Buch und stieß dabei ein leicht gepresstes Lachen aus. »Entschuldigung. Sie haben mich erschreckt.« Sie richtete sich wieder auf und trat entschlossen auf mich zu.

»Sorry, tut mir leid. Grayson Hawthorn, richtig?« Sie legte das Buch zur Seite und gab mir die Hand. Sie war etwas kleiner als der Durchschnitt, schlank, mit glänzendem, kastanienbraunem Haar, das sie in einer Art Knoten trug. Sie war tatsächlich hübsch, doch leider nicht mein Typ. Ich stand eher auf große, elegante, blonde Frauen. Vor allem auf eine ganz bestimmte große, elegante, blonde Frau. Doch die Erinnerung an sie war schmerzlich, und entschlossen wandte ich mich wieder meinem Gegenüber zu.

Erst als diese Kira direkt vor mir stand, nahm ich die großen Augen mit den dichten, fein geschwungenen Brauen in der Farbe ihrer Haare wahr. So grüne Augen hatte ich noch nie gesehen. Sie sahen wie zwei leuchtende Smaragde aus, und plötzlich kam es mir so vor, als könnten diese Augen mehr als andere Augen sehen. Sie zogen mich in ihren Bann, und mühsam atmete ich ein.

Entschlossen trat ich einen Schritt zurück, nahm aber ihre Hand und hatte das Gefühl, als ob die Wärme ihrer Hand meinen Arm entlangwanderte.

Stirnrunzelnd zog ich meine Hand zurück.

»Und Sie sind?«, fragte ich und hörte selbst, wie unfreundlich ich klang.

»Kira«, sagte sie, als würde das etwas erklären. Enttäuschung wogte in mir auf, als sie die leuchtend grünen Augen einen Moment schloss, doch dann blickte sie wieder auf und sah mir ins Gesicht. »Verzeihung, aber könnten wir uns vielleicht setzen?«

Ich wies ihr mit dem Kopf den Stuhl, der vor dem großen Mahagonischreibtisch stand, und nahm selbst dahinter in dem großen Ledersessel Platz.

»Kaffee?«, fragte ich. »Ich bitte Charlotte, Ihnen eine Tasse zu bringen.«

Was wollte diese Frau nur von mir? Ich hatte sie noch nie zuvor gesehen.

»Nein danke«, lehnte sie kopfschüttelnd ab. »Sie hat mir schon einen angeboten.« Eine Strähne löste sich aus ihrem Knoten und mit einem ärgerlichen Stirnrunzeln strich sie sie glatt.

Ich massierte mir die Schläfe, weil mir immer noch der Schädel dröhnte, und am liebsten hätte ich geblinzelt, als mich abermals der Blick aus ihren grünen Augen traf.

Sie atmete tief durch und richtete sich kerzengerade auf. Da ihr Stuhl nicht direkt vor dem Schreibtisch stand, konnte ich problemlos ihre wohlgeformten Waden und die schlanken Knöchel in den blauen, hochhackigen Sandalen sehen. Ihre Handtasche, die auf ihrem Schoß lag, war mit Perlen in genau demselben Blau bestickt, und selbst als ausgewiesener Modemuffel konnte ich dank meiner kaltherzigen Stiefmutter, die der Inbegriff gepflegter Dekadenz gewesen war, erkennen, wenn ein Outfit teuer war.

»Ich will Sie nicht zur Eile drängen, aber leider habe ich nicht endlos Zeit.«

Abermals riss sie die Augen auf. »Richtig. Ja, natürlich. Verzeihen Sie mein Zögern. Tja, nun, ich nehme an, am besten komme ich gleich auf den Punkt. Ich will Ihnen ein Geschäft vorschlagen.«

»Ein Geschäft?« Ich zog skeptisch eine Braue hoch.

Sie nickte und befingerte nervös die lange goldene Kette, die sie um den Hals trug. »Tja, nun, tatsächlich, Mr Hawthorn, denke ich, wir sollten heiraten.«

Vor lauter Überraschung hätte ich beinah den Kaffee, den ich gerade hatte trinken wollen, wieder ausgespuckt. »Wir sollten *was*?«

In ihren wundervollen Augen blitzte etwas auf, das ich nicht definieren konnte, und entschlossen fuhr sie fort: »Bitte hören Sie sich meinen Vorschlag an. Ich bin überzeugt, dass wir beide davon profitieren könnten.«

»Und woher wollen Sie wissen, wovon ich womöglich profitieren könnte, Miss … am besten sagen Sie mir erst mal, wie Sie heißen. Bisher haben Sie sich nur als Kira vorgestellt.«

Trotzig reckte sie ihr kleines Kinn. »Dallaire. Kira Dallaire.«

»Dallaire?« Ich runzelte die Stirn. Den Namen kannte ich. »San Francisco hatte einmal einen Bürgermeister, der so hieß.«

»Genau.« Sie reckte abermals ihr Kinn, was eine ausnehmend *hochmütige* Geste war. Aber schließlich war sie ja auch eine reiche Erbin und gehörte zum politischen Establishment. Ich wusste kaum etwas über Frank Dallaire, außer dass er zweimal in Folge zu San Franciscos Bürgermeister gewählt worden war und mit Immobilien oder etwas in der Richtung viel Geld verdient hatte. Auf jeden Fall tauchte sein Name ständig in der Reiche-Leute-Liste unseres Landes auf. Was zum Teufel machte also seine Tochter hier?

»Dann sollte ich wohl eher fragen, Ms Dallaire, wie in aller Welt Sie selbst von einer solchen Heirat profitieren sollten«, meinte ich und lehnte mich gespannt auf meinem Stuhl zurück.

Sie seufzte, sah aber auch weiter irgendwie hochmütig aus. »Ich stecke augenblicklich in der Klemme, Mr Hawthorn«, gab sie unumwunden zu. »Mein Vater und ich …« Sie knabberte an ihrer Unterlippe, bis sie wusste, wie sie es am besten formulieren sollte, und fuhr fort: »Wir haben uns zerstritten, und ich brauche Geld, damit ich ohne seine Unterstützung überleben kann.«

Ich sah ihr forschend ins Gesicht und lachte leise auf. »Da hat Sie irgendwer nicht richtig informiert. Ich kann Ihnen versichern, Ms Dallaire, dass Sie von unserer Hochzeit finanziell bestimmt nicht profitieren würden. Ganz im Gegenteil.«

Sie schüttelte den Kopf und beugte sich leicht vor. »Wir würden *beide* davon profitieren, glauben Sie es mir.«

»Das fällt mir schwer.« Ich hatte wirklich keine Zeit für diesen Unsinn und ließ mir meinen Unmut inzwischen auch deutlich anhören.

Doch sie fuhr unerschrocken fort: »Nun, mir kam zu Ohren, dass Ihr Weingut, nun, dass es in finanziellen Schwierigkeiten steckt. Das heißt, Sie brauchen dringend Geld.«

Wütend riss ich meine Hand von meiner Schläfe und bedachte sie mit einem kalten Blick. »Und das wissen Sie woher?«

Wieder reckte sie ihr Kinn. »Ich habe Sie gegoogelt.«

»Ach.«

»Und, tja, nun, ich habe gestern, als ich auf der Bank war, zufällig mit angehört, dass Ihnen ein Kredit verweigert wurde.« Ich verfolgte reglos, wie ihr eine leichte Röte in die Wangen stieg. Nun, zumindest hatte sie noch so viel Anstand, sich für ihre Lauscherei zu schämen. »Zufällig« mit angehört, dass ich nicht lachte.

Voller Zorn und Scham wegen der Dinge, die sie mitbekommen haben musste, richtete ich mich in meinem Sessel auf. »Sie haben also ein Gespräch von mir belauscht, mich gegoogelt, und jetzt bilden Sie sich ein, Sie wüssten über mich Bescheid?« *Was zum Teufel bildete sich diese unverschämte Göre ein?*

Ihre Miene wurde sanft, und mein Körper reagierte sofort mit Verlangen, als sie ihre kleine, pinkfarbene Zunge über ihre Unterlippe gleiten ließ. Gewaltsam unterdrückte ich die in mir aufsteigende Lust – diese eingebildete Prinzessin hatte ganz sicher nichts, was mich reizte. Noch dazu hatte ich erst letzte Nacht mit einem hübschen blonden Mädchen namens Jade, das nach Melone oder vielleicht Ananas geduftet hatte, schweißtreibenden Sex gehabt. Ihr Enthusiasmus war zu Anfang ansteckend gewesen, doch am Ende war ich irgendwie leicht unbefriedigt und in den Geruch von Obstsalat gehüllt hierher zurückgekehrt.

Am besten konzentrierte ich mich erst mal wieder auf den Rotschopf, der mir gegenübersaß. Oder waren ihre Haare eher braun? Auf alle Fälle waren sie seidig weich, und wie als Reaktion auf meine Überlegungen glitt wieder eine Strähne aus dem Knoten, und sie schob sie sich entschlossen hinters Ohr.

»Natürlich kenne ich nicht alle Einzelheiten, doch ich weiß, Sie brauchen Geld und haben nicht viele Möglichkeiten, auch oder vor allem aufgrund Ihrer … Vergangenheit.« Wieder stieg ihr eine leichte Röte ins Gesicht, und eilig fuhr sie fort. »Ich brauche ebenfalls so schnell wie möglich Geld. Tatsächlich bin ich auch nicht besser dran als Sie.«

Ich stieß den nächsten Seufzer aus. »Wenn Sie zu Ihrem Daddy gehen würden, gäbe es doch sicher eine Lösung. Die gibt es fast immer.« Nur für mich in meiner Lage leider nicht.

Ihre Augen sprühten Funken, aber ihr Gesicht blieb völlig ausdruckslos. »O nein, ich werde sicher nicht zu meinem *Daddy* gehen. Ich habe ihn seit unserem Streit vor über einem Jahr nicht mehr gesehen.«

»Mhm. Und wie sind Sie bisher allein zurechtgekommen?«

»Ich war ein paar Monate im Ausland.«

Wahrscheinlich auf Europareise, während der sie wechselweise shoppen und am Strand gewesen war. Ich lenkte meinen Blick zurück auf ihre Beine, und natürlich waren sie angenehm gebräunt. Wahrscheinlich hatte sie auf dieser Reise ihre ganze Kohle rausgehauen, und jetzt war Daddy nicht bereit, ihr Konto wieder aufzufüllen. Was wirklich tragisch war.

»Haben Sie ein Problem damit, sich einen Job zu suchen? Sie haben doch sicher eine Ausbildung gemacht.«

»Ich bin… vorzeitig vom College abgegangen«, gab sie zu. »Und nein, natürlich macht es mir nichts aus, mir einen Job zu suchen, wenn es nötig ist. Aber …« Wieder richtete sie sich zu ihrer ganzen Größe auf und sah mich reglos an. »Ich bin heute hergekommen, weil ich glaube, dass es für uns beide eine bessere Möglichkeit gibt.«

Wieder fing mein Schädel an zu brummen. Warum hörte ich mir diesen Schwachsinn überhaupt so lange an?

»Okay, können wir das hier kurz machen? Wie Sie selbst so zutreffend gesagt haben, steht es um mein Weingut nicht zum Besten, und um noch etwas zu retten, fange ich am besten sofort mit der Arbeit an.«

»Okay. Tja, nun, Sie sollten wissen, Mr Hawthorn, dass meine Großmutter, die Mutter meines Vaters, aufgrund des wirtschaftlichen Geschicks meines Großvaters als ausnehmend wohlhabende Frau gestorben ist. Sie hat ihr Vermögen ihren beiden Enkelkindern hinterlassen, mir und einem Vetter, dem ich vor zehn Jahren zum letzten Mal begegnet bin. Leider aber hat sie festgelegt, dass wir unser Erbe erst zu unserer Hochzeit oder unserem dreißigsten Geburtstag ausbezahlt bekommen, je nachdem, was früher kommt.«

Ich lehnte mich zurück, bildete ein Dreieck mit den Fingerspitzen und bedachte sie mit einem ausdruckslosen Blick.

»Deshalb mein Vorschlag«, fuhr sie eilig fort. »Wir könnten heiraten, das Geld teilen, uns dann wieder scheiden lassen und getrennte Wege gehen.«

Wieder hob ich eine Braue an. »Das Geld teilen. Von wie viel Geld reden wir genau?«

»Von siebenhunderttausend Dollar.«

Wovon die Hälfte immer noch *dreihundertfünfzigtausend Dollar* waren.

Mein Herz fing an zu rasen. Das war mehr als das mir von der Bank verwehrte Darlehen. Genug, um den Maschinenpark und selbst das Haus auf Vordermann zu bringen, den Wein, der momentan in Fässern lagerte, in Flaschen abzufüllen und mindestens zwei zusätzliche Leute einzustellen. Und wenn die neue Ernte auch nur annähernd so gut würde, wie ich voraussah, hätte ich das Weingut innerhalb von weniger als einem Jahr gerettet und meinen im Namen meines Vaters abgelegten Schwur erfüllt.

Ich antwortete nicht, denn erst mal musste ich den Vorschlag dieser jungen Frau verdauen, und vor allem hoffte ich sie nervös zu machen, indem ich schwieg.

Doch sie blieb völlig ruhig, und schließlich meinte ich: »Das klingt tatsächlich ziemlich interessant. Und es gibt keine Klausel, die bestimmt, wann eine Scheidung frühestens möglich ist?«

Sie schüttelte den Kopf und atmete erleichtert auf. Wahrscheinlich ging sie davon aus, dass ich ernsthaft überlegte, auf diesen verrückten Vorschlag einzugehen.

Tat ich das?

Und wäre dieses Vorgehen wirklich legitim?

Es gab doch sicher einen Haken bei der ganzen Angelegenheit. Es wäre einfach zu schön, um wahr zu sein.

Mir wurde etwas schwindelig, was aber nicht mehr an dem Kater lag.

»Nein, aber mein Vater wäre … alles andere als erfreut, wenn er erführe, dass ich heirate, um an das Erbe meiner Grandma zu gelangen und es dann mit … jemandem zu teilen.« Ein Ausdruck, den ich nicht ergründen konnte, huschte über ihr Gesicht. »Und wenn er einen Hinweis darauf hätte, dass wir keine echte Ehe führen, würde er bestimmt versuchen zu verhindern, dass das Geld, das mir rechtmäßig zusteht, auf mein Konto überwiesen wird. Deshalb sollten wir auf alle Fälle möglichst überzeugend sein. Aber wie gesagt, ich habe den Kontakt zu meinem Vater schon vor einer ganzen Weile abgebrochen, deshalb dürfte das nicht weiter schwierig sein.«

Diesmal hob ich beide Brauen und dachte über ihre Worte nach. Einen derart haarsträubenden Vorschlag hatte mir noch nie jemand gemacht.

Eilig beugte ich mich zu ihr vor. »Moment mal, Sie sind doch nicht etwa eine dieser irren Frauen, die mir Liebesbriefe in den Knast geschrieben haben?«

»Was?« Sie starrte mich mit großen Augen an, und ich lehnte mich abermals in meinem Stuhl zurück.

»Von denen gab es jede Menge. Manchen Frauen verschafft so was anscheinend einen kranken Kick.«

»Warum denn das?« Sie schüttelte den Kopf, als würde sie sich wundern, wie wir von dem eigentlichen Thema unserer Unterhaltung abgekommen waren, und ihre Verblüffung wirkte durchaus echt.

»Nach allem, was ich weiß, haben viele Frauen eine Vorliebe für böse Jungs«, klärte ich sie feixend auf.

Sie sah mich reglos an und meinte nachdrücklich: »Ich kann Ihnen versichern, dass ich keine dieser Frauen bin.«

Ich nickte langsam. »Da bin ich wirklich froh, denn auch wenn dem so wäre, wären Sie andersrum ganz sicher nicht mein Typ.«

Sie straffte ihre schmalen Schultern, und ich merkte deutlich, wie empört sie über diese Antwort war. »Umso besser. Schließlich ist mein Vorschlag rein geschäftlicher Natur.« Sie wandte ihre grünen Hexenaugen kurz ab, und als sie wieder aufblickte, nahm ich erneut die leichte Röte ihrer Wangen wahr. »Trotzdem wäre es verdächtig, wenn ich nicht hier leben würde, und, offen gestanden, Mr Hawthorn, brauche ich ein Dach über dem Kopf. Deshalb dachte ich, als Gegenleistung für die Unterkunft könnte ich ja Ihre Bücher führen oder so. Ich nehme an, Sie haben keinen Angestellten mehr, der diese Arbeit macht.«

Wieder lehnte ich mich auf meinem Stuhl zurück. »Sie haben wirklich gründlich recherchiert, Ms Dallaire. Nein, ich habe keinen Buchhalter und keine Sekretärin und auch sonst kaum Angestellte mehr.« Von denen jedoch niemand hier gelebt hatte, weshalb auch keine Unterkunft für solche Zwecke zur Verfügung stand.

Sie nickte. »Ich kann gut mit Zahlen umgehen. Ich habe eine Zeit lang für meinen Vater in der Buchhaltung seines Unternehmens gearbeitet. Und auch mit den entsprechenden Programmen kenne ich mich aus. Als Gegenleistung für ein Dach über dem Kopf und drei Mahlzeiten am Tag wäre ich bereit, für Sie zu arbeiten. Dadurch würde gleichzeitig der Schein gewahrt. Es muss ja nicht ein ganzes Jahr lang sein. Wahrscheinlich reichen zwei, drei Monate, damit mein Vater unsere Ehe akzeptiert und mich weiter ignoriert. Dann könnte ich diskret woanders hinziehen, und wir bräuchten uns nur noch einmal zu unserer Scheidung vor Gericht zu sehen. Es wäre ganz simpel, nur vorübergehend, und natürlich gäbe es dazu auch einen schriftlichen Vertrag. Und bitte, nennen Sie mich einfach Kira, ja?«

Ich unterzog sie einer eingehenden Musterung. Sie wirkte elegant und selbstbewusst, wie sie da vor mir saß. Oder machte das Gespräch mit mir sie vielleicht doch etwas nervös? Ich behielt den Blickkontakt etwas zu lange bei, doch sie zuckte nicht zusammen und hielt meinem durchdringenden Blick auch weiter stand.

»Und was werden Sie mit Ihrer Hälfte dieses Gelds machen, Kira? Falls ich diese Frage stellen darf.«

Sie räusperte sich leise. »Abgesehen davon, dass ich selbst von irgendetwas leben muss, bin ich bei verschiedenen Wohlfahrtseinrichtungen in San Francisco engagiert. Eins der Zentren ist in finanziellen Schwierigkeiten und wird schließen müssen, wenn sich niemand findet, der es weiter unterstützt.«

Ich lächelte sie grimmig an. Aha. Sie war genau wie meine

Stiefmutter. Eine reiche Erbin, die versuchte, irgendwie ihr leeres Leben auszufüllen. Ich konnte sie mir vorstellen, wie sie in ihrem Bentley vorfuhr, um als selbst ernannte Menschenfreundin das niedere Volk vor Hunger und vor Elend zu bewahren, bevor es weiterging zu Louis Vuitton, weil dort die neue Taschenkollektion eingetroffen war.

»Verstehe.«

Doch im Grunde konnte mir gleichgültig sein, was sie mit dem Geld machte. Und aus welchem Grund. Es reichte völlig aus, wenn ich mir um mich selbst und meine eigene Situation Gedanken machte. Alles andere war egal.

»Einen solchen Vorschlag bekommt man nicht alle Tage unterbreitet.« Ich stand auf und sah sie an. »Ich werde drüber nachdenken und mich bei Ihnen melden.«

»Nun, wissen Sie, ich brauche Ihre Antwort möglichst schnell«, erklärte sie mit atemloser Stimme, und ich verspürte ein leises Ziehen in meinen Lenden.

Verdammt! Ich wollte nicht auf diese Weise auf sie reagieren. Obwohl meine Lenden schließlich noch nie besonders wählerisch gewesen waren. Mit einem leisen Seufzer nahm ich wieder Platz.

»Ich würde Ihnen wirklich gerne mehr Zeit lassen, Mr Hawthorn, aber unglücklicherweise sind die Umstände nun einmal so …«

Ich hob die Hand. »Ich gebe Ihnen heute noch Bescheid. Wie kann ich Sie erreichen?«

»Bis morgen bin ich noch im Motel 6. Am besten rufen Sie auf meinem Handy an.«

Im Motel 6? Oje, da war sie wirklich tief gesunken. Offensichtlich war sie tatsächlich klamm.

Sie nahm ein Post-it und einen Stift von meinem Tisch, schrieb ihre Handynummer auf und verfolgte dann mit zusammengepressten Lippen, wie ich nach dem Zettel griff und ihn achtlos auf den unordentlichen Haufen anderer Papiere fallen ließ.

»Ich kann Ihnen versichern, dass nichts Unrechtmäßiges an meinem Vorschlag ist.«

»Das hoffe ich. Natürlich würde ich mich vor der Hochzeit noch mit dem Verwalter dieses Erbes treffen wollen, aber trotzdem muss ich erst mal überlegen, welche anderen Auswirkungen dieser Deal womöglich auf mein Leben hätte. Wenn ich mich schon während meiner Zeit im Knast nur mühsam vor Verehrerinnen retten konnte, frage ich mich, wie es werden soll, wenn ich nicht mehr nur ein Verbrecher, sondern obendrein auch noch geschieden bin.«

Sie sah mich aus zusammengekniffenen Augen an. »Tja, nun, wenn ich nicht selbst Probleme hätte und auf andere Weise an mein Geld gelangen könnte, dächte auch ich bestimmt nicht über eine Heirat nach.«

Diese Prinzessin würde ein richtiges Problem nicht mal dann erkennen, wenn es ihr direkt ins Gesicht spränge, ging es mir verächtlich durch den Kopf.

Noch immer starrte sie mich reglos an, doch plötzlich blitzte etwas in ihren Augen auf. Egal, wie kühl und wie geschäftsmäßig sie sich mir gegenüber gab, in Wirklichkeit unterdrückte sie nur mühsam ihren Zorn. Genau wie ich von Anfang an vermutet hatte, schlummerte in dieser Prinzessin eine kleine Hexe, die es offensichtlich nicht gewohnt war, ihren Willen nicht zu bekommen. Schweigend beugte sie sich vor, als würde sie auf irgendetwas … warten.

Dachte sie etwa im Ernst, ich würde mich bei ihr dafür bedanken, dass sie hier erschienen war? »Auf Wiedersehen.«

Sie stand langsam auf und reichte mir die Hand. Wieder wanderte die Wärme ihrer Finger erst durch meinen Arm und breitete sich dann in meinem ganzen Körper aus. Eilig zog ich meine Hand zurück.

Sie machte auf dem Absatz kehrt und marschierte hoch erhobenen Hauptes aus dem Zimmer, ohne sich noch einmal nach mir umzudrehen.

Ich trat ans Fenster, hob die Jalousie etwas an und sah, wie sie zu einem weißen Jetta lief. Es überraschte mich, dass sie einen so unauffälligen Wagen fuhr. Sie öffnete die Tür, blieb stehen und sah sich auf dem Weingut um. Etwas an ihrer Miene ließ mich einen Schritt nach vorne machen, und fast wäre ich gegen die Scheibe gestoßen. Ihr Gesicht hatte Bewunderung für diese schäbige Umgebung und gleichzeitig so etwas wie Verständnis gezeigt. Noch bevor ich überlegen konnte, was das zu bedeuten hatte, kletterte sie in den Wagen, zog die Tür hinter sich zu und bog vom Grundstück auf die Straße, wo sie meinem Blick entschwand.

Vielleicht hatte ich ja vorschnell über sie geurteilt. Und wenn jemand das Gefühl, verurteilt zu werden, kennen musste, dann ich.

Vielleicht war mein Kater schuld daran gewesen und die Tatsache, dass der Typ Frau, den sie verkörperte, mich an die Frau meines Vaters erinnerte. Außerdem war es mehr als unverfroren, einfach hier aufzutauchen und mir nur aus finanziellen Gründen eine Ehe anzubieten …

Oder aber sie war ganz anders, als sie auf den ersten Blick erschien.

Ich nahm wieder hinter meinem Schreibtisch Platz, um sie zu googeln. Schließlich hatte sie das andersherum ebenfalls gemacht.

Sobald ich ihren Namen eingab, tauchte eine ganze Serie von Bildern auf: Kira Dallaire im Abendkleid, wie sie aus einer Limousine stieg, Kira Dallaire bei der Premiere eines Films, Kira Dallaire auf einer Wohltätigkeitsgala neben ihrem Vater Frank. Immer mit demselben schmalen, arroganten Lächeln im Gesicht.

Auf mehreren Fotos stand sie neben einem attraktiven, blonden Mann, der gut zehn Jahre älter schien als sie. Ich klickte eins der Bilder an und las, dass Cooper Stratton und seine *Verlobte* darauf abgebildet waren. Ich schaute auf das

Datum und erkannte, dass das Bild vor über einem Jahr geschossen worden war. Hatte Kira deshalb ihre Ausbildung am College abgebrochen? Hatte sie gedacht, sie hätte an der Seite eines erfolgreichen Mannes ein für alle Mal ausgesorgt?

Ich klickte mich durch eine Reihe von Artikeln, und meine Verachtung nahm mit jeder Zeile zu. Zwar wurde es nirgendwo direkt ausgesprochen, doch man konnte ohne Mühe aus den Texten schließen, was geschehen war. Kira war mit Cooper Stratton verlobt gewesen, einem jungen vielversprechenden Staatsanwalt, der als Richter ans Gericht von San Francisco hatte wechseln sollen. Dann aber war sie in einen peinlichen Skandal verwickelt worden – irgendwas mit Drogen in einer der Suiten des St. Regis – Stratton hatte sich von ihr getrennt, und Frank als treu sorgender Vater hatte sie in dem Bemühen, sie zu schützen und ihr zu helfen, in eine Entzugsklinik oder vielleicht eher ein schickes Spa in London oder Paris geschickt. Doch jetzt war sie zurückgekommen, und ihr Vater wollte offenbar das ausschweifende Partyleben, das sie führte, nicht mehr finanzieren und sie auch sonst so lange nicht unterstützen, bis sie den Beweis erbrachte, dass sie ein für alle Mal geläutert war. Natürlich wusste ich nicht, ob es tatsächlich genauso war. Doch aus welchem Grund auch immer, jetzt wollte sie die Dinge anscheinend selber in die Hand nehmen.

Ich hatte recht gehabt: Sie *war* wie meine Stiefmutter. Sie hatte immer alles auf dem silbernen Tablett serviert bekommen und war deswegen der Überzeugung, dass sie einen Anspruch darauf hatte, dass es stets nach ihrem Willen ging. Eine *selbstsüchtige* Frau, die davon ausging, dass sich jeder ihren Wünschen beugte, und wenn sich ihr jemand widersetzte, unternahm sie ohne Rücksicht auf Verluste alles, bis die Dinge wieder liefen, wie es ihr gefiel.

Ich lehnte mich zurück und dachte nach. Nie im Leben hätte ich damit gerechnet, dass mir einmal die Erfüllung meines größten Traums auf einem silbernen Tablett serviert werden würde. Doch genau das war geschehen.

Auf meine Art war ich nicht weniger verzweifelt als Kira Dallaire. Doch war meine Verzweiflung wirklich groß genug, um meinen Namen – wenn auch nur vorübergehend – herzugeben für die Rettung dieses Weinguts und für die Erfüllung meines Schwurs?

Mein Blick fiel auf ein kleines Bild am Ende des Artikels, den ich kurz zuvor gelesen hatte. Mit einem stolzen Lächeln hatte Cooper Stratton seine Hand besitzergreifend auf den Rücken von Kira Dallaire gelegt, und sie sah grinsend und mit einem hübschen Grübchen in der rechten Wange zu ihm auf.

Die kleine Hexe hatte tatsächlich ein *Grübchen,* aber diese winzige Vertiefung war doch sicherlich nicht Grund genug, dass mein Herz plötzlich schneller schlug.

3 Kira

Obwohl er aussah wie ein Prinz, hätte er in einem Märchen sicher eher den Drachen dargestellt. Biestig, vorurteilsbeladen, Feuer speiend.

Im Grunde aber hätte mich sein Auftreten nicht wirklich überraschen sollen. Um meine Menschenkenntnis war es schließlich alles andere als gut bestellt. Das hatte ich schon mal bewiesen und einen schmerzlich hohen Preis dafür bezahlt.

Trotzdem war ich nicht gefasst gewesen auf die spöttische Verachtung, mit der Grayson Hawthorn mir begegnet war. Und ja, okay, wahrscheinlich hatte ihm noch nie jemand ein derart frevlerisches Angebot gemacht. Aber schließlich würde ich ihm einen riesigen Gefallen tun. Ich bot ihm jede Menge Geld. Natürlich gegen einen Preis – das hatte ich ihm gegenüber sofort eingeräumt. Ich hatte ihn gebeten, mich für Geld zu heiraten. Ich fuhr zusammen, weil die Wahrheit doch ein wenig schmerzlich war. Doch auf meiner Liste mit dem Für und Wider dieser Übereinkunft waren die Vorteile eindeutig in der Überzahl. Obwohl die Nachteile durchaus gewichtig waren und egal, wie man sie nannte, dazu führen könnten, dass er Abstand von der Sache nahm. Obwohl ich mich bemüht hatte, möglichst geschäftsmäßig zu wirken, hatte er mich so verächtlich angesehen, als wäre ich der letzte Dreck. Und dass ich mich selbst so fühlte, hatte es nicht einfacher für mich gemacht.

Je herablassender er mich angesehen hatte, umso unsicherer und nervöser war ich während des Gesprächs geworden. So war es mir immer schon gegangen. Das Gefühl, nichts wert zu sein, war mir von Kindesbeinen an schmerzlich vertraut.

Und dann hatte er mir erklärt, ich wäre nicht sein Typ. Als ob das eine Rolle spielen würde. Nein, das tat es nicht. Das war mir vollkommen egal. Es reichte völlig aus, wenn er auf meine *Kohle* stand.

Weshalb also hatte dieser Satz mir in der Seele wehgetan?

Ich stieß einen tiefen Seufzer aus. Er hatte gesagt, dass er sich bei mir melden würde, doch so unhöflich, wie mich der Kerl entlassen hatte, würde er das ganz bestimmt nicht tun. Nun, ich hatte es versucht. Ich hatte wieder einmal eine ganz schlechte Idee gehabt, und Grayson Hawthorn hatte mir sehr deutlich zu verstehen gegeben, was er davon hielt. Mit dieser tiefen, maskulinen Stimme, der ich deutlich hatte anhören können, wie gelangweilt er von unserer Unterhaltung war.

Ich verzog unglücklich das Gesicht. Die Frage war, was sollte ich jetzt tun? Eine Aussöhnung mit meinem Vater käme nicht infrage. Eher würde ich an einer Straßenecke schlafen. Oder ins Familienzentrum gehen. Mein Herz zog sich zusammen, als ich an das Zentrum mit der angeschlossenen Wärmestube dachte. Was in Gottes Namen sollten *sie* jetzt tun? Es hing so viel davon ab, dass ich an das Erbe meiner Grandma kam. Natürlich könnte ich auch einfach irgendwelche fremden Männer auf der Straße fragen, ob sie bereit wären, mich für Geld zu heiraten, schauen, ob im Internet ein Ehemann zu finden war, oder meinen Wagen meistbietend verkaufen, denn er war auf meinen Namen zugelassen, und ich hatte ihn von meinem eigenen Geld gekauft. Doch wo sollte ich dann schlafen, wenn der letzte Dollar ausgegeben war?

Irgendwie war es mir wie ein Wink des Schicksals vorgekommen, als mir Grayson Hawthorn gestern in der Bank über den Weg gelaufen war. Ich hatte anschließend in meinem winzigen Hotelzimmer gesessen, eingehend darüber nachgedacht und war am Ende zu dem Schluss gekommen, dass es richtig wäre, das von meiner Großmutter geerbte Geld mit jemandem zu teilen, der genau wie ich ein Opfer meines Vaters war. Natürlich könnte ich ihm das niemals erzählen, und es würde ihm auch nichts nützen, wenn er wüsste, was damals geschehen war. Doch er brauchte dringend Geld, und wenn ich jetzt mein Erbe mit ihm teilte, würde das das Unrecht, das ihm widerfahren war, vielleicht zumindest ansatzweise wieder aufwiegen.

Ich musste zugeben, dass auch sein Aussehen durchaus von Vorteil war. Er sah wie der Märchenprinz aus meinen Mädchenträumen aus. Wie ein echter Held, und o Gott, ich wollte endlich wieder daran glauben, dass es Helden gab.

Auch wenn Mädchen ab und zu gezwungen waren, selber heldenhaft zu sein.

Vor allem, wenn der Held, mit dem sie es zu tun hatten, in Wirklichkeit ein Drache war.

Natürlich hatte Grayson Hawthorn Schuld auf sich geladen, doch bei näherer Betrachtung seines Falles war der Tod des anderen Mannes vermutlich eher ein fürchterlicher Unfall gewesen. Und Grayson hatte für seinen Fehler einen hohen Preis bezahlt. Und zahlte ihn noch immer, denn aus der Sicht der Menschen war er ein Gewaltverbrecher, dem niemand eine Chance geben musste, oder auch nur das Darlehen, das er so dringend brauchte.

Ich hatte mich auf mein Gefühl verlassen, mir gesagt, ein endgültiges Urteil würde ich mir erst dann bilden, wenn ich ihm persönlich gegenübersaß, und war gleich am nächsten Morgen, ehe mich der Mut verlassen konnte, losgefahren.

Nun denn. Der Drache müsste selber sehen, dass er sein Leben in den Griff bekäme. So wie ich. Mein Schicksal lag in meiner eigenen Hand, und mir blieb keine Zeit, um mich in Selbstmitleid oder Verzweiflung zu baden.

Ich parkte meinen Wagen hinter dem Hotel, marschierte

schnurstracks in mein Zimmer und zog das Kleid und die Sandalen aus, die ein Teil meines alten Lebens waren und die ich bei meiner Flucht aus dem Apartment ohne richtig hinzusehen in aller Eile aus dem Schrank gerissen hatte.

Als ich mich am Morgen angezogen hatte, war ich darüber froh gewesen, denn ich hatte einen guten Eindruck machen wollen, und die Jeans und ausgefransten Shorts, die ich normalerweise trug, wirkten nicht gerade seriös. Aber vielleicht hätte ich sie gerade deshalb anziehen sollen, um zu demonstrieren, wie verzweifelt meine Lage war.

Nachdem ich mich umgezogen hatte, ging ich wieder los, spazierte durch die Innenstadt von Napa, stöberte in einem Buchgeschäft und ein paar anderen Läden und genehmigte mir ein bescheidenes Mittagessen in einem Café, in dem auch meine Grandma immer gern gewesen war.

Trotz meiner hoffnungslosen Lage und obwohl ich keine Ahnung hatte, wie es weitergehen sollte, genoss ich den Tag, so gut es ging. Wenn ich kellnern müsste, wie Kimberly vorgeschlagen hatte, würde ich das tun. Es machte mir nichts aus, hart zu arbeiten. Natürlich hatte ich auf etwas anderes gehofft, aber anscheinend sollte das nicht sein. Ich straffte meinen Rücken und beschloss, auch weiter Haltung zu bewahren, anstatt schon jetzt das Handtuch zu werfen. Ich würde erst mal das Desaster dieses Vormittags verdauen und dann in Ruhe einen neuen Plan entwickeln.

Am Nachmittag ging ich zurück in mein Hotel, warf mich erschöpft aufs Bett und starrte durch das Fenster den spätsommerlichen, leuchtend blauen, wolkenlosen Himmel an. Vor Aufregung wegen des Besuchs bei Grayson Hawthorn hatte ich in der vergangenen Nacht kein Auge zubekommen, deshalb schlief ich praktisch auf der Stelle ein.

Benommen schlug ich meine Augen wieder auf und wusste erst nicht, wo ich war. Ich merkte, dass etwas nicht stimmte, konnte mich aber nicht gleich erinnern, was das war. Nur langsam kehrte die Erinnerung zurück, und ein Gefühl der Trauer schnürte mir die Kehle zu. Müde rollte ich mich auf die Seite und sah auf den Wecker, der auf meinem Nachttisch stand. Es war erst kurz nach vier, das hieß, ich hatte nur eine gute Stunde geschlafen.

Seufzend stand ich auf und ging ins Bad. Die warme Dusche war belebend und tat zwar nicht meinem wehen Herzen, dafür aber meinen Muskeln gut. Ich föhnte mir die Haare und obwohl ich wusste, dass er sowieso nicht halten würde, steckte ich sie abermals zu einem Knoten auf. Meine Grandma hatte stets behauptet, meine Haare wären genauso wild und widerspenstig wie ich selbst. Doch ihre Stimme hatte dabei jedes Mal so liebevoll geklungen, dass ich richtig stolz auf den Vergleich gewesen war. Gott, sie hatte mich bedingungslos geliebt, und obwohl sie schon seit ein paar Jahren tot war, fehlte sie mir immer noch.

Gerade als ich ein paar saubere Kleider aus dem Koffer zerrte, klingelte mein Handy. Sicher war es Kimberly, die wissen wollte, wo ich war. Ich sah auf das Display, doch statt der Nummer meiner Freundin stand dort eine unbekannte Festnetznummer aus dem Ort. Mein Herzschlag setzte kurz aus und dann in überhöhtem Tempo wieder ein, als ich über den Bildschirm fuhr.

»Hallo«, stieß ich mit atemloser Stimme aus.

Statt zurückzugrüßen, antwortete eine tiefe Stimme ohne jede Wärme: »Hier spricht Grayson.«

»Oh, was kann ich für Sie tun?«, gab ich mit aufgesetzter Nonchalance zurück, während ich nur in meinem Handtuch auf dem Bett zusammenbrach.

»Welche Zimmernummer haben Sie?«

»Welche Zimmernummer?«

»Ja, genau.« Inzwischen klang er leicht gereizt. »Motel 6, haben Sie gesagt. In der Solano Avenue.«

»Äh, ja. Aber …«

»Also, welches Zimmer?«, fragte er noch einmal.

»Zweihundertelf. Wann … hallo?«

Hatte er tatsächlich einfach aufgelegt? Was zum …

Zwei Sekunden später klopfte es an meiner Tür. Mit einem überraschten Aufschrei sprang ich auf und ließ mein Handy fallen.

»Moment!« Ich lief zu meinem Koffer und zog eilig einen Slip und einen Büstenhalter an.

Schon wieder klopfte er an meiner Tür.

»MOMENT!« So ungehobelt konnte wirklich nur ein … *Drache* sein.

Ich zerrte mir das Kleid vom Vormittag über den Kopf, band den Gürtel zu und öffnete die Tür.

Grayson Hawthorn füllte den gesamten Rahmen aus. Er hatte ebenfalls dieselben Sachen wie am Morgen an – verwaschene Jeans und ein blaues T-Shirt, das seinen straffen, muskulösen Oberkörper vorteilhaft zur Geltung brachte – und verströmte wie schon am Morgen einen frischen, maskulinen Seifenduft, zu dem jetzt noch ein Hauch salzigen Schweißes kam. Schnuppernd beugte ich mich vor, bis ich merkte, was ich tat, eilig meine Arme vor der Brust verschränkte und zurück ins Zimmer trat.

»Das ist höchst unprofessionell. Warum haben Sie nicht Bescheid gegeben, dass Sie kommen?«

Er betrat den Raum und sah sich gründlich um. Für einen Augenblick ruhte sein Blick auf meinem teuren Lederkoffer, doch schließlich schaute er mir ins Gesicht. »Bis vor einer Viertelstunde war ich mir nicht sicher, ob ich kommen würde.«

»Verstehe. Sollen wir vielleicht runtergehen? Wir könnten uns dort einen Kaffee holen …«

»Nein. Ich bin gleich wieder weg. Ich habe noch zu tun.«

Ich blickte auf mein ungemachtes Bett und auf die darauf verstreuten Kleider, zerrte einen Stuhl unter dem kleinen Tisch für ihn hervor und nahm selber auf der Polsterbank am Fußende des Bettes Platz.

Er setzte sich und sah mich an. »Ich habe über Ihren Vorschlag nachgedacht. Bevor wir weiter diskutieren, will ich erst mal den Verwalter dieses Erbes sprechen, um sicherzugehen, dass es bei einer Heirat, so wie Sie behauptet haben, umgehend an uns überwiesen wird.«

Ich nickte aufgeregt. »Selbstverständlich. Das verstehe ich.«

Grayson nickte ebenfalls. »Und falls dem so ist, müssen wir einen Ehevertrag aufsetzen, in dem alles ganz genau festgeschrieben ist.«

»Auf jeden Fall.«

»Egal, was finanziell während dieses einen Jahres unserer Ehe auch geschieht, es wird kein anderer Besitz, egal, in welcher Form, geteilt.«

»Natürlich nicht.«

Seine Miene blieb weiter völlig ausdruckslos. »Nach dem Treffen mit dem Testamentsvollstrecker werde ich darauf vertrauen müssen, dass die Hälfte Ihres Erbes nach der Auszahlung tatsächlich auf mich übergeht.«

Ich runzelte die Stirn. »Das hab ich doch schon gesagt.«

Eine Strähne löste sich aus meinem Knoten, und als ich versuchte, sie zurückzustopfen, folgten Graysons Augen meiner Hand und verharrten auf der Strähne, die dem Knoten abermals entglitt.

»Ja, aber Kira …« Er wirkte abgelenkt. Doch dann löste er seinen Blick, beugte sich vor und sah mich durchdringend an. »Ich kenne Sie doch gar nicht, und nach allem, was ich weiß, könnten wir heiraten, Sie holen sich das Geld und hauen dann damit nach Brasilien ab. Woher soll ich wissen, ob ich Ihnen trauen kann?«

»So etwas würde ich nie tun«, gab ich empört zurück.

»Das sagen Sie jetzt, aber ich habe festgestellt, dass Menschen meist das sagen, was ihnen im jeweiligen Augenblick am günstigsten erscheint. Aber das heißt noch lange nicht, dass man sich darauf auch verlassen kann.«

Da ich wusste, was er meinte, holte ich tief Luft und nickte knapp. »Das ist mir klar. Aber ich habe ganz bestimmt nicht vor, Sie übers Ohr zu hauen.«

Er sah mich für die Dauer eines … und noch eines zweiten Herzschlags an, doch schließlich wandte er sich wieder ab. »Ich bin damit einverstanden, dass Sie in den nächsten beiden Monaten auf meinem Weingut leben. Damit hätten Sie aus meiner Sicht genügend Zeit, um Ihrem Vater mitzuteilen, dass Sie meine Frau geworden sind, und sich, sobald das Geld auf Ihrem Konto ist, nach einer eigenen Bleibe umzusehen. Falls Sie in der Zeit nichts finden oder falls es ein Problem mit Ihrem Vater gibt, besteht die Möglichkeit einer Verlängerung des Aufenthalts. Auf meinem Grundstück steht ein altes Gärtnerhaus, das ich Ihnen überlassen kann. Es ist nicht gerade groß und auch nicht wirklich komfortabel, aber zumindest hätten Sie ein Bett, und fließend Wasser gibt es auch.« Ich konnte seinen Blick nicht deuten, aber falls er dachte, dass er mich so leicht verschrecken konnte, hatte sich der Kerl getäuscht.

»Klingt idyllisch.«

»So weit, diese Bude als idyllisch zu bezeichnen, würde ich nicht gehen.« Forderte der Blick aus seinen schwarzen Drachenaugen mich etwa heraus, und umspielte wirklich ein kaum wahrnehmbares Lächeln seinen hübschen Mund?

»Kein Problem.« Ich reckte meinerseits herausfordernd das Kinn. Ich hatte mich bereits seit meiner Kindheit gegen meinen Vater behaupten müssen, und auch dieser Mann bekäme mich bestimmt nicht klein.

»Sie sind anscheinend echt verzweifelt.«

»So wie Sie.«

»Das stimmt.« Er sah mich fragend an. »Warum haben Sie ausgerechnet mich als Kandidaten ausgewählt? Ich meine, abgesehen davon, dass ich ebenfalls verzweifelt bin?« Abermals verzog er seinen Mund zu einem Lächeln, doch der Ausdruck seiner Augen war nicht im Geringsten amüsiert.

»Sie hätten sich auch einfach einen Penner von der Straße holen können, damit *er* die Hälfte Ihres Erbes kriegt. Es gibt jede Menge verzweifelter Menschen auf der Welt, die auf dieses Geld angewiesen wären, *Kira*.«

»Mein Vater würde niemals glauben, dass ich mich in so jemand verliebe und ihn heirate, *Grayson*. Dann wäre es das reinste Kinderspiel für ihn, die Auszahlung des Geldes anzufechten. Wie Sie sich wahrscheinlich denken können, hat er sehr gute Beziehungen. Ich musste also eine passende Person auswählen, damit es möglichst überzeugend ist.«

»Heißt das, Sie haben Angst, dass er die Auszahlung des Erbes irgendwie verhindern wird?«

Ich schüttelte den Kopf. Eher würde sich mein Vater alle Mühe geben, die Geschichte zu vertuschen oder sie zu seinem Vorteil zu drehen. Wobei …

»Ich glaube nicht. Ich weiß einfach aus Erfahrung, dass man meinem Vater gegenüber größte Vorsicht walten lassen muss.« Ich konnte nicht verhindern, dass mir ein kalter Schauer über den Rücken lief.

»Verstehe. Dann wollen Sie also Ihren Vater davon überzeugen, dass es Liebe auf den ersten Blick war, als wir zwei uns zufällig über den Weg gelaufen sind, und dass wir deshalb schon nach einer Woche auf dem Standesamt gelandet sind?«

Seufzend gab ich zu: »Er würde denken, dass das einfach typisch für mich ist. Er hält mich für … oberflächlich … unvernünftig … impulsiv.«

Grayson bedachte mich mit einem nachdenklichen Blick. »Und sind Sie das?«

Ich biss mir auf die Lippe. »Ja, okay, ich gebe zu, ich bin mitunter ziemlich impulsiv und manchmal auch recht unvernünftig. Aber das sind wir doch alle ab und zu. Für oberflächlich halte ich mich nicht.«

Er schien kurz über meine Antwort nachzudenken, dann fragte er: »Wir werden also behaupten, dass es so gewesen ist? Dass wir uns hier in Napa zufällig begegnet sind, uns Hals über Kopf verliebt und aus einem Impuls heraus geheiratet haben, weil wir zwar nicht oberflächlich, doch vor lauter Liebe einfach unvernünftig waren?«

Ich schaute ihn mit einem schmalen Lächeln an. »Genau. Ich nehme an, die Einzelheiten der Geschichte sollten wir noch klären, damit wir uns nicht widersprechen, falls uns jemand danach fragt.« Abermals begann mein Herz zu rasen. »Dann sind Sie also einverstanden? Dann gehen wir die Sache an?«

»Wenn der Testamentsvollstrecker mir bestätigt, dass Ihnen das Erbe nach der Hochzeit ausbezahlt wird, gehen wir die Sache an.«

Ich atmete erleichtert auf. »Sie werden es auf keinen Fall bereuen, Grayson.«

»Oh, ich bin mir sicher, dass ich es auf irgendeine Art bereuen werde, Kira«, widersprach er mir. »Aber in der Not …«

»… frisst der Teufel Fliegen«, führte ich den Satz zu Ende. »Wobei's in unserem Fall zum Glück ja eher um Kröten als um Fliegen geht.«

Er lächelte und zeigte mir zwei Reihen kerzengerader, strahlend weißer Zähne, aber seine Miene drückte abermals Verachtung aus. Er hatte offensichtlich das Gefühl, als würde ich ihn zu etwas zwingen, was ihm zutiefst zuwider war. Als hätte ich ihm nicht die freie Wahl gelassen. Aber, sollte er doch. Schließlich brauchte ich nicht seinen Dank, sondern nur seinen Namen. Auch wenn mich seine Reaktion enttäuschte. Als ich ihn am Vortag vor der Bank hatte stehen sehen, hatte er … verloren, gebrochen, aber trotzdem mitfühlend auf mich gewirkt. Doch der Mann, der mir hier gegenübersaß, war steif und kalt. Hatte ich mich etwa grundlegend in ihm getäuscht?

Als könnte er meine Gedanken lesen, wurde seine Miene sofort wieder ernst. »Es gibt da noch ein paar Dinge, über die wir reden sollten.«

»Und zwar?« Als ich meine Beine anzog, folgte er dieser Bewegung mit den Augen, biss die Zähne aufeinander und sah eilig wieder fort.

»Da Sie auf meinem Grundstück leben und für mich die Bücher führen werden, sollten wir uns über die Natur unserer Beziehung einig sein.«

»Die Natur unserer Beziehung? Nun, wir heiraten wegen des Geldes. Eine andere Beziehung gibt es nicht.« Was die verlegene, angespannte Atmosphäre dieses Treffens ja wohl hinlänglich bewies.

»Wir werden Geschäftspartner. Sonst nichts.«

»Genau. Und solange Sie diskret sind, geht mich Ihr Privatleben nichts an.«

»Das sehe ich genauso.«

»Gut.«

»Dann wäre das also geklärt. Ich wollte nur ganz sichergehen … dass Sie nicht noch etwas anderes im Schilde führen.«

Ich zog fragend eine Braue hoch.

»Dass Sie sich vielleicht einreden, unsere Beziehung wäre vielleicht doch romantischer Natur.«

Ich knirschte mit den Zähnen und sah ihn aus zusammengekniffenen Augen an. »Sie haben mir bereits deutlich zu verstehen gegeben, dass ich nicht Ihr Typ bin, und ich werde mir meinerseits die *allergrößte* Mühe geben, weiter gegen Ihren Charme immun zu sein, damit die Angelegenheit nicht unerträglich peinlich für uns beide wird.«

»Gut.«

Am liebsten hätte ich ihm einen Tritt verpasst. Er war es offenbar gewohnt, dass ihm die Damenwelt zu Füßen lag. Und mich hielt er anscheinend für eine Art von Nonne, oder mein Privatleben war ihm tatsächlich vollkommen egal. Wahrscheinlich Letzteres.

»Sonst noch etwas?«, fragte ich ihn kalt.

Grayson – den ich zukünftig nur noch den Drachen nennen würde – sah mich forschend an. Ich versuchte gar nicht erst, herauszufinden, was er dachte. Wahrscheinlich überlegte er, ob ich es wirklich schaffen würde zu verhindern, dass ich mich in ihn verliebte. Doch inzwischen fand ich ihn schon längst nicht mehr so attraktiv wie während unseres Gesprächs am Vormittag. So *arrogant* konnte doch wirklich niemand sein.

»Sie haben erwähnt, dass ich im Knast gesessen habe. Also wissen Sie wahrscheinlich, wofür ich verurteilt worden bin.«

Mein Zorn verrauchte, und ich konnte deutlich spüren, wie mir die Schamesröte in die Wangen stieg. »Ich hoffe, Sie finden das nicht indiskret, aber ich hielt es für das Beste, herauszufinden, wer Sie sind, bevor ich mit meinem Angebot an Sie herangetreten bin.«

Er zuckte mit den Achseln. »Man sollte immer wissen, mit wem man Geschäfte macht. Haben Sie noch Fragen zu den Dingen, die Sie über mich herausgefunden haben? Dann stellen Sie sie jetzt, denn ich habe nicht die Absicht, später noch mal auf das Thema einzugehen.«

Ich konnte meine Überraschung nicht verhehlen. »Ich … tja, also, soweit ich weiß, hatten Sie eine Schlägerei mit einem Mann vor einer Bar in San Francisco und nach einem Ihrer … wiederholten Schläge ist der Mann so unglücklich gestürzt, dass er gestorben ist. Es war ein Unfall. Sie wollten ihn nicht töten. Ist das wahr?« Es war mir peinlich, ihn auf diesen unglücklichen Vorfall anzusprechen, wegen dem er zu fünf Jahren Haft verurteilt worden war.

Er schwieg so lange, dass ich mich am Ende fragte, ob er überhaupt etwas sagen würde, aber schließlich meinte er: »Das stimmt.«

Ich sah ihn an, doch sein Gesicht war völlig ausdruckslos.

»Das Gefängnis muss … sehr hart für Sie gewesen sein.«

Ein Ausdruck, den ich nicht benennen konnte, huschte über sein Gesicht, doch sofort wurde seine Miene wieder starr.

»Sie haben ja keine Ahnung …«

Ich biss mir auf die Lippe und verlegene Stille breitete sich aus.

»Und jetzt sind Sie ein Ex-Knacki.«

Er beugte sich ein wenig vor, hüllte mich dabei in seinen männlichen Geruch und sah mich ruhig aus seinen dunklen Augen an. »Ja, Kira. Ich bin ein Ex-Knacki, der nicht einmal ein Darlehen von einer Bank bekommt. Viele Türen sind mir verschlossen und auch meine Chancen auf dem Arbeitsmarkt sind, um es milde auszudrücken, stark begrenzt. Sie werden die Frau eines verurteilten Gewaltverbrechers sein. Der Schwiegersohn von Frank Dallaire wird ein verurteilter Gewaltverbrecher sein.«

Ein zusätzlicher Grund für meinen Vater, auf Distanz zu mir zu gehen. Umso besser, dachte ich, behielt diesen Gedanken allerdings für mich.

Stattdessen sagte ich: »Es dürfte schwierig für mich werden, meinen Vater noch mehr zu enttäuschen als bisher.«

Wieder sah er mich aus seinen Drachenaugen an und wieder kam es mir so vor, als könnte er mir direkt in die Seele schauen. »Ich verlasse mich darauf.«

Plötzlich stand er auf, und überrascht sprang auch ich vom Bett. Fast wären wir zusammengeprallt, doch er fasste mich bei den Oberarmen und hielt mich mit einem ebenfalls verblüfften Blick fest.

»Ich muss gehen.« Er machte auf dem Absatz kehrt und marschierte Richtung Tür.

»Oh, okay.« Ich folgte ihm. »Nur eine Frage noch, ähm, wegen des zeitlichen Ablaufs.« Ich sah mich um und überlegte kurz, wie lange ich noch in dem Zimmer bleiben könnte, bis mein Geld zur Neige ging. Und wegen des Ehevertrags müsste ich noch einen Anwalt engagieren, der meinem Vater nicht auf irgendeine Art verbunden war. »Ich weiß, Sie wollen wahrscheinlich … nun …«

»Sie haben nicht mehr genügend Geld, um hierzubleiben.«

»Nicht auf Dauer, nein. Vor allem, wenn ich noch den Anwalt zahlen muss, der den Vertrag aufsetzen soll.«

Er stand an der Tür und rieb sich das Genick. »Dann packen Sie Ihr Zeug, und kommen Sie mit. Das mit dem Anwalt klären wir morgen. Aber, Kira«, meinte er und sah mich über seine Schulter hinweg an, »falls aus welchem Grund auch immer nichts aus dieser Hochzeit wird, ziehen Sie sofort wieder aus.«

Ich nickte zustimmend. »Selbstverständlich.«

Er nickte ebenfalls. »In fünf Minuten fahren wir los.«

Ja, Sir, Drache, Sir. Am liebsten hätte ich ironisch vor ihm salutiert, doch ich hielt mich zurück und packte eilig meinen Koffer.

♥

Eine halbe Stunde später hatte ich aus dem Motel ausgecheckt und folgte Graysons schwarzem Truck mit meinem eigenen Wagen durch das Tor des Weinguts.

Genau wie am Morgen war ich beeindruckt von der Schönheit, die sich mir dort bot. Links und rechts der langen Einfahrt ragten riesengroße Eichen in den Himmel und im Schatten ihres Blätterdachs fuhren wir auf den Vorplatz, auf dem ein großer runder Brunnen stand. Das Haus war der Inbegriff graziler Eleganz, doch das Efeu, das die Steinmauern umrankte, und die sanft geschwungenen, schmiedeeisernen Balkone vor den Fenstern in der oberen Etage verliehen ihm ein warmes, einladendes Flair. Der Anblick der ausgedehnten Weinberge im Hintergrund raubte mir den Atem, und links des Hauses hatte jemand einen Obstgarten mit Pfirsich- oder Aprikosenbäumen angelegt. Auf den ersten Blick erschien mir die Umgebung wie ein üppiges Paradies, doch aus der Nähe sah man, dass der Brunnen trocken, die Rasenfläche und die Beete zugewuchert und die Efeuranken lange nicht mehr zurückgeschnitten worden waren. Anscheinend hatte

Grayson schon seit einer Weile keinen Gärtner mehr, doch früher musste dieses Anwesen einmal prachtvoll gewesen sein. Ich lenkte meinen Blick auf die sanft wogenden Hügel voller Reben und konnte nur hoffen, dass sie in erheblich besserem Zustand als der Rest des Weinguts waren. Nicht nur Grayson zuliebe, sondern vor allem wegen der verborgenen Schönheit, die hier schlummerte, freute ich mich schon darauf zu sehen, wie er Haus und Garten wieder in ihrem ursprünglichen Glanz erstrahlen ließ. Es sollte nicht erlaubt sein, einen derart wunderbaren Ort einfach verfallen zu lassen. Das hätte meine Grandma sicher ebenso gesehen. Trotzdem dachte ich besser erst mal nicht an sie. Nein, sie würde ganz bestimmt nicht wollen, dass dieses wunderschöne Weingut verfiel, doch wenn sie wüsste, dass ich im Begriff stand, ausschließlich aus finanziellen Gründen einen Mann zu heiraten, dem ich am Tag zuvor zum ersten Mal begegnet war, würde sie in ihrem Grab rotieren. *Ich würde nur für Geld mit einem völlig fremden Mann den vermeintlichen Bund fürs Leben schließen. Dass ich jemals so tief sinken würde, hätte ich beim besten Willen nicht gedacht.* Verzweiflung wogte in mir auf. Inzwischen wusste ich, wozu ich bereit war, und meine Selbstverachtung nahm noch zu.

Mit einem Mal bemerkte ich das kleine Häuschen rechts von mir, das hinter einer großen Eiche und einer schon seit Längerem nicht mehr gestutzten Hecke kaum zu sehen war. Grayson hatte es als Gärtnerhaus bezeichnet, doch die Gärtner, die hier in der Vergangenheit angestellt gewesen waren, hatten offenbar nicht auf dem Anwesen gewohnt und dieses »Häuschen« ausschließlich als Schuppen für ihre diversen Arbeitsutensilien genutzt. Trotzdem sah es in seinem Versteck, umrankt von einer ebenfalls seit Längerem nicht mehr zurückgeschnittenen Glyzinie irgendwie idyllisch und durchaus gemütlich aus. Wir stiegen beide aus, und Grayson kam mit einem herausfordernden Blitzen in den Augen auf mich zu. Wahrscheinlich meinte er, ich wäre mir zu fein für eine solche Unterkunft. Sicher dachte er genau wie alle anderen, ich wäre Daddys Liebling, ein verwöhntes Gör aus reichem Haus, und hätte mein gesamtes Leben mit frivolen, nutzlosen Vergnügungen verbracht. Und jetzt wollte er sich auf meine Kosten amüsieren. Doch im Grunde konnte mir total egal sein, was er von mir hielt. In zwei, drei Monaten würde ich meine Sachen packen, ausziehen und ihn nie wiedersehen. Da die Scheidung selbstverständlich einvernehmlich wäre, könnten sich die Anwälte um alles kümmern, und ich bräuchte nie wieder auch nur an ihn zu denken. Und genauso hatte er es sicher ebenfalls geplant.

Ich folgte Grayson zu dem kleinen Häuschen, wo er ein paar riesengroße, violette Blüten zur Seite schob und die nicht verschlossene Tür aufzog. Ich atmete den Duft der Blüten ein und folgte ihm. Nun denn.

Das erste Zimmer war mit altem, schon lange nicht mehr benutztem Werkzeug vollgestellt. Es war staubig, schmutzig, und es roch nach Feuchtigkeit und Motoröl. Entschlossen kämpfte ich mich durch die Spinnweben bis in den zweiten Raum, in dem ein schmales Bett mit einem Rahmen, aus dem rostige Federn ragten, deutlich machte, dass er mal ein Schlafzimmer gewesen war.

»Natürlich wird dir Charlotte ein paar Decken und ein Kissen bringen«, drang von hinten seine Stimme an mein Ohr. Es war das erste Mal, dass er mich duzte, doch als seine zukünftige Ehefrau gewöhnte ich mich besser möglichst schnell daran. Ich wirbelte zu ihm herum und sah ihn forschend an. Blitzte etwa der Schalk in seinen Augen? Allerdings. Und seine Lippen zitterten, als kämpfe er gegen ein Lächeln an. Er amüsierte sich anscheinend königlich, doch schließlich wusste er auch nicht, dass meine Unterkünfte während des vergangenen Jahres noch viel dürftiger gewesen waren. Auf die Menschen, die mich bei sich aufgenommen hatten, würde dieses Häuschen wie ein Schloss wirken.

»Und baden werde ich im Brunnen?«, fragte ich und lächelte ihn freundlich an.

»Der Brunnen ist kaputt. Aber es gibt fließend Wasser hier. Allerdings nur kaltes. Das ist doch sicher kein Problem?«

»Natürlich nicht«, gab ich zurück. »Ich dusche sogar lieber kalt, das belebt ungemein.«

Der geschuppte Drache dachte über meine Antwort nach. »Das glaub ich.« Er lehnte eine seiner schmalen Hüften an den Türrahmen und sah mich grinsend an.

Wie schön für ihn, dass er so viel Spaß hatte. Doch ich würde diesem Typen zeigen, dass ich aus viel härterem Holz geschnitzt war, als er anzunehmen schien. Aber wer zuletzt lacht, lacht am besten, dachte ich, und notfalls würde ich auf dem Boden dieser Bruchbude mein Lager aufschlagen.

»Gibt es hier auch eine Küche, wo ich die paar Krumen, die ich von dir hingeworfen kriege, essen kann?«, wechselte ich ebenfalls zum Du. »*Nachdem* du deine Hälfte meines Erbes auf dem Konto hast.«

Er ignorierte meine Spitze und gab ungerührt zurück: »Du wirst im Haupthaus essen müssen wie wir anderen auch. Ich werde Charlotte sagen, dass sie dich zum Abendbrot einplanen soll.« Charlotte war die dralle, liebenswerte, grauhaarige Frau, von der ich morgens in Empfang genommen worden war.

»Werden wir zusammen essen?«

»Nein. Ich fahre noch mal weg.«

Okaaaay.

»Und was wirst du Charlotte erzählen, wer ich bin?«

»Ich werde ihr und ihrem Mann die Wahrheit sagen. Sie und Walter kennen mich bereits mein ganzes Leben, und sie sind der Inbegriff von Diskretion.«

Mir behagte der Gedanke ganz und gar nicht, dass er seinen Angestellten sagen wollte, wie es wirklich um uns stand, doch schließlich wussten sie, dass Grayson mich erst seit dem Morgen kannte, und wir konnten unmöglich so tun, als wäre es bei diesem Treffen ein für alle Mal um uns geschehen.

Ich wünschte mir, ich hätte eine Möglichkeit, irgendwie alleine an mein Erbe zu kommen, aber das war ausgeschlossen. Also war ich erst mal abhängig von diesem Mann.

»Verstehe. Meinetwegen.« Ich sah mich noch einmal um und lenkte mich mit der Begutachtung des Häuschens ab. »Neben ein paar eindeutigen Nachteilen hat diese Unterkunft auch ein paar Vorteile.«

Er runzelte die Stirn, doch schließlich nickte er und wandte sich zum Gehen. »Das Abendessen gibt es um halb acht.«

Das war in weniger als einer Stunde. Also fing ich am besten sofort mit der Säuberung des Häuschens an.

Kurz darauf kam Grayson noch mal wieder und stellte meinen Koffer ab. Er zögerte, und gerade als ich dachte, er würde mir erklären, dass der Vorschlag mit dem Häuschen nur ein Witz gewesen war, sagte er kalt: »Übrigens sind Drogen hier auf meinem Anwesen tabu. Wenn ich merke, dass du welche mitgebracht hast, ist der Deal vom Tisch.«

Noch während ich nach einer Antwort suchte, setzte er sich wieder in Bewegung, schob die Tür von außen zu, und einen Moment später hörte ich, wie er seinen Truck startete und davonfuhr.

Wie es aussah, hatte er mich zwischenzeitlich ebenfalls gegoogelt und von dem Skandal gelesen, in den ich vor einem Jahr hineingezogen worden war.

Verspätet bückte ich mich nach der leeren Limodose, die vor meinen Füßen lag, und schleuderte sie gegen die geschlossene Tür. *Dieser widerliche, bösartige Kerl!* Am liebsten hätte ich jetzt auf der Stelle meinen Koffer genommen und wäre zurück in das Hotel gefahren. Wie konnte er es wagen, mich so schäbig zu behandeln, nachdem ihm durch mich das großzügigste Angebot, das ihm in seinem ganzen jämmerlichen Leben je ein Mensch gemacht hatte, zuteilgeworden war?

Seine Arroganz war wirklich grenzenlos. Und er hielt mich für ein verwöhntes Gör. Für ein verwöhntes Gör, das obendrein noch Drogen nahm. Doch neben meinem Zorn stiegen auch Scham und Trauer in mir auf.

War es das wirklich wert?

O Gott, ich musste einfach hoffen, dass sich diese Sache rechnen würde. Irgendwann.

4 Grayson

Sie war tatsächlich dort geblieben, so als hätte sie die Absicht, in den kleinen, schmutzstarrenden Schuppen einzuziehen. Grinsend überlegte ich, wie lange es wohl dauern würde, bis sie angelaufen käme, um mir zu erklären, dass sie nie im Leben dort campieren würde. Eine Viertelstunde? Länger als bis heute Abend hielt sie dort ganz bestimmt nicht durch.

Doch eines musste ich ihr lassen, anfangs hatte sie tatsächlich mitgespielt. Ich hatte einen Wutausbruch erwartet, dass sie mit den Füßen auf den Boden stampfen oder mindestens die Nase rümpfen würde, doch die kleine Hexe war bei Weitem nicht so zimperlich, wie es ihr schickes Aussehen vermuten ließ. Und ich hatte mich ewig nicht mehr derart köstlich amüsiert. Beinah hätte ich laut gelacht – und in dem Augenblick erkannt, wie fremd mir in den letzten Jahren jede Form von Fröhlichkeit geworden war.

Ich duschte kurz, zog saubere Kleider an und ging hinunter, um Charlotte zu sagen, dass es einen Gast zum Abendessen gab. Als ich die Küchentür öffnete, kam mir der Duft ihres Beef Stroganoff entgegen. Vielleicht sollte ich ja doch daheim essen.

»Ein schöner Abend, nicht?« Charlotte lächelte mich an.

Ich trat vor den Kühlschrank, holte mir ein Bier und gönnte mir einen großen Schluck, bevor ich eine Zustimmung brummte. »Es gibt da was, was ich dir sagen muss.«

Sie hielt im Rühren inne und bedachte mich mit einem argwöhnischen Blick. »Klingt bedrohlich.«

Kopfschüttelnd trank ich den nächsten Schluck von meinem Bier. »Für mich auf jeden Fall, aber für dich bleibt alles, wie es ist.«

»Du weißt, dass alles, was für dich schlecht ist, auch mich unglücklich macht«, erklärte sie mir sanft, und in einer kleinen Ecke meines Herzens, die noch nicht erfroren war, nahm ich einen Hauch Bedauern wahr.

»Ich weiß, Charlotte.«

»Also, worum geht's? Spuck's einfach aus.«

»Ich werde – wahrscheinlich – heiraten.«

Klirrend fiel der Löffel auf den Herd, und sie schlug sich beide Hände vor den Mund. »Du wirst Vater. Oh, Gray!«

Ich verschluckte mich an meinem Bier. »Nein. Gott, nein.«

»Was ist es dann? Warum und wen?«, platzte es aus ihr heraus.

Ich erzählte ihr in knappen Worten von dem Vorschlag, mit dem Kira heute früh zu mir gekommen war. Ich hatte den ganzen Tag darüber nachgedacht, aber selbst in meinen Ohren klang es noch immer vollkommen verrückt. »Es ist bisher noch nicht klar, dass es auch tatsächlich so klappen wird. Aber sie wird zum Abendessen da sein, deshalb wollte ich, dass du schon mal Bescheid weißt. Das heißt, sie bleibt nicht nur zum Essen, sondern wohnt vorübergehend hier.«

Charlottes missbilligende Miene machte deutlich, was sie von der Sache hielt. »Du heiratest für Geld? Nein, Gray, du hast etwas Besseres verdient. Und hat dieses Mädchen keinerlei Moral? Du …«

»Es ist nur vorübergehend, okay? Und wenn alles so läuft, wie sie behauptet, könnte das die Rettung dieses Weinguts sein. Und, offen gestanden, ist das meine letzte Chance.« Ich wollte nicht mit Charlotte streiten und erklärte mit zusammengebissenen Zähnen: »Das weißt du genauso gut wie ich.«

»Ja, aber … vorübergehend? Eine Ehe ist ein Bund fürs Leben. Eine Ehe ist etwas anderes als ein Geschäft, in dem es um Verhandlungen und um Verträge geht. Die Ehe ist *heilig*, ein heiliger Schwur, dass man sich für alle Zeiten liebt.«

Ich schnaubte, denn wie Charlotte wusste, hatte ich, nachdem ich jahrelang die frostige Beziehung zwischen meiner Stiefmutter und meinem Vater hatte miterleben müssen, nicht mehr die geringste Achtung vor der Heiligkeit des Ehebunds. »Die meisten Menschen sind nicht so wie du und Walter, Charlotte. Sieh dir doch nur Jessica und meinen Vater an.«

Charlotte verzog traurig das Gesicht und wählte ihre nächsten Worte mit Bedacht. »Gray, ich weiß, dass sich sehr viel verändert hat und dass du es sehr schwer hast, seit du heimgekommen bist. Ich weiß, du gibst dir selbst die Schuld daran. Und du hast dich verändert, Gray. Du lächelst überhaupt nicht mehr und arbeitest von früh bis spät. Du hast dich vollkommen in dich zurückgezogen und lässt niemanden an dich heran. Aber das hier ist ganz sicher nicht die Lösung für deine Probleme. Das kann es nicht sein. Ich kann nicht zulassen, dass du …«

Ich stellte meine leere Flasche krachend auf die Marmorarbeitsplatte, und in meinem Inneren wogte ein Gefühl des Zorns und gleichzeitiger Ohnmacht auf. Charlotte brauchte mir bestimmt nicht zu erklären, dass ich mich verändert hatte. Schließlich war ich selbst den ganzen Tag mit mir zusammen und wusste am besten, was aus mir geworden war. »Du bist nicht meine Mutter, sondern meine Angestellte, Charlotte, und ich möchte nicht mehr über diese Sache reden. Also stell noch einen zusätzlichen Teller auf den Tisch und halt dich, davon abgesehen, aus meinen Angelegenheiten raus.«

Ich hatte sie verletzt. Mit zusammengepressten Lippen trat sie wieder vor den Herd und murmelte leise etwas vor sich hin, was ich nicht verstehen konnte und auch nicht verstehen wollte. Charlotte war so weich wie Walter starr. »Du bleibst natürlich auch zum Abendessen«, meinte sie bestimmt, bevor ich gehen konnte. »Um uns deine zukünftige *Gattin* vorzustellen.«

Dieser Satz ließ mich zusammenfahren. Kira und ich hatten einen Deal, wir waren Geschäftspartner, sonst nichts. Natürlich wollte Charlotte mich mit diesen Worten aus der Fassung bringen und mir nochmals deutlich zu verstehen geben, was sie von der ganzen Sache hielt.

Eigentlich hatte ich nicht vorgehabt, daheim zu essen, doch ich knurrte ein »Selbstverständlich«, damit sie endlich Ruhe gab, und stapfte wütend aus dem Raum.

Danach schloss ich mich in meinem Arbeitszimmer ein und rief die Webseite des Standesamts von Napa auf. Es gab keine Wartefrist, wenn man beschloss, den Bund fürs Leben einzugehen. Es reichte völlig aus, einen Termin zu machen und mit einem Trauzeugen dort aufzutauchen oder den zu nehmen, den das Standesamt den zukünftigen Eheleuten bot. Hoffentlich bekam Kira möglichst schnell einen Termin bei dem Verwalter ihres Erbes, denn je schneller wir mit dieser Scheinehe beginnen würden, umso schneller könnten wir sie auch wieder beenden und jeder seiner Wege gehen.

Ich blätterte meine Post durch und legte die Rechnungen auf dem mehrere Zentimeter hohen Rechnungsstapel ab. Zum ersten Mal seit Monaten ließ mich die Zahl der Forderungen nicht zusammenfahren. Wenn es funktionierte … wenn es *wirklich funktionierte,* könnte ich all diese Rechnungen bezahlen und noch viele andere Dinge tun. Am besten dachte ich erst mal nicht über Einzelheiten nach, solange ich nicht sicher wusste, dass ich dieses Geld bekommen würde. Als mein Blick auf einen Umschlag fiel, der sorgfältig in einer mir vertrauten Handschrift an mich persönlich adressiert war, zog sich meine Brust zusammen. Obwohl ich hätte wissen wollen, was sie mir zu sagen hatte, legte ich den Umschlag ungeöffnet fort. Egal, was sie geschrieben hatte, die Tatsache, dass Vanessa mich betrogen hatte, blieb bestehen, und auch ihre jämmerlichen Worte der Erklärung oder ihre Bitte um Verzeihung machten es nicht ungeschehen.

»Fahr zur Hölle.« Zornig stützte ich mich mit den Ellenbogen auf dem Schreibtisch ab, vergrub den Kopf zwischen den Händen und kniff kurz die Augen zu.

Jetzt musste ich wirklich hier raus und Dampf ablassen, doch stattdessen war ich gezwungen, hierzubleiben und mit einer Fremden, die bald mein Frau wäre, zu essen, auch wenn mir der Appetit vollends vergangen war. Charlotte hatte recht. Natürlich war es eine furchtbare Idee. In höchstem Maße lächerlich. Egal, in welcher Rolle, machten Frauen mir das Leben schwer, und Kira würde sicher keine Ausnahme von dieser Regel sein. Solange sie in meiner Nähe war, würde sie mir stets vor Augen führen, wie tief ich gesunken war. Um mein Versprechen gegenüber meinem Vater einzulösen, war ich gezwungen, eine Ehe nur des Geldes wegen einzugehen. Im Grunde war es einfach lachhaft, dass ich diese Sache auch nur in Erwägung zog.

Ein paar Minuten später klingelte es an der Tür. Obwohl ich annahm, dass es Kira war, fuhr ich mit der Arbeit fort. Sicher würde Walter öffnen, und natürlich wäre sie den förmlich kühlen Umgangston von ihrem eigenen Personal gewohnt. Wahrscheinlich waren bisher immer zahllose Bedienstete um sie herumgeschwirrt und hatten jeden ihrer Wünsche umgehend erfüllt.

Als ich schließlich selber in die Küche ging, saß Kira dort vor einem Weinglas an dem großen, abgenutzten Tisch. Sie trug Jeans und eine dunkelgrüne Bluse und hatte ihr Haar wie schon am Vormittag zu einem strengen Knoten aufgesteckt. Hatte ich sie wirklich heute früh zum ersten Mal gesehen? Inzwischen kam es mir wie Jahre vor.

Charlotte ignorierte sie und sprach mich an, ohne mich anzusehen. »Wenn ich gewusst hätte, dass wir Besuch erwarten, hätte ich das Esszimmer geputzt.« Sie bedachte die *Besucherin* mit einem missbilligenden Blick. »Ich hoffe, es ist in

Ordnung, dass wir in der Küche essen, *Sir.*« Mit diesem letzten Wort gab sie mir deutlich zu verstehen, dass sie immer noch beleidigt war, dass ich sie als meine Angestellte bezeichnet hatte.

»Du weißt, dass ich am liebsten in der Küche esse, Charlotte. Kein Problem.« Ich setzte mich Kira gegenüber an den Tisch und nippte vorsichtig an meinem Wasserglas.

»Trinkst du keinen Wein?«

»Nur ab und zu.«

»Ist das für den Betreiber eines Weinguts nicht ein bisschen ungewöhnlich?«

»Ja, wahrscheinlich.«

Als ich sonst nichts sagte, wandte sie sich ab und sah sich in der Küche um.

»Ein wunderschöner Raum«, bemerkte sie mit sanfter Stimme, aber ehe ich ihr eine Antwort geben konnte, knallte Charlotte uns so unsanft unsere vollen Teller hin, dass etwas von der Sauce auf den Holztisch spritzte, und wandte sich hoch erhobenen Hauptes wieder ab.

Ich fing wortlos an zu essen, und eine verlegene Stille breitete sich zwischen mir und Kira aus.

Man hörte nur das laute Ticken unserer Küchenuhr, Charlottes wütendes Hantieren mit den Töpfen und das Klappern unseres Bestecks.

Mit hochrotem Gesicht rutschte Kira auf ihrem Sitz herum, doch schließlich blickte sie auf und sah mich fragend an.

»Warst du schon mal in Afrika?«

In Afrika? Ich öffnete den Mund, aber bevor ich etwas sagen konnte, fuhr sie bereits fort: »In Kenia gibt's ein wunderbares Willkommensritual. Die Krieger des Stammes tragen ihre buntesten Kostüme und vollführen etwas, das Sprungtanz heißt. Sie bilden dabei alle einen Kreis, springen um die Wette in die Höhe und demonstrieren ihrem Gast auf diese Art, wie mutig und wie stark sie sind. Es ist einfach unglaublich, wie hoch einige der Männer springen können. Echt beeindruckend!« Die erste Strähne löste sich aus ihrem Knoten, aber ungerührt schob Kira sich den nächsten Bissen ihres Essens in den Mund und fuhr mit lauter Stimme fort: »Wobei das nichts ist im Vergleich zu der Herzlichkeit, mit der man hier empfangen wird. Ich kann dir gar nicht sagen, wie willkommen ich mich fühle. Wobei man allerdings in Kenia zur Begrüßung auch noch ein Gemisch aus Kuhmilch und aus Blut serviert bekommt. Das ist ebenfalls nicht schlecht. Trotzdem finde ich …«

Ich legte meine Gabel auf den Tisch. »Fertig?«

»Nein. Warum?«

Ich erschauerte, als ihre großen, grünen Augen Funken der Entrüstung sprühten, aber dann trank sie den nächsten Schluck von ihrem Wein und wandte sich erneut dem Essen zu.

Ich drehte kurz den Kopf und hätte schwören können, dass Charlottes Lippen zuckten, doch auch sie wandte sich eilig wieder ab.

Ich knirschte mit den Zähnen, doch natürlich hatte Kira recht. Wir waren ihr gegenüber wirklich unhöflich gewesen, und ich war extrem schlecht gelaunt. Im Grunde hatte sie nichts falsch gemacht, aber ich konnte sie, das hieß, ich konnte ihren *Typ von Frau* einfach nicht leiden, und dadurch, dass sie jetzt hier an meinem Tisch saß, machte sie mir unverhohlen deutlich, dass ich ein Totalversager war. Trotzdem könnte ich ihr gegenüber zumindest höflich sein, immerhin bot sie mir einen Ausweg aus meinem Dilemma. Obwohl ich sicher nicht so tun würde, als ob ich ihr trotz ihres Geldes irgendetwas schuldig wäre, als ob es mich freuen würde, dass wir hier zusammen aßen, oder als ob wir etwas anderes als *Komplizen* einer anrüchigen Übereinkunft wären. Wir brachten schließlich beide Opfer für den Deal. Sie überließ mir jede Menge Geld, doch dafür brächte sie mein Leben in den nächsten Monaten durcheinander und ich müsste bis an mein Lebensende ihren Namen immer wieder auf irgendwelchen Formularen sehen. Doch wir waren nun mal Geschäftspartner und sollten deshalb besser höflich miteinander umgehen. Bisher hatte sie sich durchaus gut benommen, und die Sache mit dem Gärtnerhäuschen hatte mich sogar ein bisschen amüsiert.

Ein böser Scherz, auf den sie bisher, wie mir plötzlich auffiel, noch mit keiner Silbe eingegangen war.

»Vielleicht sollten wir darüber sprechen …«

»… dass du offenbar der Nachfahre einer Feuer speienden Echse bist? Das habe ich bereits bemerkt.«

Charlotte prustete und übertönte das Geräusch, indem sie einen ihrer Töpfe in die Spüle fallen ließ.

»Hör zu, Kira …«

»Nein, Grayson, erst mal hörst du zu!« Sie schlug mit einer ihrer kleinen Fäuste auf den Tisch, und während ihr die nächste Strähne ins Gesicht fiel, funkelten mich ihre grünen Hexenaugen zornig an und ließen gegen meinen Willen Hitze in mir aufsteigen. »Ich mache dir ein wirklich großzügiges Angebot, aber du musst dir schon etwas Mühe geben, wenn die Sache funktionieren soll. Du bekommst mit deinen Referenzen ganz bestimmt kein besseres Angebot, und wenn du mich weiter so herablassend behandelst, nehme ich mein Erbe, und das war's.«

Jetzt schlug ich selber zornig auf den Tisch und registrierte mit Genugtuung, wie sie zusammenfuhr. »Wenn diese Sache funktionieren soll, solltest du vielleicht aufhören, so zu tun, als hättest du mich nur aus *Mitleid* ausgesucht und als müsste ich dafür nicht mindestens genauso viele Opfer bringen wie du«, fuhr ich sie zähneknirschend an. »Oder bildest du dir etwa allen Ernstes ein, ich hätte auch nur das mindeste Verlangen, mit dir oder mit wem auch immer eine Ehe einzugehen?«

»Nein. Ich bin mir sicher, dass du auch nicht monogamer als ein Straßenköter bist. Was mir aber zum Glück total egal sein kann.«

Wie aus weiter Ferne drang Charlottes Husten an meine Ohren.

Ich blickte Kira aus zusammengekniffenen Augen an. »Denkst du etwa, ich würde diese Heirat in Erwägung ziehen, wenn ich nicht vollkommen verzweifelt wäre und wenn du nicht meine *allerletzte* Chance wärst? Also halt mir meinetwegen weiter vor, dass du von uns beiden diejenige mit der Kohle bist, aber tu bloß nicht so, als bräuchtest du mich andersrum nicht auch. Tu bloß nicht so, als würde es dir besser gehen als mir. Und tu vor allem nicht so, als wäre ich nicht auch die letzte Chance für dich. Das hast du selbst gesagt. Und nachdem du mich erst heute Morgen angebettelt hast, mit dir aufs Standesamt zu gehen, behandle mich gefälligst mit ein bisschen mehr Respekt.«

Die Röte ihrer Wangen nahm noch zu. »Angebettelt? *Angebettelt?*« Plötzlich löste sich ihr Knoten vollends auf, und eine Wolke dunkler Haare fiel um ihr Gesicht. Ich schnappte nach Luft. Ihr Haar war herrlich dicht und lang. Es lag weich um ihre Schultern und ergoss sich über ihren Rücken wie ein schimmernder Wasserfall.

Wir standen beide langsam auf und funkelten uns quer über den Holztisch hinweg an. Die Luft im Raum fing an zu knistern, und ich hatte das Gefühl, als würde sie vor Hitze flirren. Wobei die Hitze gleichzeitig durch meine Adern strömte und mir das Gefühl gab, plötzlich so *lebendig* wie seit Jahren nicht mehr zu sein.

»Es war total *verrückt,* hierherzukommen. Das hier …«, sie wies erst auf mich und dann auf sich, »… ist vollkommen verrückt. Es wird niemals funktionieren. Am besten blasen wir die Sache ab. Ich finde sicher jemand anderen, den ich heiraten kann. Ich verstehe wirklich nicht, wie ich jemals auf dich gekommen bin. Dich zu mögen … schafft kein Mensch.«

»Du hast vollkommen recht. Die ganze Sache ist total verrückt. Vor allem, da ich dich genauso wenig leiden kann.«

»Dann ist die Angelegenheit also vom Tisch.«

»Genau.«

Wir starrten uns auch weiter an, und ihre grünen Augen loderten vor Zorn. Warum zum Teufel zogen diese Augen mich derart in ihren Bann? Nach ein paar Augenblicken angespannten, aufgeheizten Schweigens holte ich tief Luft und sah sie unter einer hochgezogenen Braue hervor an. »Und übrigens, wenn du noch einmal jemanden zum Heiraten bewegen willst, versuchst du es vielleicht mal mit ein bisschen Unterwürfigkeit. Männer mögen es, wenn Ehefrauen gehorsam sind.«

Das Feuer in den grünen Augen loderte noch heller, woraufhin der nächste Schauer über meinen Rücken rann.

»Charlotte«, wandte sie sich plötzlich zuckersüß an meine Haushälterin. »Haben Sie vielleicht ein Blatt Papier und einen Stift, den ich mir leihen kann?«

»Natürlich.« Eilig zerrte Charlotte einen Block und einen Kugelschreiber aus der Schublade und reichte sie ihr so beflissen, als ob sie plötzlich *ihre* Angestellte wäre.

Gespannt, wie es jetzt weitergehen würde, sah ich Kira an.

Lächelnd drehte sie die Kappe von dem Stift, steckte sie absichtlich langsam auf das Ende und griff nach dem Blatt.

»Wie war das noch mal genau? Ich möchte sichergehen, dass mir kein einziges Wort von deinem klugen Rat entgangen ist. Unterwürfig, richtig? Kannst du mir das vielleicht buchstabieren? Ich weiß einfach nicht, wie man das schreibt.«

Ich kämpfte gegen das Verlangen an, laut zu lachen. »Die Rechtschreibung ist nicht so wichtig. Wichtiger ist, dass du verstehst, was dieses Wort bedeuten soll.«

»Hmm. Und wie war noch mal das andere Wort? Gehorsam?«

»Ja, genau.«

»Gehorsam – ja.« Sie hakte die Vokabel auf dem Zettel ab. »Und?«

»Deine spitze Zunge schreckt wahrscheinlich jeden potenziellen Heiratskandidaten ab.«

Sie tat, als notierte sie auch diesen Ratschlag. »Spitze Zunge – *nein*«, las sie von ihrem Zettel ab und malte noch ein dickes Kreuz auf das Papier. »Was sonst noch?«

Einen angespannten Augenblick lang sah ich sie reglos an. Ein selbstzufriedenes Grinsen löste das geheuchelte Interesse auf ihrer Miene ab. Im Grunde wusste ich nicht mal, ob die von ihr vorgeschlagene Scheinehe nicht gegen das Gesetz verstieß. Aber beim Gedanken, die Geschichte abzublasen, ehe sie auch nur begonnen hatte, stieg Enttäuschung in mir auf. Ich hasste den Gedanken, hasste diese kleine spitzzüngige Hexe, die mir gegenüberstand, und hasste es, dass sie mir in dieser Angelegenheit in Wahrheit überlegen war … doch gleichzeitig war dies das erste Mal seit langer Zeit, dass mir irgendetwas *Hoffnung* gab. Und erst jetzt wurde mir klar, wie nötig ich diese Hoffnung hatte. Ich wandte mich ab, während sie den Zettel und den Kugelschreiber vor sich auf den Holztisch legte und als Erste von uns beiden wieder sprach.

»Hör zu, die Situation ist ziemlich … ungewöhnlich«, fing sie an, und ich lenkte den Blick zurück auf ihr Gesicht. Das Feuer in den grünen Augen war erloschen, als läge auch ihr nicht wirklich etwas daran, die Sache abzublasen. »Ich habe eben noch den Verwalter meines Erbes angerufen, und er meint, dass er morgen Nachmittag Zeit für uns hätte. Vielleicht können wir uns ja zumindest arrangieren, bis wir sicher wissen, dass das Geld bei dieser Heirat wirklich auf mein Konto überwiesen wird. Dann können wir immer noch entscheiden, ob wir diese Sache durchziehen wollen oder nicht.«

»Okay.«

Sie atmete erleichtert auf und reichte mir die Hand.

»Waffenstillstand?«, fragte sie mit hochgezogener Braue, und ich streckte ebenfalls die Hand über den Tisch, der allerdings so breit war, dass ein halber Meter Abstand zwischen unseren Fingern blieb.

»Waffenstillstand. Dann komm her, damit wir ihn besiegeln können.«

»Nein, komm du.«

Ich sah sie lächelnd an. »Also treffen wir uns in der Mitte.«

Sie verzog argwöhnisch das Gesicht, doch schließlich stand sie nickend auf, und wir trafen uns am Kopfende des großen Tischs. Ich ergriff die warme Hand, die sie mir bot, und als sie lächelte, setzte ich ebenfalls ein Lächeln auf.

Als Charlotte kam, um Kira von dem guten Rotwein nachzuschenken, drückte ihre Miene statt Verachtung vorsichtige Neugier aus. Anscheinend hatte Charlotte sich bei unserem Streit für meine zukünftige Frau erwärmt. Wahrscheinlich würde ich die Frauen nie verstehen.

»Möchtest du vielleicht den Rest des Hauses sehen?«, bot ich ihr als Zeichen meines guten Willens an.

Sie wirkte überrascht, nickte aber zustimmend, und als sie aufstand, wandte sie sich an Charlotte und dankte ihr für das Essen. Das Lächeln, mit dem Charlotte sie bedachte, wirkte echt, doch mich starrte sie weiter böse an.

Wir gingen in den Flur und fingen mit der Führung an. »Mein Vater wollte mit diesem Haus ein französisches Schloss kopieren.«

Wir betraten den Salon, und Kira nickte zustimmend. »Was ihm auf jeden Fall gelungen ist. Das Haus wirkt wie ein kleines Märchenschloss, es … zieht einen sofort in seinen Bann.« Sie erstarrte, als sie durch die große Fensterfront sah, die sich zu der mit Naturstein ausgelegten, riesigen Terrasse und dem Pool hin öffnete. Doch ihr Blick ging über den Pool hinweg und war auf den dahinter liegenden Irrgarten geheftet. »Ein Labyrinth«, stieß sie begeistert aus. »Und es ist riesengroß!«

Ich knirschte mit den Zähnen, so wie immer, wenn ich das verhasste Ding sah. »Es ist total zugewachsen, und am liebsten hätte ich es gleich nach meiner Rückkehr niedermähen lassen, aber mir hat das Geld dafür gefehlt.«

»Aber warum denn das? Es ist einfach unglaublich. Darf ich es betreten?«

»O nein, auf keinen Fall«, erklärte ich ihr kategorisch, fuhr dann aber etwas sanfter fort: »Es ist nicht sicher.«

Kira wusste nicht, warum ich dieses Labyrinth so hasste, und sie würde es auch nie erfahren, doch was ich sagte, stimmte – es war dort nicht sicher, solange es so zugewachsen war.

Ich hatte das Gefühl, als bohre sich der Blick aus ihren leuchtend grünen Augen bis in meine Seele, und als ich zurückstarrte, hob sie eine ihrer fein geschwungenen Brauen an. »Wahrscheinlich, weil dort deine Drachenhöhle ist.« Mit einem leisen Lächeln fügte sie hinzu: »Ich nehme an, dass du dort … ausgebrütet worden bist.«

Ich bemühte mich um einen möglichst ausdruckslosen Blick, aber ich wusste, dass sie scherzte, und musste leise auflachen.

»Das könnte durchaus sein.« Auch ich zog eine Braue hoch. »Aber im Ernst, halt dich von diesem Ding fern.«

Nach einer kurzen Pause wandte sie sich achselzuckend ab. »In Ordnung, schließlich ist es dein Haus.«

Ich führte sie von Raum zu Raum und verfolgte ihre Reaktion. Von der alten Pracht war kaum noch etwas zu sehen, und obwohl wir kaum noch Möbel hatten, schaffte Charlotte es alleine nicht, das Haus in dem makellosen Zustand zu erhalten, der zu Zeiten meines Vaters Standard auf dem Gut gewesen war. Als ich Kira das erklärte, schaute sie mich an und stellte fest: »Du bist in echtem Luxus groß geworden.«

Mir war klar, dass sie im Grunde damit sagen wollte, dass ich mir die Mühe hätte sparen können, so zu tun, als wäre nur sie selbst an Wohlstand und Privilegien gewöhnt.

»In materiellem Wohlstand, Kira«, korrigierte ich. »In einem schönen Haus mit jeder Menge Personal, aber da ich niemals wirklich Eltern hatte, kann von echtem Luxus nicht die Rede sein.«

»Was willst du damit sagen, Grayson?«, fragte sie verwirrt.

Ich schüttelte den Kopf. »Egal. Auf alle Fälle bin ich hartes Arbeiten gewohnt, und ich werde keinen Cent des Geldes, das du mir so großzügig im Gegenzug für unsere Heirat überlassen willst, vergeuden. Übrigens betrachte ich das Geld, das du mir gibst, als Darlehen. Sobald das Weingut wieder schwarze Zahlen schreibt, bekommst du es zurück.«

Sie schwieg einen Moment, doch schließlich nickte sie. »Das brauchen wir nicht schriftlich festzuhalten, aber wenn du willst ...« Sie winkte ab, als wäre ihr das vollkommen egal, und ich sah sie verwundert an. Ich hatte keine Ahnung, was von dieser Reaktion zu halten war.

Als wir durch den Flur im ersten Stock liefen, blieb sie vor dem Bild von meiner Stiefmutter und meinem Vater stehen und fragte sanft: »Dann sind sie also beide tot?«

Ich schüttelte den Kopf. »Nur mein Vater. Meine Stiefmutter lebt jetzt in San Francisco.«

Langsam drehte sie sich zu mir um. »Dann fehlen ihr also die finanziellen Mittel, um das Weingut zu erhalten, das ihrem verstorbenen Mann derart am Herzen lag?«

»O nein, sie schwimmt in Geld. Aber dieses Weingut habe ich geerbt, und nie im Leben würde ich sie darum bitten, auch nur einen Cent des Geldes, das mein Vater ihr vererbt hat, hier zu investieren. Wir haben keinerlei Kontakt, und auch schon früher war unsere Beziehung alles andere als gut.« *Weshalb sollte ich mich mit dir abgeben, wenn nicht mal deine eigene Mutter irgendein Interesse an dir hat?* Ich war gerade zwölf gewesen, als sie mir die Frage an den Kopf geworfen hatte, und nach all den Jahren hallten mir ihre kalten Worte noch immer schmerzlich durch den Kopf. »Eher heirate ich für Geld eine völlig Fremde«, erklärte ich mit einem müden Lächeln, aber diesmal lächelte sie nicht zurück. »Aber ich habe meinem Vater nun einmal geschworen, diesem Weingut neues Leben einzuhauchen. Und das werde ich tun.«

Sie sah mich forschend an. »Mit Schwüren kenne ich mich aus. Ich habe ebenfalls etwas geschworen, nämlich, niemals mehr von meinem Vater abhängig zu sein.« Sie wandte sich erneut dem Foto zu und sah es sich genauer an.

»Du kommst offenbar nach deiner Mutter«, meinte sie, als sie die hellen Haare und die helle Haut meines Vaters sah.

»Ja, was ebenfalls eine Enttäuschung war«, gab ich zurück.

Sie blickte mich an, ließ meine rätselhafte Antwort aber einfach stehen. Warum hatte ich das überhaupt gesagt? Schließlich ging mein Leben diese junge Frau nicht das Geringste an.

Wieder trat sie vor die Bilderwand, sah sich ein anderes Foto an, und ich betrachtete in Ruhe ihr Profil. Sie hatte eine leichte Stupsnase, ein sanft geschwungenes Kinn, dichte, dunkle Wimpern und langes, seidig weiches Haar, das ihr bis auf den Rücken fiel.

Sie zeigte auf das Bild von Shane und mir. »Du hast einen Bruder?«

»Ja.«

»Lebt er in der Nähe?«

»In San Diego.«

»Und, steht ihr euch nahe?«

»Ich habe ihn vor über fünf Jahren zum letzten Mal gesehen.«

»Oh, das tut mir leid.« Sie wandte sich mir wieder zu.

»Das muss es nicht«, gab ich gepresst zurück und lief entschlossen weiter, um den aufdringlichen Fragen zu entgehen. Ich fühlte mich auch so schon äußerst unbehaglich, doch ich konnte ihr kaum einen Vorwurf deshalb machen, schließlich hatte ich selbst die Idee zu diesem Rundgang gehabt.

»Nun, dann überlasse ich dich erst mal wieder Charlotte.

Sie wird dir ein Zimmer geben. Ich fahre noch mal weg«, beendete ich abrupt unsere Tour.

Sie riss verwirrt die Augen auf. »Ja, okay, ähm, danke. Schönen Abend noch.«

Ich nickte knapp und wandte mich zum Gehen, doch als ich sie leise summen hörte, drehte ich mich noch mal um und trat entschlossen auf sie zu. »Summst du etwa ›Puff the Magic Dragon‹?«

Sie sah mich aus großen, unschuldigen Augen an. Was eindeutig geheuchelt war. »Ach, heißt das so? Ich kenne den Namen dieses Liedes gar nicht.«

Sie zuckte mit den Achseln und hielt meinem bösen Blick mit abermals herausfordernd gerecktem Kinn ungerührt stand. Wieder war die Luft um uns herum elektrisch aufgeladen, und an meinen Armen und in meinem Nacken bildete sich eine Gänsehaut.

Am Ende aber hatte ich genug von ihrem kleinen Spiel. Ich machte auf dem Absatz kehrt, trat vor das Haus und ließ sie allein im Flur zurück.

5 Kira

Der Drache wechselte sekündlich zwischen heiß und kalt. Wahrscheinlich war das bei Reptilien so üblich, wobei mir das Feuer, das er spuckte, fast lieber war als seine aufgesetzte Kälte, wenn ihm ein Gesprächsthema nicht passte, oder die kühle Verachtung, die er mir entgegenbrachte, weil er mich für ein verwöhntes Gör hielt. Aus irgendeinem Grund jedoch war ich mir sicher, dass diese Kälte nur geheuchelt und der Mann in seinem tiefsten Inneren voller Glut und … Leidenschaft war.

Ich erschauerte. Ich musste mir unbedingt verkneifen, Grayson Hawthorn überhaupt als Mann zu sehen. Sonst würde ich mir nur die Finger an dem Kerl verbrennen, denn, wie er mir bereits bei unserem ersten Treffen überdeutlich zu verstehen gegeben hatte, war ich alles andere als sein »Typ«.

Ich atmete tief durch und blickte auf die Worte über der Eingangstür. In Vino Veritas. Ich würde sie nachschlagen, doch erst mal ging ich wieder in die Küche. Charlotte wischte gerade sorgfältig die Arbeitsplatte ab und bedachte mich mit einem deutlich freundlicheren Lächeln als noch zu Beginn des Abends.

»Wie wäre es mit einem Kaffee?«

»Wenn Sie mir dabei Gesellschaft leisten, gern.«

Sie zögerte, doch schließlich nickte sie, und als ich mich auf einen Hocker an die Frühstückstheke setzte, schenkte sie uns beiden ein, stellte mir Milch und Zucker hin, holte zwei

Teller, eine Kuchenplatte und Besteck und nahm mir gegenüber Platz.

»Grayson ist weggefahren«, sagte ich, bevor ich den ersten Schluck Kaffee nahm.

»Das habe ich gehört. Salzkaramelltarte?«, fragte sie, wobei sie schon das erste große Stück auf einen Teller schob.

»Oh, hm, gern.« Zögernd sah ich auf den Teller, von dem mir der Duft von süßer Sahne und Salzkaramell entgegenschlug. »Ich weiß, die Sache kommt Ihnen wahrscheinlich …«, lächerlich, idiotisch, unmoralisch, »… ungewöhnlich vor«, beendete ich meinen Satz.

»Allerdings.« Sie schnitt sich selbst ein Stück vom Kuchen ab und behielt ihr Lächeln trotz der zustimmenden Antwort bei. »Ich hatte mir mehr für Gray gewünscht. Womit ich Ihnen sicher nicht zu nahe treten will. Sie scheinen eine willensstarke junge Frau zu sein. Aber natürlich hatte ich gehofft, er würde mal … aus Liebe heiraten.«

»Natürlich.« Ich errötete, denn schließlich hätte ich mir selbst das ebenfalls gewünscht.

Vorsichtig schob ich mir einen ersten Bissen Kuchen in den Mund und riss, als das Gemisch aus süß und salzig regelrecht auf meiner Zunge explodierte, schwärmerisch die Augen auf. »Sie haben ihn sehr gern.«

Sie nickte zustimmend. »Ich arbeite hier schon, seit Gray zum ersten Mal … seit er hier eingezogen ist.«

Ich hätte Charlotte fragen wollen, was sie damit meinte, doch ich tat es nicht. Das war meine erste Unterhaltung mit ihr, und diese Frage hätte sicher übertrieben neugierig gewirkt.

»Aber selbstverständlich kann ich auch verstehen, dass er Ihr Angebot nicht einfach ausgeschlagen hat.« Sie schüttelte unglücklich den Kopf. »Er würde alles tun, um dieses Anwesen wieder zu dem zu machen, was es einmal war.«

»Das kann ich ihm nicht verdenken«, warf ich ein. »Schließlich hat sein Vater dieses Weingut aufgebaut.«

Ihr Blick war abgeschweift, doch jetzt sah sie mich wieder an und schien in Gedanken wieder in die Gegenwart zurückzukehren. »Und was ist mit Ihnen? Haben Sie denn keine andere Möglichkeit?«

»Mir fällt im Augenblick nichts Besseres ein«, erklärte ich leise, weil es mir peinlich war, dieser freundlichen, älteren Frau mit ihrem melodiösen britischen Akzent meine ausweglose Lage zu gestehen. »Hat Ihnen Gray denn nicht erzählt, in welcher Zwangslage ich selber gerade bin?«

»Er hat keine Details genannt.« Sie sah mich forschend an. »Wobei die Folgen Ihrer Übereinkunft meiner Meinung nach bisher nicht abzusehen sind. Bitte denken Sie noch einmal gründlich nach, bevor Sie etwas tun, was man nicht mehr ungeschehen machen kann.«

»Ich verstehe, was Sie damit sagen wollen, Charlotte, und ich danke Ihnen für den wohlmeinenden Rat, aber …«

»Sie haben sich entschieden.«

»Ja, ich habe mich entschieden, und ich hoffe, Sie versuchen uns zu verstehen.«

»Es ist also beschlossene Sache«, meinte sie.

Traurig, weil ich diese Frau enttäuschte, starrte ich die Reste meines Kuchens an.

Bevor ich etwas sagen konnte, fuhr sie fort: »Vielleicht tun Sie ihm ja sogar gut. Ich gebe zu, ich habe seine Augen schon seit viel zu langer Zeit nicht mehr so blitzen sehen wie während Ihres Streits beim Abendbrot.«

»Hmm …« Ich aß den Rest des Kuchens und überlegte, ob das eine gute oder schlechte Nachricht war. Wahrscheinlich zeigte seine Reaktion, dass wir bereits das Schlimmste aus dem jeweils anderen herausholten, obwohl wir uns noch nicht einmal einen Tag lang kannten.

»Oh, da fällt mir ein, Charlotte – hätten Sie vielleicht Bettwäsche, die ich mir leihen kann? Ich wohne im Gärtnerhäuschen, und ich habe weder Decken noch ein Kissen dort gesehen.«

»Im Gärtnerhäuschen?«, fragte Charlotte überrascht. »Das wird doch schon seit Jahren nur noch als Werkzeugschuppen genutzt. Sie können dort nicht wohnen. Wenn Gray behauptet hat, dass Sie dort einziehen sollen, hat er bestimmt nur einen Witz gemacht.«

»Kann sein.« Ich trank den letzten Schluck Kaffee und stellte meinen Becher wieder auf der Theke ab. »Aber ich fühle mich dort durchaus wohl. Es ist mein eigenes kleines Reich, und ich bin niemandem im Weg.«

»Ich kann unmöglich zulassen, dass Sie dort einziehen«, widersprach mir Charlotte vehement. »Auch wenn mir der Gedanke an die Hochzeit nicht behagt, werde ich nicht mit ansehen, wie Sie in diese schmutzige, von Spinnweben verhangene Baracke ziehen.«

Ich lachte unbekümmert auf. »Wissen Sie noch, wie ich vorhin von Afrika gesprochen habe? Ich habe fast ein Jahr lang dort gelebt. Tatsächlich bin ich erst seit einer Woche wieder hier. Die Spinnen hier würden vor Scham vergehen, wenn sie die dortigen Insekten sähen. Ein paar Schnaken machen mir also bestimmt nichts aus. Und das Bett und sauberes Bettzeug sind erheblich komfortabler als der blanke Fußboden, auf dem ich dort geschlafen habe.«

»Und warum waren Sie in Afrika?«

Ich war auf der Flucht. In der Verbannung. Hatte mich versteckt.

»Um einem Freund zu helfen, dort ein Krankenhaus zu bauen.« Das erste echte Lächeln, seit ich wieder hier war, huschte über mein Gesicht. »Es wird unzähligen Frauen und Kindern eine große Hilfe sein. Wenn Sie möchten, erzähle ich Ihnen später noch ausführlicher davon.«

Charlotte tätschelte mir kurz die Hand, und ihre bisher etwas argwöhnische Miene wurde sanft. »Das wäre schön.«

Eine Stunde später hatte ich das Schlafzimmer des Häuschens mit dem Besen, den mir Charlotte überlassen hatte, ausgefegt, den metallenen Bettrahmen gesäubert und mit der Matratze bestückt, die mir Walter aus dem Herrenhaus gebracht hatte. Als Charlotte mit den Decken kam, riss sie entsetzt die Augen auf, bat mich nochmals, mit zurück ins große Haus zu kommen, und trat umgehend wieder den Rückzug an.

Das Badezimmer nähme ich mir morgen vor. Ich wusch mir das Gesicht und putzte mir die Zähne mit dem kalten Wasser aus dem Hahn, lugte vorsichtig hinter den schimmeligen Duschvorhang und zuckte leicht zusammen, als ich die rostigen Armaturen, den schmutzstarrenden Boden und die dicken Spinnweben unter der Decke sah. *Igitt.*

Obwohl die Abende im Spätsommer bereits ein wenig kühler waren, riss ich die Fenster auf, damit der süße Rosen- und Glyzinienduft, der mit der Brise in das Häuschen wehte, den bei Weitem nicht so angenehmen Staub- und Ölgeruch aus meinem Schlafzimmer vertrieb.

Das Bett war zwar nicht ansehnlich, dafür aber bequem, und seufzend schlüpfte ich unter die dicke Decke, griff nach meinem Handy und schrieb eine kurze Textnachricht an Kimberly. Einzelheiten meines Planes würde ich ihr erst berichten, wenn ich morgen mit dem Drachen beim Verwalter des von Grandma hinterlassenen Geldes gewesen war. Sie würde ganz bestimmt versuchen, mir die Sache auszureden, und sie konnte ziemlich beharrlich sein. Wahrscheinlich würde sie es schaffen, ernste Zweifel in mir wachzurufen, und da ich es mir – im wahrsten Sinn des Wortes – nicht leisten konnte, einen Rückzieher zu machen, weihte ich sie besser erst in alles ein, wenn ich die Frau von Grayson Hawthorn war.

Dann holte ich tief Luft und hörte die erste der vier Nachrichten auf meiner Mailbox ab.

Kira. Ich weiß ganz genau, dass du in deiner Wohnung warst und mich wie einen Trottel draußen stehen gelassen hast. Ich habe James mit einem Schlüssel hingeschickt. Er sagt, es sähe aus, als ob du ausgezogen wärst. Ruf mich sofort an, und sag mir, was du dir dabei gedacht hast, und vor allem, wo ich dich erreichen kann. Wir müssen uns, so schnell es geht, mit Cooper zusammensetzen und überlegen, wie in dieser Angelegenheit am besten weiter vorzugehen ist. Verdammt, Kira, du weißt genau, dass du nicht einfach abhauen kannst. Du musst mir zur Verfügung stehen. Hat sich etwa nichts geändert, seit du letztes Jahr das Land verlassen hast? Ich hatte gehofft, du … Ruf mich einfach an!

In meinen Augen stiegen heiße Tränen auf. *Du musst mir zur Verfügung stehen.* Ja, natürlich, Daddy, weil du mich wie alle anderen Menschen immer nur benutzen willst. Ich löschte seine nächsten beiden Nachrichten von meiner Mailbox, ohne sie mir auch nur anzuhören.

Ich war nur froh, dass er mich hier nicht finden konnte, denn ich hatte vorsorglich die GPS-Funktion meines Handys deaktiviert, nachdem sie ihm leider verraten hatte, dass ich zurück in der Wohnung war. Oder vielleicht waren es auch Spione im Gebäude gewesen. Er hatte seine Fühler schließlich überall.

Die letzte Nachricht war von Cooper selbst. Ich biss mir auf die Lippe, bis sie blutete, und hörte sie mit angehaltenem Atem ab.

Hi, Kira! <Pause> Ach, verdammt, ich weiß nicht, was ich sagen soll. <abgrundtiefer Seufzer> Dein Vater hat gesagt, dass du wieder in San Francisco bist. Wir müssen reden, Kira. Müssen … ich hatte gehofft, du würdest an dein Handy gehen, wenn du meine

Nummer siehst. Du hast auf keinen meiner Briefe reagiert, aber bitte ruf mich an. Du fehlst mir sehr.

Ich fehle dir? Du *Schwein.*

Tränen strömten über meine Wangen. Ich presste meinen Kopf ins Kissen und dachte zurück an jenen grauenhaften Tag. Den Schock über den schmerzlichen Verrat, den er an mir begangen hatte, und die schreckliche Erniedrigung.

Schließlich schlief ich ein, doch als ein Wagen über die gekieste Einfahrt vor dem offenen Fenster meines Häuschens fuhr, schlug ich die Augen wieder auf und blickte mich benommen um. Durch das Grün vor meinem Fenster konnte ich kaum etwas erkennen, doch ich hörte Schritte und nahm an, dass Grayson heimgekommen war und geradewegs zum Haus marschierte, ohne noch einmal bei mir hereinzusehen.

Meine schweren Lider fielen zu, und vor Erschöpfung schlief ich sofort wieder ein.

Im zitronengelben Licht der Morgensonne lösten sich meine Träume wie Nebel auf. Ich wusch mich kurz mit dem eiskalten Wasser aus dem Hahn in meinem Bad, drehte mir das Haar zu einem Knoten auf und zog eine abgeschnittene Jeans und ein marineblaues Tanktop an. Nach dem Frühstück würde ich das Bad in Angriff nehmen, denn dann könnte ich noch duschen, ehe wir am Nachmittag zu Mr Hartmann, dem Verwalter meines Erbes, fuhren.

Der Kies der Einfahrt knirschte unter meinen Füßen, als ich Richtung Haupthaus lief. Auf mein Klopfen hin kam wie schon am Vortag Walter an die Tür und bedachte mich mit seinem distanzierten Blick.

»Mr Hawthorn frühstückt bereits«, klärte er mich förmlich auf.

»Danke, Walter.« Lächelnd ging ich in die Küche, wo Grayson auf demselben Platz wie schon beim Abendessen über einer Fachzeitschrift für Winzer saß.

Ebenfalls wie schon beim Abendessen nahm ich meinem zukünftigen Gatten gegenüber an dem großen Holztisch Platz.

»Guten Morgen!«, grüßte Charlotte mich in ihrem gut gelaunten Singsang.

»Morgen«, sagte ich und nickte Grayson zu.

Es gab Platten voll gebratenen Specks, Rührei, Rösti, Toast. Hungrig lud ich mir den Teller voll.

Nach den ersten Bissen sah ich auf und stellte fest, dass Grayson mir beim Essen zuzuschauen schien. Verlegen wandte er sich ab und knurrte: »Ich habe heute jede Menge Arbeit. Und wie sehen deine Pläne aus?«

Ich kaute erst einmal zu Ende, ehe ich ihm eine Antwort gab. »Erst mal werde ich das Gärtnerhäuschen weiter sauber machen, und wenn dann noch Zeit bleibt und du nichts dagegen hast, werde ich ein bisschen auf dem Anwesen spazieren gehen.«

Er starrte mich mit großen Augen an. »Das Gärtnerhäuschen? Du willst doch wohl nicht behaupten, dass du dort tatsächlich eingezogen bist. Das war ein Witz, Kira.«

Achselzuckend meinte ich: »Ich wohne gerne dort. Ich bin ungestört und komme dir so wenig in die Quere, dass es fast ist, als wäre ich nicht da.« Ich schenkte ihm ein breites Lächeln, aber sein Gesicht blieb völlig ausdruckslos.

Er unterzog mich einer neuerlichen, kurzen Musterung und wandte sich dann wieder seiner Zeitschrift zu. »Wie du willst.«

Ein paar Minuten später stand er auf, erklärte nicht mehr ganz so frostig, dass er sich jetzt an die Arbeit machen würde und wir uns um drei am Wagen treffen sollten, um zusammen in die Stadt zu fahren.

Ich beendete mein Frühstück, und da Charlotte sich von mir beim Abräumen des Tischs nicht helfen lassen wollte, borgte ich mir etwas Putzzeug von ihr und kehrte mit vollen Armen in meine Unterkunft zurück.

Zunächst befreite ich das kleine Bad – ein Überbleibsel aus den Siebzigern – vom Dreck, der sich dort im Verlauf von mehreren Jahrzehnten angesammelt hatte, und schrubbte die Fenster, Fußböden und selbst die Fliesenwände sorgfältig mit Seifenlauge ab.

Der erste Raum des Häuschens war derart mit Werkzeug vollgestellt, dass ich mir mühsam einen Weg durch das Gerümpel bahnen musste, um ihn, wenn schon nicht vom Schmutz, so doch zumindest von den größten Spinnennetzen zu befreien. Am besten würde ich danach einfach die Tür der Rumpelkammer schließen und nur die beiden anderen Zimmer benutzen.

Gegen zwölf machte ich eine kurze Pause, um zum Herrenhaus zu gehen und eine Kleinigkeit zu essen, die mir Charlotte zubereitet hatte. Als ich meine Arbeiten endlich beendet hatte, taten mir zwar alle Muskeln weh, aber zufrieden sah ich mich in dem blitzblanken Schlaf- und Badezimmer um. Dies wäre in den nächsten Monaten mein Heim. Es war alles andere als elegant, doch Luxus hatte mir in meinem Leben niemals wahres Glück beschert, und ich mochte dieses Häuschen, denn es war mein eigenes, kleines Reich … und vor allem hatte mich mein Plan hierhergeführt.

Es war ein warmer Tag gewesen, doch das Häuschen lag im Schatten unzähliger Bäume, und inzwischen war es draußen merklich abgekühlt. Ich kreischte, als ich unter die Dusche trat und der kalte Wasserstrahl auf meine Schultern traf, tänzelte, um nicht vollkommen einzufrieren, auf der Stelle und wusch mir in Hochgeschwindigkeit das Haar.

Da ich vergessen hatte, Charlotte auch um Handtücher zu bitten, rubbelte ich mich mit einem meiner T-Shirts ab, zog saubere Kleider an und schwelgte in der warmen Luft des Föns, mit dem ich mein Haar trocknete.

Als ich vor die Tür trat, sah der babyblaue Himmel mit den weißen Wattewölkchen herrlich friedlich aus. Ich blieb kurz stehen und bewunderte abermals die mit zahllosen

Weinstöcken bepflanzten, sanft wogenden Hügel. Ich hatte keine Ahnung von der Winzerei, aber vielleicht könnte ich ja etwas darüber lernen, während ich hier auf dem Weingut war. Natürlich würde ich nicht lang bleiben, doch die alte Tradition des Weinbaus wäre sicher interessant.

Ich schlenderte hinter das Haus, um mir das Labyrinth etwas genauer anzusehen. Als ich vor den hohen Hecken stand, bemerkte ich, dass der Eingang nicht verschlossen war, und wagte mich ein paar Meter hinein. Der Irrgarten war völlig zugewachsen, und auf den inzwischen viel zu schmalen Wegen sprießte das Unkraut, aber trotzdem war es prachtvoll. Wäre ich sicher gewesen, wieder hinauszufinden, hätte ich mich deutlich tiefer in das Labyrinth hineingewagt. Ich fragte mich, wie es in seinem Inneren aussah und warum in aller Welt jemand den Wunsch verspüren konnte, etwas so Besonderes zu zerstören. Das schien mir ein Frevel, aber vielleicht würde Grayson es sich ja noch einmal überlegen, wenn er erst die finanziellen Mittel hatte, um das Kunstwerk von dem Wildwuchs zu befreien.

Ich machte kehrt, bevor ich mich verirrte, und ging auf ein großes Steinhaus zu, vor dem ich ein paar Trucks und mehrere Traktoren stehen sah. Im Inneren des Gebäudes liefen mehrere Maschinen, und ich vermutete, dass das die Kelterei sein musste.

Im Näherkommen sah ich zwei Männer neben einem der Traktoren stehen, unter dem – den ausgestreckten muskulösen Beinen nach zu urteilen – ein dritter Mann zu liegen schien. Als mich einer der beiden grüßte, winkte ich zurück, und die Gestalt, die unter dem Gefährt gelegen hatte, schob sich unter dem Bodenblech hervor und richtete sich auf.

Mein Herzschlag setzte aus.

Mit nacktem Oberkörper stand der Drache abwartend da. Mir war schon vorher aufgefallen, wie muskulös und gut gebaut er war, aber beim Anblick seiner breiten Schultern, seiner definierten Brust und seines straffen, flachen Bauchs verschlug es mir den Atem. Mir wurde siedend heiß, denn Himmel, er sah einfach fantastisch aus. Breitschultrig, doch schlank, mit glatter, sonnengebräunter Haut. Gegen meinen Willen reagierte mein Körper auf seinen Anblick, als ich vor ihn trat. Dieser verdammte Kerl brachte mich vollkommen aus dem Gleichgewicht.

Lässig nahm er seine Baseballkappe ab, strich sich die Haare glatt und setzte sie dann wieder auf.

Ich bemühte mich, die Wirkung, die er auf mich hatte, abzuschütteln, und sah ihn mit einem breiten Lächeln an.

Er stellte mich den beiden anderen Männern vor – einem schnauzbärtigen Latino namens José, der kaum größer war als ich, und einem Hünen namens Virgil, dessen scheues Lächeln mir zu Herzen ging.

Ich grüßte sie und nickte Grayson zu. »Probleme mit dem Traktor?«

»Nein«, gab er zurück. »Aber er ist so ungefähr das Einzige, was hier noch funktioniert. Ich habe ihn mir nur kurz angesehen, weil ich sichergehen wollte, dass er bei der Ernte keine Mucken macht.«

»Du scheinst wirklich alles selbst zu machen«, stellte ich mit einem neuerlichen Lächeln fest. »Kein Wunder, dass du andauernd beschäftigt bist.«

»Ich habe keine andere Wahl. Die zwei hier sind die letzten Arbeitskräfte, die mir noch geblieben sind.« Er nickte seinen beiden Männern zu.

Virgil, der anscheinend geistig leicht zurückgeblieben war, tat einen Schritt nach vorn. »Es freut mich sehr, Ma'am. Mr Grayson hat gesagt, Sie würden vielleicht heiraten. Das wäre wirklich schön. Er sagt, er wüsste nicht, ob Sie eine verwöhnte Göre oder eine kleine Hexe sind, aber Sie sind so hübsch, da müssen Sie auf alle Fälle eine gute Hexe sein.«

Errötend sah er vor sich auf den Boden, und mein Lächeln wurde schmal. José hustete gekünstelt, um nicht laut zu lachen, und zumindest hatte Grayson so viel Anstand, leicht verlegen auszusehen.

»Ach ja? Und was hat Mr Grayson noch gesagt, Virgil?«

»Nun, ich denke, dass wir jetzt genug geplaudert haben«, mischte Grayson sich mit einem angespannten Lachen ein. »Wir sollten langsam …«

»Er hat gesagt, Sie hätten einen Haufen Geld und deshalb hätte er Sie gern«, fuhr Virgil arglos fort. »Ich hätte auch gern einen Haufen Geld. Dann würden mich die Leute auch mögen.« Er runzelte die Stirn. »Wobei natürlich meine Mama sagt, dass es nicht wichtig ist, was jemand hat, sondern wie er andere behandelt, also weiß ich nicht …« Er kratzte sich verwirrt am Kopf.

José schien sich gut auf unsere Kosten zu amüsieren, denn er wippte auf den Fersen und sah grinsend zwischen mir und Grayson hin und her.

»Nun, Virgil, wenn ich an Ihrer Stelle wäre, würde ich auf meine Mama statt auf Mr Grayson hören.« Ich blitzte Grayson zornig an. Was hatte er sich nur dabei gedacht, diesen unschuldigen Mann in die Angelegenheit mit reinzuziehen? Ich hatte ihn mit Hinweis auf die Scherereien, die uns mein Vater machen könnte, ausdrücklich um Diskretion gebeten, und jetzt wussten sogar seine Angestellten von dem Deal.

Es waren nicht seine Worte, die mich ärgerten. Ganz sicher nicht. Ich wusste schließlich längst, was Grayson von mir hielt, und es war für meinen Plan nicht wichtig, ob ich ihm sympathisch oder unsympathisch war. Meinetwegen sollte mich der Kerl für eine Hexe halten. Schließlich konnte mir total egal sein, was ein Drache von mir hielt.

Wieder setzte Grayson seine Mütze ab, zog sein T-Shirt aus der Tasche seiner Jeans und zerrte es über den Kopf.

Ich atmete erleichtert auf, denn unbekleidete Reptilien brachten mich ganz einfach aus dem Gleichgewicht.

»Gentlemen, wir sehen uns dann morgen früh«, wandte sich Grayson an seine Männer und packte mich am Arm.

Lächelnd drehte ich mich noch mal zu den beiden um, winkte ihnen fröhlich zu und sah dann mit gleichmütiger Miene zu Grayson auf. Ich würde ihn bestimmt nicht merken lassen, dass mir irgendwas an seiner Meinung lag. Ich brauchte ihn, um an mein Geld zu kommen, sonst für nichts.

Er lachte leise vor sich hin. »Am besten fahren wir langsam los und schauen, ob du meine Frau wirst oder nicht.«

6 Grayson

Ich betrachtete die Frau neben mir. Die Frau, die schon in ein paar Tagen meine *Ehefrau* wäre.

Ich schüttelte den Kopf, weil die Ereignisse der letzten vierundzwanzig Stunden kaum zu glauben waren. Selbstverständlich ging es bei dieser Ehe einzig ums Geschäft, doch auch wenn wir uns nur zum Schein das Jawort gaben, würden wir von da an bis zu unserer Scheidung *Eheleute* sein. Ich hatte immer angenommen, dass ich irgendwann einmal heiraten würde, und sogar gewusst, wen. Ich wollte schon immer eine eigene Familie gründen und ein Heim, wie ich es selbst nie gehabt hatte. Und dann hatte Vanessa … nun … das Leben steckte eben voller Überraschungen, und leider waren die nicht immer angenehm.

Sie knabberte an ihrer Unterlippe, wandte sich mir aber plötzlich zu und blinzelte mich wütend an. »Findest du es wirklich klug, deinen Angestellten zu erzählen, dass du vorhast, eine Scheinehe allein des Geldes wegen einzugehen? Wie gesagt, mein Vater könnte uns jede Menge Scherereien machen, und je mehr Leute von dieser Angelegenheit erfahren, umso größer …«

»Ich vertraue José wie einem Bruder.« Ich parkte den Truck am Straßenrand und schaltete den Motor aus. Gegen meinen Willen stieg bei diesem Satz ein leises Lachen in mir auf. Ich wusste schließlich aus Erfahrung, dass es Brüder gab, die alles andere als vertrauenswürdig waren. »Ich vertraue ihm«, verbesserte ich mich. »Und was Virgil angeht, kann ich mir nicht vorstellen, dass irgendjemand seinen Worten allzu viel Beachtung schenkt.«

Mit einem verächtlichen und gleichzeitig nervösen Blick in meine Richtung stieg sie aus. Ich machte es ihr nach, und als wir uns neben dem Wagen trafen, meinte sie: »Ich glaube, er hat eine durchaus gute Menschenkenntnis.«

»Wie ein Kind oder ein Hund. Auf alle Fälle würde ich mir an deiner Stelle keine Gedanken machen, nur weil die beiden wissen, was es mit der Hochzeit auf sich hat.« Jemand kam uns auf dem Bürgersteig entgegen, und ich machte ein paar Schritte zur Seite und drängte Kira dadurch zurück, bis sie mit dem Rücken gegen meinen Wagen stieß. Sie blickte panisch zu mir auf, und grinsend schmiegte ich mich an sie.

»Was machst du da?«, fuhr sie mich an.

»Ich stelle überzeugend dar, dass wir total ineinander verschossen sind«, flüsterte ich dicht an ihrem Ohr. *O Gott, wie gut sie roch.* Das hieß, nicht einfach gut, sondern *großartig*. Wie eine milde sommerliche Brise, die den Hauch entfernt wachsender Blumen in sich trug. Ich schmiegte mein Gesicht an ihren Hals und sog ihren Duft und die Wärme ihrer Haut ein, doch sie blieb stocksteif, und widerstrebend machte ich mich wieder von ihr los. Mein Gott, ich brauchte dringend eine Frau! Obwohl ich gerade einmal vor zwei Tagen mit der fruchtig süßen Jade zusammen gewesen war.

»Du musst dir schon ein bisschen Mühe geben, wenn es nicht so wirken soll, als hätte dich ein Fremder überfallen.« Mit diesen Worten setzte ich mich wieder in Bewegung, und sie lief mir eilig hinterher.

Ich sah sie an und musste leise lachen, als ich ihr herausfordernd gerecktes Kinn und ihre steifen Schultern bemerkte. *Warum nur machte es mir solchen Spaß, sie aufzuziehen?*

Während des Termins ging Mr Hartmann, der Verwalter ihres Erbes, die Bedingungen des Testaments mit uns durch. Im Grunde war es völlig klar, erklärte er. Sobald er die Kopie der

Heiratsurkunde bekäme, würde Kira das Erbe ausbezahlt. Sie saß neben mir, und da wir beide wie die Turteltauben Händchen hielten, zog die Wärme ihrer Finger abermals durch meinen Arm und dehnte sich in meinem ganzen Körper aus. Mr Hartmann wirkte rundherum zufrieden, als er uns dort sitzen sah.

»Ihre Großmutter war eine wunderbare Frau, Kira. Sie wäre glücklich, Sie so verliebt zu sehen.«

Kira zuckte unmerklich zusammen, setzte aber gleichzeitig ein breites Lächeln auf. »Danke, Mr Hartmann. Grandma hätte Grayson ebenfalls geliebt. Das weiß ich ganz genau.«

»Bestimmt. Und genauso würde sie sich freuen, dass Sie die Absicht haben, sich ein Leben hier in Napa aufzubauen. Sie hat selbst so gerne hier gelebt.«

»Das stimmt.« Ein wehmütiges Lächeln huschte über ihr Gesicht. Sie hatte ihre Grandma offenkundig sehr geliebt. Ich versuchte, nicht darauf zu achten, wie mein Magen sich vor lauter Schuldgefühlen zusammenzog. Schließlich hatte Kira ganz allein entschieden, diesen Weg zu gehen, und ich hatte ihre Grandma nicht einmal gekannt. Ich schuldete der Frau – und ihrem Geld – keine Loyalität.

»Ihre Großmutter«, fuhr Mr Hartmann fort, »war überzeugt davon, dass man mit zunehmendem Alter und mit zunehmender Reife oder aber durch die Ehe lernt, auf die Bedürfnisse von anderen oder wenigstens von *einem anderen Menschen* einzugehen. Deshalb hat sie die Auszahlung des Erbes an diese besonderen Bedingungen geknüpft. Es war ihr Wunsch, dass Sie Ihr Erbe sinnvoll nutzen, und zwar im Idealfall nicht allein, sondern zusammen mit dem Menschen, mit dem Sie Ihr Leben teilen wollen.« Er zwinkerte ihr zu. »Ich freue mich zu sehen, dass Sie ihr diesen Wunsch erfüllen.«

Obwohl Kira plötzlich etwas blass war, nickte sie und lächelte ihn an.

»Ich habe Ihren Vater schon seit Längerem nicht mehr gesehen. Wie geht es ihm?«

Sie musste sichtlich schlucken. »Gut.«

Sie legte eine kurze Pause ein und blickte mich mit einem schmalen Lächeln an. »Ich habe ihm noch nichts von mir und Gray erzählt. Vielleicht dürfte ich Sie also bitten, es ihm gegenüber auch nicht zu erwähnen, bis ich die Gelegenheit bekomme, es ihm selbst zu sagen …«

Mr Hartmann runzelte die Stirn, enthielt sich aber eines Kommentars und meinte nur: »Natürlich, wie Sie wollen.«

Nach dem Gespräch setzten wir uns wieder in meinen Truck, und ich rief bei dem Anwalt an, der jahrelang für alle Angelegenheiten meines Vaters zuständig gewesen war. Ich hoffte, dass ich möglichst schnell einen Termin bei ihm bekommen würde, und tatsächlich lud er uns schon für den nächsten Morgen ein. Es ging alles so schnell, dass mir ein bisschen schwindlig wurde, doch im Grunde hatte ich nichts anderes gewollt. Je eher es zu der Heirat käme, umso eher zöge Kira wieder bei mir aus.

Auf dem Weg zurück zum Weingut sah ich Kira von der Seite an. »Falls Mr Kohler den Vertrag tatsächlich innerhalb von einer Woche aufsetzt, könnten wir am nächsten Freitag schon aufs Standesamt.«

Sie nickte knapp. »Okay.«

»Dann rufe ich am besten gleich dort an. Ich habe mich auf der Webseite schon mal informiert. Wir müssen einmal wegen des Papierkrams und dann noch mal für die eigentliche Trauung hin.«

»In Ordnung.« Züchtig strich sie sich den Rock über den Knien glatt und lenkte dadurch meinen Blick auf ihre nackten Beine. Die fantastisch waren. Lang und schlank und wie dafür geschaffen, sie mir um den Leib zu schlingen, während …

Ich biss meine Zähne aufeinander, unterdrückte den Gedanken, und als ich bemerkte, dass sie reglos durch die

Windschutzscheibe starrte, fragte ich: »Du kriegst jetzt doch wohl keine kalten Füße?«

»Nein! O nein. Ganz sicher nicht. Es geht überraschend schnell, aber das ist durchaus in meinem Sinn.«

»Je eher wir damit beginnen, umso eher haben wir es hinter uns«, sprach ich den Gedanken, der mir seit dem Vortag ständig durch den Kopf ging, aus.

»Das stimmt.« Sie blickte mich mit einem schmalen Lächeln an. Wo steckte nur das Grübchen von dem Foto aus dem Internet? Bisher hatte ich es noch nicht zu sehen bekommen.

Ich beobachtete sie von der Seite, als sie ihr langes Haar zu einem Knoten drehte und mit einem Gummiband aus ihrer Handtasche auf ihrem Kopf zusammenband. Anscheinend war ihr Haar zu weich, um in dem Gummiband zu halten, denn sofort fielen ihr die ersten Strähnen ums Gesicht.

Ich fragte mich, wie es wohl wäre, dieses Haar um meine Faust zu wickeln.

Verdammt! Hör sofort auf mit diesem Quatsch!

Ich wurde immer noch nicht schlau aus ihr. Sie war eine bildhübsche Prinzessin, konnte aber gleichzeitig auch eine aufbrausende kleine Hexe sein. Ich liebte es, wenn ihre grünen Augen blitzten, und ich fragte mich, ob sie im Bett wohl eher die heiße Verführerin oder … *Verflucht noch mal!* Frustriert von meinen eigenen Gedanken, biss ich abermals die Zähne aufeinander und hielt vor dem Gärtnerhäuschen an.

Sie hatte mich mit der Entscheidung, in der elendigen Bruchbude zu bleiben, völlig überrascht. Ohne warmes Wasser hatte sie dort sicher nicht geduscht, sah aber trotzdem frisch und sauber aus. In der Hütte konnte wirklich niemand leben, und es war mir völlig unverständlich, dass sie nicht nach fünf Minuten schon ins Haupthaus umgezogen war. Ich selber hätte nie dort einziehen wollen, obwohl ich während der fünf Jahre im Gefängnis kaum jemals aus meiner kargen, engen Zelle rausgekommen war. Doch vielleicht war gerade die Zeit im Knast der Grund für meinen Widerwillen gegenüber diesem Häuschen. Inzwischen hielt ich kleine Räume einfach nicht mehr aus. Noch heute wachte ich oft schweißgebadet aus den Albträumen davon auf. Ich hatte bisher mit keinem Menschen über die Erfahrungen in der Haft gesprochen, und das würde ich wahrscheinlich auch in Zukunft niemals tun.

Einen kurzen Augenblick lang stieg wieder das Gefühl der Einsamkeit und Trauer, das mein ständiger Begleiter während dieser Zeit gewesen war, in meinem Inneren auf, und die Last meines Versagens drückte mich in meinen Sitz. Ich kniff die Augen zu, verdrängte die Erinnerung und wandte mich gedanklich wieder Kira und der Tatsache zu, dass sie in meinem Gärtnerhäuschen wohnte. Ich hatte sie anscheinend falsch eingeschätzt und fragte mich, was für Geheimnisse ich vielleicht noch entdecken würde, wenn ich mir die Mühe machte, näher hinzusehen.

Was ich bestimmt nicht täte. Nein, ganz sicher nicht.

Sie sprang aus meinem Truck und blieb kurz stehen. »Nach dem Termin bei diesem Anwalt morgen werde ich nach San Francisco fahren. Ich muss dort was erledigen und bleibe übers Wochenende.«

Ich nickte.

Meinetwegen. Sicher wollte sie dort erst einmal heiß duschen, und je seltener ich sie vor unserer Hochzeit sähe, umso seltener bräuchte ich daran zu denken, dass ich vielleicht im Begriff war, einen Riesenfehler zu begehen. »Okay, dann treffen wir uns morgen früh um elf.«

Nickend wandte sie sich ab und lief durch die schmale Öffnung in der Hecke auf das Häuschen zu. Ich sah ihr hinterher und rang mit mir. Ich konnte doch nicht zulassen, dass sie in dieser Bude blieb. Aber warum eigentlich nicht? Sie hatte es sich schließlich selber ausgesucht, und vielleicht täte der Prinzessin ein klein wenig Härte durchaus gut. Oder war sie vielleicht wirklich eine Hexe und kleine Häuschen irgendwo im Wald gewöhnt?

Leise lachend ließ ich abermals den Motor an und lenkte meinen Truck in Richtung Herrenhaus.

Der Termin mit Mr Kohler war so kurz und schmerzlos wie erhofft. Wir trafen keine Übereinkunft für die »Möglichkeit« der Scheidung, sondern hielten einfach schriftlich fest, dass das jeweilige Eigentum der Ehepartner von der Heirat und von deren potenziellem Ende unbeeinflusst blieb. Es war ein einfacher Vertrag ohne besondere Klauseln, und da wir ihn Donnerstag noch würden unterschreiben können, stünde dem Termin am Freitagmorgen auf dem Standesamt nichts mehr im Weg.

Mir war ein bisschen schlecht, und Kiras grünlichem Gesicht zufolge fühlte sie sich ebenfalls nicht wirklich wohl.

Ich setzte sie beim Gärtnerhäuschen ab, erklärte ihr, wir würden uns am Montag wiedersehen, und ohne sich noch einmal umzudrehen, marschierte sie davon. Nachdem sie auf der Rückfahrt aus der Stadt kein Wort mit mir gewechselt hatte, fragte ich mich, ob sie überhaupt noch einmal wiederkommen würde.

Vielleicht wäre es das Beste für uns beide, wenn wir uns nie wiedersehen würden, auch wenn ich zum ersten Mal seit einem Jahr der Zukunft anders als mit Angst entgegensah. Ich hatte mir am Morgen Walters Liste der Maschinen angesehen, die ich reparieren oder ersetzen müsste, und ein aufgeregtes Flattern in meiner Magengegend wahrgenommen. Bald schon könnte ich mich an die Arbeit machen, um die Dinge, die ich allzu lange hatte liegen lassen müssen, eins nach dem anderen anzugehen. Meine Schultern hatten sich entspannt, und mit wild klopfendem Herzen hatte ich die

Hoffnung zur Kenntnis genommen, die in mir aufgestiegen war. Wann hatte ich zum letzten Mal in meinem Leben echte Zuversicht verspürt? Ich wusste es nicht mehr.

»Ich werde mein Versprechen halten«, schwor ich meinem Vater zum hundertsten Mal. »Ich werde dafür sorgen, dass du voller Stolz auf mich herunterblicken kannst.« Ich musste einfach glauben, dass er mitbekommen würde, was ich tat. Dieser Glaube war das Einzige, was mich seit Antritt meines Erbes aufrecht hielt.

Am Samstag und am Sonntag ging ich voller Elan meiner Arbeit nach. Trotz des Geldes, das ich bald bekäme, hätte ich auch weiter alle Hände voll zu tun und immer noch kaum Personal. Ich müsste zusätzliche Leute engagieren, wenn das Geld auf meinem Konto war oder wenn ich wusste, wann es kam.

Am Sonntagabend fiel mir ein, dass ich die Flasche Vosne-Romanée, die Walter in den Hauptweinkeller hatte bringen sollen, jetzt nicht mehr verkaufen musste, um das Weingut vor der Schließung zu bewahren. Voller Schuldgefühle und Verzweiflung hatte ich erwogen, die kostbare Sammlung seltener Weine zu verhökern, auch wenn sie der ganze Stolz meines Dads gewesen war.

Bereits bei dem Gedanken war ich mir wie ein Verräter vorgekommen, doch ich hatte es als letzte Möglichkeit gesehen, das von ihm nicht weniger geliebte Weingut zu bewahren. Ich atmete erleichtert auf, weil ich die Sammlung jetzt erhalten könnte, und zum ersten Mal seit Jahren wogte neben Hoffnung ein *Erfolgsgefühl* in meinem Inneren auf.

Als ich Walter sah, wies ich ihn an, die Flasche wieder in den Nebenweinkeller zu bringen, der besonderen Weinen vorbehalten war.

»Ja, Sir. Nächste Woche«, sagte er mir zu.

»Danke.«

»Darf ich Ihnen außerdem noch herzlich zu Ihrer bevorstehenden … Vermählung gratulieren, Sir?« Das Wort Vermählung sprach er mit der denkbar kältesten Verachtung aus.

»Nein, Walter, das darfst du nicht.«

Jetzt verzog er obendrein verächtlich das Gesicht. »Wie Sie meinen, Sir. Ich wünsche Ihnen trotzdem alles Gute. Meine Mutter hat immer gesagt, mit einer Ehe wäre es wie mit dem Wein. Beide reifen langsam und gewinnen mit der Zeit an Tiefe und Komplexität.«

Ich sah ihn böse an. »Du weißt genauso gut wie ich, dass diese Ehe ganz bestimmt nicht reifen wird. Wir gehen diesen Bund aus rein geschäftlichen Erwägungen und nur vorübergehend ein.«

»Wenn Sie es sagen, Sir.«

Ich runzelte die Stirn.

»Das tue ich.«

»Wie Sie meinen, Sir.«

Ich legte abermals die Stirn in Falten und marschierte, ehe ich mit ihm in Streit geriet, davon. Er hatte einfach das Talent, mir das Gefühl zu geben, als benähme ich mich wie ein kleines Kind. Und mit seinem unverschämten »Ja, Sir, nein, Sir, wie Sie meinen, Sir« gelang es ihm noch jedes Mal, mir deutlich zu verstehen zu geben, dass ich im Begriff stand, eine große Dummheit zu begehen. Wenn das kein Grund war, ihm fristlos zu kündigen, was dann?

Ich aß allein zu Abend, denn meine *Verlobte* war noch immer nicht zurück. Ich hatte nicht gefragt, was sie in San Francisco wollte, denn sie sollte nicht auf den Gedanken kommen, dass sie mir eine Erklärung schuldig war. Sie konnte tun und lassen, was sie wollte, und so würde es auch nach der Hochzeit bleiben. Trotzdem … vielleicht hatte sie es sich ja noch mal anders überlegt … und da ich keine Lust hatte, auf eine derartige Nachricht von ihr zu warten, griff ich widerstrebend nach dem Telefon und suchte nach der Handynummer, die ich bisher nur einmal angerufen hatte, als ich zu ihr ins Hotel gefahren war.

Ich überlegte, was ich ihr schreiben sollte. Sie sollte nicht denken, ich versuchte sie zu kontrollieren.

Soll Charlotte dir etwas zu essen warm halten?

Ein paar Minuten später traf die knappe Antwort ein.

Nettes Angebot, aber nein danke.

Dann stellt Charlotte dir zum Frühstück einen Teller hin,

schrieb ich ihr stirnrunzelnd zurück.

Danke, aber das wird auch nicht nötig sein.

Knurrend tippte ich die nächste Antwort ein.

Verdammt, Kira, kommst du noch mal wieder, oder nicht?

Ein seltsames Gefühl der Panik schnürte mir die Kehle zu, während ich mehrere Minuten auf ihre Antwort wartete.

Ich komme morgen Nachmittag zurück. Vermisst du mich?

Ich atmete erleichtert auf. *Diese kleine Hexe.*

Nein. Gute Nacht.

7 Kira

Das Weingut lag in hellem, gesprenkeltem Sonnenlicht, als ich am nächsten Nachmittag um kurz nach vier von der Straße in die Einfahrt bog. Ich hatte Kimberly besucht und ihr erzählt, wie es nach unserem letzten Telefongespräch weitergegangen war. Anfangs hatte sie sich rundheraus geweigert, ernsthaft auf das Thema einzugehen, doch dann hatte sie eine Viertelstunde lang abwechselnd auf Englisch und auf Spanisch vor sich hin gewütet, während ich wie ein gescholtenes Kind mit vor der Brust verschränkten Armen auf dem Sofa saß. Sie hatte mindestens zwei Dutzend ganz schlechter Ideen von mir aufgezählt, die katastrophal geendet hatten, doch am Ende musste sie erkennen, dass ich fest entschlossen war, die Sache durchzuziehen. Sie hatte mich in den Arm genommen und mir ihre Unterstützung zugesagt.

So war es jedes Mal. Ich kannte meine Freundin gut genug, um einfach abzuwarten, bis sie sich beruhigte, und genauso wusste sie von mir, dass ich es mir nicht noch mal anders überlegen würde, wenn ich auf eine meiner ganz schlechten Ideen gekommen war. Trotzdem hielt sie es für ihre Pflicht, mich nachdrücklich zu warnen, deshalb ließ ich ihre Wutanfälle wehrlos über mich ergehen. Im Grunde tobte sie nur, weil sie mich liebte und in Sorge um mich war. Ich hatte sie in meiner Zeit im Ausland fürchterlich vermisst, denn ihre Fürsorge war Balsam für die Seele, und ich wäre ohne ihren Zuspruch sicher schon vor Ewigkeiten durchgedreht.

Ich hatte auch dem Familienzentrum einen Besuch abgestattet, in dem ich früher beinah jeden Tag gewesen war, und ihnen eine großzügige Spende zugesagt, mit der sie das nächste halbe Jahr problemlos überstehen könnten, bis die nächste Unterstützung kam.

Ich wäre gern noch etwas länger dort geblieben, denn ich liebte diese Menschen, und ich hatte sie seit langer Zeit nicht mehr gesehen, doch ich versprach ihnen (und mir selbst), bald noch mal vorbeizuschauen.

Die räumliche Trennung zwischen mir und Grayson hatte mir geholfen, unsere Übereinkunft noch mal in Ruhe zu überdenken, und ich war mittlerweile überzeugt, dass der Plan tatsächlich funktionieren würde. Bisher war alles wie geschmiert gelaufen, und wenn das passierte, war man ganz eindeutig auf dem rechten Weg.

In ein paar Tagen wären wir verheiratet, bekämen Grandmas Geld, und ich würde endlich unabhängig sein. Ich könnte ohne Zwang entscheiden, wie es mit mir weitergehen sollte, niemand könnte mich mehr an die Leine legen, endlich wäre ich vollkommen *frei.*

Zu meiner Überraschung hatte mir das Gärtnerhäuschen während meiner Zeit bei Kimberly gefehlt. Ich öffnete die Fenster, legte meinen Koffer auf das Bett, warf mich rücklings daneben auf die weiche Matratze, lächelte den abblätternden Putz unter der Decke an, wickelte mir eine Strähne meiner Haare um den Finger und summte das Lied, das kurz zuvor im Autoradio gekommen war.

Durch das Fenster drangen die Motorengeräusche eines Traktors und der fröhliche Gesang der Vögel in den Bäumen vor dem Haus. Nach meinem Auszug würde ich mir auch ein kleines Häuschen irgendwo im Napa Valley suchen. Eine einfache, bescheidene Unterkunft, in der ich glücklich wäre und vor allem ganz ich selbst. Seufzend setzte ich mich auf, schlüpfte aus meinen Kleidern, nahm meine Toilettensachen und die neuen, flauschig weichen Handtücher, die ich erstanden hatte, aus dem Koffer und drehte mich um, um in das angrenzende Bad zu gehen.

Plötzlich sah ich einen Mann in meiner offenen Haustür stehen. Vor lauter Schreck fielen mir die Sachen aus der Hand, und ich schrie gellend auf.

»Ganz ruhig.« Grayson hob begütigend die Hände und kam langsam auf mich zu. Er wirkte überrascht, und ich bemerkte, dass er seinen Blick an mir herunterwandern ließ.

»O GOTT!«, entfuhr es mir, denn jetzt erst wurde mir bewusst, dass ich vollkommen nackt war. Hektisch sah ich mich nach etwas um, um mich zu bedecken, schnappte mir die Bluse, die in meinem offenen Koffer lag, und hielt sie mir eilig vor die Brust. Doch Grayson machte bereits auf dem Absatz kehrt und marschierte eilig wieder aus dem Haus.

Mit hochrotem Gesicht und zitternden Beinen lehnte ich mich an das Fußende des Betts. »Wie wäre es mit *klopfen?*«, schrie ich ihm nach.

»Du hast nichts, was ich nicht schon gesehen hätte«, hörte ich ihn durch das offene Fenster, als er wieder Richtung Haupthaus ging.

Zutiefst erniedrigt stapfte ich ins Bad und murmelte mit zornbebender Stimme etwas über unhöfliche, dreiste Stalker vor mich hin. *Nichts, was er nicht schon gesehen hätte.* Uhh!

Dem Brennen meiner Haut zufolge schrubbte ich mich eine Spur zu kräftig ab, ich zog mir frische Kleider an, drehte mein noch nasses Haar zu einem Knoten und marschierte ebenfalls zum Herrenhaus.

In der Küche nahm mich Charlotte freundlich in Empfang.

»Ist Grayson da?«, erkundigte ich mich mit, wie ich hoffte, fester Stimme.

»Er …«

»Ich stehe direkt hinter dir.«

Ich wirbelte zu ihm herum und durchbohrte ihn mit meinem Blick. »Dürfte ich dich kurz unter vier Augen sprechen?«, fragte ich mit aufgesetzter Freundlichkeit.

Er sah mich aus zusammengekniffenen Augen an, blieb aber wie angewurzelt stehen. Anscheinend war es ihm egal, wenn Charlotte unsere Auseinandersetzung mitbekam. Aber warum eigentlich nicht? Es wäre schließlich nicht das erste Mal.

Ich verschränkte meine Arme vor der Brust und funkelte ihn zornig an. »Du kannst nicht einfach in ein fremdes Schlafzimmer stolzieren, ohne vorher anzuklopfen.«

»Ich habe angeklopft«, erklärte er mir so gelangweilt, dass ich vor Empörung kaum noch Luft bekam. »Und ich stolziere nie.« Er wandte sich an seine Haushälterin. »Hast du mich jemals herumstolzieren sehen, Charlotte?«

»Nein.« Sie runzelte die Stirn. »Du bist nicht der Typ, der in der Gegend herumstolziert.«

»Er ist bei mir *eingedrungen*«, klärte ich sie zornig auf. »Ob er dabei stolziert, gehüpft oder sonst was ist, ist ja wohl total egal.«

»Gehüpft?«, erkundigte er sich mit ungläubiger Stimme. »Ich bin garantiert in meinem ganzen Leben noch nie *gehüpft*. Charlotte?«

»Nein.« Sie schüttelte den Kopf, hob einen Finger in die Luft und wandte sich an mich. »Das heißt, vielleicht ein Mal. Als er noch ein kleiner Junge war …«

Verärgert warf ich meine Arme in die Luft. Ich gab mir alle Mühe, Graysons Spott und Charlottes Unterstützung dabei zu ignorieren, da es schließlich um etwas völlig anderes als um seine Art der Fortbewegung ging. »Du hast nicht angeklopft. Oder falls doch, habe ich sicher nicht ›herein‹ gesagt. Das hätte ich auf keinen Fall getan, denn schließlich war ich *splitternackt!*«

Wurde er tatsächlich etwas rot?

Charlotte hüstelte und hauchte tonlos: »Oh!«

»Tja, nun, es ging alles sehr schnell. Ich habe kaum etwas

gesehen, und das, was ich gesehen habe, sofort wieder vergessen. Ehrenwort«, erklärte er, als hätte er in seinem ganzen Leben nichts gesehen, was abstoßender als mein nackter Körper war.

»Dazu bräuchtest du erst mal Ehre«, fuhr ich ihn zähneknirschend an. »Und ich wage zu bezweifeln, dass du welche besitzt.«

Wieder schaute er mich aus zusammengekniffenen Augen an. »Es war ein Versehen, Kira. Tut mir leid. Ich habe wirklich nicht den Wunsch, dich nackt zu sehen, und ich verspreche, dass so etwas nicht noch mal passieren wird«, erklärte er so gelangweilt, dass es geradezu kränkend für mich war.

Ich richtete mich kerzengerade auf und reckte stolz das Kinn. Weswegen sollte es mich stören, dass er beim Anblick meines nackten Körpers nicht in Euphorie verfallen war? Ich hatte doch wohl nicht im Ernst erwartet, dass es nach einem Blick auf all meine Pracht ein für alle Mal um ihn geschehen wäre? Schließlich hatte Cooper mir schon deutlich zu verstehen gegeben, dass sich das Begehren, das ich in Männern weckte, in sehr engen Grenzen hielt. Abermals verschränkte ich die Arme vor der Brust und spürte, wie mein Zorn erlosch.

Ich atmete tief durch und sah ihn fragend an. »Was wolltest du denn überhaupt von mir?«

Er unterzog mich einer Musterung. »Ich habe deinen Wagen in der Einfahrt stehen sehen und wollte dir nur sagen, dass unser Vertrag am Mittwoch unterzeichnet werden kann. Also können wir schon Donnerstag aufs Standesamt.« Nach einer kurzen Pause fügte er hinzu: »Wenn das für dich in Ordnung ist.«

»Oh, hm, ja. Das passt.« Doch plötzlich schlug mir das Herz bis zum Hals, und gleichzeitig wurde mir schlecht.

Er sah mich forschend an, blieb aber stumm.

»Also gut, dann ist es abgemacht«, murmelte ich. »Ich esse heute Abend in der Stadt. Wir sehen uns dann morgen.«

Immer noch bedachte Grayson mich mit einem argwöhnischen Blick, und ich marschierte eilig aus dem Haus und rannte fast zu meiner Unterkunft, nachdem die Haustür hinter mir ins Schloss gefallen war.

♥

In den nächsten beiden Tagen gingen wir uns aus dem Weg. Zumindest vermutete ich, dass das Bemühen gegenseitig war. Ich jedenfalls versuchte ihn möglichst nicht zu treffen und war mir ziemlich sicher, dass er ebenfalls Abstand zu mir hielt. Ein paarmal sah ich ihn aus der Ferne, war aber davon abgesehen die meiste Zeit allein. Ich unternahm Spaziergänge in Napa und auf seinem Weingut, las und ging Charlotte bei der Zubereitung unserer Mahlzeiten zur Hand. Zwar tauchte Grayson nicht zum Essen auf, aber ich unterhielt mich wirklich gern mit seiner Haushälterin. Sie war ein umgänglicher Mensch und genauso warmherzig und aufgeschlossen, wie es meine Großmutter gewesen war. Obwohl ich sie kaum kannte, schaffte sie es, die durch den Tod meiner Grandma hinterlassene Leere in mir zumindest zeitweise zu füllen.

Ich nahm nicht einmal ab, wenn mich mein Vater auf dem Handy anrief, und als ich ihm schließlich eine kurze Nachricht schickte, dass ich mich bald bei ihm melden würde, gab er wenigstens vorübergehend auf.

Am Mittwoch um elf traf ich Grayson vor dem Haupthaus, und zusammen fuhren wir zu dem Anwalt, der, um Zeit und Geld zu sparen, nicht nur Gray vertrat, sondern auch mich.

Wir wechselten kein Wort, bis wir in Napa waren. Seit dem Zwischenfall, als er mich nackt gesehen hatte, war die Atmosphäre zwischen uns ein bisschen angespannt. Ich hatte keine Ahnung, wie es Grayson ging, doch ich für meinen Teil war immer noch etwas verlegen und zugleich erbost. Weshalb *er* sich allerdings ärgern sollte, war mir ein Rätsel, doch ich konnte deutlich sehen, dass dem so war.

Ich kannte ihn einfach nicht gut genug, um aus ihm schlau zu werden.

Wir parkten in der Nähe der Kanzlei, und als wir merkten, dass wir viel zu früh dran waren, schlug ich vor, noch in eine kleine Weinhandlung zu gehen, die in derselben Straße lag. Ich wollte eine Kleinigkeit für Charlotte kaufen, denn sie gab sich alle Mühe, mich in Graysons Heim zu integrieren, und sie sollte wissen, dass ich es zu schätzen wusste, dass sie trotz der besonderen Umstände so freundlich zu mir war.

Wir betraten das Geschäft, und während Grayson vorne blieb, um sich die angebotenen Weine anzusehen, ging ich nach hinten durch, wo es Flaschenöffner und verschiedene andere Küchenutensilien gab.

Ich betrachtete die hübschen Käsebretter im Regal zu meiner Linken, als ich eine Frau mit etwas zu lauter Flüsterstimme fragen hörte: »Hast du Grayson Hawthorn gesehen? Gott, was habe ich vor ein paar Jahren für ihn geschwärmt.«

Ich erstarrte, als das Kichern einer zweiten Frau an meine Ohren drang. »Wer hat das nicht? Los, geh hin und sprich ihn an. Mit nach Hause könntest du ihn jetzt natürlich nicht mehr bringen, aber, wow, ich würde sogar *zahlen* für einen One-Night-Stand mit einem Kerl wie ihm.«

»Vielleicht sollte ich das wirklich machen. Er ist echt heiß.« Die erste Frau brach ebenfalls in leises Kichern aus, und als ich merkte, dass die zwei in meine Richtung kamen, flüchtete ich hektisch in die andere Richtung, packte Gray am Arm und zog ihn eilig Richtung Tür.

»Hey, warte«, bat er mich, während er widerstrebend neben mir herstolperte.

»Das, was ich wollte, gab es nicht«, erklärte ich. Im Grunde war mir gar nicht klar, weshalb ich durch die Unterhaltung dieser beiden Frauen derart aus dem Gleichgewicht geraten war.

»Was hast du denn gesucht?«

»Ach, eine Kuchenplatte, einen Käseteller oder so.«

»Das haben sie doch alles da.«

»Hör zu.« Ich atmete tief durch und schlug wieder ein normales Tempo an. »Da drinnen haben zwei Frauen über dich gesprochen, und ich kam mir irgendwie so vor, als ob ich sie belauschen würde. Es war … irgendwie seltsam, und ich habe mich dabei nicht wohlgefühlt«, räumte ich widerstrebend ein.

Er hob eine Braue. »Sie haben über mich gesprochen?«

»Dir ist doch sicherlich bewusst, dass dich viele Frauen – aus welchem Grund auch immer – anziehend finden«, stellte ich mit einem gleichmütigen Achselzucken fest.

»Anziehend?«

»Dass sie dich heiß finden«, erklärte ich.

Wir beide blieben stehen, und er bedachte mich mit einem amüsierten Blick. »Ach ja? Und woher weißt du das?«

Schnaubend setzte ich mich wieder in Bewegung, doch nach ein paar Schritten hatte er mich überholt und lief mit abstoßend selbstzufriedener Miene rückwärts vor mir her. »Warte, findest du kleine Hexe mich etwa *selber* anziehend?«

Du hast nichts, was ich nicht schon gesehen hätte.

»Nein!«, erklärte ich vielleicht ein bisschen vehementer, als es meine Absicht war. »Ganz sicher nicht. Hier wären wir.« Ich ging an ihm vorbei in die Kanzlei, und sein nervtötendes, leises Lachen folgte mir.

Dieses geschuppte Biest.

Der Vertrag war kurz und einfach zu verstehen. Trotzdem lasen wir ihn gründlich durch, und obwohl ich Grayson ignorierte, während wir ihn unterschrieben, weil ich immer noch ein bisschen wütend war wegen seiner Sticheleien auf der Straße, brachten wir die Sache unter Dach und Fach.

Jetzt mussten wir nur noch aufs Standesamt und heiraten.

Dann wäre ich die Frau eines Drachen. Eines alles andere als anziehenden, nervtötenden Drachen.

Weil ich nur auf diese Weise an mein Erbe kam.

Ich stöhnte innerlich. In meinem ganzen Leben hatte ich noch nie einen derart verrückten Plan gehabt. Er war völlig irre, lächerlich, wahrscheinlich verwerflich … ja, auf alle Fälle verwerflich … ohne jede Achtung vor der Heiligkeit der Ehe und das Gegenteil von dem, was meine Grandma mit dem Testament hatte erreichen wollen.

Es gab also sehr viel, was gegen die geplante Heirat sprach.

Doch … es würde funktionieren, und mein Vater hätte keine Macht mehr über mich. Konzentrier dich darauf, Kira. Konzentrier dich auf den Riesenpluspunkt dieses Plans.

Nachdem Gray am Vorabend ins Haus gekommen war, mich dort am Esstisch hatte sitzen sehen und Charlotte umgehend erklärt hatte, er würde in der Stadt essen, hatte ich mir auch die Vor- und Nachteile des Drachen selbst notiert. Da ich ihn ebenfalls, so gut es ging, gemieden hatte, hätte mir egal sein sollen, dass er nicht mit mir essen wollte, doch das war es nicht gewesen, und ich hatte vor allem aus verletztem Stolz eine neue Liste begonnen.

Doch aus welchem Grund auch immer ich sie geschrieben hatte, sie hatte mir wirklich etwas genützt.

»Der Termin ist morgen Nachmittag um halb drei. Das heißt, im Grunde sind es zwei Termine. Einer für die Dokumente und direkt danach der zweite für die Trauung selbst.«

Ich nickte zustimmend, als wäre das das reinste Kinderspiel für mich. Ich würde *heiraten.* Um halb drei morgen Nachmittag. So, wie er es formulierte, klang es wirklich total locker. So, als ob es keine große Sache wäre. Man ging heiraten, und wenn man später keine Lust mehr auf die Ehe hatte, löste man sie einfach wieder auf. Plötzlich hätte ich am liebsten laut gelacht. Vielleicht bis mir die Tränen kamen … und auch Graysons Stimmung war mit einem Mal gedämpft.

»Wann wirst du es deinem Vater sagen? Vor der Trauung oder hinterher?«

»Erst wenn das Geld auf meinem Konto ist.« Bereits bei

dem Gedanken an die Auseinandersetzung, die ich mit ihm würde führen müssen, wurde ich nervös.

Ich sah aus dem Augenwinkel, dass der Drache nickte, blickte aber weiter geradeaus. Er schien mich forschend anzusehen und bot mit ruhiger Stimme an: »Falls du es dir … noch mal überlegt hast …«

»Nein.«

Wir fuhren direkt zurück zum Haus, und da ich etwas essen wollte, folgte ich ihm in den Flur. Im Dämmerlicht der Eingangshalle nahm ich meine Sonnenbrille ab, stopfte sie in meine übervolle Handtasche und schob sie bis nach unten, damit ich sie nicht verlor.

»Dann treffen wir uns morgen Nachmittag um zwei hier.« Offensichtlich wollte Grayson sich sofort an die Arbeit machen, die er hatte liegen lassen müssen, um mit mir in die Kanzlei zu fahren.

»Okay«, stimmte ich möglichst lässig zu.

»Oh, hier. Du hast was fallen lassen.« Grayson bückte sich nach einem Blatt Papier, und ich runzelte verwirrt die Stirn.

»Ich glaube nicht …« Doch plötzlich wurde mir bewusst, dass das die Pro- und Contraliste war, die ich zu Grayson angefertigt hatte. An den Rand hatte ich mehrmals »Kira Hawthorn« gekritzelt und auf diese Weise meine neue Unterschrift geübt. Der Zettel musste mir beim Einstecken der Sonnenbrille aus der Handtasche gefallen sein.

Mit hochrotem Gesicht streckte ich die Hand nach der verfluchten Liste aus, doch argwöhnisch zog Grayson seinen Arm zurück.

»Wag es ja nicht …«, zischte ich ihn an.

Er sah auf das Papier in seiner Hand und dann wieder auf mich. Wahrscheinlich hatte meine Reaktion ihn jetzt erst richtig neugierig gemacht.

Na super, Kira, das hast du wirklich klasse hingekriegt! Doch es war alles derart schnell gegangen, dass ich keine Zeit gehabt hatte, meinen Schrecken zu verbergen.

»Was haben wir denn da?«

»Das ist privat. Gib her«, fuhr ich ihn an.

»Privat? Ich bitte dich, mein *Schatz,* wir werden morgen heiraten. Da sollten wir doch keine Geheimnisse voreinander haben.«

»Wirklich lustig!«, fauchte ich. »Nun gib schon her.«

Ich machte einen Satz nach vorn, doch er wich mir geschmeidig aus, faltete den Zettel auseinander und verfolgte grinsend, wie ich wenig elegant vornüberfiel. Dann drehte er sich um und marschierte eilig in das große Wohnzimmer. »Am besten setze ich mich in den Lesesessel und gucke in aller Ruhe, was es mit dem Zettel auf sich hat.«

»Gib her!«, schrie ich und hörte selbst, dass ich total hysterisch klang.

Ich stürzte auf ihn zu, doch er hob meine Liste vors Gesicht und las mit lauter Stimme vor: »Der Drache alias Grayson Hawthorn. Pro und Contra.«

Er zog eine seiner dunklen Brauen hoch, trat hinter die große Ledercouch und wandte sich mir zu. Ich stolperte in meiner Eile über den Ottomanen, rappelte mich mühsam wieder auf und schnauzte wütend: »Nicht!«

Er legte seinen Kopf ein wenig schräg und studierte meine neue Unterschrift.

»Es wäre mir wirklich lieber, wenn du deinen Mädchennamen beibehalten würdest.« *Au.*

»Ja, natürlich.« Meine Wangen glühten. »Los, gib her.«

Doch er behielt den Zettel weiter in der Hand.

»Pro: Er ist ein Arsch, aber sein echter Arsch ist nicht zu verachten.«

Er ließ den Zettel sinken, sah mich an und stellte fest: »Dir gefällt also mein Hintern. Warum hast du mir das nicht gesagt? Wobei ich dich gewarnt habe, dass du dich nicht in mich verlieben sollst. Aber ich nehme an, es ist okay, wenn du mein Hinterteil bewunderst und mich genauso *anziehend* findest wie die meisten Frauen«, gestand er mir feixend zu.

»Denn schließlich bist du eine Frau.« Er kratzte sich am Kinn, als dächte er darüber nach. »Wobei ich mir nicht sicher bin, ob Hexen ganz normale Frauen sind. Hmm …« Wieder wandte er sich dem verflixten Zettel zu.

»Du, du …« Ich wusste nicht, wie ich den Satz beenden sollte, und zutiefst beschämt und wütend ruderte ich hilflos mit den Armen durch die Luft. Er schien es richtiggehend zu *genießen,* meinen Zorn zu wecken, und am liebsten hätte ich den arroganten Blick aus seinem blöden, anziehenden Gesicht gewischt.

»Contra: Er ist ein aufgeblasener Kerl«, las er meinen Text mit ruhiger Stimme vor.

»Was du gerade wieder mal beweist.«

»Pro: Er braucht mich.« Grayson blickte mich aus dunklen Augen an. »Tatsächlich brauche ich nicht dich, sondern dein *Geld.*«

Das er jetzt bestimmt nicht mehr bekäme! Er hatte eine Grenze überschritten und jetzt sollte er verdammt noch mal sehen, wo er blieb. Von mir bekäme er nicht einen Cent.

Hektisch sah ich mich im Zimmer um, entdeckte eine Flasche Wein auf einer Anrichte neben der Tür, die offenbar in einen Keller führte, stürzte los, riss sie vom Tisch und holte schwungvoll aus.

»Nein!«, schrie er und klang dabei so panisch, dass ich innehielt. »Kira.« Er ließ meine Liste fallen und hob zum Zeichen, dass er sich geschlagen gab, die Hände. »Diese Flasche Wein ist unersetzlich.« Langsam bückte er sich nach dem Blatt Papier, richtete sich wieder auf und hielt es mir so vorsichtig, als wäre ich ein wildes Tier, mit spitzen Fingern hin. »Lass uns tauschen.«

Ich blickte auf die Flasche, die ich in den Händen hielt. Sie kam offenbar aus Frankreich. Als ich wieder zu Grayson aufsah, war er kreidebleich.

»Die hier? Unersetzlich?« Wenn es tatsächlich so wäre, stünde sie doch sicher nicht einfach auf einer Anrichte im

Wohnzimmer herum. Aber sie bedeutete ihm offenbar sehr viel, und langsam kam er auf mich zu.

»Bleib, wo du bist«, wies ich ihn an, und als er den Befehl befolgte, reckte ich das Kinn. »Ich erwarte, dass du dich bei mir dafür entschuldigst, dass du derart unhöflich und …« Ich suchte nach Worten, um den Frevel zu beschreiben, den er abermals an mir und meinem Stolz begangen hatte, und schwenkte zornbebend die Flasche durch die Luft.

Mit einem erstickten Aufschrei folgte Grayson der Bewegung meines Arms.

»Ja, ja, Entschuldigung. Ich wollte dich nur etwas aufziehen. Es war nicht böse gemeint. Das schwöre ich. Und jetzt komm her, und gib mir diese Flasche, Kira!«

»Nein.«

Er blinzelte verwirrt. »Nein?«

»Ich komme nicht zu dir. Komm du zu mir!«

Seine Augen blitzten, aber als er auf die Flasche blickte, wurde seine Miene sofort wieder ernst. »Treffen wir uns in der Mitte.«

Ich erwog, ihn abermals herauszufordern, weil ich augenblicklich eindeutig im Vorteil war, aber ein Kompromiss war auch nicht schlecht. »Okay.«

Als er nickte, trat ich auf ihn zu. Hmm. Es würde mir durchaus gefallen, noch mal den erstickten Schrei aus seinem Mund zu hören und in seinen Augen nackte Panik aufblitzen zu sehen. Um ihn zu provozieren, wollte ich die Flasche lässig von der linken Hand in meine rechte werfen, holte schwungvoll aus und grinste ihm ins Gesicht.

Das Geräusch splitternden Glases hallte laut im stillen Zimmer wider, und ich wurde schreckensstarr. Die Zeit schien stillzustehen, als ich dorthin blickte, wo ich mit der Flasche gegen eine große Steinsäule gestoßen war. Ich musste schlucken, als der Wein wie Blut den Stein hinablief und sich am Boden in einer großen Pfütze sammelte.

In meinem Rücken rang jemand nach Luft, und eilig drehte

ich den Kopf und sah Walter, der kreidebleich, mit schreckensstarrer Miene in der Tür stehen geblieben war.

»Ich habe nur den Schlüssel für den Weinkeller geholt«, stieß er mit erstickter Stimme aus. »Verzeihung, Sir.«

O Gott.

Ich blickte auf den abgebrochenen Flaschenhals in meiner Hand und wand mich wie in Zeitlupe wieder dem Drachen zu. So wütend hatte ich ihn nie zuvor erlebt. Mit tödlich ruhiger Stimme sagte er: »Es war nicht deine Schuld, Walter. Du kannst gehen.«

Nach einer kurzen Pause antwortete Walter: »Wie Sie wünschen, Sir«, und machte eilig kehrt.

Blinzelnd ließ ich auch den Rest der Flasche auf den Boden fallen und stand wie angewurzelt da, als Grayson zornbebend in meine Richtung kam. Als er mich erreichte, legte er mir einen Finger unters Kinn und zwang mich wenig sanft, ihn anzusehen. Einer seiner Wangenmuskeln zuckte, und ich richtete mich kerzengerade auf.

»Diese Flasche Wein war etwas ganz Besonderes«, klärte er mich zähneknirschend auf. »Mein Vater hat jahrelang danach gesucht und ist in Freudentränen ausgebrochen, als er sie dann endlich in den Händen hielt. Er hat *geweint,* Kira. Er hat Freudentränen wegen dieser Flasche Wein vergossen, die du einfach aus Übermut zerschlagen hast.«

Ich schüttelte den Kopf, obwohl mich seine Worte innerlich zusammenfahren ließen. »Es war ein Unfall. Sie stand … einfach da …« Ich hasste es, dass meine Stimme brach.

Er zog die Hand von meinem Kinn zurück, sah mich aber weiter durchdringend aus seinen schwarzen Augen an. »Morgen Nachmittag um zwei vorm Haus.«

Um zwei? Was war um zwei? Ich wusste es nicht mehr. O Gott, wir würden heiraten. Am liebsten hätte ich ihm gesagt, dass der Termin gestrichen war. Ich öffnete den Mund, aber die Worte kamen nicht heraus. Dabei würde er die Sache jetzt wahrscheinlich nur noch durchziehen, um mich zu bestrafen – oder wenigstens die Kosten für die Flasche Wein erstattet zu bekommen, die nach seinen Worten »unersetzlich« und wahrscheinlich unbezahlbar war.

Mit dieser letzten Anweisung ließ er mich stehen und marschierte aus dem Raum. Ich brauchte einen Augenblick, bis meine wackeligen Beine mich bis zu der Stelle trugen, wo die lächerliche Liste auf dem Boden lag. Ich hob sie auf und trug sie in die Küche, aus der mir der süße Duft von Äpfeln und von Zimt entgegenschlug.

Charlotte war dabei, die Arbeitsplatte abzuwischen, und als ich den Raum betrat, hob sie nervös den Kopf und wandte sich dann eilig wieder ab. »Er ist kein schlechter Mensch, Kira.«

Ich schluckte. »Ich …« Ich schüttelte den Kopf und fing noch mal von vorne an. »Ich bin mir sicher, dass er das nicht immer ist, aber ich habe offensichtlich das Talent, in Männern stets das Schlimmste zu wecken.«

»Das kann ich mir nicht vorstellen.«

Ich zuckte mit den Achseln, denn es war tatsächlich so. Mir wurde übel und aus lauter Angst, dass ich mich übergeben müsste, holte ich so tief wie möglich Luft.

»Vielleicht liegt's ja nicht an dir, sondern an ihnen, Liebes. Vielleicht brauchst du einfach einen ganz besonderen Mann …«

»… der mit mir klarkommt?«, fragte ich und stieß ein resigniertes Lachen aus.

»Der dich so liebt, wie du bist«, verbesserte sie mich. Ich wusste nicht, ob das ein Kompliment war, aber Charlotte blickte mich mit einem warmen Lächeln an.

Liebe. Schmerzliches Verlangen wogte in mir auf, und seufzend dachte ich, wie schön es wäre, jemanden zu haben, der mich liebte, wie ich war. »Mein Vertrag mit Grayson hat auf jeden Fall mit Liebe nichts zu tun. Aber im Grunde ist das auch egal. Ich werde ihn nicht heiraten. Es war von Anfang an eine ganz schreckliche Idee.«

Charlotte sah mit nachdenklicher Miene auf den Schwamm in ihrer Hand.

»Dieser Wein, Charlotte, war er tatsächlich unersetzlich? Hat sein Vater wirklich jahrelang danach gesucht?« Ich kämpfte gegen das Verlangen an, laut zu schluchzen.

Charlotte schien zu überlegen, aber dann ließ sie das Putzzeug in die Spüle fallen, nahm neben mir auf einem Hocker an der Frühstückstheke Platz, ergriff meine Hände und bedachte mich mit einem mitfühlenden Blick. »Er wird es dir wahrscheinlich nie erzählen, deshalb werde ich dir sagen, wie Graysons Verhältnis zu seinem verstorbenen Vater war. Ich will bestimmt nicht tratschen, aber meiner Meinung nach solltest du wissen, warum ihm so viel an diesem gottverdammten Weingut liegt.« Sie presste ihre Lippen aufeinander, aber dann hellte sich ihre Miene wieder auf.

Dieses gottverdammte Weingut?

Sie war hier doch ebenfalls zu Hause.

Fühlte sie sich hier etwa nicht wohl?

»Grayson und sein Vater Ford hatten kein gutes Verhältnis zueinander«, klärte sie mich traurig auf. »Dafür gab es viele Gründe, und vielleicht wird Grayson sie dir eines Tages nennen, doch fürs Erste reicht es vielleicht, wenn ich sage, dass sein Vater und auch seine Stiefmutter ihm niemals das Gefühl gegeben haben, dass er hier erwünscht war. Sie … haben ihm zu Unrecht Dinge vorgehalten, die man keinem Kind vorhalten darf. Sie haben ihn wie den letzten Dreck behandelt und von allem ausgeschlossen, um sich gegenseitig zu beweisen, wie groß ihre jeweilige Abscheu vor ihm ist.« Bei diesen Worten drückte Charlottes Miene Schmerz und Trauer aus. »Gray hat sich sein Leben lang bemüht … aber es hat ihm nichts genützt. Nichts, was er getan hat, war den beiden jemals gut genug.« Sie schüttelte den Kopf. »Und später, nach seiner Verhaftung …« Sie griff sich ein Taschentuch und tupfte sich damit die Nase ab. »Sein Vater hat ihn kein einziges Mal besucht. Und dann bekam er Krebs und starb, bevor sein Sohn aus dem Gefängnis entlassen wurde. Als Grayson wieder heimkam, hatte ihm sein Vater dieses Weingut hinterlassen, das inzwischen stark heruntergewirtschaftet war. Seine Frau und Graysons Bruder Shane haben sein Geld geerbt, aber das Weingut ging an Gray.« Ein seltsamer Ausdruck huschte über ihr Gesicht, doch ehe ich ihn deuten konnte, hatte er sich schon wieder gelegt.

»Grayson hat die Erbschaft als ein Friedensangebot seines Vaters angesehen und geschworen, er würde ihm zu Ehren dieses Weingut wieder zu dem Unternehmen machen, das es früher einmal war. Grayson hatte das Gefühl, Ford hätte ihm sein heiß geliebtes Weingut hinterlassen, weil er endlich zu dem Schluss gekommen war, dass er doch etwas zu bieten hat. Dass er in der Lage sei, diesem Weingut neues Leben einzuhauchen und es dann in seinem Sinn zu führen. Und Grayson würde praktisch alles tun, um zu beweisen, dass Fords Zutrauen in ihn begründet war.«

Ich sank auf meinem Barhocker zusammen und sah Charlotte fragend an. »Obwohl sein Vater ihn sein Leben lang so schlecht behandelt hat?«

Sie nickte. »Vielleicht gerade, *weil* er ihn sein Leben lang so schlecht behandelt hat. Für Grayson ist die Rettung dieses Weinguts der Beweis, dass er selbst etwas wert ist.«

Ich nickte langsam, biss mir auf die Lippe und erkannte, dass es zahlreiche Gemeinsamkeiten zwischen mir und Grayson Hawthorn gab. Wir waren beide von Vätern großgezogen worden, deren Meinung nach wir nicht genug zu bieten hatten, um auch nur ein Mindestmaß an Liebe zu verdienen.

»Danke, Charlotte. Das hat mir geholfen, ihn ein bisschen besser zu verstehen.« Ich presste nachdenklich die Lippen aufeinander. »Vielleicht könnten wir ja sogar Freunde werden, wenn er nicht der festen Überzeugung wäre, dass ich eine … Hexe bin und ich ihn nicht für einen Drachen halten würde … wenigstens, wenn er mit mir zusammen ist.«

Sie lachte amüsiert, und ich schaute sie fragend von der Seite an.

»Warum haben Sie mir das alles eigentlich erzählt?«

Wieder nahm sie meine Hände. »Weil ich denke, dass man Menschen oft in einem anderen Licht sieht, wenn man die Motive ihres Handelns kennt. Und auch wenn du vielleicht denkst, dass du in ihm das Schlimmste weckst, kann ich dir versichern, dass er in dem ganzen Jahr, seit er hierher zurückgekommen ist, nicht einmal so lebendig war wie seitdem du hier eingezogen bist … selbst wenn sich die Lebendigkeit bisher vor allem in Feuerspucken äußert.« Sie drückte meine Hände und erklärte voller Nachdruck: »Was aus meiner Sicht ein wirklich gutes Zeichen ist. Grayson kann furchtbar arrogant sein, aber tief in seinem Inneren ist er sehr verletzlich.« Charlotte verzog traurig das Gesicht, bevor sie wieder lächelte, und automatisch lächelte ich zurück. Sie hatte einfach das Talent, zu trösten und die Menschen aufzubauen.

»So, und jetzt bekommst du erst einmal ein Stück von meinem frischen Apfelkuchen. Und übrigens«, erklärte sie beim Aufstehen und funkelte mich fröhlich an. »Vergiss die Sache mit dem Prinz und der Prinzessin. Meiner Meinung nach spielen sich die *richtigen* Geschichten meist zwischen der Hexe und dem Drachen ab.«

8 Kira

Den Tag meiner Hochzeit hatte ich mir anders vorgestellt. Ich war alleine wach geworden, hatte kalt geduscht und war in die Stadt gefahren, um mir etwas zum Anziehen zu kaufen, was dem Anlass angemessen war. Doch schon im ersten Laden wurde mir bewusst, wie lächerlich das war. Ich bräuchte ganz bestimmt kein neues Outfit, nur um eine Scheinehe mit einem Typen einzugehen, dem es ausschließlich um meine Kohle ging. Und der mich nach den Geschehnissen vom Vorabend wahrscheinlich noch mehr hasste als zuvor.

Ich atmete tief durch. Trotzdem würde ich die Sache durchziehen, denn ich brauchte das Geld, das meine Großmutter mir hinterlassen hatte, und auch Graysons Gründe für die Heirat konnte ich nach dem Gespräch mit Charlotte durchaus nachvollziehen. Offenbar gab es in unseren Leben viel mehr Parallelen, als wir bisher angenommen hatten, und auch wenn wir vielleicht nie erführen, welches Ausmaß die Gemeinsamkeiten tatsächlich hatten, wusste ich in meinem tiefsten Inneren, dass es richtig war, das Geld mit ihm zu teilen, auch wenn er ein Feuer speiender Drache war.

Schließlich wählte ich ein lässig-elegantes weißes Sommerkleid mit Spitze sowie silbrig-blaue Riemchensandalen aus. Das war nicht übertrieben chic, aber zumindest sähe ich in diesem Aufzug für die Leute auf dem Standesamt aus wie eine Braut.

Es galt schließlich, den Schein zu wahren, ging es mir traurig durch den Kopf.

Auf dem Weg zurück zum Weingut fiel mir plötzlich ein, wie ich als kleines Mädchen einmal auf die Sammlung alter Zeitschriften und Kataloge meiner Großmutter gestoßen war. Besonders der Katalog mit Brautmode hatte es mir angetan, und ich hatte die Kleider sorgsam ausgeschnitten und zusammen mit Blumen, Kuchen sowie allem anderen, was aus meiner Sicht Bestandteil einer Hochzeitsfeier war, auf ein Stück Pappe aufgeklebt. Als ich Grandma stolz mein Werk zeigte, hatte sie mich wie immer überschwänglich gelobt, doch dann plötzlich gefragt, warum kein Brautvater auf meinem Bild zu sehen war. »Oh«, hatte ich erklärt. »Der hatte keine Zeit. Der musste arbeiten.«

Sie hatte mich traurig angesehen und dann umarmt. »Du wirst mal eine wunderschöne Braut, mein Schatz«, hatte sie mich getröstet. »Und dein Bräutigam wird dich furchtbar lieb haben.«

Bei der Erinnerung bildete sich mir ein Kloß im Hals. »Ach, Grandma«, flüsterte ich rau. »Das alles tut mir schrecklich leid.«

Ich war fast fertig angezogen, als es plötzlich leise an der Tür des Gärtnerhäuschens klopfte, und noch während ich zusammenzuckte, überlegte ich, ob vielleicht Grayson, statt vorm Herrenhaus auf mich zu warten, hergekommen war, um mich zu holen. Oder hatte er es sich vielleicht noch einmal anders überlegt? Mit wild klopfendem Herzen rief ich laut: »Herein.«

Einen Moment später hörte ich Charlottes vertrauten Singsang und atmete erleichtert auf.

Sie lächelte, als sie mein Schlafzimmer betrat. »Oh, Liebes, du siehst einfach entzückend aus.«

Ich schaute sie mit einem schmalen Lächeln an. Ich schämte mich bereits genug und wollte sicher nicht, dass sie so tat, als wäre dies ein *echter* Hochzeitstag.

»Ich habe hier einen kleinen Glücksbringer für dich.« Sie

hielt mir ihre offene Hand mit einer kleinen, mit Kristallen besetzten Silbernadel in Form einer Rose hin.

»Oh, nein, Charlotte. Das kann ich unmöglich annehmen.« Ich wurde rot. »Für diese Ehe brauche ich kein Glück. Wir wissen schließlich beide, dass sie nicht von Dauer sein wird.«

»Dann soll die Brosche eben *dir* Glück bringen«, sagte sie. »Bitte nimm sie an. Meine Mutter hat sie mir an meinem Hochzeitstag geschenkt, und da ich keine Tochter und somit auch keine Enkeltöchter habe, möchte ich, dass du sie nimmst. Es würde mir sehr viel bedeuten.«

»Das geht wirklich nicht«, stieß ich mit rauer Stimme aus.

»Dann eben nur für diesen einen Tag.« Sie blickte mich mit einem hoffnungsvollen Lächeln an. »Danach kannst du sie mir ja zurückgeben, wenn du sie nicht behalten willst.« Sie klatschte fröhlich in die Hände. »Ja, genau, das ist sogar noch besser. Eine Braut braucht bei ihrer Hochzeit schließlich auch etwas Geborgtes.«

Ich lachte leise auf. »Okay. Aber nur, wenn ich sie Ihnen danach wiedergeben darf.«

»Hier.« Sie beugte sich ein wenig vor, befestigte die Brosche vorsichtig an meinem Kleid, richtete sich wieder auf und lächelte mich freundlich an. »Reizend.«

Dankbar schlang ich ihr die Arme um den Hals, atmete den Duft ihres Talkumpuders ein, und lachend nahm auch sie mich in den Arm.

Als ich um zwei zum Haupthaus ging, lehnte Grayson lässig an der Wand neben der Tür. Er trug eine Khakihose und ein blaues, durchgeknöpftes Hemd, doch ich bemühte mich zu ignorieren, wie attraktiv er darin wirkte, denn schließlich führte es zu nichts.

Als er mich kommen hörte, sah er auf, und ein überraschter Ausdruck huschte über sein Gesicht.

»Fertig?«, fragte er mich, ohne auf mein Aussehen einzugehen, und ich nickte knapp.

Auf dem Weg nach Napa sprachen wir zunächst kein Wort, doch schließlich wandte ich mich ihm zu und merkte, dass sein Blick an meinen nackten Beinen haftete. Ich schlug sie übereinander, und er blickte zähneknirschend wieder geradeaus. Fand er meinen Aufzug vielleicht zu leger?

»Grayson, ich ... das mit der Weinflasche von deinem Vater tut mir wirklich leid.«

Er schien sich etwas zu entspannen, obwohl er auch weiter reglos durch die Windschutzscheibe auf die Straße sah. »Es war nicht nur deine Schuld. Schließlich konntest du nicht wissen, dass die Flasche derart wertvoll war. Und ich gebe zu, ich habe dich dazu getrieben. Ich hätte dich nicht so mit deiner ... Liste aufziehen sollen. Es tut mir also auch leid.«

Obwohl mir die Erwähnung der verfluchten Liste abermals die Schamesröte in die Wangen trieb, atmete ich auf. »Dann sind wir also quitt?«

»Das sind wir. Vor allem, da du mir den Wert der Flasche heute ja ersetzt.« Er wandte sich mir zu, und als ich sein verruchtes Grinsen sah, setzte mein Herzschlag aus. Doch dann wurde sein Lächeln sanft, und ich erkannte, dass das nur ein Scherz gewesen war.

»Und, bist du bereit zu deinem einjährigen Treueschwur?« Er sah mich von der Seite an, und ich stieß ein nervöses Lachen aus.

»So bereit wie's geht, nehme ich an. Im Grunde hatte ich mir meinen Hochzeitstag ein bisschen anders vorgestellt.«

»Wahrscheinlich ganz in Weiß und mit unzähligen Gästen aus der High Society«, stellte er fest.

Ja, genauso hatte ich mir meine Hochzeit vorgestellt – oder hatten Cooper und mein Vater sie geplant. *Mein* Traum war das nie gewesen, doch wie immer hätte ich die zwei um jeden Preis zufriedenstellen wollen.

»Ja, wahrscheinlich«, stimmte ich ihm traurig lächelnd zu. Einzelheiten würde ich ihm nicht erzählen, oder wenigstens nicht jetzt.

Er sah mich forschend an, doch schließlich lenkte er den Blick wieder nach vorn, und wir hingen weiter jeder seinen eigenen Gedanken nach.

Obwohl er mir die Sache mit der Weinflasche angeblich verziehen hatte, wirkte er auch weiterhin ein wenig angespannt. Aber ich hatte mich bei ihm entschuldigt, und er hatte meine Bitte um Verzeihung akzeptiert. Und wenn er weiterhin schlecht auf mich zu sprechen war, könnte mir das egal sein, denn schon ab morgen würden wir ja sowieso wieder getrennter Wege gehen. Ich biss mir auf die Lippe, bis es wehtat, um mich davon abzulenken, dass ich vielleicht im Begriff stand, eine Riesendummheit zu begehen.

Ein paar Minuten später hatten wir das Standesamt erreicht und waren gerade aus dem Truck gestiegen, als ein plötzlich einsetzender Regenschauer losbrach und uns noch mal in den Wagen zwang.

»Die Götter sind anscheinend gegen uns«, stellte Grayson leise lachend fest.

»So sieht's aus«, stimmte ich ebenfalls mit einem leisen Lachen zu. »Obwohl ich gehört habe, dass Regen bei der Hochzeit Glück bringen soll.«

»Das sagen sicher nur die Leute, die bei ihrer Hochzeit Regen hatten«, gab er ungerührt zurück und sah auf seine Uhr. »Wir müssen langsam los.«

»Okay, auf drei.« Ich öffnete die Tür, und auf mein Zeichen hin rannten wir beide los. Auf halbem Weg zum Standesamt nahm Grayson lachend meine Hand, und während eines flüchtigen Moments waren wir ein Mann und eine Frau, die lachend durch den Regen liefen, um den Bund fürs Leben einzugehen. Ich hatte das Gefühl zu träumen, und als wir das Standesamt betraten, sah mich Grayson blinzelnd an, weil es ihm offensichtlich ebenso ergangen war. Doch sofort war der Bann wieder gebrochen, und verlegen schauten wir uns um. Außer uns waren noch zwei Paare da, die glücklich Händchen hielten und den Eindruck machten, als ob sie es kaum erwarten könnten, endlich offiziell verheiratet zu sein. Für sie war dies bestimmt der schönste Tag im Leben, anders als für uns.

»Bist du bereit?«, fragte Grayson mich.

Nein, nein, nein.

Ich nickte knapp. Die Dinge, die danach geschahen, nahm ich wie durch einen Schleier wahr. Ich versuchte, nicht darüber nachzudenken, was ich tat, stellte mir stattdessen die Menschen im Familienzentrum und das kleine Haus, in das ich dank des Geldes meiner Grandma ziehen könnte, vor. Wir füllten die Papiere für die Heirat aus und stellten uns hinter den beiden anderen Paaren für die Trauung an.

Grayson wirkte wieder distanziert und etwas unterkühlt. Ich fragte ihn nicht, was er dachte, denn ich hatte schon mit meinen eigenen Ängsten zu kämpfen, und ich konnte es bestimmt nicht brauchen, mir jetzt auch noch seine Vorbehalte gegen diese Ehe anzuhören. Er war mir keine Hilfe und versuchte nicht einmal, es mir ein bisschen einfacher zu machen. Aber was erwartete ich eigentlich von ihm? Die Leichtigkeit, mit der wir durch den Regen bis zur Tür gelaufen waren, hatte sich sofort wieder verflüchtigt, und das alte Unbehagen war zurückgekehrt.

Schließlich standen wir vor dem Standesbeamten, und ich leistete meinen Schwur, gelobte, Grayson Hawthorn, meinen Mann, zu lieben und zu ehren und in guten wie in schlechten Tagen für ihn da zu sein, bis dass der Tod uns schied. Ich erschauderte vor Angst, als ich das Sakrileg beging, einem Menschen Liebe und Ergebenheit zu schwören, obwohl ich nicht die Absicht hatte, ihn jemals zu lieben, und ihm alles andere als ergeben war. Es war eine Lüge, eine widerliche Farce, und auch wenn ich nie besonders religiös gewesen war, fragte ich mich, welche Strafe mich vielleicht dafür ereilen würde, dass ich etwas Heiliges derart mit Füßen trat.

Mit ruhiger, distanzierter Stimme leistete auch Grayson

seinen Schwur, und mir wurde eng ums Herz, als ich den ernsten Ausdruck auf seinen attraktiven Zügen sah. Auf die Frage, ob wir Ringe tauschen wollten, schob er eine Hand in seine Tasche und zog einen wunderschönen goldenen Ring mit einem von Diamantsplittern umgebenen Opal hervor.

Ich hielt den Atem an, als er ihn vorsichtig auf meinen Finger schob, und hätte ihm gern ins Gesicht gesehen, doch er blickte erst auf meine Hand und wandte sich dann wieder dem Beamten zu. Dass er so aufmerksam gewesen war, an einen Ring zu denken, schnürte mir den Hals zu, und in meinen Augen stiegen Tränen auf.

»Sie dürfen die Braut küssen.«

Mit gespitzten Lippen gab mir Grayson einen flüchtigen Kuss auf den Mund, und plötzlich konnte ich die Hysterie, die schon am Morgen in mir aufgestiegen war, nicht länger unterdrücken und hob, um nicht laut zu lachen, eilig eine Hand vor meinen Mund. Solche Küsse kannte ich von meinem alten, schrullenhaften Onkel Colburn, der nach Mottenkugeln roch. Ein Kichern entkam mir, und ich versuchte, es hinter einem leisen Husten zu verbergen.

Graysons Brauen schossen hoch, seine Miene verhärtete sich, und in seine Augen trat ein fast herausfordernder Ausdruck. Er schien zu denken, dass ich ihn mit meinem Lachanfall verspotten wollte. Sofort wurde ich wieder ernst. *Was hatte ich mir nur dabei gedacht?* Offensichtlich hatte mir der Stress der Hochzeit ziemlich zugesetzt. Natürlich küsste er mich wie mein alter Onkel. Schließlich ging es hier nur ums Geschäft.

Doch plötzlich legten sich Graysons Hände um mein Gesicht, und ich stieß ein überraschtes Quietschen aus. Dann presste er mir seine Lippen auf den Mund, glitt mit seiner Zunge über meinen Mundwinkel, und instinktiv schmiegte ich mich an seine Brust und öffnete den Mund, um ihm Einlass zu gewähren. Als seine Zunge meine Mundhöhle erforschte, wurden meine Knie weich, und ich klammerte mich, um nicht umzufallen, an seinen breiten Schultern fest. Doch genauso plötzlich, wie er angefangen hatte, mich zu küssen, machte er sich wieder von mir los, und ich stolperte einen Schritt nach vorn.

Der Standesbeamte grinste. »Aber hallo!«

Allerdings.

Noch während ich um Fassung rang, sprach der Mann hinter dem Schreibtisch seinen letzten Satz. »Hiermit erkläre ich Sie kraft der mir verliehenen Befugnis zu Mann und Frau.«

Es war geschafft. Jetzt war ich offiziell für alle Zeit oder zumindest für die nächste Zeit Grayson Hawthorns Ehefrau.

Na toll.

Auf seltsam tauben Beinen, immer noch ein wenig schwindlig und erniedrigt von dem Kuss, kehrte ich mit ihm zu seinem Truck zurück. Doch in einer Hinsicht war er wirklich nett gewesen. »Danke für den Ring«, sagte ich mit leiser Stimme. »Daran habe ich nicht einen Augenblick gedacht. Wo hattest du den so schnell her?«

»Er lag im Haus. Ich wollte ihn verkaufen, nur dass ich bisher nicht dazu gekommen bin.«

Ich blickte auf den Ring. Vermutlich rührte seine angespannte Miene daher, dass das Schmuckstück früher in Besitz seiner Stiefmutter gewesen war. Nun, zumindest sähe es aufgrund des Ringes so aus, als ob wir wirklich Eheleute wären, also war die Herkunft vollkommen egal. »Ich werde ihn dir wiedergeben, wenn … tja, nun …«

»Okay.«

Ich sagte ebenfalls »Okay«, denn sicher wäre es das Beste, gar nicht erst auf seinen Kuss und mein Gelächter nach dem ersten Küsschen einzugehen. Seine Leidenschaft sollte die Zeremonie wahrscheinlich einfach möglichst überzeugend wirken lassen.

Nach einem Augenblick der Stille fragte ich: »Wie sieht es aus, wollen wir zusammen essen gehen oder so?« Ich hatte keine Ahnung, was das Protokoll für diesen Tag vorschrieb.

Dies war mein Hochzeitstag. O Gott …

Obwohl er das im Grunde gar nicht war. Ich sah diesen Tag ganz sicher nicht als meinen Hochzeitstag. Ich würde eines Tages *richtig* heiraten, dann würde alles völlig anders sein als jetzt.

»Ich kann nicht. Ich muss weiterarbeiten«, gab Grayson knapp zurück.

Okaaay …

»Dann vielleicht heute Abend. Schließlich sollten wir auf jeden Fall den warmen Regen feiern, der in ein paar Tagen auf uns niedergehen wird.« Ich schaute ihn mit einem gegen meinen Willen hoffnungsvollen Lächeln an.

»Kira …« Seufzend fuhr er sich mit einer Hand durchs Haar, als wäre ihm schon ein Gespräch mit mir zu viel. Dachte er vielleicht, nur weil ich seine Frau geworden war und einen Kuss und einen Ring von ihm bekommen hatte, der in einer Ecke seines Hauses rumgelegen hatte, wollte ich jetzt mehr von ihm?

»Ach, vergiss es«, fuhr ich ihn verletzt und zornig an. »Mir fällt gerade ein – ich habe sowieso was anderes vor.«

Er sah mich an, als wüsste er genau, dass das gelogen war. »Vielleicht ein anderes Mal, okay? Ich habe ein Problem mit einer der Maschinen, und die Stunden, die ich auf dem Standesamt verloren habe, muss ich nachholen, wenn ich sie noch heute repariert bekommen will.«

Seinetwegen hatte ich die Heiligkeit der Ehe über Bord geworfen, und er schaffte es noch nicht mal, etwas freundlicher zu sein? Ich erwartete bestimmt nicht seinen Dank, aber genauso wenig brauchte er mir zu verstehen geben, was für eine schreckliche Belastung die mit mir verbrachten Stunden für ihn waren.

»Klar, verstehe«, log ich, denn ich würde ihm bestimmt nicht zeigen, wie enttäuscht ich war.

Vor dem Haus sprang ich aus seinem Truck. »Das Geld geht sicher innerhalb der nächsten Tage bei mir ein. Ich bringe dir dann deine Hälfte«, rief ich, ohne mich noch einmal nach ihm umzudrehen. Ich würde mich nicht umdrehen, sagte ich mir streng, bevor ich selbstverständlich doch noch einmal über meine Schulter sah.

Er stand, die Hände in den Taschen, neben seinem Truck und sah mir hinterher.

Hoch erhobenen Hauptes marschierte ich durch die Hecke auf mein Häuschen zu und warf mein Haar zurück, als sich mit einem Mal ein spitzer Ast in meinen Oberschenkel bohrte und mein Kleid zerriss. Ich fuhr zusammen und schrie leise auf. *Verdammt.*

Ich reckte das Kinn und setzte meinen Weg in Richtung meiner Haustür fort.

In meinem Rücken hörte ich ihn leise lachen, und am liebsten hätte ich noch einmal kehrtgemacht, wäre zu ihm zurückgerannt und hätte ihm die Drachenaugen ausgekratzt. Stattdessen warf ich hinter mir die Tür ins Schloss, die allerdings nicht richtig in den Angeln hing und deshalb wie in Zeitlupe mit einem leisen Klicken in den Rahmen fiel.

Einen noch erbärmlicheren Hochzeitstag hatte wahrscheinlich niemand je erlebt. *Aber was hast du erwartet? Schließlich wusstest du genau, dass es bei dieser Hochzeit nicht um Liebe ging.*

Ich zog den Ring, der eigentlich nur eine Requisite war, vom Finger, nahm die mir von Charlotte überlassene Brosche ab, um sie ihr möglichst schnell zurückzugeben, setzte mich aufs Bett, spielte mit dem Riss in meinem Kleid und ließ den Tränen, die mir bereits seit dem Aufstehen in den Augen brannten, freien Lauf.

Körperlich und seelisch ausgelaugt von den Ereignissen des Tages und weil ich mich letzte Nacht aus Angst vor meiner eigenen Courage stundenlang im Bett herumgeworfen hatte, machte ich erst mal ein ausgedehntes Nickerchen. In meinen Träumen irrte ich vor Kälte am ganzen Körper zitternd erst durch eine ausgedehnte Eiswüste, bevor ich plötzlich unter einen Lavastrom geriet, der meinen Körper schmelzen und meine Nervenenden glühen ließ. Flammen stiegen um mich auf, doch statt mich zu verbrennen, riefen sie ein wohlig-sinnliches Gefühl der Wärme in mir wach. Stöhnend schlug ich meine Augen wieder auf. Meine Brüste kribbelten, und zwischen meinen Beinen nahm ich eine feuchte Hitze wahr.

Ich ließ mich zurück auf das Kissen fallen. Einen derart erotischen Traum hatte ich in meinem ganzen Leben noch nicht gehabt. Was sicher einfach daran lag, dass ich inzwischen kaum noch wusste, wann ich zum letzten Mal mit einem Mann im Bett gewesen war.

Meine Hände tasteten nach meinen wehen Brüsten, und im selben Augenblick fiel draußen eine Autotür ins Schloss. Ich richtete mich eilig auf und stürzte ans Fenster, um hinauszusehen. Es konnte doch nicht sein, dass mein Vater schon von meiner Heirat erfahren hatte. Oder hatte er tatsächlich Zuträger auf jedem Amt im Staat? Das hätte mich nicht im Geringsten überrascht.

Aber auch wenn er sich ständig in mein Leben mischte, hatte er doch noch andere, viel dickere Fische an der Angel und ganz sicher nicht die Zeit und Lust, mir ständig hinterherzuspionieren. Trotzdem konnte mich dieser Gedanke nicht richtig beruhigen. Durch das wilde Klopfen meines Herzens kühlte sich mein heißes Blut ein wenig ab, ich strich mit meinen Händen über mein zerknittertes, zerrissenes Kleid und atmete tief durch. Im Grunde konnte mir mein Vater sowieso nichts tun. Ich würde ihm erklären, dass er mich ein für alle Mal in Ruhe lassen sollte, weil ich jetzt die Frau von Grayson Hawthorn war.

Ich lief durch die Hecke Richtung Herrenhaus. In der Einfahrt stand eine blonde Frau, die sich neben einem kleinen, roten Sportwagen mit Grayson unterhielt. Offensichtlich hatten sie mich kommen hören, denn noch ehe ich mich wieder in das Gärtnerhäuschen flüchten konnte, drehten sie sich beide nach mir um. Die Frau verzog bei meinem Anblick das Gesicht, als hätte sie in eine Zitrusfrucht gebissen, und mein *Gatte* sah mich aus zusammengekniffenen Augen an.

Mit ausgestreckter Hand ging ich möglichst lässig auf die Fremde zu. »Hallo, ich bin Kira.«

Sie blickte auf meine Hand, als hielte ich ihr einen toten Fisch hin, doch schließlich nahm sie meine Fingerspitzen, schüttelte sie schwach und ließ sie sofort wieder los. *Okay.*

»Ich bin Jade. Ich bin vorbeigekommen, um Grayson zu fragen, ob ich heute Abend für ihn kochen soll.« Sie klapperte mit ihren falschen Wimpern und sah ihn mit einem übertrieben breiten Lächeln an. Sie verströmte den Geruch künstlicher Pfirsiche, sah aber wirklich super aus. Wenn man auf Barbiepuppen stand. Was Grayson offensichtlich tat. Ich sah ihn an und merkte, dass er mich wütend anstarrte. Seine Stimmungsschwankungen waren wirklich fürchterlich.

Verlegen trat ich von dem einen auf den anderen Fuß, denn plötzlich wurde mir bewusst, was für einen grauenhaften Anblick ich wahrscheinlich bot. Ich konnte spüren, dass meine Wangen von dem Traum gerötet waren, und meine Haare waren wie immer, wenn ich aus dem Bett kam, wild zerzaust. Damit und mit meinem knittrigen, zerrissenen Spitzenkleid war ich wahrscheinlich das genaue Gegenteil der sorgfältig frisierten Schönheit, die mir gegenüberstand. Verunsichert fuhr ich mit meiner Zunge über meine Unterlippe und sah Grayson fragend an.

Ich wartete darauf, dass er Jade erklären würde, dass ich seine Frau war, doch er wandte sich ihr zu und meinte: »Sicher, das klingt gut.«

Ich riss die Augen auf und stieß ein leises Keuchen aus.

Dies war unser Hochzeitstag, doch meine Einladung zum Abendessen schlug er aus, und die der anderen nahm er an? Was, wenn irgendwer die beiden sähe? Was, wenn Jade ein loses Mundwerk hatte und herumerzählte, dass sie etwas mit ihm hatte? Mein Herz schlug bis zum Hals, und mir wurde siedend heiß.

Mein Ehemann hatte an unserem Hochzeitstag ein Date mit einer anderen Frau. *Mein Ehemann hatte an unserem Hochzeitstag ein Date mit einer anderen Frau.* Um ein Haar hätte ich laut gelacht.

So etwas kann auch nur dir passieren, Kira.

»Gib mir zwei Minuten, um mich frisch zu machen«, wandte Grayson sich erneut an Jade.

»Sicher, Babe.« Wieder sah sie ihn mit einem übertrieben breiten Lächeln an. *Babe.* Sie hatte meinen falschen Ehemann tatsächlich Babe genannt. »Wobei du auch bei mir unter die Dusche springen kannst.« Immer noch mit diesem breiten Lächeln, doch mit zornblitzenden Augen wandte sie sich an mich.

Grayson ging ins Haus, und Jade und ich starrten einander an. »Und was genau tust du hier, Kira?«, fragte sie mich in herablassendem Ton.

Tja, Schätzchen, ich bin die Ehefrau von deinem Freund und hoffe, dass ihr beide einen tollen Abend habt. Ich brauchte meine ganze Willenskraft, um diese Worte nicht zu sagen, denn ich hatte schließlich zugestimmt, dass jeder von uns weiter tun und lassen könnte, was er wollte, solange er nicht damit hausieren ging. Natürlich war diese Verabredung mit Jade an unserem Hochzeitstag nicht unbedingt diskret, aber er musste schließlich selbst entscheiden, wie mit der Situation am besten umzugehen war.

Bisher hatte ich noch keine Zeit gefunden, um mir seine Bücher anzusehen, doch plötzlich fiel mir mein Versprechen wieder ein, ihm bei der Buchhaltung zur Hand zu gehen. »Ich, hm, ich bin seine neue Buchhalterin Schrägstrich Sekretärin Schrägstrich … nun.« Das war alles, was ich sagte. Sollte die blöde Tussi sich über das *nun* ruhig ihre Gedanken machen.

Sie sah mich aus zusammengekniffenen Augen an. »Und du … wohnst hier auf dem Weingut?«

Als Grayson wieder aus dem Haus kam, sahen wir beide auf. Er hatte sicher kaum genügend Zeit zum Händewaschen und für einen Spritzer kalten Wassers im Gesicht gehabt. Offenbar war ihm egal, ob Jade ihn ungeduscht bekäme, oder vielleicht hatte er ja auch beschlossen, auf ihr Angebot, bei ihr zu duschen, einzugehen. Ich stellte sie mir vor, wie sie am Herd stand, um für ihn zu kochen, und er nur mit einem schmalen Handtuch um die Hüften aus dem Badezimmer kam, sie auf den Nacken küsste und die Arme um sie schlang.

Warum, *warum in aller Welt* regte mich diese Vorstellung derart auf?

Weil du blöd bist, Kira, warum sonst?

»Wollen wir?«, wandte Grayson sich an Jade.

»Hmm, hmm«, gab sie in nachdenklichem Ton zurück. »Kira hat mir gerade erzählt, sie wäre deine neue Buchhalterin Schrägstrich Sekretärin Schrägstrich …« In Erwartung, dass sie ihren Satz beenden würde, starrten Gray und ich sie an, und sie starrte, anscheinend ebenfalls in der Erwartung einer Äußerung, zurück.

Als ich hustete und er sich leise räusperte, schob Jade sich mit zusammengekniffenen Augen so dicht neben ihn, dass jedem klar sein musste, welche von uns beiden Anspruch auf den attraktiven Grayson Hawthorn hatte.

»Und du wohnst jetzt hier?«, wiederholte sie die Frage, die bisher noch offen war.

»Ich wohne drüben in dem alten Gärtnerhäuschen.« Ich wies mit der Hand in Richtung meiner Unterkunft. Als wäre es total normal, dass eine Sekretärin in einer verdreckten, halb verfallenen Bude auf dem Grundstück ihres Arbeitgebers unterkam.

Jade rümpfte ihre hübsche, kleine Stupsnase. »Iiih! In dieser winzigen, im Wald versteckten Hütte, die man von der Einfahrt aus kaum sehen kann? Da gibt's doch sicher Ratten.«

Ich verschränkte meine Arme vor der Brust und riss unschuldig die Augen auf. »O *ja!* Sogar ein *Ehepaar*«, erklärte ich begeistert und warf einen Seitenblick auf Grayson. Sein Gesicht blieb völlig ausdruckslos, und ich wandte mich abermals an Jade. »Ogilthorpe und Ortensia. Wobei ich mir fast sicher bin, dass Ortensia schwanger ist.« Ich legte nachdenklich den Finger an mein Kinn. »Ich hoffe nur, bevor die Babys kommen, fallen mir genügend O-Vornamen für sie ein. Ich bin für jeden Vorschlag dankbar.« Ich sah sie mit einem falschen Grinsen an und widerstand dem Wunsch, die Augen zu verdrehen.

Sie verzog angewidert das Gesicht, und Grayson wandte sich leicht ab und hustete in seine vorgehaltene Hand, aber ich hätte schwören können, dass ich ihn, bevor er seinen Mund verdeckte, grinsen sah.

»Lass uns gehen«, sagte Jade zu ihm, ohne auf meine Worte einzugehen.

»Ich gehe davon aus, dass du dich heute Abend auch alleine amüsieren kannst?«, erkundigte er sich bei mir und sah mich unter hochgezogenen Brauen hervor an.

Wieder setzte ich ein falsches Lächeln auf und nickte. »Auf jeden Fall.«

Er sah mir prüfend ins Gesicht, doch schließlich wandte er sich ab, und als er mit Jade zu ihrem Wagen ging, sagte sie laut genug, damit ich es auf jeden Fall verstand: »Ich mag sie nicht. Sie ist irgendwie seltsam, findest du nicht auch?«

Falls er darauf reagierte, tat er es so leise, dass ich es nicht hören konnte.

Ich schaute ihnen hinterher, als sie in Richtung Straße fuhren, doch dann bogen sie ab und waren nicht mehr zu sehen.

Wieder schlug mir das Herz bis zum Hals. Es würde ganz

bestimmt nicht lange dauern, bis mein Vater mitbekäme, dass die Ehe zwischen mir und Grayson Hawthorn eine Farce war, denn bereits nach weniger als einem Tag war Grayson im Begriff, alles zu ruinieren.

Dieser Tag war wie dafür geschaffen, um sich sinnlos zu betrinken. Und ich hatte echtes Glück, schließlich wohnte ich auf einem Weingut.

9 Grayson

»Danke«, sagte ich zu Jade, als ich aus ihrem kleinen Wagen stieg. Sie sah mich mit einem leicht verkniffenen Lächeln an und winkte kurz, denn sicher hatte sie sich den Verlauf des Abends etwas anders vorgestellt. Ich hatte durchaus vorgehabt, ein bisschen Dampf bei ihr abzulassen, und bisher hatte ich auch niemals einen derartigen Rückzieher gemacht. Doch als wir in ihrer Wohnung angekommen waren und sie mich auf die Couch gedrückt und an mir herumgefingert hatte, war das Einzige gewesen, woran ich hatte denken können, dass ich heute früh mit einer anderen den Bund fürs Leben eingegangen war. Was vollkommen idiotisch war, denn schließlich war dieser Bund nicht fürs Leben und sein Ende jetzt schon wieder abzusehen. Aus irgendeinem Grund jedoch wäre es mir geschmacklos vorgekommen, an meinem Hochzeitstag mit einer anderen Frau ins Bett zu gehen. Mit Ehre hatte das wahrscheinlich nichts zu tun – ich wusste schließlich selbst, dass ich keine besaß –, doch es hätte sich verkehrt und irgendwie nicht passend angefühlt. Unpassend genug, um alle lüsternen Gedanken in Bezug auf Jades geschmeidigen und durchtrainierten Körper zu vertreiben und erheblich früher als erwartet wieder heimzukehren.

Zum x-ten Mal an diesem Abend musste ich an Kira denken. Kira und die lächerlichen Namen, die sie den imaginären Ratten in dem kleinen Haus gegeben hatte, nachdem sie von Jade derart herablassend behandelt worden war. Manchmal war sie wirklich seltsam, weshalb also hatte ihre Reaktion den Wunsch in mir geweckt, sie abermals zu küssen? Und zwar richtig, so wie auf dem Standesamt. Lang und leidenschaftlich, während ich mir eine Strähne ihrer langen, weich glänzenden Haare um die Finger schlang. Anscheinend drehte ich allmählich wirklich durch.

Als Jade mit ihrem kleinen, roten Flitzer wieder auf die Straße bog, blieb ich in der Einfahrt stehen und dachte über meine willensstarke, kleine Hexengattin nach. Ich war fest davon ausgegangen, dass sie nach dem Vorfall mit der Liste und dem Wein vom Vorabend die Hochzeit absagen und ausziehen würde, und ich hatte keine Ahnung, ob ich mich darüber gefreut hätte oder nicht. Wir passten ganz eindeutig weder als Geschäftspartner noch sonst wie zusammen, doch obwohl ich wegen der zerbrochenen Flasche immer noch sauer auf sie war, ging sie mir, seit ich sie nackt gesehen hatte, nicht mehr aus dem Kopf. Ich wünschte mir, ich könnte diesen Anblick vergessen, denn unsere Beziehung war nun einmal rein geschäftlicher Natur, doch ihr Bild hatte sich mir gegen meinen Willen unauslöschlich eingeprägt. Als ich in das Gärtnerhaus gekommen war und sie dort splitternackt stehen sah, hätte ich mich beinah an den Türrahmen klammern müssen, weil mir vor Verlangen die Knie weich wurden. Ich hatte nicht mehr denken können, mein Hirn war mit einem Mal wie leer gefegt gewesen. So etwas hatte ich noch nie erlebt. Wahrscheinlich lag es einfach an der Überraschung, dass ich völlig sprachlos und von Lust überwältigt worden war.

Unwillkürlich sah ich sofort wieder Kiras weiche, glatte Haut vor mir, ihre vollen Brüste mit den rosaroten Nippeln, die geschwungenen Hüften und die ellenlangen, wohlgeformten Beine, die bei einer Frau ihrer Größe eigentlich nicht zu erwarten waren. Ich hatte vorher schon bemerkt, wie schlank sie war, doch ihre wunderbaren Rundungen hatte sie bis dahin unter ihrer Kleidung weitestgehend versteckt. Aber jetzt kannte ich sie und wünschte mir, es wäre nicht so. Das brachte unsere geschäftliche Beziehung und vor allem meinen Seelenfrieden in Gefahr. Ich hatte keinerlei Interesse daran, Begehren für meine Frau zu empfinden. So wie heute Nachmittag, als sie mit geröteten Wangen, leicht geschwollenen Lippen, leuchtenden Augen, steifen Nippeln und wild zerzaustem Haar aus ihrem kleinen Haus gekommen war. Sie hatte gewirkt, als hätte sie den ganzen Tag im Bett herumgelungert und dort wilden Sex gehabt. Kurz hatte ich mich gefragt, ob sie vielleicht tatsächlich Sex mit jemandem gehabt hatte, und einen unerwarteten Hauch von Eifersucht verspürt. Und dann hatte ich mich gefragt, ob sie vielleicht allein in ihrem schmalen Bett gelegen hatte, mit ihren eigenen Händen über ihren Leib geglitten war … Auf alle Fälle hatte ich ihr die Erregung deutlich angesehen. Was mich total verrückt gemacht und dazu getrieben hatte, aus lauter Frust Jades Einladung anzunehmen. Mein Körper pochte, als ich an ihren Anblick zurückdachte, und ich fluchte über diese unerwünschte Reaktion. Es machte mich feindselig und mürrisch, so an meine Frau zu denken, und ab morgen würde ich auf jeden Fall wieder mit anderen Frauen schlafen, um bei der Vorstellung von Kiras nacktem Körper nicht vollkommen durchzudrehen. Bei der Auswahl aber würde ich nicht mehr so unvorsichtig sein wie heute Abend, denn ich hatte Kira Diskretion versprochen, und mit Frauen ins Bett zu gehen, die meinen Namen kannten und die sogar wussten, wo ich wohnte, wäre alles andere als diskret. Hoffentlich kam bald das Geld von ihrer Grandma, denn dann könnte Kira ihre Sachen packen, und wir könnten jeder wieder ungehindert seiner Wege gehen.

Kira. Meine *Ehefrau.*

Nein, stopp! Am besten denkst du gar nicht erst so von ihr.

Gestern Abend war sie eine kleine Teufelin gewesen, heute Morgen aber kleinlaut und lammfromm. *Abgesehen* von dem Moment, in dem sie über meinen ersten Kuss gelacht und mich dazu getrieben hatte, ihr vor Gott und unserem Trauzeugen erneut die Lippen auf den Mund zu pressen und dieses Mal auf eine Art, die nicht onkelhaft und sicher nicht platonisch war.

Sie war in Luxus groß geworden, aber trotzdem hatte sie, wie Charlotte mir berichtet hatte, einen halben Tag damit verbracht, das schmutzstarrende Badezimmer in dem kleinen Haus zu schrubben, in das sie zu meiner Überraschung wirklich eingezogen war. Sie war mir ein Rätsel, doch ich hatte weder Zeit noch Lust, diesem speziellen Rätsel auf den Grund zu gehen. Aber sie forderte mich ein ums andere Mal heraus, und es war mir unmöglich, nicht auf diese Spielchen einzugehen. Ich *verzehrte* mich inzwischen richtiggehend nach dem erhitzten Glühen ihrer Wangen und nach dem empörten Blitzen ihrer Augen, wenn sie wütend auf mich war. Sie brachte mich beständig aus dem Gleichgewicht, und unsere Scharmützel machten mir aus welchem Grund auch immer einen Heidenspaß. Einzig deshalb hatte ich sie mit der blöden Liste aufgezogen, auch wenn dieser Schuss nach hinten losgegangen war.

Und jetzt waren wir Mann und Frau. Bis uns ein Richter wieder schied.

Auf dem Weg zum Haus hörte ich plötzlich Stimmen … über mir? Ich runzelte die Stirn und blickte aus zusammengekniffenen Augen in den dunklen Himmel. Nein, sie kamen nicht direkt von oben, sondern eher von dort, wo eine Reihe Bäume neben Kiras Häuschen stand.

Verwirrt schlug ich die Richtung ihres Cottages ein.

»Hallo?«

Gedämpftes Lachen.

»Hallo?«, rief ich ein bisschen lauter, ohne dass mir jemand eine Antwort gab.

Mir entfuhr ein lautes »Au«, als mich ein kleiner, harter Gegenstand am Kopf traf, und als ich abermals ein leises Lachen hörte, sah ich auf.

Irgendjemand saß dort oben auf dem Baum.

Wieder traf mich eine Eichel, und ich stieß ein leises Knurren aus. Was zum Teufel sollte das?

»Wer ist da?«, rief ich schlecht gelaunt. »Wenn Sie nicht sofort runterkommen, rufe ich die Polizei.«

Nach einem Augenblick der Stille tauchten erst zwei muskulöse, in Jeans steckende Beine und danach ein runder Schädel auf. Es war Virgil, der vom Baum plumpste und dann gesenkten Hauptes vor mir stehen blieb.

Ich bedachte ihn mit einem ungläubigen Blick. »Was in aller Welt machst du da oben auf dem Baum?«

»Ich, hmm, tja nun, Kira und ich haben versucht, Sternschnuppen zu fangen, Sir.«

»Du und Kira?«

Wie aufs Stichwort sprang auch sie vom Baum – mit Blättern in den wild zerzausten, seidig weichen Haaren, keuchend und wie am frühen Abend mit geröteten Wangen. Doch anders als vorhin roch sie jetzt durchdringend nach Alkohol. Sie war sturzbetrunken auf diesen Baum geklettert!

»Du bist volllkommen … irre«, stieß ich mit zusammengebissenen Zähnen aus.

»Da ist ja mein frisch gebackener Ehemann«, nahm sie mich lallend in Empfang. »Wie war dein Date?«

»Mein Date … Ist dir eigentlich klar, dass ihr euch alle Knochen hättet brechen können?«, herrschte ich sie an. »Ich nehme an, dass diese glorreiche Idee von dir stammt.«

Wie ein kleiner Junge, dem von seinem Schulleiter für eine Missetat der Kopf gewaschen wurde, starrte Virgil weiter seine großen Füße an, doch Kira straffte ihre Schultern und verschränkte ihre Arme vor der Brust.

»Natürlich tut sie das«, räumte sie unbekümmert ein. »Wusstest du, dass man, wenn man den ganzen Tag auf einem Baum sitzt, sehr viel von den Menschen mitbekommt, weil niemand je nach oben guckt und deshalb niemand weiß, dass man dort sitzt? Es ist echt interessant, was man dort oben alles hört und sieht.«

»Hmm. Mit Bäumeklettern kennst du dich anscheinend aus.«

Als sie nickte, geriet sie ins Schwanken, und ich richtete sie wieder auf.

»Auf jeden Fall.«

»Und natürlich ist da noch die Sache mit den Sternschnuppen.«

»Genau. Man kann es doch auf alle Fälle mal versuchen, oder nicht? Es hat noch niemandem etwas gebracht, an seinem Hochzeitstag allein mit einer Flasche Wein in seinem kleinen Haus herumzusitzen.« Sie runzelte die Stirn, als würde ihr erst jetzt bewusst, dass sie sich selbst mit diesem Satz beschrieb.

»Trotzdem halt in Zukunft bitte meine Angestellten raus, wenn du auf Bäume klettern willst. Ich fände es schade, Virgils Mom anrufen zu müssen, um ihr zu erklären, dass ihr Sohn von einem Baum gefallen ist.«

»Oh, das war vollkommen ungefährlich. Bist du etwa noch nie in diesen Bäumen rumgeklettert? Es sind die *perfekten* Kletterbäume«, klärte sie mich auf. »Die Äste sind so groß und stark und breit, dass man sogar darauf schlafen könnte«, fuhr sie fort, bevor ein einsetzender Schluckauf ihre Rede unterbrach.

»Du bist betrunken, Kira, und wenn du versucht hättest, auf einem Ast zu schlafen, hätte ich dich morgen früh vom Hof gekratzt.«

Sie lachte amüsiert und sah mich fragend an. »Bist du wirklich nie in diesen Bäumen rumgeklettert?«

»Nein.«

»Warum nicht?«, fragte sie so verwirrt, als würde dadurch, dass ich nicht auf Bäume stieg, erneut bewiesen, was für eine traurige Gestalt ich war.

Wortlos wandte ich mich Virgil zu, der immer noch nervös

von einem Fuß auf den anderen trat. »Du solltest schlafen gehen, Virgil.«

»Ja, Sir«, murmelte er leise, aber als er sich an Kira wandte, hellte sich sein Gesicht auf, als wäre sie die Sonne und als hätte er zuvor nur Dunkelheit gesehen. Wobei in diesem Fall anscheinend ich das Dunkle war.

»Gute Nacht, Miss Kira«, wünschte er ihr leise, und sie schaute ihn mit einem breiten Grinsen an, das mich zusammenfahren ließ. Sie schenkte Virgil dieses wunderhübsche Grübchen, das mir selbst bisher noch nie zuteilgeworden war. Und wahrscheinlich würde ich es auch in Zukunft nie bekommen. Dafür hatte ich mit meinem Auftritt heute Abend selbst gesorgt.

»*Mrs* Kira«, korrigierte sie ihn augenzwinkernd, und mit einem argwöhnischen Blick in meine Richtung nickte er und wandte sich zum Gehen.

Zähneknirschend wandte ich mich wieder meiner kleinen Hexe zu, und wir starrten uns einen Moment lang schweigend an.

»Mein Vater hat mir nie erlaubt, auf Bäumen herumzuklettern.«

Wieder legte sie die Stirn in Falten, so als wäre ihr das Thema unserer Unterhaltung kurzfristig entfallen, aber schließlich schaute sie mich an, und trotz ihres alkoholisierten Zustands wurde ihre Miene sanft.

»Meiner mir auch nicht.«

»Nur hat dich das offenbar nicht weiter interessiert.«

Sie schüttelte den Kopf, und plötzlich wirkte sie so unglücklich, dass ich sie gerne tröstend in den Arm genommen hätte, aber dann verzog sie ihren Mund erneut zu einem Lächeln und wies mit dem Kopf in Richtung Baum. »Ganz sicher nicht. Ich habe einfach kein Talent zu übertriebenem Gehorsam oder Unterwürfigkeit. Und genauso wenig kann ich meine spitze Zunge hüten, wenn mir irgendwas nicht passt. Ich wäre also sicher eine fürchterliche Ehefrau.« Sie lachte leise auf, trat schwankend auf mich zu, und lächelnd hielt ich sie an ihren Oberarmen fest.

»Apropos mein Vater«, fiel ihr plötzlich etwas ein. »Ich habe dir gesagt, dass du diskret sein sollst, wenn du dich mit anderen Frauen triffst. Du musst unbedingt diskret sein, bis das Geld auf meinem Konto ist.«

Sie lehnte sich an meine Brust, und ich räusperte mich kurz. »Hattest du nicht gesagt, dass du dir wegen deines Vaters keine allzu großen Sorgen machst?«

Sie knabberte an ihrer Unterlippe, sah an mir vorbei und stieß mit leiser Stimme aus: »Bei meinem Vater weiß man nie.« Dann blickte sie mich wieder an, straffte ihre Schultern und erklärte: »Deshalb ist es besser, vorsichtig zu sein.«

»Okay«, gab ich zurück und drehte sie in Richtung ihrer Unterkunft. »Und jetzt kehrst du am besten erst mal in dein kleines Haus im Wald zurück.« Am liebsten hätte ich ihr nochmals eines der Gästezimmer angeboten, doch sie hatte mich schon einmal abgewiesen, und wahrscheinlich war es besser, weiter einen möglichst großen Abstand zu ihr einzuhalten.

In der Tür des Häuschens drehte sie sich zu mir um. Ihre Wangen waren immer noch gerötet, und als sie den Kopf zurückwarf und das Mondlicht ihr Gesicht erhellte, konnte ich den grünen Glanz in ihren Augen sehen. Ihre anfänglich zu einem Knoten aufgedrehten Haare hatten sich gelöst und fielen seidig weich um ihre Wangen, und als sie mit einem leisen Lächeln zu mir aufsah, stockte mir der Atem, und ich merkte, dass ich ein Idiot gewesen war.

Ein Hornochse.

Ein hoffnungsloser Narr.

Denn Kira war nicht einfach hübsch, sondern betörend schön.

Ich hatte das Gefühl, als hätte sie mich vorsätzlich auf irgendeine Art getäuscht. Sie hatte mich in ihren Bann gezogen und verhext.

Ich biss die Zähne aufeinander, machte auf dem Absatz kehrt und rief über meine Schulter: »Gute Nacht.« Auf direktem Weg marschierte ich ins Herrenhaus und duschte erst mal kalt.

♥

In den nächsten beiden Tagen ging ich Kira möglichst aus dem Weg. Ich hatte alle Hände voll zu tun, vor allem aber brachte sie mich aus dem Gleichgewicht, und das tat mir nicht gut.

Der einzige Kontakt, den wir in der Zeit hatten, war die kurze Textnachricht, mit der mich Kira informierte, dass der Testamentsvollstrecker eine Abschrift unserer Heiratsurkunde verlangte, die wahrscheinlich frühestens in ein, zwei Wochen zu bekommen war. Wir müssten also noch ein wenig warten, aber trotzdem waren wir kurz vorm Ziel. Bald hätten wir das Geld, das wir so dringend brauchten, und dann wäre es vorbei.

Ich hatte keine Ahnung, was sie trieb, und redete mir ein, dass ich es auch gar nicht wissen wollte. Auf jeden Fall ging sie mir ihrerseits ebenfalls aus dem Weg. Nicht einmal zu den normalen Essenszeiten ließ sie sich im Haupthaus blicken, und ich weigerte mich, Charlotte nach ihr zu fragen. Allerdings sah ich sie manchmal aus der Ferne irgendwo herumstreunen und hatte das Gefühl, als brächte sie den Männern ab und zu ihr Mittagessen.

Eine Woche nach der Hochzeit machte ich mich auf den Weg zum Weinberg, wo José, Virgil und die beiden Teilzeitkräfte, die ich erst am Vortag angeheuert hatte, bei der Arbeit waren, doch plötzlich blieb ich stehen und blinzelte verwirrt.

Das durfte doch nicht wahr sein!

Kira stand auf einem Bein, das andere weit von sich gestreckt, hinten auf dem Traktor, der an einer Reihe Weinstöcke vorüberfuhr. Fröhlich schwenkte sie ein langes Seil in einer Hand, sprang von einem auf den anderen Fuß und streckte die Arme elegant nach vorne aus. Die Männer applaudierten laut und reckten ihre Finger, wie um ihre Leistung zu bewerten, in die Luft.

Während José den Traktor lenkte, drehte sie sich zu den anderen Männern um, machte einen tiefen Knicks, bei dem ihr langes, offenes Haar nach vorne fiel, richtete sich wieder auf, drehte eine Pirouette und berührte wie eine Ballerina mit ihrer linken Fußspitze ihr rechtes Knie. Mir stockte der Atem, und mit wild klopfendem Herzen rannte ich eilig wieder los.

Als José mich näher kommen sah, erstarb sein Lächeln, und er hielt den Traktor an. Wütend baute ich mich vor ihm auf, funkelte ihn an und stieß knurrend aus:

»Was zur Hölle machst du da?«

Verlegen wandte er sich ab und kratzte sich im Nacken, aber Kira richtete sich kerzengerade auf und sah herausfordernd auf mich herab. »Ich habe den Männern ihren Lunch vorbeigebracht.« Sie zeigte auf die Decke unter einem Baum, auf der ich das Papier diverser Burger liegen sah, und sprang geschmeidig von der Ladefläche des Gefährts. »Und dann habe ich ihnen kurz das Kunststück gezeigt, mit dem ich mal zum Zirkus gehen wollte. Ich wollte das Mädchen sein, das auf dem Rücken eines Elefanten tanzt. Ich habe diese Nummer schon vor Jahren auf dem Golfcart meines Vaters einstudiert, den meine Freundin Kimberly gefahren hat. Wir haben uns über Kindheitsträume unterhalten und …« Sie lächelte die Männer an, doch ich behielt auch weiter meine böse Miene bei.

»Na klar«, stimmte ich ihr sarkastisch zu, und sie besaß die Freundlichkeit und Weisheit, wenigstens für einen flüchtigen Moment verlegen auszusehen. Doch schließlich reckte sie erneut herausfordernd das Kinn, stemmte ihre Hände in die Hüften und blitzte mich an. »Wir hatten einfach etwas

Spaß – und zwar während ihrer Mittagspause, also außerhalb der Arbeitszeit.«

»Aber der Traktor gehört mir, Kira, deswegen hafte ich für alles, was damit passiert.«

Ehe sie mir eine Antwort geben konnte, wandte ich mich an José. »Und du? Was hast du zu deiner Entschuldigung zu sagen?«

José zuckte mit den Achseln, doch ich konnte deutlich sehen, wie amüsiert er von dem Vorfall war. »Wenn die Missus hinten auf dem Traktor tanzen will, kann ich es ihr wohl kaum verbieten. Schließlich gehört das halbe Weingut ihr.«

Ich knirschte mit den Zähnen und bedachte ihn mit einem bitterbösen Blick. Ich hätte ihm erklären können, was in dem Vertrag stand, den wir vor der Heirat unterschrieben hatten, aber da ich deutlich sehen konnte, welchen Spaß er an der ganzen Sache hatte, konnte ich mir diese Mühe sparen. Dieser elende Verräter.

Wütend sah ich auf die anderen Männer, die nicht weniger in meine Frau verschossen waren als er.

Dies war bereits das zweite Mal in einer Woche, dass ich ihr verbieten musste, sich selbst in Gefahr zu bringen. »Du wirst auf meinem Weingut nicht noch mal auf Bäume klettern oder auf Traktoren tanzen. Hast du mich verstanden?«

Sie blinzelte mich an, verschränkte ihre Arme vor der Brust und fragte in trotzigem Ton: »Und wenn ich es doch tue?«

»Werde ich dir zeigen, wie viel Drache wirklich in mir steckt«, erklärte ich bedrohlich ruhig.

Wieder straffte sie die Schultern und schwenkte das Seil vor mir herum. »Vielleicht hätte ich statt Tanzen Drachenzähmen üben sollen.« Ihre herrlichen, kastanienbraunen Haare wirbelten um ihr Gesicht, als sie das Seil wie eine Peitsche durch die Luft sausen ließ.

Zornig trat ich auf sie zu.

»Lass die Waffe fallen, Hexe.«

»Sonst?«

»Sonst entwaffne ich dich höchstpersönlich«, drohte ich ihr an. Am besten legte ich sie einfach übers Knie und versohlte ihr mit ihrer eigenen Waffe ordentlich das Hinterteil.

Sie reckte das Kinn, sprang auf mich zu und machte sofort wieder einen Satz zurück.

»Versuch's doch«, köderte sie mich und funkelte mich an. »*Zeig* mir, wie viel Drache in dir steckt.«

Das konnte ich mir ganz unmöglich von ihr bieten lassen, nicht vor meinem Personal. »O meine kleine Frau, du hast ja keine Ahnung, was du dir da wünschst!«

Ich tat den nächsten Schritt, bevor mich die Peitsche am Kiefer traf und mich erstarren ließ.

Sie hatte mich geschlagen!

Diese kleine Hexe hatte mich geschlagen.

Vorsichtig betastete ich meinen Kiefer, spürte warmes Blut und starrte sie mit großen Augen an.

Kira war nicht weniger erschrocken als ich selbst. Sie starrte auf das dicke Seil in ihrer Hand und dann zurück auf mein Gesicht, als könnte sie nicht fassen, was geschehen war. Sie öffnete den Mund, klappte ihn wortlos wieder zu, und plötzlich brüllte Virgil: »Mrs Kira, laufen Sie!«

Furchtsam sah er abwechselnd auf Kira und auf mich, und während er noch hilflos seine großen Hände rang, ließ Kira kreischend ihre Peitsche fallen, nahm die Beine in die Hand und rannte los.

Ich starrte meine oder eher Kiras Männer böse an.

»Es war nicht wirklich ihre Schuld, Sir«, setzte José an. »Wir haben sie herausgefordert, und genau wie Sie gibt sie anscheinend nie klein bei.« Er gab sich alle Mühe, nicht zu lachen, doch das Zucken seiner Mundwinkel war nicht zu übersehen.

»In Zukunft«, herrschte ich ihn an und blickte in die Richtung, in die meine Ehefrau verschwunden war, »fordert ihr meine Frau gefälligst nicht mehr dazu heraus, gefährliche Turnübungen auf beweglichen Gerätschaften zu absolvieren.«

»Nein, Sir«, murmelten die Männer, und ich rannte dieser unmöglichen Göre hinterher.

In einiger Entfernung blieb sie stehen und blickte zwischen ihrem Häuschen und dem Haupthaus hin und her. Da sie wusste, dass sie ihre eigene Haustür nicht vor mir verschließen konnte und wahrscheinlich hoffte, dass ihr Walter oder Charlotte beistehen würde, setzte sie sich wieder in Bewegung und lief Richtung Herrenhaus.

Ich hätte angenommen, dass sie versuchen würde, durch eine der vielen Hintertüren zu entkommen, aber als ich durch die Tür trat, stand sie im Foyer und sah sich unsicher nach allen Seiten um.

Mit einem leisen Klicken fiel die Haustür hinter mir ins Schloss, und mit dem Saum meines T-Shirts wischte ich das Blut von meinem Kiefer. Als ich merkte, dass ihr Blick auf meinem nackten Bauch lag, stieg Hitze in mir auf, und ich wurde augenblicklich hart. Diese kleine Hexe.

»Es war ein Unfall«, fing sie an und schob sich unauffällig auf die Treppe zu.

»Inzwischen ist mir klar, dass du anscheinend häufiger zu Unfällen neigst als andere *Ehefrauen*. Und, Kira«, fügte ich hinzu, »du schaffst nicht mal die Hälfte dieser Treppe, wenn ich dich erwischen will.«

Sie riss die Augen auf, presste aber gleichzeitig entschlossen ihre Lippen aufeinander, tat, als wollte sie nach rechts in Richtung Küche rennen, schlug dann aber einen Haken und stürzte nach links in Richtung des Salons.

Angetrieben von dem primitiven männlichen Verlangen, ein flüchtendes Weibchen zu verfolgen, rannte ich ihr hinterher.

Sie sprang Richtung Couch, doch ich war direkt hinter ihr

und holte sie, noch ehe sie die Lehne überwinden konnte, ein.

»Charlotte! Walter!«, kreischte sie und drosch mit ihren kleinen Fäusten auf mich ein.

Ich warf mich über sie und klemmte ihre Arme links und rechts von ihrem Körper ein. Doch während ich noch triumphierend auf sie heruntersah, fuhr sie zusammen und wandte sich, offenbar in Erwartung eines Schlages, von mir ab.

Ich erstarrte und ließ eilig ihre Arme los.

»Dachtest du, ich würde dich schlagen?«, fragte ich mit ungläubiger Stimme, und sie sah mich unsicher aus ihren wunderschönen, aber plötzlich furchtbar jungen Augen an.

Sofort war mein Zorn verraucht, und leise sagte ich: »Das würde ich nie tun.«

Sie nickte knapp. »Ich … weiß«, erklärte sie, wobei ich deutlich hören konnte, dass sie sich nicht wirklich sicher war.

»Grayson? Kira?«, erklang plötzlich Charlottes Stimme, aber weder ich noch Kira wandten sich ihr zu.

»Alles in Ordnung, Charlotte«, sagte ich mit Nachdruck.

»Ich habe gehört …«

»Alles in Ordnung, Charlotte«, wiederholte ich und sah sie über meine Schulter hinweg an. »Lass uns bitte kurz allein.«

Sie zögerte, doch schließlich zog sie sich zurück, und Kira starrte mich auch weiter argwöhnisch aus ihren großen Augen an. Dachte sie wegen meiner Vergangenheit, dass ich auf sie losgehen würde? Weil ich wegen einer Prügelei verurteilt worden war? Nein, sie hatte bisher niemals Angst vor mir gehabt, bis zu diesem ganz speziellen Augenblick, in dem ich auf ihr lag.

»Aber jemand anderes hat dich schon mal geschlagen.«

»Ja«, gab sie mit leiser Stimme zu.

Ich schloss die Augen, atmete tief durch, bevor ich sie wieder öffnete.

Inzwischen starrte Kira auf die Schnittwunde an meinem Kiefer, die mir vollkommen entfallen war. Im Grunde war es nur ein leichter Kratzer, und ich wusste, dass sie mich nicht hatte verletzen *wollen.*

»Ich habe dir wehgetan«, stellte sie voller Bedauern fest.

Noch immer lag sie unter mir, und ich roch ihren leichten Blumenduft. Ihr Mund war leicht geöffnet, und die wunderschönen Augen drückten eine solch zärtliche Besorgnis aus, dass sich mein Herz zusammenzog.

Ich konnte nichts dagegen tun. Ich legte meine Lippen sanft auf ihre, und nach einem kurzen Augenblick, in dem sie völlig erstarrte, schlang sie mir vorsichtig die Arme um den Hals, und flatternd fielen ihre Lider zu.

Stöhnend zog ich mit der Zunge die Konturen ihres Mundes nach, bevor ich mir sanft aber nachdrücklich Einlass verschaffte. Sie schmeckte süß und feurig, und als ich die Hand in ihren Rücken schob und sie näher an mich zog, reckte sie sich mir entgegen und erforschte ihrerseits mit der Zungenspitze meinen Mund.

Während unsere Zungen miteinander spielten, stieg glühendes Verlangen in mir auf. Es fühlte sich so *richtig* an, auf ihr zu liegen, dass ich drohte, die Kontrolle über das Geschehen zu verlieren, was mich überraschte und gleichzeitig erschreckte.

Widerstrebend löste ich mich von ihr und starrte in ihr leicht gerötetes Gesicht mit den noch immer halb geschlossenen Lidern und den vollen, von meinem Kuss leicht geschwollenen Lippen. Sie war tatsächlich wunderschön.

Ich berührte eine Strähne ihres rötlich braunen, seidig weichen Haars und murmelte mit sanfter Stimme: »Diese Haare …«

Blinzelnd sah sie zu mir auf, fing an zu zappeln, und ich holte zischend Luft. Ich war so steif, dass es schmerzte, doch sie schob sich unter mir hervor, und eilig setzte ich mich auf.

Genauso eilig sprang sie auf und sah auf mich herab, doch als ich sie erneut zu mir herunterziehen wollte, trat sie mit fast vorwurfsvoller Miene einen Schritt zurück, und noch bevor ich etwas sagen konnte, wandte sie sich ab und rannte wieder los.

10 Kira

Ich hatte keine Ahnung, was das alles zu bedeuten hatte. Im einen Augenblick hatte er mich mordlüstern wie eine wilde Bestie angesehen, und im nächsten hatte er mich leidenschaftlich geküsst! Hätten meine Lippen nicht noch immer von dem Kuss gekribbelt, hätte ich vielleicht gedacht, ich hätte all das nur geträumt.

Noch schlimmer als die Tatsache, dass Grayson mich geküsst hatte, war jedoch meine jämmerliche Reaktion darauf gewesen. Wie schon auf dem Standesamt war es mir nicht gelungen, mich ihm zu entziehen. Vom Kopf her war mir klar gewesen, dass ich mich so schnell wie möglich von ihm lösen sollte, aber statt auf mein Gehirn zu hören, hatte ich dem Kerl *unmissverständlich* zu verstehen gegeben, wie begeistert ich von diesem Kuss gewesen war.

Wie peinlich.

Denn schließlich hatte er selbst unsere Hochzeitsnacht mit einer anderen Frau verbracht.

Ich warf mich derart schwungvoll auf mein Bett, dass die rostigen Federn quietschten, und starrte verwirrt die Decke an. Wir beide waren uns so gut wie möglich aus dem Weg gegangen, seit er von der blöden Jade bekocht und sicher auch auf andere Art verwöhnt worden war. Ich presste meine Lippen aufeinander, gab mir aber alle Mühe, die Erinnerung mit einem Achselzucken abzutun. Das war mir bisher schließlich auch meistens geglückt. Wenn nötig, dank des Weins, den ich inzwischen regelmäßig trank. Seit ich

Grayson Hawthorns Frau war, lebte ich in einem abbruchreifen Gärtnerhäuschen und entwickelte mich zielstrebig zur Säuferin. Dabei hätte sich mein Leben durch die Heirat eigentlich zum Guten wenden sollen!

Mit einem lauten Stöhnen dachte ich erneut an Grayson. Es störte ihn, wenn ich auf Bäume kletterte und auf Traktoren tanzte, doch das war sein Problem.

Mir war ganz einfach langweilig, und wie mein Vater schon des Öfteren behauptet hatte, traten meine schlimmsten Seiten immer dann zutage, wenn ich nicht beschäftigt war. Wahrscheinlich hatte er in dieser Hinsicht durchaus recht. Das Leben bot so viele Möglichkeiten – weshalb sollte ich nur einen Tag damit verbringen, mich zu *langweilen*? Am besten führe ich nach San Francisco, um mich dort bei einer der Wohltätigkeitsorganisationen, die ich unterstützte, tatkräftig zu engagieren. Ich würde mich auf eine Art beschäftigen, die anderen Menschen half, und war nur deshalb nicht schon längst gefahren, weil ich ein paar Schecks in meiner Tasche haben wollte, wenn ich dort erschien. Vor allem könnte ich mir nicht einmal vorübergehend eine Unterkunft in San Francisco leisten, bis die offizielle Heiratsurkunde beim Testamentsvollstrecker meiner Grandma läge und ich endlich an mein Erbe kam.

Heiratsurkunde … ich hatte einen *Ehemann*. Der mich geküsst hatte, als wäre er total verrückt nach mir. Was ich beim besten Willen nicht begriff, weil er mir deutlich zu verstehen gegeben hatte, dass er auf ganz andere Frauen stand. Trotzdem hatte er mich voller Leidenschaft geküsst. Oder wahrscheinlich eher aus Wut, denn eine andere Erklärung gab es dafür nicht. Sicher hatte er wie bei dem Kuss nach unserer Trauung einfach nur die Oberhand gewinnen wollen. Aber damit kämen wir doch sicher klar. Wir müssten uns in Zukunft einfach weiter ignorieren. Und ich müsste zur Abwechslung einmal versuchen, nicht so furchtbar impulsiv zu sein.

Ein lautes Klopfen unterbrach meinen Gedankengang, und eilig sprang ich auf.

»Ja?«

»Ich bin's.«

Grayson.

Ich war ganz bestimmt noch nicht bereit für eine neuerliche Auseinandersetzung mit dem Kerl.

»Ich habe zu tun. Geh weg.«

»Kira«, antwortete er mit einer Spur Verärgerung. »An dieser Tür gibt es kein Schloss. Ich werde also reinkommen, auch wenn dir das nicht passt. Obwohl es mir lieber wäre, wenn du damit einverstanden wärst.«

Ich ballte meine Fäuste. Dieser arrogante Drache. »Meinetwegen«, stieß ich zähneknirschend aus.

Ich hörte, wie er durch die Tür und durch das Vorderzimmer kam. Und dann stand er in der Tür des Schlafzimmers, und eilig wandte ich mich ab, um nicht daran zu denken, wie unglaublich attraktiv er war und was für ein fantastisches Gefühl es war, wenn er mich küsste und sich dabei auch nur etwas Mühe gab. Vor allem, da mir sein Geschmack noch immer auf der Zunge lag.

»Wir sollten darüber reden, was eben passiert ist«, fing er mit gedämpfter Stimme an.

»Das war wohl kaum der Rede wert.« Ich sah durchs Fenster auf den Baum, den zu besteigen er mir verboten hatte.

»Mein Kuss war also nicht der Rede wert?«, erkundigte sich Grayson amüsiert. »Dann sollte ich es wohl noch mal versuchen. Dabei dachte ich, ich hätte mich, verglichen mit dem ersten Mal, bereits verbessert, aber vielleicht müssen wir noch etwas üben, bis es richtig funktioniert.«

»Nein!« Ich wirbelte zu ihm herum und atmete tief durch. »Das wird bestimmt nicht nötig sein. Wir waren in dem Augenblick beide … erregt. So was kommt manchmal vor. Das ist keine große Sache«, antwortete ich und winkte ab.

»Du brauchst keine Angst zu haben, dass ich denke, das hätte irgendetwas zu bedeuten.«

Er sah mich mit dem jungenhaften, schiefen Lächeln an, aufgrund dessen ihm die Frauenwelt zu Füßen lag. Oder auf alle Fälle Frauen wie Jade. Die Frau, mit der er während unserer Hochzeitsnacht im Bett gewesen war. Nicht, dass ich jemals daran dächte, denn das tat ich nicht.

Entschlossen trat er auf mich zu. »Aber vielleicht denke *ich* ja, dass das etwas zu bedeuten hat.«

»Oh.« Plötzlich war mein Atem dünner als der Spitzenschleier einer Braut, und ich holte zischend Luft. »Das wäre schlecht, denn dadurch würde alles unnötig verkompliziert. Vor allem bin ich, wie du selbst gesagt hast, nicht mal annähernd dein Typ.«

»Da habe ich mich offenbar geirrt.« Er tat den nächsten Schritt.

»Du wolltest mich umbringen«, rief ich ihm in Erinnerung.

»Tja, nun, du musst tatsächlich aufhören mit diesen pubertären Albernheiten wie auf Bäumen rumzuklettern oder auf Traktoren zu tanzen … denn ich kann nicht zulassen, dass dir etwas passiert. Außerdem hast du mich vor den Männern aufgezogen und mir obendrein noch einen Hieb mit diesem Seil verpasst.«

So betrachtet …

»Aus Versehen«, versuchte ich mich hinsichtlich des Schlags zu verteidigen, hatte aber trotzdem leichte Schuldgefühle, als mein Blick auf seinen malträtierten Kiefer fiel.

Er griff nach einer Strähne meines Haars und schob sie mir hinters Ohr. Es verwirrte mich, ihm wieder derart nah zu sein, und meine Knie wurden weich. Ich spürte die Hitze seines Körpers und konnte die straffen Muskeln unter seiner Kleidung erahnen. Dann fiel mein Blick auf seinen wunderbar geformten Mund, und die Erinnerung an das Gefühl seiner Lippen auf meinen zwang mich in die Wirklichkeit zurück.

»Ich weiß.« Er bedachte mich mit einem nachdenklichen Blick, und mir fiel erst nach kurzem Überlegen ein, wovon wir gerade gesprochen hatten. »Aber aus irgendeinem Grund werde ich, wenn es um dich geht …«

»… zum Reptil?«, beendete ich seinen Satz. Ich versuchte seine Wirkung auf mich abzuschütteln, richtete mich kerzengerade auf und sah ihn reglos an.

»… temperamentvoller als sonst«, verbesserte er mich und sah mich abermals mit diesem etwas schiefen, jungenhaften Lächeln an. Wahrscheinlich dachte er, er könnte mich damit entwaffnen. Was ihm aber nicht – oder zumindest nur zum Teil – gelang.

Er sah mir ins Gesicht. »Wahrscheinlich brauchst du einfach was zu tun. Du hast erwähnt, dass du etwas Erfahrung als Buchhalterin hast.«

»Ich habe ab und zu bei meinem Vater im Büro gejobbt. In der Buchhaltung, im Sekretariat …«

»Gut. Dann übernimmst du einfach das Büro im Herrenhaus, okay? Mir selber hat bisher die Zeit gefehlt, um den ganzen Papierkram durchzugehen. Also bekommst du alle Hände voll zu tun.«

Ich nickte zustimmend. »Ich habe kein Problem mit harter Arbeit.«

Abermals bedachte Grayson mich mit einem nachdenklichen Blick aus seinen von unglaublich langen, dichten Wimpern eingerahmten, dunklen Augen, sah sich dann in meinem Zimmer um, entdeckte die Vase voller frischer Blumen, die auf der Kommode stand, und blickte weiter durch die Tür des winzig kleinen Bads. »Das sehe ich.«

Ich verspürte einen Hauch von Stolz. In meinem ganzen Leben hatte mir kaum je ein Mann zu meinem Charakter oder meinem Arbeitseifer gratuliert. Es war mir beinah peinlich, wie berührt ich von diesen drei Worten war. Am liebsten hätte ich sie noch ein wenig ausgekostet, aber Grayson fuhr schon fort: »Vielleicht waren wir etwas voreilig bei der

Definition unserer Beziehung, oder was meinst du? Wir sind verheiratet und da wir uns ganz offensichtlich zueinander hingezogen fühlen, sollten wir vielleicht erforschen, wie weit diese Sache zwischen uns gehen kann.«

Mir stockte der Atem. Dieser Mann fühlte sich zu mir hingezogen? Er … begehrte mich? *Warum?* Schmetterlinge flatterten in meinem Magen, als ich daran dachte, wie mein erstes Mal mit einem Mann gewesen war. Eilig tat ich einen Schritt zurück und brach den Blickkontakt mit seinen dunklen Augen ab. Aus der Nähe hatte ich gesehen, dass sie nicht schwarz, sondern von einem tiefen Dunkelbraun waren.

»Was willst du denn mit mir? Du hast doch Jade«, stellte ich – natürlich ohne jede Bitterkeit in meiner Stimme – fest.

»Ich habe nicht mit Jade geschlafen, Kira«, klärte er mich auf. »Du hattest recht. Das wäre indiskret gewesen, und vor allem hätte es sich irgendwie nicht richtig angefühlt.«

Obwohl ich verächtlich schnaubte, konnte ich nicht leugnen, wie erleichtert ich von dieser Antwort war. Nicht nur, weil er nicht mit Jade geschlafen hatte, sondern auch weil ihm obendrein bewusst geworden war, dass unsere Beziehung alles andere als rechtmäßig erscheinen würde, hätte er bereits in unserer Hochzeitsnacht etwas mit einer anderen gehabt.

»Ich bin froh, dass du das einsiehst, aber davon abgesehen, ist mir vollkommen egal, was du mit dieser Jade getrieben hast«, gab ich mit herausfordernd gerecktem Kinn zurück.

Er lächelte mich einfach an. »Also, was sagst du zu meiner … Idee?«

»Ich kann dir versichern, Grayson, dass du sicher alles andere als beeindruckt von meinem … Talent auf diesem Sektor wärst.«

Er runzelte die Stirn. »Ich glaube, kleine Hexe, dass du mich das besser selbst beurteilen lässt.«

Seine Stimme klang wie warmer Honig, und ich sah ihn ängstlich an. Nein, o nein, ich ließe mich auf dem Gebiet bestimmt nicht mit dem Drachen ein. Wahrscheinlich war er schon mit unzähligen Frauen im Bett gewesen, die im Gegensatz zu mir genauestens wussten, wie man einen Mann am besten glücklich machte. Vor allem hatte ich bereits gesehen, zu welcher Art von Frauen sich Grayson hingezogen fühlte, und die waren das genaue Gegenteil von mir.

Ich schüttelte den Kopf. »Das wäre sicherlich nicht ratsam, und vor allem bin ich sowieso nicht interessiert. Ich finde dich nicht unbedingt sympathisch und bestimmt nicht attraktiv. Ich finde sogar, dass du ziemlich hässlich bist.«

Er lachte leise auf, als hätte er nicht gerade eine Abfuhr und zugleich eine Beleidigung kassiert. Natürlich war ihm klar, dass keine Frau, die noch bei Sinnen war, ihn jemals hässlich fand. Doch wahrscheinlich hielt er mich sowieso für etwas irre, was in diesem Fall vielleicht von Vorteil für mich war. »Außerdem benimmst du dich wie ein Reptil, das Magenschmerzen hat«, fügte ich zur Stärkung meiner Argumentation hinzu.

»Wenn ich will, kann ich auch höflich sein«, erklärte er, und wieder schlug mein dummes Herz vor Freude einen Purzelbaum, als ich das jungenhafte Lächeln sah.

»Das wage ich zu bezweifeln«, stieß ich hilflos aus.

»Wart's ab. Ich komme um sechs Uhr vorbei, und dann holen wir unser Hochzeitsessen nach.« Mit diesen Worten wandte er sich ab und lief in Richtung Tür.

Was? Moment mal!

»Ich habe schon was anderes vor«, rief ich ihm hinterher.

»Sechs Uhr«, rief er zurück, und zähneknirschend überlegte ich, ob ich ihm weiter widersprechen sollte, um auf keinen Fall das Wagnis einzugehen, dass ich seinen zumindest äußerlichen Reizen am Ende vielleicht doch erlag. Doch im Grunde war ich furchtbar einsam, und vor allem wäre ein Restaurantbesuch – sogar mit meinem Ehemann – wahrscheinlich deutlich angenehmer als weiter Däumchen drehend hier herumzusitzen und die Decke anzustarren. Vielleicht wäre es ja gut, noch mal mit ihm zu reden, ihn von seinem lächerlichen Vorhaben abzubringen und ihm in Erinnerung zu rufen, dass wir nur Geschäftspartner und nicht mal Freunde waren. Dieses Essen wäre eine einmalige Ablenkung, sonst nichts. Wenn ich erst seine Bücher führte, käme ich bestimmt nicht mehr so schnell auf irgendwelche ganz schlechte Ideen, und wenn erst das Geld auf meinem Konto wäre, hätte auch er selber alle Hände voll mit dem Wiederaufbau des Weinguts zu tun. Dann würden sich die Wogen glätten, und ich könnte bald von hier verschwinden und bräuchte nie mehr daran zu denken, dass es einen Grayson Hawthorn gab.

Aber erst mal … müsste ich etwas zum Anziehen finden, um bei meinem nachgeholten Hochzeitsdinner möglichst hübsch zu sein.

♥

Punkt sechs Uhr fuhr Gray mit seinem Truck vor meinem Cottage vor. Ich atmete tief durch, trat vor das Haus, und er … hielt mir die Tür auf meiner Seite seines Wagens auf.

»Wow! Wenn du willst, kannst du tatsächlich höflich sein. Wer hätte das gedacht?«

Mit seinem Lächeln wirkte er wie ein zufriedenes Reptil, das ganz eindeutig keine Magenschmerzen hatte – süß, mit einem Blitzen in den Augen, das mich den Entschluss, auch weiter auf Distanz zu ihm zu bleiben, fast bereuen ließ.

Ich nahm seine Hand und kletterte auf meinen Sitz. Er war frisch rasiert, und seine noch leicht feuchten, wild zerzausten, beinah schwarzen Haare schimmerten im abendlichen Sonnenlicht. Er sah auf verruchte Art fantastisch aus, und eilig wandte ich mich ab. Wenn ich eine Sache wusste, dann, dass Männer seines Schlags die Fähigkeit besaßen, nur dank ihres Charmes alles zu bekommen, was sie wollten, doch auf diese Masche fiele ich ganz sicher nicht noch mal herein.

Als er neben mir im Wagen saß und Richtung Straße fuhr, sah ich ihn fragend an. »Also, wohin führst du mich aus?«

»In ein Lokal im Ort, von dem ich hoffe, dass es dir gefällt«, erklärte er in gleichmütigem Ton, wirkte aber gleichzeitig ein bisschen angespannt.

Ich wickelte mir meine Halskette um einen Finger und sah ihn forschend von der Seite an. Er drehte ebenfalls den Kopf, verfolgte kurz, wie ich in Höhe meiner Brust mit meiner Kette spielte, und sah wieder geradeaus. Ich trug ein tailliertes, gelbes Sommerkleid und marineblaue Sandalen mit Keilabsatz. In dem Moment jedoch, in dem sein Blick auf meinem Ausschnitt ruhte, wünschte ich, ich hätte statt des luftig-leichten Kleids einen Sari oder vielleicht eine Burka ausgewählt.

»Also, Kira, du hast mir erzählt, dass du in Afrika gewesen bist. Was hast du dort gemacht?«, fragte er in nettem Plauderton.

Aha, seit er mich plötzlich in die Kiste locken wollte, interessierte er sich auch für mich als Mensch. Typisch. Doch ich kannte dieses Spiel und fiele sicher nicht darauf herein.

»Ein Freund von mir hat dort ein Krankenhaus gebaut, und da er jede Hilfe dabei brauchen konnte, bin ich hin.«

Er sah mich fragend an. »Ein Freund?«

»Ein junger Mann, den ich unterstützt habe, während er zur Schule ging. Wobei Khotso im Verlauf der Jahre dank der vielen Briefe, die wir uns geschrieben haben, ein richtiger Freund für mich geworden ist. Seine Mutter hat eine Geburtsfistel davongetragen, als sie ihn mit dreizehn Jahren geboren hat, deshalb hat er schon als Kind davon geträumt, Arzt zu werden und den Frauen in seiner Heimat zu helfen.« Der Gedanke an den ehrgeizigen Freund erfüllte mich mit großem Stolz. »Hier in den Staaten gibt es diese Fisteln praktisch nicht, aber in Afrika sind sie ein riesiges Problem, weil dort so viele Mädchen schon in jungen Jahren heiraten, obwohl ihre Körper noch gar nicht bereit sind, Kinder zu gebären. Sie haben oft Probleme in der Schwangerschaft, liegen endlos in den Wehen, verlieren häufig ihre Babys, und aufgrund der Fisteln, die sie während ihrer Schwangerschaft entwickeln, geht es ihnen anschließend sehr schlecht. Deshalb hat Khotso dieses Krankenhaus eröffnet, um die Frauen zu operieren, die oft schon seit Jahren mit diesen Fisteln leben, und den Frauen beizustehen, deren Babys während oder kurz nach der Geburt gestorben sind. Er hat in seinem jungen Alter schon unglaublich viel erreicht und ...« Plötzlich brach ich ab, als ich erkannte, dass dieselbe Leidenschaft in meiner Stimme lag wie jedes Mal, wenn ich auf dieses Thema zu sprechen kam. Ich spürte, dass mir eine leichte Röte in die Wangen stieg. »Tut mir leid, ich ...«

»Du begeisterst dich für diese Sache. Das ist bewundernswert. Du hast einen Menschen unterstützt, der seinerseits jetzt vielen Menschen hilft.« In seinem Blick lag ehrlicher Respekt, und obwohl ich mir geschworen hatte, auf Distanz zu ihm zu bleiben, wurde mir aufgrund der Achtung, die er mir mit einem Mal entgegenbrachte, warm ums Herz. »Dann hast du also geholfen, dieses Krankenhaus zu bauen, und bist dann wieder heimgekehrt?«

Ich betrachtete verlegen meine Fingernägel. »Fast. Ich hätte eigentlich bis zur Eröffnungsfeier bleiben wollen, aber vorher gab es einen kleinen ... Zwischenfall.«

»Einen Zwischenfall?« Er sah mich fragend an.

»Ich, hm, ich habe einen Stammeshäuptling zu einem Wettrennen herausgefordert.«

»Was auch sonst?«

Ich bemerkte den Sarkasmus, der in seiner Stimme lag, doch als ich ihn von der Seite ansah, blitzten seine Augen amüsiert, und leise lachend gab ich zu: »Wie es aussieht, schätzen Stammeshäuptlinge es nicht, wenn man sie vor den Augen aller anderen besiegt. Auf alle Fälle hielt ich es für besser, Khotso und dem Krankenhaus zuliebe möglichst auf der Stelle abzuhauen. Also bin ich etwas früher als geplant hierher zurückgekehrt.« *Und zwar, bevor ich einen besseren Zukunftsplan entwickeln konnte, als mit einem Drachen eine Ehe einzugehen.*

Wir parkten in der Innenstadt von Napa und liefen zu Fuß zum Restaurant, einem italienischen Lokal, das in einem prächtigen alten Gebäude lag, das in frühen Jahren eine Bank beherbergt hatte und mit seinen dicken Steinsäulen links und rechts des Eingangs einen immer noch hochherrschaftlichen Anblick bot. »Ich fand es passend, unser erstes Date in einer Bank zu haben, weil die ganze Sache schließlich auch auf einer Bank begonnen hat ...«

Ich zog die Brauen hoch. »Das stimmt. Aber ein erstes Date ist dies ganz sicher nicht. Es ist einfach unser freundschaftliches Hochzeitsdinner. Praktisch ein Geschäftsessen«, verbesserte ich ihn.

Ehe er mir eine Antwort geben konnte, nahm uns eine Kellnerin in Empfang.

»Grayson Hawthorn«, sagte er. »Ich habe für halb sieben einen Tisch für zwei Personen reserviert.«

Das Mädchen sah bewundernd zu ihm auf, strich sich aufreizend die Haare aus der Stirn und führte uns an unseren Tisch.

Unweigerlich bemerkte ich die Blicke, die uns folgten, während ich an Graysons Seite an den bereits besetzten Tischen vorüberlief. Einige der Frauen sahen Gray bewundernd hinterher, die meisten Leute aber schüttelten missbilligend die Köpfe und flüsterten sich in wenig wohlwollendem Ton seinen Namen zu. Ich runzelte die Stirn, und Gray lief etwas steif, doch hoch erhobenen Hauptes durch den Raum.

Ich erinnerte mich an die Unterhaltung der zwei jungen Frauen in der Weinhandlung ... *natürlich könntest du ihn nicht mehr mit nach Hause bringen ...* und erkannte, dass Gray ein Aussätziger hier in Napa war.

Als wir saßen und das erste Glas Wein serviert bekamen,

atmete er etwas auf. Ich sah mich um, die anderen Gäste aber wichen meinem Blick so gut wie möglich aus. Sie sprachen über uns. Wir waren hier in einer kleinen Stadt, und all diese Leute tauschten irgendwelche böswilligen Klatschgeschichten über Grayson aus. Vielleicht sprachen sie über das Verbrechen, das er angeblich begangen hatte, oder darüber, dass sein Familienunternehmen kurz vor dem Ruin stand, oder vielleicht darüber, *dass man ihn nicht mehr so einfach mit nach Hause bringen konnte.*

Ich hatte tiefes Mitgefühl mit ihm. Ich wusste aus Erfahrung, wie es war, verurteilt zu werden … und nach Meinung aller anderen zu nichts nutze zu sein.

Er tat, als wäre er immun gegen die Flüstereien, doch etwas sagte mir, dass sein Gleichmut nur geheuchelt war. Er saß stocksteif auf seinem Stuhl, studierte seine Speisekarte eine Spur zu intensiv, und mein Schwur, auch weiter auf Distanz zu ihm zu bleiben, geriet ins Wanken.

Langsam schob ich meine Hand über den Tisch. »Manchmal ist das Einzige, was einem bleibt, zu lächeln«, flüsterte ich leise, und als unsere Hände sich berührten, zuckte er zusammen und sah plötzlich so verletzlich aus, dass sich mein Herz zusammenzog. *Genauso hatte er bei unserem ersten Treffen vor dem Bankgebäude ausgesehen.*

»Versuch es mal«, ermunterte ich ihn und setzte selbst ein breites Lächeln auf.

Er schnitt eine Grimasse, und erschauernd fragte ich: »Das soll ein Lächeln sein? Sieht eher wie das Grinsen einer wild gewordenen Hyäne aus.«

Er wirkte kurz schockiert, doch dann warf er den Kopf zurück und brach in schallendes Gelächter aus. Danach sah er mich mit einem breiten, wunderschönen Lächeln an, und plötzlich löste sich die Spannung auf. Sachte zog ich meine Hand wieder zurück, spürte kurz der Wärme seiner Finger nach und fing dann eine ganz normale Unterhaltung über ganz normale Dinge mit ihm an. So plauderten wir während des gesamten Essens, und es kam mir vor, als ob wir plötzlich echte Freunde wären.

Als wir das Dessert serviert bekamen, erschien eine Frau mit einem jüngeren Mädchen im Gefolge neben unserem Tisch.

»Gray Hawthorn«, fing sie an. »Dachte ich mir doch, dass du es bist. Erst war ich mir nicht sicher, denn in unseren Kreisen hast du dich ja nicht mehr blicken lassen, seit du wieder … heimgekommen bist.«

Sie wandte sich an mich und reichte mir die Hand. »Ich bin Diane Fernsby, und Sie müssen eins von Graysons Mädchen sein«, erklärte sie, wobei ihr die Verachtung praktisch von den künstlich aufgeblasenen Lippen troff.

»Tatsächlich ist sie keins von meinen Mädchen, sondern Kira Hawthorn, meine *Frau«,* mischte sich Grayson ein.

Mit dieser Antwort hätte ich beim besten Willen nicht gerechnet, und vor lauter Überraschung brachte ich nicht einen Ton heraus.

Diane erbleichte. »Deine Frau? Und als beste Freundin deiner Mutter war ich nicht zu deiner Hochzeit eingeladen?«

»Stiefmutter«, verbesserte er sie. »Außerdem war's eine Feier nur im engsten Kreis.« Mit diesen Worten nahm er meine Hand und lächelte mich glücklich an. »Wir wollten einfach keine Zeit verlieren.«

»Ich … verstehe.« Sie ließ ihren Blick an mir herunterwandern und riss überrascht die Augen auf, als sie den Ring an meinem Finger sah. »Nun, das ist auf alle Fälle eine …«

»Mom, wir sollten wirklich langsam gehen. Hallo, Gray«, grüßte die junge Frau, die hinter ihrer Mutter stand.

»Hi, Suzie«, grüßte Gray sie warm zurück, und leicht errötend wandte sie sich ab. Hatte sie vielleicht einmal etwas mit ihm gehabt?

»Du hast recht. Wir sollten langsam gehen«, pflichtete ihr ihre Mutter bei und wandte sich ein letztes Mal an uns. »Nun, ich gratuliere«, sagte sie, auch wenn es nicht im Mindesten nach einem Glückwunsch klang. »Nach der Geschichte mit Vanessa … nun, bestimmt versuchst du immer noch, den Schock darüber zu verdauen.« Sie schüttelte den Kopf. »Die Verlobung zu lösen und noch während deiner Haft mit deinem Bruder …«

»Wir waren nicht verlobt«, fiel Gray ihr kalt ins Wort.

Vanessa? Diesen Namen hatte ich bisher noch nie gehört.

Die alte Ziege winkte ab. »Oh, aber wir alle wussten, dass ihr euch hättet verloben wollen. Deine Mutter hat gesagt, du hättest sogar schon den Ring gekauft. Und dann …«

»Mom«, ertönte Suzies barsche Stimme hinter ihr, und mit einem entschuldigenden Lächeln für uns beide zog sie ihre Mutter an der Hand mit sich.

»Tja, nun, ich bin mir sicher, dass wir uns bald wiedersehen. Guten Abend«, wünschte uns Diane, bevor sie sich von ihrer Tochter Richtung Ausgang ziehen ließ. Nach ein paar Schritten beugte sie sich vor und flüsterte der Tochter alles andere als leise zu: »Da hast du wirklich gerade noch mal Glück gehabt, mein Schatz. Ein verurteilter Gewaltverbrecher. Und das Weingut steht nach allem, was man mir erzählt hat, kurz vor dem Ruin. Nach all dem Kummer, den er seinen Eltern stets gemacht hat …«

Da sie sich von unserem Tisch entfernten, war der Rest nicht zu verstehen, ihr aufgeregtes Zischen aber hallte weiter durchs Lokal.

Ich wartete, bis sie verschwunden waren, bevor ich Grayson fragte: »Deine Frau?« Um den Schein auch weiter aufrechtzuerhalten, behielt ich mein Lächeln bei der Frage bei. »Ich hätte gedacht, du stellst mich nur als Kira vor.«

Einer seiner Wangenmuskeln zuckte, doch er lehnte sich auf seinem Stuhl zurück und sah mich reglos an. »Du hast gesagt, es müsste möglichst echt aussehen, damit dein Vater uns nicht auf die Schliche kommt. Diane Fernsby ist eine der schlimmsten Klatschbasen von Napa, und wenn unsere Heirat sich herumspricht, dürften wir sicher sein.«

»Oh …« Ich nickte knapp und schaute zu, wie er die Rechnung per Kreditkarte beglich. Der Eisprinz war zurück.

Im Grunde sollte ich ihm dankbar sein, weil er versuchte, unsere Ehe möglichst überzeugend wirken zu lassen, doch in Wahrheit hatte Grayson mich nicht mir zuliebe als seine Gattin vorgestellt, sondern lediglich um der widerlichen Diane Fernsby das Maul zu stopfen.

Ich hatte vorher schon gewusst, dass Grayson wechselweise Eis und Feuer spuckte, aber es war wirklich schön mit ihm gewesen, ehe diese Ziege zu uns an den Tisch gekommen war. Und wer war Vanessa? Hatte sie sich während seiner Zeit in Haft von ihm getrennt? Und wo steckte sie jetzt? Ich fragte mich, ob sie in Napa lebte und ob sie vielleicht von unserer Heirat hören würde. Doch im Grunde konnte mir Grays Privatleben völlig gleichgültig sein. Egal, wie sehr ich mich womöglich körperlich zu meinem Gatten hingezogen fühlte, war und blieb er weiterhin ein Fremder und es war erschöpfend zu versuchen, ihm hinter die Stirn zu sehen.

Schweigend gingen wir zurück zu seinem Truck. Die entspannte Atmosphäre während des Essens hatte sich verflüchtigt, und inzwischen gab sich Grayson wieder kühl und distanziert.

Erst als wir im Wagen saßen, schaute er mich wieder an. »Es tut mir leid, Kira. Ich habe mein ganzes Leben hier in diesem Ort verbracht, und in den letzten Jahren ist sehr viel in unserer Familie passiert. Ich nehme an, die Leute sind ganz einfach neugierig. Es tut mir leid, ich hätte dich den Blicken und dem Tratsch der anderen nicht aussetzen sollen.«

»Neugier ist was anderes als das ungehobelte Benehmen, mit dem dir die Leute in dem Restaurant begegnet sind«, gab ich zurück und starrte reglos durch die Windschutzscheibe in die Dunkelheit hinaus.

Er seufzte. »Wahrscheinlich hab ich nichts anderes verdient. Aus ihrer Sicht bin ich ein Mörder, der einen der Goldjungen der Nachbarstadt erschlagen hat.«

Ich wusste aus dem Internet, dass der Junge aus Sonoma stammte, das nur fünfzehn Meilen weiter nördlich lag.

Ich biss mir auf die Lippe, weil ich keine Ahnung hatte, was ich sagen sollte, aber schließlich stieß ich leise aus: »Du hast ihn nicht ermordet, Grayson. Du hast selbst gesagt, dass es ein Unfall war.«

»Was ihn auch nicht mehr lebendig macht.«

»Möchtest du darüber reden? Ich bin gut im …«

»Nein.«

In angespanntem Schweigen saßen wir in seinem Truck, doch schließlich sah er mich ironisch lächelnd wieder an. »Ich habe echt Talent, einem Mädchen einen schönen Abend zu bereiten, findest du nicht auch?«

Ich stieß ein leises Lachen aus. »Wahrscheinlich hat sich keins von deinen *anderen Mädchen* je beschwert.«

Er zog eine Grimasse. »Tut mir leid. Obwohl meine Stiefmutter nie wirklich etwas von mir hielt, wollte Diane um jeden Preis, dass was aus mir und ihrer Tochter wird. Nur war Suzie einfach …«

»… nicht dein Typ?« Ich hob die Brauen an.

»… stets nur eine gute Freundin«, korrigierte er und sah mich lächelnd an.

Anders als die Frau, von der Diane gesprochen hatte, dachte ich und sah ihn fragend an. »Und wer ist Vanessa, Gray?«

Er spannte seine Schultern an und blickte weiter geradeaus. »Die Frau von meinem Bruder.«

»Oh.« Dann hatte ihm der Bruder also während seiner Haft die Freundin ausgespannt? Das musste ihn fürchterlich verletzt haben. Kein Wunder, dass er nicht mehr mit ihm sprach.

»Das tut mir leid, Grayson«, stieß ich mit leiser Stimme aus.

Er nickte einmal kurz, ließ dann den Motor an und schaltete das Radio ein.

Erst als wir neben dem Brunnen in der Einfahrt hielten, schaute er mich wieder an. »Wie wäre es mit einem Schlummertrunk? Ich habe zufällig noch eine Flasche Wein, von dem Experten sagen, dass er ein sehr guter Jahrgang ist.«

»Ein guter Jahrgang? Das klingt toll.«

Leise lachend schwang mein Gatte sich von seinem Sitz, kam auf meine Seite, reichte mir beim Aussteigen die Hand, und ich folgte ihm ins Haus.

11 Grayson

»Weißt du, was wir machen sollten?«, fragte Kira und beugte sich überraschend zu mir vor. Wir saßen auf den altersschwachen Liegestühlen auf der Terrasse, tranken Wein und blickten auf den abgedeckten – wahrscheinlich verschlammten – Pool. Ich hatte mir fest vorgenommen, sie noch heute Abend zu verführen. Das würde sicherlich nicht allzu schwer, so wie sie auf meinen Kuss am Mittag reagiert hatte. Doch die Geschehnisse im Restaurant hatten meinem eigenen Verlangen einen Dämpfer versetzt.

»Ich habe das Gefühl, dass nie was Gutes dabei rauskommt, wenn du diese Frage stellst.«

Sie sah mich grinsend an. »Nein, wirklich. Die Idee ist gut.«

»In Ordnung, worum geht's?«

»Wir sollten eine Party schmeißen.«

Ich lehnte mich zurück, zog skeptisch eine Braue hoch und sah sie fragend an. »Eine Party? Weshalb sollten wir das tun?«

»Nun.« Sie richtete sich auf und drehte sich, bis sie mir direkt gegenübersaß. »Ich habe das Gefühl, dass man dir in Napa momentan … mit Misstrauen begegnet, aber für das Image deines Weinguts wäre es bestimmt nicht schlecht, wenn du ein angesehenes Mitglied der Gemeinde wärst. Habe ich recht?«

»Nun … wahrscheinlich.« Ja, natürlich. Wenn es mir gelingen sollte, dem Familienunternehmen wieder neues

Leben einzuhauchen, wäre es bestimmt nicht günstig, dauerhaft das schwarze Schaf der Weingegend zu sein. Trotzdem …

»Und inwieweit soll da eine Party helfen?«

»Sie wäre nur der Anfang.« Sie bedachte mich mit einem nachdenklichen Blick. »Aber du weißt selber, solche Dinge sprechen sich herum. Wenn wir ein paar einflussreiche Leute einladen und sie sich hier willkommen fühlen, laden sie dich andersrum wahrscheinlich auch zu ihren Festen ein. Der ganze Klatsch lässt die Leute oft vergessen, dass es dabei um Menschen geht. Durch eine Einladung hierher würden sie daran erinnert und wären eher geneigt zu verstehen und zu verzeihen.«

»Du traust den Leuten zu viel Gutes zu.«

Sie schien zu überlegen, aber schließlich meinte sie: »Möglich, aber meiner Meinung nach haben die meisten Leute durchaus einen guten Kern. Natürlich nicht alle.« Plötzlich sah sie sehr verletzlich aus.

Ich nippte vorsichtig an meinem Wein. »Du kennst dich selbst mit Klatsch aus.«

»Ja, natürlich, schließlich habe ich als gebürtige Dallaire den Großteil meines Lebens im Rampenlicht gestanden.« Sie verzog so schmerzlich das Gesicht, dass ich sie am liebsten tröstend in die Arme genommen hätte. Stattdessen trank ich abermals von meinem Wein, der leicht nach Karamell und Birne schmeckte, und wandte mich wieder unserem eigentlichen Thema zu.

»Wie dem auch sei, wie soll ein Fest die Leute dazu bringen, mich als Mensch zu sehen? Schließlich denkst selbst du, dass ich im Grunde eher ein Drache bin.«

»Das stimmt.« Sie lächelte mich zärtlich an. »Aber ich hoffe, dass du das Reptil in dir für einen Abend unterdrücken kannst.«

Lachend blickte ich in ihr Gesicht, auf dem sich das schwache Licht des abnehmenden Mondes spiegelte.

»Aber im Ernst, ich habe ja wohl kaum die Zeit, um so ein Fest zu planen.«

»Nein, natürlich nicht.« Sie schüttelte den Kopf. »Am besten überlässt du einfach alles mir. Dann hätte ich auch keine Gelegenheit mehr, um auf dumme Gedanken zu kommen«, fügte sie verheißungsvoll hinzu. »Wir könnten eine Mottoparty geben, wie zum Beispiel Afrikasafari oder hawaiianisches Luau! Mir fällt ganz sicher das perfekte Motto ein!« Als sie grinste, blitzte kurz das kleine Hexengrübchen auf, mein Herzschlag setzte aus und gegen meinen Willen lachte ich leise auf.

»Du sollst mir bei den Büchern helfen, damit du nicht mehr auf dumme Gedanken kommst.«

»Ich kann doch beides machen.«

»Meinetwegen«, seufzte ich. »Aber warte mit dem Geldausgeben bitte, bis der Scheck des Testamentsvollstreckers kommt.«

»Das werde ich. Abgesehen von den Einladungen. Die bezahle ich. Darf ich ein Datum aussuchen?«

»Na klar, bisher habe ich keine anderen Termine im Kalender stehen.«

Zusammen mit der milden Luft sog ich den Duft der Rosen ein und horchte auf das leise Blätterrascheln in den Bäumen, während der Geschmack des fruchtig-frischen Weins auf meiner Zunge lag. Weiß schimmernder Nebel hing zwischen den Rebstöcken hinter dem Garten, und ich schloss kurz die Augen und fragte mich, wann ich zum letzten Mal einen Moment genossen hatte so wie jetzt. Hatte ich das überhaupt schon mal getan?

»Wirst du den in Ordnung bringen lassen, wenn das Geld auf deinem Konto ist?«, fragte Kira sanft und nickte in Richtung Pool.

»Wahrscheinlich nicht. Am liebsten würde ich ihn abreißen.«

»Warum denn das? Schwimmst du nicht gern?«

»Doch. Nur habe ich ein paar sehr unschöne Erinnerungen an das Becken hier. Um mir das Schwimmen beizubringen, hat mein Vater meinen kleinen Hund am tiefen Ende reingeworfen.«

Kira holte zischend Luft. »Deinen Hund? Warum denn das?«

Mein Gott! Ich hatte schon seit einer Ewigkeit nicht mehr daran gedacht. Warum also fiel mir die Geschichte heute Abend wieder ein? Wahrscheinlich, weil der Pool direkt vor meinen Augen war …

»Ich war sechs Jahre alt und habe mich am tiefen Ende nicht ins Wasser getraut. Egal, womit mein Vater mir gedroht hat, mir fehlte einfach der Mut. Ich stand heulend da und er hat sich in seinem blöden Anzug vor mir aufgebaut und rumgetobt.« Gott, nach über zwanzig Jahren tat mir die Erniedrigung noch immer in der Seele weh. »Ich hatte diesen kleinen Hund vor unserem Tor gefunden und meine Eltern angebettelt, dass ich ihn behalten darf. Er durfte nicht ins Haus, und ich musste ihn auch ganz allein versorgen, doch am Ende haben sie es mir erlaubt.« Ich dachte an den kleinen Kerl zurück, den ich Sport getauft hatte. Der niedliche braunweiße Mischling hatte mich vertrauensvoll aus seinen großen Augen angesehen und war mir auf Schritt und Tritt gefolgt.

»Wie dem auch sei, wir waren hier draußen, weil ich endlich Schwimmen lernen sollte, und als ich mich abermals geweigert habe, in den Pool zu springen, hat mein Vater sich den kleinen Hund geschnappt, der hier auf der Terrasse saß.« Ich wies mit meinem Finger auf den Fleck, als säße er noch immer dort. »Er hat ihn in den Pool geworfen und gesagt, ich müsste reinspringen und ihn rausholen, wenn er nicht ertrinken soll.«

»O Gott, Grayson«, Kira schlug sich eine Hand vor den Mund.

»Das ist schon ewig her«, erklärte ich mit einem unglücklichen Lächeln, weil sich meine Brust bei der Erinnerung auch heute noch zusammenzog. »Ich stand schreiend am Beckenrand und habe meinen Hund ertrinken sehen. Als mein Vater ihn wieder herausgefischt hat, war er tot.«

Ich hatte nicht den Mut gehabt, ihm hinterherzuspringen, und würde die Schuldgefühle, die ich deshalb hatte, sicher niemals völlig los. »Ich wünschte mir, dass ich die Zeit zurückdrehen und ihn retten könnte. Auch wenn ich selbst dabei ertrinken würde, würde ich heute versuchen, ihn rauszuziehen.«

»Natürlich würdest du das tun, denn jetzt bist du ein Mann und hast den Mut von einem Mann. Aber damals warst du praktisch noch ein Baby«, sagte sie und nahm entschlossen auf dem Rand meiner Liege Platz. »Und trotz dieser traumatischen Erfahrung kannst du heute schwimmen. Wie hast du das geschafft?«

Ich raufte mir die Haare. »Das war Walters Werk. Zwei Wochen später fuhr mein Vater weg, und Walter brachte das gesamte Wochenende damit zu, mir das Schwimmen beizubringen. Er hatte dabei einen wirklich schicken, schwarzen Badeanzug an, der vom Hals bis zu den Knien ging.« Ich musste leise lachen, als ich daran dachte, wie mich Walter ein ums andere Mal im flachen Wasser hatte üben lassen, bis ich irgendwann den Mut gefunden hatte, auch am tiefen Ende in den Pool zu gehen. Doch er hatte mich dorthin begleitet, und ich hatte mich an seine Schultern klammern dürfen, bis ich irgendwann bereit gewesen war, ihn loszulassen, und alleine meine erste Bahn geschwommen war.

»Später in dem Jahr habe ich auch meinem Bruder heimlich das Schwimmen beigebracht, und als mein Vater *ihn* am tiefen Ende in den Pool warf, schwamm er wie ein kleiner Fisch. Mein Vater war unglaublich stolz auf ihn«, erklärte ich bemüht ironisch, obwohl gleichzeitig auch leiser Stolz in meiner Stimme schwang. Stolz auf meinen Bruder und darauf, dass ich ihm hatte helfen können, der panischen

Angst und auch den Schuldgefühlen, die ich selbst empfunden hatte, zu entgehen. Seufzend löste ich die Hand aus meinem Haar.

»Es war nicht deine Schuld«, erklärte Kira leise, denn sie schien zu wissen, was mir gerade durch den Kopf gegangen war. »Dein Vater hat dir etwas Schlimmes angetan, als du ein kleiner Junge warst. Oh, Gray, es tut mir leid, dass du das erleben musstest.« Sie legte eine Hand an meine Wange und bedachte mich mit einem sanften Blick. Ich hatte mich in dieser kleinen Hexe vollkommen getäuscht. Ich hatte ein total verkehrtes Bild von ihr gehabt. Ich konnte spüren, wie sich etwas in meinem Inneren löste, als ich ihre mitfühlende Miene sah.

Warum hatte ich ihr die Geschichte überhaupt erzählt? Sie hatte diese ganz besondere Fähigkeit, mir die Wahrheit zu entlocken.

Lag das vielleicht daran, dass sie heute Abend bei dem Italiener unter all den aufdringlichen Blicken alles unternommen hatte, um mir das Gefühl zu geben, dass jemand auf meiner Seite war?

Daran, dass sie eine Party planen wollte, um mein Ansehen hier in Napa zu verbessern, nur weil sie dachte, dass mir das womöglich eine Hilfe war?

Dass sie mir vollkommen unerwartet plötzlich freundschaftlich und mit Verständnis gegenübertrat?

Oder lag an diesem Abend einfach ein besonderer Zauber in der Luft?

»Meine süße, wunderschöne Hexe«, murmelte ich leise und zog ihren Kopf zu mir herab. Als sich unsere Lippen trafen, schlang ich ihre dicken, seidig weichen Haare fest um meine Hand. Sie erstarrte kurz, zog sich aber nicht zurück, und ich fuhr langsam mit der Zunge die Konturen ihrer Lippen nach, bis ich endlich Einlass fand. Ich zog sie eng an meine Brust, erforschte vorsichtig die feuchten, seidig weichen Innenseiten ihres Mundes, und Hitze wogte in mir auf.

Am liebsten hätte ich laut gestöhnt, als sie mit ihrer Zungenspitze über meinen Gaumen glitt, aber dann hätte ich womöglich den wunderbaren Bann gebrochen und sie hätte sich wieder von mir losgemacht.

Ich ließ meine Hände vorsichtig über ihren Rücken gleiten, und nach kurzem Zögern schmiegte sie sich zärtlich an mich an. Der erste Kuss, den ich ihr auf dem Standesamt gegeben hatte, war herausfordernd gewesen, der am Mittag voller Begierde, wenn auch sanft, doch dieser dritte Kuss war langsam und sinnlich. Ich hatte schon unzählige Frauen geküsst, doch so etwas hatte ich noch nie erlebt, was mich gleichzeitig erregte und verwirrte.

Ehe Kira reagieren konnte, hatte ich mich mit ihr herumgedreht, bis ich über ihr lag. Blinzelnd sah sie zu mir auf, als wäre sie nicht sicher, was geschehen war. Am liebsten hätte ich sie eng an mich gezogen und sie meine Erektion spüren lassen, doch ich wollte sie auf keinen Fall verschrecken, und ich war bereit, mich zu gedulden, bis sie selber so weit war. Aus irgendeinem Grund hatte ihr der Anflug von Leidenschaft am Mittag Angst gemacht, doch dies war sicher nicht der rechte Augenblick, um der Geschichte auf den Grund zu gehen. Heute Abend sollte es einzig und allein um uns gehen.

Ihr Haar war auf der Liege ausgebreitet, ihre Lippen glänzten feucht von meinen Küssen, und in ihren Augen lagen schmerzliches Verlangen und ein Hauch von Unsicherheit. Ich beugte mich zu ihr hinunter, küsste sie erneut und spannte mich in dem Bemühen, mich zurückzuhalten, an. Mein Körper pochte vor Verlangen, doch als ich die Träger ihres Kleids von ihren Schultern schob, stieß sie ein leises Quietschen aus, und eilig beugte ich mich wieder vor, küsste ihren Hals und glitt mit meinen Lippen über ihre warme, duftende Haut.

Sie warf den Kopf zurück, reckte sich mir entgegen, und ich nutzte die Gelegenheit und zog das Oberteil des Kleids herunter. Ein dumpfes Stöhnen drang aus meiner Kehle, als ich ihre wunderschönen, vollen Brüste direkt vor mir sah.

»Du hast die schönsten Nippel, die ich je gesehen habe«, murmelte ich rau. »Sie gehen mir einfach nicht mehr aus dem Kopf.« Wieder beugte ich mich über sie, küsste eine ihrer wundervollen Brustwarzen, und sie stieß ein heiseres Keuchen aus. Mein Schwanz schwoll geradezu bedrohlich an. »Ich wollte sie schon die ganze Zeit kosten, seit ich dich nackt gesehen habe«, gab ich unumwunden zu. »Ich habe mich gefragt, ob sie wohl so süß schmecken, wie sie aussehen.«

»Grayson«, stöhnte sie und vergrub die Hand in meinem Haar.

Ich ließ vorsichtig die Zunge um den harten Nippel kreisen. »O Gott, ja. Sie schmecken tatsächlich genauso süß.«

»Ich habe gesagt, wir sollten nicht … das hier …« Mit einem atemlosen Seufzer brach sie ab, fing stattdessen an zu keuchen, als ich sanft an ihrer Brustwarze saugte.

Sie schrie auf und riss an meinem Haar. »O Gott, Grayson«, stöhnte sie. »Du, wir müssen …«

»Leise, kleine Hexe«, bat ich sie, bevor ich ihren anderen Nippel zwischen meine Lippen nahm. »Ich möchte, dass du es genießt.«

Ich schob ihre Schenkel auseinander, stützte mich zwischen ihren Beinen ab und sah den Schleier des Verlangens, der vor ihren Augen lag. Mein Unterleib zog sich in einem primitiven männlichen Triumph zusammen, und ich presste meinen Schwanz an ihren Bauch und küsste sie begierig wieder auf den Mund.

Plötzlich aber drehte sie den Kopf zur Seite und erstarrte. »Nein.«

»Doch.« Nickend beugte ich mich wieder über sie, doch sie schob mich fort.

»Nein«, erklärte sie mit größerer Entschiedenheit.

Als ich mich stöhnend auf die Seite rollte, stand sie eilig auf und zerrte das Oberteil ihres Kleids wieder zurecht. Mein Körper pochte schmerzlich. *Himmel, ich begehrte sie so sehr.*

Sie gab sich alle Mühe, so zu tun, als hätte sie das Intermezzo nicht im Mindesten berührt. »Ich sollte langsam schlafen gehen.«

»Ich meine es ernst, Kira. Es gibt keinen Grund, allein ins Bett zu gehen. Wir könnten diese Ehe doch … vollziehen. Du spürst genau wie ich, dass da etwas zwischen uns ist.« Ich setzte mein verführerischstes Lächeln auf, doch sie entzog mir ihre Hand und bedachte mich mit einem unsicheren, schmerzerfüllten Blick.

»Hast du mir die Geschichte etwa nur erzählt, damit das hier«, sie wies erst auf mich und dann auf sich, »passiert?«

»Was für eine Geschichte?«, fragte ich verständnislos.

»Von dem kleinen Hund.«

»Dem kleinen Hund? Was? O nein.« Bildete sich Kira etwa allen Ernstes ein, ich hätte ihr mein größtes Trauma offenbart, damit sie sich von mir küssen ließ?

Sie sah mich an und atmete seufzend aus. »Wie gesagt, Grayson, ich habe keinerlei Interesse an … an so etwas.« Wieder zeigte sie auf mich und dann auf sich. »Die Situation ist so schon kompliziert genug. Das war nicht Teil unseres Deals.«

»Wir können den Vertrag doch ändern.« Ich stand auf und trat auf sie zu. Ich ließ eine Strähne ihres seidig weichen Haars durch meine Finger gleiten und wünschte mir, der Mond brächte die feuerroten Strähnen ebenso zur Geltung wie das Sonnenlicht. Bei Dunkelheit brannte das Feuer nur gedämpft.

Ich würde sie im Hellen lieben wollen, um die Flammen ihres Haars und die Glut ihrer grünen Augen deutlich erkennen zu können. Ich wollte jede Regung sehen, mit der mir ihr Körper zu verstehen gäbe, dass sie voller Leidenschaft und glühendem Verlangen war. Wieder fing mein Körper an zu pochen, denn bereits bei dem Gedanken, Kira stundenlang zu lieben, wurde ich hart. Verdammt, im Notfall könnte es auch kürzer sein …

»Es kann doch nur vorübergehend sein. Genau wie unsere Ehe«, schlug ich heiser vor.

Blinzelnd hob sie ihre Hände an die Wangen, wie um sie abzukühlen. Bei diesem Licht jedoch war nicht zu sehen, ob sie rot geworden war. »Das würde niemals funktionieren. Glaub mir.«

Damit wandte sie sich ab und drehte sich auch nicht noch einmal um, als ich mit leiser Stimme ihren Namen rief.

Resigniert ließ ich mich wieder auf die Liege fallen, stieß einen tiefen, sexuell frustrierten Seufzer aus und versuchte zu verstehen, was gerade geschehen war.

Ich hatte keine Ahnung, wie mit meiner eigenen Gattin umzugehen war. Bisher hatte ich mit meinem Charme leichtes Spiel mit den Frauen gehabt. Dass sie deshalb trotzdem nicht auf Dauer bei mir bleiben würden, hatte mir Vanessa während meiner Haft gezeigt. Aber Kira und ich hatten bereits festgelegt, dass unsere Beziehung nicht von Dauer wäre, also war das offenbar nicht das Problem. Trotzdem hatte meine eigene Frau mich zurückgewiesen, was mir nie zuvor geschehen war. Ich war nicht arrogant – es war ganz einfach so. Aber wusste ich auch, wie man eine Frau verführte, die nicht verführt werden wollte? Was für eine Ironie des Schicksals, dass die erste Frau, um die ich mich *bemühen* musste, meine eigene Gattin war.

♥

»Wir sehen uns dann am Montag, Charlotte«, sagte ich und küsste ihr die Wange. Es war Freitagvormittag, und sie und Walter fuhren nach San Francisco, wo sie übers Wochenende eingeladen waren.

»Im Gefrierschrank stehen verschiedene Aufläufe, die du nur in den Ofen schieben musst. Oh, und außerdem habe ich noch ein Blech dieser Zitronen-Butter-Plätzchen, die du so liebst, gebacken. Ich habe sie in Alufolie eingewickelt und …«

»Charlotte«, klärte ich sie lachend auf. »Ich bin ein erwachsener Mann und komme übers Wochenende gut alleine klar.«

Sie kniff mir lächelnd in die Wange und gab kopfschüttelnd zurück: »Ich kümmere mich gern um dich. Lass mich dich verwöhnen, wenn ich will. Oh! Und richte bitte Kira von mir aus, dass es auch Haferplätzchen gibt. Die isst sie gern. Wo steckt sie überhaupt? Ich hätte angenommen, dass sie kurz vorbeikommt, um Auf Wiedersehen zu sagen.«

»Wir waren gestern Abend aus. Wahrscheinlich schläft sie also noch.« Ich stellte sie mir vor, wie sie auf dem zerwühlten Laken in dem kleinen Häuschen lag und wie ihr wundervolles Haar …

Charlotte sah mich an, als könnte sie Gedanken lesen. Und wahrscheinlich konnte sie das auch.

»Und wie stehen die Aktien zwischen euch, nachdem sie wirklich deine Frau geworden ist?« Sie hatte mit zu unserer Trauung kommen wollen, doch das hatte ich ihr untersagt. Wenn sie dabei gewesen wäre, hätten sich die Schuldgefühle und das Unbehagen, weil ich nicht aus Liebe, sondern wegen des Geldes geheiratet hatte, sicher noch gesteigert.

»Keine Ahnung«, seufzte ich. »Bei Kira weiß man nie. Ich weiß kaum, was sie treibt, und noch viel weniger, was in ihr vorgeht.« *Ich wusste nur, dass sie mir widerstanden hatte, und vielleicht begehrte ich sie deswegen so sehr.*

»Hm. Sie ist tatsächlich eine ungewöhnlich willensstarke junge Frau. Genauso starrsinnig wie du.« Sie zwinkerte mir zu. »Aber ich freue mich, dass ihr etwas zusammen unternommen habt. Das ist ein guter Anfang.«

Ehe ich erklären konnte, dass sie keine falschen Hoffnungen bezüglich unseres Ehelebens hegen sollte, fuhr sie bereits fort: »Sag ihr, ich wünsche ihr ein schönes Wochenende. Oh! Und sag ihr, dass die Liste für die Party fertig ist. Das ist wirklich eine ausgezeichnete Idee. Ich verstehe zwar nicht, warum sie es mit dem Fest so eilig hat und mir deshalb letzte Nacht um zwei noch eine Mail geschrieben hat, aber auf dem Weg nach San Francisco werden wir in Napa halten und die Einladungen bestellen. Ich kenne eine Druckerei, die so etwas im Handumdrehen macht. Und ich habe noch Jessicas Adressliste der High Society von Napa, die werde ich dem Drucker schicken, sobald ich sie durchgegangen bin.« *Kira hatte Charlotte mitten in der Nacht noch eine Mail geschickt? Warum denn das? Hatte sie genau wie ich nach dem, was gestern zwischen uns passiert war, nicht schlafen können? Hatte sie sich ebenfalls im Bett gewälzt und sich daran erinnert, wie …*

»Spätestens am Montag ist die Liste in der Post«, lenkte Charlotte mich von meinen müßigen Gedanken ab.

»Und hier, trink deinen Saft«, wies sie mich an und drückte mir mein immer noch halb volles Glas mit frisch gepresstem Orangensaft in die Hand. »Im Augenblick geht hier die Grippe um.«

Gehorsam leerte ich das Glas in einem Zug, nur damit sie mir nicht länger mit der blöden Party in den Ohren lag.

Sie sah mir beinah ängstlich zu, als ich das Glas an meine Lippen hob. Machte sie sich wirklich Sorgen, dass die Grippe mich erwischen könnte, oder hatte ihre Miene einen anderen Grund?

Sie nahm das leere Glas und spülte es kurz aus, bevor ich sie aus der Küche scheuchte und auch Walter, der mit ihrem kleinen Koffer in der Eingangshalle stand, ein schönes Wochenende wünschte.

»Auf Wiedersehen, Sir.« Er bedachte seine Frau mit einem liebevollen Lächeln, als sie mit leisem Jammern all die Dinge aufzählte, die sie nicht erledigt hatte, so als würden wir zugrunde gehen, wenn wir hier drei Tage lang alleine wären.

Ich arbeitete bis zum späten Nachmittag, fuhr in die Stadt, um ein paar Lebensmittel zu besorgen, und war gegen fünf zurück. Nach einer kurzen Dusche ging ich in die Küche und wärmte im Ofen einen Auflauf für uns auf. Ich schrieb Kira eine SMS, dass es um sechs Essen gäbe, und als sie nicht reagierte, wurde ich nervös.

Ging sie mir etwa absichtlich aus dem Weg? Ich hatte sie den ganzen Tag noch nicht gesehen. Verkroch sie sich etwa in dem jämmerlichen, kleinen Häuschen, oder saß sie vielleicht im Büro und ging dort meine Bücher durch? Ich ging ins Arbeitszimmer, aber nichts wies darauf hin, dass jemand dort gewesen war. Also setzte ich mich selber an den Schreibtisch, aber da ich mich vor lauter Frust nicht konzentrieren konnte, stand ich wieder auf, marschierte wieder in die Küche, schnappte mir mein Handy und schrieb Kira eine zweite SMS. Ich trommelte nervös mit meinen Fingern auf die Arbeitsplatte, als auch diesmal keine Antwort kam.

Bevor ich michs versah, marschierte ich zu ihrem kleinen Haus. Hatte sie sich etwa nach Brasilien abgesetzt, wie ich es vermutet hatte, als ich bei ihr im Hotelzimmer gewesen war? Diese kleine Hexe. War sie wirklich abgehauen? Hatten die Geschehnisse vom Vorabend sie dermaßen erschreckt? Oder hatte sie ihr angebliches Mitgefühl womöglich nur gespielt? Das Blut rauschte durch meine Adern, ohne dass ich hätte sagen können, ob aus Panik oder Zorn.

Sollte es tatsächlich möglich sein, dass ich von ihr derart zum Narren gehalten worden war? Hatte sie mir wirklich noch den letzten Rest von Stolz geraubt, und saß ich jetzt zwar offiziell gebunden, aber ohne Braut alleine hier?

Ohne auch nur anzuklopfen, bahnte ich mir einen Weg durch den mit zahlreichen Geräten zugestellten ersten Raum und stürzte mit wild klopfendem Herzen in ihr Schlafzimmer.

Ich atmete erleichtert auf, als ich den offenen Koffer und die auf dem Fußboden verstreuten Kleider sah. Eilig lenkte ich den Blick aufs Bett und nahm die Erhebung unter der von Charlotte ausgeborgten Decke wahr.

Es war erst kurz nach sechs. Es konnte doch nicht sein, dass sie um diese Uhrzeit *schlief*.

»Kira?«

Keine Reaktion.

Ich trat ans Bett und schlug die Decke auf.

Mit einem leisen Stöhnen zog sie ihre Beine an und rollte sich zu einem kleinen Ball zusammen.

»Kira?«, fragte ich, Panik in der Stimme.

Ich schob ihr das wunderbare Haar aus dem Gesicht und legte meine Hand an ihre Stirn. Sie war heiß und schweißbedeckt, doch Kira selber zitterte wie Espenlaub.

»Oh, Kira, Süße, du glühst ja richtig.«

Wieder stöhnte sie und schlug die Augen immer noch nicht auf. Dann murmelte sie Unverständliches und schlang sich zitternd ihre Arme um den Bauch.

Verdammt! Natürlich war es *meine* Schuld, dass sie so krank geworden war. Ich hatte zugelassen, dass sie in dem zugigen, verstaubten Gärtnerhäuschen wohnte und seit Tagen eiskalt duschte, weil es hier kein warmes Wasser gab. Was hatte ich mir nur dabei gedacht?

Schuldbewusst schob ich die Arme unter sie und hob sie zusammen mit der Decke hoch. »Du kommst jetzt mit zu mir, Schluss, aus. Ich weiß, dass du mir irgendwo in deinem tiefsten Inneren widersprichst, aber ich akzeptiere jetzt kein Nein. Es bleibt dir nichts anderes mehr übrig, als mir zu gehorchen. Wie gefällt dir das?« Ich versuchte ihr mit diesen Worten eine Reaktion zu entlocken, doch sie zitterte nur und schmiegte sich stumm an meine Brust.

Vorsichtig trug ich sie durch den schmutzstarrenden, mit Geräten angefüllten Vorraum, trat die Tür hinter mir zu und lief eilig durch den überraschend neblig-kühlen Abend Richtung Herrenhaus. Kira auf den Armen, ging ich in den ersten Stock, und als mir auf der Treppe plötzlich schwindlig wurde, lehnte ich mich kurz an das Geländer. Gott, ich hoffte nur, ich würde jetzt nicht auch noch krank. Das wäre wirklich ungünstig, weil wir bis Montag früh alleine wären.

Das Blut rauschte in meinen Adern, doch der Schwindel legte sich nach einem Augenblick, und ich trug Kira in das Schlafzimmer, das einmal meiner Stiefmutter gehört hatte, und legte sie aufs Bett. Ich deckte sie sorgfältig zu, strich ihr Haar zurück und legte einen feuchten Waschlappen auf ihre Stirn. Dann lief ich los, um ein paar Schmerztabletten zu besorgen, kam zurück und schüttelte sie sanft.

»Du musst mir sagen, ob du schon was eingenommen hast. Kira?«

Sie bewegte sich und zwängte mühsam ihre Lider auf. Aufgrund des Fiebers glänzten ihre grünen Augen tatsächlich noch mehr als sonst.

»Hast du was genommen, Kira? Irgendwelche Medizin?«

Sie schüttelte den Kopf, zuckte zusammen und stieß krächzend aus: »Ich hatte nichts.«

»In Ordnung, gut, dann nimmst du jetzt etwas.« Ich steckte ihr die Pillen in den Mund, und sie nahm sie mit ein paar kleinen Schlucken Wasser aus dem Glas, das ich an ihre Lippen presste, ein, bevor sie ihren Kopf wieder aufs Kissen fallen ließ und ermattet ihre Augen schloss.

Ich sah ihr forschend ins Gesicht. Ihre langen, dunklen Wimpern lagen wie zwei Fächer auf ihren fieberroten Wangen, ihre trockenen Lippen waren leicht geöffnet und sie atmete leise ein und aus.

»Du wunderschönes, freches Gör«, wisperte ich und strich ihr erneut das Haar aus der Stirn. Abermals rauschte das Blut in meinen Adern, schoss direkt in meinen Unterleib, und als ich hart wurde, verzog ich grimmig das Gesicht. Dies war wohl kaum der rechte Augenblick für lüsterne Gedanken, und ich schämte mich für meine Reaktion. *Um Himmels willen, die Frau war krank.*

In den nächsten beiden Tagen unternahm ich alles, um es ihr möglichst bequem zu machen, während sich ihr Körper weiterhin in Fieberkrämpfen wand und sich mein eigener Körper nur mit Mühe daran hindern ließ, einfach so über sie herzufallen. Nie zuvor in meinem Leben hatte ich ein so unkontrollierbares Verlangen nach einer Frau verspürt. Die Erektionen, die ich regelmäßig hatte, hielten über Stunden an und waren so schmerzhaft, dass ich mich nur noch mit Mühe auf den Beinen hielt. Das war doch nicht normal! Irgendetwas stimmte einfach nicht mit mir.

Ich rief bei José an und meldete mich zum ersten Mal seit meiner Heimkehr krank. Ich wäre sowieso nicht arbeiten gegangen, weil ich Kira nicht allein gelassen hätte – doch ich war tatsächlich nicht in der Verfassung, um auch nur zwei Schritte aus dem Haus zu tun.

Wie ein wildes Tier wollte ich mich nur noch auf Kira stürzen, ihr die Kleider vom noch immer fieberheißen Körper reißen und mein schmerzliches Verlangen stillen, bis ich endlich befriedigt war. Das klingt natürlich lächerlich dramatisch, doch genauso war es.

Ich konnte sie nicht ansehen, während ich mit einem kühlen Lappen über ihren Hals und ihre Brust strich, denn am liebsten hätte ich mich über sie gerollt und mich tief in ihr vergraben, obwohl sie immer noch vor Fieber brannte und kaum bei Bewusstsein war. Ich hatte keine andere Wahl, als mich viermal selbst im Badezimmer zu befriedigen, bevor ich abermals nach ihr sah. Das war auf keinen Fall normal. Hatte mich die kleine Hexe vielleicht mit einem bösen Bann belegt? Ich kam mir regelrecht besessen vor, von einem sexuell höchst aggressiven Dämon, der direkt aus der tiefsten Hölle kam.

Kurz bevor ich einen Arzt – oder vielleicht einen Priester oder Exorzisten – rief, nahmen die Symptome Sonntagnachmittag allmählich ab. Auch Kiras Atem ging inzwischen wieder ruhig und gleichmäßig, ihr Fieber war gesunken, und da ich mental und körperlich total erledigt war, legte ich mich neben sie aufs Bett. Durch die schweren Vorhänge drang schwach das abendliche Dämmerlicht, und während ich dem leisen Surren des Ventilators lauschte, fielen mir die Augen zu, und ich versank in einen tiefen Schlaf.

12 Kira

Ich wurde langsam wach und hatte das Gefühl, als stiege ich aus einem tiefen, dunklen Loch und sähe weit, weit über mir ein helles Licht. Ich blinzelte, versuchte zu verstehen, wo ich war, und spürte plötzlich etwas Warmes, Festes hinter mir. Benommen drehte ich mich um und schaute in das makellose Gesicht des Drachen, der an meiner Seite schlief.

Was machte ich in diesem Bett? Das Einzige, woran ich mich erinnern konnte, war, dass ich mich plötzlich nicht mehr auf den Beinen hatte halten können und auf allen vieren in mein eigenes Bett gekrabbelt war. Ich hatte mich gefühlt, als ob ein dicker Felsbrocken auf meinen Kopf gefallen wäre und als würde ich im Höllenfeuer schmoren. Noch immer war ich wie betäubt, und meine Glieder waren schwer wie Blei. Plötzlich sah ich Grayson vor mir, wie er mir die Haare aus dem Gesicht gestrichen, mir einen feuchten Lappen auf die Stirn gelegt hatte und mit einer Schale heißer Brühe an mein Bett getreten war. Er hatte sich um mich gekümmert. Ich sah auf seine friedliche Gestalt, und ein Gefühl der Zärtlichkeit stieg in mir auf. Noch immer nicht ganz wach und ohne dass mir mein Verstand oder meine Ängste in die Quere kamen, legte ich die Hand an sein Gesicht und glitt mit den Daumen über seinen schwarzen Stoppelbart. *So wäre es, an seiner Seite wach zu werden. Wenn er wirklich mir gehören würde.* Das war ein Gedanke, der mich plötzlich deutlich weniger erschreckte als vor meiner Krankheit.

Er hatte sich seit mindestens zwei Tagen nicht rasiert. War ich so lange hier gewesen, hier in diesem Raum?

Blinzelnd schlug auch Gray die Augen auf und starrte mich verschlafen an. »Hi«, murmelte er und legte eine Hand an meine Stirn.

»Du hast kein Fieber mehr«, erklärte er zufrieden und zog seine Hand wieder zurück.

»Du hast mich gesund gepflegt«, wisperte ich. »Danke.« Plötzlich wusste ich, er war ein guter Mensch.

Wir schliefen nicht, aber wir waren auch noch nicht richtig wach, und gefangen im Nebel unserer Träume blieben wir so liegen und sahen uns an. Seine Augen waren wunderschön und dunkel wie der Himmel während einer Neumondnacht. Bevor ich mich darin verlieren konnte, hob er eine Hand an mein Gesicht, glitt mit seinem Daumen über meinen Wangenknochen, und mit einem leisen Seufzer schmiegte ich mich an ihn. Doch dann riss er die Augen auf, als ob ihm plötzlich etwas eingefallen wäre, und der Zauber war dahin.

Eilig rollte er sich auf seinen Rücken, raufte sich fast schuldbewusst die Haare und sah mich verlegen an. »Das war …«

Bevor er seinen Satz beenden konnte, klingelte es an der Tür, und eilig setzte er sich auf. »Walter und Charlotte sind noch nicht zurück, das heißt, ich muss aufmachen.« Sein T-Shirt war zerknittert, seine Haare wild zerzaust, doch mit seinen dunklen Bartstoppeln sah er sogar noch besser aus als sonst.

Er ließ seinerseits den Blick an mir herunterwandern und wandte sich abermals fast schuldbewusst zum Gehen.

Ich richtete mich auf, stützte mich auf einen Ellenbogen und hob eine Braue an. »Du hast mein Fieber doch nicht ausgenutzt?«

Seine Augen wurden tatsächlich noch dunkler, und er knirschte hörbar mit den Zähnen. »Nein. Am besten duschst du erst mal heiß. Ich habe deinen Koffer raufgebracht.«

Ich folgte seinem Blick und sah, dass außer meinem Koffer auch die Tasche mit meinen Toilettensachen unter einem Fenster stand.

Ich folgte seinem Rat, nahm eine ausgiebige Dusche, ließ das heiße Wasser mehrere Minuten lang auf meine schmerzenden Muskeln prasseln und seifte mich mehrmals gründlich ein. Ein himmlisches Gefühl. Am Schluss war ich blitzblank geschrubbt, hellwach und fühlte mich zum ersten Mal seit Tagen wieder wie ein Mensch. Ich föhnte mir die Haare, zog mich an und ging nach unten, um zu sehen, wo Grayson war und ob es etwas zu essen gab, weil ich vollkommen ausgehungert war.

Ich hörte Stimmen aus dem Wohnzimmer, trat durch die Tür und blieb wie angewurzelt stehen, als ich meine beste Freundin Grayson gegenüber auf dem Sofa sitzen sah. Die beiden lachten über irgendetwas, doch als ich eintrat, stürzte Kimberly mit einem leisen Aufschrei auf mich zu und schlang mir die Arme um den Hals.

»Was machst du hier?« Mein Herz machte vor lauter Freude einen Satz. Sie trug abgeschnittene Jeans und ein geblümtes Tanktop, ihre glatte, olivfarbene Haut war dank der Sommersonne leicht gebräunt, und mit ihren wunderbaren Rundungen und den zu einem Pferdeschwanz gebundenen schwarzen Locken sah sie wieder mal fantastisch aus.

»Du bist seit Freitag nicht ans Telefon gegangen, und ich wollte sichergehen, dass du nicht gefesselt hinter einem Weinfass liegst und gnadenlos gefoltert wirst.« Sie grinste Grayson an, als hätte sie denselben Scherz schon mal gemacht, und ich hatte keine Ahnung, was ich davon halten sollte, dass die beiden offenbar schon ziemlich vertraut miteinander waren.

Gray stand auf und sah mich an. »Dann lasse ich euch beide erst mal reden«, sagte er, und mir fiel auf, dass er vollkommen erledigt aussah. Er schien an diesem Wochenende kaum ein Auge zugemacht zu haben. »Ich muss sowieso erst einmal duschen. War mir eine Freude, dich kennenzulernen, Kimberly.«

Ich blickte eilig fort und biss mir auf die Lippen, denn die Vorstellung von Grayson, wie er nackt unter der Dusche stand, brachte mich aus dem Gleichgewicht.

»Kira?«, fragt Kimmy. »Willst du dich nicht setzen?« Offensichtlich stellte sie die Frage nicht zum ersten Mal.

»O ja. Bis später«, rief ich Grayson hinterher. »Uhh, und nochmals vielen Dank.«

Er drehte leicht den Kopf, trat dann aber wortlos in den Flur hinaus.

»Nun komm schon her«, bat Kimberly und zog an meiner Hand. »Was ist los? Ich habe kaum etwas von dir gehört, seit ihr geheiratet habt, und das ganze Wochenende über bist du nicht ans Telefon gegangen und hast nicht einmal auf meine Textnachrichten reagiert.«

»Ich war krank. Ich meine, wirklich krank.« Ich warf mich neben meine Freundin auf die Couch, legte mir ein Kissen in den Schoß und zog es an meinen Bauch. »Gray hat mich gepflegt.« Das verwirrte mich noch immer, doch bisher hatte ich keine Chance gehabt zu fragen, was genau geschehen war.

Warum hatte er mich hergebracht und hier versorgt?

Wie hatte er mich überhaupt gefunden?

Und, o Gott, war es tatsächlich erst drei Tage her, dass er mich geküsst und so zärtlich gestreichelt hatte, dass ich mich danach im Bett von einer Seite auf die andere geworfen hatte, weil ich völlig durcheinander und zugleich total frustriert gewesen war?

Schließlich war ich wieder aufgestanden, hatte eine Liste mit Details zu dem von mir geplanten Fest erstellt und per Mail an Charlotte geschickt. Es hatte mir geholfen, mich mit etwas anderem zu befassen als mit *ihm,* und ich hatte endlich schlafen können, als ich abermals ins Bett gegangen war.

Kimberly zog eine Braue hoch. »Natürlich bin ich froh,

dass es dir wieder besser geht, und du kannst mir auch gleich erzählen, was dich derart umgehauen hat. Aber vorher muss ich noch ein Hühnchen mit dir rupfen. Du hast mir mit keinem Wort erzählt, dass Grayson Hawthorn ein Adonis ist.«

Ich schnaubte. »Ein *Adonis?* So ein Quatsch. Er ist grottenhässlich. Ich ertrage es fast nicht, ihn auch nur anzusehen.«

Kimmy grinste. »Lügnerin.« Doch plötzlich wurde ihre Miene nachdenklich. »Die Sache macht mir trotzdem Sorgen. Du könntest dich in diesen Typen verlieben, wenn du dich bereits so kurz nach eurer Hochzeit zu ihm hingezogen fühlst. Aber da du vorhast, bald schon wieder von hier zu verschwinden, solltest du lieber auf Distanz zu ihm bleiben, okay? Und lass dich ja nicht von ihm küssen.«

Seufzend lehnte ich mich auf der Couch zurück. »Nun, was das angeht …«

Ich erzählte meiner Freundin alles, was seit unserem Hochzeitstag geschehen war. Sie hörte schweigend zu und wirkte nacheinander zornig, leicht entsetzt und überrascht. Schließlich meinte sie mit nachdenklicher Stimme: »Also gut, du *hast* dich von ihm küssen lassen. Ich komme zu spät – aber das hätte ich mir denken sollen. So, wie er dich eben angesehen hat … und was willst du jetzt weiter tun?«

Wie hatte Grayson mich denn angesehen? Wahrscheinlich hatte er nur sichergehen wollen, dass ich mich tatsächlich auf den Beinen halten konnte, nachdem ich das ganze Wochenende über krank gewesen war.

Ich schüttelte den Kopf. »Nichts. Er hätte gerne, dass mehr zwischen uns läuft, solange wir tun müssen, als wären wir ein Paar. Danach würde er mich einfach gehen lassen, aber das … du kennst mich, Kimberly. So laufen diese Dinge für mich nicht. Es würde die totale Katastrophe. Wenigstens für mich.«

Bevor mir meine Freundin eine Antwort geben konnte, hörten wir Grayson in der Küche brüllen, sprangen auf und rannten eilig los.

Noch ehe wir unser Ziel erreichten, kam er uns im Flur entgegen, dicht gefolgt von Charlotte, die offenbar gerade wieder zu Hause angekommen war. »Ich habe es nur gut gemeint«, rief sie ihm hinterher.

Er fuhr zu ihr herum und funkelte sie wütend an.

»Es hat nicht viel gefehlt, und ich wäre über sie hergefallen. Während sie fast vierzig Grad Fieber hatte und praktisch bewusstlos war.«

»Oje.« Sie runzelte die Stirn und legte einen Finger an ihr Kinn. »Hätte ich die Dosis vielleicht eher halbieren statt verdoppeln sollen? Ja, wahrscheinlich ist es das.«

»Was ist hier los?«, erkundigte ich mich. Kimberly sah zwischen Gray und Charlotte hin und her, und Walter blieb mit dem Gepäck ein wenig abseits stehen.

»Sie hat mich vergiftet«, knurrte Gray und zeigte anklagend auf seine Haushälterin.

Charlotte lachte unbekümmert auf und zwinkerte mir fröhlich zu. »Ich habe ihn ganz sicher nicht vergiftet. Das war eine ungefährliche Kräutermischung – ein Rezept von meiner Mutter – zur Stärkung der Potenz.«

Ich erbleichte. Charlotte hatte Grayson heimlich ein *Potenzmittel* verabreicht, ehe sie übers Wochenende weggefahren war? Was hatte sie damit bezwecken wollen? Und vor allem ... *o Gott.* Wäre er tatsächlich fast über mich hergefallen, als ich halb ohnmächtig war?

Während ich noch mühsam schluckte, mischte Walter sich in das Gespräch: »Natürlich steht es mir nicht zu, Sir, aber ...«

Grayson sah ihn böse an. »Wann hat dich das je daran gehindert, deine Meinung kundzutun?«

»Noch nie«, gab Walter ohne jede Reue zu. »Ich habe herausgefunden, dass die Wirkung schneller nachlässt, wenn man viel Wasser trinkt. Trotzdem würde ich nahelegen, die empfohlene Dosis einzuhalten, denn das Mittel ist wirklich äußerst ... hilfreich.«

Mit einem gequälten Stöhnen starrte Gray an die Decke. »Ich habe tagelang die Hölle durchgemacht.«

Mitfühlend trat Charlotte auf ihn zu. »Soll ich dir …«

»O nein! Du wirst nie wieder etwas für mich tun! Du bist gefeuert! Bin ich hier in einem Irrenhaus gelandet, oder was?« Mit diesen Worten stapfte er zur Tür und warf sie so gewaltsam hinter sich ins Schloss, dass die Vase auf dem Tisch daneben wackelte und fast herunterfiel.

Ich rang nach Luft und starrte Charlotte an, die immer noch so fröhlich lächelte, als wäre nichts geschehen.

»Er hat Sie gefeuert?«, keuchte ich.

Sie winkte einfach ab. »Ach, er setzt mich schon seit Jahren alle vierzehn Tage an die Luft. Und jetzt trinken wir erst mal eine schöne Tasse Kaffee, Mädels«, lud sie uns in ihre Küche ein, und grinsend trottete Kimberly ihr hinterher.

In der Küche stellte ich die zwei einander vor, wir setzten uns, und Charlotte schenkte uns von ihrem frisch gebrühten Kaffee ein, bevor sie wieder vor die Arbeitsplatte trat, um weiter irgendwelchen Teig auf einem großen Holzbrett auszurollen.

»Was haben Sie sich nur dabei gedacht?« Ich versuchte, Charlotte möglichst böse anzugucken, denn ihr Vorgehen hätte dazu führen können, dass ich vergewaltigt wurde, während ich geschwächt und praktisch ohnmächtig gewesen war. Doch … glaubte ich das wirklich? Glaubte ich, dass Grayson so etwas tun würde, nur weil ihm von Charlotte irgendwelches Kraut verabreicht worden war? Ich runzelte die Stirn. Nein, das tat ich nicht. Doch schließlich hatten Männer mich auch vorher schon getäuscht. Nachdem mein eigener Vater und mein Ex-Verlobter mich so schändlich ausgenutzt und hintergangen hatten, wusste ich aus schmerzlicher Erfahrung, dass den meisten Männern nicht zu trauen war.

Aber Charlotte hatte es nur gut gemeint. Das wusste ich genau.

Sie sah mich an. »Ich hatte das Gefühl, dass ihr beide euch absichtlich aus dem Weg geht. Aber dann hat Grayson dich zum Essen eingeladen, und ich dachte, dass er vielleicht nur noch einen kleinen Anstoß braucht. Ich dachte, wenn ihr zwei das ganze Wochenende allein seid ...« Sie verzog unglücklich das Gesicht. »Aber vielleicht habe ich die falsche Dosis in den Saft gerührt, und natürlich hätte ich seine Potenz berücksichtigen müssen ...«

Stöhnend presste ich die Stirn in meine Hand, sah wieder auf und blickte in ihr lächelndes Gesicht. Auch wenn ich nicht die Absicht hatte, über die Potenz meines Gatten nachzudenken, antwortete ich: »Ich glaube nicht, dass er auf dem Gebiet Probleme hat. Oder einen Anstoß braucht.«

Charlotte hielt in ihrer Arbeit inne und legte das Nudelholz neben dem Holzbrett ab. »Und du?«, erkundigte sie sich, eindeutig in der Hoffnung, dass es mir genauso ging.

»Ich ... Natürlich fühle ich mich zu ihm hingezogen. Ich ...« Verlegen ließ ich meinen Finger auf dem Rand des Kaffeebechers kreisen und sah vor mir auf den Tisch. »Manchmal finde ich ihn sogar richtig nett.« Ich schüttelte den Kopf. »Aber ich kann ihm nicht geben, was er will.« Ich biss mir auf die Lippe, wandte mich an Kimberly, und sie bedachte mich mit einem mitfühlenden Blick. »Dafür gibt es eine ganze Reihe von Gründen, doch der Hauptgrund ist, dass er wahrscheinlich vollkommen problemlos mit mir schlafen und danach so tun könnte, als wäre nichts geschehen. Aber ich könnte das nicht.« Ich blickte wieder auf den Tisch. So war es immer schon gewesen – wem ich meinen Körper schenkte, dem schenkte ich zugleich mein Herz. Erschauernd stellte ich mir vor, wie mühelos Gray mir das Herz brechen könnte, wenn ich ihm die Chance dazu gab. Das hatte ich schon mal erlebt, und diesmal wäre ich ganz sicher nicht so dumm und gäbe dem Verlangen meines Körpers nach.

Vor allem nicht, wenn es um einen hochpotenten Drachen ging.

Charlotte tätschelte mir mitfühlend die Hand und bestäubte dadurch meine Knöchel leicht mit Mehl. »So sind wir Frauen nun mal gestrickt, Liebes. Wenn wir unseren Körper geben, geben wir auch unser Herz. Wenn Männer ihren Körper geben, nun …«

»… geben sie ihren Körper«, erklärten Kimberly und ich wie aus einem Mund.

Wir lachten, und mir wurde warm ums Herz, weil ich zum ersten Mal seit Langem endlich wieder einmal mit zwei Freundinnen zusammensaß.

Ich sah Charlotte lächelnd an. »Damit wäre das vom Tisch.«

»Warten wir es ab.« Sie zwinkerte mir zu.

»Ich möchte nicht, dass Sie noch einmal irgendwelche Ränke schmieden«, antwortete ich, obwohl ich Charlottes Wunsch, eine richtige Beziehung zwischen mir und Grayson anzubahnen, rührend fand. Sie hielt nichts von der Scheinehe, die wir allein des Geldes wegen eingegangen waren, und wenn eine echte Ehe daraus würde, könnte sie sich endlich für Grayson freuen.

»O nein«, erklärte sie, klang aber wenig überzeugend. »Oder falls doch, dann so, dass man mich nicht erwischt.«

Leise lachend hob ich meinen Kaffeebecher an den Mund. Ich hätte Charlotte gern über einige Dinge ausgefragt, die ich über Gray herausgefunden hatte, vor allem über die Frau, die ihn wegen seines Bruders hatte sitzen lassen. Doch zum einen fand ich es nicht richtig, diese Themen hinter seinem Rücken anzusprechen, und zum anderen waren wir beide nicht allein.

»Wird er Ihnen diesen Streich verzeihen?«

»Auf jeden Fall. Der hier«, meinte sie und nickte in Richtung Teig, »ist für seine Lieblingsblaubeer-Scones. Am liebsten isst er sie mit Marmelade und mit Sahne. Um seinen Stolz zu wahren, wird er noch ein, zwei Tage lang so tun, als ob er wütend auf mich wäre, aber spätestens, wenn er die ersten Scones verputzt hat, wird alles wieder so wie vorher sein.«

Sie lächelte, doch plötzlich wurde ihre Miene ernst. »Da fällt mir etwas ein. Ich muss noch in den Obstgarten, um dort die reifen Aprikosen aufzulesen, die wahrscheinlich längst vom Baum gefallen sind. Ich mache Aprikosenmarmelade. Du kannst mir gerne dabei helfen, wenn du willst.«

»Ja, sicher«, sagte ich ihr zu. »Mit meiner Grandma habe ich immer Erdbeermarmelade gemacht.«

Ich dachte voller Wehmut daran zurück, als Kimberly einen Schluck von ihrem Kaffee nahm und plötzlich wie aus dem Nichts verkündete: »Ich finde es hier schön. Ich glaube, du gehörst hierher, Kira.«

Ihre Worte riefen ein Gefühl des Glücks, doch gleichzeitig auch Furcht in meinem Inneren wach, und während wir in der warmen Küche, eingehüllt in Blaubeer- und in Kaffeeduft vor unseren Honig-Haferplätzchen saßen und Charlottes Bericht über den Besuch bei ihren Freunden lauschten, dachte ich daran, wie Grayson behauptet hatte, dass er praktisch ohne Eltern groß geworden war. Ich wusste bisher kaum etwas darüber, wie er aufgewachsen war, aber in dieser Hinsicht hatte er sich eindeutig geirrt. Er hatte immer eine Mom und einen Dad gehabt. Zwar hießen sie nicht Hawthorn, sondern Popplewell, aber sie liebten ihn wie ihren eigenen Sohn. Ich fragte mich, ob ihm das je bewusst geworden war.

Wir plauderten noch etwas, bis Kimberly sagte, sie müsste langsam wieder los. Ich brachte sie zu ihrem Wagen, und sie lächelte mich an. »Ich bin froh, dass ich vorbeigekommen bin. Und dass du meiner Meinung nach hierher gehörst, habe ich durchaus ernst gemeint.« Sie sah mich forschend an. »Pass trotzdem auf dich auf. Ich könnte nicht ertragen, noch einmal mit anzusehen, wie du verletzt wirst, Kira Kat.«

»Das mache ich, versprochen«, sagte ich mit einem schmalen Lächeln zu.

Sie nickte knapp. »Jetzt, wo ich weiß, wie gut es dir hier geht, fällt es mir noch schwerer, dir zu sagen, dass …«

Mein Herz zog sich zusammen. So grimmig sah Kimberly immer nur dann aus, wenn es um einen ganz bestimmten Menschen ging.

»Hat mein Vater bei dir angerufen?«, fragte ich, und wieder nickte sie knapp.

»Er hat inzwischen sogar mehrmals angerufen und gesagt, ich soll dich dazu bringen, dich bei ihm zu melden, wenn er sich nicht seinerseits bei Andys Vorgesetztem melden soll. Um eine Beförderung ging es ihm dabei offensichtlich nicht.«

»Dieses manipulative Schwein«, stieß ich zornbebend aus. Kimmys Mann saß in der Leitstelle der Polizei von San Francisco, und es war nicht ausgeschlossen, dass mein Vater dort einen gewissen Einfluss hatte, aber dass der Kerl auch nur erwogen hatte, Kimberly zu drohen, schlug dem Fass den Boden aus. Dass er *so* tief sinken würde, nur um mich auch weiterhin zu kontrollieren, hätte ich beim besten Willen nicht gedacht.

Kimberly berührte sachte meine Hand. »Hör zu. Ich habe dir das nicht erzählt, damit du ihn unseretwegen anrufst. Natürlich macht sich Andy etwas Sorgen, aber er würde lieber seinen Job verlieren als nach der Pfeife deines Vaters zu tanzen. Ich dachte nur, dass ich dich warnen sollte. Schließlich weiß man nicht, zu was er sonst noch alles fähig ist. Vielleicht wäre es das Beste, hinzufahren, bevor er rausfindet, wo du jetzt wohnst, und plötzlich unvermutet auf der Matte steht.«

Erschauernd schlang ich mir die Arme um den Bauch. Doch Kimmy hatte recht, und vor allem könnte ich nicht zulassen, dass *sie* unter dem Zwist, den ich mit meinem Vater hatte, litt. »Danke, Kimberly. Das mache ich.« *Bitte, lass die Heiratsurkunde so schnell wie möglich kommen. Ich muss nur erst das Geld auf meinem Konto haben, dann …*

Ich umarmte Kimberly zum Abschied, versprach, sie weiter auf dem Laufenden zu halten und so bald wie möglich zu besuchen, und dann sah ich ihrem Wagen auf dem Weg in Richtung Straße hinterher.

Wieder schlang ich mir die Arme um den Bauch, starrte den kaputten Brunnen an und fragte mich, ob Grayson ihn wohl sofort reparieren lassen würde, wenn er wieder das Geld dazu hatte. *Grayson* … der sich während des gesamten Wochenendes furchtbar hatte quälen müssen und mich trotzdem liebevoll gepflegt hatte.

Anscheinend hatte ich mich wenigstens zum Teil in ihm geirrt. Anders als ich anfangs angenommen hatte, war er nicht rücksichtslos und kaltherzig, sondern nur zutiefst verletzt und hatte sich, bevor wir uns begegnet waren, in einer Lage befunden, die hoffnungslos schien. Ich fragte mich, auf welche Weise er von seinem Bruder, Vater und der Stiefmutter verraten worden war.

Und auch mein eigener Vater hatte ihm vor Jahren schweres Unrecht zugefügt. Würde er, wenn er es wüsste, verstehen, weshalb ich ihm das verschwiegen hatte? Ich erwog, es ihm zu beichten … nur, dass unser Plan noch immer unverändert war. Wir würden bald getrennte Wege gehen, da brächte es uns sicher nichts, wenn ich jetzt plötzlich völlig offen zu ihm war.

Mit diesen ängstlichen Gedanken kehrte ich zurück ins Haus und ging ins Arbeitszimmer, wo ich Grayson Hawthorn erstmals offiziell begegnet war. Ich nahm hinter dem großen Schreibtisch Platz und teilte die am Morgen eingegangene Post und die zahlreichen alten, noch verschlossenen Umschläge in einen Rechnungs-, einen Werbe- und einen privaten Stapel auf.

Mehrere der Briefe waren handschriftlich von einer Frau an Grayson adressiert. Ich legte sie zur Seite, aber dann stieß ich auf eine Postkarte, auf der ein gegen einen Baum gelehntes Rad zu sehen war, drehte sie um und sah, dass sie von derselben Frau geschrieben worden war.

Grayson,

weißt du noch, als ich als Dreizehnjährige mit meinem Rad durch eine Pfütze gefahren bin und dich dabei über und über mit Schlamm bespritzt habe? Es tat mir so leid, aber du hast mich getröstet und gesagt, man könnte mir einfach nicht lange böse sein. Ich bete, dass du nach wie vor die Herzensgüte hast, mir zu verzeihen. Ich werde niemals aufhören, mich darum zu bemühen …

In Liebe, Vanessa

In Liebe, Vanessa?

Liebte sie ihn etwa immer noch?

Und sollte Grayson ihr im Ernst verzeihen, dass sie jetzt die Frau seines Bruders war?

Mein Herz zog sich zusammen, und ich spürte ein Kribbeln auf der Haut. Diese Postkarte gefiel mir ganz und gar nicht, nein.

Ich schob die jüngste Post zur Seite und beschloss, mich einer anderen Arbeit zuzuwenden, als ich plötzlich einen an mich adressierten, offiziellen Umschlag in Händen hielt. Mit angehaltenem Atem schlitzte ich ihn auf und zog die Heiratsurkunde hervor.

Mein ungutes Gefühl verflog augenblicklich. Aufgeregt lief ich zur Tür und rief über die Schulter Charlotte in der Küche zu: »Ich fahre in die Stadt, aber zum Essen bin ich sicher wieder da.«

Ich hörte ihr melodisches »Okay« und rannte aus dem Haus.

Ich musste Geld abholen. Jede Menge Geld.

13 Grayson

Ich schuftete bis drei und schleppte mich erschöpft zurück zum Haus, wo mir der verführerische Duft von Charlottes Blaubeer-Scones entgegenschlug. Ich versuchte, eine möglichst feindselige Miene aufzusetzen, als ich in die Küche kam. »Das ist unfair«, schimpfte ich. »Ich wollte frühestens übermorgen wieder mit dir reden. Gib mir eins von diesen Scones.«

Lächelnd schob mir Charlotte einen Teller mit einem noch warmen, mit einem Sahneklecks und etwas Marmelade versehenen süßen Brötchen hin.

»Elende Schummlerin«, murmelte ich. »Bilde dir ja nicht ein, ich würde dir deshalb verzeihen.«

Mit einem wissenden Lächeln schaute sie mir zu, als ich den ersten großen Bissen der himmlischen Köstlichkeit nahm. »Es tut mir leid. Du hattest meinetwegen Schmerzen, und das habe ich niemals gewollt.« Sie sah mich forschend an. »Ich wollte nur …«

»Du willst, dass unsere Ehe echt ist«, sagte ich und schüttelte den Kopf. »Tut mir leid, Charlotte, aber das wird ganz sicher nicht passieren. Ich habe weder die Zeit dazu noch den Wunsch nach einer Ehefrau.« Was die körperliche Seite unserer Ehe anging, hatte ich mein Möglichstes versucht, doch um Charlotte keine falschen Hoffnungen zu machen, behielt ich das besser für mich. Allerdings war lange noch nicht aller Tage Abend, auch wenn Kira mich bisher zurückgewiesen hatte. So schnell gab ich in diesem Punkt bestimmt nicht auf. Schließlich waren wir vorübergehend wirklich Mann und Frau – warum also sollten wir nicht auch ein bisschen davon profitieren? Sie war wie ein kleines Feuer, das in meinen Adern brannte – quicklebendig, unberechenbar und wunderschön –, doch wenn ich erst herausgefunden hätte, was für ein Gefühl es war, auf oder unter ihr zu liegen, während sie die langen, wohlgeformten Beine fest um mich schlang, wäre meine Neugierde gestillt, mein Verlangen nach ihr nähme wieder ab, und wir könnten wieder jeder seiner Wege gehen.

»Weißt du, ich habe dir die Kräuter nicht verabreicht, nur damit du mit ihr schläfst.« Anscheinend hatte Charlotte mich mal wieder mühelos durchschaut. »Ich wünsche mir mehr für dich als das. Ich wollte nur dein Blut in Wallung bringen, du verstehst?« Sie zwinkerte mir zu, und ich runzelte die Stirn. Sie war die Frau, von der ich praktisch aufgezogen worden war, weshalb sich eine Unterhaltung über dieses Thema zwischen uns aus meiner Sicht verbot. Doch ehe ich sie daran hindern konnte, fuhr sie unbekümmert fort: »Damit es einerseits in Richtung deines Unterleibs, aber zugleich in Richtung deines Herzens strömt. Vor allem, weil auch Kira mehr als eine simple Bettgeschichte will.«

Gegen meinen Willen fragte ich: »Und woher weißt du das?«

»Weil sie eine Frau ist. Daher weiß ich das.«

Ich dachte über ihre Worte nach. Würde Kira, falls wir miteinander schliefen, wirklich eine richtige Beziehung mit mir wollen? Ganz sicher nicht, denn schließlich hatte sie mir deutlich zu verstehen gegeben, dass ich ihr im Grunde nicht einmal sympathisch war. Doch wenn ich sie berührte, sagte ihr das offensichtlich zu.

Rückblickend betrachtet, musste ich erkennen, dass die sexuelle Spannung zwischen uns schon seit dem allerersten Tag bestand. Das Kribbeln meiner Haut, nachdem ich ihr zum ersten Mal die Hand gegeben hatte, hatte sich seither nicht mehr gelegt. Ich hatte es nur deswegen verdrängt, weil ich zu sehr damit beschäftigt gewesen war, sie zu verurteilen, sie für ihre pubertären Albernheiten auszuschimpfen oder aus irgendeinem anderen Grund wütend auf sie zu sein. Doch inzwischen konnte ich es nicht mehr leugnen, dass ich mich zu Kira hingezogen fühlte, und ich sah beim besten Willen keinen Grund, warum wir nicht einfach nur unseren Spaß miteinander haben sollten. Ich für meinen Teil könnte problemlos mit ihr schlafen, ohne ihr mit Haut und Haaren zu verfallen. Und genau das würde ich auch tun. Ich müsste sie ganz einfach von den Vorteilen einer solchen Beziehung überzeugen.

Mein Verlangen, Kira zu beschützen, als ich sie mit hohem Fieber und halb ohnmächtig in ihrem Bett gefunden hatte, hatte mich zu Anfang etwas aus dem Gleichgewicht gebracht, doch ehe ich überlegen konnte, was es zu bedeuten hatte, hatte Charlottes Kräutermischung angefangen mich zu plagen, und ich hatte nur noch daran denken können, wie ich es am besten schaffen sollte, nicht über die immer noch besinnungslose Kira herzufallen. Nun, zumindest hatte mich mein körperliches Leid vor stundenlangen Grübeleien bewahrt, und wahrscheinlich war meine Reaktion auf ihren jämmerlichen Zustand ganz normal gewesen. Ich hatte meine Frau vor Leid bewahren wollen – auch wenn unsere Ehe nur aus praktischen Erwägungen geschlossen worden war.

Das Verlangen, sie zu schützen, würde sich auf Dauer sicher wieder legen. Spätestens, wenn Kira wieder ihren eigenen Weg ging.

»Da wir gerade von ihr sprechen«, wandte ich mich wieder Charlotte zu. »Wo ist die kleine Unruhestifterin überhaupt?«

»Keine Ahnung. Sie ist vorhin plötzlich weggefahren, hat mir aber nicht gesagt, wohin.«

Verwundert zog ich eine Braue hoch. Was konnte es so

Wichtiges gegeben haben, dass sie einfach, ohne mir Bescheid zu geben, abgehauen war?

Bevor ich Charlotte danach fragen konnte, hörte ich erst einen Wagen in der Einfahrt und dann Kira selbst. »Hallo?«

»Ich bin hier in der Küche, Schätzchen«, antwortete Charlotte ihr.

Ich blickte über meine Schulter auf die große Kiste, mit der Kira in die Küche kam.

»Was ist denn das?«

»Eine Überraschung.«

Kira grinste, und ich stöhnte, denn wahrscheinlich hatte sie mal wieder irgendeine fürchterliche Schnapsidee gehabt.

»Aber erst mal«, fröhlich setzte sie sich auf den Hocker neben mich, »sind wir jetzt auch offiziell ein Ehepaar. Ich habe Mr Hartmann unsere Heiratsurkunde vorbeigebracht, und morgen liegt der Scheck für uns bereit.«

»Was?«, fragte ich aufgeregt. »So schnell?«

»So schnell.« Sie nickte grinsend, und ich zerrte sie von ihrem Stuhl an meine Brust und schwenkte sie im Kreis.

»Wir haben es geschafft«, stieß ich mit ungläubiger Stimme aus und stellte sie auf ihren Füßen ab.

Als sie lächelnd zu mir aufsah, glänzten ihre Augen, und ich hatte das Gefühl, als hätte ich das Grübchen, das sie zeigte, erstmals tatsächlich verdient.

»Ich weiß«, erklärte sie mir atemlos, und mein Verlangen, sie zu küssen, wurde derart übermächtig, dass ich überlegte, ob das normal oder noch immer die Folge der verdammten Kräutermischung war.

Ehe ich jedoch den Mund auf ihre Lippen pressen konnte, lenkte mich ein leises Scharren in der Kiste ab. Ich runzelte verwirrt die Stirn, und mit einem neuerlichen breiten Grinsen, das ihr Grübchen zeigte, machte sie sich von mir los, trat vor die Kiste und hob vorsichtig den Deckel an.

»Was hast du da?«

Sie hielt mir einen großen Welpen oder vielleicht auch ein kleines Hündchen hin. Ihre grünen Augen blitzten aufgeregt, das Hündchen selber aber sah mich argwöhnisch aus seinen seelenvollen, dunklen Augen an.

»Oh! Wen haben wir denn da?« Charlotte drehte neugierig das kleine Schild an seinem Halsband um. »Sugie Sug?«

»Wie Sugar, nur mit ie«, erklärte Kira stolz. »Und wie Suge Knight, der Rapper, von dem haben Sie doch bestimmt schon mal etwas gehört.«

»O ja«, erklärte meine Haushälterin, obwohl sie sicher nicht mal wusste, was ein Rapper war.

»An ein H hinter dem S in Sugie habe ich zu spät gedacht.«

Ich schüttelte den Kopf und lenkte meinen Blick dann wieder auf das Ding, das Kira in den Armen hielt. »Was *ist* ein Sugie Sug?«, erkundigte ich mich. »Und warum hat es so ein komisches Gesicht?« Die gesamte untere Hälfte – Nase, Maul und Kiefer – wirkte irgendwie zerdrückt.

Kira zog die Promenadenmischung eng an ihre Brust und hielt ihr fürsorglich die Ohren zu. »Pst«, fuhr sie mich böse an. »Sie kann dich schließlich hören. Und Sugie Sug ist eine *Sie.«* Sie lächelte, und Sugie Sug bedachte sie mit einem hoffnungsvollen Blick. »Nicht wahr, mein kleiner Schatz? Du bist ein kleines, braves Mädchen, stimmt's? Ein süßes, braves Mädchen.« Sie sprach mit einer hohen Säuselstimme, die dem Tier im Gegensatz zu mir anscheinend durchaus gut gefiel, denn selig schob es seine Zunge aus dem seltsam deformierten Maul und fuhr ihr damit übers Gesicht.

Lachend hielt ihm Kira abermals die Ohren zu. »Ich habe sie gerettet. Der bisherige Besitzer hat ihr, kaum dass sie entwöhnt war, einen Maulkorb aufgesetzt und das verdammte Ding auch dann nicht abgenommen, als ihr Kopf gewachsen ist. Als man sie fand, war sie halb tot, und sie mussten ihr das Ding herunteroperieren«, erklärte sie empört und nahm die Hände wieder von den Hundeohren.

Charlotte säuselte und schnalzte mit der Zunge, so als hätte Kira ihr voll Stolz den ersten Enkel präsentiert, und kraulte Sugie Sug hinter den Ohren.

»Oh, der arme kleine Schatz. Aber keine Bange, Sugie Sug, hier wird dir niemand was tun.«

Der Welpe stieß ein aufgeregtes Quietschen aus und senkte sofort furchtsam seinen deformierten Kopf, als fürchtete er, es hätte schlimme Konsequenzen, dass ihm dieser kleine Laut entfahren war. Dann sah er, immer noch gesenkten Hauptes, ängstlich zu uns auf.

»Einen Augenblick, Moment mal. *Hier?*« Ich schüttelte den Kopf. »O nein. Das Letzte, was ich brauche, ist ein Tier, das mir hier ständig vor die Füße läuft. Ich habe wirklich keine Zeit für so etwas.«

Stirnrunzelnd drückte mir Kira ihren Schützling auf den Arm. »Ich habe Sugie Sug für *dich* gerettet. Sie gehört jetzt dir. Betrachte sie als mein Geschenk zu unserer Hochzeit und als Dank für deine nette Pflege, als ich krank gewesen bin.« Sie grinste, und benommen sah ich auf das kleine, warme Wesen, das ich in den Armen hielt. Der ängstlich-hoffnungsvolle Blick der großen, dunklen Augen rührte mir ans Herz. O Gott. Nachdem ich ihr von Sport erzählt hatte, war Kira extra losgefahren und hatte einen kleinen Hund für mich besorgt. *Diese nervtötende kleine Hexe. Diese süße, mitfühlende, nervtötende kleine Hexe.* Ich stieß einen leisen Seufzer aus.

Die Idee war wirklich nett gewesen, und vor allem war ich froh, dass sie mir wegen des Geschehens auf der Terrasse am Freitagabend nicht mehr böse war. Trotzdem …

»Einen Hund mit einem solchen Namen kann ich wirklich nicht gebrauchen, Kira. Sugie Sug, du hörst doch selbst, wie mädchenhaft das klingt.«

»Oh.« Sie legte einen Finger an den Mund. »Tja, nun, ich habe sie nun einmal so genannt, und wie es aussieht, hat sie sich bereits daran gewöhnt. Wobei Sugie nur die Abkürzung für Sugar Pie Honey Bunches ist«, klärte sie mich mit einem mühsam unterdrückten Lächeln auf.

Ich blickte wieder auf das Tier. Es war einfach grottenhässlich. Jämmerlich. *Lädiert.* Doch obwohl die Kleine völlig deformiert war und dazu noch einen lächerlichen Namen hatte, lag sie jetzt in meinen Armen und bedachte mich erneut mit diesem ängstlich-hoffnungsvollen Blick, der mir zu Herzen ging. Ich brächte es bestimmt nicht über mich, sie fortzugeben, und außerdem hatte ich ein großes Grundstück, auf dem ich sie einfach laufen lassen könnte, ohne dass wir uns je wiedersähen. Wobei sie lernen müsste, dass sie keine Trauben fressen durfte, die für Hunde unter Umständen gefährlich waren.

Sachte setzte ich sie auf dem Boden ab, und sie blieb völlig reglos sitzen und sah mich ängstlich an. »Sie ist noch klein, und du hast sie heute erst geholt. Sie kann also noch einen neuen Namen lernen.« Ich ging ein Stück zurück. »Komm her, Scout!« Sie legte ihren deformierten Kopf ein wenig schräg, saß aber weiter fest auf ihrem Hinterteil.

Auch Kira machte einen Schritt zurück, rief leise: »Sugie Sug«, und sofort trottete das Tier auf seinen übertrieben großen Pfoten los. Kira nahm sie auf den Arm und säuselte ihr abermals mit lächerlich hoher Stimme etwas ins Ohr.

Zur Probe rief auch ich leise: »Sugie Sug«, Kira setzte ihren Schützling ab, und sofort kam er auf mich zu, stieß abermals ein leises Quietschen aus und senkte verschreckt den Kopf.

Ich hob sie hoch und sah ihr ins Gesicht. »Hier darfst du ruhig was sagen, wenn du willst.« Sie blickte mich an, als hätte sie genau verstanden, und leckte mir vorsichtig die Wange ab.

Die beiden Frauen bedachten mich mit einem breiten Grinsen, und zähneknirschend gab ich mich geschlagen. »Meinetwegen, sie kann bleiben.« Meinen neuen Welpen auf dem Arm, machte ich kehrt und stapfte Richtung Tür. *Meinen neuen Welpen mit dem lächerlichen Namen Sugie Sug.* Ich hatte das Gefühl, als ob mir die Regie über mein Leben langsam, aber sicher vollkommen entglitt.

»Ich zeige ihr erst mal das Haus und gewöhne sie an einen neuen Namen«, rief ich über meine Schulter und marschierte in den ersten Stock hinauf. Das fröhliche Gelächter, das mir folgte, hatte man in diesem Haus nicht allzu oft gehört … bis Kira eingezogen war.

♥

Früh am nächsten Morgen fuhren wir gemeinsam in die Stadt, um den Scheck zu holen, der der Grund für unsere Ehe war. Mr Hartmann händigte ihn uns mit vielen guten Wünschen aus, und keine zehn Minuten später standen wir wieder auf der Straße und sahen uns mit großen Augen an. Schließlich aber forderte ich Kira grinsend auf: »Los, wir gehen auf eine Bank, eröffnen dort zwei Konten und zahlen die Kohle darauf ein.«

Sie nickte lächelnd, doch statt zu der Bank, in der wir uns zum ersten Mal begegnet waren, gingen wir zu einem anderen Institut. Auch wenn Kira vielleicht etwas Positives mit der Bank verband, war mir der Gedanke unerträglich, noch einmal dort vorstellig zu werden, wo ich mit der Bitte um ein Darlehen – ob zu Recht oder zu Unrecht – abgewiesen worden war. Trotzdem dachte ich unweigerlich daran zurück, wie hoffnungslos und deprimiert ich in dem Augenblick gewesen war.

Ich packte Kiras Hand und drückte sie. Sie lächelte mich an, wobei das wunderbare Grübchen abermals zutage trat, und als ihr eine feuerrote Strähne in die Stirn fiel, blieb ich stehen, drängte sie gegen die Wand eines Gebäudes, gab ihr einen kurzen, harten Kuss und grinste, als ich ihre überraschte Miene sah.

»Holt euch doch ein Zimmer«, schimpfte ein Passant, und Kira riss schockiert die Augen auf, als sie meine fragend hochgezogenen Brauen und mein verruchtes Lächeln sah.

»Nein«, erklärte sie bestimmt und tauchte unter meinem Arm hindurch. Dann aber sah sie lächelnd über ihre Schulter zurück, und mein Herz machte einen Satz.

Lachend eilte ich ihr hinterher, und eine Stunde später hatten wir bei einer anderen Bank zwei Konten, auf denen jeweils dreihundertfünfzigtausend Dollar lagen.

Auf dem Weg zurück zum Weingut schämte ich mich plötzlich dafür, dass ich Kira praktisch einen großen Teil ihres Erbes stahl. »Ich werde dir das Geld zurückbezahlen, wenn ich wieder flüssig bin.«

»Wenn du willst.« Sie nickte knapp und sah mich forschend von der Seite an.

»Auf jeden Fall.«

Sie schwieg einen Moment, und schließlich stieß sie tonlos aus: »Ich muss heute zu meinem Vater fahren.«

Ich wandte mich ihr zu und nahm ihre bedrückte Miene wahr. Normalerweise sprühte sie vor Leben, doch es war, als ob schon der Gedanke an das Treffen mit ihrem Vater sie um Jahre altern ließ.

Ich öffnete den Mund, aber da ich keine Ahnung hatte, was ich sagen sollte, murmelte ich nur »Okay« und klappte ihn verlegen wieder zu.

Als ich in die Einfahrt bog, sah sie mich an, als wollte sie mich etwas fragen, aber schließlich stieg sie einfach aus und rief mir über ihre Schulter zu, wir würden uns in ein paar Tagen sehen.

Darüber hätte ich mich freuen sollen, denn endlich hätte ich mal wieder meine Ruhe, bräuchte keine Angst zu haben, dass die kleine Hexe hier auf meinem Weingut irgendwelchen Unsinn machte, und würde nicht jedes Mal, wenn sie mir irgendwo über den Weg lief, vor Verlangen schwach. Am besten führe ich gleich heute Abend in die Stadt und suchte mir dort eine Frau, die willig war, denn meine sexuelle Frustration nahm stündlich zu. Was Kira entweder nicht aufzufallen oder nicht im Mindesten zu interessieren schien. *Sei einfach nur diskret.* Das wäre sicher kein Problem. Weshalb also dachte ich mit Wehmut an die Tage, die ich ohne sie verbringen müsste, statt mich erst mal ganz auf die Befriedigung meiner Bedürfnisse zu konzentrieren? Ich schüttelte den lästigen Gedanken ab und ging ins Arbeitszimmer, um all die Maschinen und Geräte zu bestellen, die ich schon seit Monaten hätte bestellen sollen, und lehnte mich zufrieden auf dem Schreibtischstuhl zurück. Jetzt würde endlich alles gut.

Der kleine Hund kam durch die Tür getrottet, legte sich vor meine Füße, und nach einer knappen Stunde waren sämtliche Bestellungen aufgegeben, ich stand wieder auf und rief der Töle zu: »Komm her, Buddy! Wir gehen.«

Keine Reaktion.

Ich überlegte kurz. Sie war ein Mädchen, also sagte ihr ein Jungenname offenbar nicht zu.

»Komm her, Bailey!«

Noch immer hob sie nicht einmal den Kopf.

Ich knirschte mit den Zähnen. »Hierher, Sugie Sug!«

Sofort spitzte sie die Ohren, fiepste aufgeregt und kam eilig auf mich zu.

Ich presste meine Lippen fest zusammen und bedachte sie mit einem bitterbösen Blick.

Hechelnd sah sie zu mir auf, und ich hätte schwören können, dass auf ihrem deformierten Maul ein leises Lächeln lag.

»Das macht euch Frauen Spaß, nicht wahr?« Ich marschierte Richtung Küche, und das Hündchen trottete mir hinterher.

Als Charlotte mir im Flur entgegenkam, sah sie mich fragend an. »Kira fährt bis übermorgen weg. Fährst du etwa nicht mit?«

Ich blickte sie verwundert an. »Ich wüsste nicht, warum.«

Mit einem gleichmütigen Achselzucken meinte sie: »Ich

dachte einfach, dass es besser wäre, wenn ihr beide zusammen ihrem Vater von der Hochzeit berichten würdet. Meiner Meinung nach wäre das überzeugender.« Anscheinend hatte Kira ihr erzählt, weswegen sie nach San Francisco fuhr.

»Wenn sie wollte, dass ich sie begleite, hätte sie das doch bestimmt gesagt.« Ich runzelte die Stirn und lenkte meinen Blick zurück auf meinen Hund. »Komm her, Maggie.«

Wieder blieb sie sitzen, sah mich fragend an, und ich stieß einen Seufzer aus.

»Nun komm schon, Sugie«, knurrte ich, und sofort stand das blöde Mistvieh auf und folgte mir.

»Du hast gut lachen«, schnauzte ich, als Charlotte prustete.

Sie trat vor den Kühlschrank und nahm Butter, Käse, Wurst heraus. »Ich mache Kira noch ein Sandwich für die Fahrt. Willst du auch eins?«

»Sicher«, sagte ich und nahm auf einem Hocker an der Frühstückstheke Platz.

»Und was die süße Kleine angeht«, sagte sie und blickte lächelnd auf den Hund, der schwanzwedelnd zu ihren Füßen saß. »Ich nehme an, als Kira sie zum ersten Mal mit ihrem Namen angesprochen hat, hatte ihre Stimme einen derart liebevollen Klang, dass der kleine Schatz von diesem Namen einfach nicht mehr lassen kann. Bestimmt war es das erste Mal in ihrem kurzen, bisher unglücklichen Leben, dass jemand in liebevollem Ton mit ihr gesprochen hat. Und weißt du, so was bleibt bestimmt nicht wirkungslos.«

Ich sah in ihre weisen Augen und dachte zum einen über ihre Worte und zum anderen darüber nach, dass meine Frau den kleinen Hund für mich besorgt hatte, damit eine alte Wunde heilen konnte.

Und so traurig, wie sie selbst vorhin ausgesehen hatte, trug auch sie offenbar eine Wunde.

Wir waren nur auf dem Papier ein Paar, und trotzdem war sie mir mit unverdienter Freundlichkeit begegnet. Ohne jeden Eigennutz, allein, weil sie die Möglichkeit gesehen hatte, etwas für mich zu tun. Also hatte sie es sicherlich verdient, dass ich ihr meinerseits in einer Notsituation zur Seite stand.

Ich wandte mich an meine Haushälterin. »Pack beide Brote ein. Ich fahre mit.«

14 Kira

Als ich meinen Koffer in den Wagen packte, tauchte Gray mit einer kleinen Reisetasche und mit einer Plastiktüte auf.

Ich schloss den Kofferraum und wartete, bis er neben dem Auto stand. »Was machst du da?«

»Ich komme mit.« Er öffnete den Kofferraum noch mal und holte mein Gepäck wieder heraus.

»Du … was? Aber ich …«

Er warf den Deckel meines Kofferraums entschlossen zu. »Es ist viel überzeugender, wenn wir zusammen zu deinem Vater fahren, findest du nicht auch? Wir haben einen Deal und sollten beide alles dafür tun, damit die Sache funktioniert. Ich versuche einfach, meinen Teil des Geldes zu verdienen, indem ich mitkomme, okay?« Er ging zu seinem Truck und verstaute meinen Koffer neben seiner Reisetasche hinter einem Sitz.

»Und warum packst du meinen Koffer in den Truck?«

»Weil ich fahren werde.«

Ich warf die Hände in die Luft, und plötzlich kam es mir so vor, als würde er mich einfach überrollen. Das Gefühl war mir von meinem Vater bereits hinlänglich vertraut. »Ich nehme an, Kontrollzwang ist Teil deiner Drachennatur.«

»Genau.« Er legte die kleine Plastiktüte, in der sicher die von Charlotte für die Fahrt gestrichenen Brote steckten, auf der schmalen Rückbank ab und kletterte auf seinen Sitz. Ich öffnete die Tür auf meiner Seite und sah zu ihm auf, stieg aber nicht gleich ein.

»Es macht dir Spaß, wenn du mich ärgern kannst, nicht wahr?«

Er sah aus, als dächte er darüber nach. »Es hat durchaus seinen Reiz. Aber darum geht es hier nicht.«

»Du bist nicht verpflichtet mitzukommen«, sagte ich. Im Grunde hätte ich es sogar vorgezogen, wenn sich Grayson und mein Vater nicht dann zum ersten Mal begegneten, wenn ich ihm offenbarte, dass ich Kira Hawthorn war. Ich wagte kaum, mir die Verachtung vorzustellen, mit der mein Vater nicht nur mir, sondern auch ihm begegnen würde, wenn er es erfuhr. Und wüsste er womöglich noch, wer Grayson Hawthorn war? Wahrscheinlich nicht, denn schließlich prägte sich mein Vater nur die Namen von Personen ein, die ihm auf irgendeine Weise nützlich waren. Außerdem war die Sache schon sechs Jahre her und hatte ihn schon damals nur am Rande interessiert. Trotzdem hätte ich niemals erwartet, dass Grayson mich begleiten würde, wenn ich meinem Vater sagte, dass ich heimlich hinter seinem Rücken auf dem Standesamt gewesen war. Es könnte ziemlich hässlich werden, und ich wollte nicht, dass irgendwer – am wenigsten Grayson – etwas davon mitbekam. Vor allem, da ich ziemlich sicher davon ausgehen konnte, dass mein Vater keine Rücksicht auf seine Gefühle nehmen würde, wenn er mir für die spontane Heirat die Leviten las. O Gott, wie hatte es nur dazu kommen können, dass mir das Wohlergehen des Drachen derart am Herzen lag?

Das war in höchstem Maße beunruhigend.

»Es gehört sich einfach, dass wir dort zusammen hinfahren, Kira. Also, können wir jetzt langsam los? Wenn wir noch lange warten, kommen wir mitten im Berufsverkehr in San Francisco an.«

»Und wer passt in der Zeit auf Sugie auf?« Das war das letzte Argument, das mir noch zur Verfügung stand.

»Charlotte. Oder Virgil, denn anscheinend hat der Hund ihn wirklich gern.«

Ich schnaubte leise auf, bevor ich mich geschlagen gab. Meinetwegen sollte er doch mit nach San Francisco kommen und mit eigenen Augen sehen, warum ich eher ihn geheiratet hatte, als je wieder von meinem Vater abhängig zu sein. Dann … tja, dann würde er erkennen, wer ich war. Ich wusste nicht, warum ich den Gedanken so erschreckend fand, doch plötzlich wurde mir bewusst, wie viel mir am Respekt des Drachen lag. Ich wollte nicht, dass er in mir wie am ersten Tag in seinem Arbeitszimmer einzig die verwöhnte, reiche Göre sah. Ich wollte nicht, dass er die Pracht des Hauses sah, in dem ich aufgewachsen war, und dachte, dass mir irgendwas an dieser Form von Luxus lag. Ich hatte diesen Mann geheiratet, doch mein privates Leben, mein privates Leiden hätte ich ihm niemals zeigen wollen. Ich hatte ihn bisher nur als Geschäftspartner betrachtet, doch jetzt musste ich mit einem Mal erkennen, dass er mehr für mich geworden war.

Das war beängstigend und sicher furchtbar dumm.

Ich unterdrückte meine plötzliche Verwirrung, kletterte auf meinen Sitz, öffnete das Fenster und sog die noch süße Luft des Spätsommers in meine Lungen ein.

Wir bogen auf die Schnellstraße, und Grayson sah mich fragend an. »Wo willst du in San Francisco wohnen?«

»In einem Hotel.«

»Nicht bei Kimberly?«

Ich schüttelte den Kopf. »Ihre Wohnung ist echt winzig, und nachdem ich es mir leisten kann, in ein Hotel zu ziehen, will ich ihr nicht zur Last fallen.«

Er nickte zustimmend. »Obwohl sie offensichtlich eine wirklich gute Freundin ist.«

»Auf jeden Fall. Sie ist die beste Freundin, die man sich nur wünschen kann.« Lächelnd lehnte ich den Kopf gegen den Sitz. »Wir sind zusammen aufgewachsen. Ihre Mutter kam als Haushälterin zu uns, als wir beide noch im Kindergarten waren. Im Grunde ist sie eher so was wie eine Schwester. Ich hatte meine Mutter kurz zuvor durch einen Skiunfall verloren.« Ich biss mir auf die Lippe, fuhr dann aber fort: »Weshalb Rosa Maria, Kimmys Mom, mich eine Zeit lang unter ihre Fittiche genommen hat.« Ich lächelte, denn ich war froh, dass ich an etwas anderes denken konnte als an den Streit, den es mit meinem Vater geben würde, wenn er hörte, dass ich jetzt verheiratet und nicht mehr auf ihn angewiesen war. »Ein paar Tage nachdem ihre Mutter bei uns angefangen hatte, war Kimberlys Geburtstag. Rosa hatte zu der kleinen Feier auch die Kinder aller anderen Angestellten eingeladen, und ich habe meinen Vater angebettelt, ein Geschenk für sie zu kaufen, aber er hat nur gesagt: ›Ich brauche kein Geschenk, weil du nicht auf diese Feier gehst. Eine Dallaire lässt sich ganz sicher nicht dazu herab, auf ein Fest des Personals zu gehen.‹« Ich ahmte lächelnd die dunkle Stimme meines Vaters nach, doch Grayson runzelte die Stirn und bedachte mich mit einem ernsten Blick.

»Nun, wie du dir sicher vorstellen kannst …«, ich lächelte ihn wieder an und richtete mich kerzengerade auf, »…kam es für mich natürlich nicht infrage, *nicht* auf dieses Fest zu gehen. Also habe ich mir eine Kette, die mir meine Mutter mal geschenkt hatte, geschnappt, bin damit zu unserem Gärtner George, und er hat das Herz, das an der Kette hing, in der Mitte durchgesägt. Eine Hälfte habe ich behalten, die andere an ein Stück Bindfaden gehängt, mich heimlich auf das Fest geschlichen, ihr mein selbst gebasteltes Geschenk gegeben und gesagt, das halbe Herz würde bedeuten, dass sie jetzt für alle Zeiten meine beste Freundin ist.« Bei der Erinnerung wurde mir warm ums Herz. »Sie hat die Kette immer noch.«

Grayson zog die Unterlippe ein und starrte schweigend geradeaus. Auch ich blickte verlegen auf die Straße, doch nach einem Augenblick sah er mich von der Seite an. »Und Rosa Maria? Stehst du ihr noch immer nahe?«

»Nein. Mein Vater hat sie schon vor einer Ewigkeit entlassen«, gab ich traurig zu. »Das war peinlich und sehr schmerzlich, denn die beiden hatten auch privat eine Beziehung, und er hat sie einfach gegen eine neue, jüngere Haushälterin und Bettgefährtin ausgetauscht. Danach hat sie auf keinen meiner Versuche, sie zu erreichen, reagiert.« Ich winkte ab, obwohl sich der Schmerz, den ich bei diesem Thema jedes Mal empfand, nicht so leicht verscheuchen ließ.

»Hat sie etwa dir die Schuld gegeben?«, fragte Grayson ungewöhnlich harsch.

»Kimberly behauptet, nein. Sie sagt, es täte ihrer Mutter einfach weh, Kontakt zu jemandem zu haben, der sie daran erinnert, wie mein Vater mit ihr umgegangen ist. Ich glaube, sie hat ihn geliebt. Wogegen er ... nun, er fand es offensichtlich einfach praktisch, jemanden zu haben, der sein Bett wärmt und zugleich sein Haus in Ordnung hält.«

»Verstehe.« Immer noch klang seine Stimme angespannt. Ich sah ihn an und hatte das Gefühl, als ob er sogar mehr verstünde, als ich ihm verriet.

Ich runzelte die Stirn und schüttelte den Kopf. »Worüber habt ihr beide eigentlich geredet, als ich gestern Morgen runterkam?« Ich hatte keine Chance gehabt, Kimberly danach zu fragen, ehe wir durch seinen Streit mit Charlotte unterbrochen worden waren.

Er lächelte mich an, und plötzlich löste sich die Spannung, die seit der Unterhaltung über meinen Vater und Rosa Maria zwischen mir und Grayson geherrscht hatte. Das Sonnenlicht fiel durch die Windschutzscheibe und erhellte seine dunkelbraunen Augen und die rauen Stoppeln des Dreitagebartes, den er seit dem Wochenende trug. Eilig wandte ich mich ab und biss mir auf die Lippe. *Ignorier sein gutes Aussehen,* befahl ich mir streng.

»Über dich«, erklärte er, und als ich abermals zu ihm herumfuhr, sah er mich erneut mit einem warmen Lächeln an. »Es war wirklich interessant zu hören, aus welchen Klemmen sie dir im Verlauf der Jahre alles rausgeholfen hat.«

Ich schnaubte auf. »Sie ist echt nett, doch eine ihrer größten Schwächen ist, dass sie immer entsetzlich übertreibt.«

Grayson lachte leise auf. »Ich weiß nicht. Ich fand die Geschichten durchaus glaubwürdig.« Noch immer lächelnd, lenkte er den Blick zurück nach vorn. »Sie hat gesagt, wenn du dir etwas in den Kopf setzt …«

»Das war alles Spaß«, setzte ich mich zur Wehr. »Ich hätte niemals irgendwelchen Ärger machen wollen.«

»Es kommt mir vor, als ob das bei dir ein und dasselbe wäre.«

Ich fuhr erbost zu ihm herum, musste aber blinzeln, als ich sein charmantes, liebevolles Lächeln sah, und blickte eilig wieder geradeaus. »Seit ich bei dir wohne, gebe ich mir allergrößte Mühe, über die möglichen Folgen nachzudenken, ehe ich irgendetwas tue.«

»Großer Gott!« Er stöhnte laut. »Ich wage nicht mir vorzustellen, was passiert, wenn du deine Ideen, ohne nachzudenken, in die Tat umsetzt.«

Ich seufzte leise auf. »Frag einfach meinen Vater«, sagte ich und hoffte insgeheim, er spräche meinen Vater nicht auf dieses Thema an. »Dann wird er dir bestimmt erzählen, was für eine Last du ihm durch diese Heirat abgenommen hast.« Abermals biss ich mir auf die Lippe und sah durch das Seitenfenster auf die Landschaft, die an uns vorüberzog.

»He.« Mit einem Mal nahm Grayson meine Hand, und ich blickte erst auf unsere verschränkten Finger und danach in sein Gesicht. »Es wird alles gut werden, okay?«

Ich nickte, doch in meinem tiefsten Inneren wusste ich, es würde alles andere als gut. Mein Vater würde mich vor ihm erniedrigen, und danach könnte ich ihm niemals wieder auch nur in die Augen sehen.

Das auf einer Anhöhe gelegene Herrenhaus im Renaissancestil war in das weiche Gelb und leuchtende Orange der anbrechenden Abenddämmerung getaucht. Es lag in einer der mit Abstand reichsten Gegenden von San Francisco und war wahrscheinlich eins der teuersten Privathäuser der Stadt. Das Dallairesche Anwesen. Mein trautes Heim.

Ich zuckte innerlich zusammen, weil dieses Haus kaum jemals wirklich ein Heim für mich gewesen war.

Bei seinem Anblick kam mir wieder einmal schmerzlich zu Bewusstsein, dass ich jahrelang im Schatten der Person gestanden hatte, die mein Vater in mir hatte sehen wollen. Und all die Jahre hatte ich nichts sehnlicher gewünscht, als aus dem Schatten in das helle Sonnenlicht zu treten und als die geliebt zu werden, die ich war.

Mit ausdrucksloser Miene parkte Grayson auf der Straße vor dem riesigen Gebäude, und wir stiegen beide aus. Oben auf der breiten Eingangstreppe drehte er sich einmal um sich selbst und bewunderte die Aussicht von der Golden Gate Bridge über Alcatraz und Angel Island bis hin zu den Marin Headlands, während ich an seiner Seite stand und hören konnte, dass jemand hinter dem Haus auf unserem Tennisplatz die Bälle schlug.

Dann wandte Grayson sich mir wieder zu, und ich drückte auf den Klingelknopf. Ich weigerte mich, meinen eigenen Schlüssel zu benutzen, als gehörte ich hierher. Ein paar Sekunden später hörte ich das Klackern flacher Absätze in der gefliesten Eingangshalle, ehe uns von einer jungen Mexikanerin in Angestelltenuniform geöffnet wurde, der ich nie zuvor begegnet war.

Ich lächelte sie freundlich an. »Hallo. Ich bin Kira Dallaire. Ich nehme an, mein Vater wartet schon auf mich.« Im Grunde wusste ich nicht mal, ob er zu Hause war, denn auf die Nachricht, die ich ihm von unterwegs geschrieben hatte, hatte er mit keiner Silbe reagiert.

Lächelnd ließ uns die junge Frau ein.

»Ich werde ihm Bescheid geben«, erklärte sie mit ausgeprägtem spanischen Akzent. »Möchten Sie im …«

»Vielen Dank, wir warten einfach hier.« Ich würde ganz bestimmt nicht lange bleiben, und am liebsten hätte ich jetzt gleich schon wieder kehrtgemacht.

Sie nickte kurz und wandte sich zum Gehen. »Lass mich bitte kurz mit meinem Vater reden«, wandte ich mich Grayson zu, »dann stelle ich dich vor.«

Er sah mich forschend an und nickte stumm.

Wir harrten mehrere Minuten in der eleganten Eingangshalle aus, und Grayson lehnte sich bequem an eine Marmorsäule, bevor ich wieder Schritte hörte und die hochgewachsene Gestalt meines Vaters oben auf der Treppe sah.

»Kira.« Eilig kam er mir entgegen, blieb dann vor mir stehen und unterzog mich der vertrauten, missbilligenden Musterung, die deutlich machte, wie enttäuscht er wieder einmal von mir war. »Freut mich, dass du dich dazu herablässt, endlich heimzukommen«, meinte er in einem Ton, in dem nicht mal ein Hauch von Freude lag.

Ohne Grayson auch nur zuzunicken, machte er schon wieder auf dem Absatz kehrt. »Wir müssen reden. Lass uns in mein Arbeitszimmer gehen.«

Trotzig reckte ich das Kinn.

»Ich bleibe lieber hier«, erklärte ich mit lauter Stimme, und verwundert blieb er stehen. Ich hatte nicht die Absicht, ihm zu folgen und ihm die Gelegenheit zu geben, wie ein Richter hinter seinem Schreibtisch Platz zu nehmen und ein Urteil über mich zu sprechen, wie er es so oft getan hatte, als ich noch ein Kind gewesen war.

Langsam drehte er sich wieder zu mir um, und ich bemerkte das drohende Zucken seines Wangenmuskels, als er wieder vor mich trat. Und plötzlich richtete er seinen Blick auf Grayson.

»Und wer sind Sie?«

Jetzt ging es los.

»Das, *Daddy,* ist mein Ehemann. Grayson Hawthorn«, klärte ich ihn auf.

Eine Schrecksekunde lang blieb mein Vater stumm. Eine ungesunde Röte stieg ihm ins Gesicht, und drohend trat er auf mich zu. »Du machst Witze.«

»Nein, das ist mein Ernst. Wir haben vor ein paar Wochen geheiratet. Tut mir leid, dass ich dich nicht zu unserer Hochzeit eingeladen habe, aber schließlich weiß ich, wie beschäftigt du normalerweise immer bist.«

Völlig unerwartet traf mich seine Ohrfeige, und während ich nach Luft rang und der Schmerz von meinem Kiefer bis in meine Augenhöhle schoss, hallte das Echo seines Schlages hörbar von den Wänden der offenen Eingangshalle wider. Ich hob den Kopf, sah seine Hand erneut in Richtung meiner Wange schießen und wappnete mich für einen zweiten Schlag. Der aber niemals kam.

Ich riss die Augen auf und bemerkte, dass Grayson Vaters Handgelenk umklammert hielt, einen Ausdruck mörderischen Drachenzorns auf seinen Zügen.

»Was zum Teufel soll das?«, stieß er zähneknirschend aus. Er musste blitzschnell von seinem Platz neben der Säule losgestürzt sein, um meinem Vater in den Arm zu fallen. Ich holte zitternd Luft.

Ebenfalls mit zornrotem Gesicht entwand mein Vater Grayson seinen Arm und lenkte seinen Blick wieder auf mich. Eilig stolperte ich rückwärts, um dem nächsten Angriff zu entgehen. Ich brauchte einen Augenblick, um mich zu sammeln, richtete mich aber schließlich kerzengerade auf und sah ihn trotz des wilden Pochens in meiner linken Wange ungerührt an.

Mit herausfordernd gerecktem Kinn, damit er ja nicht merkte, wie sehr mich sein Schlag verletzt hatte, sagte ich: »Danke. So was kriegt nicht jede Frau von ihrem Vater zur Hochzeit geschenkt.«

»Das sieht dir wieder einmal ähnlich, Kira«, schnaubte er

erbost. »Aber schließlich wusste ich schon immer, dass du eine hoffnungslose Närrin bist.« Er wies mit seinem Kinn auf Gray, ohne ihn auch nur anzusehen. »Ich nehme an, dass du auf einen Mitgiftjäger reingefallen und nur zu dämlich bist, es zu erkennen.«

Jetzt wandte er sich Grayson zu. »Aber von mir wird sie nicht einen Cent bekommen, Grayson Hawthorn, also habt ihr beide Pech.« Er sprach den Namen aus, als stammte Gray direkt vom Teufel ab, blinzelte, als hätte er ihn schon mal irgendwo gehört, und mein Herzschlag setzte aus. Doch schließlich schüttelte er leicht den Kopf und lenkte seinen bösen Blick zurück auf mich.

»Wir wollen nichts von Ihrem Geld«, erklärte Gray ihm kalt. »Komm, Kira, wir gehen.«

Ich machte auf dem Absatz kehrt, doch als ich Schritte hörte, drehte ich meinen Kopf und sah Cooper aus dem Garten kommen. O Gott, die beiden hatten mich in eine Falle locken wollen. Mein Magen machte einen Satz, als wäre ich von einer hohen Klippe kopfüber ins Meer gestürzt. In weißer Tenniskluft, mit leicht gebräunter Haut und goldenem Haar kam Cooper eilig auf mich zu.

»Kira«, sagte er und unterzog mich einer eingehenden Musterung. Ich fuhr zusammen und wandte mich eilig ab, als er mit den Fingern über mein Haar strich. Wie hatte ich nur je auf den Gedanken kommen können, dass ich mein gesamtes zukünftiges Leben an der Seite dieses Kerls verbringen könnte? Schließlich hielt ich es kaum aus, auch nur mit ihm in einem Raum zu sein.

Grayson trat entschlossen neben mich, nahm meine Hand, und Cooper sah verwirrt auf ihn und dann wieder auf mich. »Kira?«, fragte er und legte eine Hand an mein Gesicht. »Hast du sie etwa geschlagen?«, wandte er sich mit ungläubiger Stimme an meinen Vater und sah ihn böse an, als hätte er nicht selber auch schon Hand an mich gelegt.

Zorn und Verachtung schnürten mir die Kehle zu.

»Sie ist verheiratet«, erklärte ihm mein Vater in gehässigem, herablassendem Ton. »Am besten gratulierst du ihr erst mal.«

Mein Ex-Verlobter riss die Augen auf und blickte mit verletzter Miene zwischen mir und Grayson hin und her.

»Wer ist das überhaupt? Wo kommt er her?« Er ließ den Blick auf Grayson ruhen, sprach aber eindeutig mit mir.

Grayson lächelte ihn spöttisch an.

»Er leitet ein Familienunternehmen in Napa«, sagte ich. »Wo wir uns auch begegnet sind.« Ich hoffte, die Information reichte den beiden Männern aus.

Coopers Kopf fuhr überrascht zu mir herum. »Und wann wollt ihr euch dort *begegnet* sein? Länger als zwei Wochen ist das doch bestimmt nicht her.«

Ich richtete mich abermals zu meiner ganzen Größe auf. »Das geht dich einen feuchten Dreck an, Cooper, mein ganzes Leben geht dich inzwischen einen feuchten Dreck an.«

»Das hättest du wohl gern.« Er trat drohend auf mich zu, doch Grayson schob sich schützend neben mich, und automatisch lehnte ich mich an ihn.

»Du denkst doch nicht im Ernst, ich würde je wieder etwas mit dir zu tun haben wollen?«, fuhr ich Cooper an.

»Wir hätten diese Sache klären können, Kira«, stellte er mit plötzlich schmerzerfüllter Stimme fest. Er hätte wirklich Schauspieler statt Richter werden sollen.

»Ich versichere dir, das hätten wir niemals gekonnt und werden es auch niemals können, ob ich Graysons Frau bin oder nicht.«

Mehrere Sekunden lang standen wir in angespanntem Schweigen da, doch dann bellte mein Vater: »Hört mit diesem Unsinn auf!«, und Cooper atmete tief durch, sah mich noch einmal an und meinte resigniert: »Dann müssen wir uns überlegen, wie mit dieser Angelegenheit am besten umzugehen ist.«

Ich atmete erleichtert auf. Wenn die beiden jetzt überlegten, wie sich der Schaden am ehesten für sie begrenzen ließe, spielten Grayson und ich erst mal keine Rolle mehr.

Plötzlich fiel mir wieder ein, was mein Vater vor zwölf Monaten gesagt hatte: *Keine Sorge, Cooper. Ich werde Kira einfach wegschicken, bis niemand mehr an die Geschichte denkt. Das Einzige, was zählt, ist, dass wir uns auch weiter auf das Endziel konzentrieren.*

»Das ist ihr Spezialgebiet«, stieß ich verbittert aus. »Am besten mischen wir uns da nicht ein.« Das Brechen meiner Stimme machte deutlich, wie verletzt ich war.

»Kira …«, begann Cooper, doch ich schüttelte den Kopf und zog an Graysons Hand.

Entschlossen machte er sich von mir los und baute sich vor meinem Vater auf.

»Auch wenn Sie Kiras Vater sind – Sie legen nicht noch einmal Hand an meine Frau«, erklärte er ihm in gefährlich ruhigem Ton.

Mein Vater verzog verächtlich das Gesicht und wandte sich an mich.

»Ich wünsche dir ein schönes Leben, Kira *Hawthorn«,* sagte er mit einer Stimme, die genauso schmerzte wie sein Schlag.

Genau das hatte ich gewollt. Weshalb also taten seine Worte mir so weh?

Er machte auf dem Absatz kehrt und stapfte aus dem Raum, doch Cooper stand noch immer in der Eingangshalle und sah Grayson und mir hinterher, als wir uns zum Gehen wandten.

Draußen auf der Treppe ergriff Grayson schweigend meine Hand, und ich hatte das Gefühl, als wäre sie das Einzige, was mich noch aufrecht hielt.

15 Grayson

Ich ließ Kiras Koffer auf das Bett fallen und wandte mich ihr zu. Inzwischen waren wir im Hotel, doch noch immer hatte sie kein Wort gesagt. Ich hatte ebenfalls geschwiegen, denn auch ich musste die Dinge, die geschehen waren, erst einmal verdauen. Ich wäre lieber direkt heimgefahren, doch ich wusste, dass sie das Familienzentrum, von dem sie erzählt hatte, besuchen wollte, und nahm an, dass es um diese Zeit bereits geschlossen war. Also schliefen wir am besten erst mal aus, überwanden unseren Schock über den Streit mit ihrem Vater und fuhren morgen früh dort vorbei.

Als ich in ihre großen, grün glänzenden, schmerzerfüllten Augen blickte, traf mich ihr Elend wie ein Fausthieb in den Magen, und ich holte zischend Luft. So hatte dieses wunderschöne, lebensfrohe Mädchen also gelebt? Ich kannte selbst den Schmerz, den man empfand, wenn man eine beständige Enttäuschung war. Doch wie hatte sie es angestellt, sich angesichts der Kälte und Verachtung, mit der ihr der eigene Vater offensichtlich jahrelang begegnet war, ihren freien, offenen Geist zu bewahren? Wie hatte sie es angestellt, bereits als kleines Mädchen über diesem arroganten, engstirnigen Widerling zu stehen? Als ich von ihr gehört hatte, wie er mit ihr als Kind und auch mit Rosa umgesprungen war, hatte ich mir eingebildet, die Situation zu verstehen. Ihr Vater war vielleicht nicht gerade nett zu seinem Personal gewesen und mit seiner Tochter ziemlich unsanft umgesprungen, doch das hatte ich damit entschuldigt, dass es sicher alles andere als leicht für ihn gewesen war, das willensstarke kleine Mädchen allein großzuziehen. Aber wie es aussah, war ich viel zu nachsichtig mit ihm gewesen. Und das hatte er beim besten Willen nicht verdient.

»Du musst mich hassen, weil ich dich in diese Angelegenheit mit reingezogen habe.« Traurig wandte sie sich ab und biss sich auf die Lippe. »Tut mir leid.«

Ich sie hassen?

Eilig trat ich auf sie zu. »Nein, mir tut's leid.« Ich glitt mit meinen Knöcheln über ihr geschwollenes Gesicht. »Wenn ich gewusst hätte, dass er dich schlagen würde, hätte ich mich gleich vor dich gestellt.«

Sie schüttelte den Kopf. »Ich hätte mir vorher überlegen müssen, wie ich es ihm sagen soll. Aber ich habe selber nicht damit gerechnet, dass er auf mich losgehen würde. Das hat er fast noch nie gemacht. Und ich habe ihn gereizt. Das tue ich immer, ich kann einfach nichts dagegen tun.« Sie stieß einen abgrundtiefen Seufzer aus.

»Es war nicht deine Schuld, dass dich der Kerl geschlagen hat.«

Sie nickte, wirkte aber wenig überzeugt. »Am besten nehme ich erst mal ein langes, heißes Bad, und dann bestelle ich vielleicht etwas zu essen …«

Sie wollte alleine sein. Das konnte ich verstehen.

»Natürlich«, sagte ich. »Dann richte ich mich mal in meinem eigenen Zimmer ein.« Kira nickte, und ich öffnete die Tür zum zweiten Raum der Suite und nahm meine Reisetasche, die ich einfach auf den Boden hatte fallen lassen. Am liebsten hätte ich es mir in ihrem Schlafzimmer bequem gemacht, doch nach dem Vorfall mit Mr Dallaire und ihrem Ex-Verlobten war dies sicher nicht der rechte Augenblick, um meine Gattin zu verführen. Ich sollte wirklich nicht versuchen, sie zu irgendetwas zu zwingen, denn das hatten andere schon oft genug getan.

»Oh, und Grayson«, meinte sie und drehte sich noch einmal halb zu mir herum. »Danke für den Satz, dass ich deine Frau bin und mein Vater nie wieder versuchen soll …«

»Du bist doch meine Frau«, fiel ich ihr kurzerhand ins Wort.

»Du weißt schon, was ich meine.« Sie sah mich mit einem sanften Lächeln an. »In dem Moment hat es geklungen, als wäre ich *ganz richtig* deine Frau. Es war sehr überzeugend.«

Ich runzelte die Stirn. Ich war mir nicht sicher, was ich darauf sagen sollte, denn natürlich waren wir nicht richtig Mann und Frau. Wenn wir eine echte Ehe führen würden, wüsste ich, wie sich der unglückliche, wehmütige Ausdruck auf ihrem Gesicht vertreiben ließ. Ich nickte nur knapp. »Wir sehen uns dann morgen früh.«

Ich ging in mein eigenes Bad und wusch unter der Dusche den Staub der Straße und das schmutzige Gefühl, das die Auseinandersetzung mit Frank Dallaire bei mir hinterlassen hatte, ab. Ich hätte ihm die Nase brechen wollen, als er auf Kira losgegangen war. Doch ich hatte mich zurückgehalten, denn ich durfte nicht riskieren, abermals im Knast zu landen, weil ich kurz nach Ende meiner Haft erneut einen Menschen verprügelt hatte. Der Vorfall hatte die Erinnerung an meine eigene Schande in mir wachgerufen und mir meine Grenzen als Beschützer aufgezeigt. Wie sollte ich in Zukunft je für meine Frau eintreten, wenn es nötig war? In Ordnung, Kira war nicht wirklich meine Frau, die Frage aber blieb bestehen.

Seufzend lenkte ich meine Gedanken abermals auf Frank Dallaire. Ich hatte mich noch nie besonders für die Politik in San Francisco interessiert, ihn aber als beliebten Bürgermeister wahrgenommen, als Freund von Minderheiten und der Mittelklasse, hart, aber gerecht. Wahrscheinlich zeigte das mal wieder, dass die Politik vor allem Theater war. Es fiel mir schwer zu glauben, dass ein Mann, der so mit seiner wunderbaren Tochter umsprang, sich für irgendwen anders als für sich selbst interessieren könnte.

Und jetzt war dieser widerliche Kerl vorübergehend mein

Schwiegervater. Himmel, worauf hatte ich mich da nur eingelassen? Ich musste hoffen, dass er, wie von Kira prophezeit, versuchen würde, sich bezüglich unserer Hochzeit vor den Wählern in ein möglichst gutes Licht zu rücken und uns beide davon abgesehen in Ruhe lassen würde. Doch irgendwie hatte ich das ungute Gefühl, dass das noch nicht das Ende der Geschichte war.

Entschlossen schüttelte ich meine Ängste ab, zog mich wieder an, setzte mich auf den Balkon und fragte mich, was Kira wohl in ihrem Zimmer tat. Gegen meinen Willen stellte ich mir vor, wie sie nackt im heißen Badewasser lag, mit feucht glänzender, weicher Haut, während ihr wildes Haar, das sich mal wieder nicht zähmen ließ, auf ihre schmalen Schultern fiel. Mir wurde siedend heiß, gleichzeitig aber wollte ich sie einfach in die Arme nehmen, um sie über den Schmerz hinwegzutrösten, der in ihrem Blick gelegen hatte. Ich wusste nicht, wie diese neuen und verwirrenden Gefühle einzuordnen waren, doch während ich dort draußen saß, verspürte ich das Verlangen, meine Frau nicht nur zur Gänze zu besitzen, sondern auch als Beschützer für sie da zu sein.

Hör auf. Hör sofort auf.

Doch ich konnte nichts dagegen tun. Ich wollte Kira trösten, ihre Augen wieder zum Leuchten bringen und in ihrer Wange abermals das kleine Hexengrübchen blitzen sehen. Stöhnend warf ich meinen Kopf zurück. Es würde niemals funktionieren. Ich musste mich zusammenreißen. Kira zu beschützen und zu trösten war ganz einfach nicht mein Job. Wir hatten diese Ehe als Geschäft geschlossen, und selbst wenn wir, weil wir uns ganz überraschend zueinander hingezogen fühlten, miteinander schlafen würden, bliebe es dabei. Bei diesem Deal ging es um alles oder nichts. Wir konnten es uns schlicht nicht leisten, uns in eine Grauzone zu wagen, die sich nicht genauer definieren ließ. Damit würden wir am Ende beide auf die Nase fallen.

Seit ich die Geschichte von Kimberlys Mom und Kiras

Vater kannte, konnte ich verstehen, dass sie davor zurückschreckte, mit mir ins Bett zu gehen. Wahrscheinlich wäre das aus ihrer Sicht kaum mehr als das, was zwischen ihrer Ziehmutter und Frank Dallaire gewesen war. *Hatte sie damit womöglich recht?*

Ich war total verwirrt. Seit ich plötzlich wusste, dass ich mich nicht nur auf körperlicher Ebene zu Kira hingezogen fühlte und sie mir als Mensch am Herzen lag, sollte ich vielleicht nicht mehr versuchen, sie dazu zu bringen, dass sie mit mir schlief. Doch aus irgendeinem Grund war es, sobald ich sie auch nur von Weitem sah, um mich und meine guten Vorsätze geschehen. Und zwar jedes Mal. Auch wenn ich nicht genau verstand, warum. Was hatte sie nur an sich, was mich derart aus dem Gleichgewicht brachte?

Und jetzt war sie im Nebenzimmer, und es könnte durchaus sein, dass sie Gesellschaft brauchte. *Und zwar meine.* Oder vielleicht hoffte ich das einfach nur.

Ich griff nach der Speisekarte, gab beim Zimmerservice die Bestellung auf und klopfte vorsichtig an die Verbindungstür. Sie machte mir in Jeans und einem schwarzen Top, barfuß und noch mit feuchten Haaren, auf. Sie war vollkommen ungeschminkt und sah sehr jung und rundherum bezaubernd aus. Aber natürlich war sie auch sehr jung. Sie war zweiundzwanzig, kam mir aber manchmal wie ein ungezogenes Kind und manchmal ungewöhnlich weise vor. *Diese faszinierende, kleine Hexe.* Ich trat durch die Tür und sog den schwachen Blumenduft, den sie verströmte, in mich auf.

»Hallo.« Sie bedachte mich mit einem argwöhnischen Blick.

»Ich habe was zu essen für uns bestellt. Ich weiß, dass du Charlottes Beef Stroganoff gerne isst, und auch wenn der Koch hier ihr wahrscheinlich nicht das Wasser reichen kann …« Ich zuckte mit den Achseln, und sie sah mich noch immer etwas unsicher aus ihren großen Augen an, doch dann holte sie Luft und nickte zustimmend.

»Danke, das klingt gut. Obwohl meine Gesellschaft sicherlich nicht allzu unterhaltsam ist.«

Sie ging auf den Balkon und schaute auf die Stadt. Leise trat ich neben sie, stützte mich auf dem Metallgeländer ab und betrachtete sie von der Seite. Verlegen senkte sie ihren Kopf, damit ich ihr Gesicht nicht sah.

»He«, sagte ich sanft, wandte mich ihr zu und legte eine Hand unter ihr Kinn. In ihren Augen glänzten unvergossene Tränen, und mit einem leisen Schluchzen atmete sie zischend ein. Wieder hatte ich das übermächtige Verlangen, sie vor allem Leid zu bewahren, und entschlossen zog ich sie an meine Brust und schob ihren Kopf unter mein Kinn.

»Pst, es ist okay.«

Sie spannte sich in meinen Armen an, als wüsste sie nicht, wie es war, wenn man sie hielt. Gott, wahrscheinlich wusste sie das wirklich nicht, nachdem sie ohne Mutter und bei einem solchen Vater aufgewachsen war. Ich kannte mich im Grunde auch nicht allzu gut mit diesen Dingen aus, aber gut genug, um in diesem Fall die Führung zu übernehmen.

»Entspann dich, Kira«, raunte ich ihr leise zu. »Lass mich dich einfach halten, Süße.«

Während eines kurzen Augenblicks setzte sie sich schwach zur Wehr, doch als ich meinen Griff verstärkte, sank sie matt in meine Arme, vergrub ihr Gesicht an meiner Brust und ließ den Tränen freien Lauf. Ihr Elend tat mir in der Seele weh. Schließlich aber ließ das Schluchzen langsam nach, sie hob den Kopf und sah mich an. Eine solche Zärtlichkeit wie die, die ich in diesem Augenblick verspürte, hatte ich noch nie erlebt. Das machte mir ein wenig Angst, doch ich verdrängte das Gefühl, strich mit dem Daumen über ihre weiche Wange und wischte die Nässe ihrer Tränen fort. Sie blinzelte und sah verwirrt, doch gleichzeitig erleichtert aus.

»Es ist alles gut«, erklärte ich und schob ihr die Haare aus der Stirn. »Ich bin ja da.«

»Sagt der Drache zu der Hexe«, stellte sie mit einem leisen Blitzen der noch immer tränenfeuchten Augen fest.

Ich lachte auf. »Genau.«

Lächelnd trat sie einen Schritt zurück, und plötzlich waren meine Arme schmerzlich leer. Müde ließ sie sich auf einen der zwei Plastikstühle neben dem Balkontisch sinken, und nachdem ich auf dem anderen Platz genommen hatte, blickte ich sie fragend an.

»Wirst du mir davon erzählen?«

Seufzend lehnte Kira sich auf ihrem Stuhl zurück, denn offenbar war ihr bewusst, dass meine Frage den Grund für ihre Flucht nach Afrika betraf.

Sie atmete tief durch. »Ich habe Cooper auf einer Wohltätigkeitsgala meines Vaters kennengelernt, als ich in den Sommerferien während meines ersten Collegejahres zu Hause war. Mein Vater hatte ihn unter seine Fittiche genommen und wollte dafür sorgen, dass er möglichst bald sein erstes Richteramt bekommt. Obwohl er nicht mehr in der Politik ist, hat er immer noch sehr viel mit der Justiz der Stadt zu tun.« Sie biss sich auf die Lippe und bedachte mich mit einem flüchtigen Blick, als dächte sie in diesem Augenblick an meine eigene Verbindung zur Justiz. Zum Glück jedoch hatte ich nie etwas mit Frank Dallaire zu tun gehabt.

Nach kurzem Schweigen fuhr sie fort: »Wie dem auch sei, mein Vater hat sich unglaublich gefreut, als ich mit ihm zusammenkam.« Sie blickte in die Ferne und hing den Erinnerungen nach. »Es war das erste Mal in meinem Leben, dass ich das Gefühl hatte, dass er mit mir zufrieden war. Ich fühlte mich zum ersten Mal im Leben … *anerkannt.* Ein schwindelerregendes Gefühl, nach dem ich beinah süchtig wurde.« Sie dachte kurz darüber nach und schüttelte den Kopf.

»Dann hast du Cooper also nie wirklich geliebt?« Ich hasste das Gefühl der Eifersucht, das mich bei dem Gedanken an die zwei als Paar befiel, obwohl die Sache zwischen ihnen längst vorüber war, und schüttelte es eilig ab.

»Oh, ich nehme an, ich dachte, dass es Liebe war. Er war kultiviert, und er hatte jede Menge Schliff. Mein Vater fand, wir würden uns hervorragend ergänzen und wären deshalb das perfekte Paar. Cooper würde mich auf Dauer zähmen, und ich würde ihm mit meinem Namen helfen, wenn er sich um das verdammte Richteramt bewirbt.«

»Und was ist dann passiert?«, erkundigte ich mich, und mein Magen zog sich vor Furcht zusammen.

»Wir haben uns um Weihnachten herum verlobt, und ich, na ja, ich habe zum ersten Mal mit ihm, zum ersten Mal überhaupt mit einem Mann geschlafen.« Stirnrunzelnd wandte sie sich wieder ab, und meine Muskeln waren genau wie meine Nerven zum Zerreißen angespannt. »Das erzähle ich dir nur, weil es für den Rest dieser Geschichte von Bedeutung ist.«

»Okay.«

Sie räusperte sich leise. »In den nächsten Semesterferien wollte ich nach Hause kommen und die Hochzeit planen. Cooper hatte währenddessen alle Hände voll mit der Bewerbung für das Richteramt zu tun und war fast die ganze Zeit bei seinem Wahlkampfteam im St. Regis Hotel.« Sie zupfte kurz an ihren Fingernägeln, fuhr dann aber fort: »Meine letzte Prüfung war ein bisschen früher als erwartet, und statt in die Wohnung, die mein Vater hier in San Francisco für mich angemietet hatte, fuhr ich direkt ins Hotel. Ich wollte Cooper überraschen.« Ihr Stirnrunzeln vertiefte sich. »Ich hatte immer das Gefühl gehabt, dass er im Bett aus irgendwelchen Gründen … unzufrieden mit mir war. Er hat nie etwas gesagt, mir aber trotzdem deutlich zu verstehen gegeben, dass ich auf dem Sektor … unzulänglich war. Ich dachte, wenn ich ihn überrasche und etwas Besonderes … anziehen würde … nun, du weißt wahrscheinlich, was ich sagen will«, fügte sie errötend an. »Ich klopfte jedenfalls an die Tür der Suite, und offenbar in der Erwartung, dass der Zimmerservice käme, machte einer seiner Leute auf. Er versuchte mich daran zu hindern, geradewegs ins Schlafzimmer zu gehen, aber ich habe mich an ihm vorbeigeschoben und Cooper dort mit … anderen Frauen überrascht.«

»Frauen? Mehrzahl?«

Kira nickte schmerzerfüllt. »Eine Frau lag unter ihm, und die andere kniete hinter ihm und hatte eine Art …« Sie schüttelte den Kopf und kniff in dem Bemühen, die Erinnerung zu vertreiben, ihre Augen zu. »Gott!« Die Hände vors Gesicht geschlagen, atmete sie tief durch.

»Ich brauche keine Einzelheiten«, sagte ich gepresst, und sie nickte erleichtert.

»Zu allem Überfluss waren auf dem Couchtisch auch noch ein paar Linien Koks und halb leere Schnapsflaschen verteilt.«

»Mein Gott.« Ich raufte mir die Haare und stellte mir Cooper, den adretten Sunnyboy in weißer Tenniskluft, beim zugedröhnten Liebesspiel mit irgendwelchen Callgirls vor.

»Cooper … als er mich endlich bemerkte, machte er sich von den Frauen los, aber er war entweder betrunken oder stoned oder sonst was. Ich weiß es nicht genau. Er fing an, sich zu entschuldigen, doch dann schrie er mich plötzlich an, eine Hure als Ehefrau hätte ihm gerade noch gefehlt. Wenn er es mit Huren treiben wollte, würde er zu Huren gehen. Ich wollte gehen, aber er zerrte mich ins Zimmer und drosch mit seinen Fäusten auf mich ein. Ich konnte mich befreien, aber er hielt mich am Knöchel fest, riss mich zurück, und ich fiel auf den Couchtisch, brach mir bei dem Sturz zwei Rippen, zog mir eine Platzwunde am Kopf zu und schnitt mir in den Arm. Es war alles furchtbar schnell gegangen, aber ich war in einem jämmerlichen Zustand und blutete das ganze Zimmer voll. Die Leute seines Wahlkampfteams, die nebenan gewesen waren, kamen angestürzt, brachten mich über die Hintertreppe runter, fuhren mich ins Haus meines Vaters, und der rief dann einen Arzt.«

»Kira«, sagte ich mit rauer Stimme, denn jetzt konnte ich

verstehen, weshalb sie gezögert hatte, mit mir zu schlafen. Es ging dabei nicht nur um ihren Vater und die Mutter ihrer Freundin, sondern um sie selbst. Man hatte ihr gesagt, es wäre abstoßend und alles andere als angemessen, Leidenschaft zu zeigen, *und das hatte sie geglaubt*. Wie sollte sie auch nicht? Schließlich war der Kerl, der ihr das eingeredet hatte, der Einzige, mit dem sie bisher Sex gehabt hatte.

Wieder blickte Kira in die Ferne. »Als mein Vater hörte, was passiert war, meinte er, das wäre alles *meine* Schuld.« Wieder füllten ihre Augen sich mit Tränen, doch sie atmete tief durch und fuhr mit leiser Stimme fort: »Und dann rief er im Regis an, sprach dort mit den Angestellten und behauptete, ich hätte ein Problem mit Drogen und wäre einfach durchgedreht. Natürlich wollte er nichts davon hören, die Hochzeit abzusagen, doch da habe ich nicht mit mir reden lassen. Wenigstens in dem Punkt blieb ich hart.«

»Er hat dich einfach geopfert?«

»Ja.« Sie nickte knapp. »Coopers Wahlkampf und sein Ansehen waren ihm wichtiger als ich. Er schlug mir eine Reise nach Europa vor, damit er hätte behaupten können, ich mache dort einen Entzug, und nach meiner Rückkehr hätte er es so drehen wollen, dass eine Erfolgsgeschichte daraus wird. Du kannst dir die Schlagzeilen wahrscheinlich vorstellen. ›Reiche Erbin verfällt Drogen, aber dank der liebevollen Unterstützung ihres selbstlosen Verlobten bekommt sie ihr Leben wieder in den Griff.‹ Das wäre die perfekte Love Story gewesen, und sie hätte Cooper als dem Helden der Geschichte nicht nur während seines aktuellen, sondern auch bei allen zukünftigen Wahlkämpfen genützt. Während ich als das gefallene Mädchen dagestanden hätte, aber wenigstens für einen guten Zweck.«

»Meine Güte.« Ich bedachte sie mit einem ungläubigen Blick, und sie stieß einen leisen Seufzer aus.

»Nun, wie du dir sicher denken kannst, war ich nicht dazu bereit, auf Kosten meines Vaters in Europa abzutauchen, aber ich musste trotzdem weg von hier. Selbst das College war nicht weit genug entfernt. Ich brauchte einen Ozean zwischen uns, weil ich körperlich und seelisch vollkommen am Ende war. Ich brauchte Zeit, um mir zu überlegen, wie es für mich weitergehen sollte, und dann fiel mir Khotso ein, der mich schon vorher eingeladen hatte, mir die Klinik, die er bauen wollte, anzusehen. Im Grunde hatte ich die Einladung schon ausgeschlagen, denn ich hatte mit der Vorbereitung meiner Hochzeit alle Hände voll zu tun gehabt. Plötzlich aber war die Klinik der ideale Ort für mich, um meinem Vater und vor allem Cooper zu entfliehen. Ich ließ mich eingehend auf mögliche Geschlechtskrankheiten untersuchen, und am nächsten Tag flog ich von meinem allerletzten Geld nach Afrika.« Sie errötete ein wenig bei der Erwähnung ihres Arztbesuchs, fuhr dann aber mit nachdenklicher Stimme fort: »Todunglücklich und völlig ausgebrannt kam ich dort an. Aber weißt du«, plötzlich fingen ihre Augen an zu leuchten, »ich hatte dort mit diesen Frauen zu tun, die wegen einer Sache, über die sie keinerlei Kontrolle hatten, von ihren Familien und Dorfgemeinschaften verstoßen worden waren. Viele von ihnen hatten ihre Babys während oder kurz nach der Geburt verloren. Sie waren traumatisiert und krank und hatten viel, viel mehr verloren als ich. Und um diesen Frauen Mut zu machen, sich trotz ihrer schlimmen Lebensumstände auf ihre Stärken zu besinnen, musste ich zunächst mal selber stark und mutig sein. Es gibt grenzenloses Leid auf dieser Welt, aber genauso triumphieren täglich unzählige Menschen über das, was sie bedrückt. Ich dachte, wenn ich diesen Frauen helfen will, gesund zu werden und ihr Leid hinter sich zu lassen, muss ich selber dazu in der Lage sein. Und schließlich habe ich es tatsächlich geschafft.«

»So, wie du es formulierst, klingt es verblüffend einfach«, stellte ich mit rauer Stimme fest. *Woher hatte Kira nur all diese Kraft genommen, erst ihr eigenes Leid zu überwinden und danach auch noch für andere Menschen da zu sein?*

Sie schüttelte den Kopf. »Das war bestimmt nicht leicht. So etwas geht nur mit harter Arbeit, Hoffnung, Zuversicht und indem man auch den Schmerz, den man empfindet, akzeptiert. Man kann den Schmerz nicht verdrängen, ohne alle anderen Gefühle auch zu verdrängen. Um Freude zu empfinden, muss man auch für Schmerzen offen sein. Anders funktioniert es einfach nicht. Also nein, es ist nicht einfach, aber man kann es schaffen. Und jetzt will ich nur, dass mein Vater mich in Ruhe lässt, damit ich selber überlegen kann, wie es mit meinem Leben weitergehen soll.«

Das konnte ich verstehen. Und inzwischen war mir klar, weshalb sie lieber meine Frau geworden war als auch nur einen Cent von ihrem Vater anzunehmen und auf die Bedingungen, die er an ihre Unterstützung knüpfen würde, einzugehen. Stattdessen hatte sie sich dafür entschieden, mir die Hälfte ihres Geldes abzugeben, hatte mir ihr Geld angeboten, als wäre sie persönlich gar nichts wert. Doch plötzlich war ich – unabhängig von dem finanziellen Vorteil, den die Ehe mit ihr für mich hatte – dankbar, dass die Wahl bei diesem Deal auf mich gefallen war.

»Und was hast du mit deinem Leben vor?«, erkundigte ich mich. *Was hast du für Träume, süße Kira?*

»Vielleicht gehe ich zurück aufs College, oder vielleicht werde ich Pirat und segle auf den Weltmeeren herum. Hauptsache, ich kann jetzt tun und lassen, was ich will. Dank meiner Großmutter und *dir* kann ich frei entscheiden.«

Als sich unsere Blicke trafen, wäre ich am liebsten vor ihr auf die Knie gefallen und hätte ihr ewige Treue und Gefolgschaft geschworen. *Entspann dich, Gray.*

Ich lächelte sie an. »Du wärst bestimmt die heißeste Piratenbraut, die es jemals gegeben hat.«

Sie lachte, bis es plötzlich klopfte und sie leicht zusammenfuhr.

»Das ist der Zimmerservice«, klärte ich sie auf.

Ich stellte unser Essen auf den Couchtisch, und wir nahmen beide auf dem Sofa Platz. Gerade erst hatte mir Kira ihre schmerzliche Geschichte offenbart, doch jetzt hellte sich ihre Miene wieder auf. Vielleicht hatte sie genau das ja gebraucht. Wahrscheinlich hatte sie bisher alles nur mit sich alleine ausgemacht, denn schließlich war sie sofort nach dem Vorfall ab- und erst vor Kurzem wieder aufgetaucht.

»Ich muss dich übrigens noch um Verzeihung bitten«, sagte ich, den Mund voll Stroganoff, das nicht mal halb so gut wie das von Charlotte war. »Ich habe dich vom ersten Augenblick an völlig falsch beurteilt, habe mir ein völlig falsches Bild von dir gemacht.«

Kira zuckte mit den Achseln. »Das bin ich gewöhnt. Und vor allem habe ich mir auch ein ziemlich falsches Bild von dir gemacht, Drache.« Sie zwinkerte mir zu, und grinsend schob ich mir die nächste volle Gabel in den Mund.

»Kira«, sagte ich nach einem Augenblick. »Ich weiß, wir haben ausgemacht, dass du zwei Monate auf meinem Weingut bleibst, aber du kannst gerne länger bleiben, wenn du willst. Ich meine, vielleicht brauchst du ja noch etwas mehr Zeit, um herauszufinden, wie es für dich weitergehen soll.«

Sie sah mich von der Seite an und gab sarkastisch zu bedenken: »Bist du sicher, dass du dieses Angebot nicht irgendwann bereuen wirst?«

Mit einem unterdrückten Lächeln antwortete ich: »Doch, wahrscheinlich. Schließlich strapazierst du jetzt schon permanent meine Geduld. Aber trotzdem meine ich es ernst.«

Als sie grinste, zeigte sich das kleine Hexengrübchen, und bei seinem Anblick durchfuhr mich frisches, schmerzliches Verlangen.

»Das ist sehr nett von dir, aber ich nehme an, dass es mir guttun wird, erst mal allein irgendwohin zu ziehen.«

Ich wollte mir nicht eingestehen, wie enttäuscht ich von der Antwort war. »Wirst du in Napa bleiben?« *Bitte. Bitte, bleib zumindest in der Stadt.*

Sie verzog nachdenklich das Gesicht. »Keine Ahnung.

Sicher wäre das nicht unbedingt von Vorteil, wenn wir dich wieder zu einem angesehenen Mitglied der Gemeinde machen wollen. Aber ich werde auf jeden Fall in Kalifornien bleiben, bis wir ordentlich geschieden sind.«

Ich nickte, und verlegenes Schweigen breitete sich zwischen uns aus. Interessierte es sie wirklich, ob mein Ansehen in Napa unter unserer Trennung litt? Es konnte ihr doch vollkommen egal sein, wie es mit mir weiterging. Ich war mir nicht sicher, was ich in dem Augenblick empfand, doch ich hielt es für klüger, meinen Gefühlen erst mal nicht genauer auf den Grund zu gehen.

Nach dem Essen stellte ich die leeren Teller für den Zimmerkellner vor die Tür, und als ich wieder in die Suite kam, stand Kira in ihrem Schlafzimmer und blickte durch die Glastür des Balkons über die Stadt. Sie wirkte entspannt, ihre gewellten Haare fielen ihr lose bis auf den Rücken, und ich dachte zärtlich, dass sie wunderschön und so viel stärker als die meisten Menschen war. Lautlos trat ich hinter sie, schob ihr sanft die Haare über eine Schulter und küsste ihren Hals.

Sie erschauderte, blieb aber reglos stehen

»Kira«, murmelte ich leise und sog ihren süßen Duft ein. Ich war mir nicht sicher, ob ich sie berühren sollte, ihr zeigen sollte, wie begehrenswert sie war. Vielleicht müsste ich sie vor mir selber schützen, doch inzwischen hatte sie mich vollkommen in ihren Bann gezogen, und als ich erneut meine Lippen über ihren Nacken gleiten ließ und sie leise stöhnte, war es endgültig um mich geschehen.

Ich drehte sie zu mir herum und legte meine Hände um ihr Gesicht, sorgfältig darauf bedacht, die von dem Schlag geschwollene Wange auszusparen. Dann neigte ich den Kopf, küsste ihren süßen Mund und verwob stöhnend meine Finger mit den seidig weichen Strähnen ihres Haars, während meine Zunge tiefer drang. Ich wollte sie verschlingen, wollte Teil von ihrem Feuer werden, Teil von ihrer Lebenskraft.

Ich zog sie ein paar Schritte rückwärts mit mir, bis ich mit den Waden an die Kante ihres Betts stieß, ließ sie dann langsam auf die Matratze sinken und schob mich vor Begierde zitternd über sie. Sie sah unter halb geschlossenen Lidern zu mir auf.

O Gott, wie wunderschön sie war.

»Ich will dich«, keuchte ich und hörte selber, wie verzweifelt meine Stimme klang.

Sie bedachte mich mit einem unsicheren Blick. Sie wollte mich auch, war aber noch nicht bereit dazu.

Fluchend dachte ich daran zurück, wie sie mit tränennassen Augen und bebenden Lippen kurz zuvor in meinem Arm gelegen hatte, und es kam mir irgendwie nicht richtig vor, ausgerechnet heute Abend mit ihr zu schlafen. Nicht, seit ich wusste, wie es ihr mit ihrem ersten Mann ergangen war.

Wenn sie mit mir schliefe, müsste sie es schon aus freien Stücken tun. Dennoch könnte ich etwas für sie tun, auch ohne bis zum Letzten zu gehen. Wieder beugte ich mich über sie und küsste sie. »Lass mich dir Vergnügen bereiten, Kira! Dir zeigen, wie begehrenswert und schön du bist.«

Ich deutete ihr Schweigen kurzerhand als Ja und küsste zärtlich ihren Hals, ließ meine Zunge über ihre weiche, zarte Haut gleiten, und leise seufzend warf sie ihren Kopf zurück. Ihr Geschmack war neu und gleichzeitig vertraut und sorgte dafür, dass mir das Herz bis zum Hals schlug.

»Du bist einfach unglaublich. Einfach perfekt«, raunte ich ihr ins Ohr und zog ihr T-Shirt über ihren Kopf. Sie hob die Arme an, und ihre bisherigen Vorbehalte schienen sich in der aufkommenden Leidenschaft aufzulösen.

Ich öffnete ihren BH, und als mein Blick auf ihre nackten Brüste fiel, drängte mein Schwanz gegen den Reißverschluss meiner Jeans. Mit der Fingerspitze zog ich einen ihrer rosigen Nippel nach. Sie reckte sich mir entgegen und stieß heiser meinen Namen aus. Glühendes Verlangen stieg in mir auf, ich knirschte mit den Zähnen und glitt dann mit dem Daumen wieder über ihre Brustwarze, bis sie sich keuchend unter der Liebkosung wand. Dann neigte ich den Kopf, nahm ihren anderen Nippel in den Mund, umkreiste ihn mit meiner Zungenspitze und biss sanft hinein. Sie presste die Hüften gegen mein geschwollenes Glied, und wir stöhnten beide auf.

Ich glitt mit dem Mund an ihrem Bauch herab, und sie vergrub die Finger tief in meinem Haar. Als ich mich erhob, um ihr die Hose abzustreifen, trafen sich unsere Blicke, und ich konnte die Leidenschaft in ihren leuchtend grünen Augen sehen, bevor sie flatternd ihre Lider schloss. »Du bist wunderschön«, murmelte ich, und sie stöhnte vor Verlangen auf.

Wie konnte ein Mann von diesem Mädchen nicht vollkommen hingerissen sein? Wie konnte er etwas anderes wollen, als ihr diese wunderbare Reaktion zu entlocken, während er sie liebte, während sie ihm ganz gehörte? Sie so zu sehen war, als breite sich ein heller Sonnenstrahl in meinem Inneren aus.

Ich warf ihre Jeans und ihren Slip zur Seite, kniete mich ans Fußende des Betts und zog sie sanft zu mir heran, bis mein Gesicht zwischen ihren schlanken Oberschenkeln lag. Sie war rasiert und glänzte feucht. Ihr Duft entlockte mir ein Knurren, und ein animalisches Verlangen befiel mich. Ich zitterte fast vor Begierde, diese wunderschöne kleine Hexe zu besitzen.

Als ihr ein neuerliches Stöhnen entfuhr, warf sie den Kopf zur Seite und vergrub das Gesicht im Kissen.

»Nein, Kira, lass mich dich hören«, flehte ich sie an.

Obwohl ihr trüber Blick mir zeigte, dass sie mich wahrscheinlich kaum noch hörte, schob sie das Kissen fort, und während ich sie leckte, meine Zunge sanft um ihre geschwollene Klitoris kreisen ließ und ihr Geschmack mich sogar noch härter werden ließ, stieg abermals verzweifeltes Verlangen in mir auf. Leise wimmernd presste sie sich gegen mein Gesicht, und wie von Sinnen wegen ihres lustvollen Stöhnens saugte, leckte und liebkoste ich ausgiebig ihre samtig weiche Haut. Als ich vorsichtig zwei Finger in sie schob, schrie sie auf, erschauderte, und ein unkontrollierbares Zucken lief durch ihren ganzen Körper. Nachdem das letzte Beben ihres Höhepunkts verklungen war und sie reglos und erschöpft auf dem Laken lag, bahnte ich mir mit meinen Lippen wieder einen Weg an ihrem Bauch hinauf.

Mit einem zufriedenen Seufzer legte sie mir ihre Hände ans Gesicht, und damit sie eine Kostprobe ihrer eigenen Leidenschaft bekäme, küsste ich sie auf den Mund. Das Pochen meines noch immer schmerzlich erigierten Glieds gab mir zu verstehen, dass mein Verlangen nach der wunderschönen Frau in meinen Armen noch lange nicht gestillt war. Ich rollte mich gemächlich auf die Seite, zog sie nackt an meine Brust, deckte sie zu und strich ihr sanft über das Haar. »Du bist wunderschön.«

Noch während ich das sagte, breitete sich Angst in meinem Inneren aus. *Warum jagten die Gefühle, die ich für sie hatte, mir nur einen solchen Schrecken ein?*

Zufrieden seufzend schmiegte sie sich enger an mich, und ich ließ meine Fingerspitzen sanft auf ihrer Hüfte kreisen. Um der schmerzlichen Erregung und meinen verwirrenden Gefühlen Herr zu werden, rief ich mir in Erinnerung, dass ich im Grunde auf ganz andere Frauen stand. Und hätte beinah laut gelacht. Sie war nicht nur durchaus mein Typ, sondern wie für mich gemacht. Doch so durfte ich nicht denken. Ich musste diesen Gedanken ganz schnell wieder verscheuchen.

Trotzdem musste sie meine Bemerkung, dass sie nicht mein Typ sei, nach allem, was ihr Cooper Stratton angetan hatte, wahrscheinlich furchtbar verletzt haben. Bei der Erinnerung an ihren Ex-Verlobten kühlte sich mein Blut ein wenig ab.

Kiras gleichmäßiger Atem zeigte mir, dass sie eingeschlafen war. Gott, wenn mir bewusst gewesen wäre, dass die Ehe mit ihr sexuell derart frustrierend würde, hätte ich wahrscheinlich einen größeren Teil des Geldes verlangt. Sie trieb mich in den Wahnsinn, machte mich erst heiß und wies mich dann zurück. Auf der anderen Seite aber brachte sie mich ein ums andere Mal zum Lachen, hatte sogar einen kleinen Hund für mich gekauft. Und jetzt hatte sie mir noch mehr gegeben, denn sie hatte mir trotz aller Vorbehalte ihren wunderbaren Körper anvertraut.

Lächelnd küsste ich sie auf den Kopf und schloss meine Augen.

16 Kira

Ich klopfte vorsichtig an Graysons Tür, biss mir auf die Lippe und wartete auf eine Reaktion. Nackt und nur in die Hoteldecke gewickelt, war ich kurz zuvor allein in meinem Bett erwacht. Die Erinnerung an das, was zwischen uns passiert war, hatte ein Gefühl der Scham und gleichzeitig der Zärtlichkeit in mir geweckt. Offensichtlich hatte er verstanden, wie verletzt ich immer noch von Coopers Reaktion auf meine Leidenschaft gewesen war, und hatte diesen Schmerz ein wenig lindern wollen. Und zu meiner Überraschung hatte es tatsächlich funktioniert. Er hatte mir auf Kosten seiner eigenen Befriedigung das herrliche Gefühl gegeben, eine wunderschöne und begehrenswerte Frau zu sein. Auch wenn er selbst am Ende sicher fürchterlich frustriert gewesen war. Ich hatte deshalb Gewissensbisse, aber als er lächelnd an die Tür kam, atmete ich auf. Er war mir offenbar nicht böse, aber trotzdem war er in sein eigenes Bett zurückgekehrt. Ich fragte mich, warum er nicht geblieben war und nicht versucht hatte, auch seine eigene Lust zu stillen. Ich hätte es nicht nur geschehen lassen, sondern ihn wahrscheinlich sogar angebettelt, es zu tun, wären mir nicht in einer Mischung aus Befriedigung und Erschöpfung nach dem langen, aufreibenden Tag sofort die Augen zugefallen.

»Morgen.«

»Du bist letzte Nacht einfach verschwunden«, platzte es aus mir heraus, und ich konnte deutlich spüren, wie mir die Röte heiß in die Wangen stieg.

Er lehnte sich lässig an den Türrahmen, sah mir forschend ins Gesicht, und verlegen senkte ich den Kopf und starrte meine Füße an. »Ich dachte, dass du erst mal richtig ausschlafen musst, wusste nicht, ob du mich tatsächlich die ganze Nacht hättest bei dir haben wollen, und wollte dich nicht wecken, um das auszudiskutieren. Du hattest schließlich einen anstrengenden Tag.«

Seine Rücksicht wirkte so, als nähme er mich zärtlich in den Arm, und vorsichtig sah ich ihn wieder an. »Danke. Für, tja nun, für alles.«

Ein rätselhaftes Lächeln huschte über sein Gesicht. »Gern geschehen«, gab er zurück. »Wollen wir langsam los?«

Ich nickte, starrte aber immer noch auf seinen wunderschönen und verführerischen Mund, von dem ich inzwischen wusste, welches Vergnügen er bereiten konnte. Sein Lächeln wurde breiter und so wissend, dass ich meinen Blick von seinen Lippen losriss und auf meinen gepackten Koffer senkte. Leise lachend nahm er seine Reisetasche, und wir traten in den Flur.

»Bist du sicher, dass es dir nichts ausmacht, noch kurz im Familienzentrum reinzuschauen?«, wechselte ich das Thema und schaute ihn fragend von der Seite an. Ich liebte es, wie frisch er wirkte, wenn er direkt aus der Dusche kam – mit feuchtem, leicht zerzaustem Haar und eingehüllt in einen sauberen, maskulinen Duft. Ich wartete auf irgendein Signal dafür, dass sich unsere Beziehung seit gestern Abend irgendwie verändert hatte, doch anscheinend war das nicht der Fall. Das hatte er ja auch angedeutet, als er zum ersten Mal davon gesprochen hatte, unsere ursprüngliche Übereinkunft zu ändern. Es wollte ein vorübergehendes Verhältnis, weiter nichts. Er wollte nur mit mir ins Bett, bis ich mir eine andere Bleibe suchen würde, um dort abzuwarten, bis die Scheidung möglich war. *Sei nicht dumm, und mach dir keine falschen Hoffnungen,* ermahnte ich mich stumm.

»Überhaupt nicht«, antwortete er. »Allerdings möchte ich früh genug nach Hause kommen, um noch ein paar Sachen auf dem Weingut zu erledigen. Ich wäre also froh, wenn wir nicht allzu lange bleiben würden.«

»Keine Angst«, versicherte ich ihm. »Ich möchte nur kurz Hallo sagen und dem Zentrum einen Scheck ausstellen. Es gibt noch ein paar andere Organisationen, denen ich was spenden will, aber denen schicke ich die Schecks einfach per Post.«

Eine halbe Stunde später fuhr er auf den Parkplatz des Familienzentrums, das im Tenderloin District, einer der mit Abstand unsichersten Gegenden von San Francisco, lag. Anders als in anderen Stadtteilen war die Miete hier aber erschwinglich, und vor allem gab es jede Menge Obdachloser, für die die dem Zentrum angeschlossene Wärmestube gut erreichbar war.

Wir gingen in das Haus, wo uns ein alter, offensichtlich obdachloser Mann entgegenkam, hörten fröhliche Stimmen, Gelächter, das Weinen eines Kindes und rochen die Hackfleischsauce, die es offenbar zum Mittagessen gab.

Eine Frau mit kurzem, schwarz gelocktem Haar kam eilig auf mich zu und zog mich mit einem leisen Aufschrei an die weiche, ausladende Brust. »Kira Dallaire!«

Ich lachte. »Hallo, Sharon.«

»Mädchen, ich war wirklich traurig, dass ich dich verpasst habe, als du vor Kurzem hier gewesen bist. Carlos hat gesagt, du hättest kurz hereingeschaut. Wir haben uns ja eine halbe Ewigkeit nicht mehr gesehen. Wie geht es dir? Und was ist mit deinem Gesicht passiert?« Sie betastete vorsichtig meine Wange, drehte meinen Kopf und betrachtete den großen, blauen Fleck.

Lächelnd sog ich Sharons Wärme in mich auf. »Es geht mir gut. Das war ein Geschenk von meinem Vater, aber kein Problem.«

Sie runzelte die Stirn und stieß zwischen zusammengepressten Lippen aus: »Zum Glück habe ich diesen Dreckskerl nie gewählt. Kann ich irgendetwas für dich tun?«

Ich schüttelte den Kopf und lenkte meinen Blick auf Gray. »Das hat er bereits erledigt. Sharon Murphy, Grayson Hawthorn«, stellte ich die zwei einander vor. Ich sagte absichtlich nicht mehr, und sie bedachte mich mit einem argwöhnischen Blick, gab Grayson dann aber die Hand und blickte ihn mit einem warmen Lächeln an.

»Leider können wir nicht lange bleiben, Sharon«, fuhr ich fort. »Ich wollte nur schnell einen Scheck ausstellen. Ich habe schon mit Carlos über die weitere Finanzierung des Familienzentrums gesprochen.«

Sie stieß einen Seufzer aus. »Ich will ganz ehrlich sein, Kira. Ich fürchte, dass wir schließen müssen, bis das Geld von der Kommune kommt.«

»Jetzt nicht mehr«, klärte ich sie lächelnd auf.

Wieder zog sie mich an ihre ausladende Brust. »Du hast einfach ein Herz aus Gold. Gott segne dich.« Mit Tränen in den Augen wandte sie sich Grayson zu. »Wie wäre es mit einer kurzen Führung durch das Haus? Kira, draußen sind ein paar Kinder, die du kennst. Sie würden sich wahrscheinlich riesig freuen, wenn du ihnen Hallo sagen würdest«, meinte sie und zwinkerte mir zu.

Auch ich wandte mich Grayson zu und fand es seltsam, ihn an diesem Ort, an dem ich so viel Zeit verbracht hatte, zu sehen. »Wäre das für dich okay?«

»Nun geh schon.«

Eine Viertelstunde später hatte ich den Scheck mit meiner Spende ausgestellt und spielte draußen mit den Kindern Fangen. Meine Haare flogen wild um mein Gesicht, ich lachte atemlos, drehte den Kopf und bemerkte Graysons Blick. Als mich ein kleiner Junge namens Matthew fing und vor Freude kreischte, klatschte ich, beeindruckt von der Wendigkeit, mit der er mich erwischt und übertölpelt hatte, mit ihm ab. Gray stand währenddessen in der Tür und sah unserem Spiel mit einem leisen Lächeln zu. Leicht verlegen, weil ich mich derart für dieses Kinderspiel begeistert hatte, sagte ich den Kindern schnell Auf Wiedersehen und joggte auf ihn zu.

»Hi«, grüßte ich.

»Selber hi. Sah aus, als hättest du ziemlich viel Spaß.«

Ich zuckte mit den Schultern. »Allerdings. Die Kinder sind echt toll. Wollen wir?«

Nickend sah er sich noch einmal um. »Ich kann verstehen, warum du dieses Zentrum unterstützt. Sie leisten offenkundig wirklich gute Arbeit hier.«

Als ich lächelnd zu ihm aufsah, fiel sein Blick auf meine Wange, und mit finsterer Miene wandte er sich ab. *Es störte ihn noch immer, dass mein Vater auf mich losgegangen war.* Die Erkenntnis wärmte mir das Herz, doch ohne auf das Thema einzugehen, sagte ich nur nochmals: »Allerdings.«

Wir verabschiedeten uns noch von Sharon und machten uns wieder auf den Heimweg. Auch wenn ich dort natürlich nur vorübergehend zu Hause war, freute ich mich auf die Rückkehr in mein kleines Cottage und das Wiedersehen mit Charlotte, Walter, Virgil, José und der süßen Sugie Sug. Was ich als relativ beunruhigend empfand.

Ich tat, als wäre ich tatsächlich dort daheim, in Wahrheit aber würde ich in ein paar Wochen bereits wieder fortgehen. Grayson hatte mir zwar angeboten, meinen Aufenthalt auf seinem Weingut zu verlängern, doch dann würde mir der Auszug noch viel schwerer fallen. Ich hatte seinem Drängen nachgegeben und auch wenn ich das ganz sicher nicht bereute, wusste ich, es würde alles nur noch schwieriger für mich machen. Zwar könnte ich ihn das niemals wissen lassen, aber so war es nun mal. Doch jetzt, da es passiert war, gäbe es doch sicher keinen Grund, die Zeit mit ihm nicht auch zu genießen. Vielleicht nähme ich dann, wenn ich auszog, einen Riss im Herzen mit, aber das wäre es auf alle Fälle wert. Ich brauchte nur daran zurückzudenken, wie er mich am Vorabend berührt hatte – als ob er meinen Körper besser kennen würde als ich selbst –, um wohlig zu erschaudern.

»Kalt?«, erkundigte er sich und hielt prüfend eine Hand vor den Lüftungsschlitz im Armaturenbrett.

»Nein«, gab ich zurück, ohne ihm eine Erklärung für mein Zittern zu geben.

Die Rückfahrt verging wie im Flug. Wir plauderten über banale Themen, denn nach den Geschehnissen bei meinem Vater und am Abend im Hotel gingen uns bereits genügend schwerwiegende Dinge durch den Kopf.

»Oh«, fiel es mir plötzlich ein. »Ich habe ganz vergessen zu erwähnen, welches Motto deine Party haben wird.«

Gray hob eine Braue an. »Ach ja? Und was für eins?«

»Nun, ich musste daran denken, wie mir dein Haus bei der ersten Führung vorgekommen ist.«

Er überlegte kurz. »Wie eine Drachenhöhle?«

Ich schnaubte. »Damit habe ich das Labyrinth und nicht das Haus gemeint.«

»Oh, richtig. Aber was hast du noch mal über das Haus gesagt?«

»Dass es aussieht wie ein Märchenschloss.«

»Okay …«

Ich schüttelte gespielt entnervt den Kopf. »Das Motto deiner Party lautet Märchenmaskenball. Das passt perfekt. Und die Feier findet in zwei Wochen statt. Ich habe das Datum in den Kalendern in der Küche und in deinem Arbeitszimmer rot markiert.«

»In zwei Wochen? Wenn die Leute jetzt erst ihre Einladungen kriegen, haben sie doch sicher schon was anderes vor.«

»Eine so kurzfristige Einladung besagt, dass uns egal ist, ob sie kommen oder nicht. Das wird ihre Neugier wecken, und sie fallen garantiert in Scharen bei dir ein.« *Zumindest hoffte ich, dass es so war.*

Grayson lachte leise auf. »Okay. Dann überlasse ich den psychologischen Aspekt der Party einfach dir.«

Ich lächelte ihn an. »Außerdem habe ich selber nicht viel länger Zeit, um deinem Leben meinen Stempel aufzudrücken.«

»Oh, das hast du längst getan.«

»Ich meine, einen *positiven* Stempel«, klärte ich ihn lachend auf. »Ich will dir etwas hinterlassen, was von Dauer ist.« Ich hoffte schließlich, dass die Party dazu führen würde, dass er wieder dauerhaften Anschluss an die sogenannte bessere Gesellschaft Napas fand.

Er sah mich von der Seite an und lenkte seinen Blick wieder nach vorn. Ein Lächeln lag auf seinen Lippen, doch er sagte nichts.

Um kurz nach zwölf kamen wir in Napa an. Grayson nahm unser Gepäck aus seinem Truck und trug es Richtung Haus. »Ich stelle unsere Sachen erst mal in der Eingangshalle ab. Warum kommst du nicht mit mir in die Kelterei und schaust dir an, wofür dein Geld verwendet wird?« Er lächelte mich über seine Schulter an, blinzelte wegen des hellen Sonnenlichts, und ich nahm in meinem Bauch das Flattern unzähliger Schmetterlinge wahr.

»Okay.« Ich lebte schon seit Wochen auf dem Gut, doch bisher hatte Gray mich nie in das Gebäude eingeladen, in dem er die ganze Zeit beschäftigt war, und ich war wirklich neugierig darauf, es mir mit eigenen Augen anzusehen.

Dreißig Sekunden später war er wieder da und meinte, Charlotte und ihr Mann wären offenbar mit Sugie unterwegs. Gemeinsam liefen wir vorbei an prächtigen Rosen und an Büschen voller kleiner, süß und gleichzeitig holzig duftender Blüten, und ich atmete tief ein. »Es riecht hier einfach wunderbar.«

»Rosen und Weißdorn«, klärte er mich grimmig auf. »Meine Stiefmutter hat sie gepflanzt, als sie mit meinem Bruder schwanger war. Charlotte hatte ihr erklärt, die Rose stünde für Balance – die Blüten symbolisieren die Schönheit, und die Dornen sind die Erinnerung daran, dass Liebe manchmal durchaus schmerzlich ist. Und die Büsche hat sie wegen unseres Namens, Hawthorn, *Weißdorn,* ausgesucht. Danach hat sie hier nie wieder irgendetwas angepflanzt.«

»Und warum nicht?«, fragte ich und dachte an die Brosche mit der Rose, die mir von Charlotte für die Trauung überlassen worden war.

»Weil sie die Weißdornbüsche an dem Tag gepflanzt hat, an dem meine Mutter mit mir vor der Tür stand. Sie hat mir ein ums andere Mal erzählt, dass sie immer an den schlimmsten Tag in ihrem Leben denkt, wenn sie den Duft des Weißdorns riecht – den Tag, an dem sie herausfand, dass mein Vater sie betrogen hatte, und an dem mich meine Mutter hier zurückließ.«

Mein Herz gefror zu Eis, nur um dann umso heftiger in meiner Brust zu trommeln. »Oh.«

Betroffen nahm ich seine Hand und drückte sie. »Das ist … es tut mir leid. Wie konnte sie nur derart grausam sein?«

Du kommst offenbar nach deiner Mutter, hatte ich zu ihm gesagt, und er hatte erwidert, dass das *ebenfalls eine Enttäuschung für die anderen gewesen war.*

Jetzt konnte ich seine Bitterkeit verstehen und auch seine … grenzenlose Einsamkeit.

Oh, Gray.

Sein Lächeln war genauso grimmig wie der Ton, in dem er sprach. »Sie hat sogar mehrmals versucht, die Büsche auszureißen, was zu ihrem Unglück aber leider nicht so einfach war. Die Büsche wären wie ich, hat sie gesagt.« Er lächelte, als wären ihm diese Worte egal, in seinem tiefsten Inneren aber mussten sie ihn sehr verletzt haben.

Ich drückte ihm erneut die Hand und schob mich in der Hoffnung, dass ihn meine Nähe etwas trösten würde, dicht an ihn heran. Der Gedanke, dass der wundervolle Mann an meiner Seite ungewollt und ungeliebt gewesen war, brach mir das Herz. Zugleich empfand ich es jedoch als Ehre, dass er mich, obwohl er für gewöhnlich alles mit sich selbst ausmachte, in diesen privaten Kummer einbezog.

»Meine Stiefmutter war hier in Napa bei so vielen Wohltätigkeitsorganisationen engagiert, dass ich sie gar nicht alle nennen kann. Ich nehme an, am liebsten waren ihr dabei die exklusiven Mittagessen mit den anderen Frauen.« Er lachte, doch es klang nicht im Geringsten amüsiert.

Ich studierte sein Profil, und plötzlich konnte ich verstehen, dass er anfangs angenommen hatte, ich wäre genau dieselbe Art von Frau. »Ich vermute, es gibt verschiedene Formen von Großmut. Es tut mir leid, dass deine Stiefmutter nicht so großmütig war, einem kleinen Jungen gegenüber, der ihr anvertraut war, freundlicher zu sein.«

Er bedachte mich mit einem fast schockierten Blick. »Das ist inzwischen alles Schnee von gestern.«

Nein, das war es nicht.

Da ich keine Ahnung hatte, wie weit Grayson sich mir öffnen würde, fragte ich ihn zögernd: »Und was war mit deiner Mutter?«

»Meiner Mutter?« Er dachte stirnrunzelnd darüber nach. »Im Grunde weiß ich nur, dass sie Balletttänzerin war. Sie war beim New York City Ballett, als mein Vater sie bei einem One-Night-Stand geschwängert hat. Sie musste das Ballett aufgrund der Schwangerschaft verlassen, hatte nicht genügend Geld, um mich alleine großzuziehen, gab mir die Schuld am Ende ihrer Karriere, und beschloss, sie würde es nicht mehr ertragen, mich auch nur zu sehen. Also hat sie mich bei meinem Vater abgesetzt, sich aus dem Staub gemacht, und ich habe nie wieder etwas von ihr gehört.«

»So egoistisch kann man doch nicht sein.« Und dann hatte sie ihn auch noch bei einem Vater abgeladen, von dem er mit Schuldzuweisungen, Verbitterung und Grausamkeiten überschüttet und aus der Familie ausgeschlossen worden war.

»Wir sind schon ein tolles Paar, oder?«, stellte er mit einem wehmütigen Lächeln fest.

»Auf jeden Fall.« Ich biss mir auf die Lippe, verglich in Gedanken unsere Geschichten und fügte hinzu: »Es ist echt seltsam, wie viele Gemeinsamkeiten wir anscheinend haben.«

»Also gleichen wir uns wohl doch nicht aus.«

Ich lachte leise auf. »Ganz sicher nicht. Wir bräuchten jeweils jemand völlig anderen.«

Er trat so plötzlich vor mich, dass ich stehen bleiben musste, um nicht gegen ihn zu prallen, nahm mein Gesicht in seine Hände, lächelte mich an und legte mir die Lippen auf den Mund. »O nein.«

Sein Kuss war sanft, doch wie bei allen seinen Küssen breitete sich Wärme und schmerzliches Verlangen in mir aus. Allzu schnell zog er den Kopf wieder zurück und, meine Hände gegen seine harte Brust gepresst, blickte ich benommen zu ihm auf. Ich schüttelte den Kopf, als ich den männlichen Stolz in seinem Lächeln sah, lächelte dann aber ebenfalls und zog an seiner Hand.

»Nun komm schon, Drache. Zeig mir endlich, was es mit der dunklen Höhle auf sich hat, in der du so viel Zeit verbringst.«

Lachend folgte er mir bis zur Kelterei, öffnete die Tür des steinernen Gebäudes, das am Fuß des Hügels lag, und rief: »José?«

»Hier hinten.«

Wir betraten einen großen, dank mehrerer großer Oberlichter sonnenhellen Raum. An den Wänden links und rechts der Tür waren verschiedene Maschinen und dahinter eine Reihe riesengroßer Stahlfässer zu sehen.

Grayson trat auf eine der Maschinen zu. »Auf dem Sortierband hier landen die Trauben direkt nach der Ernte. Wir sortieren hier von Hand die nicht so schönen Trauben und die Blätter aus.« Er stapfte an dem langen Band vorbei und wies auf ein Gerät, das aussah wie eine kleine Rolltreppe.

»Das ist der Entstieler«, klärte er mich auf. »Hier kommen die Stiele rein« – er wies auf einen eckigen Metallbehälter –

»und dann kommen sie wieder in die Erde, weil sie wunderbarer Dünger sind.«

Er ging weiter, und ich folgte ihm. »Das ist der Sortiertisch«, sagte er und wies auf einen Tisch, der Raum für mindestens acht Leute bot. »Hier zupften die Arbeiter von Hand die letzten Stiele und die letzten nicht so schönen Trauben ab.« Er bedachte mich mit einem Blick, der gleichzeitig charmant und selbstironisch war. »Auf dem Hawthornschen Weingut glauben wir daran, dass man für guten Wein auch gute Trauben braucht. Wir bringen deshalb sehr viel Zeit mit der sorgfältigen Auswahl nur der allerbesten Trauben zu.«

Lächelnd zog ich eine Braue hoch. »Davon bin ich überzeugt. Wie viele Leute waren hier angestellt, als der Betrieb noch richtig lief?«

»Hundertfünfundsiebzig.«

Und inzwischen war die Zahl auf sechs geschrumpft, auf eine Vollzeit- und drei Teilzeitkräfte und zwei alte Menschen, die im Grunde eher Familie als Angestellte waren. Hätte ich nicht vorher schon gewusst, wie sehr er auf dem Gut zu kämpfen hatte, hätte ich es spätestens in diesem Augenblick erkannt.

Wir gingen an den stählernen Gärbottichen vorbei in einen zweiten großen Raum, der ebenfalls voller Maschinen stand. José schien gerade eine der Maschinen einzurichten, nickte kurz, als er uns sah, und wandte sich dann wieder seiner Arbeit zu. Statt Fässern aus Stahl entdeckte ich an einer Wand riesengroße Bottiche aus Holz, und während wir den Raum durchquerten, beschrieb Grayson die Funktionen der verschiedenen Geräte, und ich konnte deutlich hören und sehen, wie begeistert er von seiner Arbeit war. *Er liebte diese Tätigkeit und alles, was damit verbunden war.* Am liebsten hätte ich nur dagestanden und ihm zugesehen, wie er mit vor Stolz leuchtenden Augen und gestrafften Schultern, sprühend vor Energie, den Raum durchschritt.

»José nimmt gerade eine neue Traubensortieranlage in

Betrieb«, erklärte er. »Das war eins der ersten Dinge, die ich von dem großzügig von dir in dieses Unternehmen investierten Geld bestellt habe.«

»Wie es aussieht, ist mein Geld hier sehr gut angelegt«, stellte ich lachend fest und sah ihm ins Gesicht. »Dein Vater wäre sicher furchtbar stolz auf dich.«

Plötzlich sah er schüchtern und verletzlich wie ein kleiner Junge aus. Er wippte auf den Fersen und stopfte die Hände in die Taschen seiner Jeans.

»Ja, wahrscheinlich«, sagte er und setzte abermals ein stolzes Lächeln auf. »Willst du auch noch sehen, wo die Fässer stehen, in denen wir die Weine reifen lassen?«

Ja, natürlich wollte ich. Ich nickte lächelnd, und mir wurde klar, wie wichtig ihm das Urteil seines Vaters noch immer war. Das konnte ich sehr gut verstehen, auch wenn ich es zugleich unglaublich traurig fand.

Er nahm meine Hand und führte mich durch eine Tür und einen langen, betonierten Gang in einen anderen Raum, in dem es merklich kühler und fast dunkel war. An den Wänden dieses Raumes waren jede Menge Fässer aufgetürmt, und die Luft roch durchdringend nach feuchter Erde und nach Holz.

»Das sind Burgunderfässer, deren Holz aus Frankreich kommt«, erklärte er.

»Hmm. Und wie lange reift der Wein darin?«

»Dieser Wein reift seit fünf Jahren. Er ist fast ausgereift, und abermals dank deines Geldes können wir ihn bald in Flaschen abfüllen.« *Dann lagerte der Wein also in diesen Fässern, seit sein Vater krank geworden war, und danach hatte man die Arbeit auf dem Weingut bis zu Graysons Heimkehr praktisch eingestellt.*

»Ihr füllt ihn hier in Flaschen ab?«

»Das werden wir, sobald die neue Abfüllanlage geliefert wurde.«

»Ich wusste gar nicht, wie viel Arbeit mit der Herstellung von Wein verbunden ist.«

»Und dabei habe ich dir bisher nur gezeigt, wie man die Trauben vorsortiert. Die Weinherstellung selbst ist noch aufwendiger. Aber die Maschinen zeige ich dir später mal.«

Am besten täte er es gleich, denn schließlich waren meine Tage hier gezählt.

Noch während ich dies dachte, fiel mir plötzlich auf, dass Grayson direkt vor mir stand. Ich bemerkte seinen durchdringenden Blick und holte zischend Luft. Trotz der Dunkelheit des Kellers konnte ich die Glut in seinen dunklen Augen deutlich sehen.

Eilig trat ich einen Schritt zurück und stieß mit dem Rücken an die Wand. Grayson stützte sich mit seinen Händen links und rechts von meinem Kopf an der Betonwand ab, und in der kühlen Luft des Raumes fühlte sich sein Mund auf meinen Lippen herrlich weich und tatsächlich noch wärmer an als sonst.

»Wie warm du bist«, murmelte er, nachdem ihm offenbar dasselbe durch den Kopf gegangen war. Er zog mit seiner Zunge die Konturen meiner Lippen nach, und stöhnend öffnete ich den Mund.

Er legte seine Hände um mein Gesicht, und ich schlang ihm meine Arme um den Hals und klammerte mich an ihn, weil meine Beine unter mir nachzugeben drohten. Wie war es möglich, dass sein Kuss mich so entflammte und zugleich derart schwach machte? Er schmiegte seinen warmen, festen Leib an meinen Körper, während er mit seiner Zunge über meinen Gaumen und die Innenseiten meiner Wangen strich und jeden Winkel meines Mundes erforschte. In meiner Kehle stieg ein dumpfes Stöhnen auf, das ich versuchte zu unterdrücken, doch die Mühe hätte ich mir sparen können, denn als ich mich an ihn presste, meine Nippel an der harten Brust rieb und das wilde Pochen meines Herzens zwischen meinen Schenkeln spürte, war es abermals um mich geschehen.

Ich hatte auch schon andere geküsst – okay, die meisten

waren keine echten Männer, sondern grüne Jungs gewesen –, aber plötzlich wurde mir bewusst, dass dies der erste echte Kuss in meinem Leben war. Der erste Kuss, der mich von Kopf bis Fuß erschaudern ließ. Der erste Kuss, bei dem ich alles andere vergaß.

»Du schmeckst einfach köstlich«, meinte Grayson, als er sich von meinen Lippen löste. »Ich kann einfach nicht genug von dir bekommen.« Und dann neigte er zum Glück erneut den Kopf und küsste mich abermals, während meine Hände über seinen schlanken, muskulösen Rücken glitten. Wie wunderbar gebaut er war, wie breitschultrig und stark. Es war ein unglaubliches Gefühl, so eng an diesem fremden, maskulinen Körper zu liegen. Am liebsten hätte ich jeden einzelnen Zentimeter davon genau erforscht. Ich spürte seine harte Erektion an meinem Bauch, und Erregung durchfuhr meinen Körper. Begierig schob ich eine Hand zwischen uns, und als ich die harte Schwellung sanft massierte, zuckte er zusammen, presste dann aber sein Glied in meine Hand.

»Kira«, krächzte er. »Du musst aufhören. Gott steh mir bei, wenn du nicht sofort aufhörst, nehme ich dich hier im Stehen.«

Ich erschauderte, und beinahe hätte ich ihn angefleht, es wirklich zu tun. Aber nein, denn schließlich war José gleich nebenan und könnte jeden Augenblick hereinkommen und uns sehen. Vor allem wünschte ich mir Zeit, wenn ich mit Grayson schlief, und zwar nicht im Stehen und noch vollständig bekleidet, sondern nackt in seinem Bett.

Widerstrebend trat er einen Schritt zurück, und ich sah auf die Wölbung in seiner Jeans. Ich musste schlucken, denn am liebsten hätte ich sie abermals berührt.

Ja, gestand ich mir ein, ich wollte ihn. Begehrte ihn so schmerzlich, dass ich außer mir war vor Angst und vor Erregung.

Bisher hatte ich mir eingebildet, dass ich ihm problemlos widerstehen könnte, doch ich hatte seine Fähigkeiten als

Verführer und vor allem seine sanfte Seite deutlich unterschätzt. Und jetzt war es um mich geschehen.

»Am besten gehen wir zurück zum Haus«, erklärte ich und ordnete mein Haar, so gut es ging.

Er sah mich an, bevor er mir eine Strähne aus dem Gesicht strich. »Bitte, Kira«, flüsterte er rau, »verbring die Nacht mit mir.«

Vor Angst und vor Begehren zog mein Magen sich zusammen. Ich würde mit dem Feuer spielen, wenn ich mit ihm schliefe. Das war mir bewusst.

Aber … ich wollte es. Ich wollte, dass er mir noch einmal das Gefühl gab, eine schöne und begehrenswerte Frau zu sein. Wollte seinen Körper kennenlernen, ihn erforschen, wollte wissen, was er mochte, und erleben, wie er vor Verlangen erbebte. Mit den Gefühlen, die ich dann bestimmt für ihn entwickeln würde oder vielleicht schon entwickelt hatte, käme ich schon zurecht. Und ohne ein paar aufregende Abenteuer war das Leben schließlich nicht viel wert. Ein bisschen Herzschmerz würde sich auf alle Fälle lohnen, wenn ich dafür die Gelegenheit bekäme, abermals von ihm berührt zu werden und ihn selber zu berühren. Und ich würde nie, *niemals* so närrisch sein zu hoffen, dass er sich in mich verlieben würde, wenn er mit mir schlief.

»Ja.« Ich blickte zu ihm auf, und ein triumphierender Ausdruck huschte über sein Gesicht. Er nahm meine Hand und führte mich zurück ins helle Sonnenlicht. Im Vorbeigehen sagten wir José Auf Wiedersehen, schlenderten zurück zum Haus, und ich nahm mein Gepäck und wandte mich zum Gehen.

»He, Moment, wo willst du hin?«

Ich drehte mich noch einmal zu ihm um. »In mein Häuschen.«

»O nein, du wohnst ab jetzt im Herrenhaus.«

»Und das hast du einfach so bestimmt?« Ich sah ihn aus zusammengekniffenen Augen an. Ich wohnte gern in meinem Cottage, hatte gern ein kleines Reich für mich. Und selbst wenn sich die Sache zwischen uns … vertiefen sollte, bräuchte ich auf alle Fälle weiter einen Ort für mich allein.

»Genau. Du bist schließlich auch deshalb krank geworden, weil die Luft im Gärtnerhäuschen furchtbar staubig ist, du nur kalt duschen konntest und …«

»Das ist doch lächerlich. Das war ein Virus, und durch Staub und kalte Duschen fängt man sich ganz sicher keinen Virus ein.«

»Vielleicht, vielleicht auch nicht. Auf jeden Fall ziehst du ins Herrenhaus.«

»Tue ich nicht.«

»O doch.«

Wir funkelten uns wütend an, doch dann verschränkte Grayson seine Arme vor der Brust und lehnte sich lässig an die Wand. »Du hast dich doch schon dazu bereit erklärt, bei mir zu schlafen.«

»Heute Nacht. Das heißt noch lange nicht, dass ich auf Dauer bei dir einziehen will.«

»Aber genau das wirst du tun.«

»Werde ich nicht.«

Bevor wir weiterstreiten konnten, fiel mein Blick auf die geschwungene Treppe, und mit hochgezogener Braue wandte ich mich wieder Grayson zu. »Wie wäre es mit einem Wettrennen? Der Sieger darf bestimmen, wo ich wohnen soll.«

Er lachte laut. »Du willst mit mir um die Wette rennen? Also bitte, kleine Hexe, wenn wir beide um die Wette rennen, hast du nicht den Hauch einer Chance. Am besten ziehst du also gleich hier ein.«

»Ich gebe nie so einfach auf. Und ich meine auch kein Wettrennen zu Fuß, sondern ein Wettrutschen auf dem Geländer. Du nimmst eine Seite, ich die andere.« Ich hatte schon auf dem Geländer rutschen wollen, als ich zum ersten Mal ins Haus gekommen war, und endlich böte sich mir die

Gelegenheit dazu. Obendrein war ich eine Expertin im Geländerrutschen, nachdem ich in einem Haus mit drei riesigen Treppen aufgewachsen war.

Abermals fing Grayson an zu lachen. »Du machst Witze, oder?«

Wortlos hob ich beide Brauen an.

»Nein, natürlich nicht. Aber dir ist doch wohl bewusst, wie lächerlich das ist?« Trotzdem ging er auf die Treppe zu. Ich folgte ihm bis in den ersten Stock, und während er nach rechts abbog, ging ich nach links und pflanzte meinen Hintern auf das dunkle, blank polierte Holz.

»Ich glaube einfach nicht, dass ich das wirklich tue«, murmelte er leise, während er sich auf das andere Geländer schwang.

»Falls du nervös bist, gebe ich dir gerne einen Vorsprung«, bot ich freundlich lächelnd an.

Er grinste teuflisch: »Danke, doch das wird bestimmt nicht nötig sein.«

Ich wackelte mit meinem Hintern, bis ich richtig saß. »Auf die Plätze, fertig … los!«

Kreischend rutschte ich über das spiegelglatte Holz in Richtung Erdgeschoss. Ich fing gefährlich an zu schwanken, kreischte abermals, als ich beinah das Gleichgewicht verlor, und fing mich gerade noch im letzten Augenblick.

Grayson lachte dröhnend, doch ich wagte nicht, ihn anzusehen. Ich rutschte deutlich schneller, als ich angenommen hatte, flog am Schluss in hohem Bogen durch die Luft, und da ich es nicht schaffte, auf den Füßen aufzukommen, warf ich bei der Landung auf dem harten Marmorboden schützend meine Hände nach vorne. Ich war mir ziemlich sicher, dass ich vor ihm aufgekommen war.

Völlig außer Atem, aber lachend lagen wir am Fuß der Treppe in der Eingangshalle, als ich plötzlich vier Paar Schuhe vor mir stehen sah. Vorsichtig hob ich den Kopf und stellte fest, dass Walter mit hochgezogener Braue auf mich heruntersah. Neben ihm stand Charlotte, rang nach Luft und starrte entgeistert erst auf Gray und dann auf mich.

Wir hörten beide auf zu lachen, und verlegen stand ich auf und sah in die schockierten Mienen eines großen, gut aussehenden, blonden Mannes sowie einer attraktiven, blonden Frau.

Als der Mann plötzlich grinste, trat ich auf ihn zu und reichte ihm die Hand. »Hi«, begrüßte ich ihn atemlos. »Ich bin …«

»Shane«, stellte in meinem Rücken Grayson seltsam tonlos fest. »Vanessa.«

Ich sah ihn über meine Schulter an und nahm den plötzlich kalten, distanzierten Ausdruck seiner Augen wahr.

»Was zum Teufel macht ihr hier?«

17 Kira

O mein Gott! Shane war Graysons Bruder und Vanessa die Frau, die er an ihn verloren hatte, als er zu der mehrjährigen Haftstrafe verurteilt worden war. Und jetzt waren sie hier.

Ich wischte mir die Hände an der Hose ab und gab mir alle Mühe, möglichst cool und gefasst zu wirken, oder wenigstens so cool und gefasst, wie es einem Menschen nach der Bauchlandung infolge einer Rutschpartie auf dem Geländer möglich war.

»Ist sie das?«, erkundigte sich Shane und blickte statt auf Gray auf mich. Ich wusste nicht genau, was ich von dieser Frage halten sollte, aber da er durchaus freundlich klang, gab ich ihm abermals die Hand und lächelte ihn an.

»Ich bin Kira Dallaire.«

»Inzwischen Kira Hawthorn, stimmt's?« Mit einem offenen, jungenhaften Lächeln nahm er meine Hand.

Ich wandte mich an Gray, doch er bedachte uns mit einem völlig ausdruckslosen Blick. »Oh, na klar. Nun, ja.« Ich räusperte mich kurz. »An meinen neuen Namen habe ich mich irgendwie noch nicht gewöhnt.«

»Du trägst ihn schließlich erst seit ein paar Wochen«, ein verständnisvolles Lächeln huschte über seine hübschen Züge, und ich nickte schwach.

»Genau.«

Jetzt trat auch die hochgewachsene Blondine auf mich zu, umfasste meine Hände und blickte mich mit einem warmen

Lächeln an. Gott, sie sah einfach fantastisch aus – wie Grace Kelly, nur dass sie sogar noch schöner war.

Shane wandte sich Grayson zu. »Du kannst dir vorstellen, wie überrascht wir waren, als Charlotte uns die Neuigkeit erzählte, aber gleichzeitig haben wir gehofft …«

»Dass ihr jetzt hier willkommen wärt?«, fiel Gray ihm kalt ins Wort. »Da habt ihr euch geirrt. Am besten macht ihr auf der Stelle wieder kehrt und fahrt dorthin zurück, wo ihr hergekommen seid.«

»Gray«, mischte sich Charlotte ein. »Sie haben den weiten Weg auf sich genommen, nur weil sie dich sehen und Kira kennenlernen wollten.«

»Du steckst hinter dieser ganzen Sache«, stellte er mit zornbebender Stimme fest.

»Grayson«, flüsterte ich unbehaglich, weil ich offenbar der Grund für dieses frostige Familientreffen war. »Vielleicht sollte ich …«

Er lenkte seinen Blick auf mich. »Ich habe gewonnen«, sagte er, und einen Augenblick lang war mir nicht klar, wovon er sprach. Als ich begriff, dass er unser Wettrutschen auf dem Geländer meinte, hätte ich ihm am liebsten widersprochen – weil natürlich *ich* gewonnen hatte –, verstand aber, dass er damit in Wahrheit sagen wollte, dass ich keine andere Wahl hätte als bei ihm einzuziehen, wenn sein Bruder und seine Schwägerin – die gleichzeitig auch seine Exfreundin und Beinah-Ex-Verlobte war – nicht merken sollten, dass die Ehe zwischen uns ein Riesenschwindel war. *Falls* er ihnen überhaupt gestatten würde, hierzubleiben. Und *falls* er auch weiterhin so tun wollte, als wären wir wirklich Mann und Frau. Mein Herz klopfte mir bis zum Hals, aber ich nickte einfach stumm.

Ehe jemand etwas sagen konnte, räusperte sich Walter und erklärte knapp: »Ich werde mich jetzt erst einmal zurückziehen.« *Genau.*

Ich deutete mit dem Kopf dorthin, wo immer noch mein

Koffer neben Graysons Reisetasche stand. »Und ich bringe erst mal unser Zeug nach oben, damit ihr euch ganz in Ruhe unterhalten könnt.« Ich hatte das Gefühl, als sähen mir alle hinterher, als ich den Koffer und die Reisetasche nahm und mit laut klappernden Absätzen zurück zur Treppe lief. Mit hochrotem Gesicht blieb ich am Fuß der Treppe stehen und stieß mit rauer Stimme aus: »Wir sehen uns dann beim Abendbrot.« Ich wandte mich an Grayson, doch er beachtete mich nicht, sondern starrte nur Vanessa an und hatte dabei einen schmerzlich-wehmütigen Ausdruck im Gesicht, der mich wie ein Fausthieb in den Magen traf.

Ich hörte Sugies Krallen auf dem Boden klappern, als sie um die Ecke bog. Erschrocken blieb sie stehen, als sie uns alle sah, stieß ein leises Fiepen aus und senkte unglücklich den Kopf. »Komm mit, Sugie«, rief ich sie, und sie trottete gehorsam auf mich zu.

»Hat mich gefreut, dich kennenzulernen, Kira.« Shane bedachte mich mit einem mitfühlenden Blick. *Er wusste, dass sein Bruder sie noch immer liebte. Weshalb also waren die beiden hier?*

Charlotte nickte mir kurz zu und rang unglücklich die Hände vor dem Bauch. *Warum hatte sie mich überhaupt mit Gray verkuppeln wollen, wenn sie wusste, wie es um ihn stand? Wollte sie womöglich, dass ich schnellstmöglich wieder von hier verschwand?*

Vanessa schaute mich mit einem halben Lächeln an und sah verlegen zwischen mir und Grayson hin und her. *Hieß das etwa, dass auch sie noch etwas für ihn empfand?*

O Gott, das alles war zu viel für mich. Ich machte auf dem Absatz kehrt, lief eilig in den ersten Stock und flüchtete mich, Sugie auf den Fersen, in den Raum, in dem ich schon geschlafen hatte, als ich krank gewesen war. Ich stellte meinen Koffer auf den Boden, schloss die Tür, lehnte mich dagegen und atmete tief durch.

So dämlich kann man doch nicht sein, schalt ich mich stumm.

Hast du dir nach ein paar Küssen und ein paar Enthüllungen über sein Leben etwa ernsthaft eingebildet, dass ihr beide Freunde wärt? Oder sogar noch mehr? Du bist einfach eine hoffnungslose Närrin. So, wie er die Frau dort unten angesehen hatte, hatte er mich bisher noch nie angesehen. Sie war die Frau seines Bruders, und er konnte sie nie wiederhaben, doch allein die Tatsache, dass er sie noch immer begehrte, tat mir in der Seele weh. Ich hasste es, *ich hasste es,* dass er ihr immer noch verfallen war.

Entschlossen drückte ich mich von der Holztür ab und richtete mich auf. Nur gut, dass ich noch nicht mit ihm im Bett gewesen war. Wir hatten ein paar Zärtlichkeiten ausgetauscht, sonst nichts. Und jetzt würden wir weitermachen, wie es ursprünglich geplant gewesen war. Das wäre das Beste, und ich konnte wirklich nicht verstehen, wie es überhaupt jemals zu dieser Abweichung von unserem Plan gekommen war.

Plötzlich klopfte es an meiner Tür, und erschrocken drehte ich mich um und zog sie auf. Dort stand Vanessa und sah mich mit einem scheuen Lächeln an. »Darf ich reinkommen?«

Obwohl ich schlucken musste, lächelte ich ebenfalls und lud sie mit einer Armbewegung in mein Zimmer ein. »Ich benutze nur die Dusche hier«, log ich. »Die im anderen Badezimmer ist kaputt.«

Graysons Exfreundin stieß einen unglücklichen Seufzer aus. »Genau wie vieles andere hier. Es sieht völlig anders aus als …« Sie brach ab, doch ihre Miene machte deutlich, wie entsetzt sie vom Verfall des Weinguts war.

Als Sugie scheu an ihren Füßen schnupperte, trat sie vorsichtig einen Schritt zurück, beugte sich zu ihr hinab, damit sie ihre Hand beschnuppern konnte, richtete sich aber erschrocken wieder auf, als sie das Gesicht des Hundes sah. »Oh, sie ist – es ist doch eine Sie?«

»Sie heißt Sugie.« Sachte hob ich Sugie hoch, setzte sie auf einen Stuhl neben dem Bett und tätschelte sie sanft.

Kurz entschlossen nahm Vanessa auf der Bank vor dem Frisiertisch Platz, und während sie die schlanken Beine ordentlich übereinanderschlug, setzte ich mich auf die Truhe, die am Fußende des breiten Bettes stand. Grays Exfreundin trug einen kurzen, pinkfarbenen Rock zu einem ärmellosen, grauen Seidentop, das ihre von der Sonne angenehm gebräunte Haut vorteilhaft zur Geltung kommen ließ. Sie glitt nervös mit ihren Fingern über eine mehrreihige, lange Perlenkette, sah mich forschend an, und ich rutschte nicht weniger nervös auf meinem Platz herum.

»Tolles Outfit«, sagte ich, denn ihre Aufmachung war klassisch, aber gleichzeitig auch witzig und modern.

Sie sah mich mit einem breiten Lächeln an. »Danke. Diese Sachen stammen aus meiner eigenen Kollektion. Ich habe in San Diego eine eigene, kleine Boutique und habe überlegt, ob ich in Napa auch eine eröffnen soll. Eins der Ziele unserer Reise ist die Suche nach passenden Räumlichkeiten hier. Meine Eltern hatten nicht viel Geld, und es war schon immer eine Leidenschaft von mir, Klamotten aufzutreiben, die günstig waren und trotzdem gut aussehen. Genau das biete ich den Kundinnen in meinem Laden an – Mode, die gleichzeitig schick und günstig ist.« Sie senkte verschämt den Blick, während eine hübsche Röte ihre Wangen überzog. »Tut mir leid, ich brabbele einfach vor mich hin.«

Sie räusperte sich kurz und sah mich wieder an. »Wir waren unendlich glücklich, als uns Charlotte anrief, um uns von Grays Hochzeit zu erzählen«, sprach sie ein anderes Thema an.

Eilig wandte ich mich ab und rang verlegen meine Hände, aber schließlich schaute ich Vanessa wieder an. »Danke«, stieß ich aus. »Ich meine, ich … weiß zwar nicht genau, was zwischen Shane und Grayson vorgefallen ist, aber vielleicht gelingt es ihnen ja auf irgendeine Art, das Kriegsbeil zu begraben …«

Gott, wie peinlich. Sollte ich so tun, als wäre Grays und

meine Ehe echt? Ich wünschte mir, er hätte sich kurz Zeit genommen, um mit mir zu sprechen, ehe seine Schwägerin in meinem Schlafzimmer erschienen war. Auch Vanessa schien mit sich zu kämpfen, und ich fragte mich, wie viel sie noch für Gray empfand. Warum hatte sie sich von ihm ab- und seinem Bruder zugewandt? Die Frage lag mir auf der Zunge, doch es fühlte sich nicht richtig an, sie ihr zu stellen, vor allem, da ich nicht mal wusste, ob ich tun sollte, als wäre ich in die Familiengeschichte eingeweiht.

»Das hoffe ich auch«, erklärte sie und biss sich auf die Lippe. »Sie sind im Büro und reden dort. Aber wie dem auch sei, ich wollte einfach nur kurz Hallo sagen und dich wissen lassen, was für eine Freude es mir ist, dass ich jetzt eine Schwester habe.«

»Danke, das ist nett.« Ich lächelte sie an. »Ich freue mich auch, dass ich jetzt eine Schwester habe.« *Wenn auch nur für kurze Zeit.*

Als Vanessa wieder aufstand, drehte ich nervös den Ring, den ich am Finger trug. Ihr Outfit war perfekt und völlig faltenfrei. Wie stellte sie das an, nachdem sie stundenlang im Auto unterwegs gewesen war? Ich wollte sie aus vielen Gründen hassen, doch mit ihrer Freundlichkeit und Ehrlichkeit nahm sie mich gegen meinen Willen sofort für sich ein. Kein Wunder, dass ihr Gray verfallen war. Sie war in allem das genaue Gegenteil von mir.

Im Aufstehen fiel ihr Blick auf meinen Ring. »Darf ich?«, fragte sie und runzelte die Stirn. Ich folgte ihrem Blick, und sanft ergriff sie meine Hand, betrachtete den Ring, den Grayson mir geschenkt hatte, und holte zischend Luft.

»So ein Zufall. Ein Opal.« Jetzt hob sie ihre eigene Hand und zeigte mir ihren Verlobungsring. »Das ist mein Lieblingsstein«, erklärte sie. »Er steht für Liebe und für Leidenschaft.« Als sie grinste, konnte ich zwei Reihen kerzengerader, strahlend weißer Zähne sehen. »Und dass du auch Opale liebst, beweist für mich, dass wir tatsächlich Schwestern sind.« Lächelnd trat sie auf mich zu, umarmte mich, und während mir der leichte, teure Duft ihres Parfüms entgegenschlug, trat sie schon wieder einen Schritt zurück. »Wollen wir später weiterreden?«

»Sicher.« Ich sah sie mit einem schwachen Lächeln an, und als sie ging, setzte ich mich aufs Bett und starrte mit zusammengekniffenen Augen auf den Ring, den ich am Finger trug. Hatte Diane Fernsby nicht gesagt, Gray hätte seiner damaligen Freundin einen Antrag machen wollen und schon einen Ring für sie gekauft? Aufgrund des auffälligen Steins hatte ich nicht gedacht, dass dieser Ring damit gemeint gewesen war, doch offenbar hatte ich mich geirrt. Er hatte mir den Ring gegeben, mit dem er *Vanessa* bitten wollte, seine Frau zu werden. Zornig und verletzt zog ich das Schmuckstück ab und warf es auf das Bett.

»Blöder Drache«, murmelte ich halbherzig, aber der kleine Riss in meinem Herzen, weil er eine andere liebte, blieb auch weiterhin bestehen.

♥

Ich blieb noch kurz sitzen, um die Unterhaltung mit Vanessa halbwegs zu verdauen, doch dann ging ich ins Bad, nahm eine ausgiebige Dusche und kehrte schließlich zurück ins Erdgeschoss, um Gray zu suchen. Wir müssten uns zusammensetzen und klären, wie genau ich mich verhalten sollte, bis der peinliche Besuch seines Bruders und seiner Schwägerin vorüber war.

Als ich unten keinen Menschen antraf, trat ich vor die Tür und sah, dass Shane am Brunnen stand. Er hatte eine kleine Werkzeugkiste neben sich gestellt und sah sich die kaputte Pumpe in dem leeren Becken an.

»Hi.«

Er richtete sich auf und lächelte mich an. »Hallo.«

»Ich hatte gehofft, dass sich irgendwann jemand finden

würde, der das Ding wieder zum Laufen bringt«, stellte ich ebenfalls mit einem Lächeln fest.

»Wie es aussieht, ist nur eine Kleinigkeit kaputt. Ich fahre morgen in die Stadt und bringe das Ersatzteil mit.«

Ich nickte, und nach einem Augenblick verlegenen Schweigens fingen wir beide gleichzeitig zu lachen an, und plötzlich fiel mir auf, wie ähnlich sich die Brüder sahen. Vielleicht wirkte Shane ein bisschen jungenhafter, doch ihr Lächeln war identisch, und sie waren beide groß und muskulös.

»Weißt du zufällig, wo Grayson ist?«

Sein Lächeln schwand. »Er ist zum Abendessen in die Stadt gefahren.«

Mein Herzschlag setzte aus. Dass Grayson einfach abgehauen war und mich hier meinem Schicksal überließ, bestätigte mir abermals, wie unwichtig ich für ihn war. »Oh, hm, mit Vanessa?«, stieß ich krächzend aus.

Shane schüttelte den Kopf und sah mir ins Gesicht. »Nein. Vanessa schaut erst mal bei ihren Eltern rein.«

Ich atmete erleichtert auf. »Oh, ja, richtig.« Bisher hatte ich noch nicht einmal daran gedacht, dass auch Vanessa hier in dieser Gegend aufgewachsen war. Mit verkrampftem Magen dachte ich an die Geschichte, die sie mit dem Brüderpaar verband, und fragte mich, was meine Rolle hier in dieser Gruppe war. Wahrscheinlich war für mich im Grunde gar keine Rolle vorgesehen. *Du bist nur vorübergehend auf dem Weingut, Kira. Du bist nur vorübergehend hier.*

Graysons Bruder ließ sich auf den Rand des Brunnens sinken und bot mir durch ein Kopfnicken den Platz an seiner Seite an.

Als ich mich setzte, blickte er mir forschend ins Gesicht, und errötend wandte ich mich ab.

Er redete nicht lange um den heißen Brei herum. »Weißt du, was es mit Vanessa, mir und meinem Bruder auf sich hat?«

»Nicht genau. Ich weiß nur, dass Grayson und Vanessa … früher ein Paar waren und dass sie deine Frau geworden ist, während er im Gefängnis saß.«

Er presste seine Lippen aufeinander. »Und natürlich, dass er sich deshalb von uns verraten fühlt.«

Ich nickte knapp und sah ihn von der Seite an. Er wirkte traurig, was ich ziemlich seltsam fand, und leise stieß ich aus: »Wie sollte er nicht?«

»Aber das ist nur die halbe Wahrheit«, antwortete er. »Ich liebe meinen Bruder, Kira.«

Ich nickte, denn die Trauer, die bei diesem Satz in seiner Stimme lag, klang wirklich echt. »Und warum hast du ihm dann die Freundin ausgespannt?«

Er atmete geräuschvoll aus. »Ich bin es Grayson schuldig, ihm als Erstem alles zu erklären. Mir ist bewusst, wir haben dich durch unser Auftauchen ohne Vorwarnung hier auf dem Weingut furchtbar in Verlegenheit gebracht, aber du musst wissen, wir haben schon alles Mögliche versucht.« Er schüttelte den Kopf. »Er hat auf keinen unserer Briefe reagiert und geht auch nicht ans Telefon, sobald er unsere Nummer sieht. Das Einzige, was wir bisher noch nicht versucht haben, war, ihn auf einen Stuhl zu fesseln und ihn so zu zwingen, uns endlich zuzuhören.«

Ich lachte traurig auf. »Vielleicht solltet ihr genau das tun. Männer im Allgemeinen sind bereits furchtbar stur und reizbar – aber ich fürchte, dass der Drache sogar noch sturer und reizbarer ist.«

Shane blinzelte mich an. »Hast du ihm diesen Spitznamen verpasst?«

Ich nickte zustimmend. »Aber so nenne ich ihn nur, wenn er mal wieder Feuer spuckt.«

»Wenn er Feuer spuckt.« Shane fing an zu grinsen. »Charlotte hat mir schon erzählt, dass ihr euch ständig zofft, aber so konnte ich mir meinen ernsten, distanzierten Bruder überhaupt nicht vorstellen. Und dann kam ich herein und sah ihn das Geländer runterrutschen wie das Kind, das er nie war …«

»Ach das. Das war eine Wette, weiter nichts.«

Er sah mich wieder von der Seite an. »Du scheinst ihm wirklich gutzutun. Und ich hatte gehofft, er würde uns jetzt vielleicht endlich zuhören, nachdem er mit dir sein eigenes Glück gefunden hat.«

Verlegen wandte ich mich ab. Was würde dieser Mann wohl denken, wenn er wüsste, wie es wirklich um uns beide stand? Aber vielleicht bräuchte er es gar nicht zu erfahren. Wenn Gray nicht einfach wortlos abgehauen wäre, hätte ich ihn fragen können, wie in dieser Angelegenheit am besten vorzugehen war. Und warum hatte Charlotte das Zusammentreffen mit den beiden arrangiert? Wollte sie jetzt doch nicht mehr, dass mehr aus Gray und mir wurde? Ich verstand nicht, was das alles zu bedeuten hatte, und aus irgendeinem Grund kam ich mir total verraten vor.

»Nun, er hat euch nicht gleich rausgeschmissen, was vielleicht schon mal ein Anfang ist.«

»Auf jeden Fall.« Lächelnd stand er auf und reichte mir die Hand. »Charlotte und Walter treffen sich zum Abendessen irgendwo mit Freunden, aber sie hat mir etwas zu essen warm gestellt. Willst du mir Gesellschaft leisten?«

Ich nahm seine Hand, stand auf und nickte. »Klar.«

Zusammen gingen wir ins Haus, und während er das Hühnchen aus dem Ofen holte, machte ich einen Salat und setzte mich ihm gegenüber an den Tisch.

Er erzählte mir beim Essen von dem Softwareunternehmen, das er in San Diego ganz alleine aufgezogen hatte und das ihm erlaubte, von zu Hause aus zu arbeiten. Er klang total begeistert, und ich schob mir eine volle Gabel in den Mund und sah ihn fragend an.

»Dann hattest du also kein Interesse an der Weinherstellung?«

»Kein Interesse und auch nicht das mindeste Talent. Ich

habe mich schon immer für Computer interessiert, und mit dem Geld, das mir mein Vater hinterlassen hat, konnte ich dann meine eigene Firma aufmachen.«

»Da ist es ja ein Glück, dass sich dein Bruder für das Weingut interessiert.«

»Auf jeden Fall.« Er nickte zustimmend, doch sein Gesicht sah überraschend finster aus.

Ich erzählte ihm ein bisschen von mir selbst, ließ allerdings – um Fragen aus dem Weg zu gehen – das Zerwürfnis zwischen mir und meinem Vater aus.

Nach dem Essen räumten wir die Küche auf, und ehe Shane mir unerwünschte Fragen über Grayson oder unsere Beziehung stellen konnte, sagte ich, ich würde auf mein Zimmer gehen und noch ein wenig lesen, denn ich hätte einen anstrengenden Tag gehabt und wäre deshalb ziemlich erschöpft.

Ich machte mich bereit, ins Bett zu gehen, und schrieb Grayson eine kurze SMS. Ich hatte das Gefühl gehabt, zwischen uns sei etwas entstanden, auch wenn sich dieses Etwas nicht genauer definieren ließ, und sicher war er nach dem Auftauchen seines Bruders und seiner Exfreundin noch aufgewühlter und verletzlicher als sonst. Da er vielleicht jemanden zum Reden brauchte, schnappte ich mein Handy und schrieb ihm

Bist du okay?

Als auch nach mehreren Minuten keine Antwort kam, griff ich nach meinem Buch und versuchte mich auf den Roman zu konzentrieren.

Als er auch nach einer Stunde noch nicht reagierte, löschte ich das Licht, schlang meine Arme um das Kopfkissen und kniff in dem verzweifelten Bemühen, trotz der frühen Uhrzeit einzuschlafen, beide Augen zu.

Plötzlich hoben mich zwei starke Arme aus dem Bett, ich riss die Augen auf und schlug und trat nach Kräften um mich, bis die Person erst mich und dann sich selbst mit einem lauten »Ummph«, zurück auf die Matratze fallen ließ. Im Halbdunkel des Raums sah ich, dass Grayson schmerzlich das Gesicht verzog, als hätte ich mit meinen Tritten seine empfindlichste Stelle erwischt.

»Was machst du da?«, fuhr ich ihn an und rappelte mich eilig auf. Ich konnte deutlich spüren, dass mein Haar in wildem Durcheinander um mein Gesicht und auf meinen Rücken fiel.

Gemächlich rollte er sich auf die Seite, legte seinen Kopf auf meinem Kissen ab und blickte aus verträumten Augen zu mir auf.

»Du hättest heute bei mir schlafen sollen«, stieß er undeutlich aus.

»Bei dir? Du hast doch hoffentlich nicht im Ernst erwartet, dass ich …«

Schnuppernd schob ich meine Nase über sein Gesicht. »Du riechst nach Schnaps und billigem Parfüm.« Ich versuchte mir nicht anmerken zu lassen, wie verletzt ich war, aber so betrunken, wie er war, hätte er das höchstwahrscheinlich sowieso nicht registriert.

Er stützte sich auf einem Ellenbogen ab. »In der Kneipe hat sich so ’ne blonde Tussi an mich rangemacht.«

»Oh.« Verzweifelt ballte ich die Fäuste auf den Oberschenkeln, um nicht auf ihn loszugehen. *Er war also vor seiner Exfreundin in eine Bar geflüchtet, wo er sich von einer fremden Frau hatte begrapschen lassen? Warum bist du nicht einfach zu mir gekommen, Gray?*

»Aber wie es aussieht«, fuhr er fort, wobei er sanft mit einem Finger über meinen nackten Schenkel glitt, »gefallen mir Blondinen gar nicht mehr. Inzwischen stehe ich eher auf brünette oder rothaarige Frauen. Oder die perfekte Mischung von beidem. So, wie du es bist.« Er blickte blinzelnd zu mir auf, und plötzlich drückte seine Miene ehrliche Verwirrung aus. »Warum bist du nicht in meinem Bett?«

Schnaubend wandte ich mich ab und verschränkte meine Arme vor der Brust. »Soll das ein Witz sein? Du haust einfach ab, lässt mich mit deinem Bruder und mit deiner Ex allein, betrinkst dich, lässt dich von einer anderen Frau begrapschen und erwartest allen Ernstes, dass ich dir schon mal das Bett vorwärme, bis du irgendwann nach Hause kommst? Wofür hältst du mich?«, fuhr ich ihn wütend an.

»Ich halte dich für meine Frau.« Trotz seines angetrunkenen Zustands sah er mich mit einem echten, warmen Lächeln an.

So leicht jedoch bekäme er mich sicher nicht herum. Er hatte mich verletzt, und ich reckte erbost das Kinn. »Aber das bin ich nur dem Namen nach.«

»Das können wir ja ändern. Heute Abend noch. Vorhin … warst du dazu durchaus bereit.« Mein dummes Herz fing an zu stottern, denn plötzlich sah er ungemein verletzlich aus.

»Bitte, Kira, sag mir, dass du mich noch immer willst. Ich … ich will und brauche dich«, stieß er mit rauer Stimme aus. Er *brauchte* mich? Dann war ich also wirklich einfach praktisch, weil ich gerade in der Nähe war? Weil er sich auf diese Art die Mühe sparen könnte, extra eine andere Frau zu suchen, die bereit wäre, mit ihm ins Bett zu gehen? Doch ich wollte mehr als seine Lust. Ich wollte … *o Gott* … ich wollte auch sein *Herz.*

Die aufsteigende Panik schnürte mir die Kehle zu, und gegen meinen Willen platzte ich mit der Frage, die mir bereits seit Tagen auf der Seele lag, heraus.

»Liebst du sie immer noch?«

Sofort wurde seine Miene kalt, er schwang seine Füße aus dem Bett und stand entschlossen wieder auf. Selbst in seinem alkoholisierten Zustand wusste er genau, von wem ich sprach. Mit ausdrucksloser Miene starrte er auf mich herab.

»Du willst mir also keine Antwort geben?« Wieder reckte

ich herausfordernd das Kinn. Ich hasste es, dass ich mich völlig überwältigt von ihm fühlte, während er auf mich herunterschaute, aber ich hielt seinem durchdringenden Blick auch weiter stand.

»Ich will dich nicht verletzen, Kira, aber diese Sache zwischen ihr, Shane und mir geht dich nichts an. Sie hat nichts mit dir zu tun.«

Er hätte mich nicht mehr verletzen können, hätte er mir einen Dolch ins Herz gerammt. Trotzdem sah ich ihm auch weiter ins Gesicht. Ich würde ihn nicht merken lassen, dass er mir das Herz gebrochen hatte, und am liebsten hätte ich es selbst so gut wie möglich ignoriert. »Ich möchte, dass du gehst«, erklärte ich ihm ruhig. »Ich will dich nicht.«

Er raufte sich die Haare, schien zu überlegen, was er sagen sollte, und sah aus, als hätte nicht er mich, sondern ich ihn verletzt. Dann aber drehte er sich schwankend um, richtete sich leise fluchend wieder auf, verließ den Raum und zog die Tür hinter sich zu.

Ohne seinen Bruder und Vanessa, die hier schliefen, wäre ich umgehend in mein eigenes, kleines Haus zurückgekehrt. Ich hatte heute Nacht mit Grayson schlafen wollen, doch jetzt hielt ich es plötzlich nur mit Mühe unter demselben Dach wie er aus.

Ich ließ mich auf mein Kissen fallen, schlang mir die Arme um den Bauch und starrte unglücklich die Zimmerdecke an.

Falls ich mir eingebildet hatte, dass der Drache spätestens am nächsten Morgen in mein Zimmer käme, um mich dort auf Knien um Verzeihung zu bitten, hatte ich mich eindeutig geirrt. In der Tat bekam ich Gray während der nächsten Tage kaum je zu Gesicht. Anscheinend hatte er sich in die Kelterei geflüchtet und nahm dort die neuen Maschinen in Betrieb.

Zumindest hatte Shane mir das erzählt, den es genauso zu frustrieren schien, dass Grayson uns nach Kräften mied. Wobei ihm offenkundig vollkommen egal war, wenn die beiden anderen bemerkten, dass es zwischen uns als Ehepaar nicht unbedingt zum Besten stand.

»Ich bleibe einfach hier und lauere ihm immer wieder auf, bis er sich geschlagen gibt«, erklärte Shane und zwinkerte mir zu, klang allerdings nicht wirklich überzeugt.

Ich für meinen Teil war nicht dazu bereit, Grayson hinterherzulaufen, und am liebsten hätte ich mich wie gewöhnlich, wenn es schwierig wurde, einfach aus dem Staub gemacht. Doch ich musste eine Party planen, und die Zeit lief mir davon. Was hatte ich mir nur dabei gedacht, die Leute derart kurzfristig auf Graysons Weingut einzuladen? Doch die Einladungen waren verschickt, und die Leute erwarteten ein großes Fest, das ich organisieren müsste, weil der Drache selbst es bestimmt nicht tun würde. Auch wenn ich wirklich nicht mehr wusste, weshalb es mich interessieren sollte, ob er abermals in die Gesellschaft aufgenommen würde oder weiter ein Paria blieb.

Den ersten Teil der Woche räumte ich das Arbeitszimmer auf und versuchte, Graysons Bücher zu verstehen, wobei mir Walter, der versucht hatte, sie immer auf dem neuesten Stand zu halten, eine große Hilfe war.

»Walter«, fragte ich ihn bei der Durchsicht der Verbindlichkeiten, »glauben Sie, ich könnte mir auch die Finanzen der vergangenen Jahre einmal ansehen? Wahrscheinlich steht mir das nicht zu, aber ich wüsste einfach gern, seit wann es hier bergab gegangen ist.« Wenn ich wüsste, weshalb dieses Unternehmen überhaupt in Schieflage geraten war, könnte ich die Bücher vielleicht besser führen und Gray – auch wenn er das ganz sicher nicht verdient hatte – mit Rat und Tat zur Seite stehen. Wahrscheinlich hätte ich mich freuen sollen, falls er seinen Schwur nicht würde halten können, doch das schaffte ich beim besten Willen nicht. Ich wünschte ihm nichts Böses, und vor allem hoffte ich, das Geld meiner Grandma wäre hier gut angelegt

Walter hüstelte, und ich sah ihm sein Unbehagen deutlich an. »Die Bücher wurden damals ziemlich nachlässig geführt. Genau wie alles andere, nachdem Mr Hawthorn krank geworden war.«

»Aber irgendwelche Unterlagen gibt es doch bestimmt. Falls ich sie kurz sehen dürfte, würde das wahrscheinlich einiges erklären. Ich weiß nicht, wie ich Grayson helfen soll, wenn ich nicht weiß, was damals passiert ist.«

Walter schwieg so lange, dass ich überlegte, ob er meine Frage vielleicht gar nicht mitbekommen hatte, aber als ich aufsah, starrte er mich so durchdringend an, dass ich erschreckt zusammenfuhr. Eine solche Regung hätte ich seiner bisher immer völlig ausdruckslosen Miene gar nicht zugetraut.

»Ich werde sehen, was ich tun kann«, erklärte er sich knapp bereit.

»Danke, Walter. Das ist wirklich nett.«

Am Nachmittag brachte mir Walter einen Stapel CD-ROMs, und bedachte mich erneut mit einem durchdringenden Blick. »Das hier sind die Bücher der vergangenen fünf Jahre.«

»Oh. Vielen Dank.« Ich griff nach den CDs, doch Walter hielt sie weiter fest.

»Wie Sie sagten, ist es leichter, in der Gegenwart zu helfen, wenn man die Vergangenheit versteht. Ich hoffe, dass Ihnen die Aufzeichnungen nützlich sind.«

Ich runzelte verwirrt die Stirn. »Bestimmt …«

Er ließ den Stapel los, nickte mir kurz zu und stapfte steifbeinig davon.

Ich hatte keine Ahnung, was er mir mit diesen Worten hatte sagen wollen, aber da ich die Dateien erst durchgehen wollte, wenn die aktuellen Bücher auf dem neuesten Stand wären, fuhr ich einfach mit meiner bisherigen Arbeit fort.

Schließlich ging ich in die Küche und fragte Vanessa, ob sie Zeit und Lust hätte, mir bei den Vorbereitungen für Graysons Fest zu helfen. Ich war etwas nervös, weil bereits einige Zusagen gekommen waren, und ein bisschen Unterstützung bei der Organisation käme mir gerade recht. Ich erläuterte Vanessa das von mir geplante Motto und legte die bereits erstellten Listen auf den Tisch.

»O mein Gott, natürlich. Gern. Was für eine fantastische Idee!«

»Was ist eine fantastische Idee?«, erklang eine dunkle Stimme hinter mir. Wir beide wirbelten herum und sahen, dass Grayson, dicht gefolgt von Sugie Sug, an uns vorbeistapfte und eine Flasche Wasser aus dem Kühlschrank nahm.

Ich unterzog ihn einer eingehenden Musterung. Er war verschwitzt und hatte ein gerötetes Gesicht, was seinem Aussehen jedoch keinen Abbruch tat. Ich hatte ihn seit Tagen nirgends mehr gesehen und fühlte mich, als wären meine Augen auf Entzug gewesen, aber eilig wandte ich mich ab, denn meine Reaktion auf seinen Anblick schmerzte nur. Seit Vanessa hier war, ließ ich selbst ihn offenkundig völlig kalt.

»Die Party, die Kira hier veranstalten will«, antwortete sie ihm. »Hat sie dir schon davon erzählt? Ein Märchenmaskenball.«

»Sie hat mir davon erzählt.« Er schraubte seine Wasserflasche auf und setzte sie an seinen Mund. Ich verfolgte die Bewegung seines Adamsapfels, als er schluckte, und als ich ihm wieder ins Gesicht sah, starrte er mich reglos an. Wieder wandte ich mich ab und tat, als sähe ich mir eine meiner Listen an. Ich spürte, dass ich rot wurde und hätte mir dafür am liebsten selber einen Tritt verpasst.

Aufgeregt wandte Vanessa sich an mich: »Ich bin ein Riesenfan von Tinker Bell. Auch wenn das sicher furchtbar albern ist«, räumte sie leise lachend ein.

»Kein bisschen«, antwortete ich und lächelte sie an. »Vor

allem nicht, wenn du Shane dazu bewegen kannst, dass er als Peter Pan auf diese Party kommt.«

Abermals stieß sie ihr melodiöses Lachen aus. Sie wäre wirklich die perfekte Tinker Bell. Doch sie wäre sowieso perfekt, egal, in welcher Aufmachung sie auf dem Fest erschien. Ich sah sie an, wie sie in ihrem langen, weiß-korallenrot gestreiften, schulterfreien Kleid mit ihren goldenen, schulterlangen Haaren vor mir stand. O ja, sie *war* perfekt. Ich hasste sie. Das hieß, natürlich hasste ich sie nicht. Ich mochte sie und hasste es, dass sie mir so sympathisch war. Warum konnte sie nicht einfach eine böse, alte Hexe sein?

»Ich werde dafür sorgen, dass er wie ein *maskuliner* Peter Pan aussieht. Und gleichzeitig durchaus ein bisschen jungenhaft. Genauso, wie er ist.«

»Was?« Ich hatte ihr nicht zugehört. Kopfschüttelnd zwang ich meine Gedanken in die Gegenwart zurück. »Oh … Shane … als Peter Pan, genau.«

Mit ausdrucksloser Miene und mit leicht zuckendem Wangenmuskel schraubte Gray die Flasche wieder zu.

Sugie schnupperte verstohlen an Vanessas Füßen, und sie beugte sich zu ihr herab und strich ihr vorsichtig mit einer Hand über den Kopf. »Ich habe immer das Gefühl, ihr wehzutun, wenn ich sie irgendwo berühre«, stellte sie mit mitfühlender Stimme fest.

»Das tust du aber nicht«, erklärte ich. »Sie braucht vor allem Liebe, und es tut ihr weh, wenn man ihr seine Liebe vorenthält.«

Grayson starrte mich mit großen Augen an, wandte sich wortlos ab und stapfte, abermals gefolgt von Sugie, wieder aus dem Haus. In der Tür blieb Sugie noch mal stehen und stieß ein leises Wimmern aus, doch schließlich senkte sie den Kopf und lief ihm eilig hinterher.

Mit vor Schmerz verkrampftem Herzen wandte ich mich abermals der Liste zu, damit Vanessa mein Gesicht nicht sah. *Konnte er nicht wenigstens zum Schein so tun, als würde er mich mögen? Was mussten sein Bruder und Vanessa denken, wenn sie uns zusammen sahen?*

»Es tut mir leid, Kira«, setzte Vanessa an. »Unsere Gegenwart wirkt sich auf eure Ehe aus. Wir sollten wieder fahren …«

»Meinetwegen sicher nicht. Shane und Grayson müssen die Probleme, die sie miteinander haben, lösen, und ich will nicht der Grund sein, wenn sie es jetzt nicht endlich schaffen, sich zu versöhnen.« Ich würde bald von hier verschwinden, aber Shane würde für alle Zeiten Graysons Bruder sein. Ich durfte nicht verhindern, dass er die Gelegenheit bekäme, sich mit Gray auszusprechen.

Falls Gray jemals mit mir schlafen wollte, hatte sein Verlangen sich inzwischen vollständig verflüchtigt. Was, seit ich Vanessa kannte, vollkommen verständlich war. Sie sah fantastisch aus, hatte ein Herz aus Gold, und im Vergleich mit ihr kam ich mir wie die Hexe vor, als die mich Gray immer schon bezeichnet hatte – hässlich und zerlumpt und außen vor. Am Ende wollte niemand dauerhaft mit jemandem wie mir zusammen sein.

Ein paar Minuten später tauchte Charlotte auf und sah nervös zwischen uns beiden hin und her. Seit Graysons Bruder und Vanessa angekommen waren, hatte ich nicht einen Augenblick allein mit ihr gehabt, doch jedes Mal, wenn ich sie sah, rang sie unglücklich die Hände und murmelte leise vor sich hin. Das hieß, dass ihrer Meinung nach die ganze Angelegenheit bestimmt kein gutes Ende nahm.

Vanessa, sie und ich gingen noch mal die Listen durch, verteilten die Aufgaben, und Charlotte sah uns fragend an: »Wer hilft mir jetzt, die Erdnussbutter-Karamelltorte zu backen, die sich Shane von mir gewünscht hat? Das war immer schon sein Lieblingskuchen.«

»Ich«, bot ihr Vanessa freudig an. »Ich muss endlich lernen, wie man diese Torte macht, damit ich sie ihm auch mal backen kann.«

Charlotte zog zwei Schürzen aus der Schublade und bot uns beiden jeweils eine an.

»Ich muss diesmal leider passen«, sagte ich. »Ich muss noch eine Liste mit den Dingen machen, die es draußen zu verschönern gilt.« Außerdem hatten Charlotte und Vanessa einfach einmal Zeit allein verdient. Ich wäre schließlich nur vorübergehend hier, während Vanessa tatsächlich ein Teil dieser Familie war. Auch wenn mir der Gedanke einen Stich versetzte, war es einfach so.

Obwohl Charlotte mich mit einem mitfühlenden Blick bedachte, nickte sie fast traurig. Ich konnte ihr nicht böse sein, denn schließlich war ihr ebenfalls bewusst, dass ich nicht ewig bleiben würde. Es war wichtiger, dass Charlotte half, eine Brücke zwischen den dreien zu bauen, statt weiter zu versuchen, mich und Gray einander so weit anzunähern, dass es auch für mich hier eine Zukunft gab. Vor allem war ihr sicher langsam ebenfalls bewusst geworden, dass das reine Zeitvergeudung war.

Allein und niedergeschlagen trat ich vor das Haus. Die Gärtner, die ich für die nächsten Tage angeheuert hatte, hätten alle Hände voll zu tun, doch wenn das Efeu erst zurückgeschnitten wäre, sähe die Fassade deutlich hübscher aus. Ich notierte mir noch ein paar Dinge, die hier draußen vor der Feier noch verschönert werden müssten, machte kehrt und ging nach hinten, um mir auch die Rückseite des Hauses anzusehen. Am liebsten würde ich die hintere Terrasse für das Fest öffnen und den Pool reinigen lassen, falls das möglich war. Wenn ich dann noch Lichterketten in die Bäume hängen würde, würde die Umgebung in ein märchenhaftes Licht getaucht …

Ich blieb kurz stehen und stellte mir die Szene vor, bevor ich meinen Blick über die Weinberge am Rand des Gartens wandern ließ. Warum nur rief der Anblick geradezu verzweifelte Sehnsucht in mir wach? Ich dachte an Grays Arbeit dort, daran, wie sehr ich dieses Weingut und die Menschen die hier lebten, lieb gewonnen hatte, und daran, dass ich mir eingebildet hatte, zwischen mir und Grayson hätte sich allmählich … *was, Kira? Etwas wie Liebe eingestellt?* Hatte ich das wirklich insgeheim erhofft? Angst stieg in mir auf, und plötzlich erschöpft, lehnte ich mich gegen eine Ulme und kniff unglücklich die Augen zu. Ich hatte das entsetzliche Gefühl, als hätte ich mich gegen meinen Willen in meinen Ehemann verliebt. Das war die einzig mögliche Erklärung dafür, dass ich derart unter seiner kalten Distanziertheit und der Möglichkeit, dass er noch immer eine andere liebte, litt.

Ich starrte in das Sonnenlicht, das auf die Reben fiel. Auch wenn ich das nie jemand anderem als mir selber eingestehen würde, hatte ich mich vielleicht schon in dem Moment, in dem ich ihn zum ersten Mal gesehen hatte, in ihn verliebt. Er hatte als edler Ritter vor der Bank gestanden, und mein Herz hatte mir leise zugeraunt, dass er mich würde retten können und ich ihn.

Himmel, was für ein Desaster!

Dass die ganze Angelegenheit in einer derartigen Katastrophe enden würde, hätte ich niemals gedacht.

Am liebsten wäre ich einfach davongelaufen, und genau das würde ich nach der verfluchten Party tun. Ich könnte einfach nicht mehr auf dem Weingut bleiben und mich noch mehr in den Mann verlieben, der für mich nicht die geringste Zuneigung empfand. Der Schmerz der unerfüllten Liebe würde an mir nagen, bis ich keine Freude mehr am Leben hätte.

Plötzlich sah ich eine einsame Gestalt am Rand des Irrgartens, blinzelte gegen das Sonnenlicht und erkannte Shane. Eilig steckte ich die Liste und den Stift in die Gesäßtasche meiner abgeschnittenen Jeans und lief dorthin, wo er auf einer Steinbank saß.

»Hallo.«

Er fuhr erschreckt herum und atmete geräuschvoll aus.

»Hallo, Kira.«

»Tut mir leid. Ich wollte mich nicht anschleichen.«

»Schon gut. Ich war einfach ein bisschen abgelenkt.« Er bedeutete mir, Platz zu nehmen, und ich setzte mich neben ihn und stützte mich auf meinen Händen ab.

»Dieser Irrgarten ist wirklich toll. Ihr hattet hier als Kinder doch bestimmt jede Menge Spaß.«

Shane holte zischend Luft und fuhr sich genauso, wie Grayson es oft tat, mit einer Hand durchs Haar. »Gott, nein. Mein Vater hat uns regelmäßig abends, wenn es dunkel war, dort reingeschleift und uns gezwungen, selbst den Weg rauszufinden. Hat uns ein ums andere Mal in diesem gottverdammten Ding gequält.«

»Warum denn das?« Ich starrte ihn entgeistert an.

Er schüttelte den Kopf, und als er mit den Achseln zuckte, sah er plötzlich wie ein kleiner Junge aus. »Woher soll ich wissen, was ihm dabei durch den Kopf gegangen ist? Er hatte eine ganz bestimmte Vorstellung davon, wie er echte Männer aus uns machen wollte. Und das war eine seiner tollen Ideen. Wobei natürlich Grayson als der Ältere den Großteil seiner Quälereien abbekommen hat.« Er sah seine im Schoß verschränkten Hände an. »Ich konnte Grayson hören, wenn er Nacht für Nacht versucht hat, hier herauszufinden, und nach unserem Vater schrie.« Er verzog so gequält das Gesicht, als hörte er erneut, wie Gray um Hilfe rief, und könnte nichts für seinen Bruder tun. Ich richtete mich auf und schlang mir die Arme um den Bauch.

»Jahre später habe ich erfahren, dass Walter heimlich in den Unterlagen unseres Dads gewühlt hat, bis er dort auf eine Karte des verdammten Labyrinths gestoßen ist. Gray muss damals sieben oder acht gewesen sein. Walter hat ihm diese Karte heimlich zugesteckt und ihm gesagt, dass er sie auswendig lernen soll. ›Geh tagsüber dort rein, und präg dir jeden Weg und jede Biegung so gut ein, dass du, wenn dein Vater dich nachts dort aussetzt, die Kontrolle über alles hast. Achte darauf, dass er nichts davon erfährt, aber sorg dafür, dass du das Labyrinth wie deine Westentasche kennst. Dann wirst du keine Angst mehr haben.‹« Plötzlich verzog Shane den Mund zu einem breiten Lächeln, und als sich der Kummer, der seine hübschen Züge überschattet hatte, legte, lächelte ich ebenfalls. *Der gute Walter.*

»Später, als mein Vater mich dort ausgesetzt hat, hat sich Grayson heimlich aus dem Haus geschlichen, mich gefunden und mich, ohne dass Dad etwas davon mitbekommen hätte, sicher wieder rausgeführt. Ich habe nie dieselbe Angst wie er erlebt, weil Grayson mich gerettet hat. Ich kannte nur die paar Sekunden Angst, bevor er kam. Und, bei Gott«, er räusperte sich kurz und fuhr mit rauer Stimme fort, »es gibt nichts Schöneres auf der Welt als jemanden, der einen liebt und einen bei der Hand nimmt, wenn man verloren und verängstigt irgendwo im Dunkeln sitzt.«

Shanes Worte brachen mir das Herz. *Der arme kleine Junge, der Grayson einst gewesen war.* Ich hatte keine Ahnung, was ich sagen sollte, und ich hatte einen dicken Kloß im Hals. Jetzt konnte ich verstehen, dass Gray den Irrgarten am liebsten abgerissen hätte – schließlich hatte ihn sein eigener Dad dort regelmäßig gequält.

»Im Verlauf der Jahre war mein Bruder immer wieder für mich da – er hat mich ein ums andere Mal im Dunkeln ausfindig gemacht und mir die Hand gereicht.«

Ich blinzelte die Tränen fort und fragte flüsternd: »Warum hast du ihm das dann angetan?«

Er drehte seinen Kopf und sah mich an. »Die Sache mit Vanessa?«

»Ja.« Ich nickte knapp und biss mir auf die Lippe. »Bitte sag es mir. Ich möchte es einfach verstehen. Ich möchte es verstehen, damit ich euch vielleicht auf irgendeine Weise helfen kann.«

Er seufzte. »Ich liebe sie schon, seit ich denken kann«, erklärte er und fuhr mit einem schmalen, unglücklichen Lächeln fort: »Wir sind zusammen aufgewachsen, Grayson, sie und ich. Wobei Grayson niemals auf dieselbe Art wie ich von ihr Notiz zu nehmen schien.« Er blickte blinzelnd in die Ferne, denn wahrscheinlich fielen ihm bei diesen Worten eine Reihe von Begebenheiten ein. »Aber dann hat er sie gebeten, mit ihm auszugehen, und ich dachte, vielleicht hätte er bis dahin die Gefühle, die er für sie hatte, nur versteckt. Also habe ich, statt selbst um sie zu kämpfen, einen Rückzieher gemacht. Bei jedem anderen hätte ich nie klein beigegeben, aber ihm die Freundin auszuspannen, das hätte ich einfach nicht über mich gebracht. Er hatte immer schon zurückgestanden und sich selber ein ums andere Mal für mich geopfert, also blieb mir keine andere Wahl, als mich auf diese Art bei ihm dafür zu revanchieren. Ich habe Vanessa damals schon … geliebt, es ihr aber nie auch nur mit einem Wort gesagt.«

Ich presste meine Lippen aufeinander und starrte den blauen Sommerhimmel an. »Bis er ins Gefängnis kam …«

»Ja«, räumte er leise ein. »Wahrscheinlich hältst du mich jetzt für ein mieses Schwein.«

»Nein. Es steht mir nicht zu, über dich zu urteilen«, erwiderte ich ruhig.

Wieder seufzte er und fuhr sich mit der Hand durchs Haar.

Ich ließ es dabei bewenden, denn ich wusste, dass er erst mit seinem Bruder würde sprechen wollen. Trotzdem konnte ich die Angelegenheit jetzt auch aus seiner Warte sehen und verstehen. Nur Vanessas Rolle in dem Drama und vor allem die Gefühle, die sie vielleicht immer noch für Grayson hatte, waren mir nicht ganz klar. Das Ganze war ein fürchterliches Durcheinander, und am besten hielte ich mich abseits, bis die drei herausgefunden hätten, wie es weitergehen sollte, denn obwohl ich selbst etwas für Gray empfand, hatte ich recht gehabt: Hier war kein Platz für mich, und sicher ging mich das alles im Grunde gar nichts an.

Plötzlich fühlte ich mich einsamer als je zuvor, und mit leiser Stimme stieß ich aus: »Er hat erzählt, deine Mutter – seine Stiefmutter – hätte ihn niemals akzeptiert.«

Shane atmete geräuschvoll aus. »Sie hat ihn und das, wofür er stand, gehasst. Sie hatte sich eingebildet, dass sie ein perfektes Leben hatte, bevor Graysons Mutter plötzlich auf der Bildfläche erschien. Ich war damals noch gar nicht auf der Welt, aber ich habe im Verlauf der Jahre immer wieder mitbekommen, wie sie ihm das vorgeworfen hat. Und unser Dad … er hat auch mich nicht unbedingt mit übertriebener Fürsorge behandelt, aber Grayson gegenüber war er ganz besonders grausam, weil er meiner Mutter dadurch deutlich machen wollte, dass er seinen Fehler bereute. Aber seine Reue hätte er auf andere Weise zeigen müssen, und vor allem hat sie ihm den Fehltritt trotzdem nie verziehen.« Plötzlich schaute Shane mir ins Gesicht. »Es überrascht mich, dass er dir davon erzählt hat. Für gewöhnlich spricht er niemals über diese Dinge, nicht einmal mit mir.«

Ich zuckte mit den Achseln. »Er hat es so beiläufig erwähnt, wie jemand anderes über das Wetter sprechen würde.«

Shane sah mich mit einem wehmütigen Lächeln an. »Er zeigt seine Gefühle nicht, aber du kannst mir glauben, wenn ich sage, dass er furchtbar unter seinem Dad und seiner Stiefmutter gelitten hat. Ich war schließlich dabei.«

Wieder nickte ich, da ich nicht sicher wusste, was ich sagen sollte, und mir klar war, dass es besser wäre, nicht noch mehr auf Grays heimliche Qualen einzugehen. Dann würde ich ihn noch mehr lieben als bisher. So waren wir Frauen nun einmal. Gab es etwas Verführerischeres als einen Mann mit starken Muskeln und heimlichen Qualen? Man sollte die Mixtur in Flaschen abfüllen und verkaufen, oder wenigstens ein Buch darüber schreiben: »Muskelkraft und Seelenqual: Wie locke ich die Frauen reihenweise in mein Bett?« Am liebsten hätte ich vor lauter Elend laut gelacht.

Ich begriff, dass er mich niemals lieben würde, selbst wenn er die Liebe zu Vanessa irgendwann überwinden könnte, weil sein Herz von einem dicken Block aus Eis umgeben war und die Wärme, die ich ihm entgegenbrachte, niemals reichen würde, um das Eis zu schmelzen.

»Guck doch nicht so traurig«, bat mich Shane. »Es war nicht alles schlecht. Unsere Kindheit war nicht nur traumatisch, sondern oft auch wirklich schön. Wir haben Charlotte immer wieder ihre frisch gebackenen Plätzchen geklaut und versucht, Walter ein Lächeln zu entlocken, was uns sogar ab und zu gelungen ist.«

Auch wenn ich einfach lachen musste, runzelte ich gleichzeitig die Stirn. »Danke, dass du mir all das erzählt hast, Shane. Dein Vertrauen bedeutet mir wirklich sehr viel.«

Er lächelte mich an, und ohne nachzudenken, beugte ich mich vor und schlang ihm kurz die Arme um den Hals. Ich stellte ihn mir in dem Augenblick als kleinen Jungen vor, der ganz allein im Dunkeln saß, bis sein mutiger, großer Bruder seine Hand ergriff.

Lachend nahm auch er mich in den Arm, und als wir uns wieder voneinander lösten, begann er: »Es war mir eine …«, ehe ihn die kalte Stimme seines Bruders unterbrach:

»Du hast mir bereits eine Freundin ausgespannt. Willst du jetzt auch noch meine Frau?«

Wir sprangen beide auf, als hätte er uns bei etwas Verbotenem ertappt, und ängstlich sah ich Grayson an. »Wir haben nur …«

»Halt du dich aus der Sache raus«, befahl er mir und blitzte seinen Bruder wütend an.

»Meine Güte, Gray«, stieß Shane mit ungläubiger Stimme aus. »Wir haben uns nur unterhalten.«

Gray trat drohend auf ihn zu, und während ich noch überlegte, ob ich weinen oder irgendwelche Sachen durch die Gegend werfen sollte, fuhr er schon mit lauter, aber tödlich ruhiger Stimme fort:

»Mir ist durchaus bewusst, wie eine *Unterhaltung* abläuft. Normalerweise schlingt man seinem Gegenüber dabei nicht die Arme um den Hals. Also sag mir, Shane, willst du nach Vanessa jetzt auch noch sie verführen?«

»Kira? Meine Güte, du bist wirklich grottendämlich. Bildest du eifersüchtiger Idiot dir wirklich allen Ernstes ein, ich würde deine *Frau* verführen wollen?«

Aus dem Augenwinkel sah ich, dass Vanessa hinter Charlotte aus dem Haus gelaufen kam.

Graysons Wangenmuskel zuckte, und er starrte seinen Bruder drohend aus zusammengekniffenen Augen an. »Eifersüchtig? Du denkst, ich halte dich für nicht vertrauenswürdig, weil ich *eifersüchtig* bin? Nicht, weil du ein verlogener, verräterischer Bastard bist? Aber von Eifersucht kann keine Rede sein.« Er baute sich noch dichter vor seinem Bruder auf. »Sie ist ja nicht mal wirklich meine Frau. Es ging bei dieser Heirat ausschließlich ums Geld.«

Eine heiße Schamesröte stieg mir ins Gesicht. Ich holte zischend Luft und hatte das Gefühl, als saugte ich Rasierklingen in meine Lungen ein.

Mit einem Mal wurde es totenstill, und alle sahen mich an.

Shane und seine Frau wirkten schockiert, und Charlotte verzog schmerzlich das Gesicht. Grayson funkelte noch immer seinen Bruder an, doch als er merkte, dass die anderen in meine Richtung sahen, lenkte auch er selbst den Blick auf mich, und plötzlich wurde ihm bewusst, was für ein schrecklicher Fauxpas ihm unterlaufen war.

»Kira«, fing er an, doch ich wandte mich ab und rannte vor den Blicken, der Verurteilung, der Schande und dem Schmerz davon.

18 Grayson

Ich war ein Idiot. *Ein eifersüchtiger Idiot.* Shane hatte recht gehabt. Ich hatte gesehen, wie er meine Frau im Arm gehalten hatte, und war völlig durchgedreht. Ich hatte mich total zurückgezogen, seit Vanessa und mein Bruder angekommen waren, und hatte sogar Kira ignoriert, nachdem sie mich betrunken aus ihrem Schlafzimmer geschmissen hatte. Natürlich war es meine eigene Schuld, wenn Kira auf der Suche nach Gesellschaft und nach Trost zu Shane gegangen war. Zu Shane, der niemals irgendwen enttäuschte und im Gegensatz zu mir charmant und locker war.

Ich möchte, dass du gehst. Ich will dich nicht.

Niemand will dich. Niemand hat dich je gewollt.

Natürlich fühlte sie sich wohl, wenn sie mit Shane zusammen war – wer tat das nicht?

Abermals empfand ich glühend heiße Eifersucht und knirschte mit den Zähnen. Nie zuvor in meinem Leben war ich wegen einer Frau vor Eifersucht außer Kontrolle geraten, aber die Besitzgier, die mich überkommen hatte, als ich sie und Shane in inniger Umarmung angetroffen hatte, hatte mich vorübergehend völlig aus dem Gleichgewicht gebracht. Ich hatte sie in der vergangenen Woche häufiger zusammen auf dem Anwesen spazieren gehen, reden und selbst lachen sehen, und als ich daran dachte, wogte etwas wie Verzweiflung in mir auf. Gott, ich musste mich zusammenreißen! Schließlich gab es keinen Grund zur Eifersucht. Immerhin hatte Kira mit mir schlafen wollen, selbst wenn das Thema jetzt vom Tisch war, und was wollte ich mehr? Regte ich mich auf, weil ich es selbst vermasselt hatte, so wie alles andere Gute, was mir je im Leben hätte widerfahren können? Oder lag es wirklich einfach daran, dass mir Shane Vanessa ausgespannt hatte, als ich im Gefängnis gewesen war? Ich hatte den Gedanken daran, seit sie angekommen waren, weitestgehend verdrängt, weil ich mich nicht damit auseinandersetzen wollte.

Und jetzt hatte ich in dem idiotischen Versuch, den anderen zu beweisen, dass ich ganz bestimmt nicht eifersüchtig war – und vielleicht auch, um Kira zu treffen –, auf grausame, herzlose Art die Wahrheit über unsere Ehe offenbart. Die Verletztheit und die Scham, die ich in ihrem Blick gesehen hatte, riefen Schuldgefühle in mir wach, denn wie ihr Vater hatte jetzt auch ich ihr grundlos wehgetan. Verdammt!

Ich ließ die anderen stehen und lief ihr eilig hinterher. Was für ein hoffnungsloser Idiot ich war! Ich hatte das Gefühl, als brächen sich die Emotionen, die ich während der gesamten Woche mühsam unterdrückt hatte, gewaltsam Bahn.

Was zur Hölle war nur mit mir los? Was zur Hölle war mit mir passiert?

Ich war Kira Dallaire begegnet, und sie hatte mein gesamtes, bisheriges Leben völlig auf den Kopf gestellt.

Ich entdeckte sie im Obstgarten, und es sah aus, als … sammelte sie die reifen Aprikosen in ihrem T-Shirt ein. Ich blieb stehen und verfolgte, wie sie hin und her sprang, sich nach einer Frucht bückte, sie an ihre Nase hielt und ihren süßen Duft einsog.

Was hatte sie vor? Ich konnte einfach nicht verstehen, weshalb mich diese kleine Hexe derart faszinierte, während sich zugleich mein Innerstes vor Wut und Schmerz zusammenzog. Langsam ging ich weiter, und bis ich den Obstgarten erreichte, in dem Hunderte von überreifen Aprikosen auf der Erde lagen, beulte schon ein gutes Dutzend Früchte Kiras T-Shirt aus.

»Kira«, fragte ich sie möglichst ruhig, »was machst du da?«

»Ich sammle Aprikosen, damit Charlotte Marmelade kochen kann. Die Marmelade, die du liebst, die Marmelade, die dich glücklich macht. Ich hätte schon die ganze Woche Aprikosen pflücken wollen, aber mit der Führung deiner Bücher, mit der Planung einer Party, um dein Ansehen hier in Napa zu erhöhen, mit dem Besuch deiner Familie und mit dem Bemühen, bestimmten Fragen von Vanessa oder deinem Bruder auszuweichen, kam ich bisher einfach nicht dazu. Wahrscheinlich sollte ich dir dankbar sein, dass du mit der Wahrheit über unsere Ehe herausgeplatzt bist, weil ich mir ab jetzt die Mühe sparen kann, die beiden weiter *anzulügen,* was echt anstrengend für mich war.«

Ich tat den nächsten Schritt nach vorn. »Es tut mir leid, Kira. Das war nicht nett von mir.«

»Vor allem«, fuhr sie fort, als hätte sie mich nicht gehört, »fände ich es schrecklich, all die guten Früchte zu vergeuden, weil es sogar hier in Napa Menschen gibt, die Hunger leiden, während all das schöne Obst hier einfach auf der Erde liegt. Es wäre wirklich unverantwortlich, mit anzusehen, wie es verrottet, statt es einzusammeln, damit Charlotte Marmelade daraus machen kann.«

»Kira«, wiederholte ich und trat noch dichter auf sie zu.

Sie wirbelte zu mir herum, und ein paar Strähnen ihrer langen Haare spielten um ihr Gesicht. Ihre leuchtend grünen Augen blitzten, ihre Wangen waren gerötet, und ich konnte sehen, dass sie vor lauter Zorn – und etwas anderem, was ich nicht benennen konnte – nur mit Mühe Luft bekam. Unter dem mit Aprikosen voll beladenen T-Shirt blitzte eine Ecke ihres flachen Bauchs, und mir stockte der Atem, während ich den Blick an ihr hinunterwandern ließ. Sie war das schönste, wildeste Geschöpf, dem ich in meinem ganzen Leben begegnet war, und plötzlich hatte ich das dringende Verlangen, sie zu zähmen und ihr deutlich zu verstehen zu geben, dass sie mir gehörte, mir und keinem Menschen sonst.

Ich wusste, dass ich vor ihr auf die Knie fallen sollte – *denn das hatte sie, weiß Gott, verdient –,* doch nachdem ich sie die ganze Woche auf Distanz gehalten hatte und sie jetzt plötzlich so lebendig und voller Feuer vor mir stand, konnte ich nicht anders.

Als ich auf sie zumarschierte, fielen ihr die weichen Aprikosen aus dem T-Shirt, und sie riss die Augen auf.

Ich zog sie eng an meine Brust, und abermals stieg heiße Eifersucht in meinem Inneren auf, denn sie gehörte *mir* allein.

Ich sah sie an, erkannte, dass die letzten Tage ohne sie wie Tage ohne Licht gewesen waren, und fühlte mich verletzlicher als je zuvor. Ich sehnte mich danach, dass sie den wilden Schmerz in meinem Inneren stillte und meinem verletzten Herzen deutlich machte, dass ich *ihrer* Meinung nach durchaus etwas zu bieten hatte, etwas wert war, und sie mich so wollte wie ich sie. Doch ich hatte keine Ahnung, wie ich das, was ich empfand, in Worte kleiden oder sie für mein Verhalten um Verzeihung bitten sollte, deshalb packte ich sie rau und presste ihr die Lippen auf den Mund.

Ich hatte sie nur einmal flüchtig küssen und mich dann wieder zum Gehen wenden wollen, doch ihr Geschmack entfachte ein Feuer in mir, das es mir unmöglich machte, mich von ihr loszureißen. Ich schlang ihr die Arme noch ein wenig fester um den Leib, und sie versuchte sich mir zu entwinden, aber schließlich legte sie mir leise schluchzend ebenfalls die Arme um den Hals und küsste mich voller Leidenschaft zurück.

Als sich unsere Zungenspitzen berührten, besänftigte sich der Schmerz in meinem Inneren, und vielleicht zum ersten Mal in meinem ganzen Leben breitete sich ein Gefühl des Friedens in mir aus.

Ehe sich jedoch unser Kuss vertiefen konnte, stieß mich Kira von sich und stolperte ein paar Schritte zurück. Obwohl ich deutlich sehen konnte, wie verletzt sie war, bat ich flehend: »Kira, komm zurück.«

Wieder tat sie ein paar Schritte rückwärts und reckte herausfordernd das Kinn. »Auf keinen Fall.«

Ich zögerte. Was wollte sie?

»Dann triff mich in der Mitte.« Ich zeigte mit dem Kopf auf einen Flecken Gras, der zwischen uns am Rand des Gartens lag.

»Nein.«

Ich funkelte sie wütend an. Ich ließe sie bestimmt nicht einfach gehen. Ich verging inzwischen vor Verlangen, und in meinem ganzen Leben hatte ich noch nie eine Frau derart begehrt. Was zum Teufel trieb sie für ein Spiel?

Wieder streckte ich die Arme nach ihr aus, doch plötzlich bückte sie sich und warf mir eine überreife Aprikose an den Kopf. Benommen hob ich eine Hand an die Stirn, wischte einen Teil des Fruchtfleischs ab und betrachtete die klebrige Masse ungläubig.

»Du freches, kleines Biest.« Ich sah ihr ins Gesicht, bückte mich dann ebenfalls nach einer reifen Frucht, und Kira kreischte, als die Aprikose in den Ausschnitt ihres T-Shirts klatschte und der dickflüssige Saft an ihr hinablief.

Ihr fiel die Kinnlade herunter, und sie wirkte ebenso schockiert wie ich, nachdem sie mich beworfen hatte.

»Du widerlicher Egoist. Du Monster«, fauchte sie mich an.

Wir hoben beide eine Aprikose nach der anderen auf und gingen damit in einem Ausbruch von Gefühlen, die ich nicht hätte benennen können, aufeinander los. Das Blut rauschte in meinen Adern, und die kalte Gleichmut, die mich in der letzten Woche vor Verletzungen hatte bewahren sollen, schmolz dahin. Matschig weiche Früchte landeten in meinen Haaren und auf meinen Kleidern, und das Fruchtfleisch, das an meinem Körper klebte, erfüllte die Luft mit einem durchdringenden, süßen Duft.

Genau wie ich sah Kira aus, als hätte sie sich stundenlang

in reifem Obst gewälzt, und als sie eine kurze Atempause machte und mich böse ansah, sprang ich auf sie zu, zog sie entschlossen zu Boden und rollte mich über sie. Lust stieg fast schmerzlich in mir auf. Ich hatte keine Ahnung, wer den Anfang machte, doch es kam mir vor, als hätte dieses Mal *sie* den Kuss begonnen.

Wild und gierig pressten wir unsere Münder aufeinander, und mit einem lauten Stöhnen schob ich meine Hand unter ihr Shirt und glitt über ihre weiche, warme Haut. Sie bäumte sich unter mir auf, und ich spürte den schnellen Rhythmus ihres Herzens, als ich meine andere Hand an ihren Hals legte und mit meinem Daumen Kreise über ihren Puls zog. Ich brannte vor Verlangen nach der wunderschönen, willensstarken, mitfühlenden, sanften, nervtötenden kleinen Hexe, die ich geheiratet hatte.

»O bitte, Gray.« Laut keuchend zerrte sie an meinem Hemd.

»Ja.« Ich presste meine Hüften an ihren Körper und bettelte schamlos: »Sag mir, dass du mich willst, oh, bitte sag es mir.«

»Ich will dich. Ich will dich so sehr.«

Ich atmete erleichtert auf. O Gott, ich war ihr hoffnungslos verfallen, und ich hielt es einfach nicht mehr aus. Mein Schwanz pochte an ihrem Körper, und endlich, endlich würde Kira mir gehören. Hier, unter den Bäumen, auf dem weichen Gras.

»O mein *Gott*«, stieß plötzlich eine Frauenstimme irgendwo in meinem Rücken aus.

»Was zum …«, setzte eine andere Stimme an.

»Um Himmels willen …«

Wir erstarrten beide, und plötzlich wurde Kiras zuvor verschleierter Blick wieder klar. Ich blinzelte ins Sonnenlicht, konnte aber nur die Umrisse von sechs Gestalten erkennen. Noch immer war ich vollkommen benommen und brauchte einen Augenblick, um mich zu orientieren, doch Kira sprang so eilig auf, als hätte sie sich an mir verbrannt.

Schließlich rappelte auch ich mich auf, während ich mir das klebrige Fruchtfleisch, das noch immer an mir hing, aus dem Gesicht und von meinen nackten Armen strich.

Mein Blick fiel erst auf Charlotte und auf Walter, dann auf meinen Bruder und Vanessa und danach auf eine Frau mit pinkfarbenen Haaren, der ich nie zuvor begegnet war, und einen Mann, von dem ich sofort wusste, wer er war.

»Harley«, grüßte ich ihn überrascht.

Der tätowierte Bär von einem Mann kam grinsend auf mich zu, bevor er seinen Blick an Kira und danach an mir herunterwandern ließ. »Aber hallo.«

»Wie? Was?« Ich packte seine Hand und riss meine Gedanken so lange von Kira los, dass ich versuchen konnte, zu verstehen.

»Was machst du hier?« Ich wischte meine Hände an der Hose ab, doch die war ebenfalls mit Fruchtfleisch und mit Aprikosensaft getränkt.

Harley starrte mich noch etwas länger an, doch dann stieß er ein tiefes, warmes Lachen aus. »Ich bin seit knapp vier Wochen draußen, Mann.«

Wieder musterte er mich und verzog halb angewidert und halb amüsiert das bärtige Gesicht. »Aber ich würde lieber erst mal hören, wie's bei dir so läuft. Sieht aus, als ob das eine ziemlich … saftige Geschichte wird.«

Mit einem Mal trat Kira, deren Miene unter all dem Fruchtfleisch fast nicht zu erkennen war, auf ihn zu. »Harley? *Harley?*«

Er blinzelte verwirrt. »Kira?«

Ich sah zwischen ihnen hin und her. »Ihr *kennt* euch?«, fragte ich verblüfft und nahm aus den Augenwinkeln wahr, dass uns auch die anderen interessiert beobachteten. Es fehlte nur noch Popcorn.

»O mein Gott«, rief Kira aus und stürzte auf ihn zu. Obwohl sie ebenfalls über und über mit Aprikosenfruchtfleisch bedeckt war, zog Harley sie an seine breite Brust, aber bevor ich eifersüchtig werden konnte, ließ er wieder von ihr ab und lächelte sie zärtlich an.

»Ich kann einfach nicht glauben, dass du hier bist«, rief sie glücklich aus.

»Und woher kennt ihr euch?«, mischte ich mich erneut in das Gespräch.

»Aus der Wärmestube«, antwortete Kira, schaute aber weiter Harley an.

Mir schwirrte immer noch der Kopf, denn ich hatte Harleys Erscheinen hier und vor allem den raschen Wechsel der Ereignisse noch nicht ganz verdaut.

Falls das Schweigen der anderen etwas zu bedeuten hatte, dann wahrscheinlich, dass sie ebenfalls damit zu kämpfen hatten.

»Und woher kennt *ihr* euch?«, fragte sie zurück.

»Aus dem Gefängnis.«

»Oh.« Nach einem kurzen Seitenblick auf mich schaute sie sofort wieder Harley an. »Du warst im Knast?«

»Ja, Kira, ich war im Knast. Es tut mir leid. Im Grunde aber hätte mir nichts Besseres passieren können, denn jetzt läuft mein Leben wieder rund. Obwohl …« Er wandte sich erneut an mich. »Wenn du noch Arbeit für mich hättest, wäre es perfekt.«

»Du brauchst einen Job? Ja, natürlich habe ich etwas für dich. Alles, was du brauchst, Mann.«

Ein Grinsen huschte über Harleys Gesicht. »Ich hatte gehofft, dass du das sagen würdest«, meinte er und blickte auf die Frau mit dem pinkfarbenen Haar, die über einem knappen Lederrock ein noch knapperes Tanktop trug. »Das ist übrigens Priscilla.«

Ich wies entschuldigend auf meine immer noch verklebte Hand, damit sie wusste, weshalb ich sie ihr nicht gab, und leise lachend meinte sie: »Freut mich, deine Bekanntschaft zu machen, Grayson. Harley hat mir viel von dir erzählt, obwohl er offensichtlich ein paar Dinge ausgelassen hat.« Sie blickte zwischen mir und Kira hin und her, doch ihre Miene war nicht spöttisch, sondern einfach amüsiert.

In diesem Augenblick tat Charlotte einen Schritt nach vorn und bat in hoffnungsvollem Ton: »Vielleicht, Gray, könntet du und Kira euch ja erst mal … nun … ein bisschen sauber machen, und wir machen uns danach im Haus bekannt?« Wahrscheinlich waren sie alle angestürzt gekommen, um zu verhindern, dass Kira und ich uns gegenseitig an die Gurgel gingen nach dem, was kurz zuvor beim Irrgarten geschehen war. Und tatsächlich waren wir aufeinander losgegangen, wenn auch etwas anders als erwartet.

»Das ist eine ausgezeichnete Idee.« Ich wandte mich an Kira, und sie sah mich an, als könnte sie sich nicht entscheiden, was das beste Vorgehen war.

»Ja, okay«, stimmte sie schließlich zu, doch als ich sie am Ärmel zupfte, blickte sie auf meine Hand.

»Kira …«

»Lass uns einfach erst mal duschen gehen, Grayson«, bat sie leise, und da sie mir nicht erlaubte, ihre Miene zu ergründen, ließ ich nickend von ihr ab.

Sie lief voran zurück zum Haus, während Harley mir erzählte, dass er bei Priscilla in Vallejo, einem kleinen Ort hier in der Nähe, wohnte und ihm eingefallen war, dass ich aus Napa kam. »Ich wusste, dass du ganz hier in unserer Nähe leben musst, also habe ich im Telefonbuch nachgeschaut. Mann, ich kann einfach nicht glauben, wie lange du jetzt schon draußen bist.«

Ich sah ihn traurig an. »Ich weiß, ich hätte mich viel öfter bei dir melden sollen. Es tut mir leid, aber als ich hierher zurückkam und erkannte, wie viel Arbeit vor mir liegt, habe ich mich erst mal nur noch darauf konzentriert.«

»Was durchaus verständlich ist. Und dieses Gut hier, wow, ich weiß, du hast gesagt, es wäre wunderschön, aber so was habe ich mir ganz bestimmt nicht vorgestellt.« Er zeigte auf die leuchtend grünen Hügel auf der einen und das majestätische Gebirge auf der anderen Seite, dessen Silhouette mir immer noch den Atem raubte, obwohl ich hier aufgewachsen war.

»Ich bringe es allmählich wieder in den Zustand, in dem es zu Zeiten meines Vaters war«, erklärte ich und wurde kurz durch Kira abgelenkt.

Sie blickte über ihre Schulter, zögerte einen Moment, dann gab sie Harley einen Wangenkuss und drückte ihm die Hand. »Ich bin so froh zu sehen, dass es dir gut geht«, sagte sie und klang, als bräche sie im nächsten Augenblick in Tränen aus. Ich runzelte die Stirn, doch sie sah mich nicht an, verschwand im Haus, und ich starrte verwundert auf den leeren Fleck, an dem sie eben noch gestanden hatte.

»Grayson.« Shane trat auf mich zu. »Wir sollten miteinander reden, wenn du aus der Dusche kommst.«

Ich lenkte meinen Blick auf seine Frau. Vanessa knabberte nervös an ihrer Unterlippe und hielt sich diskret im Hintergrund.

O Gott, er hatte recht. Ich war damit herausgeplatzt, dass ich und Kira nur aus finanziellen Gründen eine Ehe eingegangen waren. Und jetzt müsste ich erklären, was es damit auf sich hatte, obwohl ich es selber nicht verstand. Anfangs war es völlig klar gewesen, doch inzwischen war die Angelegenheit so unsauber und klebrig, wie ich selbst es augenblicklich war.

»Sicher«, murmelte ich rau und ging ins Haus. »Charlotte, würdest du für Harley und Priscilla eine Kleinigkeit zu essen machen? Ich bin sofort wieder da.«

»Natürlich«, antwortete sie und führte unsere Gäste in die Küche.

Ich klopfte kurz bei Kira, doch sie hatte abgeschlossen, und da sie nicht reagierte, war sie offenbar bereits im Bad. Am besten nähme auch ich selbst erst einmal eine Dusche und versuchte es danach noch mal. Als Erstes müsste ich mit ihr die Dinge klären, und vor allem wollte ich mich vergewissern, dass mit ihr, das hieß mit *uns,* alles in Ordnung war.

Nach der Dusche wickelte ich meine klebrigen Klamotten in ein Handtuch, um sie in die Waschküche zu bringen. Was zum Teufel war in dem Moment nur über uns gekommen? Was war mit uns beiden los?

Ich zog saubere Jeans und ein frisches T-Shirt an, ging barfuß durch den Flur und klopfte abermals bei Kira an. Als sie immer noch nicht reagierte, drehte ich den Knauf und stellte fest, dass nicht mehr abgeschlossen war. Ob sie schon unten war? Ich spähte in den Raum und sah sofort, dass ihr Gepäck verschwunden war. Panik stieg in mir auf, und eilig trat ich ein und rief nach ihr.

Der Schrank stand offen, aber abgesehen von ein paar Kleidersäcken mit verschiedenen alten Sachen meiner Stiefmutter war er leer.

Als ich mich zum Gehen wandte, entdeckte ich die Notiz auf der Kommode und den Ring, den ich ihr bei unserer Hochzeit gegeben hatte und den sie nicht mehr abgelegt hatte, seit sie mit mir im Restaurant gewesen war. Wie zum Hohn warfen die Diamantsplitter das Sonnenlicht zurück.

Was hatte ich mir nur dabei gedacht, ihr diesen Ring zu geben?

Ich war mir nicht sicher, ob ich lesen wollte, was sie mir geschrieben hatte, nahm den Zettel aber trotzdem in die Hand.

Grayson,

es ist offensichtlich, dass wir beide etwas Abstand voneinander brauchen – und vor allem brauchst du selber erst mal Zeit, um dich mit Shane und mit Vanessa auszusprechen, ohne dass euch dabei jemand in die Quere kommt. Ich komme nächste Woche auf *die Party, spiele dort ein letztes Mal die Ehefrau, und danach gehe ich endgültig fort.*

Kira
PS: Ich glaube, dieser Ring gehört Vanessa und nicht mir. Wobei es sowieso nie wirklich meiner war.

Ich ließ den Zettel fallen. Ich hatte einen Kloß im Hals, und ein Gefühl der Kälte befiel mich. Sie hatte gesagt, sie wollte mich, und war dann einfach abgehauen.

Ich machte auf dem Absatz kehrt und ging ins Erdgeschoss, während sich die Kälte weiter ausbreitete und mein Herz umschloss, was irgendwie tröstlich war. Mit Kälte kannte ich mich aus, ich hatte sie verdient, aber vor allem würde sie verhindern, dass ich an der neuen Wunde, die sie mir geschlagen hatte, zugrunde ging.

Ich folgte den Geräuschen aus der Küche und gesellte mich zu Charlotte, Harley und Priscilla. Als Charlotte mir ein Stück von ihrer Mokka-Sahne-Torte auf den Teller schieben wollte, hob ich abwehrend die Hand, und sie runzelte verwirrt die Stirn.

»Harley hat mir erzählt, wie du ihm das Leben gerettet hast.« Charlotte sah mich zärtlich, aber gleichzeitig auch traurig an.

Ich fuhr mir mit der Hand durchs Haar. Ich hatte bisher nie von meiner Zeit im Gefängnis erzählt und hätte diese Dinge weiterhin für mich behalten wollen, aber jetzt saß Harley hier in meiner Küche. Harley, der mit mir zusammen dort gewesen war und dem ich es verdankte, dass ich hinter Gittern nicht verrückt geworden war. »Ich würde eher sagen, dass er mich gerettet hat.«

»Ach ja?« Er lehnte sich auf seinem Stuhl zurück und verschränkte seine Pranken hinter seinem kahlen Kopf.

»Ich war nur ein einziges Mal rein zufällig im rechten Augenblick zur Stelle, aber du hast jahrelang auf mich aufgepasst, und ohne deine Hilfe hätte ich die Jahre dort nicht überlebt.« Was eindeutig nicht übertrieben war. Nachdem mein Anwalt mir versichert hatte, dass bei Körperverletzung mit Todesfolge nur mit gemeinnütziger Arbeit oder höchstens einer halbjährigen Haftstrafe zu rechnen wäre, hatte ich bei meiner Ankunft im Gefängnis unter Schock gestanden, denn ich hatte es nicht glauben können, dass ich zu fünf Jahren Haft verurteilt worden war. Während meines ersten Hofgangs hatte ich urplötzlich aus dem Augenwinkel etwas blitzen sehen, den mir fremden Harley ohne nachzudenken fortgestoßen und ihm so die Zeit gegeben, einen anderen Typen zu entwaffnen, der mit einem selbst gemachten Messer auf ihn losgegangen war. Von dem Tag an hatte Harley – der schon häufiger im Knast gesessen hatte und die Regeln kannte – mich vor all dem Grauen, das einen dort erwartete, so gut es ging bewahrt.

»Dann gehören Sie also zur Familie«, stellte Charlotte fest und wandte sich mit tränenfeuchten Augen ab.

Harley nickte ihr mit einem warmen Lächeln zu und wandte sich erneut an mich. »Und jetzt komme ich her und stelle fest, dass du Kira Dallaire zur Frau genommen hast«, erklärte er und beugte sich über den Tisch. »Das Leben steckt tatsächlich voller Überraschungen.«

Ich brummte zustimmend, denn sicher wäre es das Beste, wenn er erst mal nicht erführe, dass wir diese Ehe nur für kurze Zeit und einzig und allein aus finanziellen Gründen eingegangen waren.

Doch auch ohne dass ich etwas sagte, wusste er anscheinend, dass die Sache nicht ganz sauber war. Trotz seiner großen, Furcht einflößenden Gestalt war er der beste Menschenkenner, der mir je begegnet war. Er hatte mir erzählt, das wäre unerlässlich, um auf den Straßen San Franciscos zu überleben, denn wenn man nicht permanent zum Opfer werden wollte, müsste man die Menschen dort durchschauen. »Willst du wissen, woher ich und deine Frau uns kennen?«

»Sicher«, gab ich argwöhnisch zurück.

»Vor ungefähr sechs Jahren ging es mir echt dreckig«, fing er an, und als Priscilla ihn mit einem mitfühlenden Blick bedachte, nahm er ihre Hand. »Ich hatte alles verloren, war permanent betrunken und hatte mich mit allen überworfen, denen etwas an mir lag. Ich hatte vor, mich umzubringen, also habe ich mir eine Knarre mitsamt Munition besorgt, sie geladen und mich auf den Weg gemacht.«

»Meine Güte, Harley! Ich hatte ja keine Ahnung«, stieß ich aus.

Er nickte knapp. »Es ist nicht einfach, zuzugeben, dass ich derart tief gesunken war und keinen Sinn im Weiterleben sah. Aber so war es nun einmal. Als ich in der Wärmestube meine Henkersmahlzeit zu mir nehmen wollte, tauchte plötzlich Kira auf. Sie muss damals noch ein Teenager gewesen sein.«

Teenies waren nicht unbedingt für ihre Selbstlosigkeit bekannt. Kira aber hatte sich bereits als junges Mädchen für andere engagiert …

Ich zwang mich, Harley weiter zuzuhören.

»Sie hat mir was zu essen an den Tisch gebracht, sich dann dazugesetzt, und nachdem wir uns ein bisschen unterhalten hatten, hat sie diesen Zauberkasten angeschleppt, mit dem sie sonst die Kinder unterhalten hat, und mir ein paar der Tricks gezeigt. Im Grunde war es lachhaft, aber sie hat sich total dafür begeistert und hat mich dabei mit ihrer unbändigen Lebensfreude angesteckt.« *O ja, das konnte sie.* »Da habe ich zum ersten Mal seit langer Zeit gelächelt, und sie hat gesagt, wenn ich am nächsten Tag noch einmal in die Wärmestube käme, würde sie mir zeigen, was hinter den Tricks steckt. Nun, wahrscheinlich hätte ich das auch allein rausfinden können, schließlich waren sie nicht wirklich kompliziert. Aber allein die Tatsache, dass jemand mich gebeten hat zurückzukommen, und ihm so viel daran lag, dass er bereit gewesen war, mich mit ein paar lächerlichen Zauberkunststücken zu locken … nun, auf alle Fälle ging ich wirklich wieder hin.« Er lachte leise auf. »Sie war total begeistert von den Dingen, die sie tat, und zum ersten Mal erkannte ich, dass ich es schaffte, mich tatsächlich noch für irgendwas zu interessieren. Das gab mir die Hoffnung, die ich brauchte, also bin ich immer wieder hin, um sie zu sehen, und ich nehme an, man könnte sagen, sie hat es geschafft, mich davon abzulenken, dass ich meinem Leben eigentlich hätte ein Ende machen wollen. Genauso war's.«

Gott, das klang genau nach Kira – denn genau so hatte ich sie selbst erlebt. Der Eisblock, den ich wieder um mein Herz hatte errichten wollen, begann zu schmelzen, und ich hatte keine Ahnung, ob ich deshalb froh oder verärgert war. Wo zum Teufel steckte die verdammte kleine Hexe. Wo?

»Trotzdem schaffte ich es nicht sofort, mein Leben vollkommen zu ändern, machte noch mal ein paar Fehler und kam dafür ins Gefängnis, wo ich dir begegnet bin. Aber eines weiß ich ganz genau. Hätte deine Frau mich nicht gerettet, hättest du mich nicht noch einmal retten können, und dann wäre ich nicht da gewesen, um dich hinter Gittern vor dem Schlimmsten zu bewahren. Seltsam, wie das Leben manchmal spielt, nicht wahr? Seltsam, wie ein Leben Auswirkungen auf ein anderes Leben hat und dieses Leben wieder auf andere.«

»Seltsam«, stimmte ich ihm zu. »Auch wenn das wohl eher Zufall war.«

Harley zwinkerte mir zu. »Wenn man an Zufall glaubt.« Er lächelte mich an und fuhr nach einer kurzen Pause fort: »Also, Mann, hör zu, uns bleibt noch jede Menge Zeit, um in Erinnerungen zu schwelgen, aber wenn ich morgen gute Arbeit leisten will, fahre ich jetzt besser erst mal heim und ruhe mich dort aus. Außerdem hat Priscilla heute Abend Dienst.«

»Oh. Und was machen Sie beruflich, meine Liebe?«, wandte Charlotte sich an sie.

»Ich bin Tänzerin«, klärte die junge Frau sie lächelnd auf.

»Wie schön.« Charlotte wirkte so begeistert, als hätte ihr Priscilla offenbart, dass sie mit einer Hauptrolle am Broadway auf der Bühne stand.

Hüstelnd stand ich auf und sah unsere Gäste lächelnd an. »Ich kann euch gar nicht sagen, wie sehr ich mich freue, dass ihr hergekommen seid. Es war schön, euch zu sehen.«

»Das finde ich auch, Bruder.« Wir verabschiedeten uns mit demselben Handschlag wie im Gefängnis, und Charlotte führte ihn und seine Tänzerin zur Tür und nahm sie dort zum Abschied in den Arm.

Nachdem die zwei verschwunden waren und bevor mich jemand anderes finden konnte, schnappte ich mir meine Schlüssel, schlich mich durch die Hintertür aus dem Haus und stieg in meinen Truck, um in die Stadt zu fahren. Ich hatte eine Frau, nach der ich suchen musste, und auch sonst noch ein paar Dinge dort zu erledigen.

♥

»Oh, du bist zurück.« Charlotte hielt den Wäschekorb aus meinem Badezimmer und zwei Hemden, die sie frisch gebügelt hatte, in der Hand. Ich starrte weiter schweigend aus dem Fenster. Nachdem sie meinen Bruder und Vanessa hierher eingeladen und mich so gezwungen hatte, ihre Nähe zu ertragen, hatte ich auch sie während der letzten Woche möglichst ignoriert.

Ich war vergeblich durch die Stadt gekurvt und hatte mich nach Kiras Wagen umgesehen. Harleys Geschichte hatte mich dazu bewogen, sie zu suchen, aber vielleicht hätte ich das lassen sollen. Sie hatte gesagt, dass sie mich wollte, doch ich hatte keine Ahnung, ob der Satz der Leidenschaft des Augenblicks geschuldet war, ob sie mich nur körperlich begehrte, ob sie mich vielleicht belogen hatte oder … *doch im Grunde war es vollkommen egal.*

Sie war verschwunden, das war alles, was noch zählte.

Sie war nicht mehr da.

Ich möchte, dass du gehst. Ich will dich nicht.

Wenn du mir irgendwas zu bieten hättest …

Vielleicht war sie ja bei Kimberly in San Francisco.

Aber zu der Party käme sie auf jeden Fall noch mal zurück.

»Nun, wenn du aufhörst, dich in Selbstmitleid zu aalen, gibt es …«, setzte Charlotte an, und als sie plötzlich abbrach, drehte ich mich zu ihr um. Sie hatte gerade meine Hemden in den Schrank gehängt, doch jetzt sah sie mich reglos an. »Dann siehst du dich also als den Schurken in dem Stück? Oder, warte, als das *Opfer*? Captain Hook im Gegensatz zu Shane als Peter Pan? Willst du etwa so auf deine eigene Party gehen?«, erkundigte sie sich und sah enttäuscht auf das Kostüm, das ich ausgeliehen hatte, nachdem ich Kira in der Stadt nicht hatte finden können.

»Als was sollte ich deiner Meinung nach denn auf die Party gehen?«, fragte ich erbost zurück. »Als Prinz? Es ist doch sowieso nur eine blöde Party, die nicht das Geringste zu bedeuten hat. Und vor allem bin ich nun einmal kein Prinz.«

»Es ist eine Party, die von deiner Frau aus reiner Herzensgüte für dich ausgerichtet wird.«

Ich funkelte sie zornig an. »Meine *Frau* ist nicht mehr da. Sie kommt nur noch auf dieses Fest, und dann zieht sie endgültig aus. Genauso war es schließlich abgemacht.« *Richtig, so hatten wir es abgemacht.*

Charlotte riss schockiert die Augen auf, doch dann sah sie mich forschend an. »Nur ist es nicht gelaufen wie geplant, nicht wahr? Nichts ist gelaufen wie geplant. Und das macht dir eine Heidenangst.« Entschlossen trat sie auf mich zu, nahm meine Hand und hüllte mich wie schon als kleinen Jungen in den tröstlichen Geruch von Gebäck und Talkumpuder ein. »Ach, mein Junge, dich hat's schwer erwischt.«

»Erwischt?« Entrüstet zog ich meine Hand zurück. »Inwiefern hat es mich erwischt?«

Charlotte schaute mich mit einem sanften Lächeln an. »Du bist verliebt. In deine Frau.«

Ich musste schlucken, und verlegen wandte ich mich abermals dem Fenster zu.

»Ganz sicher nicht«, erklärte ich, doch diese Worte hörten sich so schwach und nichtig an, als flögen sie beim nächsten Atemzug einfach davon.

Charlotte seufzte abgrundtief. »Bei allem, was mir heilig ist, so sture Esel wie euch zwei habe ich noch nie zuvor erlebt. Wahrscheinlich habt ihr nichts Geringeres verdient, als bis ans Lebensende aneinandergekettet zu sein. Es ist das reinste Wunder, dass mich das Theater, das ihr zwei veranstaltet, nicht längst schon in den Alkohol getrieben hat.«

Ich schnaubte laut. Ich war in diese kleine Hexe sicher nicht verliebt. Oder vielleicht doch? O nein, das war vollkommen ausgeschlossen, weil meine Gefühle für sie viel zu turbulent, nicht zu kontrollieren und rundherum *erschreckend* waren. Es war nicht ausgeschlossen, dass sie mich in ihren Bann gezogen und verzaubert hatte, doch von Liebe konnte keine Rede sein.

»Sie treibt mich in den Wahnsinn«, sagte ich und blickte Charlotte wieder an. »Wenn wir zusammen sind, benehmen wir uns die halbe Zeit wie ungezogene Kinder.« *Und den Rest der Zeit wie Liebende, die die Hände nicht voneinander lassen können.*

Charlotte schnalzte mit der Zunge und nickte mir zu. »Wir alle sollten in der Liebe offen und verletzlich sein wie Kinder, und auch wenn ich Kiras Geschichte nicht kenne, weiß ich, dass du selber allen Grund hast, auf der Hut zu sein und dich vor jemandem in Acht zu nehmen, der eine solche Leidenschaft und solche Angst in deinem Herzen weckt. Aber, Gray, genau diese Gefühle zeigen, dass du Kira liebst. Wahre Liebe macht selbst Menschen Angst, die nicht so verletzt wurden wie du, und offenbar auch Kira. Für wahre Liebe braucht man mehr Vertrauen als für irgendetwas sonst auf der Welt.«

Ich raufte mir die Haare, denn das alles war mir irgendwie zu viel. Ich hatte keine Ahnung, wo ich anfangen, worauf ich mich konzentrieren sollte, denn meine Gefühle waren ein einziges Chaos. Im einen Augenblick machte mich Kira rasend vor Wut, und im nächsten trieb mich das Verlangen nach ihr zur Verzweiflung …

Charlotte konnte offenbar Gedanken lesen, denn sie schlug mir vor: »Am besten fängst du damit an, mit deinem Bruder und Vanessa zu sprechen. Und hörst ihnen *wirklich* zu, und zwar mit dem Herzen und nicht voller Zorn, weil du deiner Meinung nach von ihnen hintergangen worden bist.« Wieder nahm sie meine Hand. »Und denk daran, dass die Liebe nicht nur sanft und einfach, sondern manchmal auch sehr kompliziert und schmerzhaft ist. Wahre Liebe zwingt einen, Wagnisse einzugehen und Verletzungen zu riskieren. Genau wie eine Rose, die neben wunderschönen Blüten auch jede Menge Dornen hat.«

»Genau«, stimmte ich zu, »die spitz und qualvoll sind.«

Charlotte drückte mir die Hand und stieß ein warmes, glockenhelles Lachen aus. »Natürlich sind sie spitz. Aber qualvoll müssen sie nicht immer sein. Die Liebe legt die Seele bloß, aber sie heilt auch. Hör auf, dagegen anzukämpfen. Hab bitte dieses eine Mal den Mut, ganz loszulassen und du selbst zu sein.« Sie stellte sich auf ihre Zehenspitzen, gab mir einen Kuss auf die Wange, sah mich mit einem neuerlichen, warmen Lächeln an und wandte sich zum Gehen.

Liebe ist nicht immer sanft und einfach. Hatte ich mir deswegen vor Jahren Vanessa ausgesucht? Weil meine Empfindungen für sie im besten Fall lauwarm gewesen waren?

Sobald ich mir diese Frage stellte, wusste ich in meinem tiefsten Inneren, dass es so gewesen war. Shane und ich waren mit ihr zusammen aufgewachsen, sie war immer eine Freundin für uns zwei gewesen – süß und wunderschön – und mir war aufgefallen, wie Shane sie angesehen hatte. Und dass sie selbst gehofft hatte, er wage es, den ersten Schritt zu tun.

Keinem von den beiden war bewusst gewesen, was der jeweils andere empfand. Ich selber aber hatte es bemerkt und mich in dem Wissen, dass mir Shane den Vortritt lassen würde, unverfroren dazwischengedrängt. Voller Scham starrte ich meine Füße an.

Ich hatte Vanessa gewollt, weil ich meine Gefühle in Bezug auf sie völlig unter Kontrolle hatte, denn nach den Verletzungen aus meiner Kindheit hatte ich genau diese Sicherheit und Ruhe gebraucht. Bis dahin hatte ich nur die dauernde Erniedrigung gekannt, eine Liebe zu ersehnen, die mir stets verweigert wurde, und die Einsamkeit und Hoffnung auf ein bisschen Freude. Doch ich hatte mich nicht mehr sehnen wollen oder hoffen. Das hatte mich zu sehr verletzt. Und deshalb hatte ich mir eine Freundin ausgesucht, die ich zwar gernhatte, aber auch nicht mehr.

Vanessa war zu nett gewesen, um mir einen Korb zu geben, und in meinem tiefsten Inneren hatte ich eine bösartige Befriedigung empfunden, weil ich mir etwas genommen hatte, was eigentlich nicht mir gehörte, sondern Shane. Mein Leben lang hatte ich alles für ihn gegeben und ihn beschützt, damit er nie so leiden musste wie ich selbst. Ich hatte das Gefühl gehabt, er schulde mir etwas.

Mein Gott, er war mein Bruder, und ich hatte ihn verraten – auch wenn ihm das nie bewusst gewesen war. Und an Vanessa hatte ich dabei nicht einen Augenblick lang gedacht. Hätten meine lauwarmen Gefühle ihr auf Dauer überhaupt gereicht? Natürlich nicht. Aus meiner kalten Distanziertheit, in die ich mich zeitlebens geflüchtet hatte, hatten mich erst *Kiras* Überschwang und ihre Freundlichkeit befreit. Vanessa und ich hätten uns niemals gegenseitig glücklich machen können, und ich hätte mich ihr niemals anvertraut. Ich hatte mir gesagt, dass das nicht nötig wäre, weil sie die Dynamik unserer Familie kannte, doch in Wahrheit hatte ich sie gar nicht in mein Leben einbeziehen wollen. Ich hatte nie den Wunsch verspürt, alles, was mich ausmachte, mit ihr zu teilen. Und falls ich sie geliebt hatte, dann höchstens als die … Freundin, die sie stets für mich gewesen war.

Sie hatte mir gesagt, sie wolle sich für ihre Hochzeitsnacht aufsparen, und nach all den Frauen, mit denen ich zu jener Zeit bereits im Bett gewesen war, hatte mir das genügt. Wahrscheinlich aber hatte sie sich weniger für ihre Hochzeit als für *Shane* aufsparen wollen, auch wenn ihr das vielleicht gar nicht bewusst gewesen war. Doch jetzt … ich dankte Gott im Himmel, dass ich nie mit meiner Schwägerin geschlafen hatte. Bereits die Dinge, die wir getan hatten, kamen mir mit einem Mal inzestuös und wenig appetitlich vor.

Dann war ich ins Gefängnis gekommen, und als sich die zwei auf irgendeinem Weg gefunden hatten, hatte ich vor allem deswegen getrauert, weil ich mich von einem der wenigen Menschen, die mir immer beigestanden hatten – nämlich meinem kleinen Bruder –, schändlich hintergangen fühlte. Danach hatte ich mich gegen sämtliche Gefühle abgeschirmt, bis plötzlich Kira auf der Bildfläche erschienen war und mich gezwungen hatte, zu erkennen, dass ich immer noch ein Mensch mit Emotionen, Sehnsüchten und Wünschen war. Sie hatte es mir unmöglich gemacht, meine bisherige Gleichmut zu bewahren, hatte mich in einen Zustand permanenter Aufregung versetzt, und mit ihrer Energie und Wärme ein ums andere Mal die kalten Mauern schmelzen lassen, die ich um mein Herz errichten wollte.

Sie machte niemals irgendwelche halben Sachen.

Und sie hatte mindestens so sehr gelitten wie ich selbst.

Ich schämte mich noch mehr, denn plötzlich wurde mir klar, dass Kira trotz der Ähnlichkeiten zwischen unseren Geschichten und des Unrechts, das ihr widerfahren war, entschieden hatte, weiter hoffnungsfroh, optimistisch und mit grenzenloser Güte durch die Welt zu gehen. Wohingegen ich mich in mich selbst zurückgezogen hatte und mich allein dem egoistischen Bestreben, dieses Weingut zu retten, widmete. Weil ich im Gegensatz zu meiner Frau ein Feigling war.

Doch das würde sich ändern. Ich würde ihr beweisen, dass ich ihrer würdig war.

Ich wollte sie. Doch nicht nur ihren Körper, sondern alles, was sie war. Bei Gott, natürlich wollte ich auch ihren Körper, doch ich wollte noch viel mehr. Ich wollte ihre Anerkennung, wollte wissen, was sie dachte, wollte, dass sie mir ihre Geheimnisse verriet und ihr selber alles anvertrauen.

Seufzend ließ ich mich auf die Matratze meines Bettes fallen. *Ich liebte sie.* Die wunderschöne, hinreißende Kira mit den flammend roten Haaren und den leuchtend grünen Augen, die so leidenschaftlich und verletzlich war und es geschafft hatte, mich von dem Eisblock, der seit Jahren um mein Herz gelegen hatte, zu befreien. Kira. *Meine Frau.*

Sugie schob die Tür, die einen Spalt weit offen stand, mit ihrer Schnauze auf, kam auf mich zugetrottet, legte ihren deformierten Kopf mit einem leisen Bellen auf mein Knie und sah aus ihren seelenvollen Augen zu mir auf. Ich kraulte sie hinter dem Ohr und lobte sie dafür, dass sie den Mut gefunden hatte, ihre Stimme einzusetzen.

Ich blickte auf den Hund, der ein Geschenk von Kira gewesen war. »Wann habe ich mich wohl genau in sie verliebt?«

Zur Antwort stieß das Tier ein leises Fiepen aus.

Wann war das bloß passiert?

Als sie gesagt hatte, dass ich ein Drache wäre?

Als sie die Geschichte von den Ratten mit den blöden Vornamen zum Besten gab?

Bei unserem ersten Kuss?

Als ich zugesehen hatte, wie sie mit den Kindern im Familienzentrum spielte und mit wild fliegenden Haaren lachend durch den Hof gelaufen war, obwohl ihr Vater einen Tag zuvor so grausam mit ihr umgesprungen war?

Wann hatte ich mich, ohne es zu merken, hoffnungslos in sie verliebt?

O Gott – ich liebte sie. Und hungerte nach *ihrer* Liebe, auch wenn diese Sehnsucht tief in meinem Herzen schmerzlich und vor allem Furcht einflößend war. Ich hatte keine Ahnung, wie ich mit den Emotionen, die ich plötzlich nicht mehr unterdrücken konnte, umgehen sollte oder wie ich damit fertigwerden könnte, wenn ich einen Korb von ihr bekam.

Hab dieses eine Mal den Mut, loszulassen und ganz du selbst zu sein.

Ich vergrub den Kopf zwischen den Händen, denn ich hatte keine Ahnung, ob ich mutig genug wäre, diesen Schritt zu tun.

19 Kira

Das nah am Fluss gelegene Beazly House war 1902 als Herrenhaus errichtet worden und versprühte auch als Pension noch den alten, herrschaftlichen Charme. Ich lebte jetzt seit beinah einer Woche dort, leckte meine Wunden und bereitete die Party auf dem Weingut vor. Charlotte schrieb mir regelmäßig Textnachrichten, und ich wusste, dass auch die Vorbereitungen im Haus und im Garten gut vorankamen. Charlotte hatte wiederholt angeboten, mich in Napa zu besuchen, doch ich hatte dankend abgelehnt. Ich wusste ihre Freundlichkeit durchaus zu schätzen, doch sie konnte mir nicht helfen, und wenn ich den Menschen, die nicht meine, sondern Grays Familie waren, noch näherkäme, würde es mich umso mehr schmerzen, nach der Party fortzugehen. Ich musste langsam anfangen, mich von Charlotte und den anderen zu lösen, um am Ende nicht noch unglücklicher dazustehen, als ich es auch so schon wäre.

Ich nahm an, es sagte sehr viel aus, dass Grayson mich nicht einmal angerufen und mir auch keine SMS geschrieben hatte, seit ich ausgezogen war.

Wie gründlich mein jüngster Plan schiefgelaufen war! Doch das ursprüngliche Ziel hatte ich wenigstens erreicht. Ich stand finanziell auf eigenen Füßen, war endlich unabhängig, und mit dem Weingut ging es zusehends bergauf.

Ich saß in meinem Zimmer und verlieh meinem Kostüm für Graysons Fest den letzten Schliff. Ich würde wie versprochen auf die Party gehen, dafür sorgen, dass dort alles wie am

Schnürchen lief, so tun, als wären Gray und ich ein anständiges Ehepaar, und sofort danach verschwinden. Nach Beazley House könnte ich nicht zurück, ohne dass es verdächtig wirken würde, denn ich hatte mich mit den Besitzern angefreundet und erklärt, ich hätte mir vorübergehend eine Bleibe in der Stadt gesucht, weil ich Asthma hätte und den ganzen Staub, der durch die Bauarbeiten auf dem Weingut aufgewirbelt wurde, einfach nicht vertrug. Ich könnte unmöglich in Napa oder auch nur in der Nähe bleiben, wenn ich Gray verließ. Falls jemand in der Stadt dahinterkäme, dass wir nicht aus Liebe, sondern nur aus finanziellen Gründen eine Ehe eingegangen waren, sähe es so aus, als hätten wir die Leute täuschen wollen, und der Zweck der Party – nämlich Graysons Ansehen zu steigern – wäre eindeutig verfehlt. Ich würde Grayson fragen, ob ich eine letzte Nacht in meinem kleinen Gartenhaus verbringen dürfte, und dann Walter bitten, mich zu der Pension zu fahren, um meinen Wagen abzuholen, bevor ich endgültig verschwand. Mein Herz zog sich zusammen, und ich wischte eine Träne fort, bevor sie über meine Wange lief. Ich hatte in der letzten Woche bereits oft genug geweint und gerade weder Zeit für Tränen, noch war ich bereit, mein aufwendiges Make-up vorzeitig zu ruinieren. Also straffte ich die Schultern und schlüpfte in meine Schuhe, als mir das Klingeln meines Handys zeigte, dass mein Taxi angekommen war.

Ich trat noch einmal vor den Spiegel, griff nach meinem Koffer und verließ den Raum. In der Küche links der Haustür hörte ich die Angestellten, die das Abendessen machten, aber der Empfangsbereich war menschenleer. Ich hatte meine Rechnung schon bezahlt und würde die Betreiber der Pension auf Graysons Party sehen.

Das Taxi wartete am Fuß der Treppe und der Fahrer riss die Augen auf, als er mich kommen sah. »Wow, Sie sehen fantastisch aus.« Er nahm mir meinen Koffer ab und öffnete die Wagentür, wobei er seinen Blick an mir herunterwandern ließ.

»Danke.« Lächelnd stieg ich ein, raffte die langen Rüschenröcke meines Kleids und ordnete sie so, dass ich nicht vollkommen darin versank. Vor allem dieses Kleids wegen fuhr ich nicht selbst. Der Reifrock aus schwarzem Tüll und dunkelgrüner Seide war so ausladend, dass ich damit niemals hinter das Lenkrad meines Kleinwagens gepasst hätte. Das Oberteil war trägerlos und bestand aus einem Korsett, das meine Taille winzig wirken ließ. Dazu trug ich lange Handschuhe aus schwarzer Seide sowie eine schwarze Kette unter einem breitkrempigen Hexenhut, und meine offenen Haare sahen dank des Lockenstabs, den ich benutzt hatte, noch wilder als gewöhnlich aus. Ich hatte meine Lippen leuchtend rot geschminkt und eine schwarze Halbmaske vor meinen schwarz gerahmten Augen, die sie wie die Augen einer Katze wirken ließ.

Ich hatte über eine ganze Reihe von Kostümen nachgedacht, aber am Ende hatte sich nur dieses richtig angefühlt. Ich würde Grayson so verlassen, wie ich ihm zum ersten Mal begegnet war. Als seine kleine Hexe. Nein, schoss es mir traurig durch den Kopf. Nicht als *seine* Hexe. Ich hatte ihm niemals gehört.

Verzweifelt dachte ich daran, dass dies mein letzter Abend auf dem Weingut wäre. Vielleicht war diese Aufmachung ja eine jämmerliche Art, mir selber einzugestehen, was ich für ihn empfand. Ich wollte, dass er mich so akzeptierte, wie ich war. Als Mensch. Doch Grayson wollte einzig meinen Körper und sonst nichts. *Was bist du doch für eine Närrin, Kira, was für eine dumme, hoffnungslose Närrin,* schalt ich mich. Ich würde ihm niemals genügen, und genauso hatte ich auch meinem Vater und selbst Cooper nie genügt. Ich müsste mich damit zufriedengeben, mir auf Dauer *selber* zu genügen, wenn ich in den Augen aller anderen unzulänglich war.

Viel zu schnell waren wir da, und ich atmete tief durch. Nur gut, dass Handschuhe zu dem Kostüm gehörten, denn vor Aufregung waren meine Hände kalt und feucht.

Das Taxi hielt, der Fahrer öffnete die Tür, und als er mir beim Aussteigen behilflich war, verschlug es mir den Atem, während mein Herz in meine Magengrube sank und nur langsam wieder den gewohnten Platz einnahm.

Der Brunnen war gefüllt, und leise plätschernd ergoss sich das leuchtend blaue Wasser über die verschiedenen Stufen in das Becken und bildete dort einen warm schimmernden See. Das Haus war hell erleuchtet, und die Violett- und Rosatöne, die den abendlichen Himmel überzogen, kontrastierten mit dem goldenen Licht, das durch die Fenster fiel. Das Efeu war zurückgeschnitten, und die Kästen, die an den Balkongeländern hingen, waren mit weißen, hängenden Petunien und üppigem Grün bepflanzt. Der süße Duft von Rosen und, wie ich inzwischen wusste, Weißdornblüten erfüllte die milde Brise, die die Blätter der gestutzten Büsche rascheln ließ. Langsam drehte ich mich einmal um mich selbst und sog alles in mich auf. Das magische Ambiente der Umgebung wurde durch die Lichterketten in den Bäumen links und rechts der Einfahrt noch verstärkt. Die Schönheit und die Eleganz des Hauses und des Gartens zogen mich in ihren Bann. Ich kam mir vor, als wäre ich in eine Märchenwelt versetzt.

Und wünschte mir, in diesem Märchen wäre ich statt einer Hexe die Prinzessin, die von ihrem Prinzen auf den Hofball eingeladen worden war.

Ich atmete tief durch, straffte meine Schultern, nickte meinem Fahrer zu, und er drückte mir ebenfalls mit einem Nicken meinen Koffer in die Hand.

Bisher standen in der Einfahrt nur der Van des Partyservice und die Wagen der Musiker, die ich für Graysons Party angeheuert hatte, also war ich rechtzeitig gekommen, um die ersten Gäste in Empfang zu nehmen, wie es meine Aufgabe als Gastgeberin war. Dabei würde ich an Graysons Seite stehen, und kurz stieg nackte Panik in mir auf. Ich atmete noch mal tief durch, reckte das Kinn, sandte ein Stoßgebet an meine Großmutter, mir beizustehen, und versuchte mich zu entspannen.

Dies ist der letzte Akt – den stehst du auch noch durch.

Ich nickte den beiden Männern zu, die in schwarzen Hosen, weißen Hemden sowie roten Westen darauf warteten, die Wagen unserer Gäste auf dem Hof zu parken, und sie nickten kurz zurück. Dann drückte ich den Klingelknopf, obwohl ich mich daran gewöhnt hatte, einfach ins Haus zu gehen, nachdem ich Graysons Frau geworden war.

Als Walter an die Tür kam, riss er überrascht die Augen auf, und ich blinzelte, als ich die Fältchen rund um seine Augenwinkel sah. Hatte er mich tatsächlich gerade mit einem halben Lächeln angesehen? Grinsend gab ich ihm die Hand, und er nickte mir höflich zu. »Mrs Hawthorn.«

»Walter …«, sagte ich, doch ehe ich ihn wie schon hundertmal zuvor bitten konnte, mich bei meinem Vornamen zu nennen, fiel mein Blick auf das Foyer und den dahinter liegenden Salon. Ich stellte meinen Koffer ab, damit ihn Walter irgendwo verstauen konnte, und starrte mit großen Augen auf das schimmernde Parkett, die glitzernden Kronleuchter und die leuchtenden Prismen, die das letzte Tageslicht, das durch die Fenster fiel, über die Wände wandern ließ. Überall im Raum waren hohe Vasen voller Rosen und Lilien verteilt, deren berauschend süßer Duft mich beinah schwindlig werden ließ. In einer Ecke hatte sich das kleine Streichquartett positioniert, und gegenüber befand sich eine gut bestückte Bar. Die Möbel waren auf eine Weise arrangiert, dass es zwar viele Sitzgelegenheiten, aber gleichzeitig genügend Raum für wechselnde Gespräche und zum Tanzen gab.

Ich trat ans Fenster und sah auf den Pool, der sorgfältig gereinigt worden war. Später am Abend würde eine kleine Band dort spielen, und für die, die keine Lust hatten zu tanzen, waren kleine Tische mit jeweils zwei Stühlen aufgestellt. Die romantische Atmosphäre wurde durch überall auf der Terrasse verteilte große, weiße Kerzen noch verstärkt.

Langsam drehte ich mich wieder um, und in meinem Inneren stiegen Freude, aber gleichzeitig auch Trauer auf. Ich liebte diesen Ort von ganzem Herzen, aber trotzdem würde ich bald fortgehen und ihn niemals wiedersehen. Ich senkte unglücklich den Kopf, und vor Verzweiflung wurden mir die Knie schwach.

Plötzlich spürte ich einen Blick auf mir ruhen und sah auf. Gray stand in der Tür des Raums, und als ein Grinsen über seine sinnlich vollen Lippen huschte, atmete ich zischend ein.

Ich bemerkte sein Kostüm, und Freude durchfuhr mich. Lachend schlug ich mir die Hände vor den Mund. Er machte einen Schritt in meine Richtung, und erleichtert, voller Hoffnung, glücklich, überrascht und gleichzeitig auch traurig trat ich auf ihn zu. *Hatte er dieses Kostüm tatsächlich mir zuliebe ausgewählt?*

Er trug einen schwarzen Smoking sowie eine schwarze Halbmaske mit leuchtend blauen und grünen Drachenschuppen rund um seine Augen und an den Seiten seines Kopfs. Oben an der Maske waren kleine Hörner, und in Höhe seiner Nase waren rote und orangefarbene Fäden angebracht, als würde er bei jedem seiner Atemzüge Feuer speien.

Er kam als Drache auf das Fest.

Er blieb stehen und wandte mir den Rücken zu, damit ich auch die schwarzen Flügel mit den blauen und grünen Schuppen sah. Dann drehte er sich grinsend wieder um, wir eilten aufeinander zu und blieben mitten im Salon dicht voreinander stehen.

Wir sahen uns schweigend an, doch schließlich sagte er mit rauer Stimme: »Hallo, kleine Hexe«, und ich hätte schwören können, dass ich durch die Augenlöcher seiner Maske schmerzliches Verlangen sah. »Du siehst bezaubernd aus.«

»Hallo, Drache«, stieß ich tonlos aus, denn mir wirbelten unzählige Fragen durch den Kopf. Er lächelte mich an, und mein verräterisches Herz schlug wild in meiner Brust. »Du auch. Ich kann einfach nicht glauben, dass du das getan hast.« Grinsend wies ich auf die Maske, die er trug.

»O doch«, versicherte er mir, und plötzlich wurde seine Miene ernst. »Ich habe dich vermisst.«

»Ach ja?«

Wir machten beide einen Schritt nach vorn.

»Gott, ja. Kira, diese Woche … es gibt so viel, was ich dir erzählen, über das ich mit dir reden muss.«

»Ja?« In meinem Inneren regte sich neue Hoffnung.

»Ja.«

Ich senkte meinen Blick. »Du hast mich nicht mal angerufen.« Ich versuchte mir nicht anmerken zu lassen, wie verletzt ich deshalb war. »Ich dachte …«

»Charlotte hat versucht herauszufinden, wo du warst.«

Ich blinzelte verwirrt. »Ich wusste nicht, dass sie das in deinem Auftrag getan hat. Warum hast du mich nicht einfach selbst gefragt?«

»Ich dachte, nachdem … na ja, ich wollte es dir lieber zeigen, deshalb dachte ich, dass es das Beste ist, zu warten, bis du heute Abend kommst.« Wieder hatte seine Stimme einen rauen Klang. »Ich musste dir dabei in die Augen sehen. Kira …«

»Ich …«

»Kira!«, hörte ich eine vertraute, melodiöse Stimme, und als gute Fee verkleidet stürzte Charlotte auf mich zu. Lachend wandte ich mich zu ihr um, und sie nahm mich behutsam in den Arm. »Vorsicht, sonst zerdrücke ich dein schönes Kleid. Lass mich dich erst mal ansehen.« Sie drehte mich nach links und rechts. »Perfekt, einfach perfekt.«

»Das kann ich nur zurückgeben. Sie sollten dieses Kleid in Zukunft immer tragen«, gab ich gut gelaunt zurück, und ihre Miene wurde sanft.

»Liebes, dir ist doch wohl klar, wie sehr du mir ans Herz gewachsen bist.«

»Ja«, gab ich zurück und schlang ihr abermals die Arme um den Hals. Ich wusste wirklich, dass ihr etwas an mir lag. Egal, aus welchem Grund sie Shane und seine Frau nach

Napa eingeladen hatte – und inzwischen glaubte ich, dass sie mich dadurch nicht hatte vertreiben wollen –, wusste ich, sie hatte es nur gut gemeint, und spürte in der Tiefe meines Herzens, dass sie mir noch immer wohlgesonnen war.

Kurz darauf tauchten Graysons Bruder und Vanessa auf. Vanessa als die schönste Tinker Bell, die ich jemals gesehen hatte, und Shane mit Smoking, einer grünen Maske, einem Hut wie Peter Pan und einem umgeschnallten Schwert. Ich errötete bei der Erinnerung an unser letztes Treffen, aber als die beiden grinsten und Vanessa mich umarmte, atmete ich auf.

Als sie an die Theke gingen, um sich einen Drink zu holen, wandte ich mich Grayson zu und nahm seine entspannte Miene wahr.

»Ihr habt euch vertragen«, stellte ich mit ungläubiger Stimme fest.

Er nickte. »Ja. Wir haben uns ausgesprochen, und ich habe ihnen alles über … uns erzählt. Wie gesagt, es gibt sehr vieles, über das ich mit dir reden muss.«

Ich öffnete den Mund, um etwas zu erwidern, denn ich wollte wissen, was genau er den beiden von uns erzählt hatte, doch die Haustürklingel unterbrach uns.

Das Streichquartett begann »I See The Light« zu spielen, und das Personal des Partyservice tauchte aus der Küche auf und ging mit silbernen Tabletts voll köstlich duftender Horsd'œuvres durch den Raum.

Die nächsten beiden Stunden vergingen zwischen freundlichen Begrüßungen und Plaudereien wie im Flug. Das Fest kam mühelos in Schwung, und die Gäste schienen sich auf dem Hawthornschen Weingut wohlzufühlen und durchaus zu amüsieren.

Die Kostüme waren ausnahmslos fantastisch, auch wenn einige nur wunderschöne Masken über Abendkleidern trugen, während andere von Kopf bis Fuß verkleidet waren. *Ich konnte immer noch nicht glauben, dass Gray tatsächlich als Drache zu dem Fest gekommen war.*

Als ich eine kurze Atempause hatte, nahm ich ein Glas Sekt von einem der Tabletts, trat einen Schritt zurück und bewunderte das Ergebnis unserer harten Arbeit. Unsere Gäste schienen beeindruckt von dem Weingut und dem Fest. Ich hoffte nur, es spräche sich herum, wie einladend Grays Heim und wie gastfreundlich er selber war. Anders, als die Klatschbasen des Orts behauptet hatten, war das Anwesen ganz sicher nicht dem Untergang geweiht. Ganz im Gegenteil, unter Graysons Leitung würde es bestimmt bald nicht nur im alten Glanz erstrahlen, sondern besser laufen als jemals zuvor. Geschichten von erfolgreichen Comebacks waren für gewöhnlich ausnehmend beliebt, und sicher hätte jeder Lust, daran teilzuhaben. *Das war meine große Hoffnung und der Zweck dieser Party.*

Ich blickte mich nach Grayson um und sah, dass er bei einer Gruppe von Gästen stand, darunter Diane Fernsby, die wie alle anderen lachte, als er sie mit irgendeiner Anekdote unterhielt. Er sah auf, bemerkte meinen Blick, schenkte mir ein Lächeln, und ich hielt den Atem an. *Dieses Lächeln wäre noch einmal mein Untergang.*

Dann wurde ich von Harley und von Priscilla abgelenkt, die als Biest und Punkversion der Schönen auftraten. Ich fiel den beiden um den Hals, denn ich freute mich unglaublich, sie zu sehen. Es war wunderbar, dass Harley seine Arbeit auf dem Weingut aufgenommen hatte, denn trotz all der inneren und äußeren Narben, die das Leben ihm geschlagen hatte, war er ein grundanständiger, herzensguter Mensch, und ich war froh, dass Gray mit ihm befreundet war. Ich unterhielt mich mit den beiden, lernte auch Priscilla etwas besser kennen, und dann mischte ich mich abermals unter die Gäste, grüßte Virgil, der als riesengroßer Alladin verkleidet war, plauderte mit José und seiner Frau – die als Wolf und Rotkäppchen erschienen waren – und entschuldigte mich, denn ich wollte auch noch draußen nach dem Rechten sehen.

Die Terrasse war in warmes Kerzenlicht getaucht, ein paar

Gäste schlenderten gemächlich um den Pool, und ihr Gelächter mischte sich mit der beschwingten Melodie der Band. Ich blieb kurz stehen und verfolgte das Geschehen. Bisher hatte ich noch nicht mit Grayson sprechen können, und ich sehnte mich danach, einen ruhigen Moment mit ihm alleine zu haben. Dennoch war ich mit dem bisherigen Verlauf des Abends rundherum zufrieden.

»Dürfte ich um diesen Tanz bitten?«

Ich wirbelte herum, als ich in meinem Rücken einen warmen Körper spürte und der leise Atem eines wunderschönen Drachen meine nackte Schulter streifte. Grinsend nahm er meine Hand. »Ich habe heute Abend noch nicht mit meiner Frau getanzt. Genau genommen noch nie.«

Leise lachend ließ ich mich von ihm auf die Tanzfläche ziehen.

»Ich wusste nicht, dass Drachen tanzen können.«

Gray zog mich in seine Arme, schob den Mund dicht an mein Ohr und flüsterte: »Oh, ja. Die Menschen denken immer, dass wir plump und unbeholfen sind, aber das ist nicht wahr. Auch wenn das praktisch niemand weiß – ein Tanz mit einem Drachen ist wie ein Tanz mit einem Blitz.« Er wirbelte mich im Kreis, und während mir die Haare ums Gesicht flogen, lachte ich vor Freude auf. Grinsend schwenkte er mich in die andere Richtung, und ich fühlte mich, als würde ich von innen heraus strahlen.

Dann verlangsamten wir unser Tempo, und ich überließ mich ganz der Musik und der Bewegung unserer Körper. Ich wollte ihn so viele Dinge fragen, musste hören, wie er die Worte aussprach, die ich glaubte in seinem Blick gelesen zu haben, aber dafür müssten wir alleine sein. In dem Moment dürfte es einzig um uns beide gehen.

Ich war immer noch nervös und versuchte zu verstehen, wie sich die Dinge so schnell hatten ändern können – ich war hergekommen, um ihm heute Abend Lebewohl zu sagen, aber jetzt … war diese leise Hoffnung in mir aufgestiegen, auch wenn ich noch immer fürchtete, es wäre vielleicht alles nur ein Traum.

Als das Lied vorbei war, trat ich langsam einen Schritt zurück, doch es gelang mir nicht, den Blick von Grayson zu lösen, der mit einem nie gekannten Ausdruck in den Augen auf mich heruntersah. Er hob eine Hand, als wolle er sie sanft an meine Wange legen, aber plötzlich hörten wir Applaus, ich sah mich um und stellte fest, dass unsere Gäste einen Kreis um uns gebildet hatten und ihr Beifall unserer Tanzdarbietung galt. Lachend und mit roten Wangen versank ich in einem Knicks, und als Grayson sich verbeugte, sah er ebenfalls etwas verlegen aus.

Eine Frau trat auf uns zu. Sie hinkte leicht und blickte uns mit einem warmen Lächeln an. »Das war wirklich reizend«, sagte sie und reichte mir die Hand. »Ich bin Virgils Mutter, Trudy Potter.«

»Oh. Es freut mich sehr, dass wir uns endlich kennenlernen«, antwortete ich. »Ihr Sohn gehört schließlich zur Familie.«

Mit Tränen in den Augen schüttelte sie Graysons Hand. »Ich möchte Sie nicht aufhalten, aber ich …« Sie atmete tief durch. »Ich wollte Ihnen danken, Mr Hawthorn«, führte sie den Satz mit Flüsterstimme zu Ende.

»Nichts zu danken«, gab er sanft zurück, und mit einem kurzen Nicken drehte sie sich um und tauchte wieder in der Menge ab.

»Ich habe ihm nur einen Job gegeben«, raunte er mir zu.

»Mag sein«, sagte ich. »Aber ich nehme an, dass das für sie nicht selbstverständlich war.«

Als sich unsere Blicke trafen, atmete er leise auf.

Plötzlich trat von irgendwo zu meiner Rechten eine einzelne Person leise applaudierend auf uns zu. Lächelnd drehte ich mich um, und mein Herzschlag setzte aus.

Bis Grayson meine Hand ergriff, hatte mein Vater uns erreicht.

»Hallo, Kira.«

Ich bedachte ihn mit einem argwöhnischen Blick und vergewisserte mich eilig, dass keiner der anderen Gäste in Hörweite war. Mein Vater stand im Schatten, und anscheinend hatte ihn bisher niemand erkannt. Nicht, dass unsere Gäste sich gewundert hätten, meinen Vater hier auf unserem Fest zu sehen, aber ich wollte ganz bestimmt nicht, dass er blieb.

»Was zum Teufel machst du hier?«, fuhr ich ihn an.

»Ich wollte dich in deinem neuen Heim besuchen. Tut mir leid, falls dir das gerade ungelegen kommt. Ich hatte keine Ahnung, dass ich hier in eine Feier platzen würde, aber mir hat einfach nicht gefallen, wie euer Besuch bei mir geendet hat, und ich wollte etwas mehr über den Mann erfahren, den du geheiratet hast.« Plötzlich sah er Grayson an. »Anscheinend hat mir Kira längst nicht alles über Sie erzählt, und natürlich würde jeder Vater unter diesen Umständen Angst um seine Tochter haben.«

»Können wir die Unterhaltung vielleicht irgendwo fortsetzen, wo wir ungestört sind?«, fragte Grayson kalt. »Dies ist wohl kaum der rechte Ort dafür.« Er deutete dorthin, wo die anderen Gäste an ihren Champagnergläsern nippten und sich lachend unterhielten, während gleichzeitig die Band mit ihrem nächsten Stück begann.

Mein Vater sah ihn aus zusammengekniffenen Augen an, doch schließlich nickte er, und Grayson, der noch immer meine Hand hielt, ging voran in Richtung des Büros. Nachdem er hinter uns die Tür geschlossen hatte, stieß er mit kalter Stimme aus: »Ich gebe Ihnen einen guten Rat – tauchen Sie nie wieder einfach so in unserem Zuhause auf.«

»Natürlich werden Sie verstehen, wenn ich mir von einem Mörder keine Ratschläge erteilen lasse«, gab mein Vater mindestens genauso kalt zurück.

Während Grayson ihn mit einem völlig ausdruckslosen Blick bedachte, fragte ich tonlos: »Was willst du überhaupt von uns?« Es war ein zauberhaftes Fest gewesen, bis mein Vater aufgetaucht war, doch jetzt breitete sich erneut Verzweiflung in mir aus.

Er sah zwischen uns beiden hin und her, beäugte unsere Aufmachung, enthielt sich aber eines Kommentars. »Wir beide waren nicht immer einer Meinung«, wandte er sich jetzt an mich. »Aber dass meine Tochter einen Mörder heiratet, kann ich nicht akzeptieren.«

»Nicht«, gab ich zurück. »Du kennst ihn doch überhaupt nicht.« Mit wurde übel, und ich legte eine Hand an meinen Bauch.

»Kira«, mischte Gray sich warnend, aber immer noch mit ausdrucksloser Miene ein. »Es ist nicht nötig, dass du für mich in die Bresche springst. Lass mich bitte kurz allein mit deinem Vater sprechen, ja?«

Ich packte seinen Arm. »Grayson, du weißt nicht, was er …«

»Ich halte das für eine ausgezeichnete Idee«, meinte mein Vater und sah mich mit einem Lächeln an, das mindestens so falsch wie seine Wahlversprechen war.

Grayson blickte mir ins Gesicht. »Keine Sorge, kleine Hexe.« Seine Stimme wurde sanft. »Ich kann selber auf mich aufpassen. Geh bitte einfach wieder auf das Fest.«

Ich blitzte meinen Vater zornig an und wandte mich dann wieder Grayson zu. Mir wurde flau im Magen, und mein Herz zog sich zusammen, denn ich hatte keine Ahnung, wie es zwischen den beiden weitergehen würde, wenn ich nicht mehr mit im Zimmer war.

»Meinetwegen«, gab ich mich geschlagen, da ich keine Ahnung hatte, was ich sonst machen sollte, stapfte aus dem Raum und versuchte das Zittern meiner Hände unter Kontrolle zu bekommen, indem ich sie zu Fäusten ballte.

Im goldenen Licht des Mondes hockte ich auf der Bank neben dem Labyrinth, auf der ich auch mit Shane gesessen hatte, und es kam mir vor, als wäre mein Gespräch mit ihm nicht eine Woche, sondern ewig her. Ich zog meine Glacéhandschuhe aus, zerrte die Nadeln aus dem Hut, legte ihn neben mich und strich mir mit den Fingern durch die Haare.

Seit ich das Büro verlassen hatte, schwirrten mir zahlreiche Ängste durch den Kopf. Die Vorstellung, dass Gray allein mit meinem Vater sprach, versetzte mich in Panik. Weswegen war mein Vater hier, und was zum Teufel könnte er von Grayson wollen? Was wusste er genau? Es hatte nicht geklungen, als ob er sich an Gray erinnern könnte … dabei hatte er sich, wie es aussah, eingehend mit ihm befasst. Würde er jetzt wieder versuchen, die Kontrolle zu übernehmen? Wäre ich denn niemals frei von ihm?

Als ich Schritte hinter mir hörte, stand ich auf und sah Gray den Weg herunterkommen. Er hatte seine Maske abgenommen, und ängstlich schnappte ich nach Luft.

»Was ist passiert?«

Er blickte mich mit einem schmalen Lächeln an.

»Dein Vater hat mir jede Menge Geld dafür geboten, dass ich dich verlasse. Deutlich mehr, als deine Großmutter dir hinterlassen hat.«

Als der Kloß aus meinem Hals in meinen Magen rutschte, wandte ich mich ab und schlang mir die Arme um den Bauch. Nun, die gute Nachricht war, dass mein Vater offensichtlich glaubte, unsere Ehe wäre echt.

»Ist er wieder weg?«

»Ja.«

»Du solltest das Geld nehmen«, sagte ich. »Schließlich werden wir ja sowieso nicht zusammenbleiben, und er braucht ja nicht zu wissen, dass die Scheidung von Beginn an geplant war.« Ich hoffte, dass ich möglichst ehrlich klänge und meine raue Stimme nicht verriet, wie ich in Wirklichkeit empfand.

»Du zitterst«, stellte Grayson fest.

»Ach ja?« Ich fuhr mit den Händen über meine Arme. »Nun, ich nehme an, hier draußen ist es etwas frisch …«

Entschlossen schob er meine Hände fort und legte seine eigenen auf meine nackten Arme. Sie waren herrlich warm und fühlten sich auf meiner Haut fest und bestärkend an. »Kira«, raunte er mir zu. »Du brauchst dir wegen deines Vaters keine Sorgen mehr zu machen, denn jetzt hast du mich. Ich bin dein Mann, und deshalb ist es *mein* Job, für dich da zu sein. Ich will sein Geld nicht, und das habe ich ihm auch gesagt. Genauso wenig will ich dich verlassen. Ich hatte gehofft, das wäre dir seit heute Abend klar.«

»Du … du willst mich nicht verlassen?« Nur mit Mühe fand ich meine Stimme wieder, wandte mich ihm zu und sah ihn fragend an.

Er schob mir eine Strähne meines Haars aus der Stirn. »Nein, das will ich nicht. Mir ist klar, dass es vielleicht ein bisschen schwierig ist, mich ernst zu nehmen, während ich als Drache vor dir stehe, aber …«

Leise lachend widersprach ich ihm: »Genau deswegen nehme ich dich ernst.«

Er lächelte mich an. »Gut, denn ich hatte gehofft … nun, ich hatte gehofft, wir könnten dieser Ehe eine Chance geben, wenn du einverstanden wärst, mich als echten Freund, als Geliebten und vor allem als Ehemann zu sehen.« Seine hoffnungsvollen Züge und die dunklen Augen verrieten, wie verletzlich Grayson in diesem Augenblick war.

»Du willst eine echte Ehe mit mir führen?«, stieß ich mit atemloser Stimme aus.

»Ja.«

Genau das hatte ich mir so sehr gewünscht und kaum gewagt, darauf zu hoffen, doch noch immer war so vieles zwischen uns nicht vollständig geklärt …

»Und was ist mit Vanessa?«, fragte ich und starrte meine Füße an.

»Ich habe sie schon damals nicht geliebt«, räumte er ein. »Oder, falls doch, war es zumindest nicht die Art von Liebe, die man für eine Beziehung braucht. Das ist mir inzwischen klar. Vanessa war von Anfang an für Shane bestimmt. Das weiß ich, seit ich weiß, wie es sich anfühlt, wenn jemand für einen bestimmt ist. So wie du für mich.«

»Gray.« Ich schmiegte mein Gesicht in seine Hand, als er sie hob und an meine Wange legte.

»Wir haben uns diese Woche ausgesprochen. Vanessa und ich hätten niemals geheiratet. Wir waren einfach Freunde, weiter nichts. Und, Kira, wir hatten niemals Sex. Ich … wusste, nun, ich wusste einfach, dass ich sie nicht liebe und dass sie mich ebenfalls nicht liebt.«

Ich atmete erleichtert auf, denn diese Worte gaben mir ein Gefühl des Friedens.

Grayson lächelte mich zärtlich an. »Ich habe ihnen auch von uns erzählt – habe gesagt, dass ich dich darum bitten würde, mir eine Chance zu geben. Seit unserer Unterhaltung kommt es mir so vor, als wäre eine Riesenlast von meinen Schultern gefallen, und vor allem habe ich jetzt endlich wieder einen Bruder.«

Ich studierte sein Gesicht und nahm auch in seinen Augen einen Ausdruck echten Friedens wahr.

»Das mit dem Ring tut mir leid. Ich …« Er spitzte seine Lippen und fuhr zögernd fort: »Ich wollte dir nicht wehtun. Ich habe in dem Augenblick einfach nicht nachgedacht, und als ich auf den Ring stieß, dachte ich, dass er als Requisite reicht. Es tut mir leid, dass er in dem Moment nichts anderes für mich war. Wenn ich jetzt ein Schmuckstück für dich wählen würde, würde ich etwas völlig anderes nehmen … vielleicht etwas mit Smaragden, das zum Grün deiner Augen passt«, fuhr er mit rauer Flüsterstimme fort. »Etwas so Farbloses wie Diamanten und Opale passt ganz einfach nicht zu dir.«

Ich hatte das Gefühl zu träumen, doch ich hatte eine ganze

Woche damit zugebracht, mir diese Sache auszureden, voller Angst, zurückgewiesen zu werden. »Glaubst du, dass es funktionieren kann? Irgendwie haben wir das Pferd von hinten aufgezäumt, schließlich bin ich längst schon deine Frau.«

Er lachte leise auf. »O ja, das bist du. Du bist meine zauberhafte Frau.« Er sah mir ins Gesicht, und seine plötzlich ernste Miene drückte schmerzliches Verlangen aus. »Bitte sag, dass du mich auch willst, Kira«, flehte er mich an.

Mein Herz fing an zu rasen. Diese Frage hatte er mir schon zweimal gestellt. Beim ersten Mal hatte ich vor Verwirrung und Verletztheit Nein gesagt, beim zweiten Mal dann Ja, war aber sofort danach abgehauen. Doch jetzt sah ich ihm deutlich an, wie wichtig meine Antwort für ihn war. Außer von Charlotte und Walter, die immer für ihn da gewesen waren, hatte er sich nie wirklich erwünscht gefühlt. Sein Bruder hatte ihn gebraucht, aber alle anderen Menschen, die in seinem Leben hätten eine Rolle spielen sollen, hatten ihn zurückgewiesen. Doch ich wollte ihn und wollte, dass er wusste, dass auch er es wert war, geliebt zu werden. Aber wäre ich bereit, ihm nochmals zu vertrauen? Und wäre er bereit, mir sein Vertrauen zu schenken, nachdem ich vor einer Woche einfach abgehauen war?

»Ja, ich will dich, Grayson. Nur ... haben wir uns bisher so vieles voneinander nicht erzählt.«

»Ich weiß alles, was ich wissen muss, und den Rest werden wir später noch erfahren.«

Als ich lächelte, ergriff er meine Hand, und zusammen schlenderten wir den Weg vor dem Irrgarten entlang, während die milde Brise die Geräusche der Party zu uns in den Garten trug. »Wie ist dein zweiter Vorname?«, erkundigte er sich.

Ich lachte leise auf. »Isabelle, nach meiner Großmutter. Und deiner?«

»Ich habe keinen zweiten Vornamen.«

Ich wandte mich ihm zu. »Du hast keinen zweiten Vornamen? Es ist nicht richtig, dass jemand nur einen Namen hat.«

Er zuckte mit den Achseln, und ein sanftes, verletzliches Lächeln huschte über sein Gesicht. »Nein, wahrscheinlich nicht.«

Ich sog seinen Anblick in mich auf. Während wir im Licht der Sterne in dem dunklen Garten standen, konnte ich ihn deutlich sehen. Nicht nur seine maskuline Schönheit, sondern auch seine Intelligenz, seine Loyalität, seinen Beschützerinstinkt, seinen Witz und seine Sensibilität – all die Dinge, die er kaum jemanden sehen ließ. Und plötzlich rief das Wissen, dass ich seine Frau war, ein Gefühl der Ehrfurcht in mir wach. Dieser wunderbare Mann hatte mich gewählt. Ich wollte ihn lieben, heilen und seine düsteren Erinnerungen in Licht verwandeln. Wollte seiner würdig sein und sehnte mich danach, dass er mich liebte wie ich ihn.

»Wie bist du dir über deine Gefühle klar geworden?«, fragte ich und sah ihn, plötzlich schüchtern, unter halb gesenkten Lidern hervor an.

»Charlotte hat mir geholfen«, gab er lächelnd zu. »Sie hat mich ermutigt, loszulassen.«

»Ah, das war ein wirklich guter Tipp.«

»Und du? Wusstest du schon vor dem Fest, was du für mich empfindest?«

»Ich glaube, das ist mir bereits seit einer ganzen Weile klar.«

»Ach ja?« Seine erfreute Miene sagte alles, was dazu zu sagen war.

Am Eingang des Labyrinths blieben wir stehen, und ich wandte mich ihm zu.

»Da wären wir«, erklärte ich mit leiser Stimme.

»Ja«, stimmte er zu und lenkte seinen Blick zurück auf mich. »Da wären wir.«

Er trat auf mich zu, zog mich an seine Brust und wisperte

an meinen Lippen: »Du gibst mir Frieden, kleine Hexe, auch wenn du zugleich mein Blut zum Kochen bringst.«

Ich lächelte an seinem Mund, glitt mit meinen Händen über seine Brust und spürte seinem starken Herzschlag nach. »Aber hast du auch Vertrauen zu mir?«

»Ob ich Vertrauen zu dir habe?« Zwischen seinen dunklen Brauen zeichnete sich eine steile Falte ab.

Ich tauchte unter seinem Arm hindurch, und er wirbelte zu mir herum. »Such mich, Grayson«, bat ich ihn und rannte in das Labyrinth.

»Kira«, rief er, wobei ihm die Panik deutlich anzuhören war. »Was tust du da?«

»Ich helfe dir, ganz loszulassen«, rief ich über meine Schulter, während ich mit schnellen Schritten um die erste Ecke bog, und als er mir zögernd folgte, fügte ich hinzu: »Wenn du mich findest, gehöre ich dir.«

»Kira«, rief er warnend. »Ich kenne diesen Irrgarten in- und auswendig, du kannst dich hier nicht vor mir verstecken.«

Das hatte ich bereits gewusst.

Erschaudernd wagte ich mich tiefer in das Labyrinth. »Ach wirklich, Drache? Nun, das werden wir ja sehen. Ich warte.« Ich war bereits hoffnungslos verloren, doch neben einem Hauch von Angst empfand ich Mitgefühl für den kleinen Jungen, der vor all den Jahren ganz allein in diesem Irrgarten zurückgelassen worden war. Und gespannte Erwartung auf den Moment, in dem mich Grayson fände und mir zeigte, dass ich, anders als er selber damals, nicht alleine war. Die ungestutzten Büsche waren meterhoch, und während ich – die Reifen meines Rocks dicht an meinen Körper gepresst, die lange Schleppe auf dem Boden hinter mir herziehend – daran vorüberlief, kam es mir vor, als streckten sie die Zweige nach mir aus. Abgesehen vom Licht des Mondes und der Sterne und der Helligkeit, die durch die Fenster des Hauses fiel, umgab mich nur tiefe Finsternis.

Er war verstummt, aber ich konnte hören, wie er zielstrebig über das Unkraut und herabgefallene Zweige geradewegs in meine Richtung kam, als wüsste er genau, wohin ich lief.

Ich bog um die nächste Ecke, traf auf einen halb verfallenen Brunnen, der anscheinend den Mittelpunkt des Irrgartens markierte, setzte mich auf eine Steinbank und wartete ab, bis Gray mich fand.

Ich verdrängte die Musik und die Stimmen in der Ferne und lauschte mit wild klopfendem Herzen darauf, wie er immer näher kam.

»Wo bist du, kleine Hexe?«, fragte er.

Ich konnte deutlich hören, dass er genau wusste, wo ich steckte, was mein Herz noch schneller schlagen ließ.

Dann bog er um die letzte Ecke, und ich hielt den Atem an. Im Licht der Sterne lenkte er den Blick direkt auf mich, und langsam stand ich auf. Als er näher kommen wollte, hob ich abwehrend die Hand. Ich wollte die Gelegenheit haben, ihm entgegenzugehen, denn plötzlich hatte ich begriffen, dass man sich zwar mitunter in der Mitte treffen musste, dass es aber manchmal auch nötig war und ein Zeichen der Liebe, auf den anderen zuzugehen.

Er verfolgte reglos, wie ich auf ihn zutrat, und in dem Moment wurde mir klar, dass ich bei unserem ersten Treffen vor der Bank der romantisch-mädchenhaften *Vorstellung* von ihm verfallen war. Doch jetzt, im Zentrum dieses dunklen Labyrinths – in dem er einst verloren, verängstigt und allein gewesen war –, verliebte ich mich in den Menschen, der er war. Verliebte ich mich hoffnungslos in meinen Ehemann.

Ich drückte zärtlich seine Hand, die fest und warm in der meinen lag.

20 Grayson

Ich drehte eilig eine letzte Runde auf dem Fest, plauderte noch kurz mit ein paar Leuten und wünschte den bereits im Aufbruch begriffenen Gästen eine gute Nacht. Als ich Charlotte bei Josés Familie stehen sah, nickte ich der Gruppe lächelnd zu, fragte, ob ich Charlotte kurz entführen dürfte, und als sie mir folgte, sagte ich: »Es tut mir leid, Charlotte, aber ich gehe jetzt ins Bett. Würdest du die Gäste wohl ermutigen, das Essen, die Musik und die Getränke weiter zu genießen und Kira und mich entschuldigen, falls irgendjemand nach uns fragt?« *Denn meine Frau erwartete mich schon in unserem Schlafzimmer.*

»Euch entschuldigen?«, fragte mich Charlotte überrascht. »Bist du sicher? Es ist …«

»Ja, Charlotte, ich bin mir völlig sicher.« Ich zwinkerte ihr zu, wandte mich zum Gehen, bevor sie noch etwas sagen konnte, und lief vorbei an ein paar letzten ins Gespräch vertieften Gästen zur Treppe.

Ich nahm zwei oder vielleicht auch drei Stufen auf einmal, öffnete die Tür zu meinem Schlafzimmer und sah, dass Kira an dem kleinen Schreibtisch saß. Sie war in ein Handtuch gewickelt, bürstete ihr Haar, und als ich die Tür verschloss, sah sie sich um und lächelte mich zärtlich an. Sie hatte sich inzwischen abgeschminkt, und mit ihrem offenen Haar, das weich und lang auf ihren Rücken fiel, sah sie bezaubernd unschuldig und etwas schüchtern aus. Eilig stand sie auf, kam hinter dem Stuhl hervor und blickte mir entgegen.

»Hallo, kleine Hexe«, murmelte ich, als ich vor sie trat.

»Hallo, Drache«, hauchte sie und griff nach der Fliege, die ich trug. Offensichtlich konnte sie kaum erwarten, mich aus dem Kostüm zu schälen, doch ihre Hände zitterten, und als ich ihr helfen wollte, lachte sie verschämt. »Ich fühle mich wie eine frisch vermählte junge Braut«, erklärte sie humorvoll, sah mich aber gleichzeitig ein wenig ängstlich aus weit aufgerissenen Augen an.

»Das bist du doch auch.« *Sie war tatsächlich meine Braut.* Plötzlich fühlte auch ich selbst mich unsicher und nervös. Ich hatte das Gefühl, als gäbe es in diesem Zimmer, im gesamten Haus und überhaupt nur noch uns zwei.

Ich ließ meine Hände wieder sinken, und sie nestelte alleine weiter an der Fliege, warf sie schließlich achtlos auf den Boden, schob die zwei obersten Knöpfe meines Hemdes auf und küsste meinen nackten Hals. Während mir der Atem unter der Berührung ihrer weichen, warmen Lippen stockte, glitt sie sanft mit ihrer Zunge über meine Haut, küsste sie erneut, zog ihren Kopf zurück und machte auch die anderen Knöpfe meines Hemdes auf.

Ich sah ihr ins Gesicht, doch sie war ganz auf ihre Arbeit konzentriert. *Dies ist meine Frau, sie gehört mir, mir allein,* ging es mir durch den Kopf, während ich meinen Blick von ihren dichten Wimpernkränzen über das winzige Muttermal an ihrer rechten Schläfe und den leicht offenen Mund mit der herrlich vollen Unterlippe bis zu der Stelle an ihrer Wange wandern ließ, an der ich, wenn sie lächelte, das kleine Grübchen sah.

»Wie wunderschön du bist«, stieß ich mit ehrfürchtiger Stimme aus.

Verwundert sah sie mich aus ihren großen Augen an, die grün waren wie die sanft wogenden Hügel eines Märchenlands, das hinter weißen Nebelschwaden lag. Es war, als würde sie ein helles Licht verströmen. Niemals wieder würde ich das Labyrinth ansehen, ohne daran zu denken, wie sie dort mit ausgestreckter Hand und einem Ausdruck voller Liebe im Mondlicht auf mich zugekommen war.

Sie streifte mir die Smokingjacke von den Schultern, tat dasselbe mit meinem inzwischen aufgeknöpften Hemd und zog mit ihren Händen die Konturen meiner Oberarme nach. »Du bist selber wunderschön.« Sie sah mir ins Gesicht, wickelte sich aus dem Frotteetuch und ließ es auf den Boden fallen.

Beim Anblick ihrer wunderbaren Rundungen holte ich zischend Luft, nahm ihr Gesicht in meine Hände und presste ihr stöhnend die Lippen auf den Mund. Mein Schwanz pulsierte vor Verlangen, während ich an ihrer Unterlippe saugte, aus meinen Schuhen stieg und meinen Gürtel aufzerrte. Hastig knöpfte ich meine Hose auf, ließ sie zusammen mit den Boxershorts zu Boden gleiten und zerrte mir die Socken von den Füßen. Als ich endlich ebenfalls völlig nackt vor ihr stand, ließ sie den Blick an mir hinunterwandern, bis er auf meinem steifen Glied ruhte, errötete und sah mich fragend an. »Darf ich dich berühren?«

»Ja, Gott, ja«, presste ich mit erstickter Stimme hervor. »Ich gehöre dir. Du kannst mit mir machen, was du willst.« Ich hatte jahrelang darauf gewartet, dass sie mich berühren würde. Jahrzehntelang, Jahrhunderte, seit Anbeginn der Zeit.

Sie streckte ihre Hand nach mir aus, und stöhnend zwang ich mich, vollkommen still zu stehen, während sie mich erforschte, aber als sie meinen Schwanz mit ihrer Hand umfasste und von seiner Wurzel bis zur Spitze glitt, um sie mit dem Daumen zu liebkosen, atmete ich keuchend aus. Denn, Gott, Kiras Berührungen raubten mir den Atem.

»Kira«, stöhnte ich und zog, um nicht sofort zu kommen, ihre Hand zurück.

Sie starrte auf unsere verschränkten Hände, und als sie sichtlich schluckte, legte ich den Daumen sanft an ihre Kehle, um auch noch ihrer kleinsten Regung nachzuspüren. Langsam glitt ich mit dem Daumen über ihren Hals, umfasste ihren Kopf und kostete nochmals ihren Mund. Sie schmiegte ihren weichen Körper eng an meinen harten Leib, und die Berührung ihrer seidigen Haut ließ mich erschaudern, weil ich spürte, dass sie sich mir vollständig ergab. Ich lehnte meinen Kopf zurück und sah ihr ins Gesicht. Ich musste einfach wissen, ob ihr das hier so viel bedeutete wie mir. Hatte sie so etwas schon mal erlebt? Oder war es auch für sie vollkommen neu? Ich wusste nicht, mit welchen Worten ich ihr diese Fragen hätte stellen sollen, deshalb suchte ich die Antworten in ihrem Blick. Und wieder zogen ihre Augen mich in ihren Bann, bevor sie ihre Lider senkte, meine Hand ergriff und mich bis zum Rand des Bettes zog.

Sie legte sich auf die Matratze, und ich schob mich über sie, stützte mich auf einem Knie ab, während ich mit dem anderen ihre Schenkel auseinanderschob. Dann presste ich meine Erektion gegen die empfindlichste Stelle ihres Körpers, und als sie leise stöhnte, murmelte ich rau: »Da wären wir.« Genau dasselbe hatte Kira bei dem Labyrinth zu mir gesagt, und endlich, *endlich* waren wir hier zusammen. Ich hatte das Gefühl, als ginge es dabei nicht nur um die Wartezeit, die ich hatte ertragen müssen, seit wir uns zum ersten Mal begegnet waren. O nein, auf diesen Augenblick hatte ich nicht erst seit ein paar Monaten gewartet, sondern schon mein Leben lang.

Endlich bist du hier.

Ihre Augen waren glasig, und sie blickte blinzelnd zu mir auf. »Ja«, sagte auch sie. »Da wären wir.«

Sachte bewegte ich meine Hüften, und während wir beide stöhnten, ließ sie ihren Kopf auf die Matratze fallen und vergrub ihre Hände tief in meinem Haar.

Bisher hatte ich im Bett stets eine festgelegte Reihenfolge eingehalten, weil ich wusste, was die Frauen mochten, was ich selber mochte und wie ich es anstellen musste, damit beide Seiten hinlänglich befriedigt waren. Bei Kira aber warf ich das alles einfach über Bord. Ich konnte mich beim besten Willen nicht daran erinnern, wie ich hätte anfangen und was ich dann hätte tun sollen, also musste ich mich ganz meinem Instinkt überlassen. Ich konnte mich nur noch auf meine eigene Erregung konzentrieren und auf die Hitze ihres weichen Körpers, als sie ebenfalls die Hüften hob. Ich fühlte mich so unsicher und unerfahren, als wäre sie die allererste Frau, mit der ich je zusammen war.

Ich hatte auch schon vorher Sex, versicherte ich mir, aber die Worte fühlten sich nicht richtig an, weil ich mir jetzt in nichts mehr sicher war.

Ich neigte meinen Kopf, ließ meine Zunge in ihren Mund gleiten, und mit einem zustimmenden Seufzer nahm sie sie dort in Empfang und umspielte sie mit ihrer eigenen Zunge, während ihre weichen Brüste gegen meinen Oberkörper drängten und sie mir die Hüften entgegenreckte, bis sie dicht an meinem wild pochenden Penis lagen. Knurrend löste ich den Mund von ihren Lippen, glitt an ihrem Hals herab und leckte nacheinander ihre harten Nippel. Dann biss ich wechselweise sanft hinein und linderte den Schmerz mit meiner Zunge, bis sie sich laut keuchend unter mir wand.

»Kira«, stöhnte ich. Ich betete sie an. Jede sanfte Rundung ihres wunderbaren Leibs. Ich drehte sie auf den Bauch, bahnte mir küssend einen Weg von ihrem Hals zu ihrem Steiß, sog ihren Duft in meine Lungen ein, glitt mit meiner Zunge über die unmerklichen Vertiefungen oberhalb ihrer Pobacken hinab in Richtung ihrer Kniekehlen und genauso langsam abermals an ihr hinauf. Ich hatte die Kontrolle über mich verloren und überließ mich ganz den Forderungen meines Körpers. Die Geräusche, die sie ausstieß, machten mich vollkommen rasend vor Verlangen und vor Liebe zu der süßen, verführerischen Hexe unter mir.

»Kira«, wisperte ich abermals, drehte sie entschlossen wieder auf den Rücken, glitt mit meinen Händen über ihren Leib, prägte mir jeden Zentimeter ihres begierig entgegengereckten Körpers ein. Wieder neigte ich den Kopf und küsste sanft die Innenseite ihres Schenkels, während sie mir mit den Händen durch die Haare fuhr.

»Bitte«, keuchte sie, als meine Zunge ihre geschwollene Klitoris fand und daran leckte. Ihr leises Wimmern ließ mich noch härter werden. Ich hielt es nicht länger aus. Ich würde kommen, ohne dass ich in ihr wäre, doch ich sehnte mich verzweifelt danach, in ihr zu versinken und mich tief in ihr zu vergraben. Entschlossen legte ich mich auf sie und presste meine Hüften an sie, auch wenn ich das Pochen meines Schwanzes fast nicht mehr ertrug.

Kira packte meine Schultern, starrte mich verzweifelt an und stieß ein raues »Bitte« aus.

»Ja.« Mehr brachte ich nicht heraus. *Ja, ja, ja.* Ich küsste sie gierig auf den Mund, während sie mit ihren Händen über meine Arme, meine Brust und meinen Rücken glitt. *Was machen wir hier nur?*, schoss es mir durch den Kopf. *Wenn das hier Liebe ist, dann habe ich tatsächlich nie zuvor geliebt. Und wenn es Lust ist, habe ich bisher nur die lauwarme Variante davon erlebt.* Das hier, *Liebe mit der Frau zu machen, die ich liebte,* war, als tanzte ich mit einem Blitz. Ich zog den Kopf für einen kurzen Augenblick zurück, sah ihr in die Augen, als sie wieder meine Schultern packte, und schob mich in sie hinein. Blinzelnd sah sie zu mir auf, und auf ihrem Gesicht zeichnete sich eine wunderbare Mischung aus Verblüffen, Lust und ungeduldigem Verlangen ab.

»Kira«, murmelte ich abermals und drang noch tiefer in sie ein. Ich hatte das Gefühl, als gäbe es für mich inzwischen nur noch dieses eine Wort. Sie war warm und feucht und weich, aber so eng, dass ich nur mit Mühe Einlass fand. Stöhnend und am ganzen Körper zitternd, schob ich mich noch ein Stückchen weiter, und als sie sich mir voll Ungeduld entgegenreckte, huschte trotz des schmerzlichen Verlangens, das ich selbst empfand, ein Lächeln über mein Gesicht.

Himmel, sie ist einfach zauberhaft.

Und sie ist meine Frau.

Mit einem neuerlichen leisen Wimmern schlang sie mir die Beine um die Hüften, und mit einem letzten Stoß drang ich ganz in sie ein. Flatternd fielen ihre Lider zu, und sie stieß einen leisen Seufzer aus. Dann schlug sie ihre Augen wieder auf, und als ich anfing, mich in ihr zu bewegen, blickte sie mir ins Gesicht. Die Intimität dieses Blicks, während wir verschmolzen, war fast mehr, als ich ertrug. Keuchend griff sie die Bewegung meiner Hüften auf, und vor lauter Anstrengung, nicht vorzeitig zu kommen, bekam ich eine Gänsehaut. Gott, es fühlte sich so gut an, dass es fast schon schmerzlich war.

Ich hörte mich undeutlich Worte flüstern, die im Grunde keine echten Worte, sondern eher in Geräusche umgesetzte Emotionen waren – unzusammenhängend, rau, aber ein Spiegel dessen, was ich in dem Augenblick in meinem tiefsten Inneren empfand.

Ihre Hände glitten über meinen Rücken bis zu meinem Hintern, den sie fest umfasste.

»Schneller«, stöhnte sie, und mit vor Erregung aufgestellten Nackenhaaren befolgte ich diesen Befehl und stieß mich keuchend ein ums andere Mal in sie hinein. Ich hatte keine Ahnung, wo ich endete und sie begann. Wieder presste ich ihr meine Lippen auf den Mund, und als sie leise keuchte und ich spürte, dass sich ihre Muskeln unter mir anspannten, hob ich leicht den Kopf, um zuzusehen, wie sie kam. Ich verfolgte voll Verwunderung, wie diese Frau, die mich herausgefordert und mir über Wochen widerstanden hatte, die mich faszinierte, die mich immer wieder auf die Probe stellte und an meine Grenzen brachte, sich mir völlig hingab. Sie war die Personifizierung meiner Träume, meiner Schwächen und zugleich der Mensch, der den Wunsch in mir weckte, stark zu sein. Sie war die Frau, die mir gezeigt hatte, dass ich etwas wert war, erwünscht und wichtig.

»Kira«, stöhnte ich ein letztes Mal, als mich mein Orgasmus überrollte. Dann brach ich über ihr zusammen, legte meinen Kopf an ihren Hals und atmete tief durch, während sie die Hände über meinen Rücken wandern ließ.

Nach ein paar Minuten rollte ich mich neben sie, zog sie an meine Brust und starrte blind den Deckenventilator an. Das, was ich gerade mit ihr erlebt hatte, machte jeden Sex, den ich zuvor gehabt hatte, zu einer reinen Farce.

Ich fühlte mich seltsam verletzlich, so als hätte Kira alle Macht. Ich war mir nicht sicher, was ich davon halten sollte, denn bis dahin hatte stets ich selbst die Kontrolle gehabt, und jetzt …

»Wie fühlst du dich?«, flüsterte sie.

»Wie ein frisch gebackener Ehemann.« Ich lächelte sie an. »Und du?«

Sie legte ihren Kopf zurück und blickte glücklich und zufrieden zu mir auf. »Wie eine frisch gebackene Ehefrau.«

Mit einem neuerlichen Lächeln nahm ich sie noch fester in den Arm.

Sie ließ eine Fingerspitze sanft um einen meiner Nippel kreisen, und ich erschauderte.

Wieder legte sie den Kopf zurück und fragte lächelnd: »Ist es immer so?«

»O nein.« Ich drehte meinen Kopf, damit sie sah, dass ich vollkommen ehrlich war. »Etwas so Wunderbares habe ich noch nie erlebt. Etwas so Wunderbares wie *dich* habe ich noch nie erlebt.«

Sie lächelte mich glücklich und erleichtert an. »Wird es für uns jedes Mal so sein?«

Ich konnte deutlich sehen, wie verletzlich sie noch immer war. Ja, ging es mir durch den Kopf, für uns wird es für alle Zeit so sein, was ihrer Freude, ihrer Leidenschaft und ihrem ganzen wundervollen Wesen zu verdanken war. Doch im Grunde hatte sie wahrscheinlich etwas anderes wissen wollen. Man hatte sie einmal dazu gebracht, sich für ihre Leidenschaft zu schämen. Wieder wogte Eifersucht in meinem Inneren auf, und da ich nicht bereit war, ihren Ex-Verlobten in den Raum zu holen, küsste ich sie lächelnd auf die Stirn und sagte: »Am besten finden wir es raus, oder was meinst du?« Damit rollte ich mich über sie, gab ihr einen harten Kuss und zog ihre Arme über ihren Kopf. Lachend fing sie an, sich unter mir zu winden, und sofort war die Atmosphäre wieder locker und spielerisch.

Ich küsste sie erneut und ließ sie los. »Wir haben kein Kondom benutzt«, erklärte ich und sah sie forschend an. Das war mir noch *nie* passiert, aber diesmal hatte ich es schlicht vergessen. Und auch wenn ich selbst mir seltsamerweise deswegen keine Sorgen machte, wäre es natürlich möglich, dass Kira es tat.

Sie zögerte, denn offensichtlich hatte auch sie selbst bisher nicht einen Augenblick daran gedacht. »Einmal ist bestimmt auch so okay. Aber ich werde mir die Pille holen, dann brauchen wir nicht mehr darüber nachzudenken, ob vielleicht etwas passiert.«

»Okay.« Ich nickte und war überrascht davon, wie unbesorgt ich war. In Zukunft würden wir verhüten, aber schließlich waren wir Mann und Frau und hatten hier ein schönes Heim. Ich glaubte nicht, dass ich bereit für Kinder wäre, und ich hatte bisher nie darüber nachgedacht, aber eine Katastrophe wäre es ganz sicher nicht. Ich hätte meine Frau zwar lieber erst mal eine Zeit lang ganz für mich, aber wenn sie schwanger wäre, kämen wir damit auf alle Fälle zurecht.

»Ein Schluck Wasser?« Ich rieb meine Nase kurz an ihrer Nase, küsste ihren Mundwinkel und sah sie fragend an.

»Ja bitte.«

Als ich aufstand, lehnte sie sich an das Kopfteil meines Betts, und ich sog ihren Anblick in mich auf. Ihre mahagonibraunen Haare waren auf dem Kissen ausgebreitet, ihre grünen Augen halb geschlossen, und mit einem befriedigten Gesichtsausdruck streckte sie ihren wundervollen, nackten

Leib, mit dem ich eben noch vereint gewesen war, genüsslich auf dem Laken aus. Ehe ich vergaß, weshalb ich aufgestanden war, und mich sofort wieder zu ihr legte, lief ich in das angrenzende Bad, und als ich in den Spiegel sah, bemerkte ich zu meiner Überraschung, dass ich grinste wie ein Honigkuchenpferd.

♥

»Wirst du mir davon erzählen?« Kira richtete sich auf und küsste meinen Hals. Wir hatten uns zum zweiten Mal geliebt, und während wir gemütlich in den Kissen lehnten, hatte sie den Kopf auf meine Brust gelegt.

Ich brauchte einen Augenblick, bis ich verstand. »Du meinst, weshalb ich in den Knast gekommen bin?«

Sie nickte, aber ihre Lippen lagen immer noch an meiner Haut, und der Duft ihres Haars, der mir entgegenschlug, rief ein Gefühl des Friedens in mir wach.

Ich seufzte. Ja, natürlich sollte Kira alles von mir wissen, alles, was bisher kein Mensch von mir erfahren hatte, doch es fiel mir schwer, die Dinge auszusprechen, und vor allem war ich es nicht gewohnt.

Ich glitt mit meiner Hand über ihr seidig weiches Haar und wickelte eine dicke Strähne um meine Finger. »Ich war gerade aus New York zurückgekommen, wo ich meine Mutter hatte treffen wollen.«

»Du warst bei deiner Mutter?«, fragte sie mich überrascht.

Ich nickte. »Obwohl der Besuch bereits wieder vorbei war, kaum dass er begonnen hatte. Inzwischen denke ich so gut wie gar nicht mehr an sie. Aber damals, ich … tja nun, ich war mit dem College fertig, und ich dachte, wenn sie sähe, was aus mir geworden ist, würde sie … ich weiß nicht … auf die Knie fallen und mich anflehen, ihr zu verzeihen. Auch wenn das sicher dämlich klingt, hatte ich es mir genauso vorgestellt.« Ich schnaubte leise auf. »Also flog ich nach New York, fuhr zu ihrer Adresse und klingelte ohne Vorwarnung an ihrer Tür.« Schweigend dachte ich daran zurück, wie hoffnungsvoll ich dort im Flur gestanden hatte, als sie an die Tür gekommen war. »Sie war verheiratet und hatte noch zwei Söhne.«

»Sie hat sich doch bestimmt gefreut, als sie dich gesehen hat.«

Ich machte ein Geräusch, das man als Lachen hätte deuten können, auch wenn die Geschichte alles andere als lustig war. »O nein. Sie war total verbittert – warf mir vor, *ich* hätte ihr Leben ruiniert und die tolle Karriere, die sie hätte machen können, zerstört. Sie meinte, sie wäre froh, dass sie mich nicht mehr täglich sehen und dabei daran denken müsste, was noch alles aus ihr hätte werden können, und dann hat sie mir gesagt, dass ich verschwinden soll. Wobei das Schlimmste für mich war, wie sie die beiden anderen Jungen angesehen hat, während ich auf ihrer Schwelle stand. Der Blick hat mir gezeigt, dass sie nicht unfähig ist zu lieben, sondern nur *mich* nicht lieben kann«, erklärte ich in möglichst beiläufigem Ton, konnte dabei aber spüren, wie mir eine leichte Röte in die Wangen stieg. Die Erinnerung an diesen Augenblick hatte sich mir für alle Zeiten schmerzlich eingebrannt.

»Gray.« In Kiras Blick lag eine ganze Welt des Mitgefühls, und als sie eine Hand an meine Wange hob, schmiegte ich mich daran an.

»Danach flog ich zurück nach San Francisco und fuhr dort direkt in eine Bar. Ich brauchte erst mal einen bis zehn Drinks.«

»Du warst verletzt.«

»Ich … ja. Gott, wenn ich doch einfach heimgekommen wäre«, stellte ich mit vor Bedauern rauer Stimme fest, bevor sie ihre Arme um mich schlang.

»Nachdem ich vielleicht eine Stunde in der Bar gesessen

hatte, traf ich auf Brent Riley, Sohn aus reichem Haus, der mir über die Jahre immer wieder mal auf irgendwelchen Partys oder so über den Weg gelaufen war. Seine Familie lebt in einer Stadt knapp eine halbe Stunde von Napa entfernt. Er war mit einer Gruppe von Freunden unterwegs, und da sie seinen Junggesellenabschied feiern wollten, haben sie mich eingeladen, noch mit ihnen um den Block zu ziehen. Wobei Brent und ich nie wirklich miteinander klargekommen sind. Er war ein echter Mistkerl – einer dieser Typen, die nach außen rundherum perfekt und aufrecht wirken, doch in Wahrheit einfach widerliche Egoisten sind.«

Sie nickte zustimmend und stellte trocken fest: »Irgendwoher kenne ich den Typ.«

Ich presste ihr sanft die Lippen auf die Stirn, denn ich wusste, dass ihr bei dem Satz ihr Vater, Cooper oder vielleicht beide durch den Kopf gegangen waren.

»Tja, nun, dann sind wir raus auf diesen Parkplatz, und er meinte, er hätte ein Mädchen aufgerissen und er und die anderen Typen würden sie mit ins Hotel nehmen, um ein bisschen Spaß mit ihr zu haben.« Mit mühsam unterdrücktem Ekel blickte Kira zu mir auf. »Er hat mich gefragt, ob ich dabei sein will, und als er auf einen Wagen zeigte, in dem ein vollkommen benommenes Mädchen auf dem Rücksitz hockte, bin ich durchgedreht.« Ich legte eine kurze Pause ein, doch schließlich gab ich unumwunden zu: »Ich hatte schon den ganzen Abend Streit gesucht, Kira, und ich war froh, dass ich jetzt endlich einen Grund gefunden hatte, auf ihn loszugehen.«

»Das war ein wirklich guter Grund«, flüsterte sie, und ich atmete zischend aus.

»Kann sein. Auf alle Fälle bin ich direkt auf ihn los, aber er hat mir den ersten Stoß versetzt. Das war alles, was ich brauchte. Ich habe mit beiden Fäusten auf ihn eingeschlagen, und obwohl er selber ein paar Treffer landen konnte, hat er überwiegend eingesteckt. Es hat mir Spaß gemacht, ihn zu verdreschen, und dann stolperte er plötzlich und fiel …« Ich legte eine neuerliche Pause ein und dachte mit geschlossenen Augen an den grauenhaften Augenblick zurück. »Und so, wie er aufkam … ich wusste sofort, dass ihm nicht mehr zu helfen war. Die anderen sind abgehauen, und dann kam die Polizei …«

Am liebsten hätte ich mich ganz in ihren mitfühlenden, verständnisvollen Blick versenkt, als böte er mir die Erlösung, die mir bisher stets verwehrt geblieben war.

»Du wolltest ihn nicht töten«, stellte sie mit leiser Stimme fest.

»Nein. Gott, nein. Ich hätte ihn bestimmt nicht töten wollen. Ich wollte ihm nur wehtun, ihm eine Lektion erteilen. An dem Abend habe ich mich gleichzeitig zum Richter und Geschworenen aufgeschwungen, und auch wenn ich das nicht vorhatte, habe ich am Schluss sogar den Henker gespielt.«

Kira glitt mit ihrem Daumen über meine Wange. Wie war es ihr möglich, mich nach allem, was sie erfahren hatte, noch so voller Liebe anzusehen? Doch aus welchem Grund auch immer tat sie es.

»Haben sie das Mädchen je gefunden?«

Ich presste die Lippen aufeinander. »Ja. Sie haben sie gefunden, doch für irgendwelche Drogentests war es schon zu spät. Was heißt, dass sie als Zeugin der Verteidigung nicht zu gebrauchen war.« Ich atmete tief durch. »Wobei meine Verteidigung von vornherein ein Witz gewesen ist. Mein Vater hat sich rundheraus geweigert, einen Anwalt zu bezahlen. Er hat mich einfach meinem Schicksal überlassen«, sagte ich, wobei mir die Verletztheit und Verbitterung noch immer deutlich anzuhören waren. »Ich hatte also einen Pflichtverteidiger, der keinen blassen Schimmer hatte, was er machen sollte, und vor allem derart viele Fälle hatte, dass er völlig überlastet war. Trotzdem war er sicher, dass ich bestenfalls Sozialstunden und schlimmstenfalls sechs Monate Gefängnis aufgebrummt bekommen würde, weshalb ich total geschockt war, als der Richter plötzlich von fünf Jahren sprach. Ich hatte das Gefühl, als ob das das Ende meines Lebens wäre.«

Obwohl sich Kira anspannte, sagte sie nichts, und ich atmete tief durch. »Ich wartete die ganze Zeit darauf, dass mein Vater mich wenigstens ein einziges Mal besuchen würde, doch das hat er nicht getan. Und dann kam plötzlich Shane, um mir zu sagen, dass Vanessa seine Frau geworden war ...« Die Erinnerung an diesen Moment tat mir noch immer weh. Ich war am Boden zerstört gewesen, und ich hatte Shane von der Besuchsliste gestrichen und mich von ihm losgesagt. Und trotzdem hatte er es weiterhin versucht. Hatte während all der Jahre genau wie Vanessa niemals aufgehört zu schreiben oder zu versuchen, mich zu sehen.

Kira hob den Kopf und sah mich an. »Das muss grauenhaft für dich gewesen sein. Du hast wahrscheinlich das Gefühl gehabt, dass dich die ganze Welt im Stich gelassen und verraten hat.«

Ich nickte, denn ich wusste, dass sie mich verstand. »Ohne Harley hätte ich die Jahre im Gefängnis ganz bestimmt nicht überlebt. Weshalb ich irgendwie auch dir mein Leben zu verdanken habe«, sagte ich, und Kira runzelte verständnislos die Stirn.

»Wieso denn das?«

Ich erzählte ihr, was mir Harley anvertraut hatte, und sie stützte ihr Kinn auf meinen Oberkörper und schaute mich mit einem feierlichen Lächeln an. »Vielleicht war ich dann ja in gewisser Hinsicht bei dir im Gefängnis«, stellte sie mit leiser Stimme fest. »Oder klingt das verrückt?«

Ich lachte. »Nein, ich finde, das ergibt durchaus einen Sinn.« Mein Herz klopfte in meiner Brust, als ich auf sie heruntersah. Sie schmiegte ihren süßen, weichen Körper an mich, und zu meiner Überraschung wogte abermals Verlangen in mir auf. Doch nicht nur zwischen meinen Beinen, sondern auch in meinem Herzen, denn ich wollte sie auf jede nur erdenkliche Art.

Ich liebe dich und werde dich bis an mein Lebensende lieben, hätte ich ihr gern gestanden, doch aus lauter Furcht brachte ich keinen Ton heraus. Stattdessen beugte ich mich über sie, legte ihr sanft meine Lippen auf den Mund und ergab mich ihr, soweit es mir möglich war. Zu mehr fehlte mir der Mut.

21 Kira

Wie seltsam es doch war, in meinen Ehemann verliebt zu sein. Seltsam, aber wunderbar. Die meiste Zeit lief ich mit einem verträumten Lächeln durch die Gegend, ich zog in Graysons Zimmer, und wir fingen unsere Beziehung als verheiratetes Paar noch mal ganz von vorne an. Ich hatte das Gefühl zu träumen, denn ich konnte es immer noch nicht glauben.

Wir verabschiedeten Shane und Vanessa und versprachen, sie in ihrem Strandhaus in San Diego zu besuchen, wenn die Herbstlese vorüber war. Wie anders als ihre Ankunft ihre Abfahrt doch war. Ich lächelte bei dem Gedanken und erinnerte mich daran, wie wir beide auf dem Flurboden gelegen hatten und Grayson irrtümlicherweise angenommen hatte, er habe das Wettrutschen gewonnen. Am besten forderte ich bald eine Revanche.

Ich verbrachte einen Großteil meiner Zeit in seinem Arbeitszimmer, zahlte all die Rechnungen, die im Verlauf der letzten Monate bei Grayson eingegangen waren, und arbeitete mich durch die Bücher der vergangenen sechs Jahre, was sehr zeitraubend und alles andere als einfach war. Trotzdem war ich fest entschlossen zu verstehen, weshalb es derart schnell mit diesem Weingut, das inzwischen mein Zuhause war, bergab gegangen war, um die alten Fehler nicht noch einmal zu begehen.

Abends wartete ich ungeduldig darauf, dass auch Gray mit seiner Arbeit fertig würde, weil wir dann zusammen aßen und danach noch auf dem Anwesen spazieren gingen, lachten, redeten, Geheimnisse austauschten und uns kennenlernten, wie es Menschen machten, die erst seit kurzer Zeit zusammen waren. Und genauso war es schließlich auch, nur dass ich mich nicht mehr in ihn verlieben musste, weil das längst geschehen war. Und ich träumte von dem Tag, an dem er sich vielleicht in mich verlieben würde, denn von Liebe hatte er bisher kein Wort gesagt.

Wir gingen früh zu Bett und liebten uns die ganze Nacht. Ich lernte, welche Dinge Grayson vor Verlangen rasend machten und wie ich mit meinem Mund und meinem Körper dafür sorgen konnte, dass er einen Teil der Selbstbeherrschung verlor, die er sonst immer an den Tag legte. Ebenso ließ ich mich meinerseits von ihm erforschen, ausgiebig und lustvoll wie nie zuvor von einem Mann. Und mit jedem Stöhnen, jedem Keuchen, jeder zitternden Liebkosung machte er mir deutlich, dass Coopers Urteil über mich mehr als falsch gewesen war.

Wenn wir in der Stadt zu Abend aßen, kamen dort Leute, die auf unserem Fest gewesen waren, zu uns an den Tisch, und Gray war warm und umgänglich, als fiele jeden Tag ein weiteres Stück der aufgesetzten Kälte von ihm ab. Natürlich traten ihm manche noch immer mit einem gewissen Argwohn gegenüber, aber mit der Zeit würden auch sie erkennen, was für ein großartiger, warmherziger Mensch er war. Ich überlegte bereits, wie wir auch die letzten Skeptiker auf unsere Seite ziehen könnten, und als Grayson das hörte, lachte er nur und meinte, mir fiele da sicher etwas ein.

Eines Morgens, gut zwei Wochen nach der Party, schnappte ich mir Sugie und ging in die Weinberge, um mir die Pflanzen endlich einmal aus der Nähe anzusehen. Der Sommer neigte sich dem Ende zu, und obwohl die Sonne schien, war es schon ziemlich kühl. Bald finge mit der Weinlese die Hauptarbeit hier auf dem Weingut an. Ich atmete den frischen, erdigen Geruch der Luft und den süßen Duft der reifen Trauben ein, und Sugie schnupperte am Boden, weil für eine Hundenase offenkundig andere Gerüche von Interesse waren. Gray hatte gesagt, dass er für die bevorstehende Weinlese gewappnet sei. Inzwischen liefen sämtliche Maschinen, und jetzt müsste er nur noch ein paar Helfer engagieren, weil die Lese mit nur einer Handvoll Leute nicht zu schaffen war.

Ich war überglücklich – unser Plan hatte tatsächlich funktioniert. Dank des Geldes meiner Grandma ging es mit dem Weingut wieder steil bergauf. Trotzdem knabberte ich nachdenklich an meiner Unterlippe und starrte blind die Reben an. Etwas an den Büchern der vergangenen Jahre, die mir Walter überlassen hatte, stimmte nicht. Ich wollte mir nicht einmal selber eingestehen, was ich glaubte, herausgefunden zu haben, doch je länger ich mich mit den Zahlen befasste, umso sicherer war ich mir. Und ich hatte keine Ahnung, was ich tun sollte.

»So nachdenklich siehst du nur selten aus.«

Ich wirbelte herum, schlug mir eine Hand vor den Mund und lachte, als mich Grayson in die Arme zog.

»Wie hast du mich gefunden?«, fragte ich ihn, als er seine Lippen auf meine Kehle presste. »Ich dachte, ich hätte mich gut versteckt.«

»Vor mir kannst du dich nicht verstecken, denn ich nehme immer deine Fährte auf, egal, wo du auch bist.« Wie ein Fährtensuchhund schob er mir die Nase an den Hals und schnupperte daran. Ich quietschte, denn sein Atem kitzelte mich an der Haut, und als er lachte, schob ich ihn entschlossen von mir fort.

»Und das nach all der Mühe, die ich mir gegeben habe, um dich irgendwo alleine zu erwischen, damit ich verruchte Dinge mit dir tun kann.«

Ich lachte ebenfalls und fragte spöttisch: »Hast du das inzwischen nicht schon oft genug getan?«

»Davon kriege ich niemals genug.« Grinsend wandte er

sich ab und bückte sich nach einem Korb, den er auf den Boden gestellt hatte, als er auf mich zugetreten war. Er sah sich suchend um, zog schließlich eine große Flickendecke aus dem Korb und breitete sie auf einem kleinen Fleckchen Gras aus. Dann wandte er sich an den Hund, der in der Nähe schnupperte.

»Lass uns bitte kurz alleine, Sug. Geh Mäuse fangen oder so.« Sugie schnaubte, lief dann aber tiefer in den Weinberg und schenkte dabei den Trauben, wie sie es gelernt hatte, keine Beachtung.

Ich blickte Grayson fragend an. »Was hast du jetzt schon wieder vor?«

Er setzte sich und klopfte auf die freie Stelle neben sich. »Ich habe vor, dir beizubringen, welche Traubensorten es hier alles gibt. Komm her.«

Ich nahm an seiner Seite auf der Decke Platz.

»Als Frau von einem Winzer musst du das wissen, damit du den Leuten, wenn sie danach fragen, eine Antwort geben kannst.«

»Ah.« Ich wollte in den Korb sehen, doch er schlug den Deckel wieder zu.

»Immer mit der Ruhe, kleine Hexe. Erst einmal musst du dich ausziehen.«

Ich zog eine Braue hoch. »Ich muss nackt sein, wenn ich etwas über Trauben lernen will?«

»Auf jeden Fall. Das ist für einen guten Unterricht zwingend erforderlich«, erklärte er, und seine dunklen Augen blitzten voller Hunger auf. Mein Herz machte einen Satz, während sich mein Inneres bei seinem Anblick zusammenzog.

»Es ist ein bisschen kühl, um nackt hier draußen rumzusitzen, findest du nicht auch?«

»Ich werde dich warm halten. Versprochen«, sagte er mir zu.

Lachend kam ich seiner Bitte nach, zog mein langärmliges

T-Shirt und die Schuhe aus, öffnete den Knopf meiner Jeans, legte mich hin und wartete, bis Grayson sie an mir herunterzog. Als ich nur noch in Unterwäsche vor ihm lag, fühlte ich mich plötzlich etwas unsicher. Nie zuvor hatte mich jemand derart eingehend betrachtet, und vor allem nicht im hellen Sonnenlicht.

»Du bist so schön, dass es fast schmerzt.« Seine Lippen glitten federleicht an meinem Hals hinauf in Richtung meines Ohrs. »Ganz am Anfang habe ich mir vorgestellt, wie ich mit dir schlafen würde und dass ich es stets im Hellen tun würde, damit mir nichts von deiner herrlichen Lebendigkeit verborgen bleibt. Dieses wunderschöne, leuchtende Haar.« Er griff nach einer Strähne, ließ sie sanft durch seine Finger gleiten und fuhr fort: »Augen, die so grün sind, dass ich mich am liebsten ganz darin versenken würde …«

»Grayson«, flüsterte ich heiser, und während sich mein Körper, gewärmt von seinem Blick, entspannte, fuhr ich mit den Fingern durch sein dunkles Haar. Er richtete sich auf, zog sich das T-Shirt über den Kopf, beugte sich wieder vor und öffnete meinen BH. Dann schob er die Träger sachte über meine Arme und betrachtete meine Nippel, die aufgrund der kühlen Brise sofort hart wurden.

»Sie sehen wie Rosenknospen aus.« Mit diesen Worten legte er sich wieder auf mich, ließ seine Zunge in meinen Mund gleiten, und zwischen meinen Beinen breitete sich glühende Hitze aus.

Meine Hände glitten über seinen samtweichen Rücken. Ich liebte das Gewicht seines starken, festen Körpers auf mir, und das Spiel seiner Muskeln unter meinen Händen rief ein wohliges Verlangen in mir wach. Obwohl er so viel stärker war als ich, war er zugleich verblüffend sanft. Die langsame Bewegung seiner Hüften ließ mich dicht an seinem Mund aufstöhnen. Wir hatten uns inzwischen schon so oft geliebt, und trotzdem kam es mir jedes Mal, wenn wir zusammen waren, neu und anders vor.

Ich schob eine Hand zwischen unsere Körper, glitt mit meinen Fingern über seinen Bauch, und zischend schnappte Grayson nach Luft und spannte unter der Berührung seine Muskeln an. *Ich liebte es, meinen wunderschönen Ehemann durch eine zärtliche Berührung aus dem Gleichgewicht zu bringen.* Er lächelte an meinem Mund, zog seinen Kopf zurück, und ich stieß ein wehmütiges Wimmern aus. *Anscheinend wollte er heute das Sagen haben. Also gut.*

Er lehnte sich zurück, nahm eine Traube grüner Weinbeeren aus dem Korb und legte sie auf die Decke neben uns. »Das ist eine Chardonnaytraube«, klärte er mich mit rauer Stimme auf. Er zupfte eine Beere ab, schob sie sich zwischen die Lippen und biss sie in der Mitte durch. Wie gebannt verfolgte ich, wie er die halbe Beere zwischen seine Finger nahm und sie über meinen Nippel gleiten ließ. Ich hielt den Atem an, warf meinen Kopf zurück und schloss leise seufzend die Augen. Das Gefühl der feuchten, von seinem Mund gewärmten Beere dicht an meiner zarten Haut war überwältigend. Dann neigte er den Kopf, leckte den Traubensaft von meiner Brust, küsste meine beiden Nippel und hielt mir die halbe Traube an den Mund.

»Der Geschmack der Traube selbst ist eher neutral. Der Wein bekommt sein Aroma hauptsächlich von den Eichenfässern, in denen er gelagert wird.« Als er mit der Traube über meinen Mund fuhr, leckte ich mir die Lippen, und der Blick aus seinen dunklen Augen wurde vor Verlangen trüb. Der Puls an seinem Hals fing an zu rasen, als ich die mir angebotene Traube zwischen meine Zähne nahm und abermals die Augen schloss, während der süße Saft auf meine Zunge traf. Eilig beugte er sich wieder vor, küsste mich und spürte mit seiner Zunge der Süße nach.

»Hmm. Bisher machst du deine Sache wirklich gut. Du bist eine wirklich aufmerksame Schülerin«, stellte er spöttisch fest.

»Es ist auch nicht ganz einfach, dich zu ignorieren.«

Zufrieden lächelnd lehnte er sich abermals zurück und zog eine Traube bläulich violetter Beeren aus dem Korb. »Cabernet Sauvignon«, erklärte er, bevor er wieder eine Beere zwischen seine Lippen schob, sie vorsichtig zerbiss und mit einer Hälfte sanft an meinem Bauch herunterfuhr. Als er sich vorbeugte und mir die heiße Zunge in den Nabel schob, fing mein Herz an zu rasen. Ich packte keuchend seinen Schopf, er hob den Kopf, und während eines flüchtigen Moments begegnete er meinem Blick und sagte mir etwas mit seinen Augen, das sich nicht in Worte fassen ließ.

Ich liebe dich, schoss es mir durch den Kopf. *Mein Herz gehört nur dir.* Aus Angst, er würde die Worte nicht erwidern, sprach ich nichts davon aus.

»Der Wein aus diesen Trauben ist sehr voll«, erklärte er, wobei ich deutlich hören konnte, dass er mühsam um Beherrschung rang. *Entweder, ich würde nichts von der Lektion behalten, oder mich für alle Zeit an jedes Wort erinnern. Oder eher an jede einzelne Empfindung, die er in mir weckte.*

Ohne dass ich es bemerkt hatte, war Grayson aufgestanden, und anscheinend hatte er sich auch bereits die Schuhe ausgezogen, denn in diesem Augenblick stieg er aus seiner Jeans. Dann legte er sich wieder neben mich, schob sich eine dunkelviolette Traube in den Mund und hakte seine Daumen unter den Bund meines Slips. Ich hob die Hüften an, er zog den Slip an mir herab und warf ihn achtlos beiseite. Dann kniete er sich neben mich, und stöhnend spreizte ich die Beine, als er seinen Zeigefinger zwischen meine Schenkel schob. Ich musste mich zwingen, meine Hüfte nicht in seine Hand zu pressen, als er mit der Traube über die mit Abstand empfindlichste Stelle meines Körpers glitt.

»Merlot«, erklärte er mir knurrend. »Der Wein aus diesen Trauben schmeckt beinah so voll und süß wie Saft.« Endlich leckte er den Saft mit seiner Zunge von mir ab, und ich seufzte vor Erleichterung und gleichzeitiger Qual. Die Lust, die er mir bereitete, war derart intensiv, dass ich Angst hatte, ich käme augenblicklich. Ich wand mich unter seinem Mund und stieß keuchend seinen Namen aus.

Dann legte er sich endlich wieder auf mich, und die Hitze seines Körpers wärmte meine kühle Haut. Er nahm sich selber in die Hand, massierte sein bereits stark erigiertes Glied und senkte sich, während ich mich ihm einladend entgegenreckte, langsam herab.

»Ja.« Mit einem lauten Keuchen drang er in mich ein.

Inzwischen war mir das Gefühl, wenn er mich anfüllte, auf wunderbare Art vertraut. *Es gab für mich nichts Schöneres auf der Welt.*

Das heißt, das gab es doch.

Langsam und dann immer schneller stieß Grayson in mich. Ich glitt mit den Händen über seinen Rücken bis zu seinem Hintern und genoss die Härte seiner angespannten Muskeln unter meinen Fingern, als wir uns im selben lustvollen Rhythmus gemeinsam auf- und abbewegten und er mich an den Rand des Abgrunds trieb. Schließlich schrie ich auf, und wilde Zuckungen durchliefen meinen Körper, während Grayson knurrend noch zweimal zustieß, ehe er erschaudernd über mir zusammenbrach.

Langsam schwebte ich zurück in Richtung Erde. Die Wolken trieben mit Gemach über den Himmel, in den Bäumen sangen Vögel, und als ich den festen Herzschlag meines Mannes dicht an meinem eigenen Herzen spürte, seinen warmen Atem in meiner Halsbeuge, kam es mir so vor, als gäbe es nur Schönes auf der Welt.

»Auf was für Lektionen kann ich mich als Frau eines Winzers sonst noch freuen?«, fragte ich atemlos, und Grayson lachte leise auf.

»Oh, es gibt noch jede Menge Sachen, die du lernen musst. Das war erst der Anfang.« Damit rollte er sich neben mich und presste mir lächelnd seine Lippen auf den Mund.

Als ich anfing zu frösteln, zogen wir uns wieder an, und Gray nahm eine Thermoskanne Kaffee, Charlottes Cranberry-Orangen-Muffins sowie eine Plastikdose voller Erdbeeren aus dem Korb. Wir picknickten zusammen, lachten, plauderten, und ich war mir sicher, dass es kein größeres Glück auf Erden geben konnte als diesen Augenblick.

♥

Am nächsten Nachmittag setzte der Regen ein. Er trommelte gegen die Fenster, und die Welt außerhalb des Hauses erschien mir wie ein neblig-trübes Aquarell.

Ich saß in Grays Büro, starrte auf die Eichen und das Tor der Einfahrt und dann wieder auf die Ausdrucke der Bücher, die auf seinem Schreibtisch ausgebreitet waren. Inzwischen hatte in dem Arbeitszimmer von den Ordnern, die ich sorgfältig beschriftet und in eine Schublade verfrachtet hatte, bis zu den Papierstapeln in den Ablagen am Rand des Schreibtischs alles seinen Platz.

Als ich aufstand, blickte Sugie, die zu meinen Füßen lag und döste, gähnend auf.

»Bleib ruhig liegen, meine Kleine. Ich bin sofort wieder da.«

Ich suchte nach Charlotte und Walter und traf sie in der Küche an. Sie saßen dort am Tisch und tranken eine Tasse Tee.

»Hallo, meine Liebe«, nahm mich Charlotte in Empfang. »Setz dich doch, und trink ein Tässchen mit. Es ist heute wirklich kalt.«

»Gern. Aber bleib sitzen, ich kann mir auch selber einen Becher holen«, bat ich Charlotte, die bereits im Aufstehen begriffen war. Dann setzte ich mich zu den beiden an den Tisch, hielt Charlotte meinen Becher hin, und sie schenkte mir aus der großen Kanne ein.

Ich dankte ihr und legte meine Hände um den warmen Becher, bis die Hitze meine Haut durchdrang.

»Geht es dir gut?«, erkundigte sich Charlotte in besorgtem Ton. »Ist mit dir und Gray alles okay? Ich hatte das Gefühl …«

»O ja, uns geht es gut.« Ich lächelte sie an. »Oder sogar mehr als das.« Ich knabberte an meiner Unterlippe und sah hilflos zwischen ihr und Walter hin und her. »Es geht um etwas anderes.«

Ich hatte keine Ahnung, wie ich es in Worte fassen sollte, doch ich hatte einfach keine andere Wahl.

»Was ist?«, fragte mich Charlotte und sah ängstlich Walter an.

»Ich bin die alten Bücher durchgegangen, und es kommt mir vor … tja, nun, es kommt mir vor, als hätte Graysons Vater dieses Unternehmen vorsätzlich gegen die Wand gefahren. Aber das ist doch nicht möglich.«

Die beiden blickten einander grimmig an.

»Du darfst Grayson nicht erzählen, was du herausgefunden hast«, flehte mich Charlotte an. »Ich bin sonst immer für Ehrlichkeit, aber … er hat schon genug unter dem alten Ford gelitten, und wenn er davon erführe, würde er sich von dem Schock wahrscheinlich nie wieder erholen. Vielleicht eines Tages … nun, ich nehme an, wir werden wissen, wann der Augenblick gekommen ist, aber jetzt ist es dafür auf alle Fälle noch zu früh. Schließlich hat er all das noch lange nicht völlig verkraftet.«

Ich erschauderte. »Das stimmt«, stieß ich mit rauer Stimme aus und sah die beiden fragend an. »Aber warum? Warum zum Teufel hat sein Vater das getan?«

»Das war seine letzte Botschaft an den ungeliebten Sohn«, erklärte Charlotte und sah mich aus tränenfeuchten Augen an. »Walter hat versucht, das Schlimmste zu verhindern und so viel wie möglich zu bewahren, aber als Ford erfuhr, dass er bald sterben würde und dass weder Jessica noch Shane irgendein Interesse an dem Weingut hatten, wurde ihm bewusst, dass er es Grayson würde hinterlassen müssen, und vor lauter Zorn hat er sich darangemacht, es zu zerstören.

Zum Glück blieb ihm nicht so viel Zeit, wie er gehofft hatte, aber der Schaden, den er noch anrichten konnte, war immens.«

Mir wurde schlecht. »Hat er ihn wirklich so gehasst?«

Plötzlich fror ich trotz des warmen Tees, und als ich merkte, dass ich meinen Becher viel zu fest umklammert hatte, lockerte ich meinen Griff.

»Er hat *sich selbst* gehasst«, verbesserte mich Charlotte, und zum ersten Mal, seit ich sie kannte, lag in ihrer Stimme heißer Zorn. »Und diesen Selbsthass hat er dann auf seinen Jungen umgelenkt. Er wollte ihm noch eine letzte Ohrfeige verpassen, indem er ihm nichts als ein bankrottes Unternehmen hinterlässt. Das war grausam, hässlich, rachsüchtig und …«

»Das ist eine Lüge«, widersprach ihr Gray, der unbemerkt hereingekommen war. Der heiße Tee aus meinem Becher schwappte über meine Hände, als ich wie die beiden anderen erschreckt zusammenfuhr.

»Grayson.«

»Nein«, fuhr er mich an, doch seine Stimme brach, als er sich matt gegen den Türrahmen sinken ließ.

Wir alle sprangen auf und stürzten auf ihn zu.

»Gray.« Mit schmerzerfüllter Miene ergriff Charlotte seine Hand.

»Sag mir, dass das nicht stimmt.« Er sah sie flehend an.

Sie senkte unglücklich den Blick. Sie konnte niemanden direkt belügen und vor allem nicht den Mann, der immer wie ein Sohn für sie gewesen war.

Es war zu spät, die Wahrheit ließ sich nicht zurücknehmen. Entschlossen wandte Gray sich ab und stapfte zur Treppe.

Als Charlotte und Walter ihm folgen wollten, hob ich abwehrend die Hand. »Lasst mich das machen, bitte.«

Obwohl sie beide nickten, rang die arme Charlotte die Hände und verzog aufs Neue schmerzlich das Gesicht.

»Wir sind hier, falls du uns brauchst«, erklärte Walter, der mich inzwischen ebenfalls duzte, und ich nickte und sah ihn mit einem unglücklichen Lächeln an, bevor ich mich abwandte und Grayson folgte.

Noch immer konnte ich nicht glauben, was die beiden mir berichtet hatten. Das durfte einfach nicht sein.

Als ich die Bücher durchgesehen hatte, hatte ich schon etwas Ähnliches vermutet, doch es war mir schwergefallen, es zu glauben. *Konnte jemand derart böse sein?* Konnte irgendwer am Ende seines Lebens einen solchen Hass auf seinen eigenen Sohn empfinden, dass er ihm statt eines gut gehenden Weinguts absichtlich nur einen Scherbenhaufen hinterließ? Diese Art der Rache wirkte völlig surreal auf mich.

Ich betrat das Schlafzimmer, das ich mit Grayson teilte, und sah ihn am Fenster stehen und in den Regen starren.

»Grayson.« Zögernd trat ich auf ihn zu.

Er drehte sich zu mir herum, doch als ich seine hoffnungslose Miene sah, blieb ich erschüttert wieder stehen.

»Ich habe ihm etwas geschworen«, stieß er krächzend aus. »Ich dachte … und all die Zeit …« Er presste seinen Rücken an die Wand neben dem Fenster, und als seine Beine ihren Dienst versagten, ließ er sich daran heruntergleiten, bis er auf dem Boden saß, und legte seinen Kopf auf seinen Armen ab.

Mit einem leisen Aufschrei lief ich zu ihm, ließ mich auf den Teppich fallen und schlang ihm die Arme um den Hals. Er zitterte am ganzen Leib, und während ich ihn festhielt, tat er etwas, das er schon vor Jahren hätte machen sollen: Er brach in hemmungsloses Schluchzen aus.

22 Kira

Auf dem Weingut war es ungewöhnlich ruhig. Grayson hatte, statt mit seiner Arbeit fortzufahren, den gesamten Rest des Tages in unserem Schlafzimmer verbracht, dort auf dem Bett gelegen und die Decke angestarrt. Ich war mehrmals bei ihm gewesen, aber er hatte kaum ein Wort gesagt. Sicher musste er erst einmal verarbeiten, was er herausgefunden hatte. Das hätte wahrscheinlich jeder erst einmal gemusst. Er war zutiefst verletzt, denn seine Hoffnung, dass ihm sein Vater wenigstens am Ende etwas Gutes hatte tun wollen, hatte sich als Irrglaube herausgestellt. Er hatte sich geschworen, dass er das Vertrauen seines Vaters nicht enttäuschen und das Unternehmen wieder aufbauen würde, und jetzt musste er erkennen, dass das Weingut absichtlich in den Ruin getrieben worden war.

Diese Offenbarung hatte ihm das Herz gebrochen und ihn völlig orientierungslos gemacht. Das wusste ich, weil es mir selbst mit meinem Vater und mit Cooper ebenso ergangen war. Ich wünschte nur, dass er sich von mir hätte trösten lassen, doch er hatte sich ganz in sich zurückgezogen.

Als ich mitten in der Nacht erwachte, streckte ich die Hand nach Grayson aus, doch seine Seite unseres Betts war kalt und leer. Also stand ich auf und lief in meinem kurzen Nachthemd durch das dunkle, stille Haus.

»Grayson?«, rief ich leise, und als er nicht reagierte, blieb ich stehen und lauschte, bis wie aus weiter Ferne das Klirren von Glas an meine Ohren drang.

Ich folgte dem Geräusch zur Tür am Ende des Salons, durch die man in den Weinkeller gelangte, der das Heiligtum des alten Ford gewesen war. Ich zog sie einen Spalt weit auf und sah das Licht, das irgendwo am Fuß der Treppe brannte.

Wieder rief ich: »Grayson?«, und als er auch dieses Mal nicht reagierte, trat ich durch die Tür und nahm die schmale Wendeltreppe in den Raum, in dem ich nie zuvor gewesen war. Wieder klirrte es so laut, dass ich erschrocken innehielt, bevor ich langsam weiterging.

Am Fuß der Treppe blickte ich vorsichtig um die Ecke, hinter der Grayson auf dem Boden saß. Er lehnte an einem Holzregal und trank Wein aus einer Flasche, aber als er mich entdeckte, setzte er sie ab und fuhr sich mit dem Handrücken über den Mund.

»Hier, probier mal, Kira. Das ist ein Domaine Lefl… bla bla bla, wen interessiert das schon, aus Frankreich.« Er war eindeutig betrunken, und mit einem schiefen Lächeln ließ er die halb leere Flasche auf den Boden fallen, wo ich schon die Scherben einer ganzen Reihe anderer Flaschen und deren aufgeweichte Etiketten in den dunkelroten Pfützen teurer Rebsäfte schwimmen sah.

»Huch, tut mir leid, sie ist mir einfach aus der Hand gerutscht. Für gewöhnlich bin ich nicht so ungeschickt. Hier, sollen wir einen anderen Wein probieren?« Er griff hinter sich, zog eine andere Flasche aus dem Holzregal und hob den Korkenzieher vom Boden auf.

Eilig lief ich zu ihm und kniete mich neben ihn.

»Grayson«, sagte ich und legte eine Hand an sein Gesicht. »Was machst du da?«

Er ließ den Korkenzieher los und sah aus trüben Augen zu mir auf. »Ich koste die seltenen Weine meines Vaters. Walter hat die Sammlung gut versteckt, damit er sie nicht selbst zerstören konnte, doch jetzt setze ich seine Arbeit fort.« Schmerz huschte über sein Gesicht, und mit rauer Stimme fuhr er fort: »Weißt du, dass ich absichtlich darauf verzichtet habe, diese

Weine zu verkaufen, weil ich meinen Vater nicht enttäuschen wollte? Als du kamst und ich mich nicht von ihnen trennen musste, war ich unglaublich erleichtert, denn ich dachte, durch die Rettung dieser Sammlung hätte ich ihn stolz gemacht.« Er stieß ein schmerzerfülltes, hohles Lachen aus.

Er wollte sich also an seinem Vater rächen. Was seinem unglücklichen Blick zufolge seinen Schmerz aber nicht lindern konnte.

»Wie wäre es damit, den Rest der Flaschen zu verkaufen statt ihm die Befriedigung zu gönnen, dass du dich jetzt selber ruinierst? Stattdessen sollten wir mit diesen Flaschen Geld verdienen und uns dann ein Tandem kaufen, auf dem Ding durch Napa radeln und darüber reden, was für ein Idiot dein Vater war. Oder lass uns einen zahmen Affen kaufen, der den Namen deines Vaters kriegt, oder… einen Papagei. Dem bringen wir dann irgendwelche bösen Sätze bei, die er den Leuten über ihn erzählen kann.« Ich strich ihm sanft über das Knie. »Oder wir machen etwas anderes mit dem Geld. Uns fällt schon irgendetwas ein.«

Grayson glitt mit einem Finger über meinen nackten Schenkel und hob vorsichtig den Saum meines Nachthemds an. »Wie wunderschön du bist!«

»Und du bist sturzbetrunken«, stellte ich mit einem schmalen Lächeln fest.

»In Vino Veritas«, griff er den Satz über der Tür des Hauses auf und glitt mit seinem Finger in den Bund meines Slips. »Im Wein liegt die Wahrheit.« *Ah.* Er runzelte die Stirn und fuhr nach einer kurzen Pause fort: »Nur, dass es hier nur Täuschungen und Lügen gibt.«

»Grayson, nicht …«

Er schüttelte den Kopf und zog die Hand zurück. »Denk doch mal darüber nach. Es war wirklich der perfekte Plan – die perfekte Art, mir zu verstehen zu geben, wie grenzenlos sein Hass auf mich bis zum Schluss war. Es wäre der *perfekte* Weg gewesen, sich an mir dafür zu rächen, dass ich Teil seines Lebens war. Hätte er noch ein paar Wochen länger Zeit gehabt, wäre ich hierher zurückgekommen und hätte nur einen Haufen Scherben vorgefunden.« Er atmete erschaudernd ein. »Ich dachte, dieses Weingut wäre ein Geschenk, aber in Wahrheit war es das genaue Gegenteil. Nach allem, was gewesen war, hatte ich mir ernsthaft eingebildet, dass er … *Gott.* Das tut entsetzlich weh, Kira. Es tut so furchtbar weh.«

Der Schmerz in seiner Stimme und in seinem Blick brach mir das Herz.

»Ich weiß.« Ich setzte mich auf und zog ihn sanft an meine Brust. Ich kannte selbst den Schmerz, den er im Augenblick empfand. Ich verstand, wie es ihm ging, und sein Unglück tat mir in der Seele weh.

»Hör zu, Grayson.« Ich lehnte mich zurück, nahm sein Gesicht in meine Hände und sah ihn durchdringend an. »Das Leben hält nicht nur für mich oder für dich, sondern für jeden Menschen irgendeinen Schmerz bereit. Das kann man nicht verhindern. Manchmal ist der Schmerz so groß, dass es sich anfühlt, als ob nichts von einem übrig bleibt. Aber wenn man es nicht zulässt, kann er einen auch nicht zerstören. Ja, natürlich reißt er eine Lücke, aber die muss man mit Liebe füllen. Wenn einem das gelingt, macht jeder Schmerz, den man erleidet, Platz für Liebe, und sie gibt uns neue Kraft.«

»Glaubst du das wirklich?«, fragte er und sah mich forschend an.

»Ich *weiß,* dass es so ist.«

Zitternd atmete er aus und schmiegte sein Gesicht an meine Brust. »Meine Kira …«, murmelte er rau. »Ich wünschte mir, ich könnte ebenfalls so zuversichtlich sein.«

»Das kannst du auch. Mit der Zeit wirst du erkennen, dass es möglich ist. Lass *das* das Erbe deines Vaters sein. *Das* wäre die perfekte Rache, findest du nicht auch?«

Lange Zeit saßen wir einfach da, und ich hielt ihn in den

Armen, bis ein Krampf in meinen Beinen mich zum Aufstehen zwang.

Grayson blickte zu mir auf, glitt mit seinem Daumen über meinen Wangenknochen und fragte mich leise: »Würde es den Augenblick ruinieren, wenn ich sagen würde, dass ich mit dir raufgehen und dich vögeln möchte, bis ich nicht mehr geradeaus sehen kann?«

Ich lachte leise auf. »Ich wäre dir dabei zu Diensten. Aber erst mal koche ich dir einen Kaffee, um dich etwas auszunüchtern. Sonst wirst du dich morgen hundeelend fühlen, und wir müssen schließlich in die Stadt und einen Affen kaufen oder so.«

Grayson stieß ein Lachen aus, das wie ein halber Seufzer klang, doch schließlich meinte er: »Okay«, und rappelte sich auf.

»Geht Grayson heute denn nicht in die Kelterei?« Charlottes Gesicht war eine Studie in Besorgnis.

»Nein, ich glaube, nicht. Er hat gestern Abend ziemlich viel getrunken und muss sich erst mal ausschlafen.« Ich hatte Walter schon von den Geschehnissen im Weinkeller erzählt, und er hatte umgehend die Scherben eingesammelt und mir eine Liste der von Grayson nicht zerstörten Flaschen vorgelegt. Vielleicht wäre ein dressierter Affe nicht mehr drin, aber für einen Papagei reichte der Erlös aus dem Verkauf der letzten Flaschen doch bestimmt.

»Vielleicht sollte ich raufgehen und mit ihm reden …«

»Später, Charlotte, erst mal braucht er seinen Schlaf. Obwohl es sicher gut wäre, wenn du mit ihm reden würdest. Ich habe ihn noch nie so … unglücklich erlebt.«

»Ich bin mir sicher, dass er das auch noch nie war.« Sie schüttelte traurig ihren Kopf. »Und ich fürchte, dass er sich von mir und Walter furchtbar hintergangen fühlt …«

»Früher oder später wird ihm sicher klar, dass ihr ihn beschützen wolltet.«

Charlotte nickte, doch ich wurde noch nervöser, als ich ihre unsichere Miene sah. Sie wirkte derart unglücklich, dass ich sie tröstend in die Arme nahm.

»Er wird drüber hinwegkommen«, erklärte ich, doch selbst in meinen eigenen Ohren klangen diese Worte wenig überzeugt. Als er mir heute Morgen hinterhergesehen und ich die Verlorenheit in seinem Blick entdeckt hatte, hatte mich vor Schreck eisige Kälte erfasst.

Dazu kam, dass auch ich selbst ihm etwas vorenthielt. Anfangs hatte ich gedacht, es wäre einfach nicht erforderlich, ihn über diese Sache aufzuklären, doch dann war alles furchtbar schnell gegangen, und inzwischen stand das Geheimnis zwischen uns. Ich wusste, dass ich es ihm sagen müsste, doch ich hatte Angst vor seiner Reaktion. Er war seelisch völlig aus dem Gleichgewicht geraten und hätte wohl kaum die Kraft, mit einer weiteren Enthüllung umzugehen. Denn wie viel Schmerz ertrug ein Mensch, bevor er endgültig zerbrach?

Ich bin's noch mal, Grandma … Könntest du mir vielleicht sagen, was ich machen soll?

»Heute Morgen kam ein Anruf, dass die Etiketten für die Flaschen fertig sind«, riss Charlotte mich aus meinem ängstlichen Gespräch mit meiner toten Großmutter. »Am besten fahre ich gleich in die Stadt und hole sie dort für ihn ab.«

»Das übernehme ich. Ich muss sowieso kurz weg. Ich habe das Gefühl, als säße ich Gray im Nacken, und wahrscheinlich braucht er erst mal etwas Zeit allein, um diese ganze Sache zu verdauen. Ich will ihm dabei nicht im Weg sein, aber könntest du mir vielleicht eine Nachricht schicken, wenn er runterkommt?«

»Ja, natürlich, meine Liebe. Dann bis später.«

Ich fuhr in die Stadt und ging dort direkt in die kleine Druckerei, in der die Etiketten für die Flaschen angefertigt worden waren. Eine Angestellte brachte mir die Schachtel, zog meine Kreditkarte durch das Gerät und runzelte die Stirn. »Tut mir leid, Mrs Hawthorn, aber Ihre Karte ist gesperrt.«

»Was? Das kann nicht sein.« Ich wusste schließlich ganz genau, dass jede Menge Geld auf meinem Konto war. »Wären Sie wohl so nett, es noch mal zu versuchen?«

Wieder nahm der Kasten die Kreditkarte nicht an, und leicht verlegen drückte sie mir das verdammte Plastikding wieder in die Hand.

Ich schüttelte den Kopf, obwohl ein kalter Schauder über meinen Rücken rann. »Wahrscheinlich hat mein Mann etwas gekauft und vergessen, mir etwas davon zu sagen. Männer! Wie es aussieht, fahre ich am besten erst einmal zur Bank.«

Sie lachte leise auf. »Das ist mir auch schon mal passiert. Soll ich eine andere Karte ausprobieren?«

Da ich keine andere Karte hatte, zog ich meinen Geldbeutel hervor, in dem zum Glück noch jede Menge Scheine waren. Ich hatte schon vor Wochen eine ziemlich große Summe abgehoben, um unseren Helfern von der Party Trinkgeld geben zu können, aber Grayson hatte Walter vorher schon damit beauftragt, und ich hatte bisher keine andere Verwendung für das Geld in meinem Portemonnaie gehabt. Jetzt zahlte ich damit die Rechnung für die Etiketten und verließ den Laden mit der Schachtel im Arm.

Ich legte sie in meinen Kofferraum und fuhr weiter zur Bank. Inzwischen hatte sich meine Panik noch gesteigert, und mein Herz klopfte so wild, als wisse es bereits, dass irgendetwas Furchtbares geschehen war. *Bitte, lass das einen Irrtum sein, einen Fehler, der der Bank unterlaufen ist. Bitte, bitte, bitte …*

Ich parkte meinen Wagen, atmete tief durch und marschierte in die Bank. Zum Glück war außer mir fast niemand dort, und ohne dass ich warten musste, trat ich vor den Schalter und erklärte, was geschehen war. Die ältere Angestellte rief mein Konto an ihrem Computer auf und runzelte die Stirn. »Tut mir leid, Mrs Hawthorn, aber wie es aussieht, wurde das Konto gesperrt.« *O Gott.*

»Gesperrt?«, stieß ich mit schriller Stimme aus. »Steht da auch, warum?«

Sie schüttelte den Kopf. »Nein, tut mir leid. Sie müssten eine Nachricht per Post bekommen, falls es sich um eine Pfändung handelt oder falls es eine andere juristische Begründung für die Sperrung gibt.«

Mein Herz schlug derart schnell, dass ich nur noch mit Mühe Luft bekam. »Könnten Sie wohl auch das Konto meines Mannes überprüfen? Nur um mir zu sagen, ob es auch gesperrt ist.«

»Nun …«

»Bitte«, flehte ich sie an. »Das ist alles, was ich wissen will. Ich weiß, dass dieses Konto nur auf seinen Namen läuft. Aber wenn Sie vielleicht …« Panisch griff ich mir ans Herz und holte zischend Luft. »Es tut mir leid.«

Mit einem mitfühlenden Lächeln meinte sie: »Moment …«, rief Graysons Konto auf und runzelte erneut die Stirn. »Ja, wie es aussieht, wurde dieses Konto ebenfalls gesperrt.«

»Danke«, sagte ich und unterdrückte mühsam die Übelkeit, die in mir aufgestiegen war. »Das war sehr nett.«

Ich wandte mich zum Gehen und sie rief mir hinterher: »Ich bin mir sicher, dass sich alles aufklären wird.«

Ich blickte über meine Schulter, blieb aber nicht stehen. *O nein, das würde es ganz sicher nicht. O Gott.* »Ja, bestimmt. Und nochmals vielen Dank.«

Fröstelnd stapfte ich zurück zu meinem Wagen, setzte mich hinter das Lenkrad, zog mein Handy aus der Tasche und rief meinen Vater an.

Beim dritten Klingeln nahm er ab.

»Was hast du getan?«

Pause.

»Kira.«

»Das war mein Geld von Grandma«, platzte es aus mir heraus. »Was hast du getan?«

Ich hörte seinen tiefen Seufzer und dass er die Hand über den Hörer legte, während er mit jemand anderem sprach. Dann wurde eine Tür geschlossen, und er zog die Hand wieder zurück. »Er ist ein verurteilter Verbrecher, Kira. Er ist nicht der Richtige für dich.«

»Du Schwein«, fuhr ich ihn an. »*Du* hast uns das angetan. Warum?« Von Zorn und Schmerz überwältigt, brachte ich nur noch mit Mühe einen Ton heraus. »Empfindest du tatsächlich einen solchen Hass auf mich?« Die Worte kamen mir bekannt vor, denn sie trafen auch auf Gray und seinen Vater zu.

»Natürlich hasse ich dich nicht. Ich will nur nicht, dass du etwas tust, was du hinterher bereust.«

»Es ist mein Leben!«, schrie ich ihn an. »Ich bin erwachsen und du hattest nicht das Recht, mir so was anzutun. Und obendrein bringst du auch noch das Unternehmen meines Mannes und die Arbeitsplätze seiner Angestellten in Gefahr.«

»Wenn er sein Unternehmen nur mit deiner finanziellen Unterstützung führen kann, ist er kein Mann«, erklärte mir mein Vater knapp.

»Du hast kein Recht dazu, unsere Konten einzufrieren. Das Geld gehört mir. Grandma hat es mir vererbt.«

»Ja, vielleicht, aber ich kann dich trotzdem mühelos in einen Rechtsstreit über diese Angelegenheit verwickeln, bis du endlich einsiehst, wie verrückt deine Entscheidung war. Ich tue das nur dir zuliebe, Kira. Du bist meine Tochter, und ich kann nicht zulassen, dass du dein Leben ruinierst.«

Vor Schock und vor Entsetzen strömten mir die Tränen über das Gesicht. »Du tust das nur dir selbst zuliebe«, fauchte ich ihn an. »Mein Glück war dir schon immer vollkommen egal. Du tust das aus verletztem Stolz, weil du es nicht erträgst, mit anzusehen, dass ich etwas tue, wovon du nicht selber profitierst. Weil du den Gedanken nicht erträgst, dass du über mich nicht so wie über alle anderen in deiner Welt bestimmen kannst.«

»Kira …« Wieder stieß er einen Seufzer aus.

»Du hast ihm doch schon übel genug mitgespielt.« Mir wurde klar, dass ich nichts mehr verlieren konnte, auch wenn ich über dieses Thema sprach. Mein Vater hatte schließlich bereits meine größten Ängste wahr gemacht. »Ich weiß noch, wie es damals abgelaufen ist. Ich war dabei, als dich der Richter auf die Sache angesprochen hat und konnte hören, was du ihm geraten hast. Ich konnte hören, wie du gesagt hast, dass er ein Exempel an ihm statuieren soll. Und genau das hat er getan.«

»Viele Leute fragen mich um Rat. Was nicht verboten ist. Und wenn er ihn verurteilt hat, war das auf jeden Fall verdient.«

Bei unserem Besuch in San Francisco hatte er noch nicht gewusst, wer Grayson war. Doch wie seine schnelle Antwort zeigte, hatte er sich zwischenzeitlich schlaugemacht. Das spürte ich genau, auch wenn ich keine Ahnung hatte, ob er das getan hatte, vor oder nachdem er ihn bestechen wollte, damit er mich verließ.

Mein Vater hatte daran mitgewirkt, dass Grayson wegen eines Unfalls, nach dem er eine hilflose Person hatte beschützen wollen, zu einer langen Haftstrafe verurteilt worden war.

Mühsam kämpfte ich gegen die Schluchzer, die sich einen Weg durch meine Kehle bahnen wollten, an. »Diese Ratschläge, die du erteilst, zerstören die Leben anderer Menschen, *Daddy.* Sie zerstören deren Hoffnungen und Träume. Wie der Ratschlag, den du Cooper in Bezug auf mich gegeben hat. Wusstest du, wie sehr ich darunter gelitten habe? Und genauso hat auch Grayson gelitten, als er ins Gefängnis kam. Bitte, bitte, tu uns das nicht an. Heb die Sperrung unser Konten auf, und lass uns miteinander glücklich sein. Du hast bereits genügend Unheil angerichtet. Bitte«, flehte ich, und plötzlich brachen sich die Schluchzer Bahn.

»Es tut mir leid, Kira. Aber es ist nur zu deinem Besten. Ja, okay, auch Cooper dürfte davon profitieren, aber eines Tages wirst du einsehen, wie klug mein Vorgehen war. Und deinem momentanen Ehemann habe ich ein wirklich großzügiges Angebot gemacht. Ich schlage vor, dass er es annimmt, wenn es mit dem Weingut nicht den Bach hinuntergehen soll.«

»Und was für Bedingungen sind mit dem großzügigen Angebot verknüpft?«, fuhr ich ihn wütend an.

»Er muss nur ein kleines Opfer dafür bringen, dass er jede Menge Geld von mir bekommt. Es reicht, wenn er sich von dir trennt und mir nicht widerspricht, wenn ich bekannt gebe, du wärst noch immer etwas instabil und er hätte sich einzig wegen deines reichen Erbes überhaupt jemals an dich herangemacht.«

Sich von mir zu trennen wäre also nur ein kleines Opfer.

Das Blut gefror mir in den Adern, nicht, weil mich mein Vater noch mal opfern würde, sondern weil er keine Skrupel hätte, auch das Leben meines Ehemanns zu ruinieren. *Und zwar zum zweiten Mal.*

»Er kommt gerade erst wieder auf die Beine, und jetzt soll er *lügen* und sich *vorsätzlich* erneut ins Abseits stellen? Wie soll er sich ein Leben aufbauen an einem Ort, an dem niemand ihm auch nur ein Mindestmaß an Respekt entgegenbringt?«

»Das ist nicht mein Problem. Mit dem Geld, das ich ihm biete, kann er sich woanders ja ein neues Leben aufbauen.«

Er betrachtete sich tatsächlich als Held. Er hatte ein krankhaft übersteigertes Ego und dachte anscheinend allen Ernstes, er stünde mit seinem Vorgehen für Recht und Ordnung ein. Er war total verrückt.

»Hast du ihn deswegen geheiratet?«, erkundigte er sich. »Weil du ihm als echter Gutmensch wieder auf die Beine helfen willst?«

»Ich liebe ihn«, erklärte ich ihm schlicht. Das war die

Wahrheit, und es gab keinen Grund, ihm irgendwelche Einzelheiten zu erklären.

Plötzlich war ich abgrundtief erschöpft. Mein Vater würde mich niemals in Ruhe lassen und mich auch in Zukunft ein ums andere Mal als Schachfigur benutzen, wenn es seinen Plänen dienlich war. Ich starrte durch die Windschutzscheibe auf den Bürgersteig und legte wortlos auf.

Ich wusste nicht, wie ich nach Hause kam. *Nach Hause.* Wieder schnürten Schluchzer mir die Kehle zu, während ein Strom von Tränen über meine Wangen rann.

»Keine Angst«, versuchte ich mir Mut zu machen. »Es wird alles gut. Grayson hat gesagt, jetzt würde er sich um mich kümmern, und gemeinsam kriegen wir das alles hin.« *Doch, Gott, wir waren beide wieder völlig blank.*

Auf dem Weg zum Haus fiel mir sofort die schwarze Limousine in der Einfahrt auf. *Was war denn jetzt schon wieder los?*

Als ich meinen Wagen parkte, entstieg Cooper dem Gefährt. Mein Herzschlag setzte aus und dann in einem solchen Tempo wieder ein, dass ich befürchtete, einen Herzinfarkt zu bekommen.

Ich atmete tief durch, stieg aus und drückte, während Cooper mir bereits entgegenkam, die Wagentür ins Schloss.

»Was ist passiert?«, erkundigte er sich, als ich mir mit der Hand über die tränenfeuchten Augen fuhr.

»Weißt du das wirklich nicht, oder steckst du vielleicht in dieser Sache mit drin? Du und mein Vater seid ein wirklich krankes Duo«, klärte ich ihn tonlos auf.

Er seufzte und runzelte die Stirn. »Ja, ich weiß, was er getan hat, und es tut mir wirklich leid. Aber ich kann seinen Wunsch, dich hier herauszuholen, gut verstehen.« Er zeigte mit der ausgestreckten Hand auf Graysons Heim. »Er ist ein *Mörder*, Kira«, stellte er mit rauer Stimme fest. »Ich glaube nicht, dass du hier sicher bist.«

»Ich bin hier deutlich sicherer, als ich es an deiner Seite je gewesen bin«, schrie ich ihn an, doch plötzlich wurde mir bewusst, dass mich ein Streit mit ihm nicht weiterbringen würde, und entschlossen trat ich auf ihn zu und suchte kopfschüttelnd nach Worten, die ihn nicht verärgern, sondern dazu bringen würden, mir und Grayson gegen meinen Vater beizustehen. »Cooper, mir ist klar, dass das, was du getan hast, an den Drogen und dem Alkohol gelegen hat. Ich weiß, dass du im Grunde nicht so bist.«

Er dachte über meine Worte nach und nickte zustimmend. »Das stimmt, Kira.« *Was für ein elendiger Lügner er doch war!* »Das war nicht ich. Ich stand vollkommen neben mir. Aber wenn das jemals rauskommt, bin ich ruiniert.« *Aber damit, mich zu ruinieren, hast du kein Problem gehabt.*

Ich schüttelte den Kopf. »Ich will dich ganz bestimmt nicht bloßstellen, Cooper. Ich werde nie enthüllen, wie es wirklich abgelaufen ist. Ich nehme weiter alle Schuld auf mich. Das ist für mich okay. Ich werde alles tun, was du von mir verlangst. Nur bitte sorg dafür, dass Vater uns das Geld von meiner Grandma überlässt. Bring ihn dazu, dass er uns in Ruhe lässt. Es wird dir doch bestimmt nicht wehtun, Zukunftspläne ohne mich zu schmieden. Bitte, Cooper, falls du mich jemals geliebt hast, lass mich jetzt mit Grayson glücklich sein.«

Mein Ex-Verlobter spitzte nachdenklich die Lippen, und in meinem Inneren wogte leise Hoffnung auf. »Du weißt nicht, was er alles treibt, wozu er alles fähig ist. Du bist ein besserer Mensch als er, Coop, deshalb solltest du auf Abstand zu ihm gehen.«

»Was treibt er denn so alles?«, fragte er und schob mir eine Strähne meiner Haare aus der Stirn. Ich blickte Richtung Haus und hoffte nur, dass Gray nicht gerade aus dem Fenster sah. Ich wollte nicht, dass er die falschen Schlüsse zog und in unsere Unterhaltung platzte, denn ich musste Cooper einfach dazu bringen, mir in dieser Sache beizustehen.

Ich schüttelte erneut den Kopf. »Er manipuliert die Leute,

nur damit sie ihm von Nutzen sind. Auch Grayson hat er damals benutzt und ihn entsetzlich verletzt.«

»Ach ja?«, ertönte eine kalte, harte Stimme neben mir.

Ich rang erstickt nach Luft, als Grayson hinter unseren Wagen hervortrat. Ich hatte nicht erwartet, dass er heute in die Kelterei gehen würde, aber offensichtlich war er dort gewesen, denn er kam aus der Richtung.

»Grayson.«

Während ich noch eilig einen Schritt zurücktrat, tauchte Sugie hinter Grayson auf, sah Cooper an und stieß ein lautes Knurren aus. Dann bellte sie, und ich riss überrascht die Augen auf, denn bisher hatte sie höchstens ab und zu leise gewinselt.

»Sie sollten besser gehen. Mein Hund kann Sie nicht leiden.«

Cooper grinste. »Und wahrscheinlich hat er mindestens eine so gute Menschenkenntnis wie Sie selbst.«

»Zumindest lügt sie nicht«, gab Grayson kalt zurück. »Sie ist schließlich ein Hund und kein Politiker. Und jetzt verschwinden Sie von meinem Grundstück.«

»Ich war sowieso gerade am Gehen. Du weißt, wie ich die Sache sehe«, wandte Cooper sich erneut an mich. »Ich bin um dich nicht weniger in Sorge als dein Dad. Wir sind hier, um dir zu helfen. Ruf mich an, wenn du mich brauchst. Ich bin im Handumdrehen da.«

Grayson trat entschlossen auf ihn zu. »Ich kann Ihnen versichern, dass meine *Frau* weder jetzt noch irgendwann in Zukunft je etwas von Ihnen brauchen wird.«

Ich hielt den Atem an, und während eines angespannten Augenblicks starrte Cooper Grayson an, doch dann war er so klug, sich umzudrehen und zu seiner Limousine zu marschieren.

Ich atmete erleichtert auf, doch weder Gray noch ich sagten ein Wort, als Cooper in den Wagen stieg, sein Fahrer den Brunnen umfuhr und durch das Tor der Einfahrt wieder auf die Straße bog.

»Was zum Teufel wollte dieser Kerl von dir? Hast du etwa geweint?« Als Grayson auf mich zutrat, drückte seine Miene Ärger, Argwohn, aber gleichzeitig auch echte Sorge aus.

»Ich … ja.« Ich atmete zitternd aus. »Wir müssen miteinander reden, Gray.« Ich ließ unglücklich die Arme hängen und schüttelte den Kopf. »Können wir ins Haus gehen?«

Er studierte mein Gesicht, und plötzlich überwog der Argwohn auf seiner Miene. *O Gott, ich würde ihn verletzen, dabei war er bereits unendlich verletzt.* Vor lauter Furcht zog ich die Schultern an und folgte ihm mit unsicheren Schritten Richtung Haus. Er führte mich in sein Arbeitszimmer, was mich verunsicherte, aber vielleicht lag das einfach daran, dass es näher als das Wohnzimmer oder die Küche war.

Ich sah ihn fragend an. »Möchtest du dich setzen?«

»Nein, ich bleibe lieber stehen«, gab er in geschäftsmäßigem Ton zurück und erschaudernd schlang ich mir die Arme um den Bauch.

»Was ist los, Kira?« Seiner Haltung und dem misstrauischen Blick zufolge machte er sich auf den nächsten Hieb gefasst.

»Unsere Gelder wurden eingefroren«, klärte ich ihn flüsternd auf.

Seine Miene drückte erst Verwirrung, aber gleich darauf Entsetzen aus. »Was? Wie kann das sein?«

Ich atmete tief durch. »Mein Vater … ich weiß selbst nicht, wie ihm das gelungen ist. Wahrscheinlich hat er irgendwelche Ansprüche geltend gemacht und unsere Konten sperren lassen, während dieser Sache nachgegangen wird.«

»Okay, aber egal, was er behauptet, er hat keinen Anspruch auf das Geld. Deine Grandma hat es dir vererbt.«

»Ich weiß.« Meine Stimme brach, und wieder holte ich so tief wie möglich Luft »Aber er kann die Konten lange genug sperren, dass wir anfangen müssen, irgendetwas zu verkaufen, wenn wir überleben wollen. Das kann und wird er tun.«

Fluchend raufte Grayson sich die Haare.

»Es tut mir unendlich leid. Ich habe ihn mal wieder unterschätzt. Ich hätte nicht gedacht …«

Grayson starrte ausdruckslos auf eine Stelle über meiner Schulter und schwieg derart lange, dass ich Angst hatte, er würde nie mehr mit mir reden, bis er schließlich fragte: »Was hat Cooper hier gewollt, und worüber habt ihr zwei geredet? Du hast gesagt, dein Vater hätte mich benutzt«, stellte er fest und sah mir wieder ins Gesicht. »Was hast du damit gemeint?«

»Cooper … er hat einfach, ach, ich weiß nicht, er hat so getan, als wäre er um mich besorgt.« Ich trat auf Grayson zu, legte ihm die Hände auf die Arme und sah flehend zu ihm auf. »Was ich dir gleich erzählen werde – bitte, versuch mich zu verstehen, versuch zu verstehen, warum ich dir nicht schon eher davon erzählt habe. Anfangs dachte ich, dass das nicht nötig wäre … und dann, je länger wir zusammen waren …«

Er lenkte seinen ausdruckslosen Blick auf mich. »Spuck's aus, Kira. Sofort.«

Verlegen wandte ich mich ab. »Ich habe dir doch schon erzählt, dass ich mal Praktikantin im Büro meines Vaters war. Ich war regelmäßig dort und habe viele Dinge mitbekommen …« Mit hängenden Schultern drehte ich mich wieder Grayson zu, schüttelte den Kopf und überlegte, wie es sich am besten formulieren ließ. »Mein Vater war immer darauf bedacht, möglichst großen Einfluss auf die Richterschaft von San Francisco zu haben.« Tatsächlich hatte dieser Einfluss ihm fast grenzenlose Macht verliehen, denn wenn man die wichtigsten Entscheidungsträger in der Tasche hatte, waren die Wahrheit und die Fakten vollkommen egal. »Er protegiert sie so wie Cooper und bereitet sie auf ihre Ämter vor, schmeichelt sich bei ihnen ein, macht irgendwelche Deals. Das tut er schon seit Jahren.« *Macht, es ging ihm immer nur um Macht.*

»Und was hat das mit mir zu tun?«

Ich blickte auf die harten Linien seines Gesichts. »Eines

Abends war ich länger im Büro. Ich wollte dort ein paar Projekte abschließen und habe ihm und seinem Gast Kaffee serviert. Richter Wentworth, von dem du verurteilt worden bist.« Ich sah ihn an, doch seine Miene blieb auch weiter völlig ausdruckslos. »Er war an dem Abend da, um ein paar Fälle mit ihm durchzugehen, von denen einer dein Fall war.«

»Sprich weiter«, forderte er mich auf, und ich nahm das unmerkliche Zucken in seiner Wange wahr

Noch einmal holte ich tief Luft. »Ich brachte eine Akte ins Büro und bekam so einen Teil der Unterhaltung mit. In dem Jahr waren Wahlen, und mein Vater riet dem Richter, mit der ganzen Härte des Gesetzes vorzugehen. Er sollte dich zur Höchststrafe verurteilen, um zu zeigen, dass er nicht nur gegenüber Mitgliedern von Minderheiten, sondern auch bei Straftätern, die der weißen Oberschicht entstammen, keine Milde walten lässt. Das alles ist ein Spiel – ein Spiel, bei dem es um die öffentliche Wahrnehmung und um die Manipulation von Fakten geht. Die Spieler sind dabei egal, die Individuen sind völlig austauschbar – alles kann gegen dich verwendet werden, wenn es für die anderen von Vorteil ist. Du warst ein Bauernopfer, weiter nichts. Im Grunde hättest du tatsächlich, wie dein Anwalt prophezeit hatte, zu einer kurzen Haftstrafe oder vielleicht nur zu Sozialstunden verurteilt werden sollen. Es war die Schuld meines Vaters, dass du all die Jahre im Gefängnis warst. Und ich … ich habe deinen Namen nie vergessen, und als ich ihn auf der Bank hörte, fiel mir die Geschichte wieder ein.«

Endlich wagte ich, ihm ins Gesicht zu sehen. Ich suchte dort nach einem Zeichen von Verständnis, doch obwohl er kreidebleich geworden war, blieb seine Miene weiter kalt. »Und dann hast du mich ebenfalls benutzt. Hast mich in einen Hinterhalt gelockt.«

Ich runzelte die Stirn. »Was? Nein, das ist nicht … dass ich dich auf dieser Bank getroffen habe, kam mir wie ein Wink des Schicksals vor, und ich …«

»Und das soll ich dir glauben? Natürlich hast du mich benutzt.« Er lachte so verächtlich auf, dass ich erschreckt zusammenfuhr. »Das war die ideale Möglichkeit für dich, es deinem Vater heimzuzahlen. Die perfekte Rache, findest du nicht auch? Du hast den Mann geheiratet, der seinetwegen im Gefängnis war – kein Wunder, dass er derart ausgerastet ist. Mein Gott, du bist genau wie er, du spinnst irgendwelche Intrigen und nutzt andere Menschen schamlos aus.«

Ich rang nach Luft, und der gesamte Raum um mich herum versank in Dunkelheit.

Ich spann Intrigen? Nutzte andere Menschen aus? Nein, das tat ich nicht … oder vielleicht doch? Ich musste zugeben, ich hatte ständig neue Pläne und Ideen, doch ich hätte damit niemals einem Menschen wehtun wollen … Plötzlich war ich hoffnungslos verwirrt, und ein Gefühl der Übelkeit stieg in mir auf. Um nicht umzufallen, stützte ich mich mit der Hand am Rand des Schreibtischs ab. *Nutzte ich vielleicht tatsächlich andere aus? Hatte ich das auch in diesem Fall, hatte ich das auch mit Gray getan?*

Ich schüttelte den Kopf. »Ich habe dich ganz sicher nicht benutzen wollen, Gray. Ich wollte etwas wiedergutmachen, ich dachte …«

»Etwas *wiedergutmachen?*«, schrie er mich an. »Du hast bestimmt nichts gutgemacht.« Wieder lachte er verächtlich und fuhr sich mit der Hand durchs Haar. »War das dein Plan? Wolltest du mich benutzen, um das Geld von deiner Grandma in die Hand zu bekommen, und mir meinen Anteil später wieder abluchsen? Verdammt noch mal! Du bist nicht weniger verlogen als dein Vater. Und wie stehe ich jetzt da? Ohne einen Cent, verheiratet mit einer Lügnerin, und der Schwiegersohn von einem Mann, der es schon einmal fast geschafft hat, mein verdammtes Leben zu zerstören!«, brüllte er, und eine heiße Zornesröte stieg ihm ins Gesicht.

»Gray.« Ich streckte eine Hand in seine Richtung aus und trat zögernd auf ihn zu. »Natürlich hatte ich das nicht geplant.

Du verstehst das alles falsch. Nach der Angelegenheit mit deinem Vater kann ich verstehen, dass du misstrauisch bist. Du wurdest fürchterlich verletzt. Aber wenn wir uns zusammensetzen – du und ich –, fällt uns sicher etwas ein, um …«

Er wich mir angewidert aus, und ich zog meine Hand zurück.

»Uns soll etwas einfallen? Spinnst du noch immer Intrigen, Kira? Lass es einfach sein, okay? Ich halte all das nicht mehr aus. Es macht mich krank. Du machst mich krank. Ich bin die Halbwahrheiten, die Lügen und die Manipulationen einfach leid.«

Ich schüttelte den Kopf. »Du übertreibst. Bitte, nimm dir einfach etwas Zeit, um darüber nachzudenken. Ich bin anders als mein Vater, und ich bin auch anders als dein Dad«, stieß ich mit leiser Flüsterstimme aus und konnte selber hören, wie wenig überzeugt ich klang.

»Mit meinem Vater hat das nichts zu tun«, fuhr er mich an. »Hier geht es nur um dich und darum, dass ich dir nie wieder trauen kann.«

Wieder schüttelte ich meinen Kopf. Das durfte nicht sein. Er durfte nicht noch einmal so auf Abstand zu mir gehen.

»Ich weiß, es muss dir vorkommen, als ob du nie wieder an irgendetwas glauben könntest. Aber mir kannst du vertrauen.«

»Bis eben dachte ich das auch.«

Eine Träne lief mir über das Gesicht. »Grayson, ich bin deine Frau. Was wir beide haben …«

»… kriege ich problemlos in der nächsten Kneipe«, klärte er mich eisig auf.

Wie zum Schutz vor seinen bösartigen Worten schlang ich mir erneut die Arme um den Bauch. »Ich weiß, dass du das nicht so meinst. Und ich wollte dir ebenfalls nicht wehtun. Ich liebe dich«, stieß ich mit rauer Stimme aus.

Er warf den Kopf zurück und brach in schallendes Gelächter aus. »Du redest von Liebe? *Liebe?* Was hätte mir *Liebe* in meinem Leben je gebracht?« Er griff nach einem Briefbeschwerer, schleuderte ihn durch die Luft, und krachend flog er durch die Fensterscheibe auf den Hof.

Als ich erschrocken aufschrie, drehte er sich mit geballten Fäusten zu mir um. »Du *liebst* mich nicht. Du hast mich lediglich dafür bezahlt, für dich den Ehemann zu spielen, sonst nichts. Doch jetzt ist unsere Abmachung erfüllt, und du kannst wieder deiner Wege gehen. Raus«, fuhr er mich an. »Verschwinde aus meinem Haus.«

»Ich soll verschwinden?«, fragte ich schockiert. »Aber ich bin deine Frau und lebe hier. Dies ist mein Zuhause …«

»Jetzt nicht mehr. Ich rufe heute Nachmittag bei deinem Vater an und frage, ob sein Angebot noch steht. Dann müssen wenigstens die anderen Leute, die hier ihren Lebensunterhalt verdienen, nicht darunter leiden, dass ich dein Mann geworden bin.«

Ich sah vor mir auf den Boden, hob dann aber abermals den Kopf und schaute Grayson flehend an. »Bitte, Gray, wenn du mich nur erklären lassen würdest, dass …«

»Ich lege keinen Wert mehr auf deine schönen Worte. Am Ende sind sie doch alle gelogen. Und jetzt hau gefälligst ab!«, schrie er und funkelte mich wütend an.

Wieder zuckte ich zusammen, machte kehrt, riss die Tür des Arbeitszimmers auf und rannte, dicht gefolgt von Sugie, die unglücklich jaulte, in den ersten Stock.

Schluchzend stopfte ich im Schlafzimmer meinen Kulturbeutel und meine Kleider in den Koffer, der noch in der Ecke stand. Ich war mir sicher, dass ich irgendwas vergessen würde, doch ich war zu unglücklich, um mich in Ruhe umzusehen.

Hatte ich das nicht schon mal gemacht? In aller Eile ein paar Sachen eingepackt, um überstürzt abzuhauen? Nur war ich beim ersten Mal auf der Flucht gewesen, und heute wurde ich hinausgeworfen.

Von meinem eigenen Ehemann.

Von dem Mann, den ich von ganzem Herzen liebte.

Doch im Grunde hatte ich vielleicht nichts anderes verdient.

Ich bückte mich, sah Sugie in die Augen, glitt mit meinen Händen über ihren verunstalteten Kopf und atmete so tief wie möglich durch. »Du bist mein wunderhübsches, kleines Mädchen«, sagte ich zu ihr. »Du passt hier auf alle auf, okay? Ich liebe dich und weiß, dass du ein braves Mädchen bist.« Um nicht abermals in Tränen auszubrechen, richtete ich mich entschlossen wieder auf und ging zurück ins Erdgeschoss.

Auf dem Weg zur Haustür blieb ich stehen und blickte durch die offene Tür von Grays Büro. Er stützte sich mit beiden Händen auf dem Schreibtisch ab, und beinah wäre ich hineingegangen, aber plötzlich sah er auf und bedachte mich mit einem harten, distanzierten Blick. Er hatte sich völlig in sich zurückgezogen, so als hätten wir uns nie gekannt.

Ich machte auf dem Absatz kehrt, lief zu meinem Wagen, warf den Koffer auf den Rücksitz, schwang mich selbst hinter das Lenkrad und holte erschaudernd Luft. Ich hatte das Gefühl, als ob die Welt um mich herum in Scherben lag.

Grayson stand am Fenster, um mir nachzusehen wie am allerersten Tag.

Ich ließ den Motor an und fuhr vorbei an dem plätschernden Brunnen, meinem kleinen Häuschen und der Eiche, die ich mal erklommen hatte, auf die Straße zu. Ich trat das Gaspedal bis auf den Boden durch und ließ das Weingut und das einzige Zuhause, in dem ich mich jemals hatte heimisch fühlen dürfen, hinter mir zurück.

23 Grayson

Hoffnungsloses Elend war das einzige Gefühl, zu dem ich offenbar noch fähig war. Alles, was mir vertraut gewesen war – alles, was mir einen Grund gegeben hatte, mit der Arbeit fortzufahren –, war in sich zusammengebrochen. Sie alle waren elendige Lügner. *Lügner und Betrüger, Strippenzieher, Manipulatoren.*

Inzwischen fühlte sich mein Heim so einsam und so trostlos an wie die winzige Gefängniszelle, in der ich über Jahre eingesperrt gewesen war. Ich tigerte die halbe Nacht durchs Haus, betrank mich, wenn ich keine Ruhe fand, zog, wenn die Dämmerung anbrach, die Jalousien zu und schlief den ganzen Tag. Die Arbeit machte mir nicht mehr denselben Spaß wie zu Beginn. Was hätte es für einen Sinn, das Weingut wieder aufzubauen, nur um weiter an dem Ort zu leben, mit dem mich mein Vater bestrafen wollte und mir in Erinnerung rufen, dass ich wertlos war? Es befriedigte mich nicht mehr zu erleben, wie das Unternehmen wiederauferstand. Es erinnerte mich nur noch schmerzlich an den grenzenlosen Hass, mit dem mein eigener Vater mir begegnet war, an meine *jämmerliche* Hoffnung, dass er eines Tages lernen würde mich zu lieben, und den blinden Glauben, dass er mir das Weingut hinterlassen hatte, weil es ihm schließlich gelungen war. Ich sah meinen Vater überall an diesem Ort, doch statt Stolz auf meine Leistung rief der Anblick nur noch Bitterkeit und Scham in meinem Inneren wach. Wenn mein Vater mich verabscheut hatte, durfte ich ihn ebenfalls verabscheuen, und genau das würde ich von jetzt an tun.

Plötzlich fielen mir die Worte wieder ein, die ihm während eines Streits mit meiner Stiefmutter entfahren waren. *Meine Güte, Jessica, es war ein verdammter Fehler. Wenn ich diesen Fehler ungeschehen machen könnte, würde ich es tun.*

Ich war der verdammte Fehler. Doch auch mir selbst war ein Fehler unterlaufen. Ich war so dumm gewesen, ihm zu vertrauen. Im Grunde war es immer dämlich, jemand anderem zu vertrauen. Diesen Fehler würde ich ganz sicher nicht noch einmal machen. *Das passierte mir nie mehr.*

Ich hatte Walter angewiesen, die verbliebenen Flaschen aus der Sammlung meines Vaters zu verkaufen, und mich in die Kelterei geschleppt, um meinen Leute mitzuteilen, dass sie sich nach einer anderen Arbeit umsehen mussten. Das mit dem Rest der Weinsammlung erzielte Geld würde gerade reichen, um sie bis zum Ende dieses Monats zu bezahlen. Als ich in Harleys, Virgils und Josés schockierte, traurige Gesichter geblickt hatte, hatte ich mich selbst dafür gehasst.

Danach hatte ich Charlotte und Walter entlassen, und obwohl ich Charlotte im Verlauf der Jahre bereits ein ums andere Mal gefeuert hatte, zeigte mir ihr Blick, dass sie verstand, dass es diesmal kein Zurück mehr gab. Früher oder später würde ich das Weingut selbst verkaufen müssen, um zu überleben und noch mal von vorne zu beginnen, aber dazu fehlte mir im Augenblick einfach die Kraft.

Charlotte und Walter versuchten immer wieder, mit mir zu reden, doch ich hatte keine Lust, mir ihre Ausreden anzuhören. Selbst die beiden Menschen, die mir immer das Gefühl gegeben hatten, ich könnte ihnen meine Seele anvertrauen, hatten mich belogen. Hatten mir die Wahrheit vorenthalten und mich glauben lassen, mein Vater hätte mich am Ende doch geliebt. Sie hatten zugesehen, wie ich einen hoffnungslosen Narren aus mir machte, und das tat mir in der Seele weh.

Und Kira, meine Frau … mein Herz geriet ins Stolpern, weil die Angelegenheit mit ihr mich am schlimmsten schmerzte. Ich hatte ihr mein dummes Herz geschenkt und feststellen müssen, dass ich auch von ihr die ganze Zeit belogen worden war. Und das wahrscheinlich nicht nur in Bezug auf ihren Vater. Was hatte sie mich sonst noch alles glauben und erhoffen lassen? Ich kniff die Augen zu und dachte an den Augenblick zurück, in dem sie mir die Lüge eingestanden hatte. Es hatte sich angefühlt, als durchbohre sie mein Herz mit einem Dolch, und ich hatte nur noch denken können, *bitte nicht auch du noch, jeder andere, aber bitte nicht du.*

Ich schleuderte mein Weinglas gegen den Kamin im Wohnzimmer, genoss das laute Klirren, stützte mich mit meinen Händen an den Sims und lehnte meine Stirn gegen den kalten Stein. Noch immer, Wochen nachdem Kira mich verlassen hatte, rief allein die Erinnerung an ihren Namen tiefes Verlangen und eine schmerzliche Leere in mir wach. *Was war ich doch für ein Idiot!*

Sie hatte mir gesagt, Cooper Stratton widere sie an. Doch ich hatte gesehen, wie sie die Hände sanft auf seine Brust gelegt und auf ihn eingeredet hatte. *Coop* hatte sie ihn genannt und schuldbewusst den Kopf gesenkt, als ich dazugekommen war. Diese manipulative, kleine Heuchlerin.

Niemals wieder. Niemals wieder würde es mich interessieren, ob mich jemand liebte oder nicht. Ich hasste es, dass es noch einen Teil in meinem Inneren gab, der fähig war zu leiden. Doch ich hatte jahrelang mit einer dicken Frostschicht um mein Herz gelebt, und sicher wäre es nicht allzu schwierig, auch in Zukunft wieder völlig gleichgültig zu werden. *Auch wenn das furchtbar schmerzlich war.*

Ich müsste zum Gericht, um dort die Scheidung einzureichen, aber da ich keine Ahnung hatte, wo sich Kira aufhielt, würde es wahrscheinlich schwierig, ihr den Antrag zuzustellen, und eigentlich hatte ich auch kein Interesse daran, aus dem Haus zu gehen. Das Geld von ihrem Vater würde ich nicht nehmen, denn dann hätte er mich in der Hand, und ich würde mich nie wieder von irgendjemandem kontrollieren lassen, am wenigsten von einem Mistkerl wie ihm.

Vollkommen erschöpft von meinen düsteren Gedanken ließ ich mich aufs Sofa fallen, denn ich hatte keine Lust, ins Bett zu gehen. Noch immer war das Schlafzimmer erfüllt von ihrem Duft und rief die Erinnerungen, die ich doch verdrängen wollte, in mir wach. Trotzdem hatte ich ihren Namen auf den Lippen, während ich in Schlaf versank.

♥

Der graue, trübe Tag wurde noch trüber, als ich mit dem Ring, den ich Kira auf dem Standesamt gegeben hatte, zu einem der Pfandleiher in Napa ging. Ich brauchte dringend Geld, doch das Versetzen dieses Rings erfüllte mich mit Scham. Schon wieder stand ich ohne einen Penny in der Tasche da. Ich hatte diesen Ring ursprünglich für Vanessa vorgesehen, doch als ich ihn auf den Tresen legte, dachte ich voll Wehmut an die Frau, die ihn stattdessen von mir bekommen hatte. *Kira.*

Auf dem Weg zurück zum Weingut sah ich plötzlich ihren Wagen und riss überrascht die Augen auf. *Kira war in Napa?* War sie schon die ganze Zeit hier in der Stadt? Wo wohnte sie? In San Francisco hätte sie zu einer ganzen Reihe von Freunden ziehen können, aber hier? Mit wild klopfendem Herzen parkte ich den Truck und stieg entschlossen aus.

Es gab zwei Geschäfte und ein Restaurant in diesem Häuserblock. Ich blickte durch die Schaufenster der beiden Läden, konnte sie dort aber nirgends sehen. *Verdammt, Grayson, was machst du da? Weißt du überhaupt, was du ihr sagen willst, wenn du sie siehst?* Ich hatte keine Ahnung, spürte aber deutlich, wie mein Magen sich vor Aufregung zusammenzog. *Sie war noch hier.*

Es hatte mich bis ins Mark getroffen, als sie mir gestand, dass ich wegen ihres Vaters zu der langen Haftstrafe verurteilt worden war, und in meiner Verletztheit hatte ich sie unsanft vor die Tür gesetzt, aber … wenn ich mit ihr sprach, könnte sie mir vielleicht helfen zu verstehen.

Ich nahm mir nicht die Zeit, um zu überlegen, wie ich vorgehen sollte, sondern öffnete die Tür des Restaurants und hoffte, sie dort zu finden.

Ich entdeckte sie sofort, denn sie kam direkt auf mich zu.

Neben ihr lief Cooper Stratton und hatte besitzergreifend eine Hand auf ihren Arm gelegt.

Mir wurde schwindlig, und ein roter Schleier legte sich vor meine Augen. *Ganz eindeutig hatte ich mich nicht in ihr getäuscht.*

Als sie mich erblickte, riss sie überrascht die Augen auf, und ein Ausdruck, den ich nicht hätte benennen können, huschte über ihr Gesicht. Flehend sah sie zwischen mir und Cooper hin und her.

Erfüllt von grenzenlosem Zorn, baute ich mich drohend vor ihr auf. »Du hast keine Zeit verloren, oder?«, fuhr ich sie zähneknirschend an. »War das von Anfang an dein Plan? Mich zu heiraten, dir das Geld zu holen, mir dann meine Hälfte wieder abzuluchsen und danach zu *diesem Kerl* zurückzukehren?«

Sie hatte mich nicht nur bezüglich ihres Vaters angelogen, sondern auch was diesen Typ betraf. Würde sie Cooper Stratton wirklich derart hassen, wie sie mir gegenüber behauptet hatte, brächte sie nicht einen Augenblick in seiner Nähe zu und ginge noch viel weniger mit ihm ins Restaurant. *Diese verdammte kleine Lügnerin. Diese wunderschöne kleine Lügnerin.* Ein stechender Schmerz durchbohrte mir das Herz.

Sie wich vor mir zurück, noch während mir ein Hauch ihres zarten Dufts entgegenschlug. Schmerzliches Verlangen wogte in mir auf, und am liebsten hätte ich mein Unglück laut herausgeschrien. *Nie wieder wird sie dir gehören, und im Grunde hat sie dir auch nie gehört.*

Ich will dich nicht.
Ich will dich nicht.
Ich will dich nicht.
Ich will dich nicht.
Ich möchte, dass du gehst.

»Grayson, bitte, du weißt nicht, was du da sagst«, stieß sie mit rauer Stimme aus.

»Oh, ich weiß sogar genau, was ich da sage.« Wieder baute ich mich vor ihr auf, beugte mich zu ihrem Ohr und flüsterte ihr zu: »Sag mir, Kira, willst du eine seiner Huren werden oder seine Frau, die beide Augen zukneift, um nicht mitzukriegen, was er treibt? Falls Letzteres der Fall ist, ist dir doch wohl klar, dass du dich vorher von mir scheiden lassen musst.«

Ich konnte spüren, wie sie zusammenzuckte, und noch während sie nach Luft rang, trat Cooper dicht an ihre Seite und fragte: »Was zum Teufel tun Sie hier?«

Ehe er versuchen konnte, sich vor Kira zu drängen, machte ich einen Schritt zurück und wandte mich stattdessen ihm zu. Der Zorn und Schmerz wegen allem, was ich verloren hatte, tobten durch meine Brust, und ich packte ihn am Kragen seines Hemds und drückte ihn gegen die Wand. Kira schrie, und einige der anderen Gäste schnappten entsetzt nach Luft.

Cooper wurde kreidebleich, starrte mich ängstlich an, und als ich von ihm abließ, stolperte er einen Schritt nach vorn und richtete sich mühsam wieder auf. Statt des Zorns stieg jetzt Furcht in meinem Inneren auf. *O Gott, was hatte ich getan?*

Ich funkelte ihn an, und seine Miene drückte gleichermaßen Wut wie Häme aus. »Du verdammter Loser. Dafür gehst du wieder in den Knast.« Lachend straffte er die Schultern und trat vor den Manager des Restaurants, der mit schreckensstarrer Miene etwas abseits stand. »Schreiben Sie die Namen und die Telefonnummern von allen Zeugen auf. Mein Anwalt wird Sie später anrufen und sie sich geben lassen.« Mit zufriedener Miene wandte er sich wieder Kira zu. »Komm, wir gehen.«

Tränen strömten über ihr Gesicht. »Lass mich noch kurz mit ihm reden«, bat sie rau.

Er runzelte die Stirn. »Ich kann dich nicht mit ihm alleine lassen. Es ist offensichtlich, dass der Kerl gefährlich ist.«

Wieder trat ich auf ihn zu, doch eilig schob sich Kira zwischen uns und legte eine Hand an meine Brust. »Wir sind an einem öffentlichen Ort. Es ist okay. Er ist mein Ehemann, Cooper.«

»Noch.« Aus zusammengekniffenen Augen sah er zwischen mir und Kira hin und her, doch schließlich nickte er ihr zu. »Ich muss sowieso allmählich los. Ich hole dich dann heute Abend ab.« Damit beugte er sich vor, gab ihr einen Kuss auf die Wange und sah mich dabei aus dem Augenwinkel an.

Wieder wogte heißer Zorn in meinem Inneren auf. Am liebsten hätte ich ihm einen Kinnhaken verpasst – das hätte schließlich keine Rolle mehr gespielt –, doch zähneknirschend unterdrückte ich den Wunsch, obwohl er mit dem ausgestreckten Finger auf mich wies, bevor er ging. »Sie werden von meinem Anwalt hören.«

Ich sah ihn einfach reglos an, denn die Genugtuung, ihn wissen zu lassen, dass die Drohung ihre Wirkung nicht verfehlte, gönnte ich ihm nicht.

Ohne sich noch einmal umzudrehen, lief er mit schnellen Schritten aus dem Restaurant, und endlich wandte ich mich wieder Kira zu. Sie war aschgrau und starrte mich aus großen Augen an. Sie hatte offensichtlich nicht erwartet, mich zu treffen, während sie mit ihrem Ex-Verlobten essen ging.

»Gray«, stieß sie mit leiser Stimme aus, doch als sie auf mich zutrat, kehrte ich ihr kurzerhand den Rücken und stapfte Richtung Tür. Ich hatte ihr nichts mehr zu sagen. Mein Herz schlug, als würde es mir jeden Augenblick den Brustkorb zerreißen. Ich hätte nicht gedacht, dass ich noch stärker leiden könnte als bisher.

»Grayson!«, hörte ich sie rufen, als ich schon in Richtung meines Wagens ging. Ich blieb stehen, drehte mich um und ging dorthin zurück, wo sie auf dem Gehweg stand. Direkt neben ihr war eine schmale Gasse, und ich packte sie am Handgelenk, zog sie in den Durchgang und presste sie unsanft mit dem Rücken gegen eine Backsteinwand.

Keuchend fragte sie: »Was machst du da?«

»Ich versuche zu ergründen, was ich je in dir gesehen habe.« Ich presste ihr grob meine Lippen auf den Mund, zog die Konturen mit der Zungenspitze nach, und mit einem leisen Wimmern öffnete sie sich mir, ohne dass ihr Körper seine Anspannung verlor. Entschlossen schob ich ihr die Zunge in den Mund, zog sie blitzschnell wieder heraus und zwang mich zu einem ausdruckslosen Blick. »Das hatte ich deutlich besser in Erinnerung.«

Sie riss die Augen auf und blinzelte verwirrt. Wieder beugte ich mich vor, glitt mit meinen Lippen über ihren Hals, und als sie erstarrte, zog ich meinen Kopf zurück. »Nein, nichts.«

Sie verzog unglücklich das Gesicht, und als sich ihre Augen mit Tränen füllten, unterdrückte ich die Schuldgefühle, die in mir aufstiegen. *Sie ist eine Lügnerin,* rief ich mir in Erinnerung.

»Weißt du, was ich denke? Nun, ich nehme an, dass ich einfach ein bisschen ausgehungert war und deshalb jede Frau genommen hätte, die mir gerade zur Verfügung stand. Seit du weg bist, ist mir klar geworden, dass es mir nicht reicht, immer mit derselben Frau zu vögeln, wie es sich für einen Ehemann gehört. Ich habe in der letzten Zeit verschiedene Frauen ausprobiert. Du warst nicht schlecht, aber ehrlich gesagt gibt es auch Bessere als dich.«

Sie fuhr zusammen und ließ den Tränen freien Lauf, doch obwohl ich mich entsetzlich schämte, zeigte ich noch immer keine Reaktion. *Das würde ich nicht tun.*

Nachdem sie umgehend wieder zu diesem widerlichen

Cooper zurückgerannt war, gebot es mir ein Rest von Stolz, ihr zu zeigen, dass sie ebenfalls nicht unersetzlich war.

Während wir einander gegenüberstanden und uns anstarrten, reckte sie mit einem Mal das Kinn. Selbst jetzt noch war sie kampfbereit. *Zur Hölle mit ihr!*

Ich wollte sehen, dass sie genau wie ich zusammenbrach.

Ich wollte vor ihr auf die Knie fallen und sie anflehen, das alles ungeschehen zu machen, wollte, dass sie mir die Arme um den Hals schlang und mir sagte, dass das alles nur ein fürchterlicher Traum gewesen war – und ich *hasste* mich dafür.

Ich hasste mich dafür, dass ich mich weiter an die Hoffnung klammerte, denn die Sehnsucht nach der Liebe eines Menschen, der mich niemals lieben würde, war mir bereits hinlänglich bekannt.

Kira hatte nicht das Recht, so unglücklich und bleich und *wunderschön* zu sein. Sie hatte mir mehr genommen, als ich meines Wissens nach hätte verlieren können, und es wäre schließlich nur gerecht, wenn sie genauso litt wie ich.

Plötzlich hatte ich die quälende Vision, wie Kira sich mit Cooper auf den Laken wälzte, und kämpfte verzweifelt gegen ein Gefühl der Übelkeit.

»Allerdings möchte ich nicht, dass du den Eindruck hast, ich hätte dein Entgegenkommen nicht zu schätzen gewusst. Das Zusammensein mit dir war durchaus amüsant. Auch wenn sich herausgestellt hat, dass du einen ziemlich hohen Preis dafür genommen hast.« Ich glitt mit einem Finger über ihre glatte Wange, und sie blickte reglos zu mir auf. »Meinen Namen, mein Weingut, meine Freiheit …« *Meine Seele und mein Herz.*

Eine Träne tropfte auf meinen Finger, und ich riss die Hand zurück, als hätte ich mich an der Flüssigkeit verbrannt, wandte mich ab und kehrte aus der dunklen Gasse auf den hellen Bürgersteig zurück. In meinem Rücken hörte ich sie leise schluchzen, doch sie rief mich nicht zurück, und ich drehte mich nicht noch einmal nach ihr um. Ich hatte mein gebrochenes Herz an diesem dunklen Ort zurückgelassen, und sie könnte diesen Scherbenhaufen haben, denn ich hatte keinerlei Verwendung mehr dafür.

Erfüllt von kaltem Schmerz und elender als je zuvor in meinem Leben fuhr ich wieder heim, marschierte auf direktem Weg zur Bar im Wohnzimmer und griff nach einer Flasche alten Scotchs. An diesem Abend wäre Wein nicht stark genug.

Während ich das erste Glas Whiskey herunterkippte, konnte ich durchs Fenster auf die Hügel voller Reben sehen. Bevor ich Kira rausgeworfen hatte, hatte ich den Zucker-, Säure- und Tanningehalt der Trauben überprüft und wusste, der perfekte Zeitpunkt für die Ernte wäre *jetzt*. Doch ich hatte einfach nicht genügend Geld, um Erntehelfer anzuheuern, also prostete ich meinen Reben spöttisch zu. »Ihr habt eure Sache wirklich gut gemacht. Sorry, dass ich euch im Stich gelassen habe, so wie alle anderen auch.«

Nicht mehr lange, und die Trauben würden anfangen zu faulen, was die passende Metapher für mein eigenes verpfuschtes Leben war. Wahrscheinlich brächte Cooper Stratton mich für die Attacke in dem Restaurant noch einmal in den Knast.

Auch wenn mir noch der erste Schluck Whiskey in der Kehle brannte, schenkte ich mir sofort wieder nach. Mein Leben war vorbei. Es gab nicht die geringste Hoffnung mehr für mich.

24 Grayson

Stöhnend griff ich an meinen dröhnenden Schädel, doch allmählich nahm ich die Umgebung wieder wahr. Ich lag, ein leeres Glas und eine leere Whiskeyflasche auf dem Bauch, auf dem Sofa im Salon. Als ich mich mühsam aufsetzte, rollten Glas und Flasche auf den Teppich vor der Couch.

Stolpernd kam ich auf die Füße und massierte mir den steifen Nacken, während ich durchs Fenster in das goldene Licht der aufgehenden Sonne blickte. Ich blinzelte verwirrt, denn es sah aus, als führen … Dutzende von Leuten meine Ernte ein. Ich verfolgte das Geschehen aus zusammengekniffenen Augen, kratzte mich am Bauch und versuchte zu verstehen.

»Ich nehme an, dass du die hier brauchen wirst«, ertönte eine Stimme hinter mir. Ich fuhr herum und stellte fest, dass Charlotte, ein Glas Wasser und zwei Schmerztabletten in den Händen, durch die Tür getreten war. »Nicht, dass du es nicht verdient hättest, dich hundeelend zu fühlen. Ich hätte durchaus Lust, dir eine Ohrfeige zu geben, doch wie es aussieht, hast du dir das Leben selbst schon schwer genug gemacht.«

Ich sah sie fragend an, und ohne auf ihre Bemerkung einzugehen, erkundigte ich mich: »Was zum Teufel ist da draußen los?«

»Die Trauben lesen sich nicht von allein.«

Ich atmete tief durch. »Ich meine, wer hat diese Leute engagiert? Du weißt genau, dass ich sie nicht bezahlen kann.«

»Es gibt anscheinend eine Reihe von Leuten, die Harley

noch was schuldig sind, und er, José und Virgil haben ihr Gehalt vom letzten Monat zusammengelegt und zahlen es den Männern, die bereit waren, diese Woche hier zu arbeiten.«

»Die drei hätten ihr Geld behalten sollen. Du weißt genauso gut wie ich, dass man die Trauben nicht in einer Woche lesen kann.«

»Tja, nun, das ist auf jeden Fall ein Anfang, und wenn du den Wein, der in den Fässern lagert, endlich abfüllst, kannst du anfangen, ihn zu verkaufen. Dafür kommt am Abend eine zweite Gruppe Helfer in die Kelterei.«

Ich wandte mich ihr zu und zog eine Grimasse, weil mir bei der plötzlichen Bewegung fast der Schädel barst. »Warum? Warum zum Teufel sollten sie das tun?«

»Weil sie an dich glauben.«

»Weil sie an mich glauben?« Durch mein böses Lachen wurde das verdammte Dröhnen meines Schädels noch verstärkt. »Davon allein bekommen sie ihre Familien ja wohl schwerlich satt. Apropos, weshalb bist du überhaupt noch hier?«

Charlotte spitzte ihre Lippen. »Vielleicht würdest du ja gerne erst mal duschen und dann rausgehen und den Leuten helfen.«

»Nein.« Ich schüttelte den Kopf. »Erst mal hole ich mir eine zweite Flasche Scotch, und dann habe ich heute schon was anderes vor.«

Ich sagte mir, der missbilligende Blick, mit dem sie mich bedachte, ehe sie den Raum verließ, kümmere mich nicht. Schließlich hatte sie mich ebenfalls belogen, und ich hatte sie nur deswegen nicht auf der Stelle rausgeworfen, weil sie hier schon länger lebte als ich selbst. Trotzdem wäre sie schon bald gezwungen, von hier fortzugehen – sobald ich es mir nicht mehr leisten könnte, ihre Backzutaten zu bezahlen. Oder wenn ich abermals verhaftet würde, weil ich auf Cooper Stratton losgegangen war. Ich stöhnte laut und raufte mir die Haare, als mir wieder einfiel, dass mein ganzes Leben eine Katastrophe war.

»Charlotte.«

In der breiten Bogentür des Wohnraums blieb sie stehen und sah mich über ihre Schulter hinweg an.

»Hat die Polizei hier angerufen, oder war sie vielleicht schon hier?«

»Nein.« Sie ging weiter in die Küche, ohne sich auch nur dafür zu interessieren, was der Grund für diese Frage war. Vielleicht wollte sie ja einfach keine zusätzliche negative Nachricht hören. Das wollte ich genauso wenig, aber offenbar hatte das Schicksal anderes mit mir im Sinn.

Ich nahm die zwei Tabletten, die mir Charlotte dagelassen hatte, schleppte mich nach oben und lockerte meine steifen Muskeln unter einer heißen Dusche. Dann ging ich ins Gästezimmer auf der anderen Flurseite und blickte durch das Fenster auf die Weinberge hinaus. Die Geräte und die Männer waren tatsächlich noch da. Diese verdammten Narren vergeudeten nur ihre Zeit!

Ich ging zurück ins Schlafzimmer, warf mich aufs Bett und starrte wie in all den Nächten, die ich hier mit Kira gelegen hatte, den Deckenventilator an. *Hör auf. Denk nicht an sie – oder zumindest nicht in diesem Augenblick.* War sie heute Morgen neben Cooper aufgewacht? Frühstückten die zwei vielleicht im Bett? Gequält von diesen Gedanken, machte ich mich auf die Suche nach der zweiten Flasche Scotch. Ich würde so viel trinken, bis nicht eine meiner Hirnzellen übrig war und sich an sie erinnern konnte.

Auch Charlotte war ins Wohnzimmer zurückgekehrt und faltete die Decke, die ich von der Couch geworfen hatte, als ich aufgestanden war. Nach einem Blick durchs Fenster murmelte ich leise: »Sie verschwenden hier nur ihre Zeit. Ich hasse diesen Ort. Selbst wenn es mir möglich wäre, dieses Weingut wieder aufzubauen, würde ich mir jetzt die Mühe sparen. Am liebsten würde ich so wie mein Vater alles kurz und klein schlagen, damit ich nie mehr daran denken muss, dass es dieses Weingut je gegeben hat. Hier gibt es nichts als Elend – Elend, Lügen und schlechte Erinnerungen.«

»Wenn du das glaubst, ist es wahrscheinlich so.«

Ich sah sie aus zusammengekniffenen Augen an. »Ich glaube es nicht nur. Ich weiß, dass es so ist.«

»Okay.«

Ich presste meine Lippen fest zusammen, wütend, weil sie es noch immer schaffte, mich mit ein paar Worten aus dem Gleichgewicht zu bringen, wie damals, als ich ein kleiner Junge war.

Doch anscheinend war sie noch nicht fertig, denn als ich zur Bar ging, meinte sie mit ruhiger Stimme: »Übrigens ist Walter ebenfalls dort draußen, und ich kann nur hoffen, dass sein Rücken keine allzu großen Schwierigkeiten macht. Und natürlich sieht er auch nicht mehr so gut wie früher. Ich hoffe also, dass er nicht die falschen Trauben pflückt ...«

Augenrollend blieb ich stehen.

»Walter ist doch kerngesund.«

Sie zuckte mit den Schultern. »Tut mir leid. Ich wollte dich damit ganz sicher nicht beunruhigen. Betrink du dich ruhig weiter. Aber vielleicht denkst du ab und zu daran, den Männern zuzuwinken, wenn du aus dem Fenster schaust. Denn ein bisschen Zuspruch haben sie sich dafür, dass sie bei der Hitze für nicht mal den Mindestlohn dort draußen schuften, meiner Meinung nach durchaus verdient.«

»Himmel. So heiß ist es gar nicht.« Mir war durchaus klar, dass sie mir Schuldgefühle machen wollte, doch vielleicht bekäme ich durch harte Arbeit endlich wieder einen klaren Kopf.

»Meinetwegen arbeite ich mir zusammen mit den anderen die Finger wund. Hauptsache, ich muss dich nicht mehr hören«, knurrte ich.

Wieder zuckte Charlotte mit den Achseln, doch bevor sie

es vor mir verbergen konnte, huschte ein zufriedenes Lächeln über ihr Gesicht.

Zur Hölle mit ihr.

♥

Als ich abends schmutzig und verschwitzt zurück ins Haus kam, tat mir jeder Muskel weh. Anscheinend hatte Harley alle ihm bekannten Ex-Häftlinge der nördlichen Hemisphäre kontaktiert und auf das Gut bestellt. Ich hatte keine Ahnung, ob das etwas ändern würde, doch die Übelkeit, die ich empfunden hatte, weil die Trauben, die mir so am Herzen lagen, einfach auf die Erde fallen und verrotten würden, hatte sich gelegt. Zumindest würde jetzt die Ernte eingefahren, und ich könnte anfangen, den Wein, der in den Fässern lagerte, in Flaschen abzufüllen. Und beim Verkauf des Weinguts würde ich auf alle Fälle einen besseren Preis erzielen, wenn es nicht mehr nur eine Ruine wäre, sondern der Betrieb inzwischen wieder lief. Ich würde mich von Kira scheiden lassen, etwas Geld mit dem Verkauf des Weinguts machen und dann irgendwo hingehen, um etwas Neues aufzuziehen. Doch was? Ich kannte mich im Grunde nur mit Weinbau aus, und mein BWL-Abschluss vom College nützte mir nach all den Jahren sicherlich nichts mehr. Vor allem würde niemand einen Typen engagieren, der wegen fahrlässiger Tötung jahrelang im Gefängnis gewesen war. Denn schließlich steckte Elend an. Die Gedanken, die ich bei der Arbeit gut hatte verdrängen können, kehrten jetzt mit aller Macht und umso quälender zurück.

Ich duschte kurz und auf dem Weg zurück nach unten blieb ich vor der Tür des Zimmers stehen, in dem Kira übernachtet hatte, ehe sie in *unser* Zimmer umgezogen war. Mit schmerzendem Herzen schaute ich mich in dem leeren Zimmer um und öffnete die Tür des Schranks, in dem jedoch nichts mehr von ihr hing. In einer Lade der Kommode aber hatte sie zwei Nachthemden vergessen, und zu meiner Schande hob ich sie an mein Gesicht und sog ihren süßen, zarten Duft in meine Lungen ein. Ich unterdrückte das gequälte Stöhnen, das in meiner Kehle aufstieg, legte die zwei Nachthemden zurück und bemerkte, dass auch noch eine kleine Schmuckschatulle in der Lade lag. Vorsichtig klappte ich den Deckel auf und holte zischend Luft, als ich auf einem dunkelblauen Samtbett einen Ehering aus Platin liegen sah. Ich nahm ihn aus der Schachtel und hielt ihn ins Licht.

Meinem geliebten Drachen.

Ich hatte das Gefühl, als würde meinem bereits wehen Herzen abermals ein Schlag versetzt, als ich die Inschrift las. Eine gefühlte Ewigkeit stand ich nur da und starrte auf den Ring, doch schließlich legte ich ihn wieder in die Schachtel und kehrte zurück ins Erdgeschoss, um José, Harley und Virgil zu begrüßen, die von Charlotte noch zum Abendessen eingeladen worden waren. Sie kamen gerade an und sahen schmutzig und erschöpft, aber irgendwie zufrieden aus. Zu meinem Herzschmerz gesellten sich auch noch Schuldgefühle, denn trotz all der Arbeit, die sie kostenlos geleistet hatten, konnte ich den Männern nichts bieten, und sie müssten sich nach neuen Jobs umsehen.

Trotzdem klopfte ich Harley auf die Schulter und dankte ihm noch einmal dafür, dass er wie bereits so häufig für mich eingesprungen war.

»Mann, du hast dir doch nicht eingebildet, dass ich nicht mehr für dich da bin, nur weil wir jetzt draußen sind?« Er lächelte mich an, massierte sich die stark gebräunten, muskulösen Arme, und ich war mir sicher, dass er mindestens so starke Schmerzen hatte wie ich selbst. Schließlich hatte er sich schon seit Sonnenaufgang auf dem Weinberg abgemüht.

»Das habe ich nicht verdient, Harley«, gab ich zurück und rieb mir das Genick.

»Kann sein. Das zu beurteilen steht mir nicht zu. Ich weiß nur, wer meine Freunde sind, und für meine Freunde bin ich immer da. Ich verdanke dir mein Leben – dir und deiner Frau – und wenn einer von euch beiden mich um etwas bittet, bin ich da.«

Ich räusperte mich leise, weil ich plötzlich furchtbar gerührt und dankbar war. Vor allem aber war ich abgrundtief erschöpft.

»Und meine Frau empfindet das genauso, klar?«

»Uh …«

Harley lachte leise auf und stellte grinsend fest: »Priscilla ist ein echtes Teufelsweib.«

In diesem Augenblick kam Virgil, dicht gefolgt von Sugie, durch die Tür getrottet, und ich lenkte meinen Blick auf ihn. »Hallo.«

Er lächelte mich glücklich an. »Hallo, Mr Hawthorn, Sir. Erst lesen wir die Trauben, und dann machen wir den Wein.«

Ich lächelte zurück und drückte ihm die Schulter. »Danke, Virgil. Du bist echt ein anständiger Kerl.«

Als auch José durch die Tür trat, stellte ich fest: »Jetzt sind wir alle vollzählig. Dann lasst uns essen.«

Auf dem Weg zur Küche sah ich Walter die Treppe herunterkommen. Er war erschreckend bleich, und als ich daran dachte, dass auch er seit den frühen Morgenstunden auf dem Weinberg geschuftet hatte, wuchsen meine Schuldgefühle noch. Mein Gott, er war bei Weitem nicht so jung wie ich. Ich runzelte die Stirn, denn plötzlich streckte er die eine Hand nach dem Geländer aus und griff sich mit der anderen an die Brust.

»Walter?«

Röchelnd kippte er vornüber, und ich machte einen Satz nach vorn und fing ihn auf, damit er nicht kopfüber auf den harten Marmorboden fiel. Hinter mir schrie Charlotte, und ich rappelte mich, halb erdrückt von Walter, mühsam wieder auf.

»Ihr müsst ihn auf den Rücken drehen«, erklang Harleys Stimme, während er sich schon nach Walter bückte und ihn mühelos von mir herunterzog.

Das Blut rauschte in meinen Ohren, und die Stimmen der anderen drangen wie aus weiter Ferne an mein Ohr. Ich konnte hören, dass José einen Krankenwagen rief, während ich mich neben Charlotte über Walter beugte, der nach Luft rang und auch weiterhin die Hand auf seine Brust presste.

Vor lauter Angst wurde mir selber eng ums Herz. »Der Arzt ist unterwegs«, erklärte ich mit rauer Stimme, während Charlotte ihm die Haare aus den Augen strich. Sie weinte lautlos vor sich hin, als Walter versuchte, etwas zu sagen, aufgrund des Luftmangels aber nur ein Keuchen zustande brachte. Schließlich nahm er meine Hand, drückte sie und krächzte: »Wie … mein … eigener … Sohn.«

Mein Herz zog sich so fest zusammen, dass ich selbst nur noch mit Mühe Luft bekam.

»Nicht reden«, wies ihn Charlotte an. »Und wag es ja nicht, mich allein zu lassen. Wag es nicht, du sturer, alter Bock.«

Walter rang ein letztes Mal nach Luft und lag dann völlig reglos da. Panik breitete sich in mir aus, und ich atmete keuchend ein und aus. Ich hörte nur ein Wort, das ein ums andere Mal wiederholt wurde: *»Nein, nein, nein.«* Und schließlich wurde mir bewusst, dass dieses eine Wort wie ein verzweifeltes Gebet halb ängstlich und halb flehend über meine eigenen Lippen kam.

♥

Das Licht der Morgendämmerung fiel durch die Jalousien, und das gleichmäßige Piepsen des neben dem Bett hängenden Überwachungsmonitors klang wie Musik in meinen Ohren. Ich saß auf einem Stuhl und hatte meine Ellenbogen auf den Knien und meinen Kopf auf meinen Händen abgestützt.

Charlotte war vor ein paar Stunden heimgefahren, um den Hund zu füttern und sich auszuruhen. Im Grunde hätte sie die Nacht im Krankenhaus verbringen wollen, doch es hatte nirgends mehr ein freies Bett für sie gegeben, und die Ärzte hatten ihr erklärt, ihr Mann wäre stabil und schliefe sicher bis zum Morgen durch. Also hatte ich ihr angeboten, bei ihm auszuharren, da mein Rücken deutlich jünger war als ihrer, und gesagt, ich würde mich umgehend bei ihr melden, falls er wach würde, bevor sie morgens wieder in die Klinik kam.

Ich legte eine Hand in meinen Nacken, um die steifen Muskeln zu massieren, riss dann aber den Kopf herum, als eine mir bekannte Stimme sagte: »Ich will Sie bestimmt nicht kränken, Sir, aber Sie sehen einfach erbärmlich aus.«

Ich atmete erleichtert auf und kämpfte heldenhaft gegen ein breites Grinsen an. »Wann hätte es dich je gestört, ob du mich kränkst oder nicht?«

»Noch nie«, räumte er unbekümmert ein.

Ich stand auf und schenkte aus dem Krug, der auf dem Tisch stand, ein Glas Wasser für ihn ein. Dann trat ich an sein Bett, hielt das Glas an seinen Mund, und nach ein paar großen Schlucken ließ er seinen Kopf auf das Kissen fallen und sah mich an.

Leicht verlegen setzte ich mich wieder auf den Stuhl, rückte etwas näher an sein Bett und zog mein Handy aus der Tasche meiner Jeans. »Sieht dir ähnlich, ein solches Theater wie gestern Abend zu veranstalten. Ich gebe Charlotte schnell Bescheid, dass du …«

»Warte damit bitte noch ein paar Minuten«, bat er mich mit ernster Stimme, und verwundert steckte ich das Handy wieder ein.

»Ich habe dieses Theater bestimmt nicht veranstaltet, nur damit du gehst, ohne dir anzuhören, was ich dir zu sagen habe.«

Ich verzog den Mund zu einem müden Lächeln, nickte aber. »Meinetwegen. Also gut.«

Einen Augenblick lang sah mich Walter einfach schweigend an, doch als er endlich etwas sagte, hatte seine Stimme einen überraschend ruhigen Klang: »Weißt du, was mir immer wieder durch den Kopf ging, als ich dort am Fuß der Treppe lag?«

Ich schüttelte den Kopf.

»Ich habe ein ums andere Mal gedacht, bitte, lieber Gott, lass mich nicht sterben, ohne dass ich diesem Jungen sagen kann, wie sehr er mir am Herzen liegt.«

»Walter …«, fing ich an und fuhr mir mit der Hand durchs Haar. Ich hatte bisher nie erlebt, dass Walter je über Gefühle sprach.

»Wir hatten einen Sohn«, erklärte er und legte eine kurze Pause ein, als seine Stimme brach.

Ich riss verblüfft die Augen auf. »Was? Davon habt ihr mir nie etwas erzählt.«

»Nein, es fällt uns schwer, von ihm zu sprechen. Wir verloren Henry, als er noch ein Baby war. Charlotte, sie hat … mindestens so sehr um ihn getrauert wie ich selbst.«

»Das tut mir leid, Walter.«

Er nickte traurig. Ich hatte diese Traurigkeit in seinem Blick bereits des Öfteren gesehen. Immer, wenn mein Vater eine seiner grausamen Strafen über uns verhängte, hatte Walter diesen Ausdruck im Gesicht gehabt. Es hatte ihm in der Seele wehgetan, wie mein Vater mich behandelt hatte, und in all den Jahren hatte er mir nie ein Wort von seinem eigenen Verlust erzählt.

»Danach konnte Charlotte keine Kinder mehr bekommen, und wir hielten es in dem Zuhause, in dem wir mit ihm gelebt hatten, nicht mehr aus. Also …«, Walter atmete tief durch, »haben wir beschlossen, nach Amerika zu kommen und ein neues Leben zu beginnen, wo uns nichts daran erinnert, was das Schicksal uns genommen hat. Wir fanden eine Anstellung bei deinem Vater, und wir arrangierten uns mit unserem neuen Leben, bis es eines Tages an der Tür klopfte und du in die Familie kamst. Egal, wie Ford und Jessica auf dein Erscheinen reagierten, uns kamst du vom ersten Tag an wie ein Geschenk vor, und das bist du heute noch. Seit damals ist kein Tag vergangen, an dem wir nicht entsetzlich stolz auf dich gewesen wären. Ich will, dass du das weißt.«

»Walter …« Meine Stimme brach.

»Leider konnten wir nicht immer für dich da sein und uns auch nicht immer einmischen, wenn dich dein Vater schlecht behandelt hat. Wir hatten Angst, er würde uns fortschicken, und du wärst ganz auf dich allein gestellt. Trotzdem haben wir nichts unversucht gelassen, um dir zu zeigen, dass du nicht alleine warst und bist. Weder als Kind noch jetzt. Du wirst in deinem ganzen Leben nie alleine sein. Den wahren Grund, aus dem dein Vater dir das Weingut hinterlassen hat, haben wir dir nur verschwiegen, weil wir dich von Herzen lieben und dir diese grauenhafte Last so lange wie möglich ersparen wollten. Wir wollten dich niemals belügen. Ich hoffe, du kannst uns irgendwann verstehen.«

Ich lehnte mich auf meinem Stuhl zurück und ließ seine Worte durch mein Herz fließen wie einen warmen Strom. Natürlich hatte ich die ganze Zeit gewusst, dass mein Erzeuger und auch meine Stiefmutter niemals so gute Eltern wie Charlotte und Walter für mich gewesen waren. Aber … was, wenn sich die beiden irrten und das Urteil meines Vaters richtig war?

»Und was ist, wenn er recht hatte?«, sprach ich zum ersten Mal in meinem Leben meine tiefste, dunkelste Befürchtung aus.

»Dein Vater?«

»Ja«, stieß ich mit rauer Flüsterstimme aus. »Er und alle anderen.«

»Denkst du das im Ernst? Dass Charlotte und ich uns in dir geirrt haben, und dass das Urteil von Ford Hawthorn, Jessica und deiner Mutter richtig war?«

»Ich …«

Plötzlich sah ich Walter vor mir, wie er als mein Schwimmlehrer in seinem altmodischen, schwarzen Badeanzug in den Pool gestiegen war. Genauso war er mit mir durch den Irrgarten gelaufen, hatte mich dort meine Schritte zählen lassen und mir jede Abbiegung gezeigt. Auch Charlotte sah ich, wie sie unglücklich die Hände rang, weil sie mit ansehen musste, wie ich litt, und dachte an all die klugen Ratschläge, die sie mir im Verlauf der Zeit gegeben, und die grenzenlose Liebe, die sie mir stets geschenkt hatte.

»Vielleicht«, fuhr Walter fort, »fragst du dich das ja auch, weil du nicht weißt, auf welcher Seite Kira steht.«

Walter hatte immer alles über mich gewusst, noch ehe ich mir selbst darüber klar geworden war, und ich hatte keinen Grund zu denken, dass es diesmal anders war. »Ich ... nun ja ... ich weiß ganz einfach nicht, ob ich ihr trauen kann.«

Er sah mich reglos an und seufzte leise auf. »Nun, ich nehme an, dass du das nicht herausfinden wirst, wenn du nicht bereit bist, dieses Wagnis einzugehen. Du kannst auch weiter wie ein Geist über dein Weingut laufen, dort mit deinen von dir selber angelegten Ketten rasseln und versuchen, jeden in die Flucht zu schlagen, der dir irgendwie zu nahe kommt.«

Ich lachte leise, stieß dann aber selber einen Seufzer aus.

»Weißt du übrigens, warum ich dich nie Grayson nenne, sondern immer Sir?«

Ich schüttelte den Kopf.

»Um dich daran zu erinnern, dass du den Respekt, der mit dieser Anrede verbunden ist, verdienst.«

»Danke, Walter.« Ich war von grenzenloser Dankbarkeit erfüllt, weil dieser wunderbare Mann ein Teil meines Lebens war.

»Und was sagt dir dein Herz?«

Ich senkte meinen Blick und dachte an den Ring, den ich in der Schublade gefunden hatte. *Meinem geliebten Drachen*, hatte Kira darin eingravieren lassen, und ich hatte keine

Ahnung, was ich davon hielt. *Ich liebe dich,* hatte sie während unseres letzten Streits zu mir gesagt, und trotzdem hatte ich sie vor die Tür gesetzt. In meinem Inneren stiegen Zweifel und Bestürzung auf. Statt ihr die Gelegenheit zu geben, mir die Sache zu erklären, hatte ich sie als durchtriebene Lügnerin bezeichnet und ihr Vorwürfe gemacht, die, wie ich zwischenzeitlich wusste, vollkommen unhaltbar waren. Doch wenn ich bereit war, ihr zu glauben, dass sie unsere Begegnung in der Bank an jenem Tag als Wink des Schicksals angesehen hatte, könnte ich es ihr wohl kaum verdenken, dass sie mir nicht gleich am ersten Tag gebeichtet hatte, dass ihr Vater schuld an meiner übertrieben langen Haftstrafe gewesen war. Schließlich hätte ich ihr dann von Anfang an misstraut. Hatten wir nicht ausgemacht, dass unsere Beziehung nur vorübergehend wäre? Und wenn ich, wie Walter vorschlug, auf die Stimme meines Herzens hörte, sagte sie mir dann nicht, dass es tatsächlich typisch für sie wäre, das von ihrer Großmutter geerbte Geld mit mir zu teilen, um das Unrecht wiedergutzumachen, das mir einst von Frank Dallaire zugefügt worden war? Als hätte sie etwas dafür gekonnt.

Seit wir uns zum ersten Mal begegnet waren, hatte sie mit allen Mitteln, die ihr zur Verfügung standen, gegen mich gekämpft. Doch nicht, weil sie mich hatte niederringen, sondern weil sie etwas aus mir hatte machen wollen. Um mir wenigstens ein Mindestmaß an Hoffnung und an Lebensfreude zu bescheren. Die Party, ihr Kostüm, all das hatte mir verraten, dass sie an mich glaubte und versuchte, meinen guten Ruf auch in den Augen aller anderen und vor allem in meinen eigenen Augen wiederherzustellen. Sie hatte meinen Wert erkannt, und das hatte sie mir auf unzählige Arten ein ums andere Mal gezeigt.

O Gott. Meine Schuldgefühle wälzten sich wie glühend heiße Lava durch mein Innerstes und fraßen meine Eingeweide auf. Ich hatte an dem Tag, als ich sie rauswarf, völlig neben mir gestanden und mir allen Ernstes eingeredet, dass mir jeder, dem ich je vertraute, früher oder später in den Rücken fiel. Eine Angst, die ich durch ihr Gespräch mit Cooper auf dem Hof des Weinguts und durch ihr Geständnis bestätigt sah. Dämlich, wie ich war, hatte ich das Schlimmste von ihr glauben *wollen.*

Sie war wie ein helles, warmes Licht, und ich hatte über lange, lange Zeit in kalter Dunkelheit gelebt. Verzweifelt hatte meine Seele sich nach ihrer warmen Zuneigung gesehnt, doch gleichzeitig hatte ich Angst davor gehabt, erneut in dunkler Kälte zu versinken, wenn sie mich wieder verlassen und die Sonne mitnehmen würde. Also hatte ich mich beim geringsten Zweifel von ihr abgewandt, bevor sie die Gelegenheit bekäme, ihrerseits zu gehen. Ich hatte schlicht nicht glauben wollen, dass mich Kira liebte, selbst als sie es ausgesprochen und obwohl sie immer wieder bewiesen hatte, dass das keine leeren Worte für sie waren. Ich hatte mich wie ein Idiot benommen, ich war kalt und grausam mit ihr umgesprungen und sogar so tief gesunken, ihre größten Unsicherheiten gegen sie ins Feld zu führen. Sie war eine zärtliche, wunderschöne junge Frau, und ich hatte das helle Licht, das sie verströmte und das ich so liebte, absichtlich erlöschen lassen, nur weil ich gekränkt gewesen war. Bei dem Gedanken litt ich Höllenqualen. Ich hatte Kira ohne einen Penny vor die Tür gesetzt. Gott, nach allem, was ich wusste, hatte sie in ihrem blöden Auto übernachten müssen, weil sie nicht das Geld gehabt hatte, um irgendwo in ein Hotel zu gehen. Kein Wunder, dass ihr Cooper wieder eingefallen war. Sie hatte schließlich keine andere Wahl gehabt. Scham und Selbsthass schnürten mir die Kehle zu.

In dem Augenblick, in dem ich mich hatte entscheiden müssen, ob ich ihr vertrauen oder ihr den Rücken zukehren wollte, hatte ich mich von ihr abgewandt.

Du musst auch einmal etwas wagen, Junge.

Doch am Ende hatte ich das nicht geschafft. Oder auf jeden

Fall nicht ganz. Ich hatte sie und auch mich selbst im Stich gelassen. Abermals.

Und plötzlich stockte mir der Atem, als mir ein Gedanke kam. Sie könnte durchaus von mir schwanger sein. Wir hatten zweimal völlig ungeschützt miteinander geschlafen.

»Ich habe sie vertrieben«, stieß ich elend aus. »Ich habe grausame, herzlose Dinge zu ihr gesagt. Und selbst wenn ich … das wird sie mir nie verzeihen. Ich weiß nicht mal, ob ich mir das selbst verzeihen kann. Es ist einfach hoffnungslos.«

Walter, der in all den Jahren ein ums andere Mal mein Held gewesen war, sah mich schweigend an und schloss dann müde die Augen. Ich stand auf, um aus dem Raum zu gehen, damit er schlafen könnte, hielt aber inne, als ich seine leise Stimme hinter mir hörte. »Ich denke, du wirst feststellen, dass es, wenn die Liebe echt ist, *immer* Hoffnung gibt.«

♥

Bei meiner Heimkehr sah ich, dass die Männer, die Harley zusammengetrommelt hatte, wie am Vortag bei der Arbeit waren. Ich ging zu ihnen, um sie zu begrüßen und um Harley zu berichten, wie es Walter ging. Die Prognosen waren gut. Er bräuchte einen Stent, doch die Ärzte hatten ihm versichert, dass er schon in ein paar Tagen wieder nach Hause könne, weil der Eingriff völlig harmlos sei. Doch als ich nach Harley fragte, sagte einer der Männer, dass er heute später käme, denn er habe außerhalb zu tun.

Ich ging ins Haus, um kurz zu duschen. Danach wollte ich in die Kelterei, wo José darüber wachte, dass die Helfer die Maschinen richtig bedienten. Ich war hundemüde, aber wenn die Männer draußen bei der Arbeit waren, legte ich mich ganz bestimmt nicht müßig auf die Couch. Schlafen könnte ich auch später, und vielleicht fiele mir bei der Arbeit ein, wie ich es anstellen könnte, dass mir Kira noch eine letzte Chance gab. Denn ich hatte keine Ahnung, was ich anderes tun sollte als vor ihr auf die Knie zu fallen und sie anzuflehen, mir zu verzeihen.

Nach der Dusche ging ich in die Küche, um Kaffee zu kochen, schaltete den Fernseher ein und erstarrte, als ein Bild von Cooper Stratton in den Nachrichten erschien. Ich schnappte mir die Fernbedienung, stellte eilig lauter und bekam noch einen Teil der Meldung mit.

»… anscheinend hat ein Callgirl, das von Richter Cooper Stratton während eines Wohltätigkeitsdinners vor zwei Tagen auf sein Zimmer im Palace Hotel geordert wurde, die schockierenden Aufnahmen gemacht. Die versteckte Kamera zeigt einen offenbar betrunkenen Richter Stratton dabei, wie er sich brüstet, Bestechungsgelder angenommen zu haben, um den Ausgang einer Reihe von Verfahren zu beeinflussen. Die Staatsanwaltschaft hat inzwischen die Ermittlungen gegen den Richter aufgenommen, und auch wenn bisher nicht alle Einzelheiten des Falls bekannt gegeben wurden, hat sich Richter Stratton offenbar auch mit den glänzenden Beziehungen gerühmt, die er zu San Franciscos ehemaligem Bürgermeister Frank Dallaire unterhält. Dieser streitet eine besondere Verbindung zu Stratton ab, obwohl seine eigene Tochter mit dem Richter verlobt war. Die Verlobung endete jedoch mit einem Skandal.«

Ich stützte mich mit beiden Händen auf der Arbeitsplatte ab, denn meine Knie wurden weich.

»Dieser Vorfall demonstriert, dass Korruption auch in Justiz und Politik verbreitet ist. Als Bürger wollen wir an die Unbestechlichkeit der Menschen, die wir wählen, glauben, aber diese Aufnahmen dürften die Diskussion über das Thema weiter anheizen. Hier noch mal der Film.«

Zunächst sah man aus der Perspektive einer Frau, die wohl rittlings auf ihm sitzen musste, Stratton im Smoking auf dem Bett liegen. Lachend gab er preis, dass er bestechlich war. Mit vor Zorn und Unglauben zusammengezogenem Magen hörte ich, wie er mit beiläufiger Stimme davon sprach, wie er, erst als Staatsanwalt und jetzt als Richter, Leben ruiniert hatte, wenn es ihm zu nützen schien. Er hatte also jahrelang die Drecksarbeit für Frank Dallaire erledigt, deshalb war es sicherlich nicht überraschend, dass dieser bereit gewesen war, den Bastard zu beschützen, nachdem seine eigene Tochter ihn mit zwei Prostituierten gleichzeitig im Bett erwischt hatte. Und Kira hatte nicht einmal geahnt, welcher Art genau die Beziehung zwischen ihrem Vater und ihrem zukünftigen Mann gewesen war. Ich musste schlucken, konzentrierte mich aber weiter auf den Film. Das Mädchen mit der Kamera feuerte ihn kichernd an und schmeichelte seinem Ego, indem sie ihm erklärte, seine Macht turne sie an. Als sie sich leicht nach vorne beugte, um ihm seine Fliege abzunehmen, konnte ich die Spitzen ihrer Haare sehen. *Sie waren pink.*

Ich schüttelte den Kopf. Das konnte nicht sein. Ich blinzelte, als sie sich kurz entschuldigte, um angeblich ins Bad zu gehen, bevor sie schnellen Schrittes aus dem Raum, den Flur hinab und dann durch einen Ballsaal lief. Man hörte Gelächter, Stimmen und das Klappern von Geschirr im Hintergrund, und als ich dichter vor den Bildschirm trat, sah ich das Profil eines anderen Gastes, der so wie Stratton einen Smoking trug, aber verdächtig aussah wie Harley. Und … verdammt, ich sah noch jemand anderen im Saal. Ebenfalls nur im Profil, doch Jessica Hawthorn hätte ich wahrscheinlich selbst von hinten mühelos erkannt. Was machte meine Stiefmutter auf dieser Gala? Was zum Teufel war da los?

»Charlotte«, brüllte ich, bevor mir einfiel, dass sie noch nicht aus dem Krankenhaus zurückgekommen war. »Verflucht noch mal.« Ich rief bei José an, und als er nicht ans Handy ging, lief ich in die Kelterei und sagte ihm, ich müsste noch mal weg, wäre aber schnellstmöglich zurück.

»Hier ist alles unter Kontrolle, Boss«, rief er mir hinterher, als ich schon wieder auf dem Weg zum Ausgang war. Dann rannte ich zurück zum Haus, packte eine Tasche, lief zu meinem Truck und fuhr los. *Verdammt!* Was war da passiert? Meine Gedanken überschlugen sich. *Kira.* Sicher hatte sie sich diese Sache ausgedacht. Am liebsten hätte ich sie gleichzeitig geschüttelt und an meine Brust gezerrt. Diese kleine Hexe steckte hinter dieser Angelegenheit. Das wusste ich genau. *Meine süße, kleine, wunderschöne Hexe.* Sie hatte sich mit diesem Vorhaben womöglich in Gefahr gebracht. Hatte sie sich deswegen mit Cooper in dem Restaurant getroffen? Voller Reue dachte ich daran zurück, wie grausam ich bei unserem Zusammentreffen mit ihr umgesprungen war. Dabei hatte sie mir wieder mal nur helfen wollen, genau wie Harley und Priscilla – anders konnte es nicht sein.

Natürlich hatte ich noch immer unzählige Fragen, doch ich wusste genau, wer mir die Antworten auf diese Fragen geben konnte.

Auf der Fahrt schossen mir Bilder von Kira durch den Kopf: Ich sah sie in der Früh in unserem Bett – sie wandte sich mir zu, und die Morgensonne fiel ihr ins Gesicht, als sie die verschlafenen, grünen Augen aufschlug, mich mit einem sanften Lächeln ansah und dann ihren Kopf an meiner Brust vergrub – und sah sie, wie sie Sugie in den Armen hielt und zu Vanessa sagte: *»Mehr als alles andere braucht sie Liebe, und das Einzige, womit man sie verletzen kann, ist, wenn man sie ihr vorenthält.«*

Voller Schmerz kniff ich die Augen zu. Ich sah sie, wie sie von der Eiche sprang, wie sie in der Pose einer Ballerina auf dem Traktor stand, wie sie, einen Ausdruck reiner Freude im Gesicht, auf dem Geländer rutschte, und musste mir eingestehen, dass sie eindeutig vor mir unten angekommen war. Ich sah sie in dem Labyrinth, wo sie mit ausgestreckten Armen auf mich zugekommen war. Sie hatte mich in jener Nacht gerettet, und als ich sie hätte retten können, hatte mir die Kraft dazu gefehlt. Ich atmete seufzend aus, und die Bilder bahnten sich aus meinem Kopf einen Weg hinunter in mein

Herz. Ich sah sie vor mir, wie sie sich im Weinkeller dicht vor mich kniete, mich liebevoll und zärtlich ansah. *»Das Leben hält für jeden Menschen irgendeinen Schmerz bereit. Aber wenn man es nicht zulässt, kann er einen auch nicht zerstören. Die Lücke, die er reißt, muss man mit Liebe füllen. Wenn einem das gelingt, macht jeder Schmerz, den man erleidet, Platz für Liebe, und sie gibt uns neue Kraft.« Mein Gott.* Genau das hatte sie getan. Sie hatte all die leeren Stellen in ihrem Inneren mit Liebe angefüllt. Und ich selber war zu dumm und zu verängstigt gewesen, um mir von ihr zeigen zu lassen, wie das ging.

Trotzdem hatte ich mich hoffnungslos in diese zauberhafte, kleine Hexe verliebt, in diese wunderschöne junge Frau mit den leuchtend grünen Augen und der wilden Mähne, die so ungezähmt war wie sie selbst. Kira, die so leidenschaftlich und so strahlend wie die Sonne war und zugleich so sanftmütig und scheu. Sie besaß mein Herz und meine Seele, und bis an mein Lebensende würde ich nie jemand anderem gehören als ihr allein. Und jetzt war ich bereit. Bereit, mich ihr vollkommen zu ergeben, ganz und gar, egal, was auch geschah.

Ich hoffte nur, es wäre nicht zu spät. *Bitte, es darf noch nicht zu spät sein, bitte nicht.*

♥

Eine junge Frau im schwarzen Kleid machte mir auf, führte mich in einen förmlichen Salon und sagte mir, sie würde sehen, ob Jessica zu sprechen war. Ich nickte grimmig, und statt auf dem blütenweißen Sofa Platz zu nehmen, blieb ich stehen.

Kurz darauf glitt meine Stiefmutter, perfekt frisiert wie eh und je, jede Strähne ihres dunkelblonden Haars an seinem Platz, herein.

»Grayson«, grüßte sie und blieb verlegen stehen, doch dann durchquerte sie den Raum und trat entschlossen vor die

Bar. »Wie wäre es mit einem Cocktail? Irgendwo ist es doch sicher bereits fünf. Und das ganze Gerede von korrupten Richtern und Politikern erträgt man ohne Alkohol nur schwer, nicht wahr?« Mit diesem Satz bestätigte sie mir, dass sie an Cooper Strattons Sturz nicht völlig unbeteiligt war.

»Du warst dort«, sprach ich sie direkt auf das Thema an.

Sie schenkte ein Glas Weißwein ein, hielt es fragend hoch, und als ich stumm verneinte, hob sie es an ihren Mund. »Ja, natürlich war ich dort. Wer, glaubst du wohl, hat die zweieinhalbtausend Dollar, die ein Essen dort gekostet hat, bezahlt?«

Ich bedachte sie mit einem argwöhnischen Blick. »Du hast für sie bezahlt? Für Harley und Priscilla?«

Wieder trank sie einen Schluck von ihrem Wein. »Und für mich selbst. Es war schließlich für einen guten Zweck. Und du hast wirklich nichts davon gewusst?«

»Nein.«

Sie nickte knapp. »Deine Frau war letzte Woche hier. Anscheinend hatte dieser Cooper irgendwas mit deiner Verurteilung zu tun. Sie meinte, sie kenne seine Schwächen und wollte Bilder von ihm machen, um ihn und ihren ebenfalls korrupten Vater zu erpressen.«

Ich atmete zischend aus. *Kira.* Wenn ich sie erwischte, würde ich sie küssen, bis sie schwindlig wurde, und danach erwürgen. Wie hätte sie sich aus der Affäre ziehen wollen, hätte Cooper sie bei diesem Vorhaben erwischt?

Doch erst mal musste ich diese Enthüllungen verdauen. »Sie wollte also eigentlich nur Fotos machen?«

Achselzuckend meine Jessica: »Etwas anderes hat sie mir gegenüber nicht erwähnt. Sie hat mich nur gefragt, ob ich bereit wäre, das Vorhaben zu finanzieren.«

»Und warum hast du das getan?« Ich dachte an die vielen Grausamkeiten, die sie mich hatte erleiden lassen, und die vielen Male, wenn sie tatenlos mit angesehen hatte, wie mein Vater mich bestrafte, einzig weil ich Teil seines Lebens war.

Sie wandte sich ab, sah aus dem Fenster und trank abermals von ihrem Wein. »Seit Fords Tod hatte ich Zeit, um über ein paar Dinge nachzudenken.« Entschlossen stellte sie ihr Glas auf einen Tisch und sah mich wieder an. »Ich … war dir gegenüber nicht sehr nett. Ich war verbittert und verletzt und …« Sie winkte ab. »Nun, ich bin mir sicher, dass dich das nicht wirklich interessiert, und offen gestanden habe ich auch keine Lust, auf dieses Thema näher einzugehen. Aber als mich deine Frau um Hilfe bat, dachte ich, dass ich dir das wahrscheinlich schuldig bin. Es ist offensichtlich, dass sie dich von ganzem Herzen liebt.« Meine Stiefmutter bedachte mich mit einem Blick, als hätte sie mich nie zuvor gesehen.

Ich brachte vor Verblüffung keinen Ton heraus, und ehe ich mich noch zusammenreißen konnte, ging sie durch den Raum zu einem kleinen Sekretär und zog ein Blatt Papier aus einer Schublade. »Den hier hätte ich dir schicken wollen, aber wenn du schon mal hier bist, kann ich mir die Mühe sparen.« Sie drückte mir den Zettel in die Hand, und ich sah, dass es ein Scheck über eine Viertelmillion Dollar war.

»Was ist das?«, fragte ich und hielt ihr das Schriftstück wieder hin.

»Das ist ein Teil des Erbes deines Vaters. Hoffentlich deckt diese Summe wenigstens einige der Schäden ab, die er dem Weingut zugefügt hat, ehe er gestorben ist.« *Sie wusste es. Sie wusste, dass er das Unternehmen vorsätzlich in den Ruin getrieben hatte.*

»Und was ist, wenn ich dieses Geld nicht will?«

»Dann wärst du ein ebensolcher Narr wie er. Nimm den Scheck, und bau dir mit dem Geld ein neues Leben auf, Grayson. Nimm das Geld, und werde glücklich.«

»Ich …«

»Blühen die Rosen und der Weißdorn noch?«

»Ich … was? O ja.«

Sie nickte, und ein Ausdruck des Bedauerns oder vielleicht auch der Trauer huschte über ihr Gesicht. »Das freut mich zu hören«, erklärte sie und wandte sich zum Gehen. »Ich nehme an, du findest selber raus?«

»Ja.« Verwirrung, Überraschung, Hoffnung sowie hundert andere Gefühle, die ich nicht hätte benennen können, wirbelten in meinem Inneren durcheinander, aber wortlos steckte ich den Scheck in meine Brieftasche und ging.

Mir war schwindlig. Niemand anderem als Kira wäre es jemals gelungen, das Herz meiner Stiefmutter mit ein paar Worten zu erweichen. *Niemand anderem als ihr.*

Und jetzt musste ich sie suchen, um vor ihr zu Kreuze zu kriechen. Und zwar nicht auf allen vieren, sondern möglichst auf dem Bauch.

25 Kira

»Das ist der Inbegriff von jämmerlich«, erklärte Kimberly, die neben mir am Fenster stand.

Wir waren in Sharons Wohnung, in der ich seit meinem Auszug aus dem Weingut wohnte, und blickten auf meinen Ehemann, der trotz des anhaltenden Regens auf der Schwelle vor der Haustür saß. Er war bis auf die Haut durchnässt, das dunkle Haar klebte an seinem Kopf, und die Drachenflügel, die er auf dem Rücken trug, waren völlig aufgeweicht.

»Wirst du jetzt endlich Mitleid mit ihm haben, oder was?« Meine Freundin wandte sich mir zu und verschränkte ihre Arme vor der Brust. Da Sharon in der Wärmestube war und ich ganz alleine in der Wohnung, war sie sofort herbeigeeilt, nachdem Grayson bei ihr aufgetaucht war und sie angebettelt hatte, ihm zu sagen, wo ich war. Am Ende hatte sie klein beigegeben, aber ich war mir nicht sicher, ob ich selber schon dazu bereit war, mit ihm zu sprechen. Grayson hatte über eine Viertelstunde an die Eingangstür getrommelt und nach mir gerufen, und obwohl ich angenommen hatte, dass der einsetzende Regen ihn vertreiben würde, hatte er sich auf die Stufen sinken lassen und saß immer noch gesenkten Hauptes dort.

Ich schüttelte den Kopf. »Ich kann nicht, Kimberly. Dann werde ich nur wieder weich, und die Sachen, die er mir bei unserem letzten Treffen an den Kopf geworfen hat, und die Dinge, die er unter Umständen getan hat … nein, ich darf nicht noch mal nachgeben.« Schließlich kannte er meine

Achillesferse und hatte dieses Wissen ausgenutzt, um mich möglichst schmerzlich zu treffen. *Seit du weg bist, ist mir klar geworden, dass es mir nicht reicht, immer mit derselben Frau zu vögeln, wie es sich für einen Ehemann gehört. Ich habe in der letzten Zeit verschiedene Frauen ausprobiert. Du warst nicht schlecht, aber ehrlich gesagt, gibt es auch Bessere als dich.*

Die Erinnerung daran durchbohrte mir das Herz, und eilig wandte ich mich ab, damit ich ihn nicht mehr dort draußen auf den Stufen sitzen sah. »Vor allem habe auch ich selber jede Menge Mist gebaut. Ich habe Intrigen gesponnen, und ich …«

»Ja, okay, du hattest wieder mal eine extrem blöde Idee und hattest wirklich Glück, dass du mir nicht schon vorher was davon erzählt hast, denn ich hätte dich zur Not gefesselt und geknebelt, um dich davor zu bewahren, dass du alles noch schlimmer für dich machst. Aber, Kira, gleichzeitig bin ich auch wirklich stolz auf dich, denn wie es aussieht, hast du zwei der widerwärtigsten Gestalten, die die jüngere politische Geschichte unseres Landes aufzubieten hatte, bloßgestellt und so verhindert, dass sie weiter unschuldige Menschen ruinieren.«

Ich stieß einen tiefen Seufzer aus. »Im Grunde war das eher Priscillas Werk. Aber wie dem auch sei, Grayson wird das wahrscheinlich anders sehen als du.«

»Nun, genau wie ganz Amerika hat er inzwischen mitbekommen, was passiert ist, und sich gleich gedacht, dass *du* dahintersteckst. Und trotzdem sitzt er immer noch wie ein begossener Pudel draußen vor der Tür.«

»Drachen«, korrigierte ich sie trüb. »Und vielleicht sitzt er da nur, weil er mir an die Gurgel gehen will. Was genau hat er gesagt, als er bei dir geklingelt hat?«

»Lauter Sachen, die du selber von ihm hören musst«, gab sie sanft zurück. *Sachen, die sie offenbar dazu bewogen hatten, ihm zu sagen, wo ich war.*

Meine Entschlossenheit geriet ins Wanken, doch im nächsten Augenblick erstarrten wir, als ein kratzendes Geräusch an unsere Ohren drang. Ich hielt den Atem an und riss die Augen auf, denn plötzlich schob jemand mit lautem Knirschen eins der alten Fenster auf.

»Ein Einbrecher«, wisperte Kimberly. »Mein Handy liegt im Flur. Ich habe es dort liegen lassen, als ich reingekommen bin.«

Wir rannten beide los und schrien leise auf, als wir durch eine offene Tür in eins der anderen Zimmer sahen, wo gerade jemand durch das Fenster stieg, bevor er sich mit einem Paar durchweichter … Flügel in dem Holzrahmen verfing.

Ich blieb stehen und atmete erleichtert auf.

»Grayson.«

»Was zum …«, fragte Kimberly mit lauter Stimme, als er seinen Körper durch das Fenster zwängte und mit einem lauten, nassen Klatschen auf den Boden fiel. Stöhnend rieb er sich den Arm, doch plötzlich bemerkte er, dass ich reglos und mit offenem Mund in der Tür des Zimmers stand, und rappelte sich eilig auf.

»Kira«, krächzte er, während das Wasser, das an ihm herunterlief, eine Pfütze auf dem Boden bildete, und sah mich derart wehmütig aus seinen dunklen Augen an, dass mein Herz sich zusammenzog.

»Was machst du da?« Ich ließ meinen Blick von seinem taubenblauen T-Shirt, das an seinem Oberkörper klebte, bis zu seiner Hose wandern, die genauso eng an seinen muskulösen Schenkeln lag, und musste schlucken, denn selbst vollkommen durchweicht, mit schlaffen Flügeln auf dem Rücken, war er einfach wunderschön.

Verlegen schob er sich die nassen Haare aus der Stirn, fing etwas auf, und ich drehte mich um und sah, dass ihm Kimberly ein Handtuch zugeworfen hatte.

»Ich bin … drüben«, sagte sie, und nach einem kurzen Nicken wandte ich mich wieder Grayson zu, der mit dem Handtuch über seine Haare fuhr. Er zerrte sich die Flügel von den Schultern, tupfte sich das T-Shirt und die Hosenbeine ab, bückte sich und wischte auch die Pfütze auf.

Dann richtete er sich wieder auf, und während eines angespannten Augenblicks starrten wir einander schweigend an.

Schließlich setzte er mit leiser Stimme an: »Als ich dort im Regen saß, habe ich mich gefragt, was würde Kira jetzt wohl tun? Auf alle Fälle würde sie was tun. Sie hätte irgendeine, wenn vielleicht auch vollkommen idiotische Idee. Es sähe ihr nicht ähnlich, einfach dort zu sitzen und darauf zu warten, dass etwas passiert. Sie würde ihren ganzen Mut zusammennehmen und etwas versuchen, selbst wenn sie den Eindruck hätte, dass es keinen Grund zur Hoffnung gibt. Und danach habe ich gedacht, ich wäre gern so mutig und beherzt wie du.«

Oh. Ich trat von einem auf den anderen Fuß, und um nicht sofort klein beizugeben, fragte ich: »Und deshalb dachtest du, du brichst einfach in Sharons Wohnung ein?«

Er zuckte mit den Achseln und sah mich mit einem schiefen Lächeln an. »Eine bessere Idee hatte ich einfach nicht.« Er räusperte sich kurz. »Obwohl, im Grunde war es nicht Plan A, sondern Plan B. Nur war mein ursprünglicher Plan bei Weitem nicht so gut. Ich hätte dir eine Predigt halten wollen über die Gefahren, die du eingegangen bist, und dir vorschlagen wollen, zukünftig etwas … *besonnener* zu sein. Also«, fuhr er fort und zog einen durchgeweichten Zettel aus der Tasche seiner Jeans, »ich habe mir hier aufgeschrieben, welche Vor- und Nachteile du hast.«

Ich machte ein Geräusch, das zur einen Hälfte wie ein Lachen und zur anderen wie ein Schnauben klang, und er bedachte mich mit einem hoffnungsvollen Blick. Dann faltete er seinen Zettel vorsichtig auseinander und ging die notierten Punkte durch. »Du hast ein riesengroßes Herz, bist mitfühlend und wunderbar lebendig, aber gleichzeitig treibst du mich in den Wahnsinn mit all den Ideen, die du immer hast. Weiter bin ich nicht gekommen, denn am Ende wusste ich nicht mehr, ob man all diese Eigenschaften überhaupt in Pro und Kontra unterteilen kann. Schließlich ist es ihre Gesamtheit, die dich ausmacht, und ich möchte dich genau so, wie du bist.«

»Oh«, entfuhr es mir, und ich musste mich zwingen, ihm nicht jetzt schon um den Hals zu fallen.

»Nun«, gab ich zurück und verschränkte meine Arme vor der Brust. »Tja ... ich schätze, dein Plan B hat funktioniert. Er kann also nicht wirklich schlecht gewesen sein.« Ich wandte mich kurz ab und biss mir auf die Lippe, aber schließlich fragte ich: »Und was genau hast du damit bezweckt? Nun, da du vor mir stehst, wüsste ich wirklich gerne, was du von mir willst.« Ich räusperte mich leise, denn ich wusste, dass das Krächzen meiner Stimme meine schwankenden Gefühle und die Hoffnung, die ich ihm und auch mir selbst nicht hätte zeigen wollen, verriet.

»Ich will dir sagen, was ich dir schon an dem Tag in meinem Arbeitszimmer hätte sagen sollen, wenn ich nicht zu feige und zu schwach gewesen wäre. Nämlich, dass ich dir vertraue und dass ich dich liebe und dass ich mir wünsche, dass du weiter Teil meines Lebens bist. Ich hoffe, dass du mir verzeihen kannst, dass ich dich aus dem Haus getrieben habe, dass ich vor dem Restaurant so grausam mit dir umgesprungen bin und nicht ehrlich zu dir war, und dass du mir helfen wirst, mir selber zu verzeihen. Es tut mir leid, es tut mir furchtbar leid.« Der rohe Schmerz in seiner Stimme zeigte mir, wie ernst es ihm war, und noch während ich versuchte, alles zu verstehen, kehrte ich gedanklich ein ums andere Mal zum zweiten Punkt seines Geständnisses zurück.

»Du ... liebst mich?«, fragte ich ihn mit vor Hoffnung atemloser Stimme, aber als ich auf ihn zutreten wollte, hob er abwehrend die Hand, und blinzelnd blieb ich stehen. Und dann verstand ich, und in meinen Augen stiegen Tränen auf. *Er wollte auf mich zugehen, statt darauf zu warten, dass ich den ersten Schritt tat.* Und tatsächlich trat er auf mich zu, blieb einen

Meter vor mir stehen, und ich sah ihn mit einem unsicheren Lächeln an.

»Ja«, erklärte er. »Ich liebe dich so sehr, dass ich ohne dich nur eine leere Hülle bin.«

Abermals biss ich mir auf die Lippe. »Und was ist mit den anderen Frauen, mit denen du zusammen warst?« Noch immer tat mir die Erinnerung an seine Worte in der Seele weh.

»Nein, Gott, nein. Seit ich dich kenne, gibt es keine anderen Frauen mehr für mich. Ich habe diese Dinge nur gesagt, um dir so wehzutun, wie du mir meiner Meinung nach wehgetan hattest.«

Er schloss kurz die Augen, und auf seinen attraktiven Zügen lag ein Ausdruck grenzenloser Scham. »Mein Körper, aber auch mein Herz und meine Seele waren dir immer treu und werden es bis an mein Lebensende sein. Das habe ich geschworen, und wenn ich etwas schwöre, nehme ich das ernst und halte mich daran.«

Ich lächelte ihn an, und um nicht laut zu schluchzen, atmete ich zischend ein. »Ich war dir auch treu«, antwortete ich. »An dem Tag in Napa war ich nur mit Cooper essen, um herauszufinden, was er in den nächsten Wochen für Termine hatte. Wir haben uns dort getroffen, weil er dachte, dass ich noch immer in Napa wohne, und danach habe ich ihn nie wiedergesehen.«

»Es tut mir so unendlich leid, dass ich je an dir gezweifelt habe.«

Gray kniff unglücklich die Augen zu, doch ich gab kopfschüttelnd zurück: »Ich kann mir vorstellen, wie es für dich ausgesehen hat. Ich hätte es dir ja erklärt, aber …«

»Ich habe mich schrecklich aufgeführt. Mehr als schrecklich.«

Leise schniefend legte ich ihm einen Finger an die Lippen und sah zu ihm auf. »Du warst verletzt.«

Er nickte schmerzerfüllt und schuldbewusst.

»Ich war mir sicher, dass du in das Restaurant gekommen

warst, weil du mir die Scheidungsunterlagen übergeben wolltest. Aber du hast das Angebot meines Vater ausgeschlagen?«

»Ja.« Er nickte knapp. »Lieber wäre ich verhungert.«

Ich senkte unglücklich den Blick. »Nun, das ist eine gute Einstellung, weil uns das vielleicht immer noch passieren wird. Ich habe schließlich keine Ahnung, ob mein Vater weiter darauf besteht, mein Erbe einzufrieren, und wann das Geld womöglich wieder freigegeben wird. Vielleicht ...«

»Zufällig hat Jessica Hawthorn Interesse daran gezeigt, in das Weingut der Familie zu investieren.«

Ich legte meinen Kopf zurück und starrte ihn verwundert an. »Ach ja?« Ich hatte sie nur einmal kurz besucht, und sie hatte sich bereit erklärt, mein Vorhaben zu finanzieren, mich dann aber sofort wieder abserviert.

»Ach ja.« Ein ebenfalls verblüfftes Lächeln huschte über sein Gesicht.

»Und«, fuhr Grayson fort, »ich möchte, dass du weißt, dass ich erkannt habe, was ich für dich empfinde, und dass ich mich wie ein Vollidiot benommen habe, *ehe* ich herausgefunden habe, was du mir oder vielleicht auch uns zuliebe unternommen hast.« Er legte eine kurze Pause ein und fügte voll Bewunderung hinzu: »Auch wenn das wirklich unglaublich war.«

Ich musste schlucken, und mein Lächeln schwand. »Ich hatte keine andere Wahl. Ich wusste nicht, ob du bereit wärst, auf das Angebot meines Vaters einzugehen, aber wenn nicht, hättest du ohne einen Penny dagestanden, und wenn ja, hätte er deinen Namen und dein Ansehen ruiniert. Und das war alles meine Schuld. Also musste ich es wiedergutmachen oder auf jeden Fall *versuchen*, das zu tun.« In meinen Augen stiegen Tränen auf.

Ein sanftes Lächeln auf den Lippen, trat er endlich auf mich zu. »Ich weiß, kleine Hexe. Und zu diesem Thema gibt es noch sehr viel Gesprächsbedarf. Aber erst mal sollst du wissen, dass ich mich geirrt habe, als ich behauptet habe, dass du deinem oder meinem Vater ähnlich wärst. Du spinnst Intrigen, das ist wahr.« Lächelnd legte er die Hand an mein Gesicht. »Aber die Ideen, die du hast, sind voller Liebe und voll Lebensfreude, wie du selbst. Du kannst nichts Schlechtes tun, Kira, weil du nichts Schlechtes in dir hast.«

Erleichterung und Glück strömten durch meine Adern, und ich schüttelte den Kopf. »Ich spinne keine Intrigen mehr«, versprach ich ihm. »Ich meine … außer wenn es wirklich, wirklich wichtig ist.« Ich wandte mich verlegen ab. »Oder … nun … wie soll ich sagen? Außer …«

Eilig lenkte ich den Blick zurück auf sein Gesicht, als ich ihn leise lachen hörte, und mit zärtlich amüsierter Stimme meinte er: »Okay. Ich liebe dich, Kira. Ich werde niemals aufhören, das zu sagen. Jetzt bin ich bereit auch für die Dornen, und wenn's sein muss, stürze ich mich dir zuliebe kopfüber hinein.«

»Klingt ziemlich schmerzhaft«, stieß ich leise aus.

»Das war eine Metapher«, klärte er mich lachend auf. »Von Charlotte.«

Hätte ich mir denken können. Schließlich hatte Charlotte mich seit meinem Auszug täglich angerufen, und obwohl ich ihr die jüngste meiner schrecklichen Ideen erst gebeichtet hatte, als der Film schon in der Post zum Fernsehen war, hatte sie mich ein ums andere Mal mit weisen Ratschlägen, Worten des Trosts und mütterlicher Liebe unterstützt.

»Wie bei einer Rose«, sagte ich. »Das hat sie mir auch erzählt.«

Er verzog den Mund zu einem jungenhaften Lächeln, strich mir eine wirre Strähne aus der Stirn und bedachte mich mit einem traurig nachdenklichen Blick. »Ich wünschte mir, ich hätte eher auf sie gehört. Dann wären all die Dinge der vergangenen Wochen nicht passiert.«

Ich war von Gefühlen überwältigt, und als eine Träne über meine Wange lief, hob Gray die Hand und wischte sie mit seinem Daumen weg. Als er seine Hand zurückzog, nahm ich ein verräterisches Glitzern an einem seiner Finger wahr. »Ist das etwa der Ring aus unserem …?«

»Ja. Und wenn ich ihn behalten darf, nehme ich ihn niemals wieder ab.«

Ich nickte. »Ja, natürlich. Schließlich wurde er für dich gemacht. Es tut mir leid. Es tut mir furchtbar leid, dass ich dir vorenthalten habe, dass mein Vater schuld an deiner Verurteilung war. Ich wollte dir nicht wehtun. Ich liebe dich. Ich habe niemals aufgehört und werde niemals aufhören, dich zu lieben.«

Jetzt atmete auch er erleichtert auf und fragte heiser: »Darf ich dich jetzt in den Arm nehmen?«

Mit einem nachdrücklichen Nicken trat ich auf ihn zu. Er lächelte an meiner Stirn und rieb sein raues Kinn an meiner Haut. »Komm mit nach Hause, Kira«, raunte er mir zu. »Komm zurück nach Hause. Bitte. Lass mich dir beweisen, dass ich der Ehemann sein kann, den du verdienst.«

Ich nickte dicht an seiner Brust und atmete den schmerzlich wunderbaren Duft des frischen Regens und des Mannes, den ich liebte, ein. *Meines Ehemanns, der mich genauso liebte und der wollte, dass ich mit nach Hause kam.*

Plötzlich überwältigt von der Trauer, der Angst und meinem Elend der vergangenen Wochen, begann ich zu schluchzen und schmiegte mich noch enger an ihn an. Eilig schlang er die Arme um mich und legte sein Gesicht auf meinen Kopf. »Nicht weinen, bitte, Kira«, raunte er mir zu. »Ich möchte niemals mehr der Grund für deine Tränen sein.«

Nickend klammerte ich mich an seinem T-Shirt fest und blickte in sein liebevolles, zärtliches Gesicht.

Er nahm mein Gesicht in seine Hände, presste mir die Lippen auf den Mund, und ich küsste ihn voller Leidenschaft zurück, genoss seinen köstlichen Geschmack und seine Nähe. *Er hatte mir so sehr gefehlt.* Er zog den Kopf zurück, um mir die Tränen fortzuküssen, und sein heißer Atem traf auf meine Haut. Als seine Lippen wieder auf meinem Mund lagen, schmeckte ich dort das Salz meines Schmerzes, aber auch die süße Hoffnung, die in unseren Küssen lag. Als irgendwann mein Tränenstrom versiegte, waren wir beide atemlos.

Er löste sich von mir, sah mir forschend ins Gesicht und stellte leise fest: »Du könntest schwanger sein.«

Ich blinzelte und schüttelte den Kopf. »Nein«, gab ich zurück, denn vor knapp einer Woche hatte meine Periode eingesetzt. Weswegen ich, wie ich ihm gestand, erst erleichtert, dann aber enttäuscht gewesen war. »Ich dachte, selbst wenn du mich nicht mehr willst, hätte ich so wenigstens für alle Zeiten einen kleinen Teil von dir gehabt.«

»Kira«, stieß er heiser aus und zog mich wieder eng an seine Brust.

Ich hob den Kopf, und als sich unsere Blicke trafen, bat ich: »Bring mich heim.«

Ich begleitete eine breit grinsende Kimberly zu ihrem Wagen und fiel ihr dankbar um den Hals. Dann packte ich meine Sachen, stieg mit Gray in seinen Truck, und wir fuhren zusammen heim. *Heim.* Bereits bei diesem Wort machte mein Herz vor Freude einen Satz.

Wir kämen später noch mal in die Stadt, um meinen eigenen Wagen abzuholen, denn fürs Erste hielt ich es nicht aus, auch nur einen Augenblick lang von meinem Ehemann getrennt zu sein.

Auf der Fahrt nach Hause brachten wir uns gegenseitig über all die Dinge, die sich in der letzten Zeit ereignet hatten, auf den neuesten Stand.

Gray umklammerte das Steuer seines Trucks und hörte schweigend zu, als ich ihm von dem Plan erzählte, den Harley, Priscilla und ich gemeinsam geschmiedet hatten, doch am

Ende stieß er knurrend aus: »Ich weiß beim besten Willen nicht, ob ich euch drei dafür ermorden oder eurem Mut zu Ehren einen Schrein errichten soll.«

»Ich persönlich wäre für den Schrein. Ich meine, falls dich meine Meinung interessiert.«

Ich lächelte ihn strahlend an, und schließlich meinte er mit einem leisen Lachen: »Du kannst wirklich dankbar sein für das verdammte Grübchen, das dich schon des Öfteren gerettet hat.«

Als ich lachte, blitzte das verdammte Grübchen wieder auf.

»Und Harley hat aus meiner Sicht eine Beförderung verdient«, fuhr Grayson fort. »Er hat ganz offensichtlich das Talent zum Multitasking, denn während er dir geholfen hat, hat er gleichzeitig zahlreiche Männer auf das Weingut kommandiert, obwohl er wusste, dass ich sie nicht mal bezahlen kann.«

»Das hat mir Charlotte schon erzählt«, räumte ich lächelnd ein.

Er sah mich von der Seite an und zog verwundert eine Braue hoch. »Dann war ich also wieder mal der Einzige, der nichts von der Geschichte mitbekommen hat? Anscheinend wusste jeder außer mir Bescheid.«

Ich legte eine Hand auf seinen Arm. »Das wird nie wieder vorkommen«, versprach ich ihm. »Ich beziehe dich in Zukunft immer gleich in alle meine Pläne ein.«

»Ich dachte, mit dem Pläneschmieden wäre erst mal Schluss«, rief er mir in Erinnerung.

»Hmm …« Ich biss mir auf die Lippe, und er warf den Kopf zurück und brach in lautes Lachen aus.

Als wir durch das Tor des Weinguts fuhren, nahm er meine Hand und drückte sie.

Wir hielten vor dem Haus, und Charlotte kam heraus und schlug sich, als sie mich entdeckte, glücklich beide Hände vor die Brust. Dann kam sie mir entgegen und umarmte mich so fest, dass ich nur noch mit Mühe Luft bekam.

Ich sah sie lachend an. »Wie geht es Walter?«

»Bestens. Er kommt morgen heim.« Mit diesen Worten zog sie mich erneut an ihre Brust, und Dankbarkeit und Freude wogten in mir auf. Ich war zu Hause. *Endlich,* wisperte mein Herz. *Endlich war ich heimgekehrt.*

Harley, Virgil, José sowie ein paar andere, mir unbekannte Männer kamen, da sie ihre Arbeit offenbar beendet hatten, Richtung Haus. Sie lachten, scherzten und riefen uns fröhlich Grüße zu, als sie uns vor der Haustür stehen sahen. Hinter ihnen tauchte Sugie auf und kläffte aufgeregt, und einen Augenblick lang betrachtete ich sie alle grinsend. *Meine Familie.* Lauter Underdogs und Außenseiter, die gemeinsam dafür sorgten, dass das Weingut eine Chance hatte und die zusammen einen Weg gefunden hatten, zwei korrupte, einflussreiche Männer bloßzustellen.

»He, Harley«, rief Grayson. »Los, ruf deine Frau an. Sie soll herkommen, damit ich tausend Toasts auf sie ausbringen kann.«

Harley grinste. »Wird erledigt, Mann.«

Wir beschlossen, an dem Abend keine Nachrichten zu sehen. Die Welt draußen könnte warten.

Nach einem Essen im Familienkreis mit viel Gelächter, unbeschwerten Gesprächen sowie jeder Menge Toasts zogen Gray und ich uns bald in unser Schlafzimmer zurück. Erst liebte er mich begierig und voller Leidenschaft und dann noch einmal sanft und langsam, und ich wurde von Erleichterung durchflutet, weil er endlich wieder in mir war.

Vor Glück und Liebe vollkommen ermattet, schmiegte ich mich anschließend in seine Arme, und er flüsterte mir zu: »Ich möchte, dass du weißt, dass ich einen neuen Schwur geleistet habe – einen Schwur, an den ich mich bis an mein Lebensende halten will.«

Ich sah ihn fragend an und spürte, dass seine nächsten Worte wirklich wichtig wären.

»Wir sind verheiratet, und manchmal werden wir verschiedener Meinung sein, uns streiten oder sogar den anderen infrage stellen. Wahrscheinlich wird es auch passieren, dass die Tatsache, dass ich dich liebe, alte Ängste in mir weckt. Aber ich schwöre dir, ich werde, was auch geschieht, niemals aus dem Zimmer gehen, bevor wir uns nicht wieder einig sind.« So zärtlich und verletzlich hatte ich ihn nie zuvor erlebt. »Und ich werde mich auch nicht noch mal in mich zurückziehen, sondern, ganz egal, wie lange es auch dauert, bei dir bleiben, bis wir eine Lösung gefunden haben. Du darfst nie wieder Angst haben, dass ich mich von dir abwende. Ich schwöre dir, dass das nie mehr passieren wird.«

»Das schwöre ich dir auch.« Ich nickte, und er sah mich mit einem sanften Lächeln an.

»Manchmal werden wir uns in der Mitte treffen, aber manchmal wird auch einer den ersten Schritt machen müssen. Ich werde mir alle Mühe geben, meinen Stolz zu überwinden, um zu wissen, wann es an mir ist, auf dich zuzugehen.«

»Ich auch«, flüsterte ich, und wieder stiegen in meinen Augen Tränen auf.

Sachte beugte er sich vor, küsste meine Lider, und als sich die Tränen Bahn brachen, küsste er sie fort, zog mich erneut an seine Brust und vergrub sein Gesicht in meinem Haar.

Und diese Schwüre, die wir flüsternd in der Stille unseres Schlafzimmers geleistet hatten, fühlten sich real und heilig an, weil sie in Liebe und Wahrhaftigkeit begründet waren.

Epilog

Acht Jahre später – Grayson

»Was machst du da, mein kleiner Kobold?«, fragte ich.

Das siebenjährige Mädchen krabbelte durchs Gras, aber bei meiner Frage sah die Kleine auf, schob sich die dichten, rötlich braunen Haare aus der Stirn und blinzelte mich aus ihren dunkelbraunen Augen an.

»Ich tue so, als ob ich eine Raupe wäre.«

»So?« Ich kämpfte heldenhaft gegen ein Lächeln an. »Warst du gestern nicht erst noch ein Gänseblümchen?«

Sie setzte sich auf ihre Knie und stemmte ihre Hände in die schmalen Hüften. »Grandpa Walter hat gesagt, man könnte jemand anderen nur dann wirklich verstehen, wenn man die Welt mit seinen Augen sieht.«

»Ach ja?« Typisch Walter, dachte ich. Schließlich hatte er mir auch gezeigt, wie man ein guter Vater war. »Aber Gänseblümchen oder Raupen hat er damit doch wahrscheinlich nicht gemeint.«

»Aber sie sind für mich das Schönste auf der Welt! Ich will sie noch viel mehr als alles andere verstehen.«

Mit einem leisen Lachen fragte ich: »Und was hast du bisher herausgefunden?«

»Nun, Gänseblümchen schauen den ganzen Tag den Himmel an und sehen, wie er sich verändert. Deshalb halten sie die Welt für einen wunderschönen Ort. Aber Raupen sehen immer nur den Boden«, klärte sie mich auf und fügte stirnrunzelnd hinzu: »Wahrscheinlich sind sie von der Welt ziemlich enttäuscht.«

Ich musste einfach lächeln, als ich ihre ernste Miene sah, und nahm sie tröstend in den Arm. »Weißt du, was ich sehe? Ein hübsches, kleines Mädchen, das ein mitfühlendes Herz besitzt. Weißt du übrigens, wo deine kleine Schwester steckt? Es gibt da was, was ich euch beiden sagen muss.«

»Sie ist im Gärtnerhäuschen und spielt dort Verkleiden. Daddy, hast du Mommy noch ein Baby in den Bauch gepflanzt?«

Ich riss die Augen auf. »Woher weißt du das?«

»Genauso hast du auch geguckt, als du mir gesagt hast, dass du Mommy Celia in den Bauch gepflanzt hast.«

»Und wie habe ich dabei geguckt?«

Sie kratzte sich am Arm und bedachte mich mit einem nachdenklichen Blick. »Ich weiß nicht. Irgendwie hast du geguckt wie Sugie, wenn sie einen Stock gefangen hat.«

Ich lachte laut und dachte an die stolze, aber auch leicht schockierte Miene unseres Hundes, wenn ihm eine Heldentat gelungen war. »Da hast du sicher recht. Und weißt du was? Es wird wieder eine kleine Schwester.«

»Wieder eine Schwester?« Als sie grinste, konnte ich die Zahnlücke in ihrem Mund und das zauberhafte Grübchen, das ein Erbteil ihrer Mutter war, in ihrer Wange sehen. »Dann sind wir aber ganz schön viele Mädchen, Daddy.«

»Allerdings«, stimmte ich grinsend zu, und ein Gefühl des Glücks durchflutete mein Herz. Ich hätte nicht gedacht, dass ich noch glücklicher werden könnte, als ich es schon gewesen war, aber tatsächlich nahm mein Glück mit jedem Tag noch etwas zu. Und das alles, weil ein Mädchen einmal beherzt zu mir ins Büro gekommen war, mir vorgeschlagen hatte, sie zu heiraten, und ich am Schluss den Mut gefunden hatte, mir und irgendwann auch ihr die grenzenlose Liebe, die ich für sie empfand, einzugestehen. Als Lohn für meinen Mut hatte sie das Haus mit willensstarken kleinen Mädchen angefüllt, die auf Bäume kletterten, die Welt aus Raupenaugen sahen, mir mitunter Widerworte gaben, mich regelmäßig in meine Schranken wiesen und mich dadurch in den Wahnsinn trieben, dass sie mir unmissverständlich zu verstehen gaben, dass ich ganz eindeutig *nicht* der Herr in meinem eigenen Zuhause war.

Ich stellte Isabelle behutsam auf die Beine, und zusammen gingen wir in das kleine Häuschen, in dem einmal eine wunderschöne kleine Hexe Unterschlupf gefunden hatte und in dem die vierjährige Celia, verkleidet als Prinzessin, hoheitsvoll beim Tee an einem kleinen Tischchen saß. Wir hatten dieses Häuschen schon vor Jahren gründlich geschrubbt und renoviert und dann ein Spielhaus für unsere Mädchen daraus gemacht.

»Wir kriegen noch eine Schwester!«, rief Belle, und Celia stellte ihre Plastiktasse wieder auf den Tisch und riss die Augen auf.

»Noch eine Schwester.« Eilig sprang sie auf, wackelte auf ihren hochhackigen Plastikschuhen auf mich zu und warf sich mir freudestrahlend an die Brust. »Danke, Daddy. Eine kleine Schwester habe ich mir immer schon gewünscht.«

Ich blickte lächelnd in ihr reizendes, herzförmiges Gesicht und nahm das Leuchten ihrer grünen Augen wahr. »Es ist schließlich mein Job, euch jeden eurer Wünsche zu erfüllen.«

Celia wickelte sich eine Strähne ihrer dunklen Haare um den Finger und bedachte mich mit einem nachdenklichen Blick, aus dem der Schalk blitzte. »Dann kann ich doch sicher auch ein Pony haben?«

Ich stupste ihre Nase sanft mit meinem Zeigefinger an. »Euch nach Strich und Faden zu verwöhnen gehört leider nicht dazu.«

»Hmm«, obwohl sie brummte, konnte ich ihr deutlich ansehen, dass sie bereits überlegte, wie ihr Wunsch nach einem Pony sich vielleicht auf anderem Weg erfüllen ließ.

Ich lachte, und gemeinsam gingen wir zurück ins Haus und in die Küche, aus der mir der zitronigsüße Duft frischen Gebäcks entgegenschlug.

»Grandma Charlotte, wir bekommen eine kleine Schwester«, juchzte Celia.

Charlotte lachte und nahm Celia auf den Arm, während ihr Isabelle die Arme um die Taille schlang. »Ich weiß, mein Schatz, ich habe diese wunderbare Nachricht schon gehört. Das sollten wir mit einer frisch gebackenen Zitronenschnitte feiern, findet ihr nicht auch?«

»Oder vielleicht auch mit zwei«, schlug Celia ihr mit einem hoffnungsvollen Lächeln vor.

»Wenn du nicht aufpasst, wickelt sie dich um den Finger«, warnte ich, und Charlotte grinste, als ich sie auf die Wange küsste.

»Weißt du, wo Kira ist?«

»Ich glaube, sie ist hinten rausgegangen«, antwortete sie und stellte Celia wieder auf den eigenen Füßen ab. »Wenn du sie suchen möchtest, passe ich so lange auf die zwei hier auf«, bot sie mir lächelnd an, und in dem Wissen, dass sie es genoss, wenn sie meine Töchter herzen, lieben und verwöhnen konnte, ging ich wieder aus dem Haus.

Ich konnte mir schon denken, wo meine Frau anzutreffen war.

Auf dem Weg zum Fuß des Hügels schwoll mein Herz vor Stolz, als ich den Blick über die Weinberge wandern ließ. Vor acht Jahren hatten wir das Weingut mit dem Geld, das Jessica mir überlassen hatte, jeder Menge harter Arbeit und der Hilfe unserer Freunde wiederauferstehen lassen, und inzwischen konnten wir mit unseren Weinen bereits mehrere Medaillen gewinnen. Der Wiederaufbau unseres Unternehmens war eine Erfolgsgeschichte, und besonders froh war ich darüber, dass die meisten unserer zwischenzeitlich wieder fast zweihundert Angestellten Ex-Häftlinge waren, denen ich auf diese Weise eine zweite Chance gab. Harley, der inzwischen als Geschäftsführer fungierte, hatte mich auf die Idee dazu gebracht, und ein paar andere Unternehmen in der Gegend hatten den Gedanken aufgegriffen, nachdem sich herumgesprochen hatte, wie loyal und fleißig unsere Leute waren.

Schließlich war auch Kiras Erbe wieder freigegeben worden, noch vor Ende des Verfahrens, in dem Cooper Stratton wegen einer ganzen Reihe von Vergehen zu einer langjährigen Haftstrafe verurteilt worden war. Kiras Vater hatte man die Beteiligung an irgendwelchen illegalen Machenschaften nicht nachweisen können, doch er wusste besser als die meisten anderen, dass in der Politik die Wahrnehmung der Menschen alles war. Niemand wollte noch etwas mit einem Mann zu tun haben, der auch nur in Verdacht stand, eine Straftat begangen zu haben. Also war er sang- und klanglos abgetreten, und soweit wir wussten, hatte er mit Politik nichts mehr zu tun.

Genauso wenig wie mit unserem Leben, doch zum Glück war unsere Familie auch ohne Frank Dallaire komplett. Mein Bruder und Vanessa kamen oft mit ihren beiden Jungen zu Besuch, die immer etwas überrumpelt davon waren, wie unsere Mädchen über sie bestimmten oder sie mit irgendwelchen Tricks dazu bewegten, mit ihnen Verkleiden zu spielen oder heimlich irgendetwas anzustellen.

»Ich wusste, dass ich dich hier finden würde«, sagte ich, nachdem ich um die letzte Ecke des inzwischen sorgfältig gepflegten Irrgartens getreten war. Kira saß gemütlich auf der Bank neben dem Springbrunnen und hatte eine Hand auf ihren kleinen Babybauch gelegt. Die Smaragde ihres Eherings funkelten im Licht der Sonne und erinnerten mich daran, wie wir unseren Eheschwur im Rahmen einer kleinen Feier unter einem Aprikosenbaum in unserem Obstgarten erneuert hatten, weil ich ihr nach dem missglückten Anfang einen *echten* Hochzeitstag voller Liebe, Freude und mit der Familie hatte bieten wollen.

Mein Herz machte einen Satz, als ich ihr Lächeln und ihr wunderbares Grübchen sah.

»Dies ist mein absoluter Lieblingsplatz. Es ist das Zentrum

deiner Drachenhöhle, und du weißt, dass du mich hier zu allen Zeiten finden kannst.«

Leise lachend setzte ich mich neben sie und zog sie sanft auf meinen Schoß.

»Noch ein Mädchen.« Sie seufzte glücklich, schlang mir beide Arme um den Hals, und ich vergrub den Kopf an ihrem Schlüsselbein.

»Hmm«, murmelte ich. »Noch eine Frau, die mich unter der Knute hat. Es kommt mir fast so vor, als hättest du es so geplant.«

»Nein, aber erträumt«, räumte sie lachend ein. »Und zwar genau das Leben, das du mir ermöglicht hast.« Sie legte mir die Hände ans Gesicht und gab mir einen Kuss.

»Danke«, flüsterte sie dicht an meinem Mund, und voller Dankbarkeit und Liebe nahm ich sie noch fester in die Arme und sog ihren süßen Duft in meine Lungen ein.

In diesem Augenblick wurde mir klar, dass ich nie wieder daran zweifeln würde, dass das Leben voller Wunder war. Mit ihrer Liebe hatte meine wunderschöne kleine Hexe eine Stelle tief in meinem Inneren, die von Einsamkeit und Schmerz erfüllt gewesen war, zu einem Ort gemacht, der Glück und Träume in sich barg. Und während wir einander in den Armen hielten, trug der warme Sommerwind das alte Motto unseres Zuhauses durch die Bäume und die Rosen und die Reben an mein Ohr. In Vino Veritas.

Doch noch eine andere Gewissheit erfüllte die Stille meines Herzens und rief ein Gefühl des Friedens in mir wach: In *Amor* Veritas.

Eine Wahrheit hatte mich die Liebe meiner wundervollen Frau gelehrt: Man war erst stark, wenn man den Mut hatte zu brechen und die Löcher, die der Schmerz im Herzen riss, mit Liebe anzufüllen. Ich würde stets für *alles* dankbar sein, weil das das wunderbare Gleichgewicht des Lebens war.

Danksagungen

Wie immer hatte ich viel Hilfe beim Verfassen dieses Buchs.

Alles Liebe und herzlichen Dank meiner Lektorin Angela Smith, die mir geholfen hat, die Handlung stimmig zu gestalten und mitunter mehr an dieses Buch geglaubt hat als ich selbst. Vielen Dank dafür, dass du vom ersten bis zum letzten Wort immer für mich da gewesen bist.

Ein immenser Dank meiner Redakteurin Marion Archer. Du hast wahnsinniges Talent und immer wunderbare Ratschläge parat. Ich weiß es unglaublich zu schätzen, wie begeistert und mit welchem Fleiß du dieses Vorhaben begleitet hast.

Danke an Karen Lawson, die mir immer das Gefühl gibt, dass mein endgültiges Werk liebevoll und gründlich aufpoliert in die Welt entlassen wird. Das ist ein riesiges Geschenk für mich.

Dank auch meinen hochgeschätzten Beta-Leserinnen, die das Buch zuerst gelesen haben und deren fantastische Vorschläge ich jedes Mal zu schätzen weiß: Cat Bracht, Natasha Gentile, Michelle Finkle, Nikki Larazo und Elena Eckmeyer (die Held und Heldin meines Buchs durch die doppelte Lektüre meines Manuskripts eine besonders liebevolle Behandlung angedeihen lassen hat und die meinen Drachen trotz des Feuers, das er speit, und meine Hexe dafür, dass sie ihn zum Schmelzen bringt, ins Herz geschlossen hat).

Ich danke auch meiner wundervollen Agentin Kimberly Brower, die mir auf viele verschiedene Arten während des Projekts die Hand gehalten hat. Danke, dass du mich bei all meinen Bemühungen tatkräftig unterstützt. Du bist ungewöhnlich großzügig mit deiner Zeit und deiner Fürsorge, gibst mir (wie sicherlich auch allen anderen) immer das Gefühl, für niemand anderen da zu sein als nur für mich, und als wären die vielen Dinge, die du für mich tust, im Grunde nicht der Rede wert.

Dank meiner Leserschaft, ohne die ich nicht das Privileg genießen könnte, meiner wunderbaren Arbeit nachzugehen. Ich liebe und ich danke euch und nehme euch niemals einfach als selbstverständlich hin!

Ich danke den verschiedenen Blogs, die mich durch die Besprechung und Empfehlung meiner Bücher unterstützen.

Und ich danke meinem Mann. Ich weiß gar nicht, wie ich meine Dankbarkeit für all die Hilfe und die Unterstützung, die du mir bei diesem Buch geboten hast, in Worte fassen soll. Ein ums andere Mal bist du beim Autofahren, im Restaurant, beim Zähneputzen und im Bett die Handlung mit mir durchgegangen, hast auf meine unzähligen Fragen Antworten gesucht, meine nicht endenden Zweifel ausgeräumt und ohne Klage all die Zeit ertragen, die ich während der Entwicklung meiner Charaktere körperlich zwar da, gedanklich aber völlig abwesend gewesen bin. Ich hätte nie auch nur gewagt, davon zu träumen, dass man so ein Glück erleben könnte, wie es mir durch den dir gegenüber abgelegten Schwur zuteilgeworden ist.

Nichts funkelt so sehr wie ein Brillant – außer der Liebe

* Cover- und Preisänderungen vorbehalten

Layla Hagen

Diamonds For Love – Verlockende Nähe

Roman

Aus dem Amerikanischen von Vanessa Lamatsch

Piper Taschenbuch, 320 Seiten

€ 10,00 [D], € 10,30 [A]*

ISBN 978-3-492-31162-5

Logan Bennett trägt seinen Nachnamen mit Stolz und steht zu hundert Prozent hinter dem Familienunternehmen, das hochwertigen Schmuck produziert. Er weiß zwar, dass Arbeit allein nicht glücklich macht, doch seit ihn seine Exverlobte hat abblitzen lassen, will er von der Liebe nichts mehr wissen. Aber damit hat er die Rechnung ohne seine Schwester Pippa gemacht: Sie liebt ihr Hobby, das Verkuppeln. Als sie erfährt, dass die umwerfende Nadine Hawthorne nach San Francisco zieht, beschließt sie, dass es für Logan an der Zeit ist, der Liebe eine neue Chance zu geben.

Leseproben, E-Books und mehr unter www.piper.de